D1668205

İYİ GÜNDE KÖTÜ GÜNDE

İYİ GÜNDE KÖTÜ GÜNDE
Kimberly McCreight

Kitabın özgün adı: A Good Marriage

Yayın Yönetmeni: Gözde Döneli
Çevirmen: Berke Kılıç
Editör: Burcu Terzioğlu
Son Okuma: Umut Burgaz
Sayfa Tasarımı: Ceyda Çakıcı Baş
Kapak Tasarımı: Şükrü Karakoç

1. Baskı: The Roman, Temmuz 2021

ISBN: 978-625-44374-8-9
Sertifika no: 47690

Optimum Basım Yayın San. ve Tic. A. Ş.
Dr. Ali Demir Cad. No: 51/1 Küçükçekmece/İstanbul
Sertifika no: 41707
info@optimumbasim.com

Aabir A.Ş.
Masaldan İş Merkezi F-4 Üsküdar/İstanbul
T: 0216 521 60 83
www.thekitapyayinlari.com | iletisim@thekitapyayinlari.com

Satış ve pazarlama talepleri için:
siparis@thekitapyayinlari.com | Tel.: 0216 521 60 12

The Roman, Aabir A.Ş. yayın markasıdır.

İYİ GÜNDE KÖTÜ GÜNDE

Kimberly McCreight

Türkçesi
Berke Kılıç

Yazar Hakkında

New York Times'ın çok satanlar listesindeki yazarlardan Kimberly McCreight, *Reconstructing Amelia, Where They Found Her, A Good Marriage* ve bir genç erişkin üçlemesi olan *The Outliers*'ı yazdı. Yirmiden fazla dile çevrilen kitapları Edgar, Anthony ve Alex ödüllerine aday gösterildi. Vassar College'a gitti ve Pennsylvania Üniversitesi Hukuk Fakültesi'nden birincilikle mezun oldu. Brooklyn, New York'ta yaşıyor.

Çevirmen Hakkında

Berke Kılıç Adana'da doğdu, ilköğretim ve lise eğitimini orada tamamladı. 2015 yılında İstanbul Üniversitesi Edebiyat Fakültesi Sosyoloji Bölümü'nden mezun oldu. Hemen ardından bir yayınevinde editör olarak çalışmaya başladı. 2016 yılından beri kariyerine serbest redaktör ve çevirmen olarak devam ediyor. Onlarca İngilizce romanın Türkçeye kazandırılmasında emeği geçti. Halen İstanbul Üniversitesi Kriminoloji ve Ceza Adaleti Bölümü'nde yüksek lisans öğrenimini sürdürüyor.

Tony için,
Her iyi şeyin başlangıcı.
Ve önemli olan tek son.

"Aşk asla doğal nedenlerle ölmez."

Anaïs Nin, *The Four-Chambered Heart*

GİRİŞ

Bunların hiçbirinin olmasını istemedim. Bunu söylemek aptalca. Ama doğru. Ve elbette kimseyi *öldürmedim*. Asla yapmam, yapamam. Biliyorsun. Beni herkesten iyi tanıyorsun.

Hata yaptım mı? Kesinlikle. Yalan söyledim, bencillik yaptım. Seni incittim. En çok bundan pişmanlık duyuyorum. Sana acı çektirdiğim için. Seni bu dünyadaki her şeyden daha fazla seviyorum.

Bunu biliyorsun değil mi? Seni sevdiğimi?

Umarım biliyorsundur. Çünkü tek düşündüğüm bu. Ve yalnızlık insana düşünmek için fazlaca zaman sağlıyor.

(Endişelenme, "kutu" konusunda ikna etmeyi başardım. Hücreye öyle diyorlar. Orası normalden çok daha gürültülü. İnsanlar tüm gece boyunca konuşuyor, bağırıyor, tartışıyor ve saçma sapan şeyler söylüyor. Buraya deli olarak gelmediysen bile öyle çıkarsın. Ve ben deli değilim. Senin de bunu bildiğini biliyorum.)

Açıklamalar. Bir fark yaratırlar mı ki? En azından nedenini söyleyerek başlayabilirim. Çünkü bu, düşündüğümden çok daha zor. Evlilik, hayat. Hepsi.

Halbuki başta çok kolay. Muhteşem, zeki ve komik biriyle tanışıyorsun. Senden iyi biriyle. İkiniz de en azından bir aşamaya kadar bunu biliyorsunuz. Ona âşık oluyorsun. Ama en çok o kişinin aklındaki sene âşık oluyorsun. Şanslı hissediyorsun. Çünkü *gerçekten* şanslısın.

Sonra zaman geçiyor. İkiniz de fazlasıyla değişiyorsunuz. Sen çok fazla eskisi gibi kalıyorsun. Gerçekler açığa çıkıyor ve ufuk kararıyor. En sonunda seni olduğun gibi gören biriyle baş başa kalıyorsun. Ve er ya da geç sana ayna tutuyorlar, kendini görmeye zorlanıyorsun.

Kim bununla yaşayabilir ki?

O yüzden hayatta kalmak için elinden geleni yapıyorsun. Yeni bir çift göz aramaya başlıyorsun.

LIZZIE

6 TEMMUZ, PAZARTESİ

Güneş, ofisimin dışındaki gökdelenlerden oluşan ormanda giderek alçalıyordu. Kendimi masamda oturmuş, karanlığın tamamen çökmesini beklerken hayal ettim. En sonunda bu akşam beni yutacak mı diye merak ettim. Bu aptal ofisten nasıl da nefret ediyordum.

Karşıdaki yüksek binanın ışıkları yandı. Yakında diğerleri de yanacaktı; insanlar işlerine, hayatlarına devam ediyordu. Her şey hesaba katılırsa bir kez daha gececi olacağımı kabul etmem iyi olurdu. Sonunda ileri uzanıp kendi lambamı da yaktım.

Zemine vuran küçük bir çember halindeki ışıkta, Sam'in bu sabah benim için hazırladığı, yenmemiş öğle yemeğim duruyordu. Üzerinde özel biberli hindi ve İsviçre peyniri olan ekmeğin yanına vitamin eksikliğim olduğu için haklı olarak endişelendiğinden havuç da koymuştu. Sam, New York'ta yaşadığımız ve sekizinde evli olduğumuz on bir yıl boyunca, işe yetişemediği sabahlarda bile her gün öğle yemeğimi hazırlamıştı.

Bilgisayarımdaki saatin 19.17 olduğunu kontrol ederken yenmemiş yemeğimi gönülsüzce tekmeledim. O kadar geç olmamıştı ama Young & Crane'deyken zaman benim için çok yavaş hareket ediyordu. Hiç suç deneyimi olmayan başka bir kıdemli arkadaş için düzenlediğim; düpedüz sönük olan, Adalet Bakanlığı'na yazılacak cevap mektubuna odaklanmaya çalışırken omuzlarım düştü. Müvekkil, birkaç yönetim kurulu üyesinin bilgi suiistimali yaptığı gerekçesiyle soruşturulan bir cep telefonu bataryası üreticisiydi. Şirket, tipik olarak, önceden var olan bir şirket müşterisinin beklenmedik kurnazlığını cezai olarak ele alıyordu.

Young & Crane'in tamamen beyaz yaka suçlarına yönelik bir deneyimi yoktu. Bu konuyla New York'un Güney Bölgesi'nin Şiddet ve Organize Suçlar Ekibi'nin eski yöneticisi Paul Hastings ilgileniyordu. Şimdi de ben vardım. Paul beni Amerikan Avukatlar Birliği'nden bulmuştu ama dört ay önce onun beni işe alması konusunda ısrar eden akıl hocam ve patronum Mary Jo Brown'la yakındı. Paul etkileyici, onlarca yıllık deneyimi olduğundan tanınırlığı yüksek bir avukattı ancak Young & Crane'de bana hep kapıların tekrar açılması için yanıp tutuşan, yeni emekliye ayrılmış bir yarış atı gibi görünmüştü.

M&M çikolata. Tüm çabalarıma rağmen üç paragraflık ikna edici olmayan bir savuşturma olarak kalan mektubu halletmem için ihtiyacım olan buydu. Young & Crane'in, gece boyunca çalışanların işlerini azaltmak için konulan, fazlasıyla dolu atıştırmalık dolabında genellikle her daim M&M çikolatalardan olurdu. Tam gidip almak üzereydim ki dikkatimi dağıtmasın diye masamın uzak bir ucunda duran telefonuma bir bildirim geldi. Kişisel hesabıma gelen mesaj Millie'dendi ve konu başlığı "Beni Ara Lütfen"di. Son birkaç haftadır bana attığı ilk e-posta bu değildi. Millie normalde bu kadar ısrarcı olmasa da bu olay ilk kez yaşanmıyordu. Gerçekten acil bir şey var anlamına gelmiyordu. Mesajı açmadan kaydırarak "eski e-postalar" klasörünün içine attım. Önünde sonunda her zaman yaptığım gibi bunu ve eski gönderdiklerini okuyacaktım ama bu akşam olmazdı.

Ofis telefonu çaldığında gözlerim hâlâ cep telefonumdaydı. Benim hattıma dışarıdan bir arama gelmişti, tek bir çalışından anlamıştım. Muhtemelen Sam'di. Direkt hattım çok fazla kişide yoktu.

"Buyurun, Lizzie," diye açtım.

"*New York Eyaleti Cezaevi'nden ödemeli bir aramanız var. Arayan kişi…*" dedi robot gibi bir erkek sesi, ardından bitmeyen bir duraklama oldu.

Nefesimi tuttum.

"Zach Grayson," dedi gerçek bir insan sesi, mesaj tekrar otomasyona geçmeden önce. "*Ücreti kabul ediyorsanız lütfen bire basın.*"

Nefes verdim, rahatlamıştım. Ama Zach... Hiçbir şey ifade etmiyordu. Bir dakika... Zach Grayson, Penn Hukuk Fakültesi'nden mi? Zach, yönettiği Palo Alto'daki aşırı başarılı lojistik şirketi ZAG, Inc.'le ilgili *New York Times*'taki yazıyı okuduğumdan beri, yani en azından birkaç yıldır aklıma gelmemişti. ZAG, Amazon'la yarışmaya çalışan bir sürü küçük şirket için Prime'a muadil bir abonelik sistemi yaratıyordu. Nakliye kulağa büyüleyici gelmese de belli ki bir hayli kazançlıydı. Zach'le mezuniyetten beri konuşmamıştım. Kayıttaki ses yönergeyi tekrar etti, zamanımın azaldığı konusunda beni uyardı. Aramayı kabul etmek için bire bastım.

"Alo, ben Lizzie."

"Tanrı'ya şükür." Zach titrek sesle nefesini verdi.

"Zach, ne oluyor..." Bu soru hiç profesyonelce değildi. "Bekle, buna cevap verme. Arama kaydediliyor. Biliyorsun, değil mi? Beni avukatın olarak arıyor olsan bile konuşmanın gizli olduğunu söyleyemeyiz."

En uzman avukatlar bile kendileriyle ilgili yasal sorunlar olduğunda gülünç derecede aptallaşıyordu. Cezai konular sözkonusu olduğundaysa tamamen işe yaramaz hale geliyorlardı.

"Saklayacak bir şeyim yok," dedi Zach, sesi yasaların karşı tarafındaki bir avukat gibi geliyordu.

"İyi misin?" diye sordum. "Oradan başlayalım."

"Rikers'tayım, yani..." dedi Zach kısık sesle. "Hiç bu kadar iyi olmamıştım."

Zach'i kendi adasını oluşturacak kadar büyümüş bir hapishane olan Rikers'ta hiç hayal edemiyordum. Latin Kings'in[1], sadist katillerin ve seri tecavüzcülerin, ot sattığı için mahkemeye çıkmayı bekleyen adamlarla yan yana tutulduğu tehlikeli, acımasız bir yerdi. Zach iri bir adam sayılmazdı. Hep biraz yumuşak başlı olmuştu. Rikers'ta onu lime lime ederlerdi.

[1] Dünyadaki en büyük sokak ve hapishane çetelerinden biri.

"Seni neyle suçluyorlar? Resmi suçlamayı kastediyorum, olanları değil."

Suçlama olarak kullanılabilecek herhangi bir şeyi açığa çıkarmamak *çok* önemliydi ve bunu unutmak *çok* kolay oluyordu. Bir keresinde bürom kovuşturmanın tamamını tek bir hapishane konuşması kaydı üzerine kurmuştu.

"Polis memuruna saldırı." Zach'in sesi utanmış gibi geliyordu. "Kazara oldu. Canım sıkkındı. Birisi kolumu tutunca aniden geri çektim. Dirseğim polisin yüzüne geldi ve burnu kanadı. Bu konuda kötü hissediyorum ama kasten yapmadım. Arkamda olduğundan bile haberim yoktu."

"Bu olay bir barda falan mı gerçekleşti?" diye sordum.

"Bar mı?" Zach'in kafası karışmış gibiydi, yanaklarımın kızardığını hissettim. Çok çabuk sonuca varmıştım. Barlar, çoğu insanın problemlerinin başladığı yer değildi. "Hmm, hayır, barda olmadı. Park Slope'taki evimizdeydi."

"Park Slope mu?" Orası benim mahallemdi ya da bana yakındı. Teknik olarak Sunset Park'ta yaşıyorduk.

"Dört ay önce Palo Alto'dan Brooklyn'e taşındık," dedi. "Şirketimi sattım, o işten tamamen çekildim. Burada bir yatırım yaptım. Tümüyle yeni bir bölge yani." Ses tonu ruhsuzlaştı.

Zach hep böyle biraz tuhaftı ama. Hukuk fakültesindeyken oda arkadaşım olan Victoria, eskiden ona "ucube" derdi. Ama ben Zach'i severdim. Biraz inekti fakat güvenilirdi, zekiydi, iyi bir dinleyiciydi ve insanı rahatlatacak kadar açık sözlüydü. Aynı zamanda en az benim kadar inatla hırslıydı, bu da bana huzur veriyordu. Zach'le başka ortak yanlarımız da vardı. Penn Hukuk'a ilk geldiğimde, hâlâ, lisenin bitiminde annemle babamı kaybettiğimden beri içine girdiğim kederle sertleşmiş kabuğun içindeydim. Zach de babasını kaybetmişti ve işçi sınıfından biri olarak kendi başına ayağa kalkmanın ne demek olduğunu biliyordu. Pennsylvania Üniversitesi Hukuk Fakültesi'ndeki herkes bunu anlayamıyordu.

"Ben de Park Slope'ta oturuyorum," dedim. "Fourth Avenue Nineteenth Street'te. Sen?"

"Montgomery Place, Eighth Street ile Prospect Park West arasında."

Elbette. Center Slope'un aşırı pahalı kısmına yalnızca Grand Army Plaza'daki bir o kadar pahalı pazarı gezmek (sadece gezmek) için gitmiştim.

"Polis neden evindeydi?" diye sordum.

"Eşim..." Zach'in sesi kesildi. Bir süre sessiz kaldı. "Amanda, ımm, eve geldiğimde merdivenlerin aşağısındaydı. Saat oldukça geçti. Gecenin erken saatlerinde birlikte yakınlardaki bir partideydik ama oradan ayrı ayrı çıktık. Amanda benden önce döndü ve içeri girdiğimde... Tanrım. Her yerde kan vardı, Lizzie. Şeyden bile fazlaydı... Açıkçası neredeyse kusacaktım. Nabzına doğru düzgün bakamadım. Ve bundan gurur duymuyorum. Hangi erkek kendi karısına yardım edemeyecek kadar kan görmekten korkar ki?"

Karısı mı ölmüş? Siktir.

"Çok üzüldüm, Zach," diyebildim.

"911'i aramayı becerebildim neyse ki," diye devam etti. "Sonra da kalp masajı yapmayı denedim. Ama o çoktan... gitmişti Lizzie ve ona ne olduğunu hiç bilmiyorum. Polise de öyle söyledim ama dinlemediler. Halbuki onları arayan bendim. Takım elbiseli adam yüzünden olduğunu düşünüyorum. Köşeden bana gözünü dikmişti. Ama beni Amanda'dan uzaklaştırmaya çalışan asıl kişi dedektifti. Karım yerde dururken nasıl gidecektim ki? Bizim bir oğlumuz var. Nasıl gidip de..." Sesi yine kesildi. "Kusura bakma, duyduğum ilk arkadaşça ses seninki. Dürüst olmak gerekirse sinirlerime hâkim olmakta zorlanıyorum."

"Bu gayet anlaşılabilir," dedim ve gerçekten öyleydi.

"Orada olan herkes ne kadar üzgün olduğumu görebilirdi," diye konuşmasını sürdürdü. "Bana bir dakika zaman tanımalılardı."

"Doğru, tanımaları gerekirdi."

Aslına bakılırsa polis, olacak kötü şeylerin habercisi değildi. Karısının ölümünden Zach'in sorumlu olduğundan çoktan şüphelenmiş olmalılardı. Potansiyel bir şüpheliyi daha az bir suçlamayla hapse atmaktan daha iyi nasıl kontrol altına alacaklardı ki?

"Gerçekten yardımına ihtiyacım var, Lizzie," dedi Zach. "İyi... *mükemmel* bir avukata ihtiyacım var."

Eski hukuk fakültesi arkadaşlarımdan biri suçla ilgili bir sorun yüzünden beni ilk kez aramıyordu. Üst düzey ceza avukatı bulmak kolay değildi ve Penn Hukuk Fakültesi mezunlarının çok azı ceza hukuku çalışırdı. Ama insanlar genelde alkol veya madde etkisinde araç kullanma ya da cüzi miktarda uyuşturucu bulundurma, ara sıra da beyaz yaka suçları gibi küçük şeylerde bir aile üyesi veya arkadaşı için yardım isterdi. Asla kendileri, özellikle de Rikers'tan aramazdı.

"Sana bu konuda yardım edebilirim tabii. En iyi ceza avukatlarından bazılarıyla bağlantılarım var..."

"Bağlantı mı? Hayır hayır, ben *seni* istiyorum."

Siktir. Kapat telefonu. Hemen.

"Ben senin için doğru avukat sayılmam." Ve şükürler olsun ki gerçeği söylüyordum. "Daha birkaç ay önce savunma avukatı olarak çalışmaya başladım ve bütün deneyimlerim beyaz yaka suçları..."

"Lütfen, Lizzie." Zach'in sesi berbat bir şekilde çaresiz geliyordu. Ama adam multimilyonerdi, emrinde sayısız avukat bulunuyor olmalıydı. Neden beni seçmişti? Şimdi düşününce Zach'le mezuniyetten çok önce uzaklaştığımızı anımsadım. "İkimiz de ne olduğunu biliyoruz... Muhtemelen hayatım için savaşmam gerekecek. Hep kocayı suçlu bulmazlar mı? Beni içi kof birinin savunmasına izin veremem. Anlayan, nereden geldiğimi bilen birine ihtiyacım var. Ne gerekirse, *ne olursa olsun* yapacak biri gerekiyor. Lizzie, sana ihtiyacım var."

Tamam, azıcık gururlanmıştım. Garip bir şekilde, hırslı olmak beni tanımlayan karakter özelliklerimden biriydi. Stuyvesant Lise-si'ndeyken, Cornell'deyken veya Penn'de hukuk okurken kesinlikle en zeki öğrenci değildim. Ama en odağı yüksek kişi bendim. Ailem bana ham kararlılığın yararlarını öğretmişti. Özellikle de babam. Ve gayretimiz meyvelerini benzer vermiş, hem kendimizi kaldırabileceğimiz hem de asabileceğimiz bir ipe dönüşmüştü.

Yine de Zach'in davasını almayacaktım.

"İltifatın için teşekkürler, Zach. Gerçekten. Ama sana cinayet konusunda deneyimli ve Brooklyn Bölge Başsavcılığı'nda doğru bağlantıları olan biri lazım. Bende bu ikisi de yok." Söylediklerimin hepsi doğruydu. "Ama senin için çok iyi birini bulabilirim. Sabah ilk iş olarak, mahkemeye çağrılmadan önce seni görebilir."

"Çok geç," dedi Zach. "Çoktan çağrıldım. Kefaleti reddettiler."

"Ya," dedim. "Bu, saldırı suçlaması için şaşırtıcı."

"Amanda'yı öldürdüğümü düşünüyorlarsa değil," dedi Zach. "İş o yöne gidiyor olmalı, değil mi?"

"Kulağa olası geliyor," diyerek ona katıldım.

"Tabii seni tebliğden önce aramam gerekiyordu. Ama olanlardan sonra fazlasıyla... şoktaydım sanırım. Bana bir kamu avukatı atadılar," dedi. "Fena bir adam değildi, işinin ehliydi. Kesinlikle hevesliydi. Ama tamamen dürüst olmak gerekirse duruşma sırasında biraz bitmiş haldeydim. Hiçbiri yaşanmamış, yaşanamaz gibi falan davranıyordum. Kulağa geri zekâlıymışım gibi geldiğini biliyorum."

Şimdi detayları öğrenmenin zamanı gelmişti. Tam olarak ne zaman tutuklanmıştı? O geceki olayların zamanlama sıralaması nasıldı? Zach'in avukatının sorması gereken sorulardı bunlar. Ama ben o kişi değildim ve istediğim son şey olayların içine iyice girmekti.

"Yaptığın son derece insani bir tepki," dedim onun yerine. Ve deneyimlerime göre bir suçlama altına girmek en mantıklı insanları bile etkiliyordu. Peki ya haksız yere suçlanmak? O tamamıyla başka bir şeydi.

"Buradan çıkmam gerek, Lizzie." Zach korkuyor gibiydi. "Hem de hemen."

"Endişelenme. Savcının stratejisi ne olursa olsun hiçbir koşulda sadece saldırı suçlamasıyla seni Rikers'ta tutamazlar. Sana doğru avukatı bulacağız ve kefalet reddinin temyize gitmesi için başvuracak."

"Lizzie," diye yalvardı Zach. "O doğru avukat *sensin.*"

Değildim. Ben doğru bağlantıları olmayan yanlış avukattım. Ayrıca hiç cinayet davasında çalışmamış olmam tesadüf değildi ve o şekilde kalmasını planlıyordum. Ama *o* sorunu bir kenara koysam dahi hayatım zaten kontrolden çıkmış durumdaydı, ihtiyacım olan son şey eski bir arkadaşın boka sarmış olayına karışmaktı. Ve Zach'in durumu tam olarak böyle görünüyordu.

"Zach, üzgünüm ama..."

"Lizzie, lütfen," diye fısıldadı, sesi artık ümitsiz geliyordu. "Dürüst olacağım, ödüm bokuma karışıyor. En azından gelip beni görsen? Bu konuda konuşsak?"

Lanet olsun. Ne olursa olsun Zach'i müvekkilim olarak almayacaktım. Ama karısı ölmüştü ve eski arkadaştık. Belki gidip onu ziyaret edebilirdim. Böylece yüz yüze söylersem avukatı olamayışımın sebebini daha kolay kabullenirdi.

"Tamam," dedim en sonunda.

"Harika," dedi Zach, gereğinden fazla rahatlamış gibi. "Bu akşam olur mu? Ziyaret saati akşam dokuza kadar."

Saate baktım: 19.24'tü. Hızlı hareket etmem gerekiyordu. Tekrar bilgisayarımdaki mektup taslağına baktım. Sonra beni evde bekleyen Sam'i düşündüm. Söylediğim gibi geç saate kadar ofiste olmayacaktım. Belki de bu sebep, Zach'i Rikers'ta ziyaret etmem için yeterliydi.

"Yola çıkıyorum," dedim.

"Teşekkür ederim, Lizzie," dedi Zach. "Teşekkür ederim."

BÜYÜK JÜRİ YEMİNLİ TANIK İFADESİ

LUCY DELGADO,

6 Temmuz'da tanık olarak çağrıldı ve sorgulanarak aşağıdaki beyanlarda bulundu:

SORGU

YAPAN BAYAN WALLACE:

S: Bayan Delgado, ifade vermeyi kabul ettiğiniz için teşekkürler.

C: Mahkeme çağrısı geldi.

S: Ve o çağrıya uyduğunuz için teşekkür ederiz. Bu yıl 2 Temmuz'da 724 First Street'te gerçekleşen partide bulundunuz mu?

C: Evet.

S: O partiye nasıl katıldınız?

C: Davet edilmiştim.

S: Kim tarafından davet edildiniz?

C: Maude Lagueux.

S: Peki Maude Lagueux'la birbirinizi nereden tanıyorsunuz?

C: Yıllar önce kızlarımız Brooklyn Country Day'de aynı anaokulu sınıfındaydı.

S: Bu parti her yıl gerçekleşen bir etkinlik, değil mi?

C: Bilmiyorum.

S: Bilmiyor musunuz?

C: Evet.

S: Başka bir şekilde deneyelim. Geçen yıllarda bu partiye katıldınız mı?

C: Evet.

S: Bu partide ne oluyor?

C: Imm, sosyalleşiliyor, yeniliyor, içiliyor. Parti işte.

S: Yetişkinlere yönelik bir parti mi?

C: Evet. Çocuklar davet edilmiyor. Zaten çoğu yatıya kaldıkları kamplarda ve yabancı dil kurslarında falan oluyorlar. Partinin olayı da bu. Yatıya Kalma Suaresi, anlıyor musunuz?

S: Anlıyorum. Peki bu partilerde cinsel ilişki oluyor mu?

C: Ne?

S: Bu parti sırasında üst katta cinsel ilişki gerçekleşiyor mu?

C: Hiçbir fikrim yok.

S: Yemin ettiniz. Bunu hatırlıyorsunuz, değil mi?

C: Evet.

S: Soruyu tekrar soracağım. 724 First Street'teki Yatıya Kalma Suaresi sırasında üst katlarda yerde cinsel ilişki oluyor mu?

C: Bazen. Tam olarak yerde değil. Yataklar var. Normal bir ev orası.

S: Bu partiler sırasında siz hiç cinsel ilişkiye girdiniz mi?

C: Hayır.

S: Bu partiler esnasında hiç herhangi bir çeşit cinsel ilişki kurdunuz mu?

C: Evet.

S: Kocanızla mı?

C: Hayır.

S: Başka birinin kocasıyla mı?

C: Evet.

S: Başkaları da benzer davranışlarda bulundu mu?

C: Bazen. Herkes yapmıyor ve her zaman olmuyor. O kadar abartılacak bir şey değil.

S: Bu partideki insanlar için partner değiştirmek abartılacak bir şey değil mi?

C: Partner değiştirmek kulağa ne bileyim, maksatlıymış falan gibi geliyor. Eğlencesine yapılan bir şey. Şaka gibi yani. Stres atmak için.

S: 2 Temmuz'daki partide Amanda Grayson'ı gördünüz mü?

C: Gördüm. Ama o zamanlar kim olduğunu bilmiyordum.

S: Onu gördüğünüzü nereden öğrendiniz?

C: Polis bir fotoğrafını gösterdi.

S: Size Amanda Grayson'ın fotoğrafını gösterip onu partide görüp görmediğinizi mi sordular?

C: Evet.

S: Onu nerede gördünüz?

C: Oturma odasında. Bana çarpıp gömleğime şarap döktü.

S: Bu ne zaman oldu?

C: Akşam 9.30'la 10.00 arasında sanırım. Tam bilmiyorum. Ama partide sadece 11.00'e kadar kaldım. Yani ondan önce olmuştur.

S: Daha sonra onu gördünüz mü?

C: Hayır.

S: Onu gördüğünüzde nasıl görünüyordu?

C: Canı sıkkın. Canı sıkkın gibiydi.

S: Üzgün gibi bir can sıkıntısı mı? Yoksa sinirli miydi?

C: Korkmuştu. Çok korkuyor gibi görünüyordu.

S: O gece partide Maude Lagueux'la konuştunuz mu?

C: Onunla konuşacaktım ama yanına gittiğimde kocası Sebe'yle başka bir kadın konusunda tartışıyorlardı sanki.

S: Bunu neden söylediniz?

C: Çünkü Maude'nin "onun çıplak resimleri"yle ilgili bir şeyler söylediğini duydum ve çok ama çok sinirliydi. Yani, onu daha önce hiç böyle görmemiştim.

S: Çok teşekkürler, Bayan Delgado. Çıkabilirsiniz.

AMANDA

PARTİDEN ALTI GÜN ÖNCE

"Ne düşünüyorsun?" diye sordu dekoratör, manikürlü eliyle Amanda'nın Hope First Initiative'deki ofisini gösterdi. Yepyeni özel yapım turuncu bir kanepe, geniş beyaz çizgileri olan gri bir yün halı ve saçma derecede pahalı, Williamsburg'daki bir marangoza yaptırılmış sehpalar vardı.

Amanda başını kaldırdığında şahinvari yüz hatları olan ve grinin farklı tonlarında drapeli kumaştan giysiler giyen uzun boylu, kararlı kadın bir karşılık bekleyerek ona bakıyordu. O an için söylemesi gereken doğru bir şey vardı. Amanda onun ne olduğunu bilmese de tam olarak *ne* diyeceğini bilmediği zamanlarda, ki bu sık sık oluyordu, birkaç güzel kelime seçmenin iyi olduğunu öğrenmişti.

Neyse ki Amanda annesine St. Colomb Falls Kütüphanesi'nin fitilli kadifeden armut koltuklarından birinde sarıldığı günlerden beri iyi kelimeler topluyordu. Bu, Amanda on bir yaşındayken annesi tek bir sigara bile içmemiş olmasına rağmen akciğer kanserine yakalanıp birkaç hafta içinde ölünce bitmişti. Sonrasında Amanda o kütüphaneye bir daha gidemeyeceğini düşünmüştü. Ancak yalnızca günler sonra, güvenilir bir yer ihtiyacıyla kendini orada bulmuştu.

Oraya tek başına gittiği üçüncü sefer, somurtkan kütüphaneci birden elinde Amanda için getirdiği bir yığın kitapla ortaya çıkmıştı. Ona annesini sormamıştı. Yüzünü kırıştıracak kadar kaşlarını çatarak, "Bunlar var," demişti. Ardından içinde *Sineklerin*

Tanrısı, Çavdar Tarlasında Çocuklar, Küçük Kadınlar olan kalın yığını hızla yere vurmuştu. Bundan sonra kütüphaneci bu özel teslimatları düzenli hale getirmişti. Ve Amanda'nın en iyi sözcükleri bu kitaplardan gelmeydi. Kendisine bazen hatırlatmak zorunda olduğu gibi *kendi* kelimeleriydi onlar. O kitapları kendisi okumuştu.

Ve şu anda dekoratör hâlâ bekliyordu.

"Fevkalade," diyebildi en sonunda.

Dekoratör âdeta ışıldayarak eserine hayranlıkla baktı. "Amanda, ne güzel söyledin. Yemin ederim en zevkli müşterim sensin."

"Fevkalade mi?" Sarah kollarını göğsünde birleştirmiş bir halde Amanda'nın ofisinin kapısında belirdi; yanık teni, koyu kahverengi kısa saçları ve kocaman mavi gözleriyle her zamanki gibi güzel görünüyordu. "Sakin ol, Jane Austen. Sadece bir kanepe bu."

İçeri girip söylediğini kanıtlarmış gibi koltuğa çöktü ve yanındaki boşluğa eliyle vurdu. "Hadi, Amanda. Otursana. *Senin* kanepen sonuçta, onun değil. En azından denemen gerek."

Amanda gülümseyerek Sarah'nın yanına oturdu. Minyon yapısına rağmen Sarah heybetli biriydi. Amanda onun yanındayken kendini çok daha güçlü hissediyordu.

"Tüm yardımların için teşekkürler," dedi dekoratöre.

"Evet, güle güle." Sarah kadını kovarcasına elini salladı.

Dekoratör, Sarah'ya dudaklarını büzerek baktı ama Amanda'ya doğru gelip geniş bir gülümsemeyle onu iki yanağından öptü. "Amanda, başka bir şeye ihtiyacın olursa beni istediğin zaman ara."

"Güle güle," dedi Sarah tekrar.

Dekoratör uzun, ince topuklularının üzerinde dönüp kapıya yönelmeden önce homurdandı.

"Kendilerinin karşılayamamayacağı aptal bir koltuğa on dört bin dolar harcamanda ısrar eden dangalaklardan daha sinir bozucu bir şey yok," dedi Sarah, kadın gittikten sonra. Muhtemelen kocası Kerry'ye yazdığı mesajı bitirmek için telefonuna bakıyordu.

İkisi ergenler gibi sürekli mesajlaşırlardı. "Ya o konuşması? Gerçek üst sınıflar asla bu kadar didinmezler. Biliyorsun, değil mi?"

Sarah, Tulsa'daki bekâr bir ebeveynin evinde, zorlu şartlar altında büyümüştü ama Kerry'nin ailesi bir düğme servetinin mirasçısıydı. Gerçek düğmeler. Şu anki nesil o serveti öyle çarpıcı bir biçimde harcamıştı ki Kerry'ye pek fazla bir şey kalmamıştı, ama Sarah zengin yaşlı akrabalarının yanında bol bol zaman geçirmişti.

"Onu Zach tuttu. Bayağı tanınan biriymiş," dedi Amanda, etrafa bakınarak. "Seçtiği şeyleri beğeniyorum."

"Amanda. Hep diplomatsın." Sarah, Amanda'nın dizine vurdu. "Hiç kimse için negatif bir şey söylemeyeceksin asla, değil mi?"

"Negatif şeyler söylüyorum," diye belli belirsiz karşı çıktı Amanda.

"Çok ama çok sessiz bir şekilde," diye fısıldadı Sarah. Sonra omuzlarını silkti. "Hey, muhtemelen dilimi tutmayı öğrenmem lazım. Bu sabah Kerry'yi haşlayışımı duymalıydın." Sarah bir anlığına düşünerek uzaklara daldı. "Kendimi savunmam gerekirse, parlak kırmızı Air Jordan'lar giymek için fazla yaşlı ve göbekli. Aptal gibi görünüyor. Ve o antrenmanlarda birlikte oynadığı adamlardan bazılarını gördüm. Gençler, formdalar, çekiciler ve *hiç* aptalca görünmüyorlar. Aklıma geldi de, benimle gelip izlemek ister misin? Mavi gözlü ve hafif sakallı bir tanesi var, görsen..."

Amanda güldü. "Hayır, sağ ol."

Sarah, Kerry dışındaki çekici erkekler hakkında açıkça şaka yapmaya bayılırdı. Bunu yapabilmesinin sebebi de evliliğinin çok sağlam olmasıydı. Sarah ve Kerry'nin üç güzel erkek çocuğu vardı ve yıllardır evliydiler. Lisede tanışmışlardı; Kerry futbol yıldızı, Sarah ise ponpon kızdı. Okul balosunun kralı ve kraliçesi olmuşlardı ki bu Sarah'nın hem azıcık utandığı hem de oldukça gurur duyduğu bir şeydi.

Sarah iç çekti. "Neyse, sanırım ayakkabılar hakkında susmayınca Kerry gerçekten kırıldı. Kötü niyet olmasa bile her şeyin sınırı var. Bazen nerede duracağımı unutuyorum."

Sarah'nın etkili olduğu doğruydu. Kerry'den sürekli bir şeyler yapmasını, mesela oğlanları almasını, köşedeki rögarı tıkayan yaprakları temizlemesini, Amanda'nın ön kapılarındaki ampulü değiştirmesine yardım etmesini isterdi. Kerry bazen söylenirdi elbette, özellikle yaprakların belediyenin problemi olduğunu düşünürdü ama hep sevgiyle yapardı. Bir ileri bir geri yapmaları hoşuna gidiyor gibiydi. Amanda bunları şaşırtıcı ve imrendirici buluyordu.

"Bence Kerry seni olduğun gibi seviyor," dedi Amanda. "Hem eminim senin kadar iddialı olsam Zach bayılırdı. Böylece vakıftaki her şeyi çok daha iyi halledebilirdim."

"Evet ama o zaman da Zach benim gibi bir gaddarla kalırdı. Yüzleşmemiz lazım ki ne senin kocan ne de ben birlikte tek bir geceyi atlatabiliriz."

Bu düşünceye ikisi de kahkahalarla güldüler; Amanda'nın nefesi kesildi ve yüzü kızardı.

Sarah'yı seviyordu. Park Slope'ta daha dört aydır yaşıyorken Palo Alto'daki mükemmelliklerini aç köpekler gibi acımasızca koruyan herhangi bir kadından daha çok yakınlaşmıştı Amanda ona. Sarah elbette Carolyn değildi, o tür bir geçmişle karşılaştırma yapmak imkânsızdı. Ama zaten Carolyn'le yarışmasına gerek yoktu. Amanda'nın hayatında iki arkadaşı için de bolca yer vardı.

Sarah vakıf konusunda da çok yardımcı oluyordu. Eski bir eğitimci, kendisi gibi Brooklyn Country Day annesi ve oranın okul aile birliği başkanı olarak Sarah, New York'un eğitim sisteminin tüm ayrıntılarını biliyordu. Çocukları doğduktan sonra çalışmayı bırakmıştı ama vakıfta yönetici yardımcısı olarak çalışmayı kabul etmişti çünkü yardım eli uzatmak istiyordu. Onun itirazlarına rağmen, Amanda cömert bir ödeme yapmakta ısrar etmişti.

Vakıfla tek başına uğraşmamak ne kadar paraya mal olursa olsun değerdi. Dezavantajlı büyüyen Amanda, vakfın ihtiyacı olan ortaokul öğrencilerine New York'un en iyi özel okullarına gitmeleri için burs sağlama amacına gönülden inanıyordu. Ancak Hope

First Initiative'i yönetmek çok stresliydi. Ve Amanda'nın bunu düzgün yapması gerekiyordu. Ne de olsa Zach'in fikriydi.

Zach'in Poughkeepsie'li kokain bağımlısı olan annesiyle babası dokuz yaşındayken onu terk etmişlerdi. Sonrasında bir koruyucu aileden ötekine geçmişti. Zach tüm bunları, ona hayatta daha fazlası olduğunu gösteren Vassar Koleji'nin kasıntı gölgesinde büyümenin nasıl olduğunu Amanda'ya tanıştıktan kısa bir süre sonra anlatmıştı. O hayatı istemişti. Hem de her şeyini.

Böylece gidip onu elleriyle almıştı. On dört yaşındayken zorunlu testlere girebilmek ve yatılı okullara başvurabilmek için yasadışı gece vardiyalarında süpermarketlerin raflarını doldurmaya başlamıştı. Tam bursla girdiği Deerfield Akademisi de dahil üçüne kabul edilmişti. Ondan sonra Dartmouth'a gitmiş, ardından Penn'de hukuk ve işletme çift anadalı yapmıştı. Amanda bunların hepsinin fazlasıyla etkileyici olduğunu düşünmüştü. Hâlâ da düşünüyordu.

Zach, Amanda'yla birlikte olmaya başladıktan sonra California'da; Davis, Sunnydale, Sacramento, Pasadena, Palo Alto'da art arda yeni işletmelere katılarak şirket merdivenlerini hızla tırmanmıştı. Amanda, Davis'te Case'i doğurmuştu ve Zach gerçekten bir yerlere gelmek istiyorsa bizzat bir şeyler yapmak zorunda olduğunu anladığında çocuk dört yaşındaydı. İşte ZAG, Inc. böyle doğmuştu. (ZAG zikzaktan geliyordu ve aynı zamanda A harfi dışında Zach'in baş harflerinden oluşuyordu, ikinci ismi yoktu.) ZAG, Inc. beş yıl içinde yüzlerce milyon dolarlık değer kazanmıştı. Ancak Zach yeni bir şeylere hazır olduğunu söyleyerek istifa edip bu işten uzaklaşınca Amanda şaşırmamıştı. Ne de olsa hep kendi kendine meydan okuyordu. İşinin ayrıntıları hakkında asla konuşmadıklarından Zach'in New York'ta kurduğu yeni şirketin detaylarını bilmiyordu ancak Amanda onun da oldukça başarılı olacağına emindi.

"Kocam neden günün ortasında akşam ne yemek yiyeceğimizi sormak için mesaj atmak zorunda?" Sarah burnundan soluyup başka bir mesaj yazdı. "Daha öğlen yemeği saati bile değil. Yapacak daha iyi şeyleri olmalı."

Amanda'nın ofis telefonu çaldı. İrkildi ancak ikinci kez çalmasına rağmen açmak için herhangi bir hamlede bulunmadı.

"Henüz sekreterin olmadığının farkındasın değil mi?" diye sordu Sarah. "O telefon kendi kendini açmayacak."

"Ya, doğru." Üçüncü çalışta Amanda gönülsüzce ayağa kalktı ve masasına yöneldi. Telefonu açtı. "Amanda Grayson."

Karşıdan yanıt gelmedi.

"Alo?"

Cevap yoktu. Bir anda korku ve endişe neredeyse onu boğacak hale geldi.

"Alo?" dedi Amanda bir kez daha. Yine arkadaki tanıdık sesten başka bir şey duyamadı. Ağır, korkunç bir nefes alıp verme sesi geliyordu. Bağırsakları düğümlendi.

"Kimmiş?" diye sordu Sarah kanepeden.

Arayanın numarası yalnızca bir dizi sıfır olarak görünüyordu. Amanda telefonu çarparak kapattı.

"Vay be!" dedi Sarah. "Ne dedi?"

"Yok. Bir şey demedi. Kusura bakma, niye öyle kapattım bilmiyorum. Karşı taraf konuşmadı." Amanda gülümsedi ama iyi bir gülümseme değildi. Konuyu değiştirmesi gerekiyordu. "Sadece... Case'in çok uzakta olması gergin hissetmemi sağlıyor. Hatta dün gece berbat bir rüya gördüm. Çıplak ayakla ormanda koşuyordum, dallar ayaklarımı kesiyordu. Sanırım Case'i bir şeyden kurtarmaya çalışıyordum. Tanrı bilir neyden." Sarah'ya baktığında gözleri çoktan büyümüştü ki Amanda en rahatsız edici kısımları, yani üzerinde kan olduğunu; süslü bir elbise, gelinlik gibi bir şey giydiğini ve doğduğu yerdeki Norma's Diner'ın perili bir ev gibi ormanın ortasında belirdiğini söylememişti bile. Kim rüyasında böyle tuhaf, korkunç şeyler görürdü ki? Sarah'nın görmediği kesindi. "Yalnızca bir kâbus işte. Ama her telefon çaldığında Case'in kampından geldiğinden korkuyorum."

Amanda, Case'in kampta güvende olduğunu biliyordu. Yine de onsuz kendini emniyetsiz hissediyordu. Ondan en son bu kadar ayrı kaldığında henüz bebekti ve gıda zehirlenmesinden dolayı hastaneye yatırılmıştı, o zaman bile Amanda hastanede yanında kalmıştı.

Sarah'nın yüzü yumuşadı. "O kadarını anlıyorum." Yaklaşıp masada Amanda'nın yanına yaslandı. "Kamp başladığında hep tırnaklarımı kemiriyorum. Aslında ilk mektubu alana kadar. Sen ilk kez bunu deneyimliyorsun. Benim oğullarım genelde her yaz aynı yere giderler."

"Sen de endişeleniyor musun?" diye sordu Amanda.

Sarah'nın en küçük oğlu Henry, Case'in sınıfındaydı ve Amanda'yla da bu şekilde tanışmışlardı. Sarah, oğlu nasıl bir felakete girerse girsin her şeyi kontrol altında tutan bıkkın annelerdendi. Ve gerçekten de çok fazla felaket oluyordu.

"Sert görünüşümün seni kandırmasına izin verme!" diye bağırdı Sarah. "Düşünmezsem, görüş alanımdan ve aklımdan uzakta olursa daha kolay geliyor. Mesela öğretim yılı bitmeden hemen önce Country Day'den Henry konusunda aldığım 'gelip bizimle görüşün' mesajı. Ne yaptığımı bilmek ister misin?"

"Ne yaptın?" diye sordu Amanda, koltuğun ucuna gelmişti. Sarah'nın cesaret gösterisinin çok azına sahip olmak için neler verirdi.

"*Görmezden* geldim. Cevap bile vermedim. Hayal edebiliyor musun?" Sarah kendinden iğrenirmiş gibi başını salladı ancak aslında biraz memnun görünüyordu. "Dürüst olayım mı? Baş edemezdim. Çocuklarla ilgili her şeye bir ara vermem gerekiyordu. Elbette bu akşam acil okul aile birliği toplantımız var. O yüzden şaka yaparken şakalandım galiba."

"Ne acil toplantısı?" diye sordu Amanda.

"Hadi ama, sana söyledim ya. Hatırlasana. İletişim bilgileri listesi sızdırıldı hani!" Düzleşmiş avuç içlerini yanaklarına bastırıp bir anlığına gözlerini açtı, sonra da sırıttı. "Brooklyn Country

Day'in o gevşek, yenilikçi okullardan olmadığını biliyordum. Hepimiz sertliği, disiplini ve bir yapısı olmasını seviyoruz. O yüzden çocuklarımızı buraya gönderiyoruz. Ama açıkçası Country Day velileri sanki tanık koruma programında ya da CIA'den falanlar. Kafayı yiyorlar."

Tabii ya, Sarah ona söylemiş ve Amanda da bilerek aklından çıkarmıştı. Hackleme olaylarını bilse Zach de kafayı yerdi. Gizliliklerine çok fazla önem veriyordu. Bilgileri yanlış ellere geçerse özenle her ayrıntısına dikkat ederek bizzat seçtiği okulu suçlardı. Zorlu derslerine rağmen Brooklyn Country Day, Case'in sert geçişindeki tek iyi şeydi.

Amanda, on yaşındaki Case'i doğuya taşımak için öğretim yılının bitmesini beklemeyi umsa da bu mümkün olmamıştı. En azından Case kolay arkadaş ediniyordu. Bu durum sosyal olarak farklı yerlere uyum sağlamasına yardımcı oluyordu. Case bir yandan dışa dönük, atletik beyzbol fanatiği bir çocukken, diğer yandan tek başına seve seve oturarak saatlerce en sevdiği hayvanlar olan jaguarları çizebilecek, iç gözlemsel bir ressamdı. Ama beşinci sınıfın son birkaç ayında yeni bir okula geçmek en esnek çocuklar için bile zordu.

Gözyaşı dökmüş ve bazı kâbuslar görmüştü. Bir keresinde yatağını bile ıslatmıştı. Sık sık korkunç rüyalar gören biri olarak Amanda her zaman oğlunun sesli bir şekilde uyumasını doğru bir şeyler yapmasına yormuştu. Şimdi o bile olmuyordu. En azından Amanda ona Palo Alto'daki en yakın arkadaşı Ashe'yle birlikte ta California'daki sekiz haftalık yatılı kampa gidebileceğini söylediğinde Case neşelenmişti. Ama ya kamp bittikten ve Park Slope'a döndükten sonra oğlunun üzüntüsü de geri dönerse? Amanda bunu düşünmek istemiyordu. Zach'in kariyeri için hangi tavizi vermesi gerekiyorsa vermişti ama asla Case'in masraflarından kısmamıştı. En önemli işi oğlunu korumak olsa da Zach'le Case'i dengede tutmak kolay olmuyordu.

"Şimdi *sen* de kafayı yeme sakın," dedi Sarah. "Suratındaki ifadeyi görebiliyorum."

"Kafayı yemiyorum," diye yalan söyledi Amanda.

"Neyse, okul elinden geleni yapıyor," dedi Sarah ama biraz kendini de ikna etmeye çalışıyormuş gibi konuşmuştu. "Siber güvenlik şirketiyle falan anlaştılar. Brooklyn Country Day'i bilirsin. Kararlarından vazgeçmezler."

"Ben sadece... bilmiyordum," dedi Amanda.

"Çünkü yönetim fazla ketum davranıyor. Kendilerine de söylüyorum," dedi Sarah. "Bir şey saklıyorlarmış gibi görünmelerini sağlıyor. Ee, toplantıya gelecek misin?"

Amanda şimdiye dek Brooklyn Country Day okul aile toplantılarına bir kere katılmıştı ve fazlasıyla göz korkutucu bulmuştu.

"Katılabileceğimi sanmıyorum..."

"Katılırsın. Neyse, bana moral desteği vermen gerek. O veliler saldıracak birilerini arıyorlar," dedi Sarah, hepsinin ağzının payını vermesi muhtemel değilmiş gibi. "Akşam sekiz. Benim evde. 'Hayır'ı cevap olarak kabul etmiyorum."

Sarah'nın Amanda'nın orada olmasına ihtiyacı yoktu, orada olmasını istiyordu. Ve bu kadarı yeterliydi.

"Geleceğim," dedi Amanda arkadaşına. "Elbette geleceğim."

LIZZIE

6 TEMMUZ, PAZARTESİ

Rikers, karanlıkta bile hatırladığımdan çok daha kötü gözüküyordu.

Büyük hapishane binaları bilerek uyumsuz tasarlanmış gibiydi ve idari ofis, belki de güvenlik kulübeleri ya da silah depolarının olduğu çeşitli karavanlar tabelasız ve eğikti. Suyun üstünde devasa bir betondan hapishane mavnası imkânsız bir şekilde süzülüyordu, okuduğuma göre içinde yakın zamanda mavnayı serbest bırakıp neredeyse suda yavaşça giderek kaçacak olan birkaç yüz mahkûm vardı.

Dikenli teller her yeri sarmıştı. Eğik ve pasa bulanmış halde düz çizgiler çiziyor, kareler oluşturuyor ve daireye dönüşüyorlar, aynı anda hem içeride hem de dışarıda kilitli kalmışsın gibi huzursuz bir his veriyorlardı. Ancak yıllar önce bir tanığın ifadesini almak için son Rikers'a geldiğimden beri en çok korktuğum şey, lağımın kekremsi kokusu ve farelerdi. Diğer tipik suda gezen gececi haşeratın aksine Rikers'ın fareleri günışığında korkusuzca dolaşıyor, saldırganca geri adım atmıyorlardı. Karanlık olmasına memnun olmamın bir sebebi de buydu.

Zach'in kaldığı bina olan Bantum'un içine girdikten sonra on beş dakika boyunca güvenlikten geçip en sonunda çiş, soğan ve ekşi nefes kokan küçük bir kutuda oturarak Zach'in getirilmesini beklerken buğulu, plastik camdan bölücüye baktım.

Arabayla gelirken Zach'le arkadaşlığımız gelişigüzel bir şekilde aklıma gelmişti. Yıllar geçmiş olsa da ilk yılımızın yarısından fazlasını beraber ders çalışarak, yemek yiyerek, film izleyerek geçirmiştik. Arkadaşlığımızı unutmuş olmam Zach'in de öyle olmasını gerektirmiyordu. Seçici hafızam vardı. Ama şu anda net bir şekilde şunu hatırlıyordum; Zach'i sevmemin sebebi hem iyi hem de kötü anlamda tanıdık hissettirmesiydi. Bu özellikle sevgili sözleşme hocamız spontane bir şekilde derste "kariyer danışmanlığı" yaptığında belli olmuştu.

O akşam Rittenhouse Square'de bir pub olan Mahoney'de akşam yemeği için buluştuğumuzda Zach çoktan öfkelenmiş haldeydi.

"Profesör Schmitt'in saçmalıklarına inanabiliyor musun?" demişti Zach, Penn futbol hayranlarından oluşan gürültücü bir grup içeri girerken burgerine ketçap sıkmıştı.

"Ruhsuz kurumsal hukuk bürolarını mı kastediyorsun?"

Zach gözlerini burgerinden ayırmadan başını sallamıştı, muhtemelen etrafımızı saran o aşırı iri ve sarhoş futbol hayranlarıyla göz göze gelmemek için bunu yapmıştı. "Çok kötü. Adamı cidden sevmiştim. Şimdiyse cehennemin dibine kadar yolu var."

"Yani kurumsal büroların ruhu olduğunu mu düşünüyorsun?" diye dalga geçmiştim, yanımda endişe verici bir biçimde sallanan devi izlemek için başımı çevirmiştim.

"Neden bahsettiğimi anlamamış numarası yapma. Tanıdığım en hırs küpü insan sensin." Zach'in bacağı her gerildiğinde, yani sık sık olduğu gibi sallanmaya başlamıştı. "Buradaki insanlar hırslı olmak insanı canavarlaştırıyormuş gibi davranıyor. Ama ben kaybetmeyi reddediyorum ve bunu kabul etmekten de utanmıyorum."

Bir şey demek istediğinden değildi ama Zach bazen babamın kötü; müşterilerinin, çalışanlarının ve onu seven komşularının bilmediği hali gibi konuşuyordu. Onlara göre babam şakacı, sıcak ve şapşal bir cazibesi olan biriydi. Ve öyleydi de. Ancak aynı zamanda mevki ve başarı konusunda takıntılı ve başarılı olmak için insanlar gibi önemli şeyleri dışarıda bırakabilecek bir adamdı. Anneme, bana ve istediklerimize yaptığı gibi. Annemin bana istediği gibi Yunanca öğretmesine bile izin vermemiş, edindiği birkaç Yunan arkadaşından uzak durmuştu. Gerçek kişiliği her zaman bizden hoşnutsuzdu. Ailemin kendilerine inşa edebildikleri şeyler; restoran, her daim annemin ev yapımı *dipleslerle,*[2] büyüdüğü yer olan Kefalonya'yla ilgili harika hikâyelerle ve bitmeyen sevgisiyle dolu olan, iki yanı ağaçlarla donatılmış West Twenty-Sixth Street'teki "sıcacık", iki yatak odalı evimiz oldukça mükemmeldi. Bana kalırsa cennet gibiydi. Ama hiçbir zaman, her şeyi kaybetmeden önce bile babam için yeterli olmamıştı.

"Penn Hukuk'taki öğrencilerin yeterince rekabetçi olmadıklarını mı söylüyorsun?" Gülmüştüm. "Bu, bir aslan sürüsünün sorununun çok fazla sebzeye düşkün olduğunu söylemek gibi bir şey değil mi?"

"Ama yarışıyormuş *numarası yapmayı* seviyorlar. İkiyüzlülük bu." Zach anlamlı bir şekilde bana bakmıştı. O böyleydi işte: Ya çok fazla göz göze gelir ya da hiç gelmezdi. Tabii Zach en azından babam gibi neşeli bir personanın arkasına saklanmaya çalışmıyordu. Olduğu kişi konusunda dürüsttü ve buna saygı duyuyordum. "Annem bir garsondu, evlere temizliğe gidiyordu, babamsa bir çelik fabrikasında çalıştı. Mavi yakalı ve eğitimsizdi ama var ya, nasıl çalışırlardı bir bilsen. Seninkilere bak, en az benimkiler gibi çalışkanlardı ve ölene kadar dolandırıldılar." Bir parmağıyla beni göstermişti. "Başarı, yalnızca zenginlerin soyutlayabileceği bir şey."

Omuz silkmiştim. "Ben kamu yararı yolundan gidiyorum."

Zach bir kaşını kaldırmıştı. "Kamu yararı mı? Bu asil falan ama senin ve benim gibi insanların böyle bir seçeneği yok."

"Kendi adına konuş," diye terslemiştim. "Amerikan Avukatlar Birliği'nde çalışmak için ne gerekirse yapmaya hazırım. Para zerre umurumda değil."

Aynı zamanda küçük görülmekten hoşlanmıyordum. Hayatımı tıpkı ailem gibi çok çalışan, Chelsea'deki iyi çalışan restoranlarının karşılığında 100,000$ borç alan ve o parayı Hudson

---

[2] Bir tür Yunan tatlısı.

Yards'daki "gizli" bir projeye yatıran nazik görünüşlü bir müdavim tarafından ikna edilen göçmenleri korumaya adayacaktım. Aslında ikna olan tek kişi babamdı. Anneme danışmadan yatırım yapmıştı. Sonra da para, müdavimle birlikte puf diye ortadan kaybolmuştu. Banka restorana kamçı hızında el koymuştu. Aile dostuna dönüşen bir müşteri ve Onuncu Bölge'de bir çavuş olan Millie olaya el atmış, adamı bulmak için FBI'ın tepesine binmişti. Sonunda adamın bulunması Millie'nin baskıları sayesinde gerçekleşmemişti. Ama bulunduğunda... son derece kötü bir haldeydi. Tabii bu bir şey değiştirmemişti. Ailemin tüm çabaları çoktan yok edilmişti. Ve ailem de öyle. O zamanlar on altı yaşındaydım; on yedime girmeden ikisi de aramızdan ayrılmış olacaklardı.

Lisenin geri kalanını bir şekilde, mahvolmuş bir halde, Yunanistan'a döneceği günleri sayan teyzemin yanında kalarak atlattım. Dünyam bir anda saldırgan ve akıl almaz derecede karanlık bir şeye dönüşmüştü. Aylarca tehlikeli bir depresyon içindeydim. Kendimi derslerime vermek en sonunda kısmen hayata dönmemi sağlamıştı.

Dürtü etkisiyle çalışmam aynı zamanda Cornell'e bedava bir ziyaret yapmamı sağlamıştı ve oradaki son yılımda hukuk fakültesini, federal dolandırıcılık savcısı olarak çalışmayı düşünmeye başlamıştım. Ailem gibi kullanılan insanları koruyacağım bir kariyer fikri hayatımın bağlı olduğu bir şeydi. Sonrasında olanlardan bahsetmemek mi? O da kendimi kıyıya atmam için gereken gücü bana sağlıyordu.

"Hey, alınma." Zach ellerini kaldırırken burgerine bakmıştı. "Harika bir savcı olacaksın. Benim demek istediğim bu lanet okuldaki herkesten, benden bile on kat fazla çalıştığın ve daha azimli olduğun. Belki ödülünü almalısın."

"Endişelenme. Alacağım. İstediğim ödüller olacaklar ama."

"Buna inandığımı biliyorsun." Zach gülümsemişti. "Aslında buna hiç şüphem yok."

Ama Zach'le bir süreliğine ne kadar yakın olmuşsak olalım, hiçbir şey şu anda onu temsil etmekle alakalı kararımı değiştiremezdi. Onu dinleyebilir, ona sesinin duyurulduğunu hissettirebilir, söz verdiğim gibi benden başka tam anlamıyla mükemmel bir avukat bulabilirdim. Ve yapacaklarımın hepsi bu kadardı.

En sonunda üzerinde hava delikleri olan plastik camın diğer tarafından bir vızıltı sesi geldi. Kapı ters tarafa açıldı ve bunca zaman sonra Zach karşıma geldi. Ya da sağ gözü. Çünkü ilk başta yalnızca onu gördüm. Şişip kapanmıştı, üstünde derin bir kesik vardı. Yüzünün yan tarafı tamamen morarmıştı. Bakması bile acı veriyordu.

"Aman Tanrım Zach," diyerek nefes aldım. "İyi misin?"

Hafifçe gülümseyip otururken başını salladı. "Sırada başka birinin yerine geçmişim. Burada çok fazla kural var. Öğrenmesi uzun sürüyor. Göründüğü kadar kötü değil."

Yaralı olsa bile Zach'in yüzü hatırladığımdan daha yakışıklıydı; geçen yıllar hatlarını daha keskin ve sert yapmıştı.

"Olanlara üzüldüm," dedim. "Acıyormuş gibi görünüyor."

"Kesinlikle senin suçun değil," dedi, gözleri tanıdık bir şekilde aşağı çevrildi. "Geldiğin için teşekkür ederim. Uzun zaman oldu." Bir süre sessiz kaldı. "Neyse ki mesleğim modellik değil. Ama tercihen yüzümün geri kalanı aynı kalsın diye buradan çıkmak isterim."

"Hatırlatayım: Bu konuşmaları kaydetmek zorunda değiller ama..."

"Kim bilir, değil mi?" dedi Zach. "Saklayacak bir şeyim yok ama seni anlıyorum. Gereken özeni göstereceğim. Dinliyordum, söz veriyorum."

Gözlerini bir anda kaldırıp benimkilere baktı, o sırada göremediğim bacağı hep yaptığını yaptığından vücudu hafifçe titremeye başladı. Zavallı Zach. Burada başı gerçekten dertteydi. Sonra üzgün ve istekli bir şekilde gülümsedi. Midemde bir bulantı hissettim.

"Yardım etmeye geldim Zach, hangi şekilde olursa olsun," diye söze başladım. "Ama daha önce de dediğim gibi seni bizzat temsil etmeyeceğim."

Zach düzgün olan gözüyle bana bakarak elleriyle çaresizlik hareketi yaptı. "Tamam. Yani, duymak istediğim bu değildi ama yalnızca elinden geleni yapabilirsin. Sanırım."

Göğsüm birazcık sıkıştı. Zach'in sinirleneceği fikri beni fark ettiğimden fazla korkutmuştu. Gerçi onu sinirli gördüğümden değildi. Bu, karısını öldürme kabiliyeti olmadığı anlamına mı geliyordu? Elbette hayır. Hem on bir yıl on bir yıldı. Sam'den önce tanıdığım erkeklere ne oldu diye internette araştırırken bulup okuduğum *New York Times* profili dışında Zach'in şu anki hayatı hakkında bir şey bilmiyordum.

"Dürüst olmak gerekirse sorun yeni işim," dedim, bu son derece doğru, daha mantıklı ve Rikers'a gelirken geçtiğim uzun yolda aklıma gelenlerden daha iyi bir bahaneydi. "Young & Crane'de kıdemli avukatım. Yalnızca ortaklar dava alabiliyor. Prosedürlerine uymak zorundayım."

"O şirket işi nasıl oldu ki?" diye sordu Zach. "Tek istediğin savcı olmaktı. Yargılamıyorum ama ayrıldığını görünce şaşırdım."

"Görünce mi?"

Sonra hatırladım: *Penn Hukuk Yıllığı*. Victoria'nın kendisini her toplantıya katılmaya ve üç ayda bir her mezunu haberdar etmeye zorlayan saçma bir kızlar birliği görevi vardı. Desteklemeye çalıştığına şüphem yoktu; Young & Crane'de kıdemli avukat olmak prestijli ve fazlasıyla kazançlı bir pozisyondu. Zorlu davalar, iyi bir ün ve bunlara uygun bir maaş getiriyordu. Hafif gecikmiş olsam da ben de ortak olma yolundaydım. Ama profesyonel hayatımı iyi şeyler yapıp Avukatlar Birliği'nde az maaş alan bir savcı olarak geçirmek olan orijinal planımdaki değişiklik gönüllü olmamıştı.

"Şirket avukatı olmak yerine toptan mesleği bıraktığını görsem daha az şaşırırdım."

Yüzümü buruşturdum ancak bunu gülümseyerek kapatmaya çalıştım. "Hayat işte. Her şey her daim beklediğin gibi gitmiyor."

"O ne demek?" diye sordu Zach. "Kovulmuş olmana imkân yok. Bunun için fazla iyisin."

"Orada kalmam mantıklı değildi."

Doğruydu fakat tam gerçeği kesinlikle yansıtmıyordu. Kocam hayatlarımızı öyle bir çukura sokmuştu ki Young & Crane'deki işim bizi oradan çıkaracak şey olmak zorunda kalmıştı.

Sam, bir yıl kadar önce iş için gittiği bir öğle yemeğinde *Men's Health*'teki editörüne siktir olup gitmesini söyleyecek kadar sarhoş olmuş, sonra da tuvaletin zemininde uyuyakalmıştı. Yüzükoyun bir halde bir pisuarın altında. *Men's Health*, *New York Times*'ta başlayan kaydırak gibi kariyerinin birçok durağından sonuncusuydu. İşlerini içki sorunu, gerçeklerle ilgili hatalar ve kaçırılan teslim tarihleri yüzünden bir şekilde kaybediyordu. Hem de agresifti.

Neyse ki Sam en sonunda *Men's Health*'ten kovulduğunda tavsiyeler verdiği popüler köşe yazılarından uyarlanan bir kitap için anlaşma yapmıştı. Ama ne yazık ki uzun zamandır ilerleme kaydetmediğinden kitabı bitirmek için daha çok yolu vardı. Bugünlerde Sam doğru düzgün yazmıyordu. Tüm bunlara rağmen kaza gerçekleşmemiş olsa az miktardaki devlet maaşımla ucu ucuna geçinebilirdik.

Sam'in *Men's Health*'ten kovulmasından sonraki hafta sonu, olayları aklımızdan iyi yemekler ve bir kadeh şarapla çıkarmak amacıyla otobüsle Montauk'daki bir arkadaşımızın evine gitmiştik. Belli ki ben yatağa geçtikten sonra Sam "araba sürecek kadar iyi" olduğuna karar vermiş ve arkadaşımızın restore edilmiş antika üstü açılır arabasını "ödünç alarak" daha fazla bira almaya çıkmıştı. Arabayı şehir merkezindeki tarihi bir pub olan Anglers'a vurarak hem orayı hem de aracı mahvetmişti. Mucizevi bir şekilde –ve şükür ki– kaza sonucunda Sam tek bir yara bile almamıştı ama Anglers'ın sahibine ait, sigortanın karşılamadığı paha biçilmez aile eşyalarına kasten zarar verdiği, diğer bir deyişle sarhoş olduğu için tazminat ödeyecektik. Uzlaşmaya göre gelecek iki yılda cebimizden 200,000$ ödememiz gerekiyordu.

Young & Crane için finansal açıklama formunu doldururken bu gerçeği bilerek eklememiştim. Dava Sam'in kişisel davasıydı ve dolayısıyla benim kredi geçmişim için gri bir alan bırakıyordu. Ben doğrusunu biliyordum elbette. Hukuk büroları, haksız nüfuz kullanımına sebep olabileceği için borcu olan ortaklar istemezdi, bizim büyük borcumuz da müşterekti. Young & Crane'den aldığım maaşla bile tamamen kapatmak kolay olmayacaktı. Ama zamanla iflas talep etmeden, doğum uzmanının tavsiye ettiği tüp bebek tedavisi gibi "birincil önceliği olmayan" şeylerden vazgeçerek başarabilirdik. Tabii bu durum işleri basitleştirdi. Sam'le birlikte bir bebekle asla başa çıkamazdık.

Bütün bunlardan ötürü sinirli miydim? Tabii ki. Bazen tam anlamıyla öfkeleniyordum ancak bu asla günü kurtarma umudundan vazgeçecek kadar olmuyordu. Ne de olsa her şeyin yoluna gireceğine inanmayı bırakmıştım; eğer Sam'in altın rengi dünya görüşüne güvenmeyi bırakırsam geriye sadece gerçekler kalıyordu. Bu da tamamen savunulamaz bir şeydi.

"Avukatlar Birliği'nde çalışman mantıklı değil miydi?" diye üsteledi Zach. "Bu ne demek oluyor?"

Hep sevdiğim gibi çarpıtmadan konuşuyordu.

"Bazı beklenmedik finansal sorunlarla karşılaştık. Uzun, karışık bir hikâye. Neyse, Avukatlar Birliği'nde çalışmak fazladan nakit kazanmanın en iyi yolu sayılmaz."

"Evlilik," dedi Zach ve başını kederli bir halde salladı.

"Dünyanın sonu olmadığı kesin," dedim. "Ülkedeki en iyi hukuk bürolarından birinde çalışıyorum, tuz madeninde değil."

Zach'in tek gözünden üzgün olduğu belli oluyordu. "Yine de," dedi, "o işin senin için ne kadar çok şey ifade ettiğini biliyorum. Üzüldüm."

Boğazımda bir yanma hissi oluştu. Bakışlarımı kaçırdım.

"Evliliğin en zor kısmı da bu, değil mi?" diye devam etti Zach. "Başkasının problemi sana ait oluyor. Her zaman adilmiş gibi hissettirmiyor."

"Öyle," dedim. Zach'in doğruyu söylemesi istediğimden çok daha kibardı.

"Kocan. Adı Richard'dı, değil mi?"

"Richard mı?" Zach'in o ismi nereden tahmin ettiğini hatırlayınca suçluluk duydum. "Hayır, Richard değil. Adı Sam."

"Tahminen avukat değil..."

"Yazar."

Zach bir anlığına gözlerime baktı.

"Yazarlık kulağa... yaratıcı geliyor." Gülümsedi. "Mutlu olmana sevindim. Yıllar boyunca seni düşündüm, nasıl olduğunu merak ettim. Her şeyin yolunda gittiğini görmek güzel."

Gitmedi. Hiçbir şey yolunda gitmedi.

Sessizce masaya baktım. Asıl konuya dönmemiz gerekiyordu.

"Oğlun nerede?"

"En yakın arkadaşıyla birlikte California'daki yatılı bir kampa gitti." Zach zorla gülümsedi. "Amanda gitmesini istemedi ama buraya öğretim yılının ortasında taşındığımızdan oğlum arkadaşlarını özlüyordu. Amanda bu konuda iyiydi. Kendisi için zor olsa bile Case için hep en iyi kararları verirdi. Case'e olanları telefonda anlatamam. Bu çok... Ama Amanda'yı bilmesi gerekiyor."

"Ya annen?"

Bir anlığına kafası karışmış gibi göründü. "Ha, o vefat etti."

"Başın sağ olsun. Belki de Case'in arkadaşının ailesi ona söylemeli o zaman," diye bir öneride bulundum. "Sence onu kamptan alabilirler mi?"

"Evet, belki," dedi kısık sesle. "Dürüst olmak gerekirse onları pek tanımıyorum. Arkadaşının ismi Billy'di sanırım."

"Kampı arayıp sorabilirim," dedim. "Eminim Billy'nin ailesine ulaşabilirler."

"Çok iyi olur, teşekkürler," dedi Zach. "Ama kampın ismini bile bilmiyorum. O işle Amanda ilgilenmişti." Duraksadı. "Muhtemelen aşağılık biri gibi görünüyorum, değil mi? İddiaya girerim her akşam Richard'ın önüne sıcak yemek koymak için eve koşmuyorsundur."

Biraz sesli bir kahkaha attım.

"Hayır, ama her evlilik farklıdır," dedim ve yargılarıma rağmen –ki kesinlikle yargılıyordum– geleneksel bir evliliği olması, bu durum karısının da istediği bir şeyse Zach'i kötü bir insan yapmazdı. "Kampın bilgileri evde olabilir mi?"

"Eminim oradadır. Oturma odasında Amanda'nın belgeleri koyduğu küçük bir masa var. Kampla ilgili bütün formlar ve bilgiler orada olmalı."

"Mahallede evin anahtarını verdiğiniz birileri var mı?" diye sordum. "Buradaki envantere ulaşmak yerine onu kullansam çok daha hızlı olur."

"Öndeki çiçekliğin altında bir tane olması lazım," dedi. "Amanda acil durumlarda Case'in kullanması için oraya koymuştu."

"Kapının önündeki bir saksının altında evinizin anahtarları mı var?" diye sordum. "New York'ta?"

"Şimdi kulağa aptalca geliyor," dedi Zach. "Açıkçası daha önce bunu düşünmemiştim. Park Slope insana güven veriyor."

"Polisi yedek anahtardan haberdar etmeliyiz. Potansiyel şüpheliler ortaya çıkarabilir," dedim. "Senin için arayabileceğim başka biri var mı? Diğer aile üyeleri, arkadaşlar falan? İşten birileri?"

Mesela Zach'in son on bir yılda gerçekten görüştüğü birileri? En azından harekete geçmek için yaygara koparacak bir ekip dolusu çalışanının olması gerekiyordu.

Zach bir kez daha aşağıya doğru bakarak başını salladı. "Şu anda hayatımda olan insanlar beni *tanımıyorlar*." Yaralı yüzünü işaret etti. "Beni böyle görmelerine izin veremem."

Başımla onayladım. "Anlıyorum."

Ama anlıyor muydum? Gerçekten yeterince samimi olduğu bir kişi bile yok muydu? Peki bu kalbimdeki çırpınış neyin nesiydi? İstisna olmak gururumu mu okşamıştı?

"İkimizin," diye devam etti, sormadığım soruya cevap vererek, "hep benzer karakterlere sahip olduğumuzu düşündüm, biliyor musun? Hiç beni yargıladığını hissetmedim."

"Yargılamadım," dedim. "Yapamazdım."

Zach bana baktığında tek gözü sulanmıştı. Sadece görünüşü iyileşmemiş, yüreği de yumuşamıştı.

"Neyse işte, partiye gittiğimizde ön kapının kilitli olduğunu biliyordum çünkü bizzat kilitledim. Ama alarm çalışmıyordu. Amanda tamir ettirmek için randevu almıştı; yaptığım son şeylerden biri hâlâ yaptırmadığı için şikâyet etmekti. Ne güzel, değil mi?" Bir süreliğine acı çekiyormuş gibi gözlerini kapadı. "Her neyse, Amanda eve döndüğünde de kapıyı arkasından kilitlemiş olmalı. O hep öyle endişeli biriydi."

"Nasıl endişeli?" Eğer bir sebebi varsa bir şeye veya Zach'ten başka birine işaret edebilirdi.

Omuz silkti. "Küçük bir kasabada büyümüştü ve ailesi aç kalacak kadar fakirdi. Bu konuda konuşmayı çok sevmese de bazen yaşadığımız mahalleden, oradaki insanlardan bunaldığını düşünüyorum. Çalışmayan kadınlar bile çok etkileyicilerdir; havalı eğitimleri vardır, topluluğun içindendirler. Amanda zekiydi ama üniversiteye gitmemişti. Sanırım bunu öğrenecekleri için endişe ediyordu. Bu yüzden diken üstündeydi. Belki de onu olmadığı bir şeye dönüştürmek için fazla zorladım." Başını kaldırıp bana baktı. Hakikaten pişman olmuş gibi görünüyordu. "Ama fark ettiğinden fazlasını yapabilecek güçteydi. Ben yalnızca olabileceği en iyi kişi olmasını istedim, anlıyor musun?"

"Olabileceği en iyi kişi" deme şekli sinirlerimi bozdu. Gerçi Zach kendini geliştirme konusunda hep takıntılıydı, kendi için bile. Ve sonuçları düşünüldüğünde onunla tartışmak zordu.

"Tabii, evet," dedim, çünkü Zach katılmamı bekliyormuş gibiydi. "Dediğin mantıklı."

Sonra yüzü düştü. "Kalp masajı yapacaktım ama Amanda buz gibiydi. Ve üstüne bastığımda kan çok kalınlaşmıştı, yapışkan gibiydi. Ve ben..." Zach bir elini ağzına bastırdı. Telefonda kalp masajı *yaptığını* söylememiş miydi? Öyle dediğine yemin edebilirdim ama belki de hatalı söylemişti. Ya da belki de gerçeği söylemeye utanıyordu. "Polis geldiğinde neden üzerimde fazla kan olmadığını, onu öldürdükten sonra kıyafetlerimi değiştirip değiştirmediğimi, karımı sevmediğim için mi ona kalp masajı yapmadığımı sorarak anlam çıkarmaya çalıştı. Hangisi doğru dediler. Onlara göre içlerinden biri olmak zorundaydı. Ama Amanda öyle soğuktu ki açıklaması buydu ve ben... İnsanlar nasıl davranacaklarını bildiklerini sanıyorlar. Ama başına gelene kadar hiçbir şey bilemiyorsun. Düşündüğünden çok daha kötü."

Öyleydi. Bunu bizzat biliyordum. Daha geçen hafta uyandığımda Sam'i oturma odamızın zemininde, başında bir yarayla bayılmış halde bulmuştum. Çok fazla kan vardı. Sam'in ellerinde ve gömleğinde, başının altındaki parke zemine yayılmış halde... Koşarcasına yanına gitmiştim, öldüğüne emindim. Ama ona dokunduğumda inlemişti, bedeninden âdeta alkol saçılıyordu. Dokunduğumda soğuk olsa nasıl hissederdim hayal edemiyorum.

"Haklısın," dedim. "Kimse ne yapacağını bilemiyor."

Bununla birlikte Zach'in kıyafetlerinin temiz olması polisin kendi lehine kullanabileceği, problematik bir gerçekti. Büyük ihtimalle Zach'e ait kanlı kıyafetler bulamamışlardı, aksi takdirde kesinlikle cinayete teşebbüsten tutuklanmış olurdu.

"Amanda'ya ne olduğunu bilmiyorum, Lizzie. Öldüğünde evde değildim," diye devam etti Zach. "Ama daha iyi bir eş olsam hayatta olabilirdi."

Bu ne anlama geliyorsa bir daha söylemese iyi ederdi. Söylediği itirafla eşdeğerdi.

"Ben olsam..."

"Onu partide bıraktım, çıktıktan sonra mesaj attım. Çünkü hep öyle yaparım, giderim. Benim adıma açıklama yapmayı Amanda'ya bırakırım. Hayatımızı inşa etmeyi ona bırakırım. O da her seferinde yapar." Duraksadı, içine biraz hava çekti. "Yapardı. Her seferinde yapardı. Büyük ihtimalle bir kere bile teşekkür etmemişimdir."

"Kimse mükemmel değildir," dedim. "Özellikle de evli olanlar."

Acı bir şekilde gülümsedi. "Tartışmazdık. O kadarını söyleyebilirim. Kavga edecek türde bir çift değildik. Ev hayatımız güzeldi. Case harika bir çocuktur. Amanda'yla olağanüstü bir yakınlığımız var mıydı?" Başını salladı. "Dürüst olayım, evliliğe her zaman kullanışlı bir anlaşma olarak baktım. Ve şimdi karım öldüğü için sebebi bu olacak, değil mi? Ona bağlı olmamam? Duygusuzluğum? En ahmakça kısmı ise o partiden ayrılmak zorunda olmamam. Sıkıldığım için gittim. Yürüyüş yapmak için..."

Ellerimi trafik polisleri gibi kaldırdım. "Hayır, hayır. Detaylara girme."

"Ama hikâyem değişmeyecek, Lizzie. Çünkü hikâye değil. Gerçek."

"Fark etmi..."

"Brooklyn Heights Promenade'deydim. Yürüyordum. Tek başıma. Su, Manhattan'ın ışıkları. Philly'deyken sürekli yürüyüşe çıkardım, hatırlıyor musun?" Hatırlıyor muydum? Emin değildim. Ne var ki Zach'in sinir bozucu bir müvekkil olacağından emindim. Dinlemiyordu. "Neyse, polise orada olduğumu söyledim zaten. Golf sopasıyla ilgili bilmek istedikleri her şeyi de anlattım. 'Senin mi?' dediler. Ben de 'Evet,'..."

"Zach!" Bu kez öyle yüksek sesle bağırdım ki irkildi. "Cidden, dur artık. Bu yaptığın durumuna fayda sağlamıyor."

"Ama orası benim evimdi, *elbette* o da benim golf sopam," dedi, karşı gelircesine. "Amanda'yı öldürmedim; neden herhangi bir şey hakkında yalan söyleyeyim?"

Öf, cinayet silahı olduğu iddia edilen bir şeyin kendisine ait olduğunu söylemek davayı riske atacak bir beyandı. Dolaylı ifade olarak kabul edilebilirdi. Aklıma bulacağım avukata ifadelerden bahsetmeyi not ettim; uğraşacaklarının listesinin en üstünde kalması gerekecekti. Daha fazla zarara yol açmadan buradan çıkmam gerekiyordu. Tek ihtiyacım olan Zach'e bir avukat bulmak için yeterli bilgi almak ve o avukatın kefalet temyizi üzerinde çalışmasını sağlamaktı.

"Polis memuruyla yaşadığın münakaşaya dönebilir miyiz? İddia edilen saldırıya yani." Her avukat Zach'in dosyasını almadan önce bunu bilmek isterdi.

"Anlaşılacağı üzere ben başlatmadım," dedi Zach; kendini, muhtemelen eskisinden daha iyi durumda olan ama yine de bir polisle kavga edecekmiş gibi görünmeyen vücudunu gösterdi.

"Memur mu başlattı?" diye sordum.

"Başlatmak derken neyi kastettiğini bilmiyorum ama polis memurlarından biri suç mahalline gelip golf sopasını göstererek 'Karına bu sopayla vurdun, değil mi? Neden? Sana söyleniyor muydu? Seni aldatıyor muydu? Belki de onu korkutmak için sopalardan birini eline aldın. Salladın ve sonra bir baktın ki yere düşmüş. Panikledin,' dedi. Durmak bilmiyordu. Sonra başka biri başladı, bana yalancı dedi ve yürüyüşe çıktığımı uydurduğumu söyledi. Onun aptal bir yalan olduğunu söyledi. 'Aptal mısın?' deyip duruyordu." Abartıyor gibi görünse de kesinlikle imkânsız değildi. Şüpheliye bağırarak bocalamasını sağlamak yaptıkları bir şeydi. "Neyse, sonra sivil giyimli bir dedektif yanıma geldi ve 'Hadi, dışarı çıkıp bundan biraz daha bahsedelim,' falan dedi. Ben de, 'Karımı yalnız bırakmam,' deyip onu ittim. Kesinlikle sert bir şekilde. Ama refleks olarak yaptım." Gösterircesine dirseğini kaldırıp salladı. "Neyse, sanırım arkamda bir polis daha vardı, onun yüzüne vurdum."

"Ve seni yakaladılar mı?"

"Önce kararsız kaldılar. İlkyardım teknisyenlerinden biri polisin burnuna baktı, ardından herkes sakinleşti ve bu olayın üstüne gitmeyecekler gibi göründü," dedi Zach. "Sonra takım elbiseli adam, sivil dedektifle konuştu, ne dediklerini duymadım. Ama bir dakika sonra bir polis memuruna saldırıda bulunmaktan beni yakaladılar."

"Cinayetten değil mi?"

Zach başını salladı. "Sadece saldırıdan. Bence vurduğum polis bile beni bırakmak istedi ki adamın burnu kanıyordu. 'Adamın karısı ölmüş,' deyip durdu. Ama takım elbiseli adamın beni tutuklamak için yer aradığını hissettim."

Ki elbette bu mantıklıydı. Elinde cinayet şüphelisini yakalayacak makul sebep varsa yakalardın. Nokta.

"Bunların hepsini mahkemeye çağrıldığında seni temsil eden avukata da anlattın mı?" diye sordum. "Kamu avukatına?"

Zach kararsızca kaşlarını çattı. "Emin değilim. Dediğim gibi, o sırada kafam pek yerinde değildi."

"Sorun değil," dedim. "Kamu avukatını bulup ona sorabilirim. Adını biliyor musun?"

"Adam," dedi, "Roth bir şeydi. Yeni bebeği olmuş ve Staten Island'da yaşıyor. Feribottan bahsetmiştik."

Bu tür davalara verdikleri türde gergin, kıdemsiz kamu avukatını yarı katatoni yaşayan Zach'e özel hayatından bahsederken hayal edebiliyordum.

"Onu bulacağım. Bölge savcısıyla çoktan konuştuysa gidişattan daha haberdar olabilir."

"Bu, fikrini değiştirdiğin anlamına mı geliyor? Davamı alacak mısın?" Zach ileri doğru uzandı ve önündeki plastik camın küçük kenarını kavradı.

"Üzgünüm, Zach," dedim, daha kesin bir şekilde ama kibar olduğumu umarak. "Gerçekten ağır suç konusunda daha fazla deneyimi olan birine ihtiyacın var. Özellikle de cinayetler konusunda. DNA'yı, suç mahalli analizini, kan delillerini ve parmak izlerini bilen biriyle. Ben adli muhasebe biliyorum. Aynı zamanda Brooklyn Bölge Savcılığı'ndan kimseyi de tanımıyorum. Bu tür davalarda genelde gizli görüşmeler lazım olur."

"Benim ihtiyacım olan *dövüşecek* biri, Lizzie." Zach'in gözleri artık parlıyordu. "Sözkonusu olan hayatım."

"Ben ortak değilim. Young & Crane'e kendi müvekkillerimi getiremem. Nokta."

"Ücreti ödeyebilirim, ne kadar olursa olsun."

"Büyük ihtimalle istesen bütün şirketi alabilirsin," dedim. "Bu tür kararlar ücretle ilgili değil."

"Ah." Zach başını sallayarak tekrar oturdu. "Adlarının cinayet işlediği iddia edilen biriyle birlikte anılmasını istemiyorlar. Anlıyorum."

"Bu şirketler nasıldır bilirsin. Ahlak anlayışları keyfidir."

"Hey, şirketimin bırak şiddet suçunu, herhangi bir suçla birlikte anılmasını ben de istemezdim. Hiç şüphesiz amaç budur."

"*Beş dakika kaldı,*" dedi hoparlörlerden gelen bir ses. "*Ziyaret saati beş dakika içinde son bulacak. Lütfen en yakın çıkışa yönelin.*"

Ayağa kalkıp telefonumu kaldırdım. "Birkaç arama yapacağım. Sana harika bir savunma avukatı bulacağım ve avukatını hızla göndereceğim. Önceliğimiz elbette kefaletle kurtulman." Bereli yüzünü ve zarar görmüş gözünü inceledim. "Neyse, Young & Crane'de davayı alma konusunu kime soracağımı bilmiyorum."

Zach çenesini geri çekti. "Dur, birisine sorabilir miydin yani? Sana çoktan hayır demediler mi?"

Sıçayım. Aşağı doğru bakarak uzun bir nefes verdim. Bunu neden, neden, neden söylemiştim ki? Yine de belki de en kötü yaklaşım değildi bu... Young & Crane kesinlikle hayır derdi. Paul bir keresinde özellikle kendi dosyalarımızı almamamızla ilgili konuşmuştu. O resmi olarak hayır dedikten sonra ben de resmi olarak kurtulmuş olurdum.

"Sanırım sorabilirim," dedim en sonunda. "Ama hayır diyecekler."

"Evet, tabii. Tamam," dedi Zach ama dinlemediğini anlamıştım.

"Zach, ben ciddiyim," dedim. "Bir şeyi değiştirmeyecek."

"Anlıyorum, gerçekten. Ve teşekkür ederim." Bakışlarını üstümde tuttu. Hafifçe gülümsedi.

"*Ziyaret saati bitmiştir!*" İnterkomdan daha yüksek, daha ısrarcı bir ses duyuldu. "*Lütfen en yakın çıkışa yönelin!*"

"Gitmem gerek," dedim. "Yarın gün sonuna doğru elimde daha çok bilgi olur, o zaman ararsın. Akşam yedi diyelim mi? Telefon numaram burada." Numarayı yazıp Zach düzgün yazabilsin diye kaldırdım. "Açacağımdan emin olabilirsin."

"Teşekkür ederim, Lizzie," dedi Zach. Bir elini kirli plastik cama bastırıp bana yalvarırcasına baktı. "Teşekkür ederim."

Ben de elimi kaldırıp bastırmadan önce bir süre duraksadım. Fiziksel olarak dokunmuyor olsak da tuhaf bir şekilde samimi bir hareketti.

"Endişelenmemeye çalış," dedim ve elimi çektim.

"Çünkü endişe edecek bir şey yok mu?" diye sordu. "Yoksa bana yardımı olmaz mı?"

"İkisi de," deyip kapıya yöneldim.

Dördüncü katı yaya olarak çıkarken nefesim kesiliyordu. Eve giderken internette Amanda'yı aramıştım. Özellikle ölümüyle ilgili bir şey olmasa da *Post*'ta ve *Daily News*'ta hafta sonu Park Slope'ta gerçekleşen bir cinayetle ilgili haberler vardı. Başlıkları sırasıyla "Park Slope'ta Tehlike" ve "Slope Katliamı"ydı. İki haberde de kumtaşından bir evin önüne park edilmiş bir ambulansın, yarım düzine polis arabasının ve girilmez bantlarının olduğu benzer fotoğraflar kullanılmıştı. Aynı zamanda ikisi de detaylara pek girmemiş, Zach'ten ya da Amanda'dan bahsetmemişti: "Aile ile ilgili bilgi bekleniyor," diyordu gazeteler. Ölüm sebebinden de bahsetmemişlerdi ama birinin tutuklandığını ve polisin halk güvenliğini tehdit edecek bir unsur bulunmadığını düşündüğünü söylüyorlardı. 4 Temmuz'un olduğu hafta sonu Sam'le birlikte

Jersey Shore'daki eski bir arkadaşımızın evinde olduğumuzdan her şeyi kaçırmıştım.

Araştırmam internette, yardım etkinliklerinde, Zach'in profillerinde Amanda ve Zach'e ait başka fotoğrafları gün yüzüne çıkarmıştı. Amanda güzel bir kadındı. Rahatsız edici bir güzelliği vardı. İnce, ceylan gibiydi ve uzun, gür sarı saçları vardı. Benim koyu renkli yüz hatlarımın, güçlü, kabiliyetli vücudumun tam olarak zıttıydı. Hiçbir yerde yaşını göremedim ama genç görünüyordu. Çok genç.

Dairemize girerken ne kadar genç olduğunu aklımda canlandırmaya çalışıyordum; beni karşılayan sessizlik ve o tanıdık havasızlık oldu. Saat geç olmuştu, neredeyse on birdi. Ama Sam genelde uyumamış olurdu. Lütfen dışarıda olmasın, diye düşündüm. Lütfen dışarıda olmasın.

Çantamı girişe bırakıp topuklu ayakkabılarımdan kurtulmaya çalıştım, ardından bir bardak su içmek ve yiyecek bir şeyler bulmak için mutfağa geçtim. Kıvırıp amaçsızca görünmeyen bir yere koyduğum büyük poşetten bir avuç dolusu Twizzlers aldım. Buzdolabından Brita çıkarırken yarınki öğle yemeğimin çoktan paketlenmiş olduğunu gördüm. *Ah be Sam, keşke dünyada her şeyi affettirecek kadar fazla hindili sandviç olsa.*

Loş oturma odasının kapı girişinden onu gördüm; kanepede derin bir uykuya dalmıştı. Ve sadece uyuduğuna, sızmadığına emindim. Yana dönük halde kıvrılmıştı, televizyonda sessiz bir şekilde Yankees-Red Sox maçı vardı.

Sessizce yaklaşarak üzerine doğru eğildim. Alkol kokmuyordu; işte onu koklayacağım kadar düşmüştük. Orta sehpanın üzerinde bir şişe maden suyu duruyordu. Sehpanın kenarına oturup uyuyuşunu izledim. Bu şekilde, küllü sarı saçları keskin elmacık kemiklerinin üstünde karışmış halde mükemmel görünüyordu. Sam'in derin, parlak mavi gözleri çok hoştu ama bugünlerde fazlasıyla sıkıntılıydı. Uyurken ise sadece güzeldi.

Deniyordu da. Hem de çok. Bunu yapması hoşuma gidiyordu. Sam, kazadan sonra iki ay boyunca içki alışkanlığını bırakmıştı. Dört ay önce Young & Crane'de çalışmaya başladığımdan beri ara sıra beyzbol maçlarında bira ya da arkadaş partilerinde bir kadeh şarap içmişti. Ama geçen haftaya kadar bir daha sarhoş olmamış, kesinlikle sızacak, kanayacak hale gelmemişti.

Bir zamanlar bayılmanın sızmakla aynı şey olduğunu söylerdim. Yüzün halıya dönük halde uyumaktı ikisi de. Sam'le sekiz yıl evli kaldıktan sonra sarhoşluk dilinde bir uzmana dönüşmüştüm. Bayıldığında insan, diyelim ki kocan ayakta tedavi edilebilirdi, düzenli hareketlerin hepsini yapabilecek halde olsa da sakar olurdu. Asla "sızmış" gibi görünmüyordu, ama "orada" da değildi çünkü en önemli, sevdiğin parçası iyice kaybolmuştu. Sevdiğin birine benzeyen ve sesi onun gibi olan ama aslında o olmayan biriyle konuşuyordunuz.

On dikiş ve hafif sarsıntı; onca kana rağmen elde kalan buydu. Çok kısa süre sonra yarası Sam'in saçlarının arasında öyle iyi saklanmıştı ki Jersey'deki arkadaşlarımız fark etmemişti bile. Bir yanım mükemmel alnının ortasında korkunç bir yara izi kalmasını dilemişti. Ölü olduğunu düşündüğüm o anları asla unutmayacaktım. Sam neden unutsundu ki? Zach haklıydı: Evliliğin en kötü yanı başkasının sorununun sana ait hale gelmesiydi.

Rehabilitasyon. En belirgin çözüm buydu. Ama Sam'in her zaman belirttiği gibi sigortanın karşılamayacağı yüksek kaliteli, özel bir tedavi için yeterli paramız yoktu. Ki ikimiz de yalnızca bu türdeki tedavinin etkili olduğunu duymuştuk. Ayılmak ve öyle kalmak pahalıydı. Ancak Sam'in düşünmeyi reddettiği bir seçenek daha vardı: ailesi.

Sam aşırı zengin, demiryollarına kadar uzanan bir geçmişe sahip köklü paraları olan bir aileden geliyordu. Bugünlerde babası Baron Chadwick Boston'daki prestijli bir hukuk bürosunun vergi ortağıyken annesi Kitty Chadwick de sosyetik bir eşti. Ne var ki Sam'in mutlu bir çocukluğu olmamıştı. İstismara uğramamış;

sadece babasını olduğu tutkulu, yaratıcı, hassas kişiye dönüşerek hayal kırıklığına uğrattıkça zalimliğe dönen bir soğukluğa maruz kalmıştı. Sam'in babası oğlunun bir atlet, sınıf başkanı, avukat olmasını istemişti. Şirket avcılığı yapan, soyunma odalarında kavga eden, dostla düşmanı aynı kefeye koyan birisini istemişti. Kazanmak için her şeyi yapacak birini. O sırada Sam zorlanan sınıf arkadaşlarına çalışma rehberleri vermiş ve bir keresinde en yakın arkadaşı çok istediği için etkileyici bir stajın görüşmesine gitmemeye karar vermişti. Sam'in babası böyle oğlu anlayamıyordu. Sam'i hiç anlayamıyordu. Sam, düğünümüzden hemen önce ailesiyle yollarını ayırmıştı. Bana yaptıklarını ödüyorlarmış gibi görünmüştü. Ancak Sam sorma düşüncesine bile katlanamıyordu ki bu kesinlikle anlaşılır ve uygundu.

"Ah, selam," dedi Sam uykulu uykulu, kanepede kıpırdadı. Her daim taksimi izlemek için beklediği pencerelere doğru baktı. "Kusura bakma, girdiğini göremedim."

"Sorun değil," dedim. "Ben iyiyim."

Ama değildim. Bir anda derin, katran gibi bir öfkeyle dolmuştum. Her şeye bulaşan türden. Sam'in nöbet tutarak eve dönmemi beklemesi tatlı mıydı? Elbette. Sevgisini tamamen ayık kalarak göstermesini tercih eder miydim? Evet, kesinlikle.

Ne yaptıysam açıklayamadığım şey, ne kadar kızgın olursam olayım yine de Sam'in yanında koltuğa kıvrılıp ona sarılma isteğimdi.

"Saat kaç?" diye sordu.

"Neredeyse on bir."

"Ve yeni mi eve geldin?" Sam loş ışıkta bile parlayan mavi gözlerini kıstı. "Çalışma kampı için bile geç bu."

"Öyle."

Ve bir de Sam'e her şeyi anlatmam gerekiyordu. Zach'i, Amanda'yı ve bir anda gelen aramayı. Rikers'a gitmemi, Young & Crane'e soracağımı söyleyerek kendimi nasıl köşeye sıkıştırdığımı. Eve gelirken onu Zach'e söyleme dürtümü düşünüp durmuştum ama o malum taşın altına bakmaya niyetim yoktu. Aynı zamanda Sam'e bir şey söylememeye karar vermiştim. Her şeyi sır olarak saklayacaktım. Ne de olsa bir tane daha saklasam ne olurdu ki?

"Bu..." Sam uzanıp ellerini saçlarımda gezdirdi, saymaya çalışırken sesi uykuyla birlikte azalıyordu. "On iki, yok, on beş, on altı saat çalıştığın anlamına geliyor." Sesli bir şekilde nefes verdi. "Üzgünüm, Lizzie."

Omuz silktim. "Davaları sen vermiyorsun."

"Ama orada benim yüzümden çalışıyorsun," dedi ve sesi üzgün geldi. Sık sık yaptığı gibi özür dilediğinde hep böyle oluyordu. Yine de dediklerinde ciddi olduğuna emindim.

"Sorun yok," diye yalan söyledim. Çünkü Sam'in pişmanlık duymasının sonucu iyi olmazdı.

Gözlerimi kapayarak Sam'in saçımdaki güçlü parmaklarının sıcak hissinde kayboldum, aynı şeyi ikinci buluşmamızda, ikinci yılımızda ve geçen hafta yaptığını hatırladım. Ve sonuç olarak evliliğimizin anahtarı bu değil miydi? Birkaç bozulmamış şey, diğer kırık her şeyi tamir edecekmiş gibi davranmayı öğrenmekti.

Sam'le birlikte New York'ta ilk geçirdiğimiz hafta sonunu hatırladım. Philadelphia'dan önce SEPTA trenine, ardından New Jersey Transit'e, sonra da metroya binerek üç saatte gelmiş, tüm bunları ona ulaşmak için ve tanıştığımız gece kemiklerime kadar hissettiğim elektrik yüzünden yapmıştım. Üç kere sevişmiş, sonra Sam'in küçücük Upper West Side stüdyo dairesine sığan tek mobilya olan çekyatta başlarımız aptalca büyük buzdolabına değer halde uyumuştuk. Bir sonraki sabah brança gitmeden önce Sam orada kalan çocuklara birkaç defter ve kalem bırakacağı için yakınlardaki bir evsiz sığınağına uğramıştık. Belki benim için planlamıştı ama belediyenin finanse etmesi gereken okul gereçleriyle ilgili çalışmasını bitiriyordu. Ve gözlerinin parıltısı gerçekti. Sonrasında, "Fazla bir şey değil ama elimden gelen bu," demişti.

Ya bu şu anda da Sam'in elinde gelense?

“Yatağa geçelim, Sam,” dedim, beni üstüne çekmek için uzanırken. “İnsanlar görecek. O aptal perdelere ihtiyacımız var.”

“Burada kalalım,” diye mırıldandı, bluzumun düğmelerini açıp bir elinin parmaklarını sutyenimin içine geçirirken diğeriyle eteğimi kaldırdı. “Hiçbir yere gitmeyelim.”

“Tamam,” diye fısıldadım.

Ve sonra gözlerimi kapattım. Çünkü Sam beni istiyordu. Çünkü kendime rağmen ben de onu istiyordum.

KRELL SANAYİ A.Ş.

GİZLİ YAZIŞMA

DAĞITILAMAZ

Avukat-Müvekkil Arasındadır

İmtiyazlı ve Gizlidir

24 Haziran

Kime: Brooklyn Country Day Yönetim Kurulu

Kimden: Krell Sanayi A.Ş.

Konu: Veri İhlali & Siber Olay - Tanıtıcı Rapor

Bu yazışma Brooklyn Country Day Yönetim Kurulu'nun Krell Sanayi A.Ş. öğrencilerinin ve ailelerinin belli kişisel bilgilerini tehlikeye atan potansiyel veri ihlalini onaylama amacıyla yapılmıştır. Bu yazışmadaki tüm bilgiler ve ileride yapılacak görüşmeler gizli tutulacak ve avukat-müvekkil ilişkisi kapsamında ele alınacaktır, dağıtılması amaçlanmamaktadır.

Krell Sanayi A.Ş'nin araştırmaları dahil edilebilir ancak aşağıdakilerle sınırlı değildir:

- **Sistem İncelemesi**: İç kaynaklı hataları tespit etmek ve ihlale yol açacak dış kaynaklı izinsiz girişleri tanımlamak için mevcut bütün veri sistemlerinin detaylı biçimde incelenmesi.
- **Tanık Görüşmeleri**: İlişkili kişilerle görüşmeler. Başarılı olması adına görüşme konularının gizlilik çerçevesinde olacağı bilgilendirilmelidir. Gizlilik formları sağlanacaktır.

- **Haftalık Gelişme Raporları**: Daha acil cevap gereken durumlarda bilgileri vurgulamak için dağıtılacaktır.
- **Şüphelileri Tanımlama**: Hukuki ve cezai davaların potansiyel öz-neleri tanımlanacaktır.

AMANDA

PARTİDEN ALTI GÜN ÖNCE

Amanda, Sarah'nın kumtaşından evine vardığında Kerry kapının yanında durmuş, içinde kaybolmaya çalışır gibi duvara yaslanmıştı.

En sonunda tanıdık bir yüz görmek iyi gelmişti. Alacakaranlıkta sessizce yürüyüş yaparken bilinmeyen bir numaradan iki kez aranmıştı. Ani tiz ses, telefon her seferinde sadece bir kere, Amanda'nın açmasına izin vermeyecek kadar kısa çalmış olsa da kalbinin teklemesine sebep olmuştu. O arama, daha öncekilerle alakasız olabilirdi; daha bir hafta önce Amanda bunun mümkün olduğuna tamamen inanırdı. Ancak nefes sesleri başladıktan sonra numara yapacak bir şey kalmamıştı. Bir şekilde onu bulmuştu. Ve ne istiyorsa iyi bir şey olmadığı kesindi.

"Siber güvenlik" sorunlarından ötürü yapılan okul aile birliği toplantısı için Sarah'nın evine doluşmuş tüm o ebeveynleri kıskanmamak zordu. Amanda'nın gerçek güvenlik sorunları vardı ve çok daha korkunçlardı.

Amanda en azından Sarah'nın evinde kendini güvende hissediyordu. Sarah'nın kocası Kerry bir seksenden uzun, savunma oyunculuğu yaptığı günlerden dolayı cüsseli bir adamdı. Amanda yumuşak, çökük gözleri olan ve sık sık sırıtan Kerry'yi futbol sahasında da olsa birilerini yere devirirken hayal etmekte hep zorlanıyordu. Onu balo kralı olarak gözünde canlandırması daha kolay olurdu. Gerçi yüzü eskisinden biraz daha yuvarlaklaşmıştı. Amanda evlerinde sergiledikleri eski fotoğraflarından anlamıştı.

Zaten Sarah, Kerry'le dış görünüşü için evlenmemişti. Kerry düğme serveti ve üniversite ceketiyle bir anda gelmiş, Sarah'nın ayaklarını yerden keserek onu güvende ve ilgi odağı gibi hissettirmişti. Tabii sonuçta Sarah'nın beklediği ve çabucak belirttiği kadar zengin olmamışlardı ama çile çektikleri de söylenemezdi. Kerry oldukça başarılı bir avukattı.

Amanda'nın bildiği kadarıyla Kerry'nin nezaketi paradan çok daha değerliydi. Zach her zaman zahmetli işinin yarattığı boşlukları ustalar, marangozlar, dadılar, özel hocalar, bahçıvanlar, boyacılar tutarak Amanda'nın doldurmasından mutlu olmuştu. Ama Case'in dolabının en üstteki rafında duran beyzbol kartı koleksiyonuna uzanmak gibi şeyleri yapacak kişiler tutamazdı. Geçen hafta sonu bunu Sarah'ya söylemek utanmasına yol açmıştı fakat bir saat geçmeden Kerry, Amanda'nın kapı eşiğinde belirmişti.

"Bana gelmem söylendi, hanımefendi," diye şakalaşmıştı. "Beyzbol kartlarıyla ilgili bir şey varmış?"

"Kusura bakma," demişti Amanda. "Hem pazar hem de geç oldu. Yemin ederim ondan seni göndermesini istemedim."

Amanda gerçekten istememişti ama Sarah eşini gönderdiği için memnun olmuştu. Case kartlarını istemişti ve Amanda'nın sabah ilk iş olarak onları kargolaması gerekiyordu. Uzun bir ayaklı merdiven kullanmayı denese de kutuya bir türlü erişememişti.

"Endişe etme. Karımı tanırım," demişti Kerry, karanlık eve bakınarak. "Zach pazar günü akşam sekiz buçukta işte mi? Bayağı ekstremmiş."

"Bu sabah fonlama toplantısı vardı," demişti Amanda, o gün gerçekten öyle olup olmadığını bilmese de bu sık sık gerçekleşen bir şeydi.

Kerry, merdivenin en üstüne dahi çıkmasına gerek kalmadan raftan kutuyu almıştı.

"Case'e şanslı bir çocuk olduğunu söyle," demişti, Amanda'ya uzatırken. "Bizim çocuklardan biri kamptan yazıp böyle bir şey istemiş olsa Sarah mektup postada kaybolmuş gibi davranırdı.

Hazır buradayken gardırobun kapağına da bakmamı ister misin? Muhtemelen menteşeden dolayı takılı kalıyor."

"Hayır, hayır," demişti Amanda, Kerry'nin kendi yapılmamış işlerini not etmesi onu utandırmıştı. O kadar sık mı bahsediyordu? "Çoktan birini çağırdım."

O yüzden Kerry'nin büyük ihtimalle işten erken ayrılması gerekmesine rağmen Sarah'nın okul aile birliği toplantısına gelmesi sürpriz olmamıştı. Her daim karısı kendisine nerede ihtiyaç duyarsa orada olurdu.

Kerry en sonunda Amanda'nın kapıda dikildiğini fark edip onu eliyle çağırdı. "Yardım edebilir misin?" diye fısıldadı dişlerinin arasından, Amanda kalabalığın içinden çıktıktan sonra. Bir eliyle kabarık saçlarını karıştırdı. "Neden bu insanlar benim evimde?"

"Çünkü karın okul aile birliği başkanı?" diye yanıt verdi Amanda.

"Ama *yazdayız*," diye yakındı Kerry. "Yazları cezamızın ertelenmesi gerekiyor."

"Hiç bana bakma. Beni de zorla çağırdı."

"İşaretimle," dedi, "kapıya koşalım."

Amanda, Kerry'nin kendisiyle başka biri, özellikle çekici biri bile değilmiş gibi şakalaşmasını takdir ediyordu.

"Hayatta olmaz. Karından korkuyorum," dedi Amanda gerçekten sırıtarak, bir yandan Kerry'yi aşıp oturma odasına yöneldi. "Sen de korkmalısın."

"O konuda endişelenme," dedi abartılı bir iç çekişle. "Ödüm kopuyor."

Odanın arkalarında Kerry'le kalmayı tercih edecek olsa da Amanda'nın yoklama alabilmesi için Sarah'nın kendisini görebileceği bir yere geçmesi gerekiyordu. Belki o zaman fazla kalması gerekmezdi. Amanda dünden beri aramalardan dolayı iyice rahatsız hissediyordu ve Brooklyn Country Day ebeveynlerinden oluşan büyük bir grupla baş başa kalmak fazlasıyla stres kaynağıydı. Amanda, Maude'ye bakınsa da onu göremedi. Galerisi hafta içi akşamları sık sık geç saate kadar açık olurdu. Büyük ihtimalle çalışıyordu.

Sarah'nın oturma odası sıcak ve zevkliydi. Amanda hep içinde yaşandığını ve sevgiyle dolu olduğunu düşünmüştü. Duvarlar yıllardır samimi aile fotoğraflarıyla; ağlayan kırmızı yüzlü bebeklerle, ilk yemeklerle, tuhaf Cadılar Bayramı kutlamalarıyla ve suratsız ergenlerle doluydu. Amanda'nın yenilenmiş evindeki el değmemiş yüzeylerden çok farklıydı. Kendi evi de güzeldi elbette ama Sarah'nınki gibi bazı yerleri gıcırdayan, bazıları eğik zeminlere hasret duyuyordu. Ses çıkaran zeminin kendisine bayıldığından değildi tabii. Amanda'nın içinde büyüdüğü karavanın zemini çok fazla ses çıkarırdı, sararmış muşambadaki sarhoş adımlardan bir fare zamklı fare kapanına yakalanmış gibi tiz bir ses gelirdi. Kısaca Sarah ve Kerry'nin evlerindeki sesler hiç öyle değildi. Evin içindeki sevgi dolu bir ailenin sesleriydi.

Amanda odadaki tipik seçme Park Slope ebeveynlerine, takım giymiş kadınların yanındaki çarpıcı tişörtler giymiş erkeklere, büyükanne, büyükbaba olabilecek kadar yaşlı görünen anne ve babalara, onların yanlarındaki bizzat öğrenci olacak kadar genç görünenlere, farklı ırklardan ve kültürlerden ebeveynlere, bekâr anne ve babalara, eşcinsel çiftlere bakındı. Her bakımdan çeşitli bir grup olsalar da neredeyse hepsi fazlasıyla zengin ve Amanda'ya göre evrensel olarak göz korkutucuydu.

Palo Alto'daki köşelerinde okul aile birliği toplantılarına genelde ev hanımları katılırdı ama Park Slope'ta kadınlar ve erkekler ebeveynliği daha eşit paylaşıyor gibi görünüyordu ve neredeyse herkesin sadece işi değil, *kariyeri* de vardı. Palo Alto'daki insanlar da zeki ve yetenekliydi ama Park Slope'ta herkes *entelektüeldi*. Mahalle gazetecilerle, profesörlerle, sanatçılarla doluydu. Konuştuğunda bir şeyler *söylemeni* isteyen türden insanlardı bunlar. Politika, sanat, kitaplar, seyahat; bunlar hakkında fikirlerinin olması bekleniyordu. Amanda ne kadar okumuş biri olsa da bilgisi o kadar derin değildi ve Park Slope'ta kemiğine kadar silip süpürür, ışığa tutar ve iliğinin yoğunluğunu incelerlerdi. Aynısı insanlar için de geçerliydi. Amanda'nın içine bakacak olsalar hiçbir şey bulamazlardı.

"Selam millet," diye başladı Sarah, insanlar yerleştikten sonra. Amanda'ya doğru göz kırpıp gerilim yükselmesine izin vererek gözlerini odada gezdirdi. Sarah, Brooklyn Country Day ebeveynlerini dizginlemeyi çok iyi biliyordu. "Korkulan iletişim listesi konusunda," diye devam etti en sonunda. "İlk olarak: Panik yapmayın. Kimseye bir şey olmayacak. Söz veriyorum." Ses tonu duygu doluydu ve gizlemeye çalışmıyordu. "Okul aile birliği bu sorunu çözmek için Country Day'le birlikte sıkı çalışıyor."

Eller havaya kalktı. "Nasıl çözmeye çalışılıyor?" diye sordu, koyu kahverengi tenli ve Amanda'nın Barney's mağazasının aşırı pahalı katında gördüğüne emin olduğu balıksırtı desenli bir takım giymiş, uzun boylu bir adam. Elinde buruşmuş halde katlı bir *Wall Street Journal* tutuyordu. "Bize hiçbir şey söylemiyorlar."

"Country Day, siber güvenlikte uzmanlaşmış bir şirketle anlaştı," diye açıkladı Sarah. "Tek yaptıkları tam olarak bu tür durumlarda neler olduğunu bulmak ve çözüm yoluna ulaşmamıza yardım etmek. Ancak zaman alabilir."

"Zamanmış," diye sinirle mırıldandı Amanda'nın yanındaki bir kadın. Demode giyimli ve bakımsızdı, beyaz teni solgun ve damarlıydı. Amanda kadının lif gibi sarı saçlarını en son ne zaman taradığını merak etti.

Siyah saçları çene hizasında kesilmiş, açık kahverengi tenli ve uçları kısaltılmış kalem etek giymiş minyon bir kadın, odanın karşı tarafında elini kaldırdı. Topuklu ayakkabıları zar zor yere değiyordu ve üzerinden gergin bir enerji akıyordu. "Kusura bakmayın ama Brooklyn Country Day bilgilerimizi güvende tutamıyorsa neden çocuklarımızı onlara emanet edelim?" Destek almak istercesine etrafına baktı. Bir sürü insan onaylayarak başlarını salladı. "Bu mahalledeki diğer okulların da siber güvenlikle ya da siber zorbalıkla, –adına her diyorsanız– onunla büyük problemleri oldu.

Ciddi problemler. Ben Country Day'i özellikle yüksek standartları sebebiyle seçtim. Bu standartlar sadece çocuklarımız için mi geçerli?"

Kalabalıktan bilmiş bir uğultu yükseldi.

Sarah'nın yanakları kızardı. "Siber zorbalık mı? Bu olayın siber zorbalıkla alakası yok," dedi keskin bir şekilde. "Olay hepimizin bir süreliğine fazladan gereksiz e-postalar ve belki mesajlar alacak olması mı? Çünkü olacak olan bu."

Amanda etrafa göz gezdirerek diğer ebeveynlerin yüzlerine baktı. Bazılarınınki fark edilir biçimde diğerlerinden daha ciddiydi.

"Ama ya küçük bir sıkıntıdan fazla bir şeyse?" diye baskı yaptı küçük bir kadın. "Benim komşum bilişim teknolojilerinde çalışıyor ve bütün bulut hesaplarımıza girmeyi planlıyor olabildiklerini söyledi."

Bulut derken sanki *vajina* diyormuş, kelimenin kendisi şehvetliymiş gibi konuşmuştu.

"Ben de katılıyorum," dedi rahat görünüşlü, kot pantolon ve soluk Ramones tişörtü giymiş bir baba. Saçı o kadar grileşmişti ki neredeyse beyazdı, teniyse kül gibi bir ton olmuştu. "Belki her şey daha kötü olacak, belki olmayacak. Ama en azından olanlar konusunda açık olmalılar. İşlerin gidişatı hiç doğru değil. Brooklyn Country Day açık bir kitap gibi olmalı, hepimizi dahil etmeli. Bir topluluk olmalıyız."

"Peki ya bundan sorumlu olan kişi küçük topluluğumuzun bir *parçasıysa*?" diye sordu Sarah. "Mesela bir öğrenci ya da canı sıkkın eski bir çalışan? Ya o kişi bu akşam buradaysa? Okulun *devam eden* soruşturmayı gizli tutmasının geçerli, pratik sebepleri var. Bu olaydan etkilenen kişiler okulun kendi adlarına yasal işlem başlatmasını istiyorlarsa kanıtların korunması gerekir."

"Bir dakika, okulun olayın içeriden gerçekleştiğini düşünmesinin bir sebebi mi var?" diye sordu uzun boylu, geniş omuzlu bir kadın. Saçları çok kısa, yüz hatlarıysa çok genişti; talihsiz bir birleşimdi. Pörtlek gözleri odada dolaştı. "Öyleyse korkunç olur."

"Üzgünüm, soruşturmanın gizli olduğu ve *devam ettiği* konusunu geçtik sanıyordum." Sarah'nın kirpikleri sinirle kıpraştı. "Size Country Day'in ülkedeki en iyi siber güvenlik şirketiyle çalıştığını söyleyebilirim. Ve bir soruşturma başlattılar. Olayların dibine inecekler. O kadar. Ve işleri bittiğinde bulduklarını rapor edecekler. Ancak şu anda elimde başka detay yok."

"O sırada en azından bizi haberdar etmeliler," dedi tekrar minyon kadın, bu kez daha sessiz konuşmuştu. Sesi neredeyse nevrozdaymış gibiydi. "Yani, ya biz... Ya bununla alakalı başka şüpheli etkinlikler olursa?"

Amanda odaya baktığında başka ebeveynlerin de başlarıyla onayladıklarını gördü. Sanki onlar da bu başka şüpheli etkinliğin birer kurbanıydılar. Ama o neydi ki? Amanda'nın midesi bulandı. Zach bunları duyacak olsa kesinlikle felç geçirirdi.

"İyi haberse okulun bana bir numara, bir tür acil hat vermiş olması. Hepiniz kişisel olarak başınıza gelen bir şeyi bildirmek için güvenle arayabilirsiniz." Sarah duraksadı, birisinin bir şeyleri itiraf etmesini beklermiş gibi meraklı kaşlarını kaldırdı. "Aynı zamanda sorumlu kişilerle ilgili bilginiz varsa paylaşabilirsiniz. *Gerçekten* bir şeyler bilmeniz kaydıyla."

"Ben o numarayı almak isterim," dedi Sarah'nın yanındaki kıvırcık saçlı kadın nefes nefese. Gözlerinin kenarları pembeleşmişti, altlarındaysa halkalar vardı. Çoktan çantasında kalem aramaya başlamıştı.

Sarah görev duygusuyla bilgiyi sesli okurken Amanda bir kez daha Kerry'le göz göze geldi.

"Şimdi?" dedi adam ses çıkarmadan, kapıyı gösterdi.

Amanda başını sallayarak güldü. Kapıya koşmayı çok isterdi. Ancak tam olarak nereye kaçacaktı ki? Sorun hep bu olmamış mıydı zaten? Ulaşacağı bir yer yoktu. Şimdi bile dışarıda yalnızca karanlık, çok daha fazla karanlık olacaktı. Titrememek için kendine sarıldı.

Bu daha önce de olmuştu. Case daha yeni yürümeye başlamışken ve Sacramento'da yaşarlarken böyle çağrılar alıyordu. O zamanlar Amanda arayanın kim olduğunu da biliyordu. Şimdiki gibi adamın düzensiz nefesini boynunda hissederdi. Ama sonra aramalar birden bitmişti. Şimdiye dek.

Ebeveynler kendi aralarında homurdanmaya başlarken odadaki yankı da arttı. Sarah ellerini kaldırarak onlar sessizleşene kadar sesli bir şekilde birbirine vurdu.

"Merhaba! Tekrar ediyorum: Elinizde *sadece* gerçek bir bilgi varsa acil hattı arayın," diye devam etti, sesi yükselmişti. "Şirket altı dakikada bir ücreti artırıyor. O yüzden *onlardan* bilgi almak için aramayın. Soruşturmadaki her şey gizli. Size bir şey söylemeyecekler ve yalnızca faturamız kabarmış olacak." Sarah başka bir şey daha söylemek istiyormuş gibiydi ancak vazgeçti. "Şimdi, hadi millet. Yazdayız ve çoğumuzun çocuğu kampa gitti. Değerli boş vakitlerimizi bir saçmalığa kafayı takmak için harcamayalım!"

LIZZIE

7 TEMMUZ, SALI

Paul Hastings'in ofisine giderken saat daha sabah sekiz buçuktu. Tipik protokolün sabahın ilk saatlerine kadar kalıp saat ona kadar işe gelmemek olduğu Manhattan hukuk bürosu standartlarına göre absürt derecede erkendi. Paul her zaman erken gelir, geç çıkardı. Ama sadece eski bir savcı değil, aynı zamanda boş zamanlarında ultra maraton koşan eski bir Özel Kuvvetler başçavuşuydu. Vakit öldürmezdi.

Son köşeyi dönüp Paul'ün ofisinin dışındaki masayı görür görmez durakladım. Her zamanki sıcakkanlı, anaç sekreterin yerinde klavyede yazı yazan sert ve zinde Gloria duruyordu. Paul'ün sekreterinin safra kesesini aldıracağını unutmuştum. Saat çok erkendi ve zaten kendi tam zamanlı sekreterim olmasını kibarca reddettiğimden beri bana tavırlı olan Gloria'yla uğraşamayacak kadar gergindim. Gloria, alıştığı ortak şirketten ayrılıp kimse onu istemeyince yakın zamanda ortak sekreteriyken ortada gezen biri ve yarı zamanlı resepsiyonist olmuştu. Young & Crane'deki ilk günlerimde benimle çalışmıştı ama sürekli havadan, sinüslerinden, metroda ona yer vermeyen yaşlı adamdan falan şikâyet etmesine katlanamamıştım. Belki bu kadar mutsuz olması Gloria'nın suçu değildi ancak aynı zamanda işinde de iyi değildi. Dedikodulara göre cinsiyet ayrımcılığından dava açacağım diye tehdit etmemiş olsa çoktan kovulmuştu. Paul'ü tanıdığımdan muhtemelen durumla bizzat ilgilenmek için Gloria'yı kendi yanına aldığını tahmin edebiliyordum.

"İçeride mi?" diye sordum, Paul'ün açık kapısını başımla göstererek.

"Elbette içeride." Fazla rimel sürdüğü gözlerini devirdi. "Her yaz, stajyerinin faturalarına bakabilmek için erken geldi. Hepsi *iki* stajyer Chelsea Piers'ta birkaç saat golf oynamak için çıktı diye. Zararsız, değil mi? Tabii Paul intikam istiyor. Tek yaptığı bağırmak."

Paul'ü deliye döndürecek bir durum olduğu kesindi. Ahlak kurallarına, çalışma konusuna olduğundan daha takıntılıydı. Çok daha azı için insan kovmuştu. Ben gelmeden hemen önce bir ortağı "uygunsuz davranış" nedeniyle işten atmıştı. Uygunsuz derken neyi kastettiğini kimse tam olarak bilmiyordu. Ve Paul yine de kendisini kurumsal dünyanın dışında, dolayısıyla Young & Crane'de bir muhalif olarak görüyordu. Patlamaya hazır bir kombinasyondu.

Açık kapısına yöneldiğimde, Zach'ten bahsetmekten çok daha çekinir hale gelmiştim. Karısını öldürdüğü iddia edilen birinin arkadaşı olmanın bana iyi yönde yansıyacağını düşünmüyordum. Ve bir keresinde Paul avukatların dosya almasından bahsederken duymuştum; öneriye bile çok sinirlenmişti. Kesinlikle bana sinirlenmesini istemiyordum.

Paul sırtı kapıya dönük, bir şeye eğilmiş halde oturuyordu. Altmışının başlarındaydı, gri saçlarını sıfıra yakın kestirmişti ve fit, yıllanmış yakışıklılığı zamanla artmıştı.

Bir nefes alarak kendime bu konuşmanın sadece Zach'e doğru avukatı bulmaya koyulmak için gerekli bir formalite olduğunu hatırlattım. Sonunda kapıya sağlam bir şekilde vurdum.

"Evet," diye seslendi Paul başını kaldırmadan.

Artık burnunda siyah okuma gözlükleriyle kucağındaki küçük, ahşap bir yapbozla uğraştığını görebiliyordum. Devasa, mükemmel bir şekilde düzenlenmiş masasının önünde durdum. Arkasındaki rafta dört üniversiteye gidecek yaştaki çocuğunun ve güzel, gümüş rengi saçlı ilk karısının çerçeveli fotoğrafları vardı. En azından ilk karısı olduğunu varsayıyordum. Mary Jo'dan

Paul'ün sonraki eşlerinin çok daha genç olduklarını ama ilk eşine fazla bağlı olduğunu duymuştum.

"En büyük oğlumdan bir hediye," dedi Paul, gözleri parçanın üzerindeydi. "Senegal işi. Orada yaşıyor. İmkânsız bir şey. Büyük ihtimalle bana işkence etmek için göndermiştir. Hep öyle itlik yapar." Başını kaldırıp umutla gözlüklerinin üstünden bana baktı. "Denemek ister misin?"

"Üzgünüm," dedim. "Yapbozu pek beceremem."

"Hmm," dedi belirgin bir hayal kırıklığıyla.

Sıklıkla Paul'ün beni ölçtüğünü ve yetersiz bulduğunu hissederdim. Üstelik bunu tepeden bakarak çoğu kişiye yapıyordu. Kimse Paul'ün zorlu standartlarını karşılayamazdı ki muhtemelen üç kere boşanmasının sebebi de buydu. Bir elinde yapbozu tutarken düzgün bir yığından telle tutturulmuş bir dizi kâğıt çıkardı ve masanın önümdeki köşesine fırlattı. Sonra yapbozuna döndü.

"Adalet Bakanlığı'na yazılan cevapları düzeltmende gelişme var ama pozisyonumuz hâlâ bok gibi."

Sam tekrar uykuya daldıktan sonra mektuptaki değişimleri bitirmiş ve Paul'e göndermiştim. Saat sabah ikiydi. Şimdiyse sekiz buçuk olmuştu ve Paul gözden geçirmişti bile. Young & Crane'in sorunu da buydu: Ne kadar çalışırsan çalış mutlaka senden fazla çalışan birileri oluyordu. Özellikle Paul'ü yenmek çok zordu.

Şirkete ilk geldiğimde farklı ortaklar için çalışmıştım. Son zamanlardaysa sadece Paul'le çalışıyordum. Young & Crane'de çoğu işi benim yaptığım, Paul'ünse beni eleştirdiği küçük bir beyaz yaka suçu ekibi kurmuştuk. Paul'le çalışmak stresli olsa da diğer avukatların uğraşmak zorunda kaldığı gibi farklı ortakların istekleriyle mücadele etmemi sağlıyordu. Ne var ki eğer zamanı geldiğinde olacaksam, bizzat ortak olmamı kolaylaştırmıyordu. Ortaklık sayısız müttefik ve bilinçli bir politik strateji gerektiriyordu ki ikisine de hiç ilgim yoktu. Bununla beraber son dört ayda Paul'ün sürekli eleştirilerine layık olacak kadar iyi performans sergilemem mucizeden başka bir şey değildi. Avukat asistanım Thomas, bana Paul'ün birkaç gün içinde vazgeçtiği onlarca çalışandan bahsetmişti.

"Katılıyorum," dedim. "Pozisyonlar güçlü değil ama müsait olanlar sadece bunlar."

Diğer bir deyişle müvekkil, yani Young & Crane'in müvekkili, *bizim* müvekkilimiz açıkça suçluydu. Yazdığımız her şey bu gerçeği gizlemek içindi. Ve patronum Mary Jo'nun eskiden söylediği gibi, "Bir yığın bokun üzerindeki güzel fiyonk yalnızca sifon çekmeyi zorlaştırır."

"Evet, sanırım... Ha!" Paul zafer kazanmışçasına bağırdı. Yapboz, sesli bir biçimde yerine oturdu. Onu masasının köşesine noktalama işaretiymiş gibi yerleştirdi, ardından bir anlığına bakıp kendine geldi. "Orada gerginlikle dolanmandan Adalet Bakanlığı'na göndereceğimiz mektubun ziyaretinin tek sebebi olmadığını mı farz etmeliyim?"

"Değil." Kollarımı kavuşturup tekrar indirdim; Paul savunuculuğu zayıflıkla karıştırabiliyordu. "Şirket protokolüyle ilgili bir sorum var."

"Bu şirketin protokolüyle mi?" diye dalga geçti Paul. "Tanrı aşkına, burada insanları açıkça yasadışı davranmaktan bile zor kovabiliyorsun. Bana sorarsan bu şirketin protokolü saçmalık." Durdu, sinirli bir şekilde nefes aldı. "Ama sanırım elimden geleni yapabilirim. Söyle bakalım."

"Anladığıma göre avukatlar kendi dosyalarını getiremiyorlar," diye başladım. "Bir arkadaşım bir konuda yardım edip edemeyeceğimi sordu, ben de bu dediğimi söyledim ama onaylamak istedim."

"Doğru," dedi Paul. "Bir çeşit kalite kontrole ihtiyacımız var. Aptalın biri, 'amcası' sözümona 'düştüğü' için Upper West Side'daki bir şarap dükkânını dava etmek istedi. Buradaki bir sürü saçmalığa katılmıyor olabilirim ama en azından Young & Crane ambulans peşinde koşmaz.[3] Ne tür bir dava?"

"Ceza davası."

---

[3] Özellikle avukatlar için kullanılan, çaresizce müvekkil peşinde koşmayı anlatan bir deyim.

Paul gözlerini kısarak sandalyesinde geriye yaslandı. "Nasıl bir ceza davası?"

"Hukuk fakültesinden bir arkadaşım tutuklandı," diye söze başladım, sonrasında yapabileceğim tek şey suçtan bahsetmekti. Eksiksiz açıklamak en iyi yol gibi görünüyordu. "Polis memuruna saldırmaktan. Kazara olduğunu söylüyor. Karısı öldürüldü ve canı çok sıkkınmış. Polisi kasten yaralamamış."

Birleştirdiği ellerinin işaret parmaklarını dudaklarına götürürken Paul'ün kaşları havaya kalktı. "Öldürüldü mü?"

Siktir. İlgisini çekmiş miydi?

"Zannedersem cinayete kurban gitmiş. Henüz arkadaşımı ölümle ilişkilendiremediler ancak yapmaları olası. Her neyse, avukata ihtiyacı var. Elbette ben doğru kişi değilim ama o…"

"Neden?" Paul dikkatle bana bakıyordu.

"Neden doğru kişi değil miyim?"

"Evet. *Sen* şu anda savunma avukatısın, değil mi? Ve işinde iyi olmasan burada olmazdın."

İşte bu tehlikeli bir bölgeydi. Paul zorla savcılıktan savunma avukatlığına geçmek zorunda kalmıştı. Ben de yapmasam alınırdı.

"Evet ama ben beyaz yaka suçları konusunda deneyimliyim."

"Amerikan Avukatlar Birliği'nde genel suçların hepsine bakmış olman gerek. Herkes bakar."

Söylediği doğruydu. Hukuk fakültesinden sonra Güney Bölgesi'nin Genel Suçlar Birimi'nde üç ay geçirmiştim. Ama benim ilgilendiğim suçların hepsi şiddet dışıydı. Aslında gelişmeme zarar vermeden kanlı davalardan uzmanlıkla uzak durmamdan biraz gurur duyuyordum. Erkenden tek bir damla kanın dahi olmadığı dolandırıcılık birimine bile yükselmiştim.

"Genelde göçmenlik ihlalleri ve küçük uyuşturucu suçlamalarıyla ilgilendim. Cinayetle alakam yoktu," dedim. "Neyse, Young & Crane'in normalde ağır suçlarla ilgili dosyaları almadığını biliyorum, o yüzden…"

"Nerede oldu bu?"

"Park Slope'ta," dedim.

"Brooklyn'de, ha?" Paul gözleri hâlâ kısık bir halde başını salladı. "Ben Prospect-Lefferts'te büyüdüm. Çocuklarımı Brooklyn Heights'ta yetiştirdim."

Bir anda bir anahtar parmaklarımın arasından kayıp zeminin arasında bir yerde sonsuza kadar kayboluyormuş gibi hissettim. O ofise ne başarmak için girdiysem artık benim kontrolümde değildi. Çok daha yetenekli biri tarafından çapraz sorguya alınıyordum.

"Neyse, arkadaşımı cinayet konusunda uzman biri savunsa çok daha iyi olur."

"Bunu kendisine söylediğini varsayıyorum?" diye sordu Paul.

"Evet, söyledim."

"Peki ne dedi?"

"Umurunda olmadığını. Kendisini benim temsil etmemi istiyor." İsteyerek sesimi sabit tuttum. "Düzgün düşünemiyor. Güvenebileceği birini istiyor."

"Bana gayet düzgün düşünüyormuş gibi geldi," dedi Paul. "Ve seni istediği son derece açık."

Bunu söylerken meydan okuyormuş gibiydi. Sanki *neden korkuyorsun* diyordu. Korku da Paul'ün yasaklı duygularından bir başkasıydı.

"Korkuyor." Midem rahatsızlıkla çalkalandı.

"Olması gerektiği gibi," dedi Paul. "İkimiz de biliyoruz ki masum insanlar sürekli hapse giriyor. Muhtemelen ikimiz de bir ikisini attırmışızdır." Hayır, diye düşündüm. Eğer buna inansaydım uzun zaman önce istifa ederdim. Paul nasıl bunu normal bir şeymiş gibi söyleyebilirdi? "Böylece ilk soruma dönmüş oluyoruz: Neden yapmıyorsun?"

Çünkü hiç cinayet davası almadım ve asla almayacağım. Açıklayamadığım nedenlerden ötürü. Ayrıca hayatım genel olarak boku yemiş durumda. Ama bunları gözünden düşmeden sana anlatamam.

"Ben bir avukatım, ortak değil. Avukatların kendi dosyalarını alamayacağını sen söyledin."

Paul masasından bir kalem alıp parmaklarının arasından geçirdi. "*Sen* ortak değilsin, evet. Henüz." Gözleri dikkate değer biçimde parlaktı. "Ama ben öyleyim. Şimdi, seninle sabahlayacak değilim ama yardımcı olmak için yanında olurum."

Ne yapsam bu konuşmanın beni bu duruma, yani Zach'i temsil etmeye nasıl getirdiğini çözemiyordum.

"Ah, tamam, harika," dedim, çünkü Paul minnet bekliyor gibiydi. Kalbim sıkışıyordu.

"Kim bu arkadaşın?" diye sordu Paul. "Müvekkilimiz?"

"Zach Grayson," dedim. "Kurucusu olduğu..."

"Duymuştum," dedi Paul. "Lojistik şirketi olması lazım. *Harvard Business Review*'de onunla ilgili bir şey okumuştum."

"ZAG."

"Evet, oydu. Bütün şirketlerin Amazon gibi kargolamasını sağlıyormuş." Sesi belli belirsiz iğrenmiş gibi geldi. "İnsanlar artık neden mağazalardan alışveriş yapmıyor?"

Çünkü senin gibi insanlar için gece gündüz çalışıyorlar.

"Zach ZAG'den çekilmiş zaten," dedim. "New York'ta yeni bir iş kuruyor."

"Mahkemeye çağrılmış mı?"

Başımla onayladım. "Dün. Polis memuruna saldırıdan. Büyük ihtimalle cinayet için adli tıbbı bekliyorlar. Kefaletle serbest bırakılmadı."

"Bırakılmadı mı? Nerede tutuluyor?"

"Rikers'ta."

"Tanrım," diye homurdandı Paul. "Yani ilk olarak ihzar müzekkeresi veriyoruz. Onu o lanet yerden çıkarıyoruz. Sonra savcılığı kurcalayıp cinayet için nasıl bir dosya hazırlayacaklarını öğreniyoruz. Şu anda ellerinde pek bir şey olmaması lazım, aksi takdirde çoktan suçlanmıştı." Paul durdu, yüzü heyecanla kızarmıştı. Aptal gibi ahırın kapısını açık bırakmıştım, o da kaçmıştı. "Suçlu olduğunu düşünüyor musun?"

"Hayır," dedim. "Sanmıyorum."

Bu kadarı tamamen doğruydu. Sanmıyordum. Çünkü hiçbir şey bilmiyordum.

"Ama suçlu olsa bile savunulmaya hakkı var, değil mi?" Paul gözlerime baktı. "Buna inanmalısın. Bu iş ancak böyle yürür."

"Biliyorum."

Ve doğruydu. Ama o anda Avukatlar Birliği'nden ayrıldığıma hiç olmadığım kadar pişmandım. Herkesin savunulmaya hakkı vardı, evet. Bu, benim sağlayacağım anlamına gelmiyordu. Uzun zaman önce bununla barışmıştım.

Paul bir süre daha yüzümü inceledi. "Öyleyse ne bekliyorsun?" dedi, tatmin olmuş gibiydi. "Müzekkere üzerinde çalışmaya başla."

Başımı sallayıp ayakta dikildim, kapıya doğru giderken dengem bozulmuştu.

"Bu arada bu dosyayla ilgilenen bölge savcısı yardımcısını bulamazsan bana haber ver," diye seslendi Paul arkamdan. "Brooklyn Savcılığı'nda ulaşabileceğim birileri var."

Zach'in kamu avukatını bulmak üzere Brooklyn Adliyesi'ne vardığımda sorgulamaların en yoğun zamanıydı. Ofisi arayıp mesaj bırakmıştım ama geri dönüş alamamıştım. Bir süre arka tarafta oturdum, Paul'ün konuşmamı götürdüğü yönden ötürü hâlâ şoktaydım.

Koyu maun rengi ve altın işlemeli tavanı olan Manhattan'daki gösterişli federal mahkemenin aksine bu mahkeme kesinlikle işlevsel tasarlanmıştı. Bina uzun ve moderndi, içindeki ahşap bal rengi çamdandı. Ağır yağlıboya tablolar ve tarihin ağırlığı burada yoktu. Ne var ki bir sürü mutsuz insan vardı.

Mahkeme salonu tutuklu davalılarla, avukatlarla, sürekli bekleyen aile ve arkadaşlarla dopdoluydu. Federal dolandırıcılık davalarımdaki herhangi bir şeyi bekleyecek vakitleri olmadığından her zaman son anda gelen şık, zengin davalılara benzemiyorlardı. Mahkeme salonundaki herkes yorgun, üzgün ve korkmuş görünüyordu. Parmaklıkların uzak köşesinde, soldaki bir masada savcı oturuyordu. Kadının kıvırcık sarı saçları ve yüzünde dar, önden bağlamalı elbisesinden ya da görevinden kaynaklı olabilecek ekşi bir ifade vardı. Savcılık, Amerikan Avukatlar Birliği'ne azıcık benzeseydi kıdemsiz asistanlar; cinsel suçlar, ağır suçlar, cinayetler gibi daha prestijli görevlere verilmeden önce sorgulamalar arasında dolanıyor olurdu.

Bir saat boyunca Adam Roth bir şey diye birinin gelip mahkemeye kendisini tanıtmasını umarak amansız, seri mahkemelerin devam etmesini izledim. Onun yerine itiraz edilir, suçlamalar düşürülürken gözlerim karardı. Dosyalar değiştirildi. Bir sonraki dava duyurulduğunda görevimi terk etmeyi düşünmeye başlıyordum.

"Dosya numarası 20-21345, Raime, Harold, ikinci dereceden cinayet!" diye seslendi mübaşir.

Sağdaki tutuklu davalıların kullandığı dönen kapıdan parlak, kel bir kafası, canlı dövmelerle kaplı pembe kolları olan devasa bir adam çıktı. Yürümedi. Ağır ağır hareket etti. Böyle bir adam elini bir kere savurarak Zach'i alt edebilirdi. Yanındaki genç, ince uzun, gözlüklü ve gür, uzun, kıvırcık saçları olan avukat ağır ceza davalarına bakan bir savunma avukatından çok edebiyat profesörüne benziyordu. Korkutucu müvekkiline doğru eğilip gülümsedi, sonra da adamın sert sert bakmasına yol açan bir şey söyledi.

"Brooklyn avukatlık ofisinden Adam Rothstein, Hâkim Bey."

Elbette öyleydi.

Yeni bir savcı gelip dosyayı muhtemelen cinayet davası olduğundan ötürü diğer savcıdan devraldı. Bugünlerde New York'ta yılda üç yüz cinayet bile zar zor gerçekleşiyordu. Cinayet iddianameleri özeldi. Yeni savcı, Adam Rothstein'dan çok daha kısaydı ama takım elbisesi iyice ütülenmişti ve daha iyi dinlenmiş görünüyordu. Taze kan; bu son derece ciddi olaya özel, çoğu Zach ve korkunç Bay Temiz gibi Rikers'a atılan küçük suçlar işleyenlerden oluşan toplulukla ilgilenmek için yeni birinin gelmesinin yararları vardı.

"Sanığın savunması nedir?" diye sordu hâkim, daha önce de kullandığı sıkılmış burundan sesiyle.

"Suçlamaları kabul etmiyorum," dedi sanık.

Hâkim önündeki bloknota bakmaya devam etti. "Peki kefalet meselesi?"

"Müvekkilimin üç çocuğu ve geri dönmesini bekleyen bir işi var," dedi Adam. Sesi kızgın, fazla duygusaldı. *Biraz yumuşat*, demek istedim. "Bütün ailesi buralı. Daha önce küçük mülkiyet suçları dışında tutuklanmadı ve arabası ya da pasaportu yok. Hiçbir yere gitmeyecek, Hâkim Bey."

"Hâkim Bey, bu bir cinayet davası," diye cevap verdi savcı, soğuk ve sakin sesiyle. Onun yerinde olmayı, kendimden aşağıdaki odanın kontrolünü elinde tutmayı hatırladım. İnsanı çarpan bir histi. Tanrım, aslında bana hediye edileni pozisyonumun gücüyle karıştıracak kadar iğrenç bir insandım.

"Kanıtların gösterdiği gibi olayın nefsi müdafaa olduğu açık," dedi Adam. "Müteveffa müvekkilimin evine elinde bir av bıçağıyla geldi."

"Ve ön taraftan, neredeyse on metre uzaklıktan gelen sanık tarafından vuruldu," dedi savcı ağır ağır. İri sanığı aşağı yukarı süzdü. "Müvekkilinizin ön kapısını kapatacak kadar tahammülü olmadığını mı iddia ediyorsunuz?"

Hâkim ikisini de dinlemiyormuş gibi görünüyordu. "Kefalet ücreti iki yüz bin olarak belirlendi," dedi.

Ve tokmağını vurdu, böylece her şey bitti.

"Saçmalığın daniskası," diye kükredi sanık Adam'a, götürülürken. "Berbatsın, göt herif."

Adam'ın omuzlarının çökmesini izledim.

Öğle yemeği arası duyurulduğunda saat daha on bir buçuktu. Adam eşyalarını toplayana kadar bekledim, sonra onu takip ettim.

"Adam Rothstein," diye seslendim kalabalık lobide.

Adam durdu, savcıdan, bir müvekkilin ailesinden gelecek başka bir azar için kendini hazırlıyor gibi göründü. En sonunda derin bir nefes alıp arkasını döndü, zorla gülümsedi.

"Evet?"

"Ben Zach Grayson'ın bir arkadaşıyım," diye başladım, avukatı olduğumu söylemeye cesaret edememiştim.

Adam bir anlığına ismi hatırlamaya çalışıyormuş gibi başını yana yatırdı. Her gün düzinelerce davayla uğraşıyor olmalıydı. Beni şaşırtarak hemen anımsadı.

"Tabii, evet, Zach," dedi. Endişeli bir yüzle bana doğru bir adım attı. "Eşini tanıyor muydunuz? Korkunç bir olay."

"Hayır. Zach'in hukuk fakültesinden sınıf arkadaşıyım. Eskiden Güney Bölgesi'nin dolandırıcılık biriminde çalışıyordum. Ama şu anda bir şirketteyim. Zach benden dosyasını almamı istedi. Bölge mahkemesinde ya da şiddet suçları konusunda hiç deneyimim yok ama..."

"Harika, dosyayı getireyim," dedi Adam. "Güney Bölgesi'nde çalıştıysanız bunun kesinlikle üstünden gelebilirsiniz. Hem ikimiz de önemli olanın kaynak olduğunu biliyoruz. Ben müvekkillerimi ailemdenmiş gibi umursarım." Bir şey düşünerek duraksadı. "Eşime sorun. Çarpık bir şey olduğunu düşünüyor. Ama bir pahalı bilirkişi, kararlılığın ya da deneyimin yüz katı fazla etki ediyor."

"Müvekkillerin oldukça şanslı."

"Keşke iyi niyet yeterli olsa," dedi Adam. "Mesela Zach'e bak. Kefaletle serbest kalması gerekirdi."

"O konuda haklısın," dedim. "İhzar müzekkeresi vermeyi düşünüyoruz. Önceki mahkemesiyle ilgili söyleyebileceğin her şey bana yardımcı olur."

Adam cam pencereden üzerinde "Avukat Görüşmeleri" yazan küçük bir odaya doğru baktı. Boş olduğundan emin olduktan sonra kapıyı açtı.

"Buraya geçelim mi?" Konuşmaya başlamadan önce içeriye girmemizi bekledi. "Hâkim kefalet kararını büyük ölçüde olayın vahşiliğine göre verdi. Bölge savcısı önüne bazı fotoğraflar koydu."

"Bu kuralları ihlal ediyor," dedim. Kuralları ihlal ediyordu ama özellikle şoke edici sayılmazdı.

"Evet, kesinlikle." Burnundan soludu. "Suçlama devlet memuruna saldırıydı ve ortasında güzel, sarışın bir kadının olduğu kanlı olay yeri fotoğrafları gösterdiler. Ama savcı Zach'in eşi öldürüldüğünden duygusal sıkıntıda olduğundan bahsetmek için olay yerini gündeme getireceğimi düşündü. Sonra bir baktım, hâkim geçerli bir savunma olup olmadığına karar vermek için fotoğraflara bakıyor." İğreniyormuş gibi başını salladı. "Hatırlatayım, kefalet duruşmasında bunların *hiçbiri* olmamalı, konuşulacak tek konu..."

"Kaçma riski olmalı," diye bitirdim düşüncesini. Ama savcının taktiğini anlıyordum. Ben de aynısını yapardım.

"Evet, kaçma riski," dedi Adam. "Hâkim fotoğraflara göz attı ve iş bitti. Onu cinayetle suçlayana kadar içeride tutacaklar."

Kollarımı kavuşturdum. "Ama Rikers'tan bahsediyoruz. Ve birinin hayatından." Kelimeler ağzımdan çıkar çıkmaz tekrar yerine koymak istedim.

Tahmin ettiğim gibi Adam'ın yüzü düştü. "Hep birinin hayatı sözkonusu oluyor." Ve elbette haklıydı. "Bak, ben olsam müzekkereyi hızlı verirdim. Onu cinayetle suçladıkları anda kefalet şansın kalmayacak. Ve büyük jüri suçlamayı yapacak. Parmak izleri kesinlikle o golf sopasının üzerinde vardır. Onundu sonuçta. Yaratıcı bir kan sıçrama analizi ve birkaç acınası evlilik sorunuyla kesin sonuç alacaklar."

"Evlilik sorunu mu?" diye sordum. "Bunu sana Zach mi söyledi?"

"Hayır ama evliydi, değil mi?" dedi alaycı bir şekilde. "Hangi evlilikte sorun olmaz ki?" Ayağa kalktı, parmaklarını şıklattı. "Ha bir de o ödenmeyen cezayı çözün. Kefalet meselesinde son karara yol açmadı ama yardımcı da olmadı."

"Ceza mı?" Ensem ısındı.

"Zach bir hata olması gerektiğini söyledi," dedi Adam, ses tonu şüpheliydi. "Ve savcılığın bize söylediği, söyleyebileceğini iddia ettiği tek şey, cezanın Philadelphia'nın dışında yazıldığı; kabahat bile değil, on üç yıl önceden bir ödenmemiş yasa ihlali olduğu. O zamanlar bilgisayara işlenmediğinden hangi yasa olduğuna bile erişilemiyor. Zach hatırlamıyor ama o sıralarda Philly'de yaşadığını onayladı. Ve hâkim çoktan resimleri gördüğü için yetti de arttı bile."

"Ve Zach'in belgeye şaşırmasını güvenilir mi buldun?"

Adam soruyu uzunca düşündü, ki bu beni rahatlattı. "Zach gerçekten şaşırmış gibiydi, evet," dedi en sonunda. "Kanıt bile talep etti. Deneyimlerime göre yalan söyleyenler genelde o kadar ileri gitmezler. Ödenmemiş gürültü şikâyeti cezası gibi aptalca bir şey de olabilir. O zamanlar öğrenciydi. İbra etmek için baktım ama eski olduğu için bizzat Philadelphia'ya giderek halletmek gerekiyor, ki ben yapacak durumda değilim. Ama senin şirketin birini gönderebilir, değil mi? Ayrıca hangi bölge savcısının davaya neden bakacağını bulurum. Hâkimler saçma sapan nedenlerle rahatsız edilmekten nefret ederler. Bu bile Zach için kefalete bir şans daha verilmesini sağlayabilir."

"Ne demek istiyorsun?" diye sordum.

"Zach sana gelen bölge savcısı yardımcısını anlattı mı?"

"Takım elbiseli birinden bahsetmişti."

"Evet, Bölge Savcısı Yardımcısı Lewis. Cinayetlerle ilgilenen kıdemce düşük kişidir. Başta davaya bakan EDDB asistanı kabaca bir yorum yaptı: 'Lewis'in o akşam göreve hazır olmaması gerekiyordu,' gibi bir şey söyledi. EDDB'yi neredeyse Zach'in eşiyle durumu yüzünden her şeyi düşürme konusunda ikna ediyordum. Ama sonra Bölge Savcısı Yardımcısı Lewis'i aradı ve konuşmamız bitti. Belli ki Park Slope'ta gerçekleşen bir cinayet sansasyonel bir dava oluyor ama bunun arkasında başka bir şey olduğunu hissediyorum."

Bu tür olay yerindeki duygular yükseldiği için oluşuyor gibi görünen ceza davalarını Erken Dava Değerlendirme Bürosu'nun her daim atladığı konusunda haklıydı.

"Gerçekte ne olduğunu düşünüyorsun?" diye sordum.

"Politika," dedi Adam. "Brooklyn Bölge Savcısı bu yıl emekli oluyor. Duyduğuma göre yerine gelecek kişi için içeride bir sürü itiş kalkış oluyormuş. O kişi Bölge Savcısı Yardımcısı Lewis değil. O daha çok acemi. Faydalanacak başka biri. Böyle sansasyonel bir dava…"

"Birinin kariyerini kurtarabilir."

Saatine baktı. "Dönmeden önce bir şeyler yemem gerek. Ama yardımcı olabileceğim başka bir şey var olursa haber verin."

"Teşekkür ederim," dedim. "Gerçekten minnettarım."

Adam kapıya uzandı, sonra durup arkasını döndü.

"Ne kadar yararı olur bilmiyorum ama Zach'in karısını öldürdüğünü düşünmüyorum," dedi. "Aslında göründüğüm kadar saf değilimdir. Yüzleşelim ama: Müvekkillerimin çoğu fena halde suçlu oluyor."

BÜYÜK JÜRİ YEMİNLİ TANIK İFADESİ

BEATRICE COHEN,

6 Temmuz'da tanık olarak çağrıldı ve sorgulanarak aşağıdaki beyanlarda bulundu:

SORGU

YAPAN BAYAN WALLACE:

S: Geldiğiniz için teşekkürler, Bayan Cohen.

C: Rica ederim. Ama size ne diyebilirim bilmiyorum. O kadına olanlarla ilgili bildiğim hiçbir şey yok.

S: Bu yıl 2 Temmuz'da Park Slope, Brooklyn 724 First Street'te gerçekleşen partide miydiniz?

C: Evet. Ama Amanda'ya ne oldu bilmiyorum.

S: Lütfen sorularıma ben sordukça tek tek cevap verin.

C: Özür dilerim. Tamam. Gerginim de.

S: Anlıyorum. Ama gergin olmanıza gerek yok. Gerçeği bulmaya çalışıyoruz, hepsi o.

C: Evet, tabii, doğru.

S: Bu yıl 2 Temmuz'da Park Slope, Brooklyn 724 First Street'te gerçekleşen partide miydiniz?

C: Evet.

S: Partiye birisiyle katıldınız mı?

C: Evet. Eşim Jonathan'la. Kerry'yi tanıyor. O yüzden davet edildik.

S: Kerry'nin tam adı ne?

C: Kerry Tanner, Sarah Novak'ın eşi. Sarah, Maude'nin en yakın arkadaşıdır. Gerçi Kerry'yi yalnızca kısa bir süre gördük. Onunla konuşmadık. Plaj topunu çalmaya çalışmakla meşguldük.

S: Plaj topunu çalmak mı?

C: Çalmak değil de... Yani... Aptalca bir şey. Eve götürdük. İki dolarlık bir şey. Zaten partide verilen bir şeydi sanırım. Ve çok içmiştik. Eğlenceli partidir ama herkes çok içiyor.

S: O akşam partide herhangi bir cinsel ilişkide bulundunuz mu?

C: Ne?

S: O akşam partide herhangi bir cinsel ilişkide bulundunuz mu?

C: Bunun sizinle ilgisi ne?

S: Lütfen soruya cevap verebilir misiniz, Bayan Cohen? Tekrar etmemi ister misiniz?

C: Hayır.

S: Hayır, cinsel ilişkide bulunmadınız mı?

C: Hayır, soruyu tekrarlamanızı istemiyorum. Gerçekten müdahaleci bir soru. Özel hayatımda neler yaptığım, nasıl... Buna cevap vermek istemiyorum.

S: Bu öyle bir dava değil.

C: Jüri üyeleri de insan. Halkı temsil ediyorlar ve orada oturuyorlar.

S: Bayan Cohen, lütfen soruya cevap verin. Yemin ettiniz.

C: Evet, o akşam partide cinsel ilişkide bulundum. Bu sizi ilgilendirmez ama.

S: Bu cinsel ilişkiyi tanımlayabilir misiniz?

C: Şaka mı bu?

S: Bayan Cohen, bu bir cinayet soruşturması.

C: Yukarıdaki yatak odasında bir adama sakso çektim. Mutlu musunuz? Bu son derece küçük düşürücü. Kocam değildi ve normalde böyle şeyler yapmam. O partide bir şeyler oluyor işte, anlıyor musunuz?

S: Hayır, anlamıyorum.

C: İnsanın deli gibi davranmasını sağlıyor.

S: Deli gibi mi?

C: Kötü anlamda söylemiyorum. Eğlendiriyor yani. Çocuklar yok. Ve hepimiz çok uzun zamandır ebeveyniz. Daha uzun süredir evliyiz. Maude ve Sebe'deki Yatıya Kalma Suaresi zararsızdır. Ve sonrasında kimse ondan bahsetmez. Hiç gerçekleşmemiş gibi olur.

S: Zararsız mı?

C: Ne demek istediğimi biliyorsunuz.

S: Partinin olduğu akşam Amanda'yı gördünüz mü?

C: Çıkarken sadece bir anlığına. İçeri giriyordu.

S: Ne zaman oldu bu?

C: Dokuz gibi sanırım.

S: Yalnız mıydı?

C: Yanında bir adam vardı. Ama kim olduğunu bilmiyorum. Daha önce görmedim.

AMANDA

PARTİDEN BEŞ GÜN ÖNCE

Kızlarla dışarıda buluşmak için Gate'e yürüdüğü tüm süre boyunca Amanda takip edildiğini düşündü. Aramalar bir kenara, gerçekten kanlı canlı birilerinin olduğuna asla inanmazdı. Ve evden ayrılır ayrılmaz birinin Park Slope'un sessiz karanlığında arkasından gizlice geldiğine yemin edebilirdi. Herhangi birinin de değil: onun. Evet, mahalle güvenliydi, çok güvenliydi. Ama ıssız blok ıssız bloktu. Her şey olabilirdi ve durdurmak için kimse yardıma koşamazdı.

Amanda'nın uyandığından beri aşırı hassas olması da hiç yardımcı olmuyordu. Yine Case'le ilgili elbiseyle, çıplak ayak ve kan içinde koştuğu, perili restoranlı, sirenlerin ağlayarak onu oğlu konusunda uyardığı o aptal, berbat rüyayı görmüştü. Bu kez Carolyn bile başta, karanlıktan, koşmasından ve çıplak ayaklarının yanmasından önce görünmüştü. Amanda ve Carolyn kıkırdıyorlar, fısıldaşıyorlar, yatağında bağdaş kurmuş pizza yiyorlardı. İkisi de tül elbise giymişlerdi; Amanda'nınki şeftali rengi, Carolyn'ninki deniz köpüğü mavisiydi. Niye her seferinde elbise oluyordu ki? Amanda'nın saçma derecede abartılı gardırobu yüzünden miydi? Uykudaki zihni her şeyi tehditkâr hale getiriyordu.

Keşke bu karanlık blok, belki orada, arkasında olan adam da rüya olsaydı. Amanda'yı nasıl bulmuştu ki? Evet, yıllar önce terk ettikten sonra şu anda St. Colomb Falls'a daha yakın yaşıyordu. Ama New York oraya arabayla altı saat uzaklıktaydı. Nakliye aracını fark edecek değildi herhalde.

Amanda Third Street'in geri kalanını aşarken omzunun üzerinden tekrar baktı. Tam olarak bir şey göremiyordu. Ama derin bir nefes almaya çalıştığında ciğerleri sertleşti ve teni o zamanlar olduğu gibi karıncalandı. Tam anlamıyla eskisi gibi.

Carolyn'in ne diyeceğini çok iyi biliyordu: Zach'e söyle. Sarah eşini korumanın bir kocanın görevi olduğunu falan söylerdi. Ama ya o sorunu kendi başına açtıysa? O zaman eşine yüklemek adil olur muydu? Ve Amanda'nın Zach'in stresini yatıştırması gerekiyordu, başka bir neden sağlaması değil. Adam zaten fazla baskı altındaydı. En azından anlaşmalarının bu kısmını halledebilirdi.

On bir yıl önceki o gece Zach, Bishop Motel'e adım attığında Amanda on yedi yaşındaydı. Zach, Amanda'nın çalıştığı, aynı zamanda da yaşadığı motelde normalde gece geçiren erkeklere hiç benzemiyordu. İlk olarak Zach kamyoncuların ve oduncuların yarı boyutunda ve daha yumuşaktı. Ellerini dahi kirletmeden hayatını geçirmiş bir adamdı. Tam olarak maskülen de sayılmazdı ama daha kötü şeyler vardı. Çok daha kötü şeyler. Ve yine de gülümsemesi aşırı hoştu.

Ama her şeyden öte Amanda'nın dikkatini çekmesini sağlayan, tanıştıklarında Zach'in ona bakışı olmuştu. Kendi arka bahçesinde zor görülen bir tür bulan kâşif gibi hem neşeli hem de gergindi. Amanda'ya tüm hayatı boyunca güzel olduğu söylenmişti ama o ana kadar bunun hep sorumluluk olduğunu hissetmişti.

Zach başarılı biriydi de. Bir sonraki gün akşamüstü karşılaştıklarında Amanda hepsini öğrenmişti. Zach yürüyüşten yeni dönmüş, fit, güçlü, çamurlu yürüyüş botları ve hafif uzamış sakalıyla daha yakışıklı görünüyordu. Hukuk fakültesinden ve işletme fakültesinden aynı anda mezun olmuştu! California'da çalışmak üzere batıya gitmeden önce Adirondacks'ta yürüyüş yaparak kutlama yapıyor, kendine zaman ayırıyordu. Zach'in belli bir yönü ve odağı vardı. Nereye gittiğini çok iyi biliyordu.

"Vay be, California," demişti Amanda, hafifçe kıskandığını hissetmişti. "Onca güneş ışığı. Ben hiç St. Colomb Falls'tan dışarı çıkmadım."

"Benimle gel o zaman," demişti Zach omuz silkerek. Öyle doğrudan, basit ve çılgıncaydı ki. "Dışarıda ne varsa bundan kat be kat iyidir. Ne yapman gerektiğini düşündüğümü, beni unut. Bulmayı kendine borçlu olduğunu düşünmüyor musun?

Biliyordu sanki. Tabii aslında bilmiyordu. Amanda'nın yanlış hesaplamalarının detaylarından haberi yoktu. Asla da olmayacaktı. Yıllar geçtikten sonra Zach bir kere bile Amanda'nın geçmişindeki fazla belirgin boşlukları doldurmayı umursamamıştı. Bunun kocasının en iyi özelliklerinden biri olduğunu fark etmişti: Yalnızca önemsediği şeyleri umursuyordu. Başarısının sırrı da muhtemelen buydu.

Ancak o zamanda Bishop Motel'de Zach güneş ışığında parlayan, altın California biletini elinde tutuyordu. Uzaktı. Çok uzak. En sonunda gidecek gerçek bir yer olacaktı. Amanda'nın yapması gereken tek şey uzanıp onu almaktı. O yüzden kendisine sormuştu: Carolyn olsa ne yapardı? Cevap belliydi. Carolyn uçarak giderdi.

İşte Amanda o akşam Zach otelden çıkış yaptıktan sonra kiralık arabasının yanında beklerken böyle olmuştu. Zach onu orada gördüğüne şaşırmış gibi davranmıştı. Ama şaşırmadığına emindi.

Amanda'nın içini ısıtan küçük çocuk gibi gülümsemesiyle, "Buradan defolup gidelim," demişti.

Çok geçmeden Amanda'nın üç kutuluk eşyalarını arabaya koymuş, üstü açık halde, saçları rüzgârda salınarak süratle batıya gidiyorlardı. Güvende. Hayatta. Özgür. Tepelerinde yalnızca karanlık ve yıldızlar vardı. Amanda o zaman bir daha St. Colomb Falls'a dönmemek için elinden geleni yapacağını anlamıştı.

Saymadığı, hiç düşünmediği şeyse St. Colomb Falls'ın arkasından geldiğiydi.

Amanda, Gate sonunda Fifth Avenue'nun köşesinde iyice aydınlanmış halde karşısına çıkana kadar hızını artırdı. Eski moda pub, Sarah, Maude ve ara sıra diğer annelerin her hafta bir kere içki içmek için buluştukları bir yerdi. Açık hava alanı çok güzeldi;

Sarah'nın sesinde hem kıskançlık hem de küçümsemeyle söylediği gibi Park Slope'un genç ve çocuksuz insanlarının birleştiği mekândı.

Amanda, Gate'e sağ salim yaklaştıktan sonra durup son bir kez omzundan geriye baktı. Ancak arkasında en azından görebildiği kimse yoktu.

Amanda, Maude ve Sarah'yı arka taraftaki eskimiş maun masalardan birinde buldu. Maude'nin başı arkaya doğru yatmıştı ve yanındaki oturaklardan birine ayaklarını kedi gibi uzatmış halde çılgınca gülüyordu. Sarah ona doğru eğilmiş, alametifarikası olan cadı sırıtışını yaparak bir şey söylüyordu. Amanda geldiğine çoktan mutlu olmuştu. Karanlıkta sırnaşan insanlar *arkadaşlarıydı.* Kız kardeşinin arkadaşları, Carolyn gibi arkadaşlar değil. Ama öyle arkadaşlıklar kuruldu mu ömürlük oluyordu. Ve kısa bir süre sonra Sarah ve Maude, Amanda'nın umduğundan çok daha fazlası haline gelmişlerdi.

Amanda, Sarah'yla Henry ve Case'in sınıflarının dışında tanışmıştı ve hemen anlaşmışlardı. Amanda, Sarah gibi özgüvenli, dışadönük, görüntüsüne ya da ne kadar parası olduğuna, fit olduğuna aldırış etmeyen bir kadın olmak için elinden geleni yapmıştı. Amanda bir atlet olduğunu söyleyemezdi ancak düşünmeden on beş kilometre koşardı ve kendi bile hızlı olduğunun farkındaydı. Yıllar boyunca bir sürü kadın başta Amanda'nın yanında koşmak, onunla kahve içmek ya da onun arkadaşı olmak istemişti. Ama çok geçmeden Amanda'yı kınar, kendileriyle karşılaştırma yapmamak için ondan uzaklaşırlardı. Bu kıskançlık kaçınılmaz bir şekilde Amanda'yla uğraşmaya, ona ders vermeye dönüşürdü.

Gerçekten üniversiteye gitmemiş miydi? Ne kadar ilginçti. *Gerçekten* hiç Avrupa'ya gitmemiş miydi? Ne yazıktı. *Gerçekten* kocasının işlerine fazla müdahale etmiyor muydu? Ne kadar... tuhaftı. Kaç yaşındaydı ki?

Yirmi sekiz. Amanda yirmi sekiz yaşındaydı; genelde Case'in yaşındaki çocukların annelerinden on beş yaş küçük oluyordu. Ama bazen aralarındaki uçurum çok daha büyük hissediliyordu. Sonsuz, geçilmez bir şeymiş gibi.

Gate'in kapısında duran Amanda, yepyeni beyaz bluzuna ve olanları doğru almak için gittiğinde Barneys'teki satış görevlisinin fazlasıyla New Yorklu diyerek almaya ikna ettiği platform Prada sandaletlerine baktı. Ancak Amanda "New Yorklu" derken "Park Slope annesi"ni kastettiğini tam olarak ifade edememişti ki ikisi birbirinden çok farklıydı. Hesaplanmış ilgisizlik; görünüşün sırrı buydu. Park Slope anneleri güzel, modaya uygun ve fit olurlardı ama moda gibi aptal şeyleri umursamazlardı. Amaçları, çocuklar veya anlamlı kariyerleri gibi endişelenecekleri daha önemli şeyler vardı. Diğer bir deyişle, Amanda'nın kusursuz makyajsız görünmek için tam ayarında kapatıcı kullanmakta ve titizlikle rimel sürmekte ustalaşması gerekiyordu.

Ne yazık ki Amanda bu konuda hatalar yapmaya devam ediyordu. Birisi olma, başka biri değil sadece biri olma numarası yapınca böyle sorunlar ortaya çıkıyordu işte. Aşırıya kaçması çok kolaydı.

Amanda zorla gülümsedi, daha rahat görünmek için uzun saçlarını saldı ve beyaz kollarını indirerek Maude ve Sarah'nın oturduğu yere yöneldi.

"Geç kaldığım için çok üzgünüm." Açıklama yapar gibi kıyafetini gösterdi, ardından beyaz bir yalan söyledi. "Bağışçı toplantısı vardı."

Aynı zamanda hem çok hem de az şey söylüyordu.

"Şu ayakkabılara bak, Maude!" diye bağırdı Sarah, Amanda'nın topuklularını göstererek. "Bayıldım!"

Maude oturduğu yere yaslandı. "Bakayım." Görmek için aşağıya eğildi. "Vay be, harika. Bir gün beni de alışverişe götür, Amanda."

Arkadaşları kibarlık ediyordu. Nereden alışveriş edeceklerini ve istediklerinde yapabilecekleri güçleri olduğunu çok iyi biliyorlardı. Daha önemli işleri olduğu için yapmamayı seçiyorlardı.

Maude bir galericiydi, kocası saygın bir kadın hastalıkları ve doğum uzmanıydı ve Sarah'nın Amanda'ya tanışmalarına vesile olan Brooklyn Country Day'de ikinci sınıfa giden ortanca oğlu Will'le aynı yaşta genç bir kızı vardı. Zaten Maude'yle Sarah'nın çocuklarının yaşları ebeveyn olarak ortak tek yönleriydi. Sarah sık sık Maude helikopter anneyken[4] kendisinin kamikaze pilotu olduğunu söyleyip dalga geçerdi. Ama Maude'yle kızı çok yakınlardı ve Amanda onun sevgisinden dolayı böyle yaptığını görebiliyordu.

Başarılı bir işin ve çocuğunun üzerine titreyen bir anne olmanın yanında Maude fildişi teni, yoğun kahverengi gözleri ve uzun, kızıl kahve bukleleriyle Amanda'nın özellikle korkutucu bulduğu türde çaba sarf etmeden seksi görünen bir kadındı. Kocası Sebe Fransız'dı ancak Amerika'da tıp okumuştu. Amanda, Maude'yi Gate'e bıraktığında onunla birkaç kez karşılaşmıştı. Sebe uzun boylu, aşırı iyi vücudu olan, açık kahverengi tenli ve ela gözlü, şoke edecek derecede yakışıklı bir adamdı, özellikle de o aksanı. Amanda onunla ilk tanıştığında bakmaktan kendini alamamıştı.

"Yüzünü görmeliydin," demişti Sarah gülerek, Sebe gittikten sonra.

"Yüzümü mü?" diye sormuştu Amanda.

"Yargılamıyorum ama bildiğin ağzının suyu akıyordu. Endişelenme, Sebe'yle ilk tanıştığımda ben de aynı tepkiyi vermiştim." Telefonuna odaklanmış olan Maude'ye dönmüştü. "Kocanın yakışıklılığı şaka gibi, Maude. Aynı zamanda yetenekli, çekici ve çocuk doğurabiliyor. Şimdi de online genetik test işi için teknoloji şirketi kurdu, neydi adı? Dijital DNA ya da öyle bir şey. Sebe muhtemelen milyarder olacak. Çok fazla her şey."

---

[4] Çocuklarının üzerine gereğinden fazla titreyen ebeveynler için kullanılan bir terim.

"İlk olarak, çocuk doğurmuyor," diye düzeltti Maude iyi huylu bir şekilde. "Kadınlar doğuruyor. Ayrıca o şirket için sadece tıbbi tavsiye hizmeti veriyor. Büyük bir ücret ödemeyecekler. Neyse, yine de çoraplarını toplamıyor. Kocalar nasıl görünürlerse görsün kocadır."

"Sen Sebe'yi üstsüz görürsen oturduğuna emin ol Amanda," diye uyarmıştı Sarah, Maude ona vururken eğilmişti. "Of, doğruyu söylüyorum. Sebe'yi ilk üstsüz gördüğümde plajdaydık ve neredeyse büyük bir dalga tarafından götürülüyordum."

Amanda oturmadan önce bir garson belirdi. Sakallıydı, kısaydı ve fazla özgüvenliydi. Amanda masada çoktan iki biranın olduğunu fark etti. Brooklyn'deki insanlar butik biraya fazla düşkünlerdi. Palo Alto'daki arkadaşları sadece kokteyl içerlerdi.

"Bir IPA lütfen," dedi Amanda.

Garson kendisine mantıksız bir yükümlülük vermiş gibi gönülsüzce başını sallayıp gözden kayboldu.

"Biz de tam rezil çocuklarımızın kamptan mektup yazmadığından bahsediyorduk," dedi Sarah. "Sen Case'ten haber aldın mı?"

"Case'in kampı büyük ihtimalle yazmaya zorluyordur," dedi Amanda, hafifçe ayağını basarak. "Şu fazlasıyla duygusal yerlerden, aşırı Batı Yakası."

Hepsi olmasa da çoğu Park Slope çocuğu şimdiye kadar gitmişti. Diğerlerinin çoğu da yaz sırasında daha kısa süre için yatılı kamplara gidecekti. Amanda, Case'i yerleştirmek için onunla birlikte Batı Yakası'na uçmayı kafasına koymuştu. Ancak oğlu yalnız gitmekte ısrar etmişti. Amanda, Case'in yaşında ülkenin yarısını geçmeyi bırak Zach'le tanışana dek uçağa dahi binmemişti. Ama gitmişti işte. Oğlunun hayatı çoktan kendisininkinden çok farklı hale gelmişti. Case dünyanın güvenli bir yer olduğu beklentisiyle yaşıyordu. Ve bu iyi bir şey, diye hatırlattı Amanda kendine. Çok iyi bir şeydi.

İlk mektup gelir gelmez Case'in mutlu olduğunu inkâr edemez olmuştu. İki sayfa boyunca uçuşun ne kadar heyecanlı geçtiğini ve hayatının en güzel zamanlarını yaşadığını yazmıştı. Tek endişesi Amanda'nın kendisini fazla özlüyor olabileceğiydi ki bu annesinin fena halde pişmanlık duymasını sağlamıştı.

Aslında pek doğru olmasa da Case'e son derece iyi olduğunu gösterme amacıyla birkaç mektup yazmıştı bile. Amanda oğlu olmadan kendini kayıp hissediyordu; gerçek buydu. Ama mektuplarında tam tersinde ısrar etmiş, yazın sonunda hikâyelerini paylaşmak için bolca vakitleri olacağını yazmıştı. Sarah'nın önerisi üzerine Amanda çoktan ağustosun son iki haftası için Wellfleet'te bir ev kiralamıştı ve sonunda sadece ikisinin gidebileceği neredeyse kesindi. Zach plajdan hoşlanmazdı. Ya da tatillerden.

Sarah, Maude'nin üstünden bakıp gözlerini devirdi.

"Sana demiştim, Maude. Amanda çoktan mektup aldı elbette. Case çok tatlı, mükemmel ve sevgi dolu. Açıkçası Amanda, iğrenç bir şey bu." Sarah somurttu. "Elini tutuyor!"

Amanda, Sarah'nın en küçük oğlu Henry'yi düşündü. Sarah haklıydı; Henry ne sevgi dolu ne de tatlıydı.

"En yakışıklı koca sende olabilir, Maude," diye devam etti Sarah, "ama en mükemmel evlat Amanda'da. O yüzden dökül bakalım, Case sana tam olarak kaç tane mektup gönderdi?"

"Bilmiyorum... Altı belki..." dedi Amanda, aslında ne kadar olduğunu bilse de.

On bir. Gittiği sekiz gün içinde Case'ten on bir mektup almıştı. Bir çocuğun hasretle değil de böylesi bir neşeyle evine bu kadar çok mektup yazması müthiş bir şeydi. İnsanın fazla endişelenmesini zorlaştırıyordu.

"Sophia Costa Rica'dan birkaç kez yazmıştı," dedi Maude, sesi bir anda titredi. "Sorun bu değil."

"Bir dakika... Burada lanet bir mektup almayan tek anne ben miyim?" diye bağırdı Sarah.

"Sorun Sophie'nin mektubunda *söyledikleri*. O..." Maude'nin sesi alışılmadık ve endişelendirici bir şekilde çatladı. "Sophia kendisi gibi değil. Çok... depresif."

"Eminim iyidir," dedi Sarah. "Dinle, Jackson Glacier National Park'a geziye gittiğinde bana korkunç mektuplar yazmıştı. Gelip onu almam için yalvarmıştı. Tabii sonunda yataklara düşüp kan zehirlenmesinden hastaneye yattı. Ama onun için iyi bir deneyimdi."

"Kan zehirlenmesi mi?" Maude'nin gözleri büyüdü. "Bunu neden bana anlatıyorsun?"

Sarah bir eliyle ağzına kapattı. "Ah Tanrım, özür dilerim." Maude'nin kolunu tutmak için diğer eliyle ileri uzandı. "Öyle demek... Sophia'da *kan zehirlenmesi yok* tabii. Jackson'ı gönderdiğim yer aslında ıslahevi gibiydi. Çok korktuğu yazdı, hatırlıyor musun? Kendi balıklarını tutmaları, temizlemeleri ve pişirmeleri falan gerekiyordu. Büyük ihtimalle tüm yaz boyunca elini bir kere bile yıkamamıştır. Neyse, senin Sophia'yı gönderdiğin kamp *hiç* öyle değil, Maude. Country Day düzenliyor ve ne kadar tutucu olduklarını *biliyorsun*. Hem Sophia Jackson'a *hiç* benzemiyor. Yani, sonunda en iyi arkadaşın yerine tipik baş belası ergen gibi davranıyor olabilir ama *eminim* endişelenecek bir şey yoktur."

Maude birasından bir yudum daha alıp gülümsese de aslında rahatlamış görünmüyordu. "Umarım haklısındır."

"Kesinlikle haklıyım." Sarah, Maude'nin kolunu bir kere daha sıktı. "Şimdi, lütfen çocuk konusunu değiştirip gerçekten ilginç olan bir şeye geçebilir miyiz?" Sarah'nın yüzü haylazlıkla aydınlandı. "Senin Yatıya Kalma Suaren, Maude. Yardıma ihtiyacın var mı?"

"Galiba hazırız," dedi Maude dikkatini başka yöne çekerek. "Davetiyeler gönderildi, Red Hook'taki yemek şirketini kullanacağız. Yıllardır çok iyi iş çıkarıyorlar. Bu noktada muhtemelen gelmeme bile ihtiyaç duymuyorlardır. Dürüst olmak gerekirse Sophia'nın durumundan dolayı bu parti..."

"Harika bir oyalama gibi mi geliyor?" dedi Sarah. Sonra kendini abartıyla yelledi. "Yemekçileri görmek için bile değer. O dövmeleri, sakalları ve hipster ekoseleri var ya. Söylüyorum bak, şirketin sahibi o iki kardeşte evlenmek istediğim her şey var."

Amanda hiçbir partiye davet edilmemişti. Edilmeyeceğinden de emindi. Düzgün durmaya çalışırken sandalyesinde kıpırdandı.

"Hadi ama, Sarah," diyerek sahiden güldü Maude. "Çok iyi çalıştıkları için onlara bayılıyorum. Ama o iki adam tavus kuşu gibidir, sürekli tüylerini temizler. Nefret edersin. Sen üzerine titreyenlerden hoşlanırsın. Nazik ve tapılası Kerry gibi."

"Ben sadece bilerek denerdim diyorum."

"Onu bir keresinde yapmadın mı zaten?" Maude kirpiklerini kırpıştırdı.

Sarah suratını buruşturdu. "Neyse Amanda, yemekçileri görünce ne dediğimi anlayacaksın."

Amanda tuhaf bir şekilde gülümsedi.

"Bir dakika, Maude, Amanda'yı davet *ettin*, değil mi?"

"Ay hayır." Maude başını ellerinin arasına bıraktı. "Sophia konusunda endişelenirken gerçekten tükenmiş olmalıyım. Geçen yılın davetli listesini kullandım! Çok üzgünüm, Amanda. Tabii ki davetlisin. Bu akşam sana davetiye yollarım."

"Ve sahiden *gelmelisin*," diye ekledi Sarah. "Sahiden ama sahiden gelmek *zorundasın*. Kerry'nin doğum günü yemeğindeki efsanevi yemeklerimle ya da tatil partilerimizle karşılaştırılamaz elbette. Ama Maude'nin partisi *partidir*." Kaşlarını imalı bir şekilde kaldırdı. "*Özel* bir parti. O kadar özel ki bu yıl herkes katılmak için 4 Temmuz'da şehir dışına çıkmayı erteliyor."

"Öyle mi düşünüyorsun?" diye sordu Maude. "Ben tatilden ötürü sayı düşer diye umuyordum."

"Hayır, Maude, kimse kaçırmayacak. *O kadar* özel."

"Nasıl özel bir parti?" diye sordu Amanda ama sadece Sarah'nın sormasını istediğini bildiği için.

"Yaz kampı temamız var. Biraz abartılı tabii; parti hediyeleri, oyunlar, tematik yiyecekler," dedi Maude. "Bu Yatıya Kalma Suarelerini Sophia kampa gitmeye başladığından beri, yani yedi yıldır falan düzenliyoruz. O kadar uzun süre olduğuna inanmak zor. İlk gittiği yaz küçücüktü, sekiz yaşındaydı. Ama bağımsız olmayı o kadar çok istiyordu ki..." Maude'nin sesi azaldı, yine kızına duyduğu endişenin içinde kaybolmuştu.

"Tamam, Maude," diye şakayla karışık iğneledi Sarah, Amanda'ya doğru baktı. "Ama diyorum ki, bu *şartlar* altında parti hediyeleri partinin en az ilgi çeken şeyleri."

"Hangi şartlar altında?" diye sordu Amanda itaatkârlıkla. "Yani, sormam sorun olmazsa."

"Ona söyleyebilir miyim, lütfen?" dedi Sarah, Maude'ye. "Çünkü söylemek için ölüyorum."

"Buyur," dedi Maude, gözlerini devirerek. "Ama Sarah'nın söyleyeceklerinin şoke etme potansiyeli olduğunu bil, Amanda. Gerçekle ilgisi olabilir de olmayabilir de."

Sarah dikleşti, avuçlarını masaya dayadı ve büyük bir duyuru yapacakmış gibi vücudunu ayarladı. Gözleri kapalı kaldı.

"Maude'nin partisi... bekle... *seks* partisi." Sarah'nın gözleri neşeyle açıldı.

"Hadi ama!" diye bağırdı Maude ama gülüyordu. "Bu rezalet bir tanım."

"Rezalet derken," Sarah da gülüyordu, "tamamen ve eksiksiz doğru olduğunu kastediyorsan o zaman peki; rezalet."

"Hiç doğru *değil*," değil diye karşı çıktı Maude ama gayretsizdi.

"Pardon. Her yıl partinde insanlar eşleri olmayan kişilerle seks yapıyor mu?" dedi Sarah. "Yoksa yapmıyor mu?"

Maude surat yaptı. "Ama partinin *amacı* o değil," dedi. "Sen öyleymiş gibi anlatıyorsun. Seks partileri herkesin gelip maske taktığı ve soyunduğu falan yerler."

"Hmm," dedi Sarah sinsi bir gülüşle. "Sözü açılmışken, belki öylesi daha iyi olurdu."

Artık Amanda bile gülüyordu. Hepsi gülmeye başlamıştı. Kızarmışlardı, tıknaz garsonun barda okuduğu *My Struggle* adlı kitaptan başını kaldırıp onlara kötü bir bakış atmasını sağlayacak kadar sesli kıkırdıyorlardı.

"Tamam, peki," dedi Sarah, gülmekten nefesi kesilmişti. "Belki seks partisi demek biraz fazla olur ama hoşuma gitti. Hem ufak bir gerçeklik payı da var."

Maude aşağı doğru baktı. "Tamam, doğrusu şu: Yıllık Yatıya Kalma Suaresi sırasında Sebe'yle ben rızası olan yetişkinler istedikleri gibi kullansınlar diye evimizin üst katını açıyoruz. Bu fırsatla insanlar çocukları yüzlerce kilometre ötedeki bir kamptayken eşleri olmayanlarla seks yapıyorlar mı? Belki yapıyorlar."

"Lütfen ama, sonrasında hepsi inkâr etse de yaptıklarını *biliyorsun*. Ve bu kamu hizmetini vermeye *neden* karar verdiğini açıklamalısın. Bağlamını söyle." Sarah, Amanda'yı işaret etti. "Amanda'ya anlat. Onunla güvendesin, Maude. İnan bana."

"Bir şey yapmak zorunda değilim, Sarah," dedi Maude keskin bir şekilde ve bir anlığına gerçekten canı sıkılmış gibi göründü. Ama yüzü hızla yumuşadı. "Sarah kendisininki tutucu diye benim seks hayatım hakkında konuşmayı seviyor."

Sarah ellerini havaya kaldırdı. "Suçlu bulundum. Sebebi kesinlikle bu," dedi Sarah. "Gerçi teknik olarak tutucu olan *ben* değilim, Kerry."

"İstemiyorsan bana söylemek zorunda değilsin," dedi Amanda. "Gerçekten."

Maude bir anlığına duraksadı. En sonunda ağır bir nefes verdi, omuzları düştü. "Hayır, hayır, sorun değil. Yakın arkadaşımsın. Sebe'yle ben ara sıra başka insanlarla seks yapıyoruz. Hep böyleydi," dedi. "Öfemizm falan kullanabilirim ama doğrusu bu. Ve hepsi bu kadar. Kendi sınırlarımız, kurallarımız var ve ikimiz için gayet iyi işliyor. Başkalarında işe yarar mı bilemiyorum. Hatta yaramayacağından emin gibiyim. Ve hayır, Sophia bilmiyor. Yanlış ya da kötü bir şey olduğunu düşündüğümüzden değil, ne kadar yakın olursak olalım on beş yaşındaki kızımızla seks hayatımızı konuşmak iğrenç olduğu için." Maude'nin yüzü tekrar gerildi. "Ya da en azından bildiğini düşünmüyorum... Neyse, bilmesini istemiyorum. Açık ilişkinin hakkı olan tek şey olduğunu düşünmesini istemiyorum. İstediği buysa sorun değil. O başka bir şey. Sebe'yi bu konuda ikna eden benim, tersi değil. Neyse işte, partinin son yılı olmasının sebebi de bu."

"Ne?" diye soludu Sarah.

"Öyle," dedi Maude sertçe. "Bir süre önce karar verdik. Sophia'nın... Kesin olarak karar verdik."

"Hadi ama, Maude," diye yalvardı Sarah. "Sizin partinize ihtiyacım var. Onlar aracılığıyla dolaylı yaşamak elimdeki tek şey."

"Gerektiğinde kendi başına iyi idare ediyorsun gibi görünüyor," dedi Maude alayla.

"Tuş," dedi Sarah, Amanda'ya döndü. "İkinci kez söylüyorum; Maude Kerry'yi 'aldattığım' zamanı ima ediyor. Belli ki sana anlatmamı istiyor."

Maude açıkça kaşlarını kaldırdı. "Doğruya doğru."

"Ya," dedi Amanda, fazla şaşırmış göründüğünü hissedebiliyordu. Engelleyemiyordu. Hazırlıksız yakalanmıştı. Hatta donakalmıştı. Sarah, Kerry'yi aldatmış mıydı?

"Endişelenme Amanda, Kerry biliyor. Geçmişte bıraktık," dedi Sarah. "Ve 'aldatmak' derken birkaç ay önce bir kereliğine ve iki saniye boyunca Henry'nin futbol koçuyla öpüşmemi kastediyorum."

"Ya," dedi Amanda tekrar aptal gibi. Çünkü hâlâ şoktaydı.

"Koçun İrlanda aksanı vardı ve hep benimle flört ediyordu ve bilmiyorum..." Omuz silkti. "Neyse, Kerry son derece mantıklı davrandı."

"Ona söylediğine inanamıyorum," dedi Maude.

"Kerry'le sır saklamayız. Tarzımız değildir. İyi günde kötü günde," dedi Sarah. "Canı yandı tabii ama kendisini ne kadar sevdiğimi biliyor. Neticede, 'Özrünü kabul ediyorum, bu konuyu geçelim,' dedi. Ve öyle de yaptı. Büyük ihtimalle ben olsam yıllar boyunca suratına çarpardım. Kerry benden çok daha iyi bir insandır zaten."

"Seni seviyor," dedi Amanda istemeden.

"Öyle," dedi Sarah. "Kerry'nin bana sahiden sinirlendiğini hatırladığım tek an üniversitede ondan ayrılmaya çalıştığımdaydı. Ne biçim öfkelenmişti." Yaramazca gülümsedi. "Biraz seksiydi."

"Seksi mi?" Maude güldü. "Sapkınlık bu, Sarah."

"Bilmiyorum... İyi bir adam istiyorsun ama *o kadar da* iyi olmasın, değil mi?" dedi Sarah. "İçinde bir aslan yattığını öğrenmek beni rahatlatmıştı."

"Söylediklerini yapabilmek için her şeyini ortaya koyuyor," diye ekledi Amanda.

"Söylediklerini yapmaları *gerekir* zaten, Amanda," dedi Sarah, bezmiş bir şekilde. "Koca onlar. Olayı bu."

"Lütfen," dedi Maude. "Ben bağırıp çağırmadan Sebe evde tek bir şey bile yapmıyor."

"Ama Sebe Sebe işte." Sarah kendini yelledi. "Ben olsam istediği gibi beni görmezden gelmesine izin verirdim. Üstsüz olduğu müddetçe."

"Kapa çeneni." Maude gülerek top haline getirilmiş peçeteyi şakayla Sarah'ya fırlattı.

"Hey, Sebe doğum uzmanı olduğu için mi bu açık ilişkiyi sürdürebiliyorsunuz sence? Yani, sürekli başka vajinalara bakıyor ya."

"Sarah, iğrençsin!" Maude biraz daha güldü, yanakları pembeleşti.

"Ciddiyim!" dedi Sarah. "Ciddi bir soru sordum."

"Duymamış gibi yapacağım, teşekkürler," dedi Maude, sonra Amanda'ya döndü. "Peki ya sen Amanda? Zach nasıl biri? Onunla hâlâ tanışmadığıma inanamıyorum."

"Ben inanabiliyorum," diyerek burnundan güldü Sarah. "Amanda'nın diğer yarısı hayalet gibi." Ama hemen ardından sırıttı. "Özür dilerim, Amanda. Bu... Öyle dememeliydim. Ben ne bilirim ki? En iyi evlilik hayatta kalandır. Ve her şey bitene kadar hiçbirimiz bilemeyiz."

"Hayatta kalmak mı?" diye sordu Maude sessizce. "Amacımız bu mu?"

"Düşük beklentiler." Sarah göz kırptı. "Mutlu sonun anahtarıdır."

Amanda ilk defa evliliğine şekil verip anlatmak istemedi. Ne de olsa arkadaşları ona kendilerininkini anlatacak kadar güveniyorlardı. En azından bazı şeyleri itiraf edebilirdi. "Zach çok fazla çalışıyor. Sarah haklı. Bazen birbirimizi bile zar zor görüyoruz."

Maude tatlı tatlı gülümsedi. "Ayrılık kalbi sevgiyle doldurur," dedi rahatlatırcasına. "Umarım partiye gelirsin ama. Zach de tabii. Sarah'nın dediklerine bakma, üst kata çıkmasan bile çok eğlenceli oluyor."

Amanda gülümsedi. "Kesinlikle geleceğim. Teşekkür ederim."

"Maude'yle Sebe'nin tanışma hikâyelerini duymuş muydun?" diye sordu Sarah Amanda'ya.

"Hayır," dedi Amanda, Maude'ye bakmak için döndü.

"Yakışıksız röntgenciliğimle evliliklerini alçalttığım için borcumu böyle ödemeye çalışıyorum," dedi Sarah. "Öyle romantik bir hikâye ki."

"Nasıl tanıştınız?" diye sordu Amanda.

"Güzel bir hikâyedir," dedi Maude, hasret çekiyormuş gibi bir hali vardı. "Columbia'da sanat tarihi yüksek lisansı yapıyordum ve bir partiye gitmiştim. Bir anda düştüm, başımı bir kitaplığa vurdum ve içkileri her yere döktüm. Sarhoşmuşum gibi görünüyordu tabii ama tamamen ayıktım."

"Ve Sebe onu *kurtardı*," dedi Sarah, dalgın bir suratla. "O görünüş ve aksanıyla Maude'yi güçlü kollarına gelin gibi alıp staj gördüğü Columbia-Presbiteryen'e kadar götürdü."

"Sebe hayatımı kurtarmadı," dedi Maude. "Ama beni hastaneye götürdü. Ve taksiye kadar taşıdı. Aynı zamanda benimle hemen ilgilenilmesini sağladı."

"İyi miydin peki?" diye sordu Amanda.

"Meğer şekerim varmış. Muhtemelen tüm hayatım boyunca olan bir şeymiş ama nedense hiç fark etmemişim. Şu anda kontrol edilebilir durumda."

"Ve söyledikleri gibi, gerisini zaten biliyorsun," dedi Sarah hülyalı bir biçimde.

"Vay be," dedi Amanda, anlatılamaz bir üzüntü hissetti. "Romantikmiş."

"Değil mi?" diye araya girdi Sarah. "Bu hikâyeyi daha sık anlatmalısın Maude ama Sebe'nin yakında milyarder olabileceği kısmı da ekle. Ben olsam her yerde bayrak gibi sallardım."

"Bilmiyorum. Bugünlerde Sebe'yle çok fazla kavga ediyoruz." Maude uzaklara baktı. "O hikâye sanki artık bize ait değilmiş gibi geliyor."

"Kavga mı?" diye sordu Sarah. "Sebe'yle asla kavga etmezsiniz."

"Sophia'nın meselesi yüzünden," dedi. "Sebe onu seviyor ama çok serbest bırakıyor. Avrupalı işte. Ona göre kızımız yetişkin sayılıyor. Ama o daha benim bebeğim. Ne kadar büyürse büyüsün, her zaman problemlerini çözmek isteyeceğim. Bunda bir sorun görmüyorum."

Sarah dudaklarını araladıysa da Maude uyarır gibi elini kaldırınca hemen kapattı. "Bu akşam olmaz. Tamam mı, Sarah?"

"Ergenler. Sadece bunu söyleyecektim," diye ısrar etti Sarah. "Gerçekten her şeyi mahvediyorlar. Peki ya seninle Zach, Amanda? Siz nasıl tanıştınız? Dürüst olayım, çok... farklı görünüyorsunuz."

"New York'un dışındaki bir otelde yazın kat görevlisi olarak çalışıyordum," diye başladı Amanda. Yıllar içinde hikâyeyi daha hoş hale getirerek mükemmelleştirmişti. *Kat görevlisi* demenin *hizmetçi* demekten daha iyi olduğunu öğrenmişti. *Otel* de *motelden* daha iyiydi. Ama en önemlisi *yaz* kelimesini eklemesiydi. Sonrasında lise terk olduğunu itiraf edince kalkan kaşlardan, büzülen dudaklardan kurtulmasını sağlıyordu. "Zach, California'ya taşınmadan önce Adirondacks'ta yürüyüş yapmak için otele geldi."

"California mı?" diye sordu Sarah. "Uzun mesafe ilişkisiyle mi başladınız?"

"Yok, hayır, otelden ayrıldıktan sonra birlikte gittik," dedi Amanda.

"Tanıştıktan *hemen* sonra mı?" diye sordu Sarah.

Sıçayım. Genelde o kısmı dahil etmezdi. Neden bugün yapmıştı?

"Anında değil tabii. Çok geçmeden."

"İlk görüşte aşk." Maude gülümsedi. "En romantiği."

"Hmm." Sarah şüpheyle Amanda'ya baktı ama sonra karıştırmamaya karar verdi. "Benim diyeceğim şu, Zach, Kerry'nin doğum günü yemeğine gelse iyi olur. Çünkü patronum olmasına rağmen onunla beş kelimeden fazla konuşmadım."

"Patronun değil," dedi Amanda.

"Öyle tabii!" dedi Sarah. "Onun vakfı. Senin için de çalışıyorum. Ve inan bana ikisi de sorun değil. Ama Zach'in zaman ayırması gerekiyor. Sen en iyi arkadaşlarımdan birisin. Onu da saflarımıza çekmemiz lazım."

Amanda zorla gülümsedi. Sarah'nın en iyi arkadaşlarından biri. "O" kişi olmak istiyordu. "Gelecek."

Söylediği yalandı elbette. Sarah'nın niyeti iyiydi ama Amanda, kocasının *fazla* çetin olduğunu netleştirmişti. Bazen Sarah onları düzeltmek istiyormuş gibi geliyordu. Ancak dürüst olmak gerekirse tamir edilecek bir şey yoktu. Amanda'yla Zach'in evliliği yolundaydı. İkisi de istedikleri şeye sahip olabiliyorlardı. Belki o şeyler insanların bir evlilikten beklentisi değildi. Ama Zach'le hayatta kalıyorlardı, değil mi?

"Ee, Kerry'le kaç yıldır birliktesiniz?" diye sordu Amanda, konuyu değiştirmeyi umarak.

"Çıkmaya başladığımız zamanı da sayarsan otuz üç. Tanıştığımızda daha on beş yaşındaydık. Yirmi sekiz yıl önce, Amanda sen daha zigotken evlendik," dedi Sarah, kasvetli bir şekilde çenesini eline yasladı. "Bir futbol koçunun elini kıçına koyması için bir bahane varsa budur işte."

"Geçmişte özel bir şeyler oluyor ama," dedi Amanda. "Çok küçük yaştan beri tanıdığım Carolyn diye bir arkadaşım var mesela."

"Evet ama zaman arkadaşlıkları derinleştirir," dedi Sarah. "Aşklarıysa… o kadar değil."

"Carolyn büyüdüğün kasabada mı yaşıyor?" diye sordu Maude. "Adı neydi?"

"St. Colomb Falls. Ve hayır, aslında burada, New York'ta."

"Gerçekten mi?" diye sordu Maude. "Bizimle dışarı çıkmalı! Onunla tanışmayı çok isterim."

"Onunla pek görüşemiyorum," dedi Amanda. "Bekâr ve Manhattan'da yaşıyor."

"Kocalar ve çocuklardan başka şeylerden de *konuşabiliriz*, biliyorsun," dedi Sarah. "Brooklyn'e gelmek için rahatlıkla metro kullanabilir. Taksi de."

"Tabii ki," dedi Amanda. Açıkçası Carolyn'i neden dahil etmeyi hiç düşünmediğini kendi de bilmiyordu. "Ben öyle demek... Onu kesinlikle davet etmeliyim. Edeceğim."

"Belki Maude'nin *seks* partisine de etmelisin. Bizi farklı ve ilginç tipler gibi gösterir." Sarah gülümsedi. "Hey, belki bu yılki partide şansımı deneyip yasaklı merdivenleri tırmanırım. Maude, bu yıldan sonra parti vermeyeceksen bu benim son şansım olabilir."

"Lütfen," dedi Maude. "Kerry'le öyle insanlar değilsiniz."

"Kerry değil," dedi Sarah, sonra tekrar göz kırptı. "Ama belki bir kereliğine ben öyle biri *olurum*."

LIZZIE

7 TEMMUZ, SALI

Brooklyn Adalet Sarayı'ndan Zach'in evine geçerken eve uğradım. Doğrusu evimiz Zach'in yolunun üstünde değildi ancak Adam'ın "hangi evlilikte sorun olmaz ki" yorumu kendiminkini düşünmeme sebep olmuştu. Belki Sam'i kovulduğu, hatta kaza için affedebilirdim ama tekrar yoldan çıkamazdı. Onu herhangi bir şey için gerçekten affetmemiştim. Bunu ikimiz de biliyorduk. Yalnızca dargınlığımı ve öfkemi gömmüştüm. Bir şeyler gömmekte iyiydim.

Sam'in kafasını patlatması en dip olmalıydı ama. Artık rehabilitasyona gitmek zorundaydı. Mutlaka. Gerçek bir ültimatom verecek, ben ya da içki diyecektim. Sam'e bunları söylemek için üç katı tırmandım. Sonra tam kapımızın önündeyken telefonum çaldı. Tanımadığım bir numaraydı. Birisi imdadına yetişmişti.

"Ben Lizzie."

"Ben Bölge Savcısı Yardımcısı Steve Granz," dedi adam. "Paul Hastings'ten bir not aldım. Sizi aramamı söyledi. Ama ne diye hiç bilmiyorum. Tipik Paul."

Tahminimce Brooklyn Savcılığı'ndandı. Paul'ün gücü böyleydi işte. Benimle sabahlamazdı ama başka yollardan yardım ediyordu.

"Aradığınız için çok teşekkürler," dedim. "Brooklyn'de devlet memuruna saldırıdan yargılanan bir müvekkilimiz var. Arka plan araştırması yapmayı umuyorduk."

Zach'in davası için; suçlamalar, kanıt, atanan bölge savcısı, pazarlıkla hangilerini vermek istiyorlarsa o bilgileri almak benim işimdi. Pazarlık yapmak istediğimizden değildi, savcılık dosyasının ne kadar ciddi olduğunu anlamak içindi. Dosyaları ne kadar güçlüyse pazarlığa o kadar az meyilli olurlardı. Güçlü bir savcı dosyasının gerçekle alakası olması şart değildi. Bir savcı olarak inanmadığın bir şeyin peşinden bilerek gitmezdin. Ancak işin kazanılacak dosyalar inşa etmekti. Bu da gerçeğin bazen paralel, bağımsız değişken olduğu anlamına geliyordu.

"Söylemem lazım, Paul'ün bölge mahkemesine katlanmasına şaşırdım," dedi Steve. "Brooklyn'i bir kenara koyuyorum."

"Yalnızca uzak, yönetebileceği bir mesafeden."

"Hah, şimdi kulağa Paul gibi geldi," dedi. "Müvekkil kim?"

"Zach Grayson," dedim. "Bir kaza olmuş. Polis memuru peşine düşmedi bile. Belli ki olay yerindeki biri, muhtemelen bölge savcısı yardımcısı tutuklama için baskı yaptı. Onu kefaletle serbest bırakmadan Rikers'ta tutuyorlar."

"Rikers zorludur," dedi Granz öylesine, arka planda parmakların klavyeye vurma sesi geliyordu. Meslektaşlarından birinin fazla müdahale ettiğini belirtmeme rağmen istifini bozmaması bir şeyler anlatıyordu. "Buldum işte," dedi en sonunda. "Bir dakika, bu Park Slope olayı mı?"

"Park Slope'ta yaşıyorlar, evet."

"Anahtar Partisi[5] Cinayeti." Sesi sahiden eğleniyormuş gibiydi. Ve ne yazık ki nedenini bilmiyordum. "Veya Park Slope Sapıkları. Park Slope Ebeveynleri yerine hani? Bunu ben uydurdum." Bir süre sessiz kaldı. "Kusura bakma, bu sabah ofiste en sonunda olayın detaylarına indiklerinde *Post*'ta atacakları başlıklarla dalga geçiyorlardı da."

Zach partiden bahsetmişti ama anahtar partisi mi? Zach aseksüel değildi. Yok, hatta bir nevi aseksüeldi. Onu hiçbir zaman arkadaştan öte görmememin bir sebebi de buydu. Tabii yıllar geçmişti. Belki Amanda gibi güzel bir eş onu seks bağımlısı yapmıştı.

---

[5] Eş değiştirme partisi.

Bilgisizliğimi kabul edip sormam risk olurdu ama başka seçeneğim yoktu.

"Anahtar partisi mi?" diye sordum, sesimin fazla etkilenmemiş gibi duyulmasına dikkat ederek.

"Ya da ne diyorlarsa," dedi Steve. "Belki organik, serbest dolaşan sikişmedir? Eminim dört milyon dolarlık evlerde yaşayanların kullandıkları bir tabir vardır. Tek bildiğim böyle bir şeyi önerirsem karımın sikimi keseceği."

"Ama Amanda Grayson kendi evinde ölü bulundu," dedim. "Partide değil."

"Evet, evet," dedi. "Partiden sonraydı. İkisi de erken gitmişler diye duydum. Partiden önce de bazı sorunlar olmuştu. Genelde gürültü şikâyetleri, halka açık yerde sarhoş olma gibi ıvır zıvırlar olur. Tabii bunların hepsini ikinci elden öğrendim. Bu sabaha kadar duymamıştım bile. Organize suçlar birimindeyim. Ama ben bile Park Slope'ta böyle bir cinayetin bilmem kaç yıldır gerçekleşmediğini biliyorum. Belki de hiç olmamıştır. Cidden, öyle partiler berbat fikirler oluyor."

"Evet, herkesin zevki kendine," dedim öylesine, sanki böyle şeyleri bilirmişim gibi. "Ofisten biri bir şekilde paylaşmadan evrakları alabilir mi?"

"Hadi ama, sen de benim kadar biliyorsun ki evrakları alarak onları engelleyemeyiz." Sesi alaycıydı. "Oldukça ironik ama, itiraf etmelisin. Evlerinde karalahanadan bebek maması yapan Park Slope Ebeveynleri birbirlerinden cinsel hastalık kapıyorlar..." Nefes verdi, balondan çıkan helyum gibi bir ses duyuldu. "Kusura bakma. Normalde böyle iğrenç biri değilimdir. Uzun bir gün oldu ve daha yarısı bile bitmedi."

Ve benim daha fazla havadan sudan muhabbet için vaktim kalmamıştı. "Tercihen mantıklı bir kefalet ayarlamak için bölge savcısı yardımcısıyla iletişime geçmek isterim. Müvekkilim bir daha Rikers'ta saldırıya uğramasın diye her şeyi yaparım."

"Soruşturup ismini bulabilir miyim bakarım," dedi, aynı zamanda Zach'in saldırıya uğramasından da etkilenmediğini fark etmiştim.

"Çok yardımcı olur, teşekkürler."

"Paul için her şeyi yaparım," dedi. "Yıllardır beni o şirketine aldırmaya çalışıyor. Bence bir çeşit mini ceza hukuku imparatorluğu kurmak istiyor. Sen orayı seviyor musun?"

"Harika bir yer," dedim çünkü bu şartlar altında tek doğru yanıt oydu. Tabii sesim düz çıkmıştı.

"Peki," dedi kuşkuyla. "Paul'ü severim. Ama onun götünde çalışmak istediğimden emin değilim."

"Niçin?" Sormadan duramamıştım.

"Çünkü herif manyağın teki. Her zaman beş adım önde," dedi. "Ve ben toz yutmaktan pek hoşlanmam."

Sonunda evin kapısını açtığımda ivmemi tamamen kaybetmiş haldeydim. Artık Sam'le hesaplaşacak zaman kalmamıştı; gerçekten Case'in kampını aramak için Zach'in evine gitmem gerekiyordu. Hem son noktayı koymak için *yıllarca* beklemiştim zaten. Birkaç saat neydi ki?

Her zamanki güçlü kahve kokusu ve Sam'in son zamanlarda dinlemekten hoşlandığı sessiz, hareketli Gallik müziğin beni karşılamasını bekliyordum. "Yazma ruh haline" girmesine yardım ettiğini söylemişti. *Men's Health*'ten kovulduğundan beri birkaç haftada bir yeni bir tür, her daim enstrümantal, genelde az bilinen şeyler buluyordu. Gallik son bir aydır gündemde olsa da pek işe yarıyor gibi görünmüyordu. Sam, bu kadar boş vakti olan birinden beklediğim gibi kitabının sayfalarını ardı ardına yazmıyordu.

"Sam!" diye seslendim. "Merhaba?"

Öğlen saat ikide uyumamıştı, değil mi?

"Sam!" diye seslendim tekrar daha yüksek sesle, yatak odasına yöneldim.

Kapıyı açtığımda yatak boş ve yapılıydı. İyice düzleştirilmiş çarşaf, yorganın keskin ucu belirgin bir pişmanlık göstergesi, mükemmel uygulanmış bir suçluluk origamisiydi.

"Sam!" Yatak odasından çıkıp kısa koridora geçmeden önce son bir kez seslendim. Neredeydi? Uyanıp yatağı toplayacak kadar pişmanlık hissetmesinin nedeni ne olabilirdi?

Oturma odasına vardığımda Sam hâlâ ortalıkta yoktu. Ancak laptopu küçük, yuvarlak yemek masamızın üzerinde, ekranı kararmış halde duruyordu. Laptopu kapatıp parmaklarımı kapağının ortasındaki, son zamanlarda ondan beklenmeyecek bir şekilde bir yıl önceki maratonu anımsatmak için aldığı etikette gezdirdim. Bir gün o maratonu koşacağına inanıyordu. Ve aklında en azından maratoncu olarak kalmıştı. Böylesi mantıksızlık ve sarhoşluk Sam'in kaderiydi. Bilgisayarının sol tarafında üst üste koyulmuş defterler, sağındaysa üzerinde "Enid's" yazan küçük bir kibrit kutusu vardı. Sam sigara içmeye de başlamamıştı, değil mi? Sigaradan nefret ederdi. Belki de hatıra olarak saklamıştı. Ama neyin hatırası? Neyse ki kutunun içinde isim ya da numara yoktu.

Derin bir nefes alıp laptopunu açtım ve şifresini yazdım: LizzieLOVE. Sam, Mary Jo'nun yıllık Kentucky derbi partisinde kustuktan sonra bu bilgisayarı almıştı. Şifre, daha uzun özrünün küçük bir parçasıydı. İşe yarıyordu da. Bizi başladığımız mükemmel yere döndürecek her şeyi kabul etmeye hazırdım.

Sam'le tanıştığımız parti hukuk fakültesine ait bile değildi. Orada bir sürü çekici, uygun tıp öğrencisi olduğunu iddia eden birini tanıyan bir arkadaşı olan arkadaşımla birlikte gitmiştim ki bu, bir partiye katılmak için hem aptalca hem de cazip bir nedendi. Ayrıca parti Philadelphia meydanının hemen yakınında havalı bir bina olan The Rittenhouse'daydı, yani hukuk fakültesi partilerinin her zaman gerçekleştiği pis dairelere göre iyi bir değişiklikti.

Sam'in kabarık saçlarını, iki günlük sakallarını ve parıldayan mavi gözlerini odanın diğer tarafından gördüğümde bir saattir partideydim, bira içiyordum. Çok yakışıklıydı ama kalbimi yerinden oynatan şey, güldüğünde tüm yüzünün aydınlanmasıydı. Elektrik gibiydi. En sonunda bana doğru baktığında, gözlerini ayırmadığında kafa derim alev almış gibi hissetmiştim.

Nihayetinde kendini tanıtmak için geldiğinde yanaklarımın kızardığını hissetmiştim.

"Doktora benzemiyorsun," demişti.

"O ne demek oluyor?" diye sormuştum, bunun için fazla güzel olduğumu söyleyip her şeyi mahvedeceğinden korkuyordum.

Etrafı göstermişti. "Doktorların hepsi aynı şekilde duruyor," demişti. "Hafifçe geriye doğru eğiliyorlar. Ayakta çok fazla zaman geçirdikleri için."

Tartışmaya hazır halde odaya bakınmıştım. Ama belli sayıda insan o şekilde duruyordu.

"Hepiniz hep böyle mi kalacaksınız?" diye sormuştum.

"Ben mi? Tıp fakültesinden değilim." Gülmüştü. "Benim için fazla insafsız bir yer. Üniversiteden bir arkadaşımı ziyarete geldim. Tıp okuyor o ve duruş meselesini de o söyledi. Yine de benimle taşak geçiyor olma ihtimali da yüksek." Gülümsemişti ve kalbim âdeta tekrar yerinden hoplamıştı. "Sen de doktor değilsen ne yapıyorsun?"

"Hukuk öğrencisiyim."

"Komik. Benim de avukat olmam gerekiyordu."

"Ne oldu?"

Yandan gülümsemişti. "Âşığım ben, savaşçı değil."

"Cidden mi?" Etkilenmiş olsam da gözlerimi devirmiştim.

Sam omuz silkmişti. "Bütün gün bir rakibe üstünlük kurmaya çalışmak bana göre değil," demişti, sonra da hızla açıklamıştı. "Avukatlık asil bir şey değil demiyorum, teorik olarak."

"Ah evet, teorik olarak." Ben de ona gülümsemiştim. Belki de alınmalıydım ama bacaklarımın titremesi yüzünden dikkatim fazla dağınıktı.

"Az önce seçtiğin mesleğe hakaret ettim, değil mi?"

Gülmüştüm. "Birazcık."

"İçine sıçıyor muyum?" diye sormuştu Sam.

"Birazcık," demiştim, gerçek olmasa da.

"Genel olarak avukatlar hakkında ne düşündüğümü umursamazsak, harika işler yapacaksın," demişti. "Bundan eminim."

"Nereden biliyorsun?" diye sormuştum. "Daha yeni tanıştık."

"Anlayabiliyorum," demişti, bana doğru bakarak. "Bir his işte. İyi hem de."

"Böyle iyi hislerin çok olur mu?"

Bu kez gülümsediğinde kalbim neredeyse durmuştu. Gözleri inanılmayacak kadar mavi ve parlaktı. "Böyle olmaz."

Çok geçmeden avukat ya da doktor olmasa da Sam'in bir sürü başarısı olduğunu öğrenmiştim. Columbia Gazetecilik Fakültesi'ndeki yüksek lisansını yeni bitirmiş ve *New York Times*'da masabaşı bir işe girmişti. Amerikan yoksulluğunun özellikle çocuklar üzerindeki ikincil etkilerine odaklanıyordu. "Opoidlerin Yetimleri" adlı, yayımlanmak üzere olan katkıda bulunduğu bir yazı bile vardı. Sam tıpkı benim gibi statükoyu değiştirmek istiyordu. Mümkün olduğunu düşünüyordu ve konuştukça optimizmi ayaklarımı yerden kesti. Dakikalar içinde kaderimdeki kişiyi bulduğumu düşünmeye başladım. Benimle birlikte dünyayı düzeltecek birini. Beni bile düzeltebilecek birini. Çünkü dışarıdan iyi görünüyor olsam da öyle değildim. Annemle babamı kaybettiğimden biri tükenmiş bir ampul gibiydim.

Sam'le o mantıksız eylül akşamında tanışana kadar bir gün yeniden ışıldayacağıma inanmıyordum. Rittenhouse Meydanı'nın ucunda öpüşürken parlamaya başlamıştım bile.

Sam'in bilgisayar ekranında Greenpoint'te bir bar olduğu ortaya çıkan Enid's, Brooklyn'in web sitesi vardı. Yeniden boş odaya baktım. Oraya mı gitmişti? Günün ortasında Greenpoint'te bir bara? Kafasını vuralı daha birkaç gün olmuştu.

Tanrı aşkına, Sam.

Numarasını çevirirken yüzüm ısındı. Arama doğrudan sesli mesaja düşünce eve dönmeye zahmet etmemesi için mesaj bırakmayı uzunca düşündüm. O an için rehabilitasyonun yeterli olmayacağını hissettim. Ama öyle söylemek yerine, bir şey demek yerine gözlerimi kapattım; acımı, öfkemi yutkundum ve telefonu kapattım.

***

On beş dakika sonra Montgomery Place'in Eight Avenue ve park arasındaki iki tarafı ağaçlı genişliğinde durmuş, Zach'in etkileyici kumtaşından evine bakıyordum. Akşamüstü güneşinin altın rengi ışıklarında nefes kesici görünüyordu. Kusursuz, kızıl kahve kumtaşından yapılmış beş katlı, yanlardakinin iki katı genişliğindeki abartılı bir verandası olan bir yerdi. Öndeki dev pencerelerinden beş metreye yakın tavanda sallanan Art Deco, kocaman avizeyi görebiliyordum.

Elbette Zach'in başarısını düşününce Amanda'yla neden Manhattan yerine Brooklyn'i tercih ettiklerini merak ediyordum. Zach'in Tribeca'da veya West Village'da buna benzer bir evi kolaylıkla alabileceğini hayal edebiliyordum. Brooklyn'in farklı bir cazibesi olsa da bu saydığım yerlerin de vardı. Gerçi Amanda küçük bir kasabada büyüdüyse Case için daha sessiz ve ayakları yere basan bir yeri tercih etmiş olabilirdi.

Öndeki merdivenlerden çıkarken nefesimi tuttum; suç mahalli bandı ya da Zach'in evinin polis tarafından kapatıldığına dair emareler görmediğim için rahatlamıştım. Gerçekten içeri girmeye can attığımdan değildi tabii. Zach'in tarif ettiğine göre olay yeri tüyler ürperten cinstendi ve temizlenmemiş olabilirdi. Polis ve ilkyardım ekibi, karısının sopayla dövülmüş cesedi alındıktan sonra kanı silip sterilize etmezdi. Evi eski haline getirmek, parçalara ayıranın kendisi olduğunu düşünmüyorlarsa bile onun işiydi.

Merdivenin bitiminde şık bir eğreltiotu benzeri yeşilliğin olduğu büyük saksının önünde eğildim. Kolayca kalktı, altındaki zeminde anahtar vardı.

Siktir. Anahtarın yerinde olmamasını, böylece Amanda'nın öldüğü gece Zach'ten başka birinin eve girdiğinin kanıtlanmasını istiyordum. Zach'in golf sopasını kullanarak onu ölümüne dövecek birinin.

Ama birinin anahtarı alıp kullanarak içeri girmesi, Amanda'yı öldürmesi ve tekrar yerine koyması fikri? Buna süzme salaklık derlerdi. Zach'in mahkemesinde önemli bir cezanın konuşulduğu kısmı bana anlatmayı unutması fikri gibi.

Canımı sıkıyordu. Gerçek buydu. Hukuk fakültesinden tanıdığım Zach detaylar konusunda çok dikkatliydi. Cezayı öylece unutmuş olmasına imkân yoktu. Bilmemi istemediği için bahsetmemişti. Anahtarı çevirirken en çok canımı sıkanın ceza mı yoksa Zach'in benden saklamaya çalışması mı olduğundan hâlâ emin olmadığımı fark ettim.

Zach'in ön kapısının nazik bir ıslıkla açılışında bile bir süs vardı. Loş, güzel olduğu şüphe götürmeyen girişe adım atarken gözlerimi aşağıda tuttum, merdivenlerle karşı karşıya kalmamaya çabalıyordum. Park Slope'un bu türdeki evlerinin yapısına göre merdivenler hemen önünde oluyordu. Benim durumumda merdivenlerdeki kan ve beyin parçaları. Ağzıma kötü bir tat gelmeye başlamıştı bile. Şimdiki zamana ve görevime odaklanmalıydım.

Zach, Case'in kampı ile ilgili bilgilerin Amanda'nın ön taraftaki odadaki küçük masasında olabileceğini söylemişti. Geniş, tümüyle yenilenmiş oturma odasına güvenle gelene kadar başımı kaldırmadım. İçerisi modaya uygun yüzyıl ortası modern tarzda mobilyaların beyazlığıyla parlıyordu. Biraz havasızdı ama bir şeylerin yanlış olduğunun tek göstergesi buydu.

Amanda gibi ince ve zarif masa, pencerelere yakın duruyordu. Oraya doğru yönelirken önce duvar boyunca içine şık bir biçimde gömülmüş fotoğraflara yakından baktım. Çerçeveleri düzenliydi ve yıllar boyunca, pozları bile benzer, bir gün birlikte kullanılacaklar gibi çekilmiş görünen fotoğraflar dikkatle sergilenmişti. Huzurlu fotoğraflar Zach'le Amanda'nın kadının ölümüyle sonlanacak şiddetli münakaşa şöyle dursun, tek bir mutsuz an yaşadığını düşünmeyi zorlaştırıyordu.

Ayrıca fotoğraflarda Rikers'ta fark ettiğim şeyi, yani Zach'in hukuk fakültesinde olduğundan daha çekici olduğunu onaylama şansım olmuştu. Yüzü belirginleşmiş, yaşla birlikte oturmuş ya da aldığı on kiloya yakın kas etkili olmuştu. Ya da belki başarıyla gelen özgüven kendini gösteriyordu. Rikers'ta dikkatimi çeken o eski ürkeklik durum stresinin veya eski bir arkadaşı görmenin getirisi olabilirdi. Her türlü, Zach'in kendini toparladığına şüphe yoktu. Ve korkunç bir şekilde bir anlık pişmanlık hissettim.

O hissi üzerimden atmaya, ölü karısının kanı birkaç metre arkamda olan bir adama arzu duymamışım gibi davranmaya çalıştım. Zaten hissettiğim şey Zach'le alakalı da değildi.

Amanda'yla Zach'in içinde tropikal bir plajdaki düğünlerinde çekilmiş fotoğrafları olan çerçevelerden birini elime aldım. Sade dantelli gelinliği içinde elinde egzotik çiçekler tutan Amanda büyüleyici görünüyordu, Zach ise keten damatlığıyla gülümsüyordu. Her şeye sahip insanlara ait o çabasız mutluluk içinde görünüyorlardı.

Sam'le benim düğün resimlerimizin neler söyleyeceğini düşündüm. Tek hatırladığım minnet duyduğum ve deli gibi âşık olduğumdu. Sam bütün düğünü tek başına ayarlamıştı. Annem olmadan düğün planlamak çok zor olacaktı, Sam bunu sezgisel olarak anlamıştı. Tanıştığımız andan itibaren devam eden bir döngüyle birbirimize bağlıydık.

Sam'in yatılı okuldan zengin bir arkadaşına ait bir West Village evinin harika arka bahçesinde evlenmiştik. Sam bahçenin her yerine kendi eliyle ilk buluşmamızda sevdiğimi söylediğim beyaz, titrek ışıklardan asmıştı ve çiçekler Sam'in ikinci buluşmamızda verdiği mavi sümbüllerdendi. İkimizin de ailesi yoktu ama etrafımız arkadaşlarımızla sarılıydı. Nikâhın kıyılacağı yere doğru yürürken Sam'in üniversitedeki oda arkadaşı bana gitarla serenat yapmış, hukuk fakültesinden Heather pastayı pişirmiş ve nikâhı Mary Jo kıymıştı. Yeminlerimizi kendimiz yazmıştık. Tabii Sam'inki benimkinden çok daha güzeldi.

"Evdeki ışığın olmaya söz veriyorum." Son cümlesi buydu. Ve pek çok açıdan Sam'le tanışmak beni uyandıran ve karanlığın içinde takip etmemi sağlayan bir işaret fişeği gibiydi. Ve yine de sonumuz umutsuzca kaybolmak olmuştu. *Hâlâ* onu seçiyordum, değil mi? Her gün.

Telefon çalınca gözlerimi fotoğraflardan ayırdım. Bulmak için çantamı karıştırdım.

Belli ki Sam, Enid's denen yerden dönmüştü. Ve böylece düğün anılarımız biterek yerine ona duyduğum öfke geri geldi.

"Ne var?" diye cevapladım.

"Sana da merhaba," dedi Sam neşeyle. Sarhoş muydu? Mümkündü ama öyleyse bile fazla değildi. Aksi takdirde konuşması hızlanır ve gevelemeye başlardı. "Aradığını gördüm. Geri arayayım dedim. Ama... meşgul gibisin."

"Meşgulüm," dedim, onu Greenpoint'teki Enid's hakkında sorgulamamaya kararlıydım. Artık önemli tek şey rehabilitasyondu ve o konuya Zach'in evinde giremezdim. Ya da hiçbir şey dememek için iyi bir bahane gibi görünüyordu. "Çünkü *çalışıyorum*."

"Tamam o zaman." Sam'in sesi canı yanmış gibi geldi. "Ben seni..."

"*Sen* ne yapıyordun?" diye meydan okudum.

"Sadece yazıyordum," dedi Sam. "Bugün kitap iyi gidiyor. Beş sayfa yazdım. Ama popom sandalyeden hiç ayrılmadı, o yüzden belki de beş sayfa pek etkileyici sayılmaz."

"Sandalyeden hiç ayrılmadın, öyle mi?" İsteyerek, keyfi yalan söylüyordu.

"Postaneye gittim," dedi Sam, kendine bir çıkış yolu bularak. "Pullar için. Bu kapsamlı sorgu niye?"

Daha bir hafta bile olmadı, Sam.

"Yorgunum, hepsi o," dedim. "Uzun bir gün oldu."

Sessizliğin içinde Sam'in pişmanlığının yükseldiğini hissedebiliyordum. Ve buna memnundum. Birazcık pişmanlık duyması hiç yoktan iyiydi.

"Tamam," dedi en sonunda ama zorla. Sanki tamamen farklı bir şey söylemiş olmayı diliyordu.

"Kapatmam lazım," dedim. "Akşama görüşürüz."

Veda etmesini beklemeden telefonu kapattım. Telefonumu tutup dudaklarıma bastırdım.

Birden yüksek sesli bir gürültü, ardından çarpma sesi duyuldu. Evin arka tarafından gelmişti. Oturma odasının en ucundaki kapının diğer tarafından. Kapalı kapıya gözlerimi diktim.

"Merhaba?" diye seslendim kalbim güm güm atarken. *Lütfen cevap verme. Lütfen cevap verme.* Arkamdaki ön kapıya doğru bakarak gerekirse ne kadar hızlı koşabileceğimi hesaplamaya çalıştım.

"Merhaba? Kim var orada?" Yapabildiğim kadar kalın ve heybetli bir sesle bağırdım. "Ben Zach Grayson'ın avukatıyım!"

Cevabım sessizlik oldu.

"Merhaba?"

Daha fazla sessizlik.

Telefonumu tekrar çantama atıp sırtım kanlı merdivenlere dönük halde kapıya yaklaşırken Amanda'yla Zach'in düğün fotoğrafını iki elimle kavradım.

Kalçamla kapıyı açmadan önce derin bir nefes alarak fotoğraf çerçevesini kaldırdım. Mutfağın zemininde kırık seramik bir kâse vardı, yakınlarına on sentler ve çeyreklikler yayılmıştı. Gözlerimi iki yönde dolaştırdım. Ama neyse ki etrafta ne kimse ne de saklanabileceği dolap gibi bir yer vardı. Kâse kendi kendine düşmüş olabilir, demeye çalıştım kendime. Çok kenara konulmuş, belki günlerdir düşmenin sınırında olabilirdi.

Ama sonra arka kapıyı fark ettim. Hiçbir şeye dokunmamaya dikkat ederek, gözlerimin bana oyun oynadığını umarak yaklaştım. Kapı kesinlikle aralıktı. Az önce burada birisi vardı. Muhtemelen telefonumun çalma sesini duyunca arka kapıya koşarken kâseyi düşürmüştü. Sam aramasa ve o kişiyi mutfakta hazırlıksız yakalamasa ne olacaktı?

911'i ararken ellerim titredi.

"Dokuz yüz on bir. Acil durumunuz nedir?"

"Haneye tecavüz bildirmek istiyorum."

Polisin gelmesini ön kapıda bekledim. Bitmek bilmeyen on beş dakikanın sonunda bir devriye arabası gelip yangın musluğunun yanına park etti. Orta yaşlı kadın bir polis ve daha genç bir erkek arabadan çıktı. Adam kısa, sağlam yapılıydı. Kadınsa sert görünüşlü ve geriye doğru yapıştırılmış sarı saçları ve azametli omuzlarıyla sert görünüyordu. Kadın polis birkaç adım öndeydi, yetkinin onda olduğu belliydi.

"Burası sizin eviniz mi?" diye seslendi.

"Haneye tecavüz bildirmek için aramıştım," dedim. "Ama burası müvekkilimin evi. Ben avukatıyım."

"Müvekkiliniz, öyle mi?" Kadının kaşları birbirine yaklaştı. "Kendisi içeride mi?"

"Hayır, hayır," dedim hemen düşünüp Zach'in şu anda Rikers'ta olduğundan bahsetmemeye karar verdim. "Onun adına bir şey almak için gelmiştim. İçerideyken evin arka tarafından, mutfaktan gelen bir ses duydum." Omzumun üzerinden evi gösterdim. "Kontrol etmeye gittiğimde yerde kırılmış bir kâse gördüm ve arka kapı açıktı. Sanki birisi yeni çıkmış gibiydi. Size gösterebilirim. Hiçbir şeye dokunmadım."

"Kayıp bir şey var mı?" diye sordu kadın polis, daha fazla yaklaşmadan eve göz attı. "Gerçek bir hırsızlık olduğunu gösteren bir şey?"

"Belirgin bir şey yok... Çekmeceler falan açık değildi. Yalnızca kırık kâse vardı. Ama dediğim gibi, ev benim değil."

"Kapının açık olduğunu söylediğinizi sanmıştım." Kadın polis merdivenlerden çıkarken kuşkulu gözlerini bana dikti. "Doğru mu?"

İğneleme. Tamam, bu durum sorumu cevaplıyordu: Müvekkilimin kim olduğundan ve Amanda'nın öldürülmesinden haberdardı. Bunları benim mi kurguladığımı düşünüyordu?

"Evet," dedim keskin bir şekilde ama sadece azıcık bir kabalıkla. İsimliğinde *Memur Gill* yazıyordu ve ne yazık ki onun yardımına ihtiyacım vardı. Kibar kalmak daha mantıklı görünüyordu. "*Ve* kapı açıktı."

"Eh, hadi işe koyulalım," dedi erkek memur, yukarı çıkarken gerginlikten haberi olmadığı belliydi. Onun adı da Memur Kemper'dı.

"Kan temizlenmemiş," dedim, Memur Gill'e bakarak.

Göz temasından kaçındı.

"Kan mı?" diye sordu Kemper. "Biri beni bilgilendirebilir mi?"

"Anahtar Partisi Cinayeti." Gill'e dik dik baktım. "Siz böyle diyorsunuz sanırım."

Adamın gözleri büyüdü. "Ha, *bu* o mu?"

"Aynı ev," dedi Gill, sonra bana döndü. "Kapıyı açın, ardından burada bekleyin. Biz içerinin temiz olduğundan emin olana kadar."

Genel olarak kapılı olan kapının önünde dolanıp karanlıkta sıkılan bir mermi, bağıran polisler, bulunan bir şüpheli, dövüşme gibi bir şeyin gürültü patırtısı gelir diye dinledim. Ama sadece sessizlik oldu. On dakika sonra kapı sonuna kadar açıldı.

"Sorun yok," dedi Memur Kemper, evi dolaşmaktan nefes nefese kalmıştı.

"Buraya gelen her kimse büyük ihtimalle Amanda Grayson'ın öldürülmesiyle bir alakası vardı," dedim, kapıya doğru yürürken. Memurların bakış açısını değiştirmeyebilirdi ama en azından kayda geçirmiş olacaktım. "Mantıklı bir varsayım."

"Tamam," dedi ama *Bu benim işim değil* der gibi sesle söylemişti.

İçeri girdik. Ve en sonunda merdivenler önümdeydi. Yeni değiştirildiği belliydi, soluk ahşaptandı, tırabzanları ve demirleri modern çelikle detaylandırılmıştı. Ucundaki duvarın tamamına kan sıçramıştı; küçük damlalar, büyük damlalar, fışkıranlar. Tepedeki uzun sıçramalar ürkütücü bir Jackson Pollock tablosunu andırıyordu. Yerinden çıkarılmış aynanın, küçük, lekelenmiş bir havlunun altında girişte kullanılan masalardan vardı. Merdivenlerin aşağısındaki cilalı sarı ahşabın ortasında kocaman, daire şeklinde bir kan lekesi duruyordu. Sanki birisi temizlemeye çalışıp daha beter hale getirmişti. Ama en rahatsız edici olan son basamağın yan tarafındaki neredeyse siyah noktaydı. Amanda'nın başını orada, kırılmış yumurta gibi kanarken hayal edebiliyordum.

"İyi misiniz?" Memur Kemper gözümün içine baktı.

"Evet sadece..." Açıklamak amacıyla merdivenleri işaret ettim. "İyi olacağım."

"Daha önce içeri girdiğinizi sanmıştım."

"Girdim. Bakmadım." Yüksek sesli söyleyince kulağa tuhaf geliyordu.

"Avukatı olduğunuzu sanmıştım."

"Öyleyim."

"O halde muhtemelen hazırlıklı olsanız iyi edersiniz," dedi, mutfağa doğru geçmeden önce.

Memur Gill eğilmiş, eldivenli elleriyle kırık kâseyi inceliyordu. "Yarıda kalmış hırsızlık diye tahmin ediyorum."

"Ama bir şey almamışlar?" diye sordum. "Bu mantıklı değil."

"Denediler ama." Memur Gill çeyreklikleri gösterdi. "Tahminimce bir bağımlı. Çaresizce evlere girenler genelde öyle olur. Büyük ihtimalle sizi duyarak korkup kaçmıştır."

Memur Kemper geçip arka kapıyı dirseğiyle açtı, ardından dışarı çıkarak bir süre arka bahçeyi inceledi. Bu saçma hırsızlık teorisine karşı çıkmayı düşündüm. Amanda'nın ölümüyle alakası olmayan biri günler sonra bir avuç çeyreklik çalmak için eve mi girecekti? Ama Memur Gill tesadüf olmadığında ısrar ederdi: Ev cumartesi veya pazar sabahından beri boştu, dikkat eden herkes bunu görebilirdi.

"Parmak izini araştırabilirsiniz değil mi?" diye sordum, Memur Kemper içeri girerken. "Kapıdaki. Çıkarken dokunmuştur muhtemelen."

"Evet," dedi Memur Gill, yine iğneleyerek. "Yapabiliriz tabii."

"Yapmayacağınızı mı söylüyorsunuz?" diye sordum.

"Hiçbir şey alınmamış ve kimse zarar görmemiş," dedi Kemper diplomatik bir şekilde. "Önceliğimiz olmaz."

Hem hüsrandan hem de utançtan bir anda yüzüm kızardı. "Bildiğim kadarıyla buraya giren kişi Amanda Grayson'ın ölümünden sorumlu olabilir. Polisin kim olduğunu bulmaya çalışmayacağını mı söylüyorsunuz bana?"

"Müvekkiliniz bu sebepten tutuklanmamış mıydı?" diye sordu Memur Gill.

"Devlet memuruna saldırıdan tutuklandı," dedim hemen. "Savcılığın izleyeceği bir yerde tutulması için."

Memur Gill sessizce ufladı ama sanki bir şekilde boyun eğiyordu. Tam olarak karşı çıkmıyor gibiydi. Ellerini kaldırdı.

"Bakın, olay mahalli dedektiflerini buraya tekrar çağırmak için talepte bulunabiliriz. Ayrıca mala karşı işlenen suçlarla ilgilenen ilçe kanıt toplama ekibini arayacağız." Ellerini indirip kalçasına koydu. "İkisinden biri gelir. Söylemeye çalıştığım, sabırlı olmanız gerektiği."

***

Birkaç dakika sonra polisler gitmişti ve tekrar evde yalnız kalmıştım. Oturma odasından çıktım ve en sonunda merdivenlere yaklaştım. Yine metal tırabzanların uzunluğuna, yerdeki büyük, daire şeklindeki kan öbeğine baktım.

Ve sonra sondan ikinci basamakta bir şey gördüm. Yan tarafta, kararmış çeliğin üzerinde zar zor görünüyordu. İyice yaklaştım. Kanın üstünde parmağa, bir avuca ait olabilecek bir desen vardı. Kesinlikle mümkündü. Ya polis bunu gözden kaçırdıysa? Görmesi oldukça zordu. Ya duvardaki diğer izleri incelemedilerse? Malum koşullar altında imkânsız sayılmazdı. Olay yeri karmakarışık haldeydi ve ellerinde çoktan mükemmel bir şüpheli vardı.

Polis kapıdan içeri adım atar atmaz baş şüphelilerini kendi golf sopası ayaklarının dibinde, ölü eşi merdivenlerin dibindeyken bulmuşlardı. Seks partisini duyar duymaz olasılıkları artırma konusundaki endişeleri azalmıştı. Ve makuldü de. Öldürülen kadınların büyük çoğunluğundan sevdikleri sorumlu oluyordu. Zach'i baş şüpheli yaptıktan sonra her şey savcılığın dosyayı hazırlamasına kalmıştı.

Eski bir savcı olarak bunun bir yargılama değil gerçek olduğunu biliyordum. Aynı zamanda bu yük trenini raylarda daha fazla ilerlemeden durdurmanın benim işim olduğunun da farkındaydım. Ve artık çok daha önemliymiş gibi geliyordu. Ödenmemiş ceza bir süreliğine Zach'in güvenilirliğini sorgulamama yol açmış olabilirdi ancak eve giren kişi onun masum olduğuna beni iyice ikna etmişti.

KRELL SANAYİ A.Ş.
GİZLİ YAZIŞMA
DAĞITILAMAZ

Avukat-Müvekkil Arasındadır
İmtiyazlı ve Gizlidir

26 Haziran

Kime: Brooklyn Country Day Yönetim Kurulu
Kimden: Krell Sanayi A.Ş.
Konu: Veri İhlali & Siber Olay Soruşturması - İlerleme Raporu

Aşağıda toplanan verilerin ve yapılan görüşmelerin özeti vardır. Varılan ilk sonuçlar diğer hafta gerçekleşecektir.

Veri Toplama

Brooklyn Country Day'in bilgi sistemi incelendiğinde bu yıl 15 Nisan'da başlayan bir dizi kötü niyetli hackleme işlemi tespit edildi. 30 Nisan'da, Brooklyn Country Day veri sistemine daha fazla dikkate değer davetsiz giriş yapıldı. O sırada e-posta, ev adresleri, doğum günleri ve özel telefon numaraları gibi geniş çaplı aile verileri ele geçirildi.

Görüşme Özetleri

ÖZNE AİLE 0005: Kadın Birincil Ebeveyn (KBE) bilinmeyen bir kaynaktan 20,000$ vermeye razı olmazsa eşi Erkek Birincil Ebeveyn'in (EBE) Terry's Bench'e (evli kişiler için bir buluşma sitesi) dahil olduğunu yerel bir ebeveynlik sitesi olan Park Slope Ebeveynleri'nde (PSE) paylaşacağına dair bir e-posta aldı.

ÖZNE AİLE 0006: Kadın Birincil Ebeveyn (KBE) içinde röntgenci pornosu da olduğu söylenen pek çok rahatsız edici pornonun kendisine 20,000$ talep edilerek gönderildiğini ve bu nahoş dosyaların kişinin aile bilgisayarında olduğunu iddia ettiğini belirtti. Nakdi transfer edememesi halinde nahoş dosyaların Özne Aile 0006'ya ait bilgilerle birlikte PSE'de paylaşılacağını iddia etti.

LIZZIE

7 TEMMUZ, SALI

Zach'in evinin ön merdivenlerine çıkmış, Millie'nin gelmesini beklerken güneş batıyordu. Onu refleks olarak aramış olsam da beklerken huzursuzluk hissinden kurtulamıyordum. Bir yandan, saygın bir özel dedektif olmuş eski bir polis çavuşu ve eski bir aile dostu olan Millie aşikâr bir seçimdi. Diğer yandan, Millie'yi aramam özellikle görmezden geldiğim son e-postaları düşünüldüğünde bazı karışıklıkları da beraberinde getirecekti.

Normalde Millie'nin e-postalarını görmezden gelmezdim ama normalde konu başlığında "lütfen beni ara" da yazmazdı. Ve onunla daha birkaç hafta önce konuşmuştum. Bir sorun olduğu belliydi. Ve evet, bilerek ne olduğunu öğrenmeyi ertelemiştim. Zavallı Millie. Bunca yıl bana yardım etmeye çalışmıştı. Etmişti de. Hiçbir iyiliğin cezasız kalmadığının bir kanıtıydı işte.

Elbette Millie Millie olduğundan gelmesini istediğimde kendisini görmezden geldiğimden bahsetmemişti. Yalnızca Zach'in adresini istemiş ve yolda olduğunu temin etmişti.

En azından Case konusundaki aramayı halletmiştim. Hazırlandığımdan çok daha kötü olmuştu. Telefonu açan Case'in kampının genç rehberi, Amanda'dan bahsettiğimde gözyaşlarına boğulmuş ve ben onu durduramadan Case'i aceleyle telefona vermek istemişti.

Neyse ki belirgin bir şekilde daha sakin bir müdürle konuşmuştum, o da Case'e haberi vermeme konusunu kabul etmiş ve Case'in adı Billy değil Ashe olan arkadaşının ebeveynlerinin telefon numarasını vermişti. O arama daha da üzücü geçmişti. Ashe'nin ebeveynleri Amanda'yı yakından tanıyorlardı, arkadaşlardı. Kadın o kadar kendinden geçmişti ki telefonu bırakıp bağırmıştı.

"Korkunç bir şey bu," demişti Ashe'nin babası, en sonunda telefona geldiğinde. "Tanrım, Case... Ailemizden biri gibidir."

Eşi arkada boğuk boğuk ağlarken adamı duymak zor olmuştu. Ama önünde sonunda kendini toplayıp bir plan hazırlamıştı. Konuşma bittiğinde Case'i ve Ashe'yi o hafta sonu alıp haberi daha sorumlu ve ilgili bir şekilde vereceklerinden emin olmuştum.

Sonunda Millie'nin kısa, atletik bedeninin bana doğru geldiğini görünce öyle rahatladım ki. Bir zamanlar kuvvetli olan uzun adımları belirgin biçimde daha yavaştı ama çok uzun zaman geçmişti. Ve bu mesafeden bile her daim en iyi özelliği olan rahatlatıcı samimiyetini havaya yayıyordu.

Millie'yle ilk kez gerçekten konuştuğumda sekizinci sınıftaydım. Chelsea'deki Onuncu Polis Merkezi'nin hemen köşesinde olduğundan ailemin restoranına bir sürü polis gelirdi. Millie bir başka polis değildi ama. Yıllardır annemin yakın bir arkadaşıydı.

Millie babamdan hiçbir zaman etkilenmemişti. Hep böyle olmasını sağlayan şeyi bulmaya çalışırmış gibi bakardı ona. Bense o günlerde genelde ondan kaçınmaya çalışırdım. Babam New York'un fazla rekabetçi devlet lisesi giriş sınavlarına hazırlanmam konusuna kafayı takmıştı. Konuştuğu tek şey oydu. O sınavdan iyi sonuç almamı söylüyordu ve babam bunun yeni bir ekonomik sınıfa geçiş biletim olacağından emindi. Kendisi için de istediğini anlıyordum.

Neyse ki annem o aptal sınavı hiç umursamıyordu. Ona göre doğduğumda kollarına verildiğim anda mükemmeldim. Beni öyle ham bir vahşilik ve kör inançla seviyordu ki uçabileceğimi düşünsem yeriydi.

Annemin sevgisini aşan tek şey korumacılığıydı. Sekizinci sınıftayken en sonunda öğleden sonraları Apollo'ya kadar yürümeme izin vermişti. Okulum restorandan sadece birkaç blok ötedeydi ve arkadaşlarımın hepsi *yıllardır* daha uzun mesafelere tek başlarına metroya binerek gidiyorlardı. Yine de bana kısacık bir bağımsızlık izni vermek ona göre büyük bir imtiyazdı. Çocukluğum boyunca Apollo'da günde on iki saat çalışırdı ama bunu yalnızca ben okuldayken veya uyurken yapardı, o kadar ki dünyanın en iyi ev hanımı olduğuna yemin edebilirdim. Yunan Bağımsızlık Günü Geçit Töreni için elişi kostümler yapar, severek *koulourakia* pişirir ve benim korkunç piyano çalışımı, nefret ettiği aşk romanlarını sesli okuyuşumu, çocukluk zaferlerimi ve ara sıra gerçekleşen trajedileri aşırı detaylı anlatmamı saatlerce dikkatle dinlerdi.

O gün Apollo'ya geç varmıştım. Yağmur yağıyordu ve bir kitabımı okulda unutmuştum. Ama annem zamanın farkına varmamış gibiydi. Sivil giyimli Millie'yle bir masada oturuyordu. Millie bu şekilde daha insansı görünüyordu ancak her zamanki gibi gözlerinde erkekleri yerinden etmeye alışık bir kadının sert bakışları vardı. Hep sıcak bir gülümsemesi ve anneme bulaşan kocaman bir kahkahası da vardı. Sadece Millie'yle birlikteyken kafasını arkaya atarak gülerdi. Ama o gün farklıydı. O gün ikisi de mutlu görünmüyordu. Ve el ele tutuşuyorlardı.

"Otur, otur." Annem kapıya gelir gelmez beni yanına çağırmıştı.

Millie başını kaldırdığında gözlerinin yaşlı olduğunu görmüştüm. Daha sonra karısı Nancy'nin tedavisi olanaksız hastalıklar hastanesine yatırıldığını öğrenecektim. Meme kanserinden. Ancak o zamanlar on üç yaşındaydım ve umurumdaki tek şey ağlamak üzere olan bir yetişkinden uzak durmaktı. Kaçıp gitmek için yanıp tutuşsam da kimse anneme karşı gelemezdi.

"Millie'ye o yapbozu göster," demişti, görev duygusuyla oturana kadar işaret ederek. "Dün okulda bana yaptığın hani. Dikkatinin dağılması iyi gelebilir."

Kibar ol, annemin sessizce emir verdiğini duyabiliyordum. *Arkadaşım olan bu üzgün kadın için iyi bir şey yap*. Ve masanın altına saklanmak istesem de söyleneni yapmıştım.

"Babanın bu yaz da Yunanistan seyahatini katlettiğini duydum," demişti Millie, annem gittikten sonra.

Omuz silkmiş, annemin ona anlatmasına şaşırdığımı saklamaya çalışmıştım. "Sanırım."

"Endişelenme. Sana çok fazla soru sormayacağım," diye devam etmişti Millie. "Aslında ben de seninle oturmak istemiyorum." Gözlerim çabucak kalkmıştı. Ama Millie'nin yüz ifadesi açıktı, kabalık etmek istiyor gibi olmasa da doğruyu söylüyor gibiydi. Fısıldamak için öne eğilmişti. "Yani, anneni mutlu etmek için bir süre numara yapabiliriz. İkimiz de onun için her şeyi yaparız, değil mi?"

Millie sokağa yaklaşır yaklaşmaz yüzünün iyice inceldiğini, cildinin kâğıt gibi olduğunu fark ettim. Birbirimizi yüz yüze görmeyeli ne kadar zaman olmuştu? On yıldan fazla belki. Kendime düşünmeye izin verdiğimden fazla. Millie ve e-postaları, gerektiğinde baktığım, aksi takdirde uzağa kaldırdığım gizli bir kutu gibiydi.

"Şu haline bak," dedi Millie sessizce, Zach'in merdivenlerinin ucundan beni süzdü.

Ayağa kalktım. "Özür dilerim, Millie... E-postaların... İşte boğuluyor gibiydim ve..."

Millie elini kaldırıp merdivenlerden çıkarken başını salladı. "Hayır, hayır," dedi. "Aramana sevindim."

"Seni görmek güzel," dedim, Millie'ye hızla ve sıkıca sarılırken boğazımdaki yanmayı görmezden gelmeye çalıştım. Çelimsizleştiği, kollarımın arasında iyice hissediliyordu.

"Her zaman yardımına koşacağımı biliyorsun," dedi. "Nasıl olursa olsun."

Bu kesinlikle doğruydu ve annemle arkadaşlıkları sayesindeydi. Ve pişmanlık. Millie olayların bu hale gelmesinden kendini gerektiğinden fazla sorumlu tutmuştu. Sanki babamı dolandıran adamı bulsa ailemi kurtarabilecekti.

"Teşekkür ederim," dedim. "Her şey için."

Millie bir an başka bir şey söyleyecekmiş gibi baktıysa da başını sallayıp bakışlarını Zach'in evine çevirdi. "Söyle bakalım, ne halt oldu burada?"

İçeride, oturma odasının bitişinde yan yana durup basamakların bitimindeki kana baktık. Millie'ye Zach ve Amanda'nın hikâyesini olduğu gibi anlatmıştım. Zach'in hukuk fakültesinden iyi bir arkadaşım olduğunu ama birbirimizi yıllardır görmediğimizi açıklamıştım.

"Eh," diye başladı, merdivene göz atarak, "en azından senin temizlemen gerekmiyor."

"Şuna baksana," dedim, sondan ikinci basamağın parmaklığındaki kanın üzerindeki girdaba benzer desene gittim. Onu gösterdim. "Bu el izinin bir parçası değil mi? Ya da bir parmak izi?"

Millie yaklaştı ve başını eğdi. "Olabilir," dedi, sesi çok da etkilenmiş gibi çıkmamıştı. "Tabii."

"Bu akşamki polisler mutfaktaki izleri alma konusunda pek ilgili değillerdi ki onlara buraya gelenin muhtemelen Amanda'ya olanlarla alakalı biri olduğunu söylemiştim. Yani, buraya bir ekip çağırmak için talepte bulunacaklarını söylediler ama kim bilebilir ki? Ya buraya ilk gelenler o izi görmediyse? Seçmesi zor. Hiçbir yerde parmak izi tozu da görmedim. Belki hiçbir şeyi almamışlardır."

"O konuda şüpheliyim," dedi Millie. "İzleri almışlardır. Ve izi almak için bant gibi bir sürü yol var. Toz yalnızca gizli izlerde kullanılır, görünenlerde değil. Mekânın karışıklığına bakınca bunu kaçırmış olmaları muhtemel. Ama bana sorarsan almışlardır. Asıl mesele o izin arkadaşına veya sistemdeki birine ait olmadığı anlaşıldığında olacaklar. New York Polis Departmanı (NYPD) çok geçmeden arkadaşlarından, evde çalışanlardan falan parmak izi alıp elemek isteyecektir. Ama bunlar zaman alır. İnsanları sorguya aldıkça alırlar. Tabii adam ellerindeyken niye acele etsinler ki?" Millie şüpheli bir şekilde kaşlarını çattı. "Ülkede iyi bir davayı baltalamak için öteki şüphelileri aramayı ilk sıraya koyacak kaynağı olan bir tane bile emniyet müdürlüğü yok. Ama sen zaten biliyorsun. Bu arada, buraya ona değil sana yardıma geldiğimden önemli değil ama sence müvekkilin mi yaptı?"

"Hayır," dedim duraksamadan. Ama aynı zamanda detaylandırmamıştım. Çünkü önemli olan Zach'in masumiyetiyle ilgili fikrimdi. Amanda'yı onun öldürdüğünü düşünmüyordum.

"Tabii doğru şartlar altında herkes her şeyi yapabilir." Millie dönüp bana baktı. "Bunu ikimiz de biliyoruz."

"Evet," dedim, bakışlarımı kaçırarak. "Biliyoruz."

Tuhaf bir an boyunca sessiz kaldık. Ben gözlerimi merdivenlerden ayırmadım. Kana bakmak Millie'yle yüzleşmekten daha iyiydi. Her şeyi, şu anda konuşmamız konusunda ısrar edecek miydi?

"Ne söyleyeceksen birkaç gün daha bekleyebilir mi?" diye sordum, sorusunun önünü hemen keserek. Merdivenleri gösterdim. "Önce bununla uğraşmam gerekiyor, tamam mı?"

"Tamam. Birkaç gün daha." Derin bir nefes aldı. "Ben birkaç arama yapıp bizden birilerini buraya o merdivendeki de dahil iz almak için ne kadar hızlı göndereceğime bakarım. Eminim NYPD mutfak için bir ekip yollayacaktır, onlar gelene kadar bekleyebilirim. Kendi parmak izlerimizi aldıktan sonra istediğimiz karşılaştırmaları yaparız. Kan sıçraması uzmanı da getiririz. O arada sen de golf çantasını bulsana; o sopa bir yerden çıkmış olmalı. Yukarıda ilginç başka şeyler de çıkabilir. Araştıranlar kendilerine yararlı olmayan şeyleri görmezden gelmiş olabilirler. Hiçbir şeye çıplak elle dokunmamaya çalış ve ayakkabılarını çıkar. Olay yerini gereğinden fazla bozmayalım."

Millie telefonu eline alırken ben de çoraplı ayaklarımın etrafındaki kana basmamaya ve çok yakından bakmamaya çalışarak yukarı çıktım. En tepede, onca kanı geçtikten sonra parmak izi tozuna benzeyen bir şey vardı. Yani NYPD gerçekten bir şeyler yapmıştı. Üst kata gelince Case'in lekesiz ancak çocuk neşesine sahip odasını geçerek evin ön tarafındaki Zach'le Amanda'nın yatak odasına yöneldim. Kapıyı açmak için gömleğimin ucunu kullandım.

Yatak odası devasaydı, SPA'ya benziyordu ve huzurluydu. Perdeden duvarlara yüzeylerin hepsi beyazdı, yine de steril veya soğuk görünmeyecek doğru bir ton kullanılmıştı. Zach'le Amanda'yı cumartesileri o kocaman, şişkin yatakta aralarında Case'le sarılırken gözümde canlandırmaya çalışsam da beceremedim.

Yataktan uzaklaşıp Millie'nin dediği gibi golf sopalarını ve yararlı olabilecek herhangi bir şeyi aramak üzere giyinme odasını aramaya koyuldum. Geniş, kapısız, güzel ışık alan ve ortasında küçük bir bank olan bir yerdi; giyinme odası zeminden tavana raflar, odacıklar ve sonsuz miktarda aşırı pahalı elbiselerle dolu askıyla ustaca dizayn edilmişti. Böyle odaların malikânelerde olduğunu biliyordum ama bunu Brooklyn'de görmek Zach'inki kadar hoş bir evde olsa bile kabullenmesi zordu. Aynı zamanda golf sopalarının koyulacağı türde bir yer değildi. Belki aşağıda veya diğer spor ekipmanlarını nerede tutuyorlarsa orada olabilirdi. Çocukları vardı. Muhtemelen böyle şeyler için özel bir alan hazırlamışlardı.

Ama ilk olarak giyinme odasına yakından bakmam gerekiyordu. Neredeyse çıplak ayaklarımla kapı eşiğinde durmanın rahatsız edici bir samimiyeti olsa da Millie'nin bahsettiği gibi bir yerlerde sıkışmış, işe yarayacak bir şey çıkabilirdi. İç çamaşırları, seks oyuncakları, ne bulabileceğimi bilmemin yolu yoktu. Ne de olsa Zach'le Amanda o akşam seks partisine gitmişlerdi. Ve şimdi de gelmiş yaptıkları şeyleri karıştırıyordum. Sanki yeterince sorunum yokmuş gibi. Paul'e Zach'in dosyasını sormak pervasız bir hareketti. Hatta aptalcaydı. Sonunda devasa giyinme odasına girerken kendimi hazırladım.

Çekmeceleri tek tek açtım. Sadece bir sürü kıyafet vardı. Aslında utanılacak şeyleri bir kenara bırak, hiçbir yerde fazla kişisel bir eşya bile yoktu. Mücevher kutusunun kapağını kaldırdığımda renkli taşlardan kolyelerden, bileziklerden ve küpelerden oluşan göz kamaştırıcı bir koleksiyonla karşılaştım ve evet, çoğu gerçek pırlantaydı. Amanda aradığı zulayı bulmadan araya girmediyse hırsızlığın üstünün çizilmesi gerekiyor gibi görünüyordu. Belki de işini bitirmek için geldiğinde önünü ben kesmiştim.

Yatak odasına dönüp gömme kitaplıklara göz attım. Bir sürü klasik roman, Shakespeare'in oyunları ve Nietzsche vardı, her düzine ayrılıp kenarlarına küçük yığınlar halinde resimli kitaplar veya sanat kitapları yerleştirilmişti. Amanda'ya ait oldukları belliydi. Bildiğim kadarıyla Zach pek iyi bir okur değildi, kendisini yargılamak isteyenlere meydan okumak için kullanmadığı bir gerçekti bu. Fakir bir aileden gelen, eğitim almamış Amanda'ysa çok güzel olmasının yanında iyi bir okur ve de harika bir anneydi. Jüri, ona yapılanların bedelini birine ödetecekti.

Raflara sırtımı döndüğümde gözüme yakındaki bir komodin takıldı. Üst çekmecesi hafifçe açıktı. Telefonda kendim için not aldım: *Komodin çekmecesinin parmak izi.* Ardından açmak için gömleğimin ucunu kullandım.

Üst çekmecedeki düzenli, kişisel olmayan eşyalar benim birbirine girmiş kulaklıklar ve çoktan tarihi geçmiş kredi kartı fişleriyle fazla doldurulmuş komodinime hiç benzemiyordu. İnce bir kutudaki kâğıt mendillerin yanında küçük bir tüpte oldukça pahalı bir kadın el kremi duruyordu; Amanda'nın komodini olduğunu varsayıyordum. Gerçekten kişisel görünen tek eşya çocuksu el yazısından anladığım kadarıyla Case'in muhtemelen yıllar önce yazdığı bir karttı: *Seni sevorum anneciim. Sen en ii ve tek annesin.*

Boğazım düğümlendi. O zavallı oğlan bir yerlerde başına gelen kayıptan habersiz halde kampın tadını çıkarıyordu. Benim bunca yıl sonra bile hissetmeye devam ettiğim bir kayıptı o.

Amanda'nın komodininin aşağıdaki çekmecesi tek bir Moleskine günlüğü dışında boştu. Peçete kullanarak onu kaldırdım. Boş olduğu anlaşılan çizgili sayfalarını çevirirken halıya üstünde iki modern çizimli gülün olduğu küçük bir kart düştü: *Seni düşünüyorum xoxo.* İmza yoktu. Belki Zach o kadar da kötü bir koca değildi. Kartı halının üstünden alıp dikkatle kenarlarından tuttum. Arkasında şık harflerle yazılmış bir çiçekçi ismi vardı: "Blooms on the Slope, Seventh Avenue ve St. John's Place."

Güvende tutmak amacıyla çiçekçinin kartını komodinin üstüne koydum ama anında tekrar yere düştü. İkinci kez elime almak için eğildiğimde yatağın altında bir şey gördüm. Yatak başına yakın büyük, koyu renkli bir şey koyulmuştu.

Yere yatarak yüzümü halıya bastırdım, aydınlatmak için iPhone'umun el fenerini kullandım. Yatağın altında daha fazla günlük vardı. Düzinelerce. Düzenli ve dikkatli bir şekilde yerleştirilmişler ve iyice derine, polislerin kolaylıkla gözden kaçırabileceği bir yere itilmişlerdi.

Peçeteyi kullanarak farklı yığınlardan birkaç günlük çıkardım. Çekmecedeki pahalı Moleskine'in aksine bu günlükler uyumsuz, eski ve çok daha ucuz görünüşlüydü. Hepsinin sayfalarını hızla karıştırdım. Birisi Case'in birinci yaşından, diğer ikisi Amanda'nın geç çocukluk ve erken ergenlik yıllarından görünüyordu. Amanda'nın özel hayatını kurcaladığım için suçluluk duydum ama günlükler başka şüphelileri bulmak için altın madeni olabilirdi. Jürinin dikkatini çekmek amacıyla iyi bir tane bulmak için fazla okumamayı umuyordum. Ama herhangi bir detay için Amanda'nın günlüklerini okumak şu an yapılacak bir şey değildi. Duruşma ve başka şüpheli bulmak gibi suçsuzluğu kanıtlayacak kanıtlar bulma ihtiyacı aylar sonraydı. Onun yerine Zach'in evini bitirip ihzar müzekkeresi yazmak üzere ofise dönmem gerekiyordu. Zach'i ancak öyle çıkarabilirdim.

Üç günlüğü güvenle peçetelerin altında tutmaya devam ederek hızlıca merdivenlerden yukarı çıktım. Hemen üstte küçük bir misafir odası vardı; butik oteldeki bir yataktan daha fazla parlak dekoratif yastıkla süslenmişti. Hiç kullanılmamış şık, müze gibi bir odaydı. Golf sopalarını aramak için dolaba baktım ama daha fazla yastık ve birkaç fazladan battaniye dışında boştu.

Koridorun diğer tarafında Zach'in ofisi var gibi görünüyordu. Çok fazla koyu renk ahşap ve deri kullanılmıştı, raflara daha çok kitap dizilmişti; *Sailing Alone Around the World*, *The Oxford Companion to Wine*, *A History of the Modern Middle East*. Steve Jobs, John F. Kennedy, J. P. Morgan'a ait testosteron dolu biyografiler de vardı. Belki kitaplar Zach'in olmak istediği kişiyi gösteriyorlardı ya da belki Zach artık şarap içen bir denizciydi? Dile kolay, on bir yıl geçmişti.

Hukuk fakültesindeyken Mahoney'de biten heveslerimizi konuştuğumuzu hatırlıyordum.

"Kabul edeyim; para beni yönlendiriyor," demişti Zach ben heyecanla kamu yararına çalışacağım geleceği savunduktan sonra. "Ve bir şeyler almayı umursadığımdan değil. Paranın benim adıma söylediklerini umursuyorum."

"Tamam, iğrençsin," demiştim dürüst bir cevap vererek. "Peki sence para tam olarak ne söylüyor?"

"Onlardan daha iyi olduğumu."

"Onlar kim?"

Zach bir süre sessiz kalıp düşünmüştü. "Onlar herkes." Başını kaldırıp bana bakmıştı. "Senin dışındaki herkes."

Sonra gülmeye başlamıştı. O zaman kendine güldüğünü düşünmüştüm. Fiyakalı, yapmacık ev ofisinin içinde dururken ise aslında gerçeği söyleyip söylemediğini düşündüm.

Zach'in masasına yöneldim ama ilk çekmeceyi açmadan önce bir anlığına durdum. Ya farkında olmadan bilmek istemediğim bir şey bulursam? Sadece Amanda'nın masasına bakacağımı düşündüğümden Zach'in endişelenmediği bir şey? Avukat-müvekkil gizliliği bu yüzden vardı. Ve suçlu olması muhtemel müvekkiline sormadığın sorular olsa da savcılığın çoktan öğrenmiş olabileceği kötü gerçeklere hazırlıklı olmak daha iyiydi.

Endişelenmemeliydim: Zach'in masasındakiler temiz, düzgün ve tamamen sıradan gözüküyordu. Masanın üzerindeki bazı eşyalar ve kişisel dosyalar Case'le alakalıydı ki bu durum Zach'in çocuğuyla ilgili hiçbir şey bilmediğini söylediği konuşmayı yalanlıyordu. Diğer çekmeceler hemen hemen aynıydı. Zach'in yeni şirketiyle ilgili bir şey de yoktu. Asla evden çalışmadığı belli olan birine ait bir ev ofisiydi.

Zach'in bilgisayarı açıktı ama şifreliydi; kilit ekranında Zach'in, Amanda'nın ve bebek Case'in olduğu tatlı bir fotoğraf vardı. Gerçeğin çok daha kusurlu olduğu kesindi. Zach çoktan birazını itiraf etmişti. Ama böyle huzurlu fotoğraflar jürinin işine gelirdi.

Masadan uzaklaşırken çorabıma keskin bir şey takıldı.

"Of!" diye inledim, eğilip kalın halının üzerinden aldım.

Çapraz mavi çizgileri ve bir yanında kalın siyah çizginin üzerinde oklar olan küçük, beyaz bir banttı. Sam'in hamile kalmamı deneyecek kadar iyi olduğunu düşündüğüm o kısa, aptal haftalarda kullandığım yumurtlama testlerine benziyordu.

Yumurtlama testi, zarar verme potansiyeli olan bir kanıttı. Hamile olmak, bebek sahibi olmaya çalışmak, hamileliği bitirmeye çalışmak, bunlar evliliğin en kötü yönlerini ortaya çıkarabilirdi. Savcının çizeceği resmi şimdiden görebiliyordum: Amanda, Zach'ten sonra partiden ayrılıp kendi olmadan gittiği için sinirli bir halde eve geliyor ve hamile kalmak istediğini söylüyor. Zach başka çocuk istemiyor. Tartışıyorlar. İşler kontrolden çıkıyor.

Yeniden başımı eğip teste baktım. Savunmada olmanın iyi yanı ne miydi? Karşı tarafa yardımcı olacak gerçekleri ortaya çıkarmanın artık benim sorumluluğumda olmaması. Testi bir peçetenin içine koyup cebime attım. Onu yalnızca bizim işimize yararsa kullanacaktım.

Ofisten çıkarken dolabın önünde durdum. Açık değildi. İyice çektim ama açılmadı. Bir anlığına kilitli mi acaba diye düşündüm ancak en sonunda son bir çekişle kendini bıraktı. Karanlık dolabın arka tarafında Zach'in gümüş rengi golf sopalarının olduğu çanta duruyor, yarı karanlıkta parlıyordu.

Millie'yi olay yeri uzmanları ve bir ihtimal NYPD'den gelecek teknisyeni beklemek üzere orada bırakıp ikna edici bir kefalet başvurusu yazmak üzere Young & Crane'e doğru yola çıktım. Aynı zamanda şirket sorumlusunun ofisine gidip Zach'in cezasını ortadan kaldırmak üzere sabah ilk iş Philadelphia'ya gidecek birini istemem gerekiyordu. Bu haldeyken duruşmaya çıkmayacaktım. Paul'e ters düşmemek Zach'in avukatı olarak kalmamı gerektiriyorsa en azından temiz bir iş yapacaktım.

Brooklyn'den Manhattan'a giden metrodayken Amanda'nın hâlâ peçetelerle sarılı günlüklerini karıştırmaya başladım, gerçi Millie üzerlerinde parmak izi bulunmasının düşük ihtimal olduğunu söylediği için artık daha isteksizdim. Önce en güncel, Case bebekken yazılmış olanı okudum.

Ekim 2010

Bugün oturdu! Ve Tanrım, kendiyle nasıl gurur duyuyordu. Kocaman sırıtıyordu! Videosunu çektim. Umarım düzgün çıkmıştır. Zach'e bu akşam görmek isteyip istemediğini soracağım. Ya da belki hafta sonuna saklarım. O zamana kadar kim bilir Case daha neler yapar!

Bunu yapamayacağımı düşündüğüme inanamıyorum. Her şeyden sonra fazla sakar, hatta acımasız olacağıma inandığıma. Oysa sonunda Case'i sevmek her şeyi değiştirdi.

En göze çarpan şey Amanda'nın "yeni anne" yazılarında bulamadıklarımdı. Tek bir şikâyet bile yoktu; ne uykusuzluktan ne ağlamadan ne de bunalmaktan bahsediyordu. Bebeği olan tanıdığım herkes, yani çoğu kişi böyle şeylerden şikâyet ederdi. Ama Amanda insan ötesi bir minnet duyuyor gibiydi. Zach konusunda bile sızlanmıyordu. Eşi çok çalışıyordu, yazdıklarından belliydi ancak onu cidden anlıyordu. Zach'in söylediklerine göre evlilikleri mesafeli fakat tamamen mutsuz değildi.

Genç kızlık dönemine ait yazıları olan ikinci günlüğünün ortalarını açtım.

Mayıs 2005

Bishop Motel'de iş buldum! Annemin çalıştığı yerde; onun gibi odaları temizleyeceğim. Müdür Al ilk başta asla dedi. Sanırım on üç yaşındaki birini çalıştırmak yasadışıymış (saçma). Ben ağlamaya başlayınca pes etti (bilerek yapmamıştım). Sadece part-time çalışacağım, yani eski kiraları hemen karşılamayacak. Ama bir başlangıç işte. Bu kez parayı daha iyi saklayacağım. Baba bulmakta ustalaştı. Haplar... ona daha fazla enerji veriyor.

Şimdiye kadar Amanda'yı bir insan olarak puslu bir görüntüyle bir metre uzağımda tutmayı başarmıştım. Ama artık hafife aldığım şeylerden ötürü üzüntünün ve pişmanlığın içinde boğuluyormuş gibi hissediyordum. Amanda, uyuşturucu müptelası olduğu muhtemel babasına destek olabilmek için on üç yaşında bir motelde çalışmaya başlamıştı. Ve bu konuda *heyecanlıydı.*

Millie'yle o masada oturduğumda, birkaç bloğu tek başıma yürümek için heyecanlıyken on üç yaşındaydım. Çünkü annem beni bırakmayacak kadar çok seviyordu. Benim durumum ona göre ne kadar iyiydi. Ve yine de hayatım ne hale gelmişti.

BÜYÜK JÜRİ YEMİNLİ TANIK İFADESİ

MAX CALDWELL,

6 Temmuz'da tanık olarak çağrıldı ve sorgulanarak aşağıdaki beyanlarda bulundu:

SORGU

YAPAN BAYAN WALLACE:

S: Bay Caldwell, bugün ifade vermeye geldiğiniz teşekkür ederim.

C: Ne demek.

S: Bu yıl 2 Temmuz'da 724 First Street'te gerçekleşen partiye nasıl katıldınız?

C: Eşim, Maude'yi Brooklyn Country Day'den tanıyor. Çocuklarımız orada okuyor.

S: Ölmeden önce Amanda Grayson'ı tanıyor muydunuz?

C: Hayır. Hiç tanışmadım.

S: Peki biliyor muydunuz?

C: Hayır, bilmiyordum. Eşim duymuş olabilir.

S: Zach Grayson'ı tanıyor musunuz?

C: Hayır. Sanırım şirketini daha önce duymuştum. Şimdi de bu olay yüzünden... Ama öncesinde tanımıyordum.

S: Size bir fotoğraf göstermek istiyorum.

(Danışman tanığa Savcı Kanıtı 5 olarak işaretlenmiş bir fotoğrafla birlikte yaklaşır.)

S: Bu fotoğraf o akşam partide gördüğünüz adama mı ait?

C: Evet.

S: Kayıt için tekrar ediyorum, Savcı Kanıtı 5 Zach Grayson'a ait bir fotoğraf. Onu nerede gördünüz?

C: Onu gördüğümde bir kadınla Terry's Bench hakkında konuşuyordu. Hani şu evli insanların Tinder'ı olan? Kadın sarhoştu ve ciddi anlamda sinirliydi. Partideki herkese kocasının o uygulamaya girdiğini söyleyip durdu.

S: Bay Grayson ona ne söyledi?

C: Uyumak için eve gitmesi gerektiğini. Sabah erkenden yapması gereken bir iş olduğunu. Saçmalık olduğunu düşündüğüm için hatırlıyorum.

S: Ne demek istiyorsunuz?

C: Söyleyiş şeklinde bir şey vardı. Bahane gibiydi. Bu adam, kadından kurtulmak istiyor diye düşündüm. Dediğim gibi, kadın sinirli ve sarhoştu. Belki adam partiden ayrılmak istiyordu. Ama o parti Park Slope'ta gerçekleşen tek iyi şeydir. Bir çeşit yasak ilişkisi olup olmadığını düşündüm. Başka bir yerde seks yapmayacaksa neden seks partisinden ayrılsın, değil mi?

S: Gerçekten gittiğini gördünüz mü?

C: Ön kapıya doğru yürüdü.

S: Saat kaçtaydı?

C: 9.35.

S: Emin misiniz?

C: Evet. Adam uyuması gerektiğini söyleyince saatime baktım. Belki zamanın nasıl geçtiğini anlamamışımdır, düşündüğümden geç olmuştur diye düşündüm. Öyle bir partiydi çünkü. Hiçbir şeyin nasıl olduğunu anlamıyorsunuz.

LIZZIE

7 TEMMUZ, SALI

Telefonum çaldığında ofise yeni gelmiştim. Tam olarak akşam yediydi, yani Zach'le kararlaştırdığımız saatti. Notlarıma göz attım: "Ceza? O akşamın zaman çizelgesi? Zach'in yürüyüşüne tanık olan biri? Amanda'nın arkadaşları, düşmanları? Çiçekler? Hamilelik? Seks partisi?"

Bir sürü soru vardı ama hepsi şu an için değildi. Sonuncunun altını çizmiştim ama. Seks partisi, hamilelikten daha kötü bir durumdu. Böyle bir şey konusunda anlaştılarsa jüri üyeleri kolaylıkla bir eşin diğerini öldürdüğünü gözünde canlandıracaktı. Öncesinde zararsız, eğlenceli görünen bir şeydi. Olaydan sonra geri alınamayacak bir şeydi. Kendilerinin uymaya zorlandığı sadakat kurallarını bozduğu için bile Zach'i cezalandırmak isteyebilirlerdi. Jüri, hatta hâkimler böyle çalışırdı. Çünkü onlar da insandı. Ve insanlar olayları kişisel algılamadan duramazdı.

"Alo?" diye cevap verdim.

"*New York Eyaleti Cezaevi'nden ödemeli bir aramanız var...*"

Telefonda 1 rakamına bastım.

"Selam, Zach."

"Selam, Lizzie. Açtığın için teşekkürler." Sesi içki içmiş gibi kısık ve kirliydi.

"Sorun ne?" diye sordum. "Sesin... tuhaf geliyor."

"Ben, şey." Bir nefes aldı. "Hücrenin parmaklıklarına bir daha çarptım. Ama... gerçekten iyiyim. Dudağım şişti. O yüzden sesim böyle geliyor."

"Tanrım, Zach, yine mi?" Midem sıkıştı. Bundan gerçekten ama gerçekten nefret ediyorum. Paul sağ olsun, Rikers'tayken Zach'in başına gelen her şeyden kendimi sorumlu tutuyordum. "Bu sefer ne oldu?"

"Anlatmamayı tercih ederim," dedi. "Detaylar her şeyi daha iyi hale getirmeyecek. Güven bana."

"Bu saldırılar... Cezaevi müdürünü falan aramalı mıyım? Sana koruma sağlar belki?"

"Rikers'taki insanların dedikodusunu yapmanın sağlığa zararlı olduğundan emin gibiyim. Tek ihtiyacım olan buradan çıkmak. Hızlıca."

Zach'in evinde çok fazla zaman harcadığıma pişman oldum. İçeri giren kişi beni belli ölçüde yavaşlatmıştı. İhzar müzekkeresinin parmak izleriyle ya da Amanda'nın eski günlükleriyle alakası yoktu.

"Young & Crane seni temsil etmeme izin verdi," dedim, Zach'in mutlu olacağı bir şeye geçmeye çalışarak.

"Vay be. Harika bir haber bu." Zach öyle zor nefes verdi ki telefonda bir gürleme duyuldu. "Sana anlatamam bile, Lizzie... Teşekkür ederim."

"Nihayetinde geri gidip daha uzun ve detaylı bir arka plan konuşması yapmamız, senin bana o gece hatırladığın her şeyi anlatman gerekecek. Ama ilk olarak seni Rikers'tan çıkarmaya odaklanmalıyız. Şu anda ihzar müzekkeresi hazırlıyorum. Sabah ilk iş olarak onu vereceğiz," dedim, bilgisayarıma giriş yaparak. Günler sonra ilk kez bu kadar ayaklarım yere basıyormuş gibi hissediyordum. Zach'in durumunu çözüp ardından kendi hayatımı halledecektim. Sarhoş bir koca ve finansal sorunlar yanlarında gizli paketler getirse de öldürülmüş bir eş ve müebbet ihtimaliyle karşılaştırılamazdı. "Ayrıca şirket sorumlusunun ofisinden birini Philadelphia'ya gidip senin ödenmemiş cezanı temizlemesi için ayarlayacağım."

Bir kalp atımı boyunca Zach'in cezayı açıklayacağını umarak bekledim.

"Doğru, ceza," dedi en sonunda ama sesi mahcup değil rahatsız olmuş gibiydi.

"Bana bu tür şeyleri anlatmalısın," dedim. "Her şeyi bilmezsem seni düzgün temsil edemem. Beni çok kötü bir duruma sokuyor."

Zach sessiz kaldı.

"Alo?"

"Evet, anlıyorum," dedi sonunda, sesi buz gibiydi. "Ama tabii karının kanlı, dövülmüş cesedini bulup Rikers'a gönderilmiş, sonra da defalarca dövülmüş olmak insanın bazı detayları unutmasını sağlayabiliyor."

Siktir git, Zach diye düşündüm sadece. Durumunun çok kötü olduğunun farkındaydım ama bunların hiçbirini ben istememiştim.

"Sana yardım etmeye çalışıyorum, unuttun mu?" Sesim istediğimden daha öfkeli çıkmıştı. "Çünkü *sen* benden istedin."

Sesli bir nefes verdi. "Of, üzgünüm Lizzie." Cidden azarlanmış gibiydi. "Öyle demek... Bana yardım ettiğin için çok şanslıyım. Onu biliyorum. Sadece burada kafayı yemeye başladım."

"Bu gayet anlaşılabilir," dedim. Zach sahiden saldırıya uğruyordu. Olumsuz anlamda etkilenmesi normaldi.

"Sana cezadan bahsetmeliydim. Aslında o lanet cezayı ödemeliydim. Böylece hepsinden kurtulurduk."

"Adam cezanın ne olduğunu hatırlamadığını söyledi?"

"Artık hatırlıyorum," dedi. "Burada düşünmeye bolca vakit oluyor. Aylaklıktan dolayıydı, oldukça eminim."

"Aylaklık mı?"

"Saçma, değil mi? Oradayken yeni seçilen Philly valisini hatırlıyor musun?"

"Belki, bilmiyorum." Hatırlamıyordum.

"Herkese her şey için ceza veriyordu. Mesela ışık ihlali yapan her yayaya. Polisin bana kabahatten ceza yazmadığına şükretmem gerektiğini söylediğini hatırlıyorum, normalde öyle olması gerekiyordu. Yani cezayı bir köşede çok uzun süre beklediğim için aldım. Ahlak kurallarına göre valinin polis eyaleti yaratmaya çalıştığını söyleyerek karşı çıktım. Hukuk fakültesine giden bir gencin kibriydi sanırım. O yüzden ödemedim. Tabii yapmam gerekirdi."

Ben daha az agresif bir açıklamayı tercih ederdim ama en azından kulağa gerçek geliyordu.

"Evet, daha iyi olurdu ama sorun değildi. Çözeceğiz."

"Case'in kampına ulaşabildin mi?" diye sordu Zach.

"Evet, her şeyi hallettim. Ashe'nin ailesi bu hafta sonu kampa gidip iki oğlanı da evlerine getirecek ve Case'e orada anlatacaklar. Kamp, o zamana kadar duymamasını sağlayacak. Ve Ashe'nin ailesi, Case seninle konuşmak isterse bana haber verecek ve ayarlayacağız."

"Oh, güzel." Zach rahatlamıştı. "Kazara öğrenecek diye..."

"Öyle bir şey olmayacak," dedim. "Kampı gerçekten ilgileniyor gibi görünüyor. Ve arkadaşının ailesi Amanda için çok üzüldü ama telefonu kapattığımda tamamen Case'e odaklanmışlardı."

"Teşekkürler, Lizzie, gerçekten," dedi Zach. "Ashe demek..."

"Birisinin müzekkerede önümüze getirmesi ihtimaline karşın diğer gerçekleri bilmeliyiz. Ayrıca sen orada bulunmadan savunma ihtimalim de var. Çok kısa sürede tarihi belirlediler. Orada olmaya hakkın var ancak seni getirtmek işleri yavaşlatabilir. Bundan feragat etmek sorun olur mu?"

"Yok, olmaz tabii. Sen hangisinin iyi olduğunu düşünüyorsan o olsun," dedi Zach, sesindeki duygu tamamıyla gitmişti.

Listeme bakarak en kolaylarından başlamayı umdum.

"Amanda'ya Blooms on the Slope'dan çiçek gönderdin mi?"

"Çiçek mi?" diye sordu Zach. "Üzgünüm, hayır. Neden?"

"Eminim bir şey değildir. Çiçeklerin içinde gönderilen kartlardan almış," dedim, onları kimin gönderdiği sorusunu hızla geçmeyi umuyordum. "Amanda'nın arkadaşlarının isimleri ne? Onlarla konuşmam gerek."

"Maude o akşam partiyi veren kadındı. Arkadaş olduklarını biliyorum," dedi. "Ve diğer yakın arkadaşı aynı mahallede yaşayan Sarah adlı bir kadın. Vakıfta Amanda'yla birlikte çalışıyordu."

"Vakıf mı?" diye sordum.

"Ah, evet, yeni bir burs vakfı kurduk," dedi. "Ya da ben kurdum. Başarılı girişimcilerinin eşlerinin yaptığı gibi Amanda yönetiyordu," dedi düz bir şekilde. Kendi kendiyle dalga geçiyordu, en azından ben öyle olduğunu umuyordum. "Amanda şikâyet etmedi çünkü hiç etmezdi. Ama vakfı yönetmekten hoşlandığını sanmıyorum. Yetişme tarzı sayesinde yardıma muhtaç çocuklara seve seve yardım ediyordu. Ama sorumluluk onu boğuyordu. Her zaman bir şeyi berbat edecek ve birileri peşine düşecek diye endişe duyuyordu."

"Peşine düşecek diye mi?"

"Kelime anlamıyla değil," dedi. "Öyle bir şey olsa sana söylerdim, bana güven."

"Günlüklerini buldum, sizin..."

"Günlük mü?"

"Yatağın altında bir sürü saklamış. Yıllar öncesine dayanıyor."

"Ah evet, doğru," dedi. "Biliyordum."

Gerçekten biliyor muydu? Pek emin değildim. Günlükleri ilk kez duyduysa bile onlardan dolayı gerilmemişti. *Hem de hiç*. Ve *bu* biraz garip değil miydi? Kim evliliğindeki olağan uyuşmazlıkların, özellikle partnerinin gözünden herkesin önüne serilmesini isterdi ki? Şahsen ben Sam'in günlüklerini saklamasını istemezdim ve onu öldürmekle suçlanan ben değildim.

"Birkaçına şöyle bir baktım," dedim. "Amanda'nın çocukluğunun sadece fakir olduğundan kötü olmayabileceğini düşünüyorum."

"Şaşırmam," dedi Zach. Aynı zamanda ilgisini çekmiş gibi de konuşmuyordu. "Amanda'yla tanıştığımda on yedi yaşındaydı, liseyi bırakmıştı ve bir motelde çalışıyordu ve yaşıyordu o yüzden..." Sonra ansızın sessizleşti. Sanki bu kadarını kabul etmemeyi diliyordu. "Neyse, para konusunda sıkıntı çekmesi haricinde geçmişinden bahsetmezdi. Oralara girmek istemiyor gibiydi, ben de zorlamadım. Hepimizin ailevi sorunları var, değil mi? Annesinin kendisi daha küçükken öldüğünü biliyorum. Başka ne olduysa hepsinin üstesinden geldi çünkü harika bir anne ve iyi bir eşti. Gerçekten pozitif bir insandı. İkimiz de ileriye bakmayı seviyorduk. Hayatlarımız tanıştığımızda başladı."

"Başka bir çocuk yapmaya çalışıyor muydunuz?"

"Başka çocuk mu?" Zach alay eder gibi güldü. "Seks yapıp yapmadığımızı mı soruyorsun?"

"Hayır, hayır, ben..."

"Çünkü çok sık yapmıyorduk. Ben uzun saatler çalışıyordum," dedi Zach. "Amanda'yla sevişmenin kötü olduğundan falan değil tabii. Hatta yaptığımızda harika oluyordu."

Yanaklarım kızardı ama aynı zamanda kızmıştım. Zach neden bana seks hayatını anlatıyordu? Tuhaf, utandırıcı ve neredeyse uygunsuzdu. Ama sonra kendime Rikers'ta kimsenin "uygun" olmadığını hatırlattım. "Evdeki ofisinde bir yumurtlama testi buldum. O yüzden sordum."

"*Ofisimde* bir yumurtlama testi mi? Ofisimde ne yapıyordun ki?"

"Imm, benden yapmanı istediğin şeyi?"

"Doğru ya, özür dilerim," dedim. "Case'ten sonra Amanda hamile kalamadı. Bana öyle söyledi. O yüzden yumurtlama testiyle ilgili bir şey bilmiyorum."

"Emin misin?"

"Neden yalan söylesin ki?" diye sordu.

Bir süre ikimiz de sessiz kaldık, imanın farkındaydık. Amanda doğurganlığı konusunda yalan mı söylemişti? Zach'e haber vermeden hamile kalmaya mı çalışıyordu? Yoksa gizlice bundan kaçınmaya mı?

"Ben oradayken eve birinin girmiş olabileceğini düşünüyorum," diye devam ettim, konuyu seksten uzaklaştırmayı umuyordum.

"Ne demek istiyorsun?"

"Birisi arka kapıdan kaçtı. Kim olduğunu görmedim."

"Sence... Ya Amanda'ya olanlarla bir alakası varsa?"

"O sebeple polisi aradım zaten. Ama soruşturmalarının ne kadar teferruatlı olacağını bilemiyoruz, o yüzden bağımsız bir dedektifi çağırdım. Evi parmak izi için incelemek ve kan sıçrama uzmanı çağırmak istiyor. Ucuz olmayacak ama Amanda'nın merdivenlerdeki kanında kesinlikle bazı izler var gibi görünüyor. Sana ait değillerse..."

"Değiller," dedi Zach. "Onu ben öldürmedim, Lizzie."

"Ama yardım etmeye çalıştın, değil mi? O yüzden parmak izlerin bir yerlerde olmalı."

"Böyle oluyor, değil mi?" diye sordu Zach, sesi yenilmiş gibiydi.

"Ne oluyor?"

"Masum insanlar yeterli delil olmadan böyle hapse atılıyorlar. Ya uzman parmak izlerini inceler ve başka birininkini *bulmazsa?* Bu benim aleyhimde kullanılamaz mı?"

Tam olarak haksız sayılmazdı. "Bence risk almaya değer," dedim ve konuşmak istediğim son şey seks olsa da artık erteleyemezdim. "Bir de Amanda'nın öldüğü gece verilen partide partner değiştirme var mıydı?"

"Partner değiştirme mi?" diye sordu Zach, neden bahsettiğimi hiç bilmiyormuş gibi.

"Evet, başkalarının eşleriyle seks yapan insanlar?"

"Amanda'nın o akşam başka biriyle seks yaptığını düşündüğünü mü söylüyorsun?" Zach'in sesi sinirli, çok sinirliydi. "Beni aldattığını mı?"

"Hayır, hayır, hayır." Tepkisinin gücü beni gafil avlamıştı. "O akşam Amanda'nın biriyle bir şey yaptığına dair tek bir sebebim yok. Sadece ne bildiğini soruyorum, hepsi o."

Uzun, rahatsız edici bir sessizlik oldu.

"Amanda benden başkasıyla seks yapsa şaşırırdım. Ama sen karım hakkında bilmediğim şeyler anlatıp duruyorsun." Sesi sinirliden çok incinmiş, hatta biraz utanmış gibi geliyordu. "Bak,

Amanda'yla pek konuşmadık. *O şekilde* bir yakınlığımız yoktu." Duraksadı. "Seninle olduğumuz gibi değildik yani."

"Benimle mi?" Sorduğuma anında pişman oldum. İstediğim son şey Zach'in açıklamasıydı. Ama yorumu beni hazırlıksız yakalamıştı.

"Evet, seninle gerçekten ortak noktalarımız vardı. Geçmişimiz, meslek ahlakımız. Hayattan aynı şeyleri istedik, ikimizin de avukat ve aynı derecede entelektüel olduğundan bahsetmiyorum bile," dedi sessizce. Yanaklarımın tekrar kızardığını hissettim. Ama *gerçekten de* şaşırır mıydım? İçten içe o zamanlar Zach'in bana karşı hisleri olduğunu bilmiyor muydum? "Seninle farklı olurdu. Onu diyorum işte. Amanda'yla ise bir çeşit partnerlik arayışında bile değildim. O da aynıydı. İkimiz için de işe yarayan hoş bir anlaşmamız vardı. O kadar."

Tuhaf sessizlik. Ne cevap verecektim ki? Tek düşünebildiğim aynı şeyleri istemediğimizdi. Çünkü doğruydu. Öyle miydi? Gerçeklere dönmek en doğrusu geliyordu.

"Tamam, yani Sarah ve Maude. Konuşmam gereken başka biri var mı?" diye sordum. "Bölge Savcısı mümkün olan herkesi sorgulamayacak. Dosya için gerekli bilgiyi alıyorlar ve bitiyor."

"Bahsettiği insanlar bu kadar," diye devam etti Zach. "Bak, nasıl göründüğünü biliyorum. Mesafeli bir evlilik, seks partisi ve ölü bir eş. Parçaları yerine koymak için deha olmaya gerek yok. Ama ben yapmadım, Lizzie. Amanda'yı öldürmedim. Yemin ederim. Biliyorsun, değil mi?"

"Biliyorum," dedim.

Ama nereden bilebilirdim ki? Millie haklıydı: Doğru şartlar altında herkes her şeyi yapabilirdi.

Ofiste Zach'in kefalet temyizine iyi bir ihzar müzekkeresi yazmak için üç saat harcadım. Hızlandırılmış duruşma talebi yönlendirmeleri ve Zach'in eski cezasını kapatmak üzere Philadelphia'ya birini gönderme talebiyle birlikte şirket sorumlusunun ofisine bıraktım.

Amanda'nın günlüklerini eve getirmiş ve üçüncüyü siyah arabamla FDR'den Brooklyn Köprüsü'ne giderken okumaya başlamıştım.

5 Ocak, 2006

Christopher'la beraber Route 1'deki sinemaya Marley & Me*'yi izlemeye gittik. Ama filme doğru düzgün odaklanamadım. Doktora gitmeyi düşündüm. Acı bir türlü gitmeyecekti. Ve bu sefer daha kötüydü. Hareket ettiğimden olduğunu söyledi. Ama doktorların polise rapor etmesi gerekir... Onun yerine St. Colomb Falls Methodist Kilisesi'ne gittim. Papaz David'i görmek için. Papazların söylediğin her şeyi gizli tutmak zorunda olduğundan eminim. Ama kambur omuzlarını, nazik gözlerini ve kırışık yüzünü gördüğümde ona da hiçbir şey söyleyemeyeceğimi anladım.*

Carolyn'e neden sorduğumu anlatmadan acıyı sormayı denedim. Ama çok ilgilendi. Ve Carolyn kendini bir şeyin ortasına koyduğu anda çıkması imkânsız olurdu. Carolyn'i bu yüzden seviyorum. Ama işleri daha kötü karıştıracağından korkuyorum.

Eve Amanda'nın köşeye sıkışmış genç kız sesi aklımda döndüğümde saat gece on biri geçmişti. Evin karanlık ve sessiz olmasına sevinmiştim. Amanda'nın Christopher adlı bir çocuk tarafından tecavüze uğradığını gösterdiğini tahmin ettiğim şeyi okuduktan sonra yapmak istediğim son şey Sam'le rehabilitasyon ya da başka bir şey hakkında konuşmaktı. Yapacaktım. Yapacaktım. Ama şu an olmazdı.

Okumaya devam etmek için parmak ucumda küçük oturma odamıza çıkarken Sam'in yatak odasında hafifçe horladığını duyabiliyordum. Yazdıklarında Christopher'dan daha ne kadar bahsediyordu? Amanda ne zaman onu görmeyi kesmişti? Bunca yıl sonra Amanda'nın ölümüyle alakası olması uzak bir ihtimaldi elbette. Hem de çok uzak. Ama asla imkânsız değildi.

Oturma odasındaki her şey o öğleden sonra uğradığımda bıraktığım gibiydi. Sam'in bilgisayarı yerindeydi, bıraktığım gibi açıktı, defterleri üst üste dizilmişti. *Enid's.* Barın ismi aklımda belirirken taze bir öfke hissettim.

O öğleden sonranın kanıtlarını ekranda görmek umuduyla kendime çalışma sandalyesinde yer açmak için Sam'in eskimiş omuz çantasını kaldırdım. Çantayı yere koyarken dış cebindeki parlak bir şey dikkatimi çekti. Hediye miydi? Kalbim hafifçe, genç bir kızınki gibi çarptı. Sam dışarıda bununla mı uğraşıyordu? Benim için bir şey mi alıyordu?

Almak için cebe uzandım.

Uzun bir süre avcumun içindeki şeye öylece baktım. Sadece bir tane vardı. Bana alınmış bir hediye değildi, ondan emindim.

Gözlerim yanmaya başlarken zorla kırpıştırdım. Ama açtığımda hâlâ oradalardı. İnce, uzun, ışıldayan gümüş. Bir kadın küpesi. Elimde sarılan bir yılan gibi duruyordu.

AMANDA

PARTİDEN DÖRT GÜN ÖNCE

Amanda merdivenlerden inip devasa mutfaklarındaki büyük ada tezgâhın üzerindeki ışığı açtığında daha şafak tam sökmemişti, etraf loş ve griydi. Bir de Park Slope'a ilk vardıklarında Zach iki böyle ev alıp birleştirmeyi düşünmüştü. Böyle bir uğraştan önemli ölçüde ek çıkar sağlayacak olan emlakçı bile cesaretini kırmıştı.

"Burası Manhattan değil," demişti kadın basitçe, sanki bu sorunu çözermiş gibi.

Zach buradaki komşuluk kültürünün beklediği ve istediği kadar sessiz olmadığını öğrenince samimiyetle hayal kırıklığına uğramıştı ama başka bir yerde yaşamayı düşünmek istemiyordu. "Burası ideal topluluk," deyip durmuştu.

Şimdiye dek yaşadıkları diğerleri gibi modern kumtaşından evleri de Amanda'ya başkasına aitmiş gibi hissettiriyordu. Böyle güzel bir yerde yaşadığına minnet duysa da –ki bunun için Zach'e müteşekkirdi– evlerinde hep sahtekâr gibi hissetmişti.

Amanda'nın aklının böyle kayıp gitmesi iyi değildi. Zihnini sınırlar dahilinde tuttuğunda işler daha yolunda gidiyordu. Zaten günlüğüne o yüzden yazıyordu.

Amanda kendine kahve yapmak için harekete geçti, aktiviteler de iyiydi. Ev telefonu çaldığında sürahiye yeni su koymuştu. Ada tezgâhın ortasında duran kablosuz telefona bakmak için döndü. İş telefonu, cep telefonu, şimdi de sıra ev telefonuna mı gelmişti? İyice yaklaştı. "Gizli Numara." Hayır, diye düşündü. Lütfen yapma. Bu kadar erken olmaz.

"Alo?" diye cevap verdi Amanda, sesi kısıktı ve titriyordu. Sessizlik. Ve ardından gelen kaba, cızırtılı nefes sesi. "Alo?" Daha keskin, daha şiddetli hale geldi. Ama Amanda onu kızdırmak istemiyordu. Bu hiçbir işe yaramazdı. Tekrar konuştuğunda sesi âdeta bir fısıltıydı. "Lütfen beni aramayı bırak."

Ama diğer taraftan sadece daha fazla sessizlik geldi. Ve biraz daha korkunç nefes alış veriş.

Ardından tık sesi.

"Alo?" Amanda bu sefer daha sesli sordu.

Ama telefon kapanmıştı. Telefonu göğsüne bastırıp gözlerini kapattı. Asla New York'a gelmemelilerdi. St. Colomb Falls'a fazla yakındı. Amanda'ya bu konuda bir seçenek tanındığından değildi tabii. Zach'in nereye gitmesi gerektiyse oraya gitmişlerdi. Hep böyle olagelmişti. Ve endişelenmeye devam ettiği Case'e olan etkisi dışında Amanda taşınmayı farklı düşünmemişti. Ta ki Kennedy Havaalanı'nda uçaktan inip "New York'a Hoş Geldiniz" tabelasını görene kadar.

Rüzgâr onu anında vurmuştu. Bir saat sonra şoförün kullandığı arabanın arkasından Manhattan'ın ufuk çizgisinde kırmızı, beyaz ve mavi parlayan Empire State Binası'nı gördükten sonra sonunda ellerinin titremesi durmuştu. Burası New York, diye hatırlatıyordu kendine o zamandan beri. St. Colomb Falls'tan dünyalar kadar farklıydı.

Amanda göz ucuyla bir şeyi, birini görür gibi oldu. Geriye doğru sıçradı, kalçasını tezgâha çarptı ve hafifçe ciyakladı.

"Benim!" diye seslendi Carolyn, ellerini sallayarak. "Üzgünüm, kapıyı kendim açıp girdim."

"Bir daha yapma şunu!" diye bağırdı Amanda, sonra nefesini düzene sokmaya çalıştı.

"Tanrım, çok kötü durumdasın," diye soludu Carolyn. "Majesteleri bu sefer ne yaptı?"

Bu hesapta bir şakaydı. Carolyn, Zach'i en az Sarah'nın sevmediği kadar sevmiyordu. Hatta daha çok gıcık oluyordu.

"Kötü durumdayım çünkü ödümü koparttın. Brooklyn'de ne yapıyorsun ki sen?" diye sordu Amanda. "Bugün pazartesi değil, değil mi?"

Park Slope'a taşındıklarından beri her pazartesi sabahı Carolyn'le beraber Prospect Park'ta koşuyorlardı. Amanda günlerin nasıl geçtiğini anlamamış mıydı? Case'in gidişi, kâbuslar ve iyi uyku alamamak zamanı hatırlamasını zorlaştırmıştı.

"Yok, bugün pazar. Ama dur tahmin edeyim, Zach işte mi?" diye sordu Carolyn. Zach gerçekten orada olsa da Amanda cevap olarak gözlerini devirdi. "Neyse, en yakın arkadaşımı görmeye gelemez miyim? Son konuştuğumuzda tuhaftın. Gelip kontrol edeyim dedim." Carolyn şakağına vurdu, ardından Amanda'yı işaret etti. "Gerçi sen telefonda hep tuhaf oluyorsun. İyi olduğundan emin olmamın tek yolu kendi gözlerimle görmek."

Carolyn reklamcılık sektöründe, McCann Erickson'da yaratıcı yönetici olarak çalışıyordu. Zach bir keresinde oranın tüm dünyadaki en prestijli reklam ajansı olduğunu söylemişti. Ki kendisi yanlış yeri övecek biri değildi. Carolyn başarılı olmuştu, tabii bu şaşırtıcı sayılmazdı.

"Telefonda tuhaf olmuyorum," dedi Amanda kibarca. "Ve iyiyim. Case'in burada olmamasına alışamadım, o yüzden."

Carolyn ada tezgâhta durup kulaklıklarını üzerine fırlattı, sonra ellerini kalçasına koydu. "O kampın kötü bir fikir olduğunu biliyordum."

Carolyn, Case'in özellikle o yatılı kampa gitmesine şiddetle (ve sesli biçimde) karşı çıkmıştı. Genel olarak kamp fikrine karşı olduğundan değil, on yaşında bir çocuğu karşı kıyıdaki bir kampa göndermenin saçma olduğunu düşündüğü içindi. Ayrıca ülkenin diğer tarafına taşınmalarının karşılığında olduğu yalanına da inanmamıştı. Onun sanki her şey öyle gerçekleşiyormuş gibi Zach'in uydurması olduğunu düşünmüştü. Amanda'nın Case'le birlikte okul yılı bitene kadar neden California'da kalmadığını anlayamıyordu. Ama Zach'in ailesinin yanında olmasına ihtiyacı vardı. Yeni iş, yeni şehirle birlikte insanlar genel durumuna bakacaklardı. Zach'e bunu sağlamak, bir aile adamı olarak resmini tamamlamak Amanda'nın göreviydi. Ve Amanda için mahzuru yoktu. Bu işte iyiydi.

İlk zamanlar beş paraları yokken Amanda eşi olduğu için insanlar Zach'e bir sürü şey yakıştırırlardı. Ne de olsa onun gibi görünen ve zengin olmayan bir adam böyle bir kadınla birlikteyse özel biri olmalıydı. Artık Zach zengin ve başarılı olduğundan eşitsiz birliktelikleri sık sık Amanda'ya yükleniyor, servet avcısı olduğu söyleniyordu. Ama sorun değildi. İnsanlar istediklerini düşünebilirdi. Amanda gerçeği biliyordu.

Carolyn ise Amanda Zach'i hepten terk etse mutlu olurdu. Uzun süredir Amanda ve Case'in Zach için tutunduğu bir destekten başka şey olmadıklarından şikâyet ediyordu. Ama düşününce destekler yararlı şeylerdi ve yararlı olmaktan daha kötü şeyler vardı. Hem Carolyn'e göre her şey acımasızca siyah-beyazdı, o lüksü karşılayabiliyordu. Nasıl hayatta kalacağını düşünmeden hayatını yaşayabiliyordu.

"Case iyi. Hatta iyiden öte," dedi Amanda, Carolyn'e her zamanki hafif ve tatlı kahvesini hazırladı. Arkadaşı hakkındaki böyle küçük detayları bilmek onu rahatlatıyordu. "Hatta beni daha az özleyemezdi ki bu biraz canımı yakıyor. Ama iyi bir şey olduğunu biliyorum." Amanda kahveyi elinden bıraktı.

Carolyn kaldırıp büyük bir yudum içti, kupasının üstünden Amanda'ya göz attı. "Sorun ne öyleyse?"

"Sanırım onu özlüyorum ve pek iyi uyuyamıyorum, o kadar."

"Sakın bana... Yine o deli rüyaların mı?" Carolyn bu kez gözlerini devirdi. "Dur tahmin edeyim, canavar mürekkepbalığı."

Amanda bir keresinde Carolyn'in evinde uyurken rüyasında devasa bir ıstakozun kıskacına sıkıştığını görmüştü. Boşuna bir çabayla Carolyn'in ağzına öyle sert vurmuştu ki dudağını kanatmıştı.

"Mürekkepbalığı yok. Ama sürekli karanlık ormanda çıplak ayak koştuğum bir rüya görüyorum. Case'i arıyorum. Deli gibi.

Saçmalık," dedi Amanda. Detayları itiraf etmenin kafasında tekrar edip durmalarını engellemesini umuyordu: Tenine değen elbisenin soğuk ıslaklığı, Norma'nın restoranında durup kanlı ellerine bakması. Bir çığlık. "Siren sesleri geliyor ve üzerimde kan var. Korkunç bir şey."

"Evet korkunç bir edebiliği var." Carolyn güldü, sonra Amanda'ya odaklanınca gözleri yumuşadı.

"Ne demek istiyorsun?" diye sordu Amanda. Carolyn güldüğü için daha iyi hissetmeye başlamıştı bile.

"Hadi ama, Case'in arkasından üstün kan içinde ormanda koşuyorsun, öyle mi?" Carolyn başını sallayıp dramatik bir efekt yaratmak için kollarını açtı. "Belli ki bilinçaltın benimle aynı sonuca ulaşmış; ülkenin diğer ucundaki bir kampa gitmesinin aptal bir fikir olduğunu düşünüyor."

"Rüyada sen de varsın," dedi Amanda zayıf ve ikna edici olmayan bir tonda.

"Ben mi?" Carolyn masum masum gözlerini kırpıştırdı.

"Başlangıçta. Üzerinde pofuduk, deniz köpüğü gibi, nedimelerinkine benzer bir elbise var. Ben de şeftali rengi bir tane giyiyorum. Yatakta pizza yiyoruz."

Carolyn sırıttı. "Ha, gördün mü tavsiyeme uymayıp Case'i o kampa göndermek seni ne hale getirdi? Üçüncü sınıf balosunun intikamını diriltti."

"Üçüncü sınıf balosu mu?"

"Anlattıkların kesinlikle o baloda giydiğimiz elbiselere benziyor. Ama rüyanda yer değiştirttin. Seninki deniz köpüğü olandı, unuttun mu? Ben sana ödünç vermiştim."

Amanda hafızasını yerine getirmek istermiş gibi başını hafifçe salladı. Evet, doğruydu. Rüyanın o kısmının kaynağı oydu. Carolyn ona deniz köpüğü elbiseyi ödünç vermişti. Üçüncü sınıf balosunun gerçekleştiği tarihte Amanda okulu bırakmıştı ama baloya Carolyn'in erkek arkadaşının bir arkadaşıyla gitmişti. Bundan fazlasını hatırlayamıyordu.

Ama dansın kendisi sihir gibiydi, değil mi? Bir kereye mahsus kendini normal bir genç gibi hissetmişti. Detaylar olmasa da hissi hatırlıyordu. Daha fazlasını anımsayamaması üzücüydü. Geçmişini çok fazla kapatmanın kötü yanı da buydu, bazen iyi anılar kötülerle birlikte kayboluyordu. Carolyn ilk defa ona paylaştıkları geçmişten gün yüzüne çıkaramadığı bir şeyi hatırlatmıyordu.

"Üçüncü sınıf balosu, biliyorum," diye yalan söyledi. "O yüzden her şey tuhaftı."

"Zach'i suçlama konusunda anlaşsak mı?" Carolyn sırıttı. "Her şey için?"

Amanda, Carolyn'in yemini yutmadı. Sevgisinden yaptığını biliyordu, hem Amanda'nın da o dargınlığını bizzat hissettiği zamanlar olmuştu. Carolyn'in söylemesi rahatlatıcı sayılırdı.

"Zaten asıl sorun rüya değil," dedi Amanda.

"Ne öyleyse?"

O aptal yanma hissi boğazına tekrar oturdu. "Yine aramaya başladı."

"Hayır." Carolyn bir anda mutfak taburesine çöktü. Amanda'nın neyi kastettiğini bunca zaman sonra bile anında anlamıştı. "Siktiğimin." Sesi kızgındı ama endişeli değildi, bu da rahatlatıcıydı. Carolyn derin bir nefes aldı, ardından kahvesinden büyük bir yudum içti. Sonra bir tane daha. Düşünürken tezgâha baktı. "Galiba önünde sonunda deliğinden çıkıyor. Bu sefer bir şey söyledi mi?"

"Tek bir kelime bile söylemedi," dedi Amanda. "Geçen seferki gibi. Sadece nefes alıyor."

Carolyn, California'dayken yaşadığı geçen seferi de biliyordu. Carolyn her şeyi biliyordu. Tüm çirkinlikleri. Tüm utancı. Dünyada bunları bilen tek kişi oydu.

"İğrenç domuz." Carolyn'in yüzü düştü. "Biri onun temelli hakkından gelmeli. Onu dünyadan yok etmeli." Sesi saldırgandı, tezgâhın üzerinden uzanıp Amanda'nın elini hızlıca sıktı. "Üzgünüm. Bunlarla uğraşmaman gerek."

Artık yalnız olmamak nasıl içini ferahlatıyordu. Ama şimdi Carolyn'e geri kalanını da anlatmalı, en korkutucu kısmı itiraf etmeliydi.

"Sanırım, ımm, sanırım beni takip de ediyor olabilir."

"Affedersin, ne?" Pencerelere doğru dönerken Carolyn'in gözleri fal taşı gibi açıldı. "O adam Park Slope'ta mı?"

"Emin değilim. Doğrudan görmedim," dedi Amanda. "Ama dün akşam Gate'e giderken arkamda olduğundan emin gibiyim. Arkamda ayak sesleri duydum... Başka kim olabilir ki?"

Carolyn'in gözleri ön penceredeydi. Amanda arkadaşının tartışması, *Hadi ama, onu yapmaz. O kadar ileri gitmez* gibi şeyler demesi için kendini hazırladı. Ama Carolyn işin aslını biliyordu.

"Siksen olmaz," dedi Carolyn, yeni bir hevesli tonla ve ellerini çırptı. "Seni takip etmesini sineye çekmeyeceğiz. Yok. Hayatta olmaz."

"Olmaz mı?"

"O siktiğimin saçmalıkları yetti," dedi Carolyn sertçe. "Belki onu yok ettirebiliriz. Ya da yapmayız, en azından şimdilik. Ama seni sonsuza kadar taciz edemez. Buna katlanmak zorunda değilsin. Onu tutuklatabilirsin."

"Tutuklatmak mı?" Amanda pencerelere doğru baktı, içi korku ve hazla karışık bir hisle doluydu. "Ne için?"

"Seni takip etmekten! Uzaklaştırma kararı alırız." Carolyn kahvesinden koca bir yudum daha aldı. Çoktan kupanın yarısından fazlasını bitirmişti. İster kahve, ister soda, ister su olsun, her zaman her şeyi hızlı içerdi. "Ve kararı ihlal edince, ki kesinlikle yapacağını ikimiz de biliyoruz, hapsi boylayacak."

"Uzaklaştırma kararı," diye tekrar etti Amanda.

Kararı duymuştu elbette. İnsanların uyguladığı bir şeydi. Teorik olarak kendisinin de yapabileceği bir şeydi. Sacramento'dayken aramalar ilk kez başladığında şikâyetçi olacak kadar ileri gitmişti. Kibar kadın polis memuru, Amanda'yı sabırla dinlemişti. Güzel ve gençti; alev gibi kızıl saçları, soluk mavi gözleri ve dikkate değecek kadar büyük göğüsleri vardı. Bir sürü tacize bizzat maruz kalmış olabilecek türde bir kadındı.

"Nefes alışı," demişti Amanda o zaman. "O sesi nerede olsa tanırım."

Ve kadın memur ne dediğini tam olarak anlamış gibi görünmüştü. Amanda'ya şikâyette bulunmanın ilk adım olabileceğini söylemişti. Hemen karakolda halledebilirlerdi; hâkime ya da diğer resmi prosedürlere gerek yoktu. Yasal bir getirisi olmasa da en azından kayıtlara geçerdi.

Carolyn, Amanda'ya dikkatle bakıyor, cevap bekliyordu. "Ee?" diye sordu. "Yapacak mısın?"

Amanda ikna olmamış gibi hissetse de başıyla onayladı. "Uzaklaştırma kararı iyi bir fikir."

"Bu kulağa evet gibi gelmedi." Carolyn onu çok iyi tanıyordu.

Amanda zayıfça gülümsedi. "Düşüneceğim."

"Düşünecek bir şey yok, Amanda."

"Olmamalı." Gözlerinden yaşlar akarken Amanda'nın yüzü ısındı. Kendini korkunç derecede zayıf hissediyordu. "Onu biliyorum."

"Sana inanıyorum," dedi Carolyn kesin bir halde ve sevgiyle. "Ve doğru şeyi yapacağını biliyorum."

Ve şimdi Amanda'nın konuyu değiştirmesi gerekiyordu. Çünkü nefes alması zorlaşıyordu. Zorla neşeli bir gülümseme takındı. "Neredeyse unutuyordum, sana bir dedikodum var." Carolyn dedikoduya bayılırdı. "Daha geçen akşam duydum."

"Neymiş?" diye sordu Carolyn kısık gözlerle. Konuyu saçma bir şeyle değiştirdiğini anlasa da ilgisi uyanmıştı.

"Duyduğuma göre Park Slope'ta bir çeşit seks partisi veriyorlarmış."

Carolyn'in kahvesi boğazında kaldı. "Ne?"

"Evet, anlaşılan öyle."

Carolyn'in yüzü olumlu bir şekilde parladı. "Dindarlık taslayan koruyucu azizler mi? Bu duyduğum en iyi şey."

Carolyn, Park Slope'tan hoşlanmıyor değildi, sadece mükemmel şeylere şüphe duyuyordu. Ve Park Slope tablo gibi, iki yanı ağaçlı sokakları, muhteşem evleri ve masallardan çıkmış gibi kıkırdayan çocuklarıyla öyleydi, sonra tüm o yapay tatlandırıcılar ve yüksek fruktozlu mısır şurupları temizleniyordu.

Amanda gülümsedi. "Eğleneceğini düşündüm."

"Ah evet," Carolyn nefes aldı. "Ama şimdi *detaylara* ihtiyacım var. *Hepsine.*"

"Her hafta sonu yapıyorlar demiyorum ama her yaz bir parti oluyor gibi geldi."

Carolyn'in ağzı açık kaldı. "Bir dakika, arkadaşların Maude ve Sarah, birbirlerinin kocasıyla mı yatıyor?"

"Hayır, hayır," dedi Amanda, bu absürtmüş gibi. "En azından sanmıyorum. Sarah katılmıyor... Ya da daha önce katılmadı. Galiba sadece kocası dahil olmadığı için. Maude'yle kocası içinse belli ki düzenli bir şey. Sadece partilerinde değil, sürekli başkalarıyla birlikte oluyorlar."

"Bu konuda nasıl bu kadar sakin konuşabilirsin!" diye bağırdı Carolyn.

"Bilmem," dedi Amanda ama bir sebepten bunların hiçbiri onu rahatsız etmiyordu. Hatta neredeyse sıradan geliyordu. "Belki Maude'nin ifade etme şekli yüzündendir. Ve o onun fikri, kocasının değil. Kim olduğu ve ne istediği konusunda oldukça rahat. Bilmiyorum. Kulağa... özgürlükmüş gibi geldi."

"Bak, bak, bak, Amanda. Bunca yıl sonra sonunda beni şaşırtmayı başardın." Carolyn artık sırıyordu. "Ve bu Maude'yle tanışmam lazım. *Senin böyle* gevşemeni sağlayan kişiyi kesinlikle tanımam gerek." Carolyn kahve kupasını mermer tezgâhın üzerine bıraktı. Ocağın üstündeki saati kontrol etti. "Sıçayım. Geç kalacağım. Toplantım var. Pazar günü çalışıyorum. Tıpkı kocan gibi. Gitmem gerek."

"Git hadi," dedi Amanda, demek istediği *Lütfen sonsuza kadar kal* olsa da. Ama daha ne kadar muhtaç olacaktı ki? Carolyn onun için çok fazla şey yapmıştı zaten.

Carolyn taburesinden kalkıp Amanda'ya doğru yürüdü. Ellerini iki koluna koydu. "Polise git. Bugün. Bu bok yetti de arttı."

"Tamam," dedi Amanda ama fazla hızlıydı.

Carolyn ona kuşkuyla baktı. "Ciddiyim, Amanda. Seni korkutmaya falan çalışmıyorum ama bu kez içimde kötü bir his var."

"Onlarla konuşacağım," dedi Amanda. "Yapacağım."

"Bugün mü?"

Amanda başını salladı. "Bugün."

İkisi son kez sarıldıktan sonra Amanda, Carolyn'in mutfaktan gidişini izledi, sonra Carolyn'in kahvesini lavaboya boşalttı. Kahvenin girdap yaparak deliğe girişini izlerken inancının da onunla birlikte gittiğini hissetti. Carolyn sürekli yanında olsaydı farklı olurdu. Gerçi başkasına sırtını dayamak pek güçlü olmak sayılmıyordu. Carolyn haklıydı; *kendisi* bir şeyler yapmak zorundaydı. Hem aramaları, hatta takip edilmeyi bile Case yokken bir kenara bırakabilirdi ama o dönünce ne olacaktı? Amanda bunun devam etmesine izin veremezdi. Oğlunun iyiliği için bunu yapamazdı.

Amanda yukarı çıktı, duş almaya giderken ön taraftaki yatak odasının penceresinin önünden geçti. Aşağıdaki kaldırımda, kapılarının önünde bir şey dikkatini çekti. Mor ve zemine yakın bir şey.

Amanda gözlerini kıssa da ne olduğunu çıkaramadı. Göğsü sıkışırken tekrar aşağı indi. Bugünlerde iyi bir sürprizle karşılaşmıyordu. Önce orada kendisini bekleyen biri olmadığından emin olmak için yukarıdaki kapıyı kontrol etti, sonra pencereye baktı. Kimseyi görmeyince sundurmanın altına çıktı. Hava, özellikle haziran ayı için soğuktu ve Amanda çıplak ayak merdivenlerden inip kapıya giderken titredi. Yerde mor kâğıda sarılmış ve doğal bir iplikle zarifçe bağlanmış kocaman bir leylak buketi duruyordu.

Leylak, Amanda'nın en sevdiği çiçekti. Orada ölmüş olsalar da bu evin arka bahçesi de dahil Zach'le yaşadıkları her eve büyük saksılarda leylak dikmişti.

Çiçeklere dokunmadan ayağa kalktı ve yeniden etrafa bakındı. Belki birisi sonra gelip almak için burada güvende bırakmıştı? Ama şans eseri leylak bırakılmış olamazdı. Ve kaldırımın iki tarafı da boştu.

Tanrım, Carolyn'in gitmesine neden izin vermişti?

Üzerinde bir kart vardı. Amanda eğilirken nefesini tuttu, titrek ellerle kartı aldı; kendisinden başkasına yazılmış olmasını umdu. Kartı zarfından çıkarırken gözlerini kıstı.

Amanda, seni düşünüyorum. xoxo

LIZZIE

8 TEMMUZ, ÇARŞAMBA

Hope First Initiative'in ofisi kumlu bir fabrikadan dönüştürülmüştü. Zarif Amanda'yı burada hayal etmek zordu, o yüzden onu beyaz eldivenler takmış ellerini çatlak merdivenlerin tırabzanlarının üzerinde gezdirerek süzülürken gözümde canlandırdım. Amanda muhtemelen her yere süzülerek gidiyordu. Zach bana onun yoksul bir aileden geldiğini söylemiş olsa ve bağımlı bir babası olduğunu, kendisine tecavüz eden çocuğun sonra Amanda'yı *Marley & Me* izlemeye götürmesini bizzat okumuş olsam da buna inanıyordum. Bütün bu trajik detayları rahatlıkla hiçe sayarak ilk kizlenimim olan zengin, güzel, ölmüş olsa bile kıskanılacak bir kadın olan Amanda'ya geri dönmem inanılmazdı.

Ne kadar da berbat bir insandım.

En azından kendinden nefret etmek de bir duygu sayılıyordu. Küpeyi bulduğumdan beri rahatsız edici bir hissizlik içindeydim. Kocamın çantasında başka bir kadının küpesini bulmamın bir sürü çirkin açıklaması vardı: gizli ilişki, fahişe, striptizci. Bunların hepsi içinde gizli ilişki en gerçekçi olasılık gibi görünüyordu. Sam dolaylı yoldan olsa dahi kötüye kullanılan her şeyden tiksinirdi.

En azından bildiğim kadarıyla.

Daha masum açıklamalar da vardı. Sam küpeyi sokakta ya da bir kafede bulmuş, sahibini aramak için elinde tutuyor olabilirdi. Ama her zaman "sen bırak, onlar gelip alacaktır" düşünce tarzına inanmıştı. Bir yabancının küpesini yerden alacağını sanmıyordum. Bu sefer en kötü senaryolara çok hızlı mı atlıyordum? Belki. Ne de olsa pek çok kez gafil avlanmıştım.

İşin garip yanı, Sam'le yüzleşmekten bilerek kaçınmasam gerçek cevaplara ulaşabilirdim. Gecenin geri kalanını dimdik ve uyanık bir halde kanepede geçirdikten sonra o daha uyurken evden çıkmıştım. Diğer dosyalarımı kontrol etmek için Hope First'ün yakınındaki bir Café du Jour'da durmuştum. Son birkaç günde diğer her şey Zach'in arka planında kalmıştı ve toparlamam gerekiyordu. Adalet Bakanlığı, pil imalatçıları yönetim kurulunun üç üyesinin aleyhinde dava açıyordu. Paul davanın iptali için ortak bir önerge hazırlamamı istiyordu. Bu kadar sıkıcı bir iş için minnet duyuyordum.

İşimi bitirip önerge belgesini kaydettim ve çantamdan Amanda'nın günlüklerinden birini çıkardım. Aslında ihtiyacım olan en günceliydi ancak onu bulmak için Zach'in evine dönmem gerekiyordu. Bu süre içinde eskilerini okumaktan kendimi alıkoyamıyordum. Dikkatini kendi enkazından başka yöne çekmek için başkasının araba kazasına bakmak gibi bir dürtüydü.

En sonunda yıllar önce Amanda'nın başına gelen şeyin düşündüğümden çok daha beter olduğunu gösteren bir yazı buldum.

Mart 2004

Oturma odasındaki haçı izleyip küçük İsa'nın kendini oradan çıkararak bana yardım etmesi için dua ettim. Şimdiye kadar bir şey yapmamıştı. Ama belki de haçın sana ait olması gerekiyordu. Bizdeki karavana taşındığımızda oradaydı.

Her zaman oturma odasında yapardı. Tam haçın altında. Sert, sarı kanepede. Belki oradayken Baba'nın gerçekte yapmıyormuş gibi davranması daha kolay oluyordu.

Ama yapıyordu. Küçük İsa biliyordu.

Yarım saat sonra Hope First binasının merdivenlerini tırmanırken hâlâ midem bulanıyordu. Amanda'nın babası ona defalarca tecavüz etmişti. Kız on iki yaşındayken. Çocukken tecavüze uğramıştı, şimdi de ölüydü. Korkunç bir şeydi. Hepsi. Kapıya yaklaşırken telefonum mesaj bildirimiyle titreyerek beni hissiz bulanıklığımdan çıkardı. Paul'ün savcılıktaki arkadaşı Steve Granz'den geliyordu: Wendy Wallace. Üzgünüm.

Bu kadardı. Mesajın tamamı buydu. Bu isim bana bir şey ifade etmese de en azından Steve'e göre Wendy Wallace'in savcı olarak atanması apaçık kötü bir haberdi.

Hızlıca Wendy Wallace'ı internette arattım, bir yandan da Hope First Initiative'in ziline basıyordum. Çıkan ilk haberin adı "Tahtın Üç Varisi"ydi. Tıklayıp göz gezdirdim. Zach'in kamu avukatının söz ettiği gibi Brooklyn Bölge Savcılığı'nın itinayla seçilmiş varisi için dikkat çeken bir yarışma vardı. Brooklyn'de hiçbir Cumhuriyetçi'nin şansı olmadığı için asıl yarış önemliydi ve Cinayet Bürosu Başsavcısı Wendy Wallace önde gelen üç rakipten biriydi. Onu engelleyen şey adının tanınmamış olmasıydı ve Zach'inki gibi bir dava bunu çözecekti. Adı gazetelere çıkacaktı, yazılar onun davaya daha fazla dahil olduğunu stratejik olarak zamanlarsa çok daha iyiydi. Müstehcen detayların henüz gazetelerde kullanılmamış olmasının sebebi kesinlikle buydu.

"Merhaba?" İnterkomdan cızırtılı bir ses geldi. Zili çaldığımı bile unutmuştum. "Size nasıl yardımcı olabilirim?"

"Lizzie Kitsakis," dedim. "Zach Grayson'ın avukatıyım."

Uzun bir sessizlik oldu, beni duymadığından endişelenmeye başladım.

Sonunda kapı açıldı. Kilitli çiftli kapıyı iterek cilalanmış lobiye girdim.

***

Asansör doğrudan Hope First Intitiative'in buğday rengi parkeli, canlı sarı duvarlı ve sonsuz pencereli parlak, açık bir alan olan ofisine açıldı. Yukarısında mavi harflerle Hope First Intitiative yazan bir resepsiyon masası vardı.

"Ne istiyorsunuz?" dedi arkamdan gelen bir ses.

Döndüğümde kısa, koyu kahverengi saçlı, kazağını omuzlarına sıkıca sarmış minyon bir kadının ofis kapısının yanında durduğunu gördüm. Güzel yüzü soluk ve yorgundu.

Bu kadın Amanda'nın arkadaşı, diye hatırlattım kendime. Yas tutuyordu. Kişisel bir şey değildi.

"Birkaç sorum var," diye başladım. "Sesli mesajda söylediğim gibi."

"O canavarı savunuyorsan ne diye sorularına cevap vereyim?"

"Canavar mı?" diye sordum aptal gibi.

Sarah bana doğru öyle hızlı geldi ki refleks olarak birkaç adım geri attım. "Evet, canavar. Amanda'nın kafasına golf sopasıyla vurdu ve..." Sesi kesildi.

Siktir. Sarah golf sopasını biliyor muydu? Polisler ve dedektifler sıklıkla tanıkları sanığa karşı daha fazla kızdırmak ve kurbanı daha iyi anlamalarını sağlamak için detayları paylaşırlardı. Onları yardım etmeye teşvik ederlerdi. Bu tür açığa vurmalar etik dışılığın etrafından dolaşır ama teknik olarak o sınırı geçmezdi. Ben de yapmıştım. Ama şu anda çok çirkin görünüyordu. Çirkin ve etkili.

"Amanda'nın ölüm şekli konusunda onaylanmış hiçbir şey yok," dedim, kibar konuşmaya dikkat ederek. "Ve Zach'in onu öldürdüğünü düşünmüyorum."

Bu kelimeleri düşünerek seçmiştim.

"Düşünmüyor musun?" Sarah ufladı. Öfke yüzüne biraz olsun renk gelmesini sağladı. "Eh, bu pek kuvvetli bir destek sayılmaz. Avukatı değil misin? Masum olduğundan emin bile değilsen gayet suçludur."

"Açık olayım, Zach cinayetle suçlanmadı bile. Karısını bulduktan sonra bir çekişme oldu, o arada kazara bir memura dirseğiyle vurdu. Tutuklanmasının sebebi bu."

"Neyse ne." Gözlerini devirdi. "Eli kulağındadır."

"Ve açıklamak gerekirse, masum olduğunu 'düşündüğümü' söyledim çünkü böyle olduğuna fazlasıyla inanıyorum. Söylediğimi desteklemek için önemli delilller dahi sunabilirim. Ama koşullara bağlı. Bunların bir şeyi ispatlamadığını söyleyeceksin herhalde, çoktan kararını vermişsin gibi görünüyor. O yüzden seni ikna etmek yerine bildiklerini duymak isterim."

Sarah düşünürken başını eğdi. Sonunda yüzü biraz olsun yumuşadı.

"Amanda'yı Zach öldürmediyse," diye sordu, "kim yaptı?"

Korku bir anlığına kendini gösterdi. *Cinayete meyilli bir yabancı mı?* Sarah'nın böyle düşündüğünü hayal ettim. Kimse Park Slope'ta deli bir adamın başıboş gezdiğini düşünmek istemezdi.

"Henüz Amanda'yı öldüreni bilmiyorum. Bunu çözmeye çalışıyorum zaten. Gerçi açık olmak gerekirse suçluyu bulmak Zach'in sorumluluğu değil. Sırf başka alternatif yok diye parmaklar ona dönmemeli. Ayrıca polis şüpheliye karar verdikten sonra aramayı bırakıyor. O kişi için dosya hazırlamaya başlıyorlar. Ben de eskiden federal beyaz yaka suçlar biriminde savcı olarak çalıştım; bu işi yapmanın gerçekten başka bir yolu yok. Ama Zach bu yüzden cezalandırılmamalı." Bir süre bekleyip bunların bazı kısımlarını sindirmesini umdum. "Aynı zamanda odağı Zach'ten uzaklaştırarak Amanda'yı öldüren asıl kişiyi bulmayı umuyorum. Onu sokaklardan almalıyız."

Sarah'nın rasgele bir katilden korkmasını sağlamak beni muhteşem bir insan yapmıyordu. Ancak varsayımlarını gözden geçirmesine ihtiyacım vardı. Kadın, Amanda'yla çalışmıştı. En yakın arkadaşlarından biriydi. Farkında olmasa bile bildiği bir şey olmalıydı.

"Cadılık yapmak istemiyorum. Ama ben... Amanda çok tatlı bir insandı. İçinde bir damla bile saldırganlık yoktu. Ona bunu nasıl yaparlar anlamıyorum. Sanki..." Yüzünü ekşitti. "Gel, sana bir şey göstereyim."

Sarah odanın karşı tarafındaki parlak turuncu koltuğu ve keskin gri çizgili bir halısı olan ofisi gösterdi. Duvardaki çerçeveleri işaret etti.

"Burslu öğrencilerden gelen yazılar," dedi, birine yaklaşarak yakından baktı. "Daha yeni başvuruları kabul etmeye başlamıştık. Ama Amanda elimize geçen yazılardan o kadar etkilendi ki onları çerçevelettirdi. Her birini. Devam ettiremeyeceği konusunda onunla dalga geçtim, gerekirse tüm duvarları kaplayacağını söyledi. Gerçekten özel bir insandı."

Sarah başını salladı. "Bana sorarsan Zach boktan bir kocaydı. İyi gününde Amanda'ya oturma odası takımını tamamlamak için aldığı kanepeymiş gibi davranırdı. Kötü gündeyse sadece aksesuardı. Ve soruna cevap vereyim; hayır, hiçbir zaman Zach'in agresif davrandığından, bağırdığından ya da öyle bir şeyden söz etmedi. Ve fiziksel şiddet uyguladığına dair hiç kanıt görmedim." Sarah'nın gözleri sulandı. "Ama aldatma da bir çeşit şiddettir."

"Zach onu aldattı mı?" diye sordum.

Sarah gözlerini kaçırdı. "Amanda tam olarak söylemedi. Ama Zach her zaman 'çalışıyordu'. Amanda'yı rahatsız etmiyor gibiydi." Bir süre yine sessizleşti. "Belki canımı sıkan da budur. Hem kişisel olarak Zach'in kibirli olduğunu düşünüyorum. Amanda'nın en yakın arkadaşlarından birinin doğum günü yemeğine bile gelemez miydi? Ve çok büyük, başarılı biri falan olduğunu biliyorum ama bu kibar olamayacağı anlamına gelmez. Dürüst olmak gerekirse Zach, Amanda da dahil, her şeyden çok işini önemsiyordu."

"Amanda'nın hayatında olan ve bahsettiği başka bir şey var mıydı?" diye sordum Sarah'ya. "Case'le ilgili belki?"

"Şaka mı yapıyorsun?" Ufladı. "Case çok tatlıydı ve Amanda kendini adamış bir anneydi. Ve bunu derken olağanüstü iyi olduğunu kastediyorum."

"Peki ya başka arkadaşlarıyla ya da ailesiyle ilgili sorunlar?"

Amanda'nın babasının ona çocukken tecavüz ettiğini açıklamayı planlamıyordum. Kendisi sakladıysa o şekilde kalmalıydı. İnsanların sır tutmaya hakkı vardı.

"Amanda'nın annesinin o küçükken öldüğünü biliyorum, muhtemelen o yüzden bu kadar özenli bir anneydi. Yoksul bir ortamda büyümüş. Çocukluğunu cennet gibi, büyüleyici falan göstermeye çalıştı ama oldukça zor geçtiğini hissettim."

"Ne demek istiyorsunuz?"

"Amanda harikaydı ama aynı zamanda dışa kapalı biriydi. Tedbirliydi. Sanki hasar almış gibi."

"Hep öyle miydi?"

Sarah pişmanlıkla boğuluyor gibiydi. "Park Slope'taki en iyi arkadaşıydım ve açıkçası hiçbir fikrim yok. Amanda seni uzağında tutuyor olsa bile kendisini iyi tanıyormuşsun gibi göstermekte iyiydi. Neydi, adı neydi ki... Carolyn. Carolyn ne dedi?"

"Carolyn mi?" diye sordum. Amanda günlüklerinde Carolyn'den bahsetmişti ama yıllar önceden kalmaydılar.

"Evet, Amanda'nın *en* yakın arkadaşı," dedi Sarah, araştırma yeteneklerini açıkça küçük görerek. "St. Bilmemne adlı yerden o da. Neyse işte. Kız kardeşi gibi bir şey. Onunla kesinlikle konuşmalısınız. Manhattan'da yaşıyor."

"Ona nasıl ulaşabileceğimi biliyor musun?" diye sordum.

"Yok. Zach'e sor. Bilmesi gerekir, değil mi?" Sonra bana baktı. Bilemeyeceğini en az benim kadar iyi biliyordu. "Kocası sonuçta."

"İşte herhangi bir çekişme var mıydı?"

"Amanda her türlü çatışmadan kaçıyordu. Vakfın muhasebecisi onu bulmaya çalıştığında neredeyse kriz geçirecekti."

"Ne konuda?"

"Eminim bir şey yoktu." Sarah elini salladı. "Demek istediğim, Amanda otoritesi olan herkesle uğraşmaktan nefret ederdi."

Ama muhasebeci para demekti, para da insanların öldürülmesinin başka bir nedeniydi.

"Muhasebecinin ismi sende var mı?" diye sordum.

"Olabilir." Sarah ayağa kalktı. "Ofisimi kontrol etmem gerek. Hemen dönerim."

Sarah gittikten sonra ayaklanıp Amanda'nın ofisine tek başıma bakma fırsatını kullandım. Tıpkı evdeki gibi fotoğraflarla dolu raflar vardı ama bunlar çok içtendi, neredeyse hepsi Case'indi. Birinde Amanda, Case ve Zach vardı ama yandaki üst raflardan birinde, bilerek görüşten uzağa konulmuş gibiydi. Amanda'nın masasının üzerindeki raflara bakmak için dönünce köşedeki kâğıt yığınının üstünde siyah bir Moleskine günlüğü dikkatimi çekti. Evde bulduğum süslü siyah olana benziyordu. Belki Amanda'nın en güncel günlüğü buydu. Sarah'nın topuklularının cilalı mermer zemindeki sesini duyuyordum bile. Hemen masaya davrandım, günlüğü kapıp çantama attım. Tekrar otururken sandalyem gıcırdadı. Neyse ki Sarah ofise girdiğinde fark etmemiş gibi görünüyordu. Fazla telaşlı durumdaydı.

"Kusura bakma," dedi. "Muhasebecinin ismini nereye koydum bilmiyorum."

"Önemli değil. Zach'ten alabilirim," dedim, sorulara devam ederken sakin görünmeye çalıştım. "Öldüğü gece Amanda, Maude'nin partisinde nasıl görünüyordu?"

Öldü, öldürülmedi. Terimleri değiştiriyordum. En basit gerçekleri bile kabul etmiyordum. Bu, ceza yargılama usulünün ilk kuralıydı.

"Ha, ımm, iyi görünüyordu," dedi Sarah. "Her zamanki gibi güzeldi. Eminim resimleri görmüşsündür. İnsanların bakakaldığı türde bir kadındı. Alternatif teoriler arıyorsan ben olsam bunu araştırırdım. Dünyada bir sürü sapık var." İğrenmiş gibi gözüküyordu. "Sırf bunun için bir sürü porno alt türü var."

Başımı salladım. Ama ondan hoşlanan biri işe yarayacak türde bir alternatif teori değildi. Jüri üyeleri özel şeyler isterdi. Dişlerini geçirecekleri bir şey ya da biri. Diğerleri öcü yaptı demek gibi bir şeydi ve onu hapse atamazdınız.

"Partide konuştunuz mu?"

"Sadece bir dakikalığına ve genelde Maude hakkında. Kızı için çok endişeliydi. O yüzden Amanda'yla ben de onun için endişeleniyorduk."

"Kızına ne oldu?"

"Gençlik kampında. Kızına ne olmadı ki," dedi Sarah geçiştircesine. "Maude alışık değil, hepsi bu. Dramatik mektuplar alınca panikledi. Eminim şu anda iyidir. Ve tekrarlıyorum, hepimizin düşünecek daha önemli şeyleri vardı."

"Amanda'yı başkasıyla konuşurken gördün mü?"

"Hayır ama ben doğru düzgün tanımadığım ve kesinlikle hoşlanmadığım Brooklyn Country Day annesiyle Büyük E-Posta Felaketi hakkında konuşmaya kendimi fazla kaptırmıştım."

"E-posta felaketi derken?" diye sordum.

"Birisi Brooklyn Country Day ebeveynlerinin bilgisayarlarını hackleyerek kirli çamaşırlarını onlara karşı kullanıyordu." Yine duraksayıp dudaklarını birbirine bastırdı. "Terry's Bench gibi mesela. Hani evli insanların Tinder'ı var ya? Bir sürü kocanın hesap bilgisi eşlerine e-postayla gönderilmiş, o hacker Robin Hood gibi bir şey yani. Hem o var hem de çıplak selfielerin hepsi çalınmış. Ah evet, bir de porno. Şantaja uğramalarına yol açan bir sürü porno." Keskin bir patlamayla güldü. "Neyse, okul soruşturduğu için bunların gizli kalması gerekiyordu. Ama o akşam partide herkes sarhoş olup dökülmeye başladı. Belki o aptal dedikoduları dinlemek yerine Amanda'nın yanında kalsam hayatta olurdu."

"Amanda'yı partide en son gördüğünde saat kaçtı, hatırlıyor musun?"

Sarah gözlerini silerek burnunu çekti. "Bakayım; oraya sekiz buçukta geldim ve dokuz buçuk gibi evdeydim. Yani arada bir yerlerde."

Aklıma gelen ilk şey *şüpheli derecede kısa* oldu. "Pek uzun değilmiş."

"Biliyorum." Sarah'nın sesi sinirliydi. "En büyük oğlumun altı haftalığına Hamptons'ta olması gerekiyordu. Kız arkadaşıyla kavga edince altı güne indi. Neyse, evin anahtarları yanında değildi ve perşembe akşamları kocam kıçını kırmaya gider. İnan bana oğlum aramasa asla partiden ayrılmazdım. Maude'nin partilerinde üst katı kullananları izlemekten keyifli şey yoktur. Herkes sonrasında suspus olur. Bilmek istiyorsan bizzat orada olman lazım. Evliliği o kadar maceralı olanlara çok saygı duyarım. Maude'yle Sebe gibi. Birlikte çıplak halde ateşin içine girseler yanmazlar."

"Partide Zach'i gördün mü?" diye sordum.

"Onunla biraz konuştum," dedi Sarah. "Partinin kenarlarında korkaklık ediyordu, sonra da gitti."

"Gittiğini gerçekten gördün mü?"

"Hayır ama varsayıyorum... Onu tekrar görmedim."

"Ve ne Zach'i ne de Amanda'yı üst katta gördün, öyle mi?"

"Lütfen." Sarah güldü. "Duyduğunda Amanda'nın yüzünü görmeliydin. Bayılacak gibi görünüyordu."

"Ya Zach?"

Sarah'nın bakışları sertleşti. "O senin müvekkilin."

"*Senin* ne gördüğünü soruyorum."

Hafifçe homurdanıp başka tarafa baktı. *Avukatlar*, diyordu bakışlardı. "İki saniyelik konuşmamızdan başka Zach'i sadece köpekbalığı gibi dört dönerken gördüm," dedi. "Ardından eve gittim. Sonrasında ne yaptı bilmiyorum."

Bunun ardından kalkıp açık kapıya yöneldi. "Şimdi de gerçekten işe dönmem lazım."

Ayaklanarak onu takip ettim. "Aklına başka bir şey gelirse telefon numaram sende var," dedim. "Daha önce aradığım."

"Evet, var," dedi Sarah, sonra durdu. Bana gözlerini kısarak baktı ve yeniden odaklandı. "Tanıdık geliyorsun. Seni tanıyor muyum?"

"Sanmıyorum." Kesinlikle tanımamasını umuyordum.

"Bizim bölgemizde çocuğun var mı?" diye sordu. "Yüz konusunda oldukça iyiyimdir."

"Ben Sunset Park'da yaşıyorum."

"Çocuğun hangi okula gidiyor ama?" diye sordu. "Önünde sonunda Brooklyn'de yollarımız kesişiyor bence."

"Çocuğum yok."

"Zekice," dedi, şimdi de ilgili uyanmış gibiydi. Alyansıma göz attı.

"Eşin de avukat mı?"
"Hayır," dedim, sert ve acı bir kahkahayla.
Sarah öne doğru eğildi. "Beyefendi ya da hanımefendi ne iş yapıyor?"
"Beyefendi yazar."
"Ah, kulağa heyecanlı geliyor," dedi. "Benim kocam avukat. Alınma ama çok sıkıcısınız. Ya da belki sadece kocam öyledir. Ceza davalarına bakmıyor."
"Yok, bütün avukatlar sıkıcıdır. Sıkıcı ancak güvenilir," dedim. "Yazarlar pek öyle değildir ama."
"Ah, evet, güvenilir." Bilmişlikle iç çekti. "Seksi değil ama kullanışlı."
"Sana son bir soru sorabilir miyim?"
"Sanırım."
"Amanda'ya Zach'ten başka çiçek gönderebilecek biri aklına geliyor mu?" diye sordum. "Amanda isimsiz bir kart saklamış da."
"Gizli bir hayran mı?" dedi Sarah. "Dediğim gibi, Amanda tapılacak kadındı. Sebe bir keresinde öyle söylemişti."
"Sebe?"
"Maude'nin kocası. Ama hemen aklına bir şey gelmesin. Sebe'yle Maude'nin üst kat meselesiyle ilgili alışılmışın dışında bir anlaşmaları vardır ama birbirlerinin arkadaşlarıyla yatmazlar. Sebe, Maude'ye çok düşkündür. Bıktırıcı derecede. Notta isim yok muydu?"
"Hayır. Sadece 'seni düşünüyorum' yazıyordu."
"Of, erkekler. Çok orijinaller cidden," dedi soğuk bir şekilde. "Sebe olmadığı kesin. O fena Fransız'dır. Amerikan konuşma dili konusunda tuhaftır. Çiçekleri gönderenin Amanda'ya olanlarla alakası olduğunu mu düşünüyorsun?"
"Göndereni bilmek istiyorum."
"Doğru, dava için alternatif bir teori." Ses tonu tekrar sertleşti. "Üzgünüm, o konuda yardım edemem. Çünkü bana mantıklı gelen tek teori müvekkilinin güzel arkadaşımı öldüren kibirli bir göt olduğu."

AMANDA

PARTİDEN DÖRT GÜN ÖNCE

Amanda Yetmiş Sekiz Polis Merkezi'nde oturmuş dedektifle konuşmak için sırasını beklerken başta burayı defalarca düşündüğü için duygularının altında eziliyordu. Polis merkezinin beklediğinden daha sert, gürültülü, kirli ve sinirli olması da yardımcı olmuyordu. Burası yalnızca başına kötü şeyler geldiğinde uğradığın yerdi. Amanda'ya fazlasıyla St. Colomb Falls'ı anımsatıyordu.

Carolyn'e söz vermemiş olsa kalkıp giderdi. Üstelik Zach'in uzaklaştırma kararına tepkisini düşünmeye başlamıştı. Bu tür şeyler halka açılır mıydı? Zach, özel hayatlarını ihlal edecek hiçbir şeyden hoşlanmazken halka açık gösteri mi yapacaktı? Ona aramalardan bile bahsetmemişti.

"Amanda Grayson?" Görevdeki polis memuru kısa boylu, koyu renk saçlı ve esmer tenliydi. Boyu sayesinde çocuksu ve korkutuculuktan uzak görünüyordu, tıpkı ilk tanıştıklarındaki Zach gibi. Amanda cevap vermeyince etrafa bakındı, tekrar bloknotunu kontrol etti. "Grayson, Amanda!" Artık hafif sinirli gibiydi. Aniden değişmesi de Zach'e benziyordu.

"Evet, benim," dedi Amanda, ayağa kalktı.

"Ben Memur Carbone." Arka tarafı gösterdi. "Bu taraftan."

Birlikte bekleme alanında kısa bir koridora, oradan da bir sürü masada dedektiflerin tanıklarla, kurbanlarla, hatta belki zanlılarla görüştüğü açık bir odaya geçtiler. Farkı anlamak zordu. Herkes canı sıkkın görünüyordu. Amanda Memur Carbone'nin masasının karşısındaki sandalyeye geçerken adam da eski bilgisayar monitörünün arkasındaki yerini aldı.

Amanda çoktan kurban gibi hissetmeye başlamıştı. Bu durumda tam tersini hissetmesi gerekmiyor muydu?

"Tekrarlayayım, ben Memur Carbone," dedi, elini sıkmak üzere uzandı. Eli nemli ve belli bir senaryoyu takip ediyormuş gibi katıydı.

"Merhaba," dedi Amanda, elini çekme isteğini bastırarak.

"Sizin için ne yapabilirim?"

Amanda tuhafça gülümsedi. "Birisi, ımm, beni taciz ediyor. Arayıp kapatıyor." Zayıf bir başlangıçtı. Carolyn olsa etkilenmezdi.

"Tamam." Carbone sandalyesine yaslandı. Şüpheci görünüyordu elbette. Amanda neden doğrudan anlatmamıştı ki? "Kim olduğuyla ilgili fikriniz var mı?"

"Evet, ımm, babam. Onu biliyorum."

"Babanız sizi tehdit etti mi?" En azından bir babanın kızını takip etme fikrine kılını kıpırdatmamıştı.

"Hayır... Yani, evet ama geçmişte. Telefonda bir şey söylemedi. Sadece nefes alıyor."

"Nefes mi?"

"Evet, kesik kesik. Ben, ımm, çok iyi tanıyorum. Kesinlikle o."

"Tamam," dedi memur, daha fazla detay almanın ne kadar zor olacağına karar vermeye çalışırmış gibi. "Peki çağrılar onun numarasından mı geliyor?"

"Sadece gizli yazıyor," dedi Amanda. "Ama o olduğuna eminim. Yakın zaman önce Batı Yakası'ndan New York'a taşındık. O da şehir dışında yaşıyor," dedi, kanıtının ne kadar zayıf geldiğini duyarak. "Ve bunu daha önce de yaptı," diye ekledi. "California, Sacramento'dayken şikâyette bulunmuştum. O zamanlar sadece birkaç kez aramıştı. Şimdiyse... defalarca."

"Tamam," dedi memur, cesaretlenmiş görünüyordu. "Şikâyet. Bu güzel."

"Aynı zamanda geçmişte... Uyuşturucu sorunu var." Bu olayın yarısını dahi anlatmayan basit kelimeleri bile söylemesi zordu. "Muhtemelen para istediğini düşünüyorum. Aslında bundan eminim."

Carbone bilgisayarına dönüp yazmaya başladı. "Sacramento mu demiştiniz? Peki bu kaç yıl önceydi?"

Amanda düşündü. Artık tam olarak hatırlayamıyordu. Ama çiçekler yeni açtığı ve yanında Case olduğu, daha onu çocuk yuvasına yollamadığı için ilkbahar olmalıydı. Şansı olsa onu asla karakola getirmezdi. Bir dakika, Case korkunç gıda zehirlenmesini yaşadıktan hemen sonraydı. Bozuk marul yüzünden dört tam gün boyunca hastanede kalmıştı. Doktorlar ondan şüphelenmişti. Emin olmanın yolu yoktu. Ama ne sebep olduysa Case'i o kadar kötü halde, cansız görmek korkunç bir histi. O zamanlar neredeyse üç yaşındaydı.

"Altı ya da yedi yıl önce."

Bir dakika daha yazan Memur Carbone'nin parmakları durdu. "İşte buldum."

Tanrı'ya şükür. Tıpkı o raporu yazan sert, büyük göğüslü kadın memur Amanda'nın yanında durup bağırmış gibiydi: *Doğruyu söylüyor şerefsiz ve sana kanıtlamak zorunda değil.*

"Yedi yıl önce," dedi. "O zamandan beri bir şey olmadı mı?"

"Hayır."

"Geçen sefer nasıl bitti?"

"Polise gittim diye bağırdım," dedi Amanda.

"Buna cevap verdi mi?"

"Hayır ama sonrasında aramadı, şimdiye kadar."

Amanda o kısmı unutmuştu. Babasını tehdit ettiğini. Ve işe yaradığını. Bu da bir şeydi.

"Hiç aramaktan başka bir şey yaptı mı?"

"Beni takip ettiğini düşünüyorum. Ve bugün evime çiçek bıraktı."

Leylak. Amanda'yla annesi eskiden kendiliğinden yetiştikleri terk edilmiş tarlada onları toplarlardı. Amanda her zaman sonrasında karavanlarını dolduran rüya gibi leylak kokusunu rahatlatıcı bulurken babası tatlılığın midesini bulandırdığından şikâyet etmişti.

"Çiçek mi?" Kafası karışmış görünüyordu. "Özür dilemeye çalışıyor olmasın?"

Amanda memura dik dik baktı. Kendini durduramamıştı. Bunun üstünden zaten geçmemişler miydi? Ama adamın düz yüzünden sorusunun gerçek olduğunu anladı.

"Bazı şeyler için özür dilenmez," dedi Amanda, göğsünde beklenmedik bir sıcaklık oluştu. Çenesi gerildi. Kendini gülümsemeye zorladı. Sinirlenmek yardımcı olmayacaktı. "Neyse, asla özür dilemez. Ve leylaklardan nefret eder. Tehdit etmek için kullandı. Nerede yaşadığımı *bildiğini* bilmemi istiyor. Para istiyorsa bile onu elde etmek için korkunç bir şey yapacağından korkuyorum. Çiçekleri attım ama kart duruyor."

Memur Carbone uzun süre kartı inceledi ancak almak için bir harekette bulunmadı. "Nasıl biliyor?"

"Neyi?"

"New York'a yeni taşındığınızı söylediniz, doğru mu?"

"Evet," dedi Amanda, polis en azından bu kadarını dinlediği için rahatlamıştı. "Dört ay önce."

"Ve aramalar siz buraya geldikten hemen sonra mı başladı?"

"Evet."

"Ve yedi yıl önceki o şikâyetten beri babanızla iletişim kurmadınız, öyle mi?" Başını sallayarak bilgisayarını gösterdi. Ses tonu biraz suçlayıcı mı olmuştu?

"Evet," dedi Amanda. "Yani hayır. Onunla o zamandan beri iletişim kurmadım."

"O halde sizi nasıl buldu?"

"Bilmiyorum. Kolay olmamıştır." Amanda babasının internette araştırdığını gözünde canlandıramıyordu. Ki arasa bile hiçbir şey bulamazdı. "Kocam... özel hayatımız konusunda çok dikkatlidir. Her daim adresimizin internette bulunmamasına falan dikkat eder. İnternette kişisel bir şey olup olmadığını kontrol edip silen bir servis kullanıyor."

Memur bir kaşını kaldırdı. "Belki de babanızın sizi nasıl bulduğuna odaklanmalısınız. Haksız mıyım?"

"Ne demek istiyorsunuz?"

"Bir nasıl durduracağız meselesi var. Bir de nasıl başladı meselesi. Bazen ikisi birbiriyle bağlantılıdır," dedi Memur Carbone. "Bir şekilde sosyal medyayla ilişkili olmadığınıza emin misiniz? Ya da belki ona nerede olduğunuzu söyleyecek bir aile üyesi veya eski arkadaş vardır? Bazen insanlar tam tersini yapmalarına rağmen yardım ettiklerini düşünürler."

İşte o zaman muhtemelen deli gibi görünerek güldü. Ama Memur Carbone'nin önerisi delilikti. Amanda'nın eski hayatıyla hiç bağlantısı yoktu. Ve sosyal medyaya girmemişti. Zach öyle şeylerin insanları fazla ortada bıraktığını düşünüyordu.

"Hayır, hayır kimse ona söylemedi," dedi Amanda sessizce. "Ve hayatlarımızda ortak olan hiçbir şey... kimse yok."

St. Colomb Falls'tan kalma tek arkadaşı Carolyn'di ve onunla alakası olması imkânsızdı. Yani, tabii imkânsız değildi. Carolyn'in annesi vefat etmiş olsa da büyük ihtimalle taşrada ailesi kalmıştı. Ne var ki Carolyn'in Amanda'nın babasıyla uzaktan yakından alakası olmazdı. Ondan nefret ediyordu. Ve Amanda'yı seviyordu.

"Sizi bulmuş ama," dedi Memur Carbone. "Nasıl olduğunu bulmaya çalışmak iyi olabilir."

"Ben sadece koruma tedbiri, benden uzak durmasını sağlayacak bir şey istiyorum."

"Koruma tedbiri almanız için sizi bir şekilde tehdit ettiğini kanıtlamak zorundasınız."

"Ama beni tehdit *ediyor* zaten," dedi Amanda kısık sesle. "Burada olması bile bir tehdit. Olduğu kişi, geçmişimiz yüzünden."

"Eminim zordur ancak tam olarak ne yaptığı konusunda daha açık olmalısınız," dedi Memur Carbone. "Eğer geçmişte şiddet uyguladıysa dosyayı oluşturma şansımız artar."

Fakat çirkin detaylar okyanusun kilometrelerce dibine batmış, tortunun içine gömülmüştü. Ve Amanda'nın dalıp onları çıkarmaya niyeti yoktu. Gözünden gerçek bir gözyaşı kaydı, ağladığını bile fark etmemişti. Amanda yaşları silince dedektif koltuğunda rahatsızlıkla kımıldandı.

"Bakın, üzgünüm," dedi daha nazikçe. "Gerçekten. Ve uzaklaştırma kararı almayı denemek için adliyeye gidebilirsiniz. Ama ben zaman kaybı olacağını düşünüyorum. Size tavsiyem, babanızın kötü niyetini kanıtlamak için video ya da ses olarak kayda almaya çalışın. Bugünlerde herkesin iPhone'u olduğundan jüri üyeleri o çeşit bir somut delil bekliyorlar." Carbone çekmecesinden bir kart alıp ona uzattı. "Bu süre içinde mala yönelik zarar veya daha kesin bir tehdit gibi başka bir şey olursa arayıp doğrudan beni sorun. Elimden geleni yaparım. Kendinize sizi nasıl bulduğunu sormaya devam edin. Aklınıza gelmeyen bir şey ya da biri olabilir."

Amanda karakoldan kafası karışık ve daha umutsuz bir halde çıktı. Yetkilileri bir kere ziyaret ettikten sonra babasının meselesini tamamen çözmeyi beklediğinden değildi. Ama belki de umutlarını biraz yükseltmişti. Eve giden yolu yarıladığında Carbone'nin kartını fırlattı.

Ya babası Case döndükten sonra aramaya devam ederse? Ya o zaman işler iyice kızışırsa? Hayır. Buna izin vermeyecekti. Oğlunu ne olursa olsun koruyacaktı. Uzaklaştırma kararı aradığı cevap olmasa da bir şeyler yapmalı ve onu şu anda yapmalıydı. Carolyn ne düşünürse düşünsün Zach'le konuşmak da o kadar kolay değildi. Daha önce ona babasından bahsetmeye çalışmış ve iyi gitmemişti. Birlikte ilk yıllarındaki bir zamanı özellikle hatırlıyordu.

Zach'in ilk patronu Geoffrey'nin evindeki partiye arabayla gidiyorlardı. Zach, Geoffrey'i gerçekten seviyordu, o yüzden Amanda, Zach'e Geoffrey'nin vedalaşırken ellerini kıçına koyduğunu söylememişti. Geoffrey ve karısı şerit şeklindeki alışveriş merkezlerinde yer alan ve içinde hard rock grupları olan modern manastırlardan birine dahildi. Sürekli Amanda ve Zach'i de ayine katılmaya çağırıyordu. Zach, Geoffrey'nin evinin önünde dururken muhtemelen yakında gitmeleri gerektiğini, yoksa o "iyi insanların" alınacaklarını söylüyordu.

"Duvarında haç olması seni iyi biri yapacak diye bir şey yok, biliyorsun," demişti.

"Öyle mi?" diye sormuştu Zach, arabayı durdururken. Ve Amanda göğsünde umutlu, küçük bir hızlanma hissetmişti. Zach gerçekten nereye bağlayacağını merak mı ediyordu? Normalde etmezdi. Bir saniyeliğine Geoffrey'nin dolaşan ellerini bile anlatmayı düşündü.

"Babamın duvarında bir haç vardı," diye devam etmişti. "Ve korkunç, çok korkunç şeyler yaptı."

Zach başını sallayıp sessiz kalmıştı, düşünürken gülümsüyordu. Ama sonra Amanda onun yüzünün ifadeden tamamen arınarak soğuk ve boş hale gelmesini izledi. "Sormam gereken yer burası mı? 'Nasıl korkunç şeyler, hayatım?' mı demeliyim? Çünkü yapmayacağım. Hepimizin yükü var. Başkasınınkini almak istesem başka türlü bir kadınla evlenirdim."

"Amanda!" dedi bir ses.

Amanda başını kaldırdığında Maude merdivenlerinin tepesinde oturuyordu. Amanda düşüncelerinin içinde öyle kaybolmuştu ki Yetmiş Sekiz Karakolu'ndan eve kadar yürüdüğünü fark etmemişti.

Ama Maude burada ne arıyordu? Sarah, Maude ve Amanda genelde restoranlarda veya Gate gibi barlarda ya da kahvecide, sinemada buluşurlardı. Ara sıra Prospect Park'ta yürürlerdi. Son birkaç ayda Amanda, Sarah'nın evine birkaç kere, Maude'ninkine ise bir ya da iki kere gitmişti. Ama kendisine Carolyn'den başka kimse gelmemişti. Ve o sayılmazdı.

Zach evde yabancı istemiyordu, sözün özü buydu. Amanda'nın ona "arkadaş" ve "yabancı" arasındaki farkı açıklamayı düşündüğü zamanlar olmuştu. Ama ona göre aralarında fark *yoktu*.

Şimdiyse Maude merdivenlerin tepesinde oturuyordu. Amanda onu içeri alamazdı. Zach'in programı belli olmuyordu. Her an eve gelebilirdi. Peki kaba gözükmeden Maude'yi içeriye almayı nasıl reddedecekti? Amanda derin bir nefes alıp aşağıdan neşeyle elini salladı, üst tarafa ulaşmadan önce çözüme ulaşmayı umuyordu.

"Selam!" diye seslendi.

"Önce mesaj atmalıydım," diye söze başladı Maude, sesi titrekti. "Davet edilmeden kapı eşiğinde belirmek çok çirkin."

"Saçmalama. Hem oturuyorsun, belirmiyorsun."

Amanda yukarıda Maude'nin yanında oturdu. Hemen sarılırlarken Amanda, Case'in acil durum anahtarının saksının altından çıktığını gördü. Maude'nin arkasından uzanıp yerine sıkıştırdığında aniden oğlunu özledi. En azından Case yatılı kamptayken babasından uzakta, güvendeydi.

Amanda yüzünü güneşe döndü. *Burada durup fevkalade havanın tadını çıkaralım.* Amanda bunu bilhassa söyleyemezdi. (*Fevkalade*, on sekizinci yüzyılda yaşamıyorsanız iyi bir kelime değildi.) Ama başka bir versiyonunu söyleyebilirdi. Kapı girişinde kalmalarını sağlayacak herhangi bir şey.

"Burada olmam tuhaf," dedi Maude. "Biliyorum. Sadece bir arkadaşla konuşmaya ihtiyacım vardı. Ve Sarah'yı severim ama bazen… arsız olabiliyor."

Amanda, Maude kendisini seçtiği için gururlu hissetti. "Gelmene sevindim."

Maude elinde bir sürü parlak renkli zarf tutuyordu. "Sophia'dan başka mektuplar geldi. Ve daha kötüler." Suratını buruşturup başını salladı, ardından almasını teşvik eder gibi zarfları Amanda'ya doğru salladı. "Onu kampa göndermenin, farklı bir ülkede, yepyeni bir ortamda olmasının bu şartlar altında doğru şey olduğunu düşündüm."

"Hangi şartlar altında?" diye sordu Amanda, en sonunda mektuplara uzandı. Maude, Sophia'nın sorununun ne olduğunu bilmiyor gibi konuşmuştu ama şimdi bildiği belli oluyordu. "Maude, bir şey mi oldu?"

"Bir oğlan var." Maude'nin gözleri yaşlarla doldu. "Sophia'nın üzgün olduğunu biliyordum ama açıkçası uzaklaşmasının iyi olacağını düşündüm."

"Kulağa kesinlikle mantıklı geliyor."

"Ama sonra bu mektuplar geldi." Maude zarfları işaret etti. "Bu sabah onu kontrol etmek birkaç kere kampı aramaya çalıştım ama ofisteki kimse cevap vermedi. Aranana kadar muhteşem bir kamp sanırım."

"Sebe ne diyor?"

"Fazla tepki verdiğimi söylüyor. Artık çocuk olmadığını ve onu boğmayı bırakmam gerektiğini." Maude'nin sesi kırgın ve sinirliydi. "Sebe'nin Sophia'yı sevdiğini biliyorum. Ama anne değil. Ya da kadın."

Amanda başıyla onayladı.

"Bak," dedi Maude. "Sana tüm detayları anlatmadığım için mantıklı gelmediğini anlıyorum. Ama Sophia... bana benim veremeyeceğim bir söz verdi."

"Sorun değil. Anlatmak zorunda değilsin."

Maude tekrar mektupları gösterdi. "Birini okur musun? Fazla tepki verdiğimi düşünürsen söyle."

"Ah ben..." Amanda duraksadı. Ya doğru tepkiyi vermezse?

"Lütfen."

"Peki, tamam." Amanda zarflardan birinden mektubu çıkarıp açtı. Yazı stili düzenli ve güzeldi, kâğıdı neşeli gökyüzü rengindeydi.

Sevgili M,

Bunların hiçbirinin senin hatan olmadığını bilmeni istiyorum. Kendini suçladığını biliyorum. Kendime daha saygılı olsam bu karmaşanın içine girmeyeceğimi düşüneceksin. Ya da belki bilmem gereken her şeyi bana söylemediğini. Bana daha farklı tavsiyeler versen veya asıl gerçeklerden söz etsen kendimi koruyabileceğimi.

Ama senin hatan değil. Benim hatam. Suçlanacak tek kişi benim. Çok fazla aptalca seçim yaptım. Ve sen kesinlikle beni daha iyi yetiştirmiştin. Bana bilmem gereken her şeyi öğrettin. Bense yine de gidip berbat ettim.

Özür dilerim, anne. Çok ama çok özür dilerim.

Xoxo

Sophia

Amanda kendi annesinin ölmeden önce, hastane yatağında kemikli kollarını ona sarıp verdiği son tavsiyeyi düşündü. "Gerekirse kaç," diye fısıldamıştı. "Yapabildiğin kadar hızlı kaç."

Nereye kaçacağım? O zamanlar Amanda sadece bunu düşünebilmişti. Fazla gençti.

"Ee?" diye sordu Maude, Sophia'nın mektubunu göstererek. "Sence Sebe haklı mı? Geri çekilip kendi başına çözmesine izin mi vermeliyim? Bunların hiçbiri yaşanmamış gibi mi davranmalıyım?"

Amanda o anda söylenecek "doğru" bir şey olup olmadığını düşündü. Muhtemelen vardı. Ama onun yerine daha basit bir şeyi, gerçekten inandığını seçti.

"Hiçbir şey olmamış numarası yapabileceğini sanmıyorum," dedi Amanda, uzandı ve bir elini Maude'nin koluna koydu. "Gözlerini kapatmak kötü şeylerin seni bulmasını engellemez."

BÜYÜK JÜRİ YEMİNLİ TANIK İFADESİ

MEMUR DAVID FINNEGAN,

6 Temmuz'da tanık olarak çağrıldı ve sorgulanarak aşağıdaki beyanlarda bulundu:

SORGU

YAPAN BAYAN WALLACE:

S: Günaydın, Memur Finnegan.

C: Günaydın.

S: 2 Temmuz'da yaklaşık 23:45'te 597 Montgomery Place'ten yapılan aramayı siz mi raporladınız?

C: Evet.

S: Peki arama nasıldı?

C: Cinayet olduğu şüphelenilen bir rapordu.

S: Olay yerine gittiğinizde ne oldu?

C: Partnerim Memur Romano'yla birlikte orada bulunan diğer memurlara yardım etmek üzere olay yerine girdik.

S: Eve girdiğinizde ne gözlemlediniz?

C: Merdivenlerde ve duvarlarda çok fazla kan vardı. Cesedin yakınında bir golf sopası duruyordu. Kimse dokunmasın diye işaretlemişlerdi. Kurbanın kocası da oradaydı.

S: Başka bir şey?

C: İlkyardım ekibi bizden hemen önce geldi, kurbana kalp mesajı uygulayarak ve kanamayı kontrol altına alarak onu canlandırmaya çalışıyorlardı.

S: Canlandırabildiler mi?

C: Hayır. Olay yerindeyken öldüğü ilan edildi.

S: O zaman ne yaptınız?

C: Olay yeri inceleme ekibi, ardından Bölge Savcısı Yardımcısı Lewis ve Dedektif Mendez geldiğinde partnerimle beraber kurbanın kocasının yanında duruyorduk. Olay yeri inceleme ekibi ceset kaldırılabilsin diye fotoğraflar çekmeye başladı.

S: Peki Bölge Savcısı Yardımcı Lewis ne yapıyordu?

C: Sadece gözlemliyordu. Geceleri göreve giden bölge savcısı yardımcıları olay yerine gelirler ama konuşmazlar.

S: Dedektif Mendez ne yapıyordu?

C: Bay Grayson'la konuşmaya başladı.

S: Herhangi bir anda Bay Grayson ağladı ya da ona benzer bir duygu sergiledi mi?

C: Hayır. Bazı sesler çıkardı. Ama görünürde ağlamıyordu.

S: Dedektif Mendez sonuç olarak Bay Grayson'ı dışarı çıkardı mı?

C: Bilmiyorum.

S: Neden?

C: Çünkü olay yerinde yaralanmıştım.

S: Nasıl yaralandınız?

C: Bay Grayson yüzüme vurdu.

S: Yumruğuyla mı?

C: Hayır. Dedektif Mendez, onu karısının cesedinden uzaklaştırmak için kolunu Bay Grayson'ın koluna koydu ve Bay Grayson bir anda kolunu çekti; bu hususta "Siktir" ya da "Siktir git" demiş olabilir.

S: Karısının ölü bedeninden uzaklaşmasını isteyen Dedektif Mendez'e mi?

C: Evet.

S: Sonra ne oldu?

C: Kolunu geriye doğru savurdu ve dirseği yüzüme gelip burnumu kırdı.

S: Kasti miydi?

C: Orada olduğumu biliyordu. Siz söyleyin.

S: Üzgünüm, Memur Finnegan ancak benim işim soru sormak, cevap vermek değil. Kasti olduğunu düşünüp düşünmediğinizi bilmem gerek.

C: O zaman tamam. Bana göre kasten yaptı.

LIZZIE

8 TEMMUZ, ÇARŞAMBA

Sebe'yle Maude'nin görkemli kumtaşı evlerinin kapısını çalarken derin bir nefes aldım. Seventh ve Eighth Avenue'nun arasındaki First Street'te, Zach'in en az bu kadar etkileyici evinden pek uzak değildi. Birisinin açmasını beklerken partide üst katlarda olanları hayal etmemeye çalıştım. Kim partnerlerin açıkça avarelik yaptığı bir evlilikten sağ çıkabilirdi ki? Hatta kim bir evlilikten sağ çıkabilirdi ki?

Hope First'ten Amanda'nın ofisinden yürüttüğüm günlükle beraber çıktıktan sonra Café du Jour'da durmuştum. Gerçekten de Park Slope'a geldikten sonraki her günü anlattığı en güncel günlüğüydü. Ayrıca Case'le yaşamının özeti, o kampa gittikten sonra Amanda'nın ne kadar yalnız ve kayıp hissettiğini, korkutucu koşu alışkanlıklarını, vakfı yönetmenin dünyevi detaylarını ve Carolyn'le konuşmalarını anlattığı yerler vardı. Ama en önemlisi birinin onu arayıp kapattığını ve takip ettiğini söylemesiydi.

Şimdiye kadar okuduklarım içinde Amanda bu kişinin kim olduğunu anlatmamıştı. Ama ondan korktuğu açıktı. Bir isim bulabilirsem Zach'in dosyası için çok iyi bir makul şüphe olurdu. Neyse ki zamanım vardı. Ne kadar ilginç olursa olsun yeni bir şüpheli duruşmaya kadar işe yaramazdı.

Kapı en sonunda açıldığında panik yaratacak kadar yakışıklı bir adam belirdi.

"Merhaba?" dedi soru soruyormuş gibi, gür siyah saçlarını tek eliyle arkaya attı ve kendimi açıklamamı beklerken gözleri beni delip geçti. "Nasıl yardımcı olabilirim?"

Aksanı da vardı. Sarah'nın dediği gibi Fransız'dı. Sebe.

"Ben Zach Grayson'ın avukatıyım," diye başladım, kendimi başka bir düşmanca karşılamaya hazırladım. "Aramıştım. Eşiniz uğrayıp birkaç soru sorabileceğimi söyledi."

"Tabii, buyurun," dedi içtenlikle. "Olanlar çok trajik. Amanda çok hoş bir insandı."

"Lizzie Kitsakis," dedim, girişe geldiğimizde elimi uzattım.

"Sebastian Lagueux. Ama herkes bana Sebe der." Elimi sıkıp evin içine ilerlememi işaret etti. "Oturma odasına geçin."

Evin içi en az dışı kadar büyüktü, cilalanmış koyu ahşaplar ve canlı modern halılar kullanılmıştı. Yenilenmişti ama Zach'in içi iyice modern olan evine göre daha fazla tarihi büyüleyiciliği vardı. Sanat eserleri, özellikle ana girişten oturma odası duvarına uzanan soyut, mavi ve kırmızı tablo dikkat çekiyordu.

"Harikaymış," dedim.

Sebe kibarca güldü. "Bunu söylemenizi Sarah mı istedi?"

"Kendisinin boyadığını söylemeye çalışıyor." Arkamı dönünce kızıl kahve saçları bukleler halinde düşen, çıplak ayaklı ve yüzlü çarpıcı bir kadınla karşılaştım. Ortaçağ tarzı, derin V yakalı, neredeyse içini gösteren bir elbise giymişti. "Ve Sebe ressam bile değil, doktor. Doktor, ressam, teknoloji girişimcisi ve amatör bahçıvan. Bu tabloyu bir günde plansız yaptı. Ne kadar sinir bozucu, değil mi?" Ve gerçekten siniri bozulmuş gibi görünüyordu.

"Bu Zach'in avukatı, Maude," dedi Sebe.

"Ah, evet." Elimi sıkmak üzere uzandı. "Zach iyi mi? Sarah bana tutuklandığını söyledi."

Ses tonu Sarah'nınkinden çok daha farklı, içine kapanık, endişeliydi ama hiç düşmanca değildi.

"Amanda konusunda çok üzgün tabii," dedim çünkü aklıma gelen ilk şey olmasa da başlamak için doğru olan buydu. "Ve açıklamak gerekirse, şu aşamada sadece devlet memuruna saldırıdan tutuklandı. Yanlış anlaşılmaydı. Ama önünde sonunda Amanda'nın ölümünden ötürü suçlu bulunma ihtimali yüksek.

İşlemediği bir suçtan zan altında bulunmak korkunç, kendi eşini öldürmekle suçlanmak daha da korkunç. Rikers'ta tutulması da hiç yardımcı olmuyor. Herhangi bir hapishane gibi değil orası."

Maude'yle Sebe'nin gergince birbirlerine baktıklarını gördüm. "Rikers mı?" diye sordu Sebe.

"Kefaletle serbest bırakılmadılarsa tutuklu yargılanırken koyuldukları birkaç yer var ki saçma bir şekilde Zach serbest kalmadı. Hapishane hapishanedir ama hiçbiri Rikers kadar kötü değil." Onlara ne kadarını anlatacağımı düşündüm. Ama gerçek bana yardımcı olmaları için onları etkileyebilirdi. "Çoktan bir kereden fazla saldırıya uğradı."

"Saldırıya mı uğradı?" Maude endişeli görünüyordu ama duygularında bir farklılık vardı. Sanki başka tepkilerini bastırıyordu. Tiz bir çığlık atmak gibi.

"Korkunç bu." Sebe uzanıp Maude'nin elini sıktı. Sonra birbirlerine bakıp gözleriyle konuşmadan iletişim kurdular. Başka insanlarla seks yapabildiklerine şaşmamak gerekirdi. Sarah haklıydı; doğaüstü bir güçle birbirlerine bağlıydılar.

"Sanırım viskiye ihtiyacım var," dedi Sebe en sonunda. "Hanımlar?"

"Evet, benim de." Maude bana döndü. "Ya sen, Lizzie? İçki iyi gelir gibime geliyor."

Yok, almayayım anlık tepkimdi. Bugünlerde alkol içeren her şey anında itici geliyordu. Ama işte içki içen tek kişi neden Sam olsundu ki. Her şey göz önüne alınırsa bir viskiyi hak ettiğimi hissediyordum. Hem Maude ve Sebe'de "*ne yapıyorsanız onu yapmak istiyorum*" demek istememi sağlayan müthiş bir kalite vardı.

"Tabii, teşekkürler," dedim. "Harika olur."

Maude başını salladı, katılmaya niyetli olmam hoşuna gitmiş gibi görünüyordu. Sebe odanın uzak ucundaki gömme tip bardayken ikimiz de izledik. Ve merak ettim: Böyle mi olmuştu? O üst kat ilişkiler? Koca elinde içkilerle dönüp karısının yanına oturmak yerine başka bir kadının yanına mı oturmuştu? Ya da belki ikisi yan yana oturuyor, öpüşmeye başlıyor ve diğer kadın katılacak mı diye bekliyorlardı. Birden bunu gözümde canlandırabildim. Nasıl olduğunu görebildim. Kendimi diğer kadın olarak bile görebildim.

Peki karanlık gerçek? İlgimin çekildiğini fark etmiştim. Seksin kendisinden çok yanlış bir şey yapma düşüncesine. Sam'in canını yakacak bir şeye. Zaten kendi sırlarım vardı ancak benimkiler evliliğimizle ilgili değildi. Aklım birden çantamın cebindeki küpeye kaydı.

Ne kadar ve ne zamandır aptaldım?

Üç yıldır birlikteyken Sam, hafta sonu için New Orleans'a gittiğimizde, Bourbon Street'teki bir caz barın önünde dizinin üstüne çökmüştü. O zamana kadar bir yıldır Brooklyn'de birlikte yaşıyorduk ve ikimiz de kariyerlerimize odaklanmıştık. Çok çalışıyorduk, ikimiz de yorgunduk ama önemli olan şeyleri yapıyorduk. Sam bir şekilde meydan okunmuş, yine de kabul edilmiş, özgürleştirilmiş ama ayrıca ilgilenilmiş hissetmemi sağlamıştı. Ve fazlaca zarar görmemiş.

O akşam Sam'i yerde ilk gördüğümde bir anlığına düştüğünü düşünmüştüm. Ama sonra elindeki o küçük kutuyu görmüştüm. İnsanlar bakıyordu. Ve memnundum. Beklediğim kanıttı. Hayatta kalmıştım ve mutluydum. Dünyanın görmesini istemiştim.

"Lizzie, her günümü sana layık bir adam olmaya çalışarak yaşamaya söz veriyorum. Benimle evlenir misin?"

"Evet!" diye bağırmıştım, Sam'in yüzünü ellerimin arasına alıp onu öpmüştüm. "Evet."

Sam uzun zaman önce hediye edilen aile yadigârı göz kamaştırıcı yüzüğü parmağıma taktıktan sonra şampanya için caz bara koşmuştuk. Üçüncü içkimizden sonra yavaşlamamız gerektiğini düşünmeye başlamıştım. Sam *Times*'daki işinden dolayı stresliydi ve onu suçlamak zordu. Oradaki standartlar imkânsızdı ve birkaç aptal hata yapmıştı. Böyle zorlayıcı işler hiç kolay değildi.

Bizzat biliyordum. Güney Bölgesi'ndeki kâtiplik işimi bitirmek üzereydim, sonrasında İkinci Daire'dekine, ardından da Amerikan Avukatlar Birliği'ne geçecektim. Hepsi prestijli, korkunç bir merdivenin art arda dizilmiş parçalarıydı. Ama o anda kutlama yapıyorduk. Evlenecektik.

"Tanıştığımız ilk gece evleneceğimizi hayal ettin mi hiç?" diye sormuştum, Sam başka sipariş verir ve caz grubu çalmaya başlarken. Bar dumanlı, dolu ve mükemmeldi. Ve *evleniyordum*. Bunca yıl sonra tekrar ailem oluyordu.

"Tanrı bilir." Sam biraz fazla gülmüş, sonra bir yudum daha almıştı.

"Beklediğim romantik cevap bu değildi," diye şakalaştım ama içime oturmuştu. Böyle, nişanlandığın gecelerin sorunu da buydu; riskliydi ve sonucu ağır olabilirdi. "*Ben* seninle tanışır tanışmaz anladım. Belki hayal ediyordum."

"Öyle demek istemedim," dedi Sam kaygısızca, hiçbir şeyin farkında değildi. Çoktan sarhoş olmuştu. "Ayaklarımı yerden kesmiştin. O konuda şüphem yok. Konuşmanın detaylarını hayal meyal hatırlıyorum sadece. Hepimiz saatlerdir içiyorduk. Ama yanımda sen varken ne gerek var ki."

Sam'le ilişkimizin en sevdiğim yanı bu olduğu için gülmüştüm; diğer çiftlerin aksine mükemmelmiş gibi davranmıyorduk. Kusurlarımız konusunda dürüsttük. Ve gerçekçilik mükemmellikten daha iyiydi.

Maude bir şey söylemişti.

"Efendim?" diye sordum.

"Neden Zach'in onu öldürdüğünü düşünüyorlar?" diye sordu, ikinci kez.

"Olay yerinde golf sopasını buldular," dedim. "Ve Amanda'yı o buldu. Kendi evleriydi. Kocası. Rutin varsayım böyledir. Ayrıca partinize gitmişler, o yüzden..."

"Partimize mi?" Maude'nin sesi gergindi. "Bunun olanlarla ne ilgisi var?"

"Orada bir çeşit..." Duraksama ölüm gibiydi. Sıradan davranmak çok zordu. "Polis anahtar partisi diyor. Belli ki geçmişte sorunlar olmuş."

"Polis," Sebe dalga geçti. "Dönek bir komşumuz sağ olsun her yıl çağırıyorlar. Maude'yle ben beyaz olsaydık o kadının polisi aramayı bile düşünmeyeceğinden şüpheleniyorum. Neyse, geçen yıl iki baba Amerikan futbolu hakkında saçma bir tartışmaya girdi diye polis onları götürdü. Polis çağrılmasaydı hiç sorun olmazdı. Hem de *hiç*."

"Üst kat olayının kulağa nasıl geldiğini biliyorum," dedi Maude, daha ciddi bir şekilde. "Ama büyük bir mevzu değil. Yalnızca bir avuç kişi katılıyor ve hepsinin ağzı sıkıdır."

Sebe'nin telefonu çaldı. "Affedersiniz. Hastaneden arıyorlar," dedi. "Konuşmam gerek."

"Tabii ki," dedim, Sebe süratle odadan çıkarken.

"Polis sizinle çoktan konuştu mu?" diye sordum Maude'ye o çıktıktan sonra.

"Henüz konuşmadı. Bu sabah gelmeleri gerekiyordu."

"Hiç gelmediler mi?"

"Bu bir sorun mu?" diye sordu, yine gerilmişti.

"Burası Amanda'nın görüldüğü son yerdi," dedim. Savcının dosyası çoktan başkalarıyla konuşmaya *gerek* kalmayacak kadar tamamlanmış mıydı? "Partideki davetlilerin isimlerini falan isterler diye düşünmüştüm."

"Belki onları Sarah'dan almışlardır. Onunla konuştuklarını biliyorum." Bir süre sessiz kaldı. "Zach'in hapishanede saldırıya uğramasına üzüldüm. Başına gerçekten bir şey gelse çok kötü olurdu. Özellikle de... Zavallı Case."

Ve bunun üzerine işi ciddiye bindirmeye karar verdim. "Evet, Rikers yanlış bir suçlamayı idam cezasına dönüştürebiliyor."

"İdam cezası mı?" Maude bembeyaz oldu. "Ama o zaman Case'e ne olacak?"

Boğazımda pişmanlıktan ötürü bir yanma hissettim. Belki durumu biraz abartıyordum ama tamamen uydurma değildi. Zach gerçekten saldırıya uğramıştı.

"Öyle bir şey olacak demiyorum," diye devam ettim. "Sadece olabileceğini söylüyorum. Zach'i kefaletle çıkarmaya odaklanmamın sebebi de bu. Asıl duruşma yapıldıktan sonra beraat edileceğine eminim."

"Biz nasıl yardımcı olabiliriz?" diye sordu Maude.

"Partide Zach'le ya da Amanda'yla konuştun mu?"

Maude başıyla onayladı. "Amanda'yla kısa bir süreliğine."

"O akşam nasıl görünüyordu?"

"Her zamanki gibi tatlı ve hoştu. Kızım konusunda daha iyi hissetmeme yardım etmeye çalıştı; bazı sorunları var da. Amanda hep çok iyi bir arkadaştı, destek olurdu." Maude sessizce viski bardağına baktı. "Bak, Zach'in Amanda'yı öldürmediğini *biliyorum*." Duraksadı. "Çünkü, ımm, öldüğünde yanındaydım."

"Anlamadım, ne?"

Gözlerini kapattı ve çenesinin gerilişini izledim. "Amanda'nın öldüğü saatte Zach'le birlikteydik."

Bu kulağa geldiği gibi değildi, değil mi?

"Ama... Birlikte derken, gerçekten *birlikte* miydiniz?" diye sordum.

Maude en sonunda başını kaldırdığında gözleri soğuk, neredeyse sinirliydi. Sanki bu açıklamayı gönüllü yapmıyor, zorlanıyordu. "Evet."

"Ya." Yanaklarım yeniden ısındı.

Zach ne diye bana söylememişti? Nasıl görüneceği konusunda mı endişelenmişti? Zaman aralığının uyuştuğunu varsayarsak Maude'yle birlikte olması cinayet saatinde nerede olduğunu gösterebilirdi ki bu büyük bir şeydi. Diğer yandansa, sadakatsiz bir koca olması masum olarak anılmasını tam olarak sağlamazdı.

Yetenekli bir savcı bu bilgiyle bayram ederdi. Önünde başka kadınlarla, Maude gibi muhteşem bir kadınla yatan bir erkek vardı. Karısını öldürmesinin sebebi buydu. Amanda da çok güzel bir kadın olsa da jüri buna inanabilirdi. Ama nerede olduğunun bilinmesi yeterdi işte.

Zorlukla yutkundum. "Peki Zach ne zaman ayrıldı?"

"Geçti, iki gibi belki?" dedi Maude sertçe. "Neyse, birlikte olduğumuzu söyleyebilirsin. Polise yani."

Tabii Zach'in ihanete karışmasını saymazsak, bunun yardımcı olup olamayacağını Amanda'nın ölümünün ve Zach'in 911'i aramasının resmi vakitleri belli olana kadar bilemezdim. Ve savcılık tıbbi muayene raporunun ve 911 kayıtlarının kopyalarını teslim edene kadar ikisini de öğrenemezdim. Bunların hepsi ileride olacaktı. Zach'e Amanda'yı öldürmekten soruşturma bile açılmamıştı henüz.

"Muhtemelen hem faydalı hem de faydasız şeylerden biridir." Maude'nin gerçekten esneterek bahsetmesi hiç hoşuma gitmemişti. "Gerçi polisle konuşurken tamamen dürüst olmalısın tabii."

"Elbette, evet." Maude artık daha telaşlı görünüyordu. "Söylediğim davanın reddini sağlamaz mı? Yani, Amanda öldüğünde Zach orada değilse onu öldürmemiş demektir."

"O kadar basit değil," dedim ve asla değildi. "Sanıkla tanışıklığı olan bir tanıktan gelen ispatlanmamış mazeret çok bir şey ifade etmiyor."

"Yani bana inanmazlar mı?"

"İnanmayabilirler," dedim.

Aslında ona inandığımdan *ben bile* emin değildim. Maude'nin Zach'le yatakta olması Zach'le Sarah'nın bana anlattıklarıyla hiç uyuşmuyordu. Hem Maude neden sinirli görünüyordu ki?

"Sizi birlikte gören oldu mu?"

"Hayır," dedi. "Yani, sanmıyorum."

"Saat ikide parti devam ediyor muydu?"

"Hayır, hayır," dedi. "O zamana kadar bitmişti."

Hikâyesindeki boşluklar çoktan büyümeye başlamıştı. "Ama Sebe burada mıydı?"

"Evet," dedi, emin değilmiş gibi konuşsa da.

"O halde mazereti onaylayabilir," dedim. "İkiniz evli olmasaydınız daha iyi olurdu tabii..."

"Doğru," dedi Maude, sonra zorla gülümsedi. "Sanırım onu değiştiremeyiz."

"Amanda herhangi biriyle herhangi bir sorunu olduğundan bahsetti mi?" diye sordum. "Partinin olduğu akşamdan önce?"

"Hayır, bahsetmedi."

"Amanda'nın geçmişinde dikkatini çeken bir şey var mı?" diye sordum. "Ailesi hakkında belki?"

Amanda'nın günlüklerini açık etmeme konusunda dikkat etmeliydim. Olay sadece Amanda'nın özel hayatını korumak değildi; sapığının geri döndüğünü savcılığın duymasını istemiyordum. Yoksa o kişi kimse uygun bir şüpheli olmadığını kanıtlamak için daha fazla zamanları olurdu. Ve Amanda'nın tüm günlüklerini ve içlerinde sakladıkları diğer sırları mahkemeye çıkarmak benim elimdeydi.

"Zor bir çocukluk geçirdiğini düşünüyorum," dedi Maude. "Bu konuyu açmazdı ama Sarah'nın eşi Kerry'nin doğum günü yemeğinde bir şeylerden bahsetmişti. Arkasında bir hikâye olduğu hissine kapıldım."

"Arkadaşı Carolyn'i tanıyor musun? Onu da bulmaya çalışıyorum."

"Amanda ondan bahsetmişti," dedi Maude. "Ama hiç görüşmedik."

"Peki soyadını veya nerede çalıştığını biliyor musun?"

"Hayır," dedi. "Üzgünüm."

"Amanda kendisine gönderilen isimsiz çiçeklerden hiç bahsetti mi? Ya da istenmeyen aramalardan falan?"

Maude endişeli göründü. "Hayır," dedi. "Öyle mi oluyormuş?"

"Olduğunu düşünme nedenim var diyelim."

"Neden bize söylemesin ki?"

Omuz silktim. "Bazen bir şeyleri saklayınca olmamış gibi davranmak daha kolay oluyor."

Vay be. Açıklama ağzımdan beklenmedik bir rahatlıkla çıkmıştı.

"Ama arkadaştık," dedi, gözlerine yaşlar doldu. "Yardım edebilirdik. Ne yaşıyorsa." Elinin tersiyle yanaklarını sildi. "Üzülmek istemiyorum. Yardımcı olmadığını biliyorum. Dediğim gibi, kızım... Hem onun sorunu hem de Amanda'nın ölümü nedeniyle zor günler geçiriyorum."

"Ben gitsem iyi olur." Ayağa kalktım. "Zaman ayırdığın için teşekkürler. Başka sorum olursa tekrar iletişime geçebilir miyim?"

"Evet. Elbette," dedi Maude. "Sonraki aşama tam olarak ne?"

"Önceliğim Zach'in Rikers'dan kefaletle çıkması. Ve şu anda bu konuda bazı hukuksal ayrıntılar var. Sonrasında Zach'in cinayetle suçlanacağını varsayarsak kanıt toplamaya, tanıklarla konuşmaya başlayacağız. O konuda yardımınıza ihtiyacımız olabilir."

"Evet, kesinlikle. Gelişmelerden haberdar olmak için ben de kontrol etsem sorun olur mu? Sonuçta parti... Sanırım bir şekilde sorumlu hissediyorum. Özellikle de Case için... Kartın var mı?"

"Tabii," dedim, kart bulmak için arandım. Ama çantamda kalmamıştı. Küpeyi bulduktan sonra o kadar dikkatim dağılmıştı ki onları ve Tanrı bilir önemli başka neleri evde bırakmıştım. "Şu an yanımda yok. Bana cep telefonumdan, aradığım numaradan ulaşabilirsin." Ama Maude'nin bana bakışı daha fazlasını istediğini anlatıyordu. Belki de iddia ettiğim kişi olduğuma inanmıyordu. "İstersen sana diğer iletişim bilgilerini mesajla atabilirim?"

"Harika olur," dedi Maude.

Kişilerimi karıştırıp Young & Crane'de işe başlamamdan hemen önce gereğine uygun şekilde oluşturduğum "Yeni Ofis"i buldum ve şirketin adresini ve dahili numaramı gönderdim.

"İstediğin zaman arayabilirsin," dedim, Maude bilgileri verdiğim için rahatlamış görünse de ben vermemiş olmayı diliyordum. Kapıya doğru hareketlendim. "Zaman ayırdığın için teşekkürler."

Seventh Avenue'yla Q Treni'nin girişinin yanındaki Flatbush'un önündeki şarküterinin önünde durduğumda saat neredeyse dörttü. Şehrin en bayağı haberlerini veren daimi önderler *New York Times* veya *Daily News* için hızlıca gazete raflarını taradım. Bir grup zengin Park Slope ebeveyni, bir seks partisi ve aşırı güzel ölü bir anne gazeteler için nimetti. Er ya da geç "Anahtar Partisi Cinayeti" ya da "Park Slope Sapıkları" ilk sayfada yerini alacaktı. Ama bugün MTA'daki[6] yolsuzluk skandalına, fazla mesai için tek bir şoföre yüz binlerce dolar verilmesine takmışlardı.

Birden sersemledim. Sıcak, uykusuzluk, bir önceki akşamın duygusal boşalması. Ayrıca tüm gün boyunca hiçbir şey yememiştim. Şarküteriye girerken bir elimi kapının girişine koydum.

Bir dakika öylesine dolaştıktan sonra kasaya elimde diyet kola, bir paket M&M, Mike and Ikes ve Twizzlers'le yaklaştım.

"Umarım bugün hepsini yemezsin," dedi kasadaki arkadaş canlısı adam, başını usulca salladı. "Fazla şeker iyi değildir."

"Tabii ki yemeyeceğim," dedim fakat kaldırıma çıkar çıkmaz onu yapmayı planlıyordum.

O paranın üstünü hazırlarken kasanın yanındaki kibrit kutuları dikkatimi çekti. *Enid's*. Birini elime aldım, kalbim hızlanıyordu.

"Bunları nereden aldınız?" diye sordum.

Sam'in davası için alternatif teori şöyleydi: Belki dün gün boyunca içki içmiyordu. Yürüyerek dördüncü kattaki evimizden yirmi blok ötedeki bu mağazaya gelmişti, Sam çok fazla bankacı ve beş dolarlık latte olduğundan Center Slope'tan pek hoşlanmazdı, o yüzden kibritleri oradan aldığını düşünmedim. Ama o mağazada varsa diğerlerinde de olabilirdi. Ve Enid's'de içki içtiği konusunda yanılıyorsam belki küpe konusunda da yanlış sonuçlara varıyordum. Belki merhametli bir insan gibi davranıyordu? Belki de küpe çantasına yanlışlıkla girmişti. Neden bu tamamen makul açıklama daha önce aklıma gelmemişti? Ne de olsa New York kalabalık bir şehirdi. Kim bilir düşünmediğim başka kaç olasılık vardı.

---

[6] Metropolitan Toplu Taşıma Müdürlüğü.

"Neyi?" Adam okuma gözlüklerinin üzerinde bana baktı.

"Bu kibritleri diyorum," dedi, paketlerden birini kavradım. "Burası Greenpoint'te, değil mi?"

"Kapandı. Yirmi yıl faaldi." İğrenmiş gibi başını salladı. "Şimdiyse sigara dağıtıcıları bedava veriyor."

BÜYÜK JÜRİ YEMİNLİ TANIK İFADESİ

DEDEKTİF ROBERT MENDEZ,

7 Temmuz'da tanık olarak çağrıldı ve sorgulanarak aşağıdaki beyanlarda bulundu:

SORGU

YAPAN BAYAN WALLACE:

S: Günaydın, Dedektif Mendez.

C: Günaydın.

S: 2 Temmuz akşamı 597 Montgomery Place'te miydiniz?

C: Evet.

S: Olay yerine vardıktan sonra ne yaptınız?

C: Bay Grayson'a yaklaşıp ondan olay yeri inceleme ekibine çalışacakları bir alan yaratmak adına dışarı çıkmasını istedim. Aynı zamanda Bay Grayson'ın dışarıda daha rahat olacağını düşündüm. Genel olarak aile üyelerine öyle bir durumdan uzakta tutmak daha iyidir.

S: Ve "öyle bir durum" derken neyi kastediyorsunuz?

C: Bay Grayson'ın eşinin cesedinin durumunu. Oldukça travmatik yaraları vardı. Çok fazla da kan.

S: Bay Grayson sizinle dışarıya çıktı mı?

C: O sırada çıkmadı.

S: Neden?

C: Reddetti.

S: Neden?

C: Açık değildi.

S: Karısını bırakmak istemediğini söyledi mi?

C: Hayır. Onun hakkında bilhassa konuşmadı.

S: Söylediklerini hatırlıyor musunuz?

C: Genel olarak savunma durumunda ve tartışmacıydı. Neden bir yere gitmek zorunda olduğunu sorup durdu. Sanırım kendi boktan evi olduğunu söyledi, ki şartlar altında oldukça tuhaftı.

S: Hangi şartlar altında?

C: Yani, karısı ölmüştü. Ses tonu garipti.

S: "Garip" derken neyi kastettiğinizi açıklayabilir misiniz?

C: Üzgünden çok sinirli görünüyordu yani.

S: Orada olduğunuz süre boyunca sinirli mi göründü?

C: Evet.

S: Hiç üzgün göründüğü ya da ağladığı oldu mu?

C: Hayır. Öyle bir şey görmedim.

S: Bay Grayson'ın üzerinde hiç kan gördünüz mü? Kıyafetinde, ellerinde? Herhangi bir yerde?

C: Yalnızca ayakkabılarının tabanlarında.

S: Kalp masajı yapmak için karısına dokunup kanı o şekilde üstüne bulaştırması imkân dahilinde mi?

C: Sanmam.

S: Karısını hayata döndürmeye çalıştığına dair başka bir bulgu var mıydı?

C: Bildiğim kadarıyla yoktu.

S: Ama eğer karısını öldürdüyse üzerinde kan olması gerekmez mi?

C: Evet. Biz olay yerine gelmeden önce kıyafetlerini değiştirip onları attığına inanıyoruz.

S: O kıyafetleri buldunuz mu?

C: Henüz bulamadık. Ama Park Slope'ta bir sürü çöp tenekesi var.

S: Bay Grayson'a karısının öldürüldüğü vakitte nerede olduğunu sordunuz mu?

C: Brooklyn Heights Promenade'de yürüyüş yaptığını, eve döndüğünde karısını bulduğunu söyledi.

S: Bu cevabı inandırıcı buldunuz mu?

C: Hayır.

S: Niçin?

C: Gecenin o vaktinde ta oraya yürümek için gideceğine inanmadım. Ve Bay Grayson Brooklyn Heights'tan eve yürüdüğünü iddia etti. Orası Park Slope'tan üç buçuk kilometre kadar uzakta.

S: Bay Grayson'ın karısını öldürdüğünden şüphelenmenizi sağlayan başka şeyler var mıydı?

C: Tabii, zorla içeri girildiğine dair kanıt yoktu ve golf sopası cesedin yanındaydı. Ayrıca Bay Grayson duygusal değildi. Karısı ölmüştü.

S: Sonuç olarak Bay Grayson'ı dışarı çıkardınız mı?

C: Ancak üniformalı polislerden birinin yüzüne vurup tutuklandıktan sonra.

AMANDA

PARTİDEN ÜÇ GÜN ÖNCE

"İşte geldi. Bekle!" diye bağırdı telefona Sarah, Amanda asansörden çıkarken. Resepsiyonda durmuş, kızgınlıkla elinde ahizeyi tutuyordu. Sarah üzerine eğilip konsoldaki butona bastı. "Çok şükür geldin. Bu *adam* seninle konuşmak zorunda olduğunu söylüyor."

Amanda'nın göğsü sıkıştı.

"Imm, kimmiş?" Sesini normal tutmaya çalıştıysa da ensesinden terler akmaya başlamıştı.

"Şerefsiz ismini bile söylemedi. Aramalarını dinlediğimden korkuyor gibi duruyor." Sarah'nın yüzü muzırlıkla ışıldadı. "İstersen kapatabilirim. Seve seve yaparım."

"Hayır, hayır kapatma," dedi Amanda. Ya babası en sonunda peşinde olduğu parayı isteyecekse? Ondan kurtulma şansı olabilirdi bu. Evin faturalarını Amanda ödüyordu. Zach'in haberi dahi olmadan bir çek yazabilirdi. "Ben bakarım. Ofisimde."

"Of." Sarah ona kaşlarını çattı. "Seni seviyorum Mandy ama bazen fazla yumuşak başlı oluyorsun."

Mandy. Sarah daha önce Amanda'ya böyle seslenmemişti ve Amanda için olması gerekenden çok anlam ifade ediyordu. Bunu biliyordu. Yine de gerçek arkadaş olduklarının başka bir kanıtıydı. Babasının çirkinliğinin hayatındaki iyi şeyleri mahvetmesine izin veremezdi.

Artık durması gerekiyordu.

"Teşekkürler, Sarah!" diye seslendi Amanda, ofisine girip kapıyı kapatmadan önce son bir kez gülümsedi. Derin bir nefes aldı ve telefonu açarken masasından güç aldı. "Ben Amanda Grayson."

"Merhaba, Bayan Grayson. Ben Teddy Buckley."

Karşı taraftan gelen ses gençti, başka biriymiş taklidi yapıyor olsa bile babası olmak için fazla gençti.

"Bayan Grayson?" Adamın sesi endişeliydi. "Orada mısınız?"

"Evet, evet buradayım," dedi Amanda. Ve söyleyeceği tek şey buydu. Teddy Buckley diye birini tanımıyordu.

"Yönetim kurulu toplantısından önce Hope First Initiative'in hesap defterlerini gözden geçiriyordum ve sizinle görüşmem gereken bazı önemli durumlar var."

"Ne gibi durumlar? Siz kimsiniz?"

"Muhasebeciniz?" Soru soruyormuş gibi Teddy Buckley'nin sesi sonlara doğru yükseldi. "PricewaterhouseCoopers'da çalışan?"

"Ah," dedi Amanda. "Sarah, az önce konuştuğunuz kadın yönetici yardımcısı. Bütçeyle o ilgileniyor."

"Bayan Grayson, sizinle özel olarak konuşmam gerek," dedi Teddy Buckley, artık daha ısrarcıydı. "Ve gerçekten acil bir durum. Eşinizle konuşmaya çalıştım ama..."

"Sarah," diye tekrarladı Amanda. "Finanstan sorumlu olan o."

"Müdür olarak *sizinle* konuşmam gerekecek," diye ısrar etti. "Yarın sabah sekizde ofisinizde olur mu?"

Bu muhasebeciyle görüşmek istemiyorsa zorunda değildi. Ne planlarsa planlasın.

"Tabii, evet, olur," dedi Amanda, sesinde yıllardır geliştirdiği nezaket vardı. "Yarın sekizde hoş olur." *Hoş* iyi bir kelime olsa da bu durumda muhtemelen biraz fazlaydı.

"Tamam, harika," dedi Teddy şüpheyle. "O halde görüşürüz. Tamam, hoşça kalın."

Telefonu kapatır kapatmaz Sarah işaret beklermiş gibi Amanda'nın ofisinin kapısında belirdi.

"Her şey yolunda mı?"

"Emin değilim. Arayan muhasebeciymiş. Oldukça ısrarcıydı," dedi Amanda. "Ama nedenini söylemedi. Belli ki yüz yüze görüşmemiz gerekiyormuş."

Sarah gözlerini kıstı. "Tuhaf, değil mi?"

"Sanırım," dedi Amanda. "Belki de görüşmeye benim yerime gitmelisin."

"Kötü polisin olmayı çok isterim," dedi Sarah, gözleri zevkle parlıyordu. "Eğer Zach'le *birlikte* Kerry'nin bu akşamki doğum günü yemeğine *gelirseniz*."

Amanda gülümsedi. "Kaçırmayız. Kulağa hoş geliyor."

Hoş şimdi çok daha iyi bir kelimeydi. Hâlâ biraz fazlaydı belki ama Sarah hoşnut olmuş gibi görünüyordu.

Sarah saatine baktı. "Ve sorun olmazsa patron, şimdi tabanları yağlamam gerek. Pişirecek bir kekim ve ovalayacak bir evim var. Sekizde bende?" Önce kendi gözlerini, ardından Amanda'yı işaret etti. "*İkinizi de* bekliyor olacağım."

Amanda, Park Slope Spirit Shoppe'de Kerry'ye en iyi hediyeyi bulmak için kırk dakikadan fazla zaman harcadı. Kerry en azından viski ve şarap koleksiyonu yapıyordu, yani ona hediye almak Zach'e almaktan daha kolaydı. Bunca yıl sonra bile Amanda kocasının gerçekten hoşuna gidecek hediyenin ne olduğundan emin değildi. Zevk aldığı tek şey işi gibi görünüyordu.

Amanda'nın gözüne üstteki rafta oldukça pahalı bir Cork viskisi şişesi iliști. Orası Kerry'nin kökeni olanı İrlanda bölgesi değil miydi? Bir keresinde bahsetmişti; Amanda bundan neredeyse emindi. İyice yakından baktı. Gerçi bir hayli pahalı bir şişeydi ve bazen pahalı hediyeler insanları rahatsız hissettirebiliyordu. Amanda bir keresinde Palo Alto'daki tenis grubundaki bir kadına doğum günü hediyesi olarak bileklik vermişti. Adı Pam olan kadının en sevdiği renk mavi olduğu için seçmişti. Amanda, Pam biraz zorla "bu türde bir hediyeyi" kabul edemeyeceğini söyleyene dek fiyatını düşünmemişti. Sonrasında Pam, Amanda'dan uzak durmuştu.

Ancak viski Kerry'nin küçük ama zahmetli yardımları, pazar günü geç saatte Case'in kâğıtlarını indirmesi ya da kendini düşünmeden arka bahçedeki ölü leylakların arasındaki, Case'in ölümüne korktuğu hasta görünüşlü dev rakunu kovalaması gibi şeyler için bir teşekkür niteliği taşıyordu. Hediye Kerry'ye teşekkür etmek ve Zach'in yokluğundan ötürü özür dilemek amacı taşıyacaktı ki bu durumdan alınacak tek kişi Sarah'dı. Kerry hiçbir zaman Amanda'nın evliliği hakkında bir şey söylememiş veya suçlarcasına Zach'in nerede olduğunu sormamıştı. Hatta muhtemelen Zach'in yokluğunu dahi fark etmemişti. İşte erkekler kişisel detaylara karşı bu kadar ilgisiz oluyorlardı. Özellikle de o detaylar herhangi bir sorun olduğunu gösteriyorsa. Açıkçası bazen de hayatı daha kolay hale getiriyordu.

Amanda, Sarah'dan bir mesaj aldığında hâlâ viskiyi alsa mı yoksa almasa mı diye düşünüyordu: En sonunda Zach'i göreceğim için sabırsızlanıyorum! Amanda'nın gözleri birdenbire mesajdan aşırı pahalı viskiye döndü.

"Bunu alıyorum," dedi içeri girdiğinden beri ona göz süzen tezgâhtara. "Paket yapabilir misiniz?"

KRELL SANAYİ A.Ş.

GİZLİ YAZIŞMA

DAĞITILAMAZ

Avukat-Müvekkil Arasındadır

İmtiyazlı ve Gizlidir

29 Haziran

Kime: Brooklyn Country Day Yönetim Kurulu

Kimden: Krell Sanayi A.Ş.

Konu: Veri İhlali & Siber Olay Soruşturması - Kritik Olay Raporu

Özne Aile 0006'dan KBE bugün ofisle iletişime geçti. KBE'yle konuşan Görevli Ast Dedektif (GAD) kadının "fazlasıyla telaşlı" olduğunu rapor etti. Kendisine her zamanki gibi nakit transferi istenerek gönderilen pornografik materyalle ilgili ek bilgi istedi. KBE bu nahoş dosyaların hepsinin bilgisayarından silinerek bir zip sürücüye yerleştirilmesini talep etti. GAD ona bu tür işlemleri yapan şirketlerini önerdi ama Krell'in hacklemenin sonuçlarını değerlendirmeden kişisel durumuna yardımcı olamayacağını belirtti.

Özne Aile 0006'dan KBE, Brooklyn Country Day ve Krell'in pornografik materyalin aile bilgisayarına gerçekten Özne Fail (ÖF) tarafından mı yüklendiğine yoksa orada mı bulunduğuna karar vermeleri için adli analiz yapmaya zorunlu olduğu konusunda kararlı. ÖF'ün Özne Aile Bilgisayarı'na dosyaları indirdiğine inanmak için nedeni yok. ÖF var olan indirilmiş dosyaları ya da başka verileri kendi çıkarı için kullanıyor. Pornografik materyal Özne Aile 0006'daki birine ait. KBE bu gerçek konusunda bilgilendirildi.

KBE ardından Brooklyn Country Day'i, ispat edilir olsun ya da olmasın itibar kaybı yaşatacak yasal işlemde bulunmakla tehdit etti. Yasal işlemin yapılmaması için Krell'in Özne Aile 0006 bilgisayarına adli analiz yapmasını tavsiye ediyoruz.

LIZZIE

9 TEMMUZ, PERŞEMBE

Zach'in müzekkere duruşmasının yapılacağı Brooklyn Adliyesi'ndeki oda, Manhattan'daki ya da federal adliyelerdeki tarihi görkemden yoksundu. Ama en azından duruşma sorgularının yapıldığından daha üst katta ve önemli ölçüde daha büyüktü; bu da oturaklı görünmesini sağlıyordu.

Gördüğüm kadarıyla Wendy Wallace henüz gelmemişti. Boş savcı masası beklentiyle yerinde duruyordu ve salonda yalnızca bir avuç insan vardı. Ama tabii Wendy Wallace'ın neye benzediğini bilmiyordum. Onunla ilgili daha fazla araştırma yapmaya başlamış, kadından kana susamış olarak bahseden yazıyı görünce bırakmıştım. Her hazırlık iyi olmazdı.

Paul de daha gelmemişti. Müzekkere duruşmasının tarihi, yönetici avukatlık ofisi tarafından bir gün önceki öğleden sonra belli olmuş olduğundan ona kısa süre önce haber vermiştim, buna rağmen sinir bozucu cömertliğiyle orada bulunacağını söylemişti. Sanki ona ihtiyacım vardı da. Çünkü yoktu. Zach'in dosyasını almaya tereddüt etmemin nedeni kendi yeteneklerimdi; ben sadece hızlı, tam gelişmiş bir cinayet duruşmasının karışıklığından endişe ediyordum. Bu müzekkere duruşması yasal bir tartışmaydı ve o alanda her daim üstün olmuştum. Dikkatle nedenlendirilmiş pozisyonlar, zeki açıklamalar, iyi bir şekilde bilgilendirilmiş hâkimin varlığıyla bir yasal tartışmayı, *her* yasal tartışmayı kazanabilirdim.

Hatta belki çoktan kaybedilmiş görülen bu seferkinin de üstünden gelecektim. Ama pes etmiyordum. Dava özetimiz olabildiği kadar iyiydi, pozisyonumuz mantık çerçevesinde güçlüydü. Hem adalet de bizim yanımızdaydı: Zach, bir polise yanlışlıkla dirseğiyle vurdu diye Rikers'a atılamazdı. Ve yine de onu temsil eden kişi olmamayı tercih edecek olsam da, Amanda'nın takip edildiğini anlattığı en güncel günlüğünü okuduktan sonra Zach'in masumiyetine daha fazla inanmıştım.

Sam ve o aptal küpe hakkında bile daha iyi hissediyordum. Çok hızlı bir şekilde, en tahrip edici sonuca varmıştım; bunu şu anda daha net görebiliyordum. Ve evet, yıllarca Sam'in kötü davranışlarıyla uğraşmak beni en kötü senaryoları düşünmeye itmişti. Ama sorun tamamen o değildi. Kendi yükümün ağırlığı da durumu kötüleştiriyordu. Mağazada o kibritleri bulmak farklı yönden bakmamı sağlamıştı. Ve bir de Sam sabah benden önce uyanıp bütün umutların yok olmadığını bir kez daha kanıtlamıştı.

"Saat kaç?" diye sormuştum, duruşmayı kaçırdığım için endişeleniyordum. Sam daha önceleri benden önce uyanmamıştı.

"Neredeyse altı," demişti. "Ben koşuya çıkıyorum."

"Koşu mu?"

Sam üniversitede kır koşusu takımındaydı ve yirmi bir yaşına girmeden iki maraton bitirmişti, yani en azından bana öyle söylenmişti. Koşucu Sam benim için tarihe yazılmış, kalıntıları her yeni bilgisayarının maraton stickerları olarak kalmış bir şeydi.

Babasını memnun etmek için koşmaya başlamıştı; gereksiz bir şeydi. Sam'in babasına göre spor yalnızca Amerikan futbolundan, basketboldan, rugbyden, lakrosdan ve de belki futboldan oluşuyordu. Birbirine çarpan erkek bedenlerinin ön koşul olduğu sporlardan. Sam'i son aylarda perşembe gecesi basketbol maçlarına yollayanın kafasının içindeki babasının hoşnutsuz sesi olduğundan şüpheleniyordum. Diğer oyuncuların hepsi "yaşlı babalar" olmasına rağmen yeterince çarpışan beden vardı. Sam bunu kanıtlayan morluklar bile edinmişti.

"Evet, koşuya," demişti Sam o sabah, yüzünü çalışma masasından bana döndüğünde gözleri parlıyordu. "Bu kez kendimi gerçekten düzeltiyorum, Lizzie. Ve bunu daha önce binlerce kez söylediğimi biliyorum. Ama bu sefer arkasında durduğumdan emin olacağım. Ben..." Gerçek bir söz vermemesi gerektiğini biliyordu. "Yapacağım."

Tek yapabildiğim ona ve ışıldayan yüzüne bakmaktı. Nasıl da inanmak istiyordum. Hayatım ona bağlıymışçasına.

"Tamam mı?" diye sormuştu en sonunda.

O zaman küpeyi düşünmüştüm. Ama kibritler konusunda çoktan yanılmıştım. Ve o yüzden, o anda bir kere daha umudu seçtim. Aşkı seçtim. Ve sessizliği.

"Tamam," demiştim ve öylece bırakmıştım.

"Günaydın." Paul duruşma salonunda yanıma geldi. Özel olarak diktirilmiş lacivert takımıyla normalden de seçkin görünüyordu. Saçını da mı kestirmişti? Aslında burada olduğuna seviniyordum. Paul etrafa zafer havası saçıyordu.

"Günaydın," dedim, dava özetini çıkarırken Century 21'den aldığım "tasarım" takımın kimseyi kandırmadığının acı verecek kadar farkındaydım.

Duruşma salonunun kapıları açılırken arkamızda telaşlı bir hareketlenme oldu. Gümüş rengi saçlı, taba rengi pantolonlu takım giymiş ve kürdan inceliğinde timsah derisi topukluları olan bir kadın uzun adımlarla içeri girdi; peşinde iki tane daha genç, koyu renk takımlı erkek avukat vardı. Kadın ortadaki kürsüye çıkarken birkaç muhabir ona doğru koşturdu ama onları ağırbaşlı bir gülümsemeyle eliyle savuşturdu. Yüzü, yaşına göre akıl almayacak kadar kırışıksızdı, kusursuz makyaj yapılmış yüz hatları şahaneydi, ayrıca manikürü eşsiz bir sadelikteydi. Gözleri emirlere ve beklenmedik saldırılara yatkın savaş dönemi kraliçelerinki gibi salonda dolaştı.

Kendi yenmiş tırnaklarımı dava özetinin altına sıkıştırdım.

Wendy Wallace'ın fotoğraflarına bakmamak iyi bir seçim olmuştu. Yine de kadının etkileyici, modaya uygun görünüşünde bir şey vardı, aşırı derecede tanıdık görünüyordu.

"Maksatlı," dedi Paul düz bir biçimde.

"Ne?"

"Hepsi. Sivri ayakkabıları, yürüyüşü... ayaklarını vuruşu. Göz korkutucu olmayı seviyor." Bunu hem küçümser gibi hem de hayranlık duyarcasına söylemişti. Wendy Wallace'la kesinlikle yolları kesişmişti. "Farkında değilmiş gibi davran. Kafayı yer."

Ona bakmak için döndüm. Paul savunma masasında sağımda oturuyordu, dirseklerini sandalyesinin kollarına dayamıştı, parmak uçları kilise çanı oluşturacak şekilde oraya değiyordu. Doğrudan ileri bakıyordu, yüz ifadesini uzmanlıkla doğal tutmuştu.

Ve o anda anladım. Hepsini. Paul'ün rafındaki fotoğraf. Wendy Wallace onun eski karısıydı. Bunca yıl sonra bile düşkün olduğu. Gözlerimi kapayıp ellerimi masaya bastırdım. Wendy'nin davaya atanan bölge savcısı olacağını tahmin etmiş olmalıydı. Öylesine bir tesadüf olamazdı. Dava Brooklyn'deydi ve cinayet davasıydı. Ayrıca kadının hırslı olduğundan mutlaka haberdardı.

"Savcıyla daha önceki ilişkini bana önceden söyleyebilirdin," diye tersledim.

"Onun atanacağından emin değildim." Duraksadı ve bir anlığına gerçekten özür dileyeceğini düşündüm. "Hem bana gelen sendin, unuttun mu? Boşandıktan sonra neredeyse her şeyimi elimden aldı ve benimle konuşmayan yine o." Bu zalimliğe bir açıklama yapmamı beklermiş gibi bana baktı. Sonra yüzü değişti, somurttu. "Hem savcının karakterini biliyorum. İşe yarayabilir."

"Senden nefret ediyorsa iyilikten çok zarar verirsin."

"Nefreti tanımla," dedi, bir kaşını kaldırdı.

Başımı eğdim. "Zach, Rikers'ta birden çok kez saldırıya uğradı," diye tersledim, öfkemi saklayamadan. "Bu oyun değil, anlıyor musun? Ölebilir."

"O halde duruşmanın iyi geçmesini umalım," dedi Paul, duygusuzca. Siyah okuma gözlüklerini taktı ve daha önce bakmadığı dava özetini karıştırmaya başladı. "Cezanın ibra edildiğine dair kanıtımız var, doğru mu?" Sesi yine askeri zindeliğine dönmüştü.

Dalgınlıkla başımı salladım. "Evet."

"Aylaklık içzlace'ın istediği gibi tümüyle buradaydı.

Hâkim Yu, küt siyah saçlı ve emredici bir havası olan minyon bir kadındı. Benden yaşlı ancak Paul'le Wendy'den gençti. Tam olarak elli iki yaşındaydı. Davaya onun atandığını öğrenince araştırdığım için biliyordum. Hafifçe savunma tarafına eğilimliydi. Ancak bunun az bile kalmasını umabiliyordum.

"Dosya numarası 45362, Zach Grayson," diye seslendi adliye memuru.

"Belgelerinizi okudum," diye başladı Hâkim Yu, ciddi bir halde, "önce sanık vekilini dinleyeceğim."

"Sayın Yargıç, bu davanın sanığı başarılı bir iş adamı, bir baba ve Brooklyn topluluğunun saygıdeğer bir üyesidir," diye söze başladım. Sakin, kendimden emindim. "Daha önce kesinlikle suç kaydı yok ve yalnızca bir polis memuruna saldırmaktan suçlu bulundu; eşinin öldüğünü öğrendikten dakikalar sonra, anlaşılacağı üzere aklı başında olmadığından böyle bir kaza meydana geldi. Ve buna rağmen kefaletle serbest bırakılmadan defalarca saldırıya uğradığı Rikers Adası'nda tutuluyor."

Hâkim Yu şık, fazla büyük kırmızı gözlüklerinin üstünden bana soğuk bir bakış attı. "Hı-hı," dedi. "Yani sanığın sorgulandığı duruşmadaki hâkimin kararını değiştirmemi mi istiyorsunuz?"

Şaşırtıcı olmayan bir yanıttı. Standart, ilk hâkimin takdir yetkisini kötüye kullanıp kullanılmadığını sorgulamaktı.

"Yalnızca müvekkilimin kefaletle serbest kalması konusunu değerlendirmek için uygun standartların uygulanmasını istiyoruz. Mahkemenin soracağı tek soru müvekkilimin suçlu bulunduğu suçtan, yani tutuklanmaya direnmekten kaçıp kaçamayacağı olmalıdır. O suçlamayı destekleyecek kanıtların yetersiz olduğu bir kenara bırakılırsa, ilk hâkime cinayet mahallinin son derece olumsuz etki eden fotoğrafları gösterilmiştir. Hâkim Bey yanlış biçimde etki altında kalmıştır, Sayın Yargıç."

"Bir dakika, ne cinayeti?" diye sordu Hâkim Yu, giderek sabırsızlaşıyordu.

"Müvekkilimin eşi Amanda Grayson kafa travmasından ötürü evinde öldü ve..."

"Kafa travması mı?" Wendy Wallace kendini tutamamış gibi kahkaha attı. "Kafatası parçalandı, Sayın Yargıç. Sanığa ait olan golf sopasıyla, sanığın evinde vahşice ölümüne dövüldü ve ha, ikisi bir seks partisinde aşırı içip eve döndükten sonra cesedini bulan da sanıktı."

"İtiraz ediyorum!" diye bağırdım.

Hiçbir anlamı yoktu. Ortada jüri yoktu ve bu normal bir duruşma değildi. Ama sinir bozucuydu. Wendy Wallace olay yeri fotoğrafları dışında benim itiraz edeceğim tüm zararlı kanıtlardan bahsetmişti.

"Peki bu eski ceza?" diye sordu Hâkim Yu, kâtibine kâğıtları uzatmasını işaret ederken kaşları çatıldı. "Nisan 2007, belli ki aylaklıktan yazılmış? Mahkeme bunu araştırdı ancak internette ek detaylara rastlanmadı."

Temkini anlaşılırdı. Hiçbir hâkim, birisinin öldüğü bir davada ödenmemiş bir cezayı göz ardı etmekten sorumlu tutulmak istemezdi. Şu anda mahkemedeki suçlama cinayet olmasa da Zach'in başının üzerinde asılı duran, bahsi geçmemiş bir örtü gibiydi.

"Evet, aylaklık nedeniyle yazılan ödenmemiş ceza müvekkilimin hukuk öğrenciliği yıllarından kalma. Masumane bir dikkatsizlik, eskide kaldığını saymıyorum bile," dedim. "Ne olursa olsun çözüldü. Ceza ibra edildi."

"Aylaklık mı?" diye sordu Hâkim Yu, kaşları kuşkuyla çatıldı. "Tam olarak ne anlama geliyor?"

Politik duruş değilse bir hukuk öğrencisinin böyle davranması garipti, Hâkim Yu haklıydı. Paul haklıydı. Polis memuru ona hareket etmesini söylediğinde Zach neden yapmamıştı ki? Şimdi cezayla ilgili daha fazla detay bilmeyi diliyordum ama daha şirket sorumlusu bana yollamamıştı. Bu durumda Zach'in bana söylediklerine itibar etmekten başka seçeneğim yoktu ki o da hiç yardımcı olmuyordu.

"O zamanlar fazlasıyla agresif bir valilik girişimi vardı, kırık camlar teorisine uygun şeyler oldu," dedim Hâkim Yu'ya kendimi zorlayarak, bunun bahaneyi kulağa geldiğinden daha inanılır hale getirmesini umuyordum, benim için bile.

"Kırık camlar teorisi," dedi hâkim alaycı bir şekilde. "Müvekkiliniz beyaz olduğu için şanslı. Aksi takdirde muhtemelen ölmüş olurdu."

İşte savunma tarafına eğilimini göstermişti. Bir saniyeliğine Hâkim Yu'yu yanımıza almıştım. Bu fırsatı değerlendirmeliydim.

"Sayın Yargıç, bahsedilen akşam müvekkilim eşini evinde ölü buldu. Arkasındaki bir memura dirseğiyle vurduğunda fazlasıyla duygusal stres altındaydı. Bu şartlar altında, savcılığın onu saldırıdan suçlu bulacak bir jüri bulamayacağını öne sürüyorum ve hâlâ üç kez saldırıya uğradığı Rikers'ta tutuluyor. Bu korkunç bir adli hatadır, Sayın Yargıç. Müvekkilimin hayatına mâl olabilecek bir hata."

"Bunlar, belirtilen şartlar altında aşırı geliyor, Savcı Hanım," dedi Hâkim Yu, Wendy Wallace'a. "Ve o fotoğrafların ilk hâkimin önüne çıkarılmasını yaratıcı bulsam da sanığın henüz suçlu bulunmadığı bir cinayet davasında bu, savunmanın da belirttiği gibi yersizdir."

Paul defterine not aldı. "Olay yerinde olan Bölge Savcısı Yardımcısı Lewis'i sor. Görevde olmadığına bahse girerim."

Kimin umurunda? yazmak istedim ama zaman yoktu ve hem Zach'in kamu avukatı hem de kendisi bölge savcısı yardımcısını mimlemişti bile.

"Ayrıca Sayın Yargıç, bu iddia edilen saldırı Bölge Savcısı Yardımcısı Lewis olay yerine geldikten sonra gerçekleşti," diye başladım, zarlarımı atarak. "Anladığım kadarıyla o akşam cinayet davalarına atanmamıştı bile."

"O halde orada ne işi vardı?" diye sordu Hâkim Yu. Ve ne yazık ki bana bakıyordu.

"Bilmiyorum, Sayın Yargıç. Ben de onu soruyorum," dedim. "Belki Bayan Wallace ya da savcılıktan bir başkası, aile sansasyonel olduğu için tutuklama yapmasını istemiştir." Kendimi Wendy'nin itiraz etmesine hazırladım. Ama onun yerine bana doğru soğuk soğuk baktı. Çok daha kötüydü. "Bölge Savcısı Yardımcısı Lewis, Dedektif Mendez'le birlikte olay yerine geldikten sonra müvekkilim kasten polis tarafından dışarı atıldı, bunun sonucunda bir memur yanlışlıkla yaralandı. Savcılık, müvekkilimi tutuklamak için etkin bir neden yarattı, şimdi de kendileri cinayet soruşturmasını yürütürken onu Rikers'ta tutmak için bahane olarak kullanıyorlar. Bu müsaade edilemez bir ön çalışmadır."

Hâkim Yu en sonunda Wendy Wallace'a döndü. "Peki bu Bölge Savcısı Yardımcısı..." notlarına baktı, "Lewis'in olayı ne?"

"Bir olay yok, Sayın Yargıç. Bütün cinayetlerde, olay yerinde Bölge Savcısı Yardımcısı olması prosedürdür. Lewis de o kişiydi. Belki de o akşam birisi karın ağrısı yüzünden veya buluşması olduğu için eve gitmiş, Lewis yerine bakmıştır. Son kontrol ettiğimde savcılık, çalışanlarının programlarını savunmaya vermekle yükümlü değildi." Wendy Wallace bu kez bakışlarını Paul'a indirdi ve bu bakış adamın alev almasını sağladı. "Zaten bu konuşmanın tamamı bir fikirden oluşuyor," dedi ağır ağır. "Büyük jüri, Zach Grayson'a eşi Amanda Grayson'ı öldürerek birinci derecede cinayet işlemekten suç duyurusunda bulunuyor."

Bunun olacağından şüphelenmiştim. Ve hazırlıklıydım.

"Sayın Yargıç, savunma suç duyurusunun değiştirilmesini talep ediyor," diye başladım. "Sanığın beyanda bulunmasına fırsat verilmedi. Bu CPL 190.50'yi açıkça ihlal etmektir. Suçlamanın düşürülmesini gerektirir."

Bunların hepsi doğruydu. Büyük jüri ona suç duyurusunda bulunmadan önce sanığa beyanda bulunma şansının verilmemesi ceza muhakemeleri usulünü ihlal etmek demekti. Öyle ciddi bir ihlaldi ki olaydan sonra suç duyurusunun tamamen ortadan kaldırılmasına yol açabilirdi. Bölge mahkemelerinde deneyimli olmayabilirdim ancak ödevimi yapmakta iyiydim. Ne yazık ki aynı zamanda Wendy Wallace'ın cevabına da hazırlanmıştım ki onun üstünden gelemeyeceğimi çoktan biliyordum.

"Ah, bir dakika, müvekkiliniz beyanda bulunmak *istiyor* mu?" Wendy Wallace bana dönüp başını hafifçe eğdi. "Çünkü bunu yapacaksa seve seve suç duyurusunu geri alırız."

Ve gelmişti işte. Elbette Zach'in beyanda bulunmasını istemiyordum. Bir sanığın büyük jüri önünde beyanda bulunması, ne kadar masum olursa olsun intihar etmek gibiydi. Büyük jüri duruşmalarında, hâkim orada bulunmadan açık sorular sorulur, sonuçta onu duruşma sırasında itham edebilecekleri bir sürü beyan elde etmiş olurlardı. Hayır. Asla olmazdı. Ama itirazı kuvvetlendirmek için denemeye değerdi. Savcılar da Wendy Wallace gibi başarılı insanlar olsa bile hata yaparlardı.

"Peki, Avukat Hanım, müvekkiliniz beyanda bulunacak mı?" diye sordu Hâkim Yu. O da bunun nasıl biteceğini biliyordu. Hepimiz biliyorduk. Zach gerçekten beyanda bulunacaksa ihlal *anlamlı* olurdu.

"Hayır, Sayın Yargıç."

"Öyleyse suçlama duyurusu kalıyor." Hâkim Yu, Wendy Wallace'a keskin bir bakış attı. "Taktikleriniz bir kere daha sınıra yaklaşırsa sizi mahkemeye itaatsizlikten suçlayacağım."

"Peki Sayın Yargıç, birinci dereceden?" diye sordum. "Hangi makul nedenlerden ötürü?"

Birinci dereceden cinayette önceden tasarlama olması, Wendy Wallace'ın sunduğu tutku cinayeti teorisiyle doğrudan çelişiyordu. Tabii istedikleri her teorinin üstüne gidebilirlerdi ama Hâkim Yu'yu yanıma çekersem en azından itirazımı kullanarak biraz keşif yapma şansım vardı. Wendy Wallace benim bilmediğim ne öğrenmişti?

"Avukat Hanım'ın çok iyi bildiği gibi, daha sonra ikinci dereceden ya da daha düşük suçları dahil etmek için suç duyurusunda bulunma özgürlüğümüz var," diye cevap verdi Wendy Wallace rahatça, dolanarak savcı masasına dönerken. *Bunun olduğunu biliyoruz ama bambaşka bir şey olduğuna karar verdik.* Adalet sistemimizin izin verdiği zihinsel cimnastiklerdi bunlar. "Ayrıca şu anda hiçbir şekilde büyük jürinin kanıtını savunmayla paylaşma yükümlülüğümüz yok."

"Ama kanıtlarınızdan bazılarını benimle paylaşma yükümlülüğünüz var," dedi hâkim kaba bir şekilde. Wendy Wallace'ın kendisinden güçlü olmasından en az benim kadar hoşlanmıyordu. Neyse ki bu konuda bir şeyler yapma gücü vardı. "Buradaki her şeyin bağlamına bakıldığında bence savunma avukatı teorinizin ana hatlarını gizli tutabilir."

Wendy Wallace biraz olsun rahatsız olmuş görünmedi, bu da dosyasının bildiğimden daha güçlü olduğu anlamına geliyordu. "Pekâlâ. Elimize, sanığın parmak izlerinin ve kurbanın kanının cinayet silahında olduğunu doğrulayan bir ön adli tıp raporu geçti. Aynı zamanda Amanda Grayson'ın evlilik dışı bir ilişkisi olduğuna dair kanıtımız var, bu da sanığın eşini öldürmek için yeterli motivasyonu olduğunu gösteriyor."

"Sayın Yargıç, savcılığın iddia edilen ilişkiyle alakalı gerçek bir kanıtı yok," diye karşı çıktım, Wendy Wallace'ın bir isim vermesini umarak. Yasak ilişki Zach'in motivasyonunun kanıtı olabileceği gibi bana başka bir muhtemel şüpheliyi de verebilirdi: Amanda'nın âşığını. Hatta belki bu sevgili onu takip eden kişiydi?

"Tanıklar Amanda Grayson'ın, ölmeden önce Bay Grayson'la birlikte katıldıkları seks partisinde 'üst kata' çıktığını görmüşler. Ve savunmanın da bildiği gibi önceden tasarlamanın haftalar önce olmasına gerek yoktur. Saatler, hatta dakikalar dahi yeterli olabilir." Wendy Wallace kesinlikle bu konuda haklıydı. Ama elbette Amanda'nın o gece *kiminle* olduğunu da biliyordu ve bundan bahsetmemesinin bir sebebi vardı. Dosyasındaki bir zayıflık olmalıydı. "Ve sanık, cinayet saatinde nerede olduğunu açıklamayı reddediyor. Yani elimizde motivasyon, fırsat ve sanığın suçu işlediğini işaret eden fiziksel kanıt var; bunlar birinci dereceden suçlama için yeterli. Belki de nerede olduğunu söylemek ister, böylece açıklığa kavuşturmuş oluruz."

Zach, Brooklyn Heights Promenade'de yürüyüş yaptığını iddia etmişti. Karışıklıklara yol açsa da Maude daha iyi bir mazeretti. Ama henüz bu konuyu Zach'le konuşamamıştım bile. Hem Wendy Wallace bana yem atıyordu ve buna kanmayacaktım. Belki de Maude'yi zaten biliyor, benim bir şey söylememi bekliyordu. Peki neden? Zach'in kefaletle serbest kalmasını sağlamazdı. Mazeretler sanığın ya masum olduğunu ya da kaçıp kaçmayacağını kanıtlardı.

Aynısı Amanda'nın sapığı için de geçerliydi. Şu anda ondan bahsedip alternatif bir şüphelinin Hâkim Yu'nun gözüne girmeye çalışmasını umabilirdim ancak kefaletle alakası yoktu. Savcılık cinayet suçlamasını sunmuş, o tren istasyondan ayrılmıştı. Ben elimizdeki kısıtlı şeylere odaklanmalıydım.

"Sayın Yargıç, kefalet meselesine dönebilir miyiz?" diye bastırdım. Ve şu anda doğrudan Wendy Wallace'a saldırıyordum. Elimdeki tek şey buydu. "Müvekkilimin tutuklu yargılanmasına karar vermek, savcılığın görevi kötüye kullanmasından kaynaklı bir hataydı."

"Görevi kötüye kullanmak mı?" Wendy Wallace buz gibi güldü ama azıcık bile canı sıkılmış görünmüyordu. "Saçmalık."

"Savcılık kasten, bağlantısı olmayan bir suçlamada kefaletle alakasız olay yeri fotoğraflarını kullandı. Baştaki hatalı kefalet kararı yerinde kalmamalı çünkü savcılık artık suçlamaları düzenledi."

Göz ucuyla Paul'ün başını salladığını gördüm. Tartışmamızı sergileyerek iyi bir iş çıkarmıştım.

Hâkim Yu sinirli bir nefes aldı, ardından önündeki çoktan oldukça öğrenmiş olduğu özeti tekrar gözden geçirdi. "Bu davadaki savcılık taktikleri kesinlikle hiç doyurucu değildi. Benim de sanığın tutuklanmasına yol açan olaylar konusunda önemli şüphelerim var." Hâkim Yu, Wendy Wallace'a bir bakış daha attı. "Ne var ki, şu anda devletin yasal bir şekilde suçlamada bulunmasını engelleyemem. O yüzden şöyle yapacağız. Şimdi, benim mahkememde yeniden başlayalım. Kefaletle ilgili tartışmaları dinleyeceğim. Suçlama birinci dereceden cinayet."

Hâkim Yu cömertçe bana ikinci bir şans veriyordu.

"Sayın Yargıç, müvekkilimin küçük bir oğlu, bir işi var ve topluluğuna derinden bağlı," diye tekrar ettim. "Hiç suç kaydı ve tasarlayarak mahkemeden kaçacağına dair bir kanıt yok. Zach Grayson'ın mantıklı bir kefalet almaması için kesinlikle meşru bir neden göremiyorum."

En iyi, ilkeli, temiz, doğrudan argümanım buydu. Ne yazık ki yine de kaybedecekti.

"Peki müvekkiliniz gibi bir multimilyoner için 'mantıklı kefalet ücreti' nedir?" diye sordu Wendy Wallace. "Kaçıp gitmemesi için kaç dolar gerekir? Sayın Yargıç, Zach Grayson'ın oğlu şu anda onunla birlikte yaşamıyor bile. California'da, Bay Grayson onu almaya giderken kolaylıkla uzak bir yere gidebilsin diye çoktan eyalet dışına gönderildi bile. Hatta Bay Grayson iki hafta önce asistanından Brezilya uçuşlarını araştırmasını istedi?"

Brezilya mı? Ne halt oluyor, Zach?

"Sayın Yargıç," diye araya girdim. "Bay Grayson pasaportunu seve seve teslim eder. İlave olarak, Graysonlar'ın oğlu Case, annesi ölmeden çok uzun zaman önce planlanmış yaz kampına gitmişti. Olaydan sonra California'ya 'gönderilmedi'. Ve uluslararası uçak biletlerine gelecek olursak, Bay Grayson iş için sık sık seyahat eder."

"Evet, iş mevzuuna gelelim. Bay Grayson'ın muhtemelen özel bir jet tutup harika bir sahte pasaport yaptıracak kadar parası vardır. Eşini öldürmekten dolayı müebbet alacağından bunları yapmak için iyi nedenleri var," dedi Wendy Wallace. Meşru özgüveni korkunçtu. "Kaçmak için amacı var ama ödenmiş olsun ya da olmasın, daha önce aldığı ceza Zach Grayson'ın kendisini yasalardan üstün gördüğünü kanıtlar nitelikte."

Hâkim Yu bir süre sessiz kalarak düşündü. "Bayan Wallace, yargı sürecini geçerek sonuca varma çabanızı takdir etmiyorum." Wendy Wallace karşı çıkmak için ileri doğru eğilince bir elini kaldırdı. "Ama gerekli kaynağa sahip ve oğlunun bölge dışında olması şüpheli."

"Sayın Yargıç, müvekkilimin oğlu New York'a getirilirse kimin yanında kalacağı dahi belli değil. Müvekkilim ve eşi oraya yeni taşındı. Oğlu adına en iyisini istediği için cezalandırılmamalı. Ve bu da şu anda California'daki aile dostlarının yanında kalması demek oluyor."

Koruyucu aile. Case getirilirse büyük ihtimalle sonuç bu olurdu. Zach suçlu bulunursa da, eğer Ashe'nin ailesi Case'le ilgilenmeyi kalıcı bir çözüm haline getirmezse sonuç bu olacaktı.

"Anlıyorum. Ancak bir sorun yaratıyor ve tek sorun bu değil," dedi Hâkim Yu. Sonra kararını vererek başını salladı. Mahkeme kâtibine döndü. "Lütfen sanığın suç duyurusunun ardından ve öncesinde itibar edilmesi gerektiğini not edin. Zach Grayson kefaletle serbest kalmadan tutuklu yargılanmaya devam edecek."

Ve böylece Hâkim Yu tokmağını vurdu, ayağa kalktı ve bulunduğu yerden çıktı.

"Başka türlü olmayacaktı zaten," dedi Paul, Hâkim Yu'nun gözden kaybolmasını izlerken. "Elindekilerle iyi iş çıkardın."

Wendy gezinerek geldi, parmak uçlarını masamıza doğru eğdi ve yüzünü Paul'ünkine yaklaştırdı. Gözleri alev alevdi. Paul düz durmayı oldukça iyi beceriyordu. Gözünü bile kırpmadı.

"Siktir. Git. Paul."

"Ben de seni gördüğüme sevindim, Wendy."

Bunun üstüne keskin uçlu topuklularının üzerinde dönüp onları tıkırdatarak önce koridora indi, ardından mahkeme salonundan çıktı.

"O Bölge Savcısı Yardımcısı Lewis'le aylardır yatıyor," dedi Paul, çene kasları gerildi. "Herif pisliğin teki. Aralarında yirmi beş yaş falan var ve Wendy'ye rapor veriyor. Neyse, eminim

Wendy basının ilgisini çekeceği söylenen bir şey olduğunu telefonda öğrendiğinde yataktaydılar. Kesin Lewis'e gidip kendinin dahil olabileceği iyi bir dava olup olmadığını öğrenmesini istedi. Wendy hep böyledir, biriyle sevişirken bile stratejiktir." En sonunda masadan kalktı. "Neyse, sana erkek arkadaşından bahsettiğimi biliyor."

"Şimdi ne olacak?" diye sordum ve kâğıtları çantamın içine koydum. Bu, cevap vermesine gerek olmayan bir soruydu.

"Şu kadarını söyleyeyim; Wendy çok iyi hikâye anlatır. Alametifarikasıdır. Dosyası gerçek konusunda hafif olsa da gösterişli, akıcı olacak, jüriyi yerine sabitleyecek. Sen de kendi hikâyeni yazmalısın ve çok iyi olmalı."

Başımla onayladım. "Buraya gelmen sonuç verdi mi?"

Paul kaşlarını çattı. "Muhtemelen beni arayacak," dedi. "Asıl soru cevap verecek miyim acaba."

"Verecek misin?" diye sordum.

Paul sırıttı. "Sence?"

Brooklyn Adliyesi'ni çevreleyen telaşlı kalabalıktan çıkıp birkaç blok ötedeki Kings County Yüksek Mahkeme'nin etrafındaki sessiz, ağaç dizili bölgeye geçtim. Berbat öğle arası yaya trafiğinin olduğu sırada yol kenarındaki banklardan birine oturdum.

Duruşmaya hazırlanmak. Bir sonraki bariz adım buydu. Ve can sıkıcı olsa da Paul haklıydı, lehine hüküm verilmesine dair umudum olacaksa daha zorlu bir hikâyeye ihtiyaç duyacaktık. Savcılığın mesafeli bir evliliği, kontrol eden bir kocayı, şiddetle son bulan bir seks partisini içeren versiyonu jürinin ilgi göstereceği bir hikâye tarzıydı. Benim de onların dikkatini çekecek benzer bir şeye ihtiyacım olacaktı. Jürinin cezalandıracağı başka bir şüpheli olursa çok daha iyi olurdu. Amanda'nın sapığı en iyi adayımdı, tabii kim olduğunu bulabilirsem. Amanda'nın sorunlu geçmişinden biri olması yüksek bir olasılıktı; babası, Christopher, hatta belki

Carolyn. Emin olmak için Amanda'nın son günlüğünü bitirmem ve o kişiyi anlatmış olması için dua etmem gerekiyordu.

Telefonum çaldı. Sam olmasını bekliyor, laboratuvardan kesin bir sonuç almak için erken olsa da Millie olmasını umuyordum. Ama arayanın Vic olduğu yazıyordu. Bana arkadaş olarak ihtiyacı olduğu aklıma gelene kadar sesli mesaja bırakmak niyetindeydim.

"Selam," dedim.

"Selam!" diye bağırdı Victoria, telefonu hoparlörden açmıştı. "Sana ulaştığıma inanamıyorum! Büyük şirket hayatı nasıl?"

"Tuhaf," dedim beklemeden. Haftalardır söylediğim en dürüstçe şeydi.

"Tuhaf mı?" Vic altı yıl içinde L.A.'deki en büyük eğlence sektörü hukuk şirketlerinden birine ortak olmuş, büyük şirket kararlılığıyla ilgi çekici bir işin arasında anlaşılmaz bir oluk açmıştı. "İşkence edici diğer alternatiflerden daha iyi sanırım."

Vic'e aylar önce Amerikan Avukatlar Birliği'nden tüp bebek tedavisi ya da evlat edinme için paraya ihtiyacım olduğu gerekçesiyle ayrıldığımı söylemiştim. Doğrusunu anlatmaya cesaret edememiştim. Vic'le ne kadar yakın olsak da Sam'in içki sorunu benim kirli sırrımdı.

"Hey, Zach Grayson'ı hatırlıyor musun?" diye sordum.

"Ah." Düşünmeye çalışıyormuş gibi bir ses çıkardı. "Hayır. Hatırlamalı mıyım?"

"Penn'deki ilk yılımda onunla arkadaştım."

"Dur, fırıldak gözlüyü mü diyorsun?" diye sordu. "O adam ucubeydi."

"Evet, o," dedim. "Karısı öldü, polis onu golf sopasıyla dövdüğünü düşünüyor."

"Iyk," dedi Vic. Sonra sessiz kaldı ama sadece bir anlığına. "Bana yapmıştır gibi geliyor. Sence?"

Fazla sesli güldüm. Kendimi durduramamıştım. Söyleyiş şekli aşırı gerçekçiydi. "Avukatlığını ben yapıyorum," dedim, kendimi topladığımda.

"Ne?" Vic'in sesi ciddi anlamda endişeliydi. "Neden?"

"Uzun hikâye. Senin ve mezun dergisine durumumuzu gönderme takıntın sayesinde köşeye sıkıştım," dedim. "Young & Crane'e geçtiğimi biliyordu."

"Ay, hayır, hayır," dedi. "Bu suçu üzerime alamam. Oraya yazı göndermeyi iki yıl önce, Amy ilk düşüğünü yaptıktan sonra bıraktım. Tanrı'ya şükür hamile olduğunu paylaşmamda sorun olmadığını söylemişti. Ama yine de..."

"Birileri paylaşmış olmalı çünkü beni ofisimden aradı." Muhtemelen birisi yüce gönüllü yolumdan sapmaya zorlanmamdan hoşnut olmuştu. O zamanlar, bir sürü mantıklı insan savcıları öyle görmüyor olsa da kamu yararı hukuku konusunda fazla kibirliydim. "Hayır demek kötü hissettirirdi."

"*Kötü* mü hissettin?" diye sordu. "Ya karısını öldürdüyse? Onu terk ettin diye mi? Çünkü, Tanrım çok uzun zaman..."

"Terk etmek mi? Ne diyorsun sen?"

"Hadi ama," dedi Victoria ağır ağır. "Neden bahsettiğimi çok iyi biliyorsun. Ben Zach'le seks yaptın mı diye sorana kadar bu durumu *deli gibi* inkâr ediyordun, sonra da kafayı yedin. Kesinlikle ciddi bir soruydu bu arada. İkinizin seviştiğini düşünmüştüm."

Ve işte gündeme gelmişti: Yıllar önce Philly'deyken bir akşam Vic'le finallere çalışıyorduk. Vic öylesine Zach'le seks yapıp yapmadığımı sorunca çocuk gibi dehşete kapılmıştım. Seks mi, Zach'le? Biz arkadaştık. *Sadece* arkadaş.

Ama aynı akşam, haftada birkaç kere yaptığımız gibi Zach'le akşam yemeği yemek için buluşmaya giderken Victoria'nın sorusunu bir uyarı, risk altında görmezden geleceğim bir şey olarak kabul etmiştim. Restorana varıp Zach'in köşedeki masadan bana istekle gülümsediğini görür görmez inkâra yer kalmamıştı: Zach çıktığımızı düşünüyordu veya bunun sınırındaydı. Tanrım, o zamanlar nasıl da aptaldım. Zach'ten hoşlanmıştım. Yanımda olması hoşuma gitmişti. Ama boynumda sıcak nefesini hissetmek, yanında çıplak şekilde kıvrılmak istememiştim. Bir kere, bir anlığına bile vücutlarımızın birbirine dolandığını hayal etmemiştim.

Ve böylece restorandaki o akşam, Victoria'nın önerdiği en az dirençli yolu tercih etmiştim: Hayali bir erkek arkadaş yaratacaktım. Adını Richard koymuştum. Erkek arkadaşımdan bahsedersem Zach hızla geri çekilir, çok kolay olur diye düşünmüştüm. Ama onun yerine ayak diremişti. Zach açıkça ama ciddi bir şekilde yeni sevgilimi ekmemi önermişti. Sonuç olarak asıl meseleye gelmekten başka çarem kalmamıştı. Gerçekleri söylemiştim.

"Sana karşı romantik hislerim yok."

"Bunun herhangi bir şeyle ne alakası var?" Zach şaka yapmışım gibi gülmüştü. Ancak kahkahası fazla sesli ve keskindi. Menüden başımı kaldırıp baktığımda iyice gülümsüyordu. "Lizzie, rahatla, şaka yapıyorum. Senin adına sevindim."

Yapmıyordu. O zaman da biliyordum. Ama Zach'e inanmaya karar vermiştim. Çünkü bunu istemiştim.

Birisi omzuma dokununca irkildim.

"Kusura bakma," dedi Maude Lagueux, birden dönünce. Arkamda, bir eli ağzında duruyordu. "Telefonda olduğunu görmedim."

"Sorun ne?" diye sordu Vic hattın diğer ucundan.

"Seni sonra arayayım mı? Biri geldi de."

"Tabii," dedi Vic. "Ama arasan iyi edersin. Doğum uzmanının ne söylediğini öğrenmem lazım."

Vic'le son konuştuğumuzda doktor randevumun tüm detaylarını uydurduğumu unutmuştum. O konuşmada hamile kalma şansını bildiren bütün testleri yaptırdığımı söylemiştim. Yalan söylemekte iyi olan tek kişi Sam değildi.

"Tekrar arayacağım kesinlikle," dedim. Ve tekrar konuştuğumuzda sonunda Victoria'ya gerçekleri anlatacaktım. Yapacaktım.

Telefonu kapattıktan sonra Maude'ye döndüm. Yüzü gergindi ve modaya uygun ancak biçimsiz siyah kolsuz elbisesi ve mat toprak tonlarındaki bale ayakkabılarıyla cenazeye gidermiş gibi görünüyordu.

"Gerçekten bölmek istemedim," dedi.

"Sorun değil."

"Duruşma için adliyeye gelmiştim. Neden onlara Zach'in nerede olduğundan bahsetmedin?" Ses tonu suçlayıcıydı ama çok az.

"Nerede olduğunu söylesem yararlı olurdu ama kafa karıştırırdı."

Maude kollarını kavuşturdu. Artık neredeyse sinirli görünüyordu. "Ama yardımcı olmaya çalışıyordum."

Yardım. Ne kadar talihsiz bir kelime seçmişti. Söylediğini uydurmuş muydu? Açıkçası bilmek istemiyordum. Çünkü mazeretin yanlış olduğunu öğrenirsem daha sonra duruşmada kullanamazdım, aksi takdirde yalan ifade vermiş olurdum. Şüphe duymak ancak bir şey bilmemek; ikisi birbirinden tamamen farklıydı.

"Anlıyorum," dedim tarafsızca.

"Şimdi ne olacak?" diye sordu Maude, kollarını daha sıkı sardı.

"Zach hapishanede kalacak ve bir duruşma olacak," dedim. "O zamana kadar araştıracağız. Zach'in beraat etmesini sağlamanın en iyi yolu Amanda'yı asıl öldüreni bulmak olacaktır. Bu bizim sorumluluğumuz olmamalı ama sanık yapmadıysa, jüri kimin yaptığını bilmek isteyecek. Polis seni sorguladı mı?" diye sordum, onlara ne anlatacağını ve Wendy Wallace'ın bu mazereti çoktan bilip bilmediğini merak ettim.

"Sorguyu yarına aldılar," dedi Maude. "Tuhaf değil mi? Acele etmemeleri? Ellerine geçirebilecekleri bütün gerçekleri istemeleri gerekmez mi?"

Maude'nin dosyanın teorisini tutarsızlaştıracak, belki Amanda'nın yukarı katta yapmış olabilecekleriyle ilgili bir şey söyleyeceğinden endişe ediyorlardı; anladığım kadarıyla Zach'in motivasyonu olarak ellerinde olan tek şey buydu.

"*Bütün* gerçekleri elde etmek istemiyorlar," dedim. "Yalnızca dosyalarına yardımcı olacakları isterler."

"Bu kulağa doğru gelmiyor."

"Değil." Omuz silktim çünkü Wendy Wallace sadece işini yapıyordu. "Ama oynanan oyun böyle."

AMANDA

PARTİDEN ÜÇ GÜN ÖNCE

Sarah kapıyı keyifli bir gülümsemeyle açtı. "Mer..." Amanda'nın arkasının boş olduğunu görünce yüzü düştü. "Cidden mi?"

"Birazdan gelir." Yalan söylemeye devam etmek aptalcaydı ama Amanda öyle köşeye sıkışmış hissediyordu ki.

Sarah suratını asıp kollarını kavuşturdu. "Birazdan mı?"

"Tamam, gelmeyecek." Amanda başını eğdi. "Zach yeni işi yüzünden gerçekten çok bunaldı. O kadar çalışıyor ki akşam yemeğine gelmeyi bırak önünü bile göremiyor. Üzgünüm, denedim."

Aslında Amanda, Zach'e sormamıştı bile. Zaten hayır diyecekti ve Amanda, Zach'in asistanı Taylor'la her zamanki gibi sonu gelmeyen haberleşmenin sıkıntısını çekerdi. Taylor, tipik yüzlü, moda dergilerine bağımlı ve art arda sağlıksız diyetler yapmaya takıntılı bir kızdı ve zorlu durumlarda elinden geleni yapıyordu. Amanda yemeği prosedüre göre e-postayla soracak olsa Taylor her zamanki gibi cevap verir, hemen kontrol edeceğini söylerdi. Sonra Taylor iyi kalpliliğiyle ona şöyle yazardı: "Üzgünüm! Zach bu akşam programına sıkıştıramaz!"

Amanda, Zach'in orada olmamasına aldırmıyordu. Ama Taylor'la böyle konuşmak eziyetti. Sarah'nın kapısında dururken düşününce bile Amanda'nın gözleri beklenmedik yaşlarla doluyordu. Gözünü kırpıp Sarah'nın fark etmemesini umarak gülümsedi.

"Ay hayır, hayır. Hadi ama." Sarah, Amanda'yı ön kapıdan çekip ona sarıldı. "Boş ver beni. Baş belasının tekiyim."

"Bunu onaylıyorum!" diye seslendi Kerry neşeyle, gri eşofmanı ve koyu mavi Oklahoma City Thunder tişörtüyle merdivenlerden inip mutfağa geçerken. "Neyse, daha fazla kocaya ihtiyacımız yok. Ben yeterliyim."

"Doğum günün kutlu olsun!" dedi Amanda.

"Teşekkürler, teşekkürler." Kerry asilce, yere kadar eğilip selam verdi.

"Bu sana." Amanda yanına gidip sarılı viski şişesini muhtemelen fazla zorla Kerry'ye uzattı.

Kerry'nin yüzü aydınlandı. "Bana mı?"

"Şuna bak," diye cıvıldadı Sarah, sonra Amanda'ya döndü. "Gören de hayatı boyunca benden hiç hediye almadı sanır. Ya da yemeğe eşofmanla gelemeyeceğini daha beş dakika önce söylemediğimi."

"Evet aşkım ama eşofmanlarımı seviyorum ve bugün *benim* doğum günüm. Hediyelerine gelince, onların sonuçları oluyor," diye şakalaştı Kerry. "Çöpü çıkarmak, hikâyelerini dinlemek. Hepsi zorlu *işler*."

Sarah, Amanda'ya bakıp göz kırptı. "İşte iyi evliliğin gerçek sırrı: stratejik taviz."

Kerry, şeklinden şişe gibi bir şey olduğunu çoktan anlamamış gibi heyecanla gümüş rengi çantanın kurdelesini çözdü.

"Vay be!" dedi açtıktan sonra.

Şişeyi incelerken yüz ifadesi düşünceli hale geldi. Ne kadar olduğunu biliyor muydu? Amanda markayı göstermek için uzandı. "Ailenin buradan geldiğini söylediğini hatırladım..."

"Biliyorum," dedi Kerry sessizce, gerçekten duygulanmış gibiydi. "Çok iyi bir viski şişesi."

"Ailesine ne olmuş?" Sarah incelemek için yaklaştı.

"Cork'tan," dedi Kerry. "Büyükannemle büyükbabamın yaşadığı yer. Bir keresinde bahsetmiştim ve *saygılı bir biçimde* dinliyormuş. Çok teşekkür ederim. Ve almak için çöpü çıkarmama ya da su böceği öldürmeme gerek kalmadı."

"Ama su böceği suikastı konusunda çok iyisin," diye dalga geçti Sarah. "İşler bizim için kötüye giderse bir fikrim var; işçi tulumu ve sprey tenekesi. Çok iyi yaparsın."

Kerry gözlerini devirdi, ardından Amanda'ya sarıldı. Amanda bir an öyle güvende hissetti ki gözyaşları tekrar yüzeye çıktı.

Babası, Sarah ve Kerry'nin kapısına gelmeden hemen önce tekrar aramıştı. Bu histen kurtulmaya çalışsa da giderek zorlaşıyordu. Onu Brooklyn'de nasıl bulmuştu ki? Nereye bakması gerektiğini nereden bilmişti? O polis haklıydı: Zach özel hayatlarını korumak için bir sürü şey yapmışken hiç mantıklı değildi.

"Bunun için tekrar teşekkürler," dedi Kerry, Amanda'yı bıraktı. Şişeyi kaldırdı. "Üzerine titreyeceğim. Şimdi de siz hanımlar için sorun olmazsa aşağıdaki özel erkek odama inip doğum günü beyzbol maçını seyredeceğim. Geldiğinde Fransız ve dolayısıyla işe yaramaz olsa da Sebe'yi gönderebilirsiniz."

"Hazır oradayken temizleyebilir misin? Yakında biri sağlık bakanlığını arayacak." Sarah, Amanda'ya baktı. "Ben oraya artık inmiyorum bile."

"Ah, planım çok iyi işliyor." Kerry sırıttı, sonra eğilip Sarah'yı yanağından öptü ve onun poposuna vurdu. "Doğum günü yemeğimi düzenlediğin için teşekkürler hayatım. Hem ona hem de sana minnettarım. İstediğin zaman seve seve böcek öldürürüm."

Kerry gittikten sonra Sarah fırından mükemmel kızarmış tavuğu çıkarmak için eğildi, ardından kinoa salatası çıkardı. Sarah, evin geri kalanı gibi neşeli ve ev gibi hissettiren mutfağı çaba sarf etmeden yönetirken Amanda büyülenmiş halde izledi.

"Harika görünüyor," dedi Amanda, kızartma tavasına baktı.

Sarah eserine doğru başını salladı. "Kötü değil ha? Keşke Zach neyi kaçırdığını bilseydi."

Amanda gözlerini kapatıp iç çekti. "Gerçekten çok üzgünüm."

"Hayır, *ben* üzgünüm. İnsanlarla uğraşmak gibi kötü bir huyum var. Bir tür dürtü. Kerry'ye sor. Ama senin için endişeleniyorum. Beni alakadar etmez ama..." Sarah birden karıştırmayı bıraktı, iki elinde de salata kaşıkları tutuyordu. "Of, siktir et. Her şeyin beni alakadar ettiğini düşündüğümü zaten biliyorsun. O yüzden Amanda, sen teslim olmuş bir eşsin ve bu çok rahatsız edici. Palo

Alto'da nasıldı bilmiyorum ama Brooklyn'de karı kocalar, eve kim daha fazla para getiriyor olursa olsun birbirine denk partnerlerdir. Vakıfta çalışmaya başlayana kadar hep evdeydim ama Kerry beni dinler. Çünkü beni seviyor ve benim onu sevdiğimi biliyor. Evliliğin böyle olması gerek. Bunu biliyorsun, değil mi?"

"Evet," dedi Amanda ve doğruydu. "Ama Kerry'le senin harika bir evliliğin var."

"Hayır yok!" diye bağırdı Sarah. "Çocuğumun futbol koçuyla yiyiştim!" İleri doğru eğildi, Kerry'nin aşağıya indiğinden emin olmak için iki kere kontrol etti.

"Ama Kerry seni affetti," dedi Amanda.

"Evet ama mükemmel olduğumuz için değil. Birbirimizi sevdiğimiz için affetti beni. Arada fark var. İnan bana yine de *bir sürü* sorunumuz var." Sarah bir anlığına açıklayacakmış gibi baksa da yapmadı. "Herkesin var. Ama en azından sesin olmalı, Mandy. Nokta. Yoksa üzgünüm ama buna gerçek bir evlilik diyemeyiz. Kölelik gibi bir şey olur."

"Sesim var zaten," dedi Amanda zayıfça.

"Yok!" diye bağırdı Sarah ama sonra gözlerini kapatıp bir nefes aldı. Avuçlarını tezgâha yasladı. "Kocanı bir yemeğe bile getiremiyorsan üzgünüm ama sesin yok demektir. O kadar. Ve arkadaşın olarak dürüst olmam gerek. Açıkçası bu riskli bir yaşam şekli."

"Riskli mi? Ne demek istiyorsun?"

"Hastalıkta sağlıkta, yalnızlıkta çaresizlikte diyorum," dedi. "Evlendiğinizde birbirinizin ilk savunma hattı olursunuz. Birbirinizle ilgilenmeniz gerekir."

Sarah haklıydı. Ve Zach bunların hiçbirini bilmiyorsa Amanda'yı babasından korumak şöyle dursun, yalnızlıkta, çaresizlikte ya da kötü rüyalarında nasıl koruyacaktı? On yıldan fazladır birliktelerdi ve Zach babasının yaptığı berbat şeylerin hiçbirini bilmiyordu.

Amanda başını salladı. "Söylediğinin doğru olduğunu biliyorum. Evet."

"Güzel," dedi Sarah, tatmin olmuş gibi başını sallayıp tavuğu tavadan doğrama tahtasına aldı. Tam çatalı tavuğa batırmış büyük bir bıçakla kesecekti ki kapı çaldı.

"Maude ve Sebe olmalı. Hemen dönerim. Sen tavuğa bak."

Biraz sonra ön kapının açılma sesi, ardından Sarah'nın yüksek sesli ve canlı merhabaları geldi.

"Çok iyi. Kimse yok," dedi Kerry, mutfağa daldığında. Gizlice tavadan pişmiş bir patates altı ve ağzına attı. Sıcak olduğu için yüzünü ekşitti, elleriyle ağzını yelledi. Eşofmanı ve tişörtüyle fazla büyük bir çocuk gibiydi. Amanda'nın küpelerine baktı. "Vay, bunlar fenaymış. Sakın Sarah'ya gösterme, Tanrı aşkına."

Amanda bir elini kulağını götürdü. *Damla* şeklinde pırlanta küpeler. Ne sorunu vardı onun?

"Kahretsin," dedi. "Bunları takmamalıydım, haklısın. Çok fazlalar. Bağış toplantım vardı. Çıkarmayı unuttum."

"Şaka yaptım! Aslına bakarsan yerinde olsam Sarah'nın bu küpeleri *gördüğünden* emin olurdum." Göz kırptı. "Böylece bir daha evliliğin hakkında üstüne gelirse 'küpeleri hatırladın mı' dersin."

Amanda gülümsedi. Kerry fark ettirdiğinden daha dikkatliydi.

"İşte doğum günü çocuğu!" diye seslendi Maude, mutfağa girip Kerry'yi iki yanağından öptü. Onu kendisine çekip Kerry'ye uzunca sarıldı. Ayrıldıklarında eşofmanını gösterdi. "Görüyorum ki tüm olanakları kullanmışsın. Sarah seni gördü mü? Bu uyuma onay vereceğini sanmam."

"Bugün doğum günüm," diye karşı çıktı.

Sebe, Maude'nin arkasında belirdi; kırışıksız keten gömleğiyle her zamanki gibi yakışıklıydı. Ancak Maude'yle aralarındaki soğukluk belli oluyordu. Kadın haklıydı. Sophia'nın durumu gerginliğe yol açıyordu.

Sebe, Amanda'yı iki yanağından öpmek üzere eğildi. "Seni gördüğüme sevindim."

"Öf," dedi Sarah, mutfağa girdiğinde Amanda'yı, Sebe'yi ve Maude'yi işaret etti. "Neden hepiniz bu akşam çok iyi görünmek zorundasınız?" Kendi lekeli gömleğini gösterdi.

"Çünkü bizim için yemek pişiriyordun!" diye bağırdı Maude. Sonra kocasına soğuk bir bakış attı. "Sebe, bir işe yara. Sarah'ya bir bardak şarap koy."

Sebe'nin yüzü gerildi. Geçip bir bardağı doldurur ve Sarah'ya verirken Maude'ye bakmadı. Bardakları tokuşturdular.

Sarah, Kerry'ye elini salladı. "En azından ikimiz de zavallı pasaklılarız."

"Hey!" Kerry kollarını kaldırdı. "Bugün benim doğum günüm be!"

Ve herkes güldü.

Herkes yemek masasına oturduğunda Maude epey kendine gelmişti. İçtiği birkaç kadeh şarap işe yaramış görünüyordu. Ama Sebe'yle birbirlerine bakmaktan kaçınıyorlardı. Amanda gerginliklerinden haz duymak istemiyordu ama açıkçası onların bile stressiz bir evlilikleri olmaması rahatlatıcıydı. Belki Sarah haklıydı: Kimsenin evliliği öyle değildi. Çok geçmeden konuşma Sarah'nın küçümsemeyi en sevdiği şey olan Brooklyn Country Day Okul Aile Birliği'ne döndü.

"Herkesin panini makinesi hakkında bağrıştığı zamanı hatırlıyor musun?" Sebe güldü.

"Beden bütünlükleri için insafsız bir risk!" diye bağırdı Sarah. Sesini inceltti. "Ama Sawyer burrata ve serbest dolaşan domates seviyor. Özgerçekleştirim hakkı var."

"Bilmiyorum, Sarah." Kerry güldü. "Bence bu hackleme olayı felaketin olacak. Yakında çözmezseniz seni alıp parçalara ayıracaklar."

"Ah, evet, *hackleme*." Kerry'ye doğru gözlerini kıstı, ardından gülümseyerek başını çevirdi. "Biliyor musun, aslında geçen bana da kimlik avı e-postası geldi."

Kerry'nin kaşları çatıldı. "Bütün paramızı Dubai'deki talihsiz, kayıp teyzene vermedin, değil mi?"

"Ne parası, Kerry?" diye sordu Sarah. O devam ederken Kerry güldü. "Neyse, Netflix'ten gelen üyelik yenileme bildirimi gibi görünüyordu. Ama hayır, tıklamadım. Çünkü *ben* aptal değilim. Ama var ya, hackerların bulabileceği derin, karanlık sırlarım olmadığına nasıl memnun oldum."

"Sır mı?" diye sordu Amanda.

"Ah, evet," dedi Sarah. "Belli ki insanların sırlarının peşindelermiş. Utandıran sırların. Bilgisayarında bir şey buluyor, ödeme yapmazsan onu Park Slope Ebeveynleri'nde paylaşmakla tehdit ediyorlar ama henüz böyle bir şey yaptıklarını düşünmüyorum. Adını söylemeyeceğim birine açılır pencereden, kocasının hesabından iletilmiş e-posta gelmiş. Bir eskortla sonraki randevusunun ne zaman olacağını konuşuyormuş. S & M konusunda uzman bir eskortla. Anladığım kadarıyla itaatkâr taraf kocaymış."

"Bunu sana biri mi anlattı?" diye soludu Maude. "Kim?"

"Saklamaya yemin ettim. Hadi ama, dedikodu dinlemeyi severim ama sürekli yapmam," dedi Sarah fazla resmi bir şekilde. "Bu aşamada, keşke insanlar bana korkunç detayları anlatmayı bıraksa diyorum. İstediğimden *çok daha* fazlasını biliyorum."

"Kim eskorta e-posta atar?" Kerry güldü. "Adam ona W-9 formu da doldurtmuş mu?"

Sarah, Kerry'yi görmezden gelip Sebe'yle Maude'ye döndü. "Siz ikiniz özgürlükçüsünüz, biliyorum ama ben olsam bugünlerde ne yazdığıma dikkat ederdim."

"Benim eskorta ihtiyacım yok," dedi Sebe, mükemmel zamanlamayla.

Gülmeyen tek kişi Maude'ydi. Dokunmadığı yemeğine bakıyordu.

"Tuş!" diye bağırdı Kerry Sebe'ye, biraz geç ve yüksek sesli olsa da. "Sebe muhtemelen gidip kaldırımda dursa bir kadın gelip bacaklarını açar."

Sarah iğrenmiş bir yüz ifadesi takınıp Kerry'ye vurdu. "Iyy."

"Hadi ama, şaka yaptım." Kerry güldü. "Hepimiz şaka yapıyoruz sanıyordum."

"Renkliydi, Kerry," dedi Sebe diplomatik bir biçimde. "İğrençti ama renkliydi."

"Teşekkürler, Sebe."

"Neden kredi kartı numarası falan çalmıyorlar? Normal suçlular gibi?" diye sordu Maude ondan beklenmeyen bir kinle. "Bu çok berbat, sapkın bir ihlal."

Amanda yalnızca bir gece önce o tanıdık rüyada ortaya çıkan babasını düşünebiliyordu. Amanda mantıksızca o karanlık, ıslak ağaçların arasında koşarken eve ışınlanmıştı ve babası tam ortada duruyor, iri cüssesi neredeyse Amanda'nın yatak odasını dolduruyordu. Gece yarıları sarhoşken tuvaletle odasının yerini karıştırdığı zamanki gibi sessiz ve kamburdu. Amanda babasının odasının zeminine kaç kere işediğini sayamazdı bile. Şimdi düşününce, Amanda babasının o şekilde kendisini utandırmaktan hoşlandığından emindi.

"Bazı insanlar başkalarını utandırmayı sever. Bundan beslenirler." Amanda'nın sesi zehirli ve neredeyse tanınmazdı. "Mide bulandırıcıdan da öte. Kötücül bir şey. Yaşamalarına dahi izin verilmemeli."

Ve böylece masadaki herkes ona baktı.

"Eskortlara nakit ver, Amanda," diye şakalaştı Kerry. "Her zaman nakit kullan."

Ama ona bakmaya devam ediyorlardı.

"Kusura bakmayın. Sadece... çocukluğum pek kolay geçmedi," dedi Amanda çünkü bir şey söylemesi gerekmişti. Ve en azından doğruydu. Ne var ki açıklaması yalnızca herkesi daha fazla rahatsız etmişti. "O kadar."

"O halde bu kadar iyi bir insan olman senin sayende," dedi Kerry, başka bir şarap şişesi açarak herkesin kadehini doldurmaya başladı. "Hem haksız değilsin," diye ekledi, yerine oturdu. "Üvey babam ben on dört yaşındayken bilerek kolumu kırmıştı. Sanırım bir şekilde beni utandırmak içindi. Herkesin bir geçmişi var. Burada, Susam Sokağı'nda bile."

"Neden bahsediyorsun sen?" Sarah'nın kafası karışmış gibiydi ve sinirliydi. "Üvey baban çok iyi bir adam."

Kerry gülümsedi ama tuhaf, üzgün bir gülümsemeydi. "Benim hakkımda *her şeyi* bilmiyorsun hayatım."

"Korkunç bu," dedi Sebe sessizce.

Maude'nin midesi bulanmış gibiydi. "Kerry, çok üzüldüm."

Sarah kocasına bakıyordu. Amanda odağın kendisinden uzaklaşmasına memnun olmuştu.

"Geleceğe kadeh kaldıralım." Kerry bardağını kaldırdı. "Ve harika aileler oluşturan harika arkadaşlara."

"Arkadaşlara!" dedi herkes.

Geleceğe, diye düşündü Amanda, kadehler rüzgâr çanı gibi birbirine değerken. *Geleceğe.*

KRELL SANAYİ A.Ş.

GİZLİ YAZIŞMA

DAĞITILAMAZ

Avukat-Müvekkil Arasındadır
İmtiyazlı ve Gizlidir

30 Haziran

Kime: Brooklyn Country Day Yönetim Kurulu
Kimden: Krell Sanayi A.Ş.
Konu: Veri İhlali & Siber Olay Soruşturması - İlerleme Raporu

Aşağıda toplanan verilerin ve yapılan görüşmelerin özeti vardır.

Veri Toplama

Veri toplama devam ediyor. Brooklyn Country Day bilgi sistemlerinde ek bir izinsiz giriş gerçekleşmedi ancak bahsi geçen aileler tehdit almaya devam ediyor.

Görüşme Özetleri

ÖZNE AİLE 0016: EBE bilinmeyen bir kaynaktan, farklı kredi verenlerle yaptığı görüşmelerin ekran görüntülerini, 20,000$ nakit transferi talebiyle birlikte aldı. Nakit transferinde hata yapılması halinde fotoğrafların PSE'de paylaşılacağı söylendi.

ÖZNE AİLE 0031: EBE kişisel olarak hacklemeye maruz kalmadı. Ancak tanıdığı birinin (bu noktada Şüpheli Kişi A olarak anılacaktır) oğlunun geçen yıl davranış sorunları sebebiyle okuldan atıldığını, öç almak için Brooklyn Country Day'in itibarını zedelemek isteyebileceğini bildirdi.

ÇALIŞAN GÖRÜŞMESİ 0009: Şu anda okulda çalışan görevli, daha önceki bir görevlinin (bu noktada Şüpheli Kişi B olarak anılacaktır) futbol koçluğundan atıldıktan sonra okula "zarar vermek" için her şeyi yapabileceğini söyledi.

Ön Sonuçlar

Şu anki durumda hiçbir kurban nakit talebine uymadı ve PSE'de hiçbir bilgi paylaşılmadı. Bu, finansal kazancın asıl motivasyon olup olmadığı sorusunu akla getiriyor. Ek olarak, açığa çıkan bilgiler failin Brooklyn Country Day'le önceden sıkı ilişkisi olan biri; çalışan, öğrenci ya da ebeveyn olduğunu gösteriyor.

LIZZIE

9 TEMMUZ, PERŞEMBE

Sam'i uyandırmamaya dikkat ederek yatağa girdim. Telefon pili dosyasındaki talebi reddetmek için ofiste geç saate kadar kalmıştım. Bu durum aynı zamanda Sam'le küpe hakkında yüzleşmekten kaçınmama da yardımcı oluyordu. Hatta bu işin peşini tamamen bırakmaya karar vermiştim. Bir kere Enid's ve kibritler konusunda yanlış yargıya varmıştım zaten. Şüphe, en küçük baskıda kasılan bir kas gibiydi. Her şey için tepki olarak verdiğim cevaplara güvenemezdim.

O yüzden ağzımı kapatıp Sam'in uyumasına izin verdim, küçük okuma lambamı kullanarak boktan hayatımı kusursuz göstermeye devam eden Amanda'nın tedirgin edici günlüklerini karanlıkta okudum. Ofisteyken Park Slope'taki üç ayını okumuştum ama hâlâ Amanda'yı takip eden kişiden tam olarak bahsedilmemişti, sadece erkek olduğunu biliyordum. Ve sonra gizlice yatağımda okurken en son yazılardan birinde, Sarah ve Maude'yle Blue Bottle'da kahve içmesinin ve Hope First'teki toplantının arasında onu gördüm:

Baba'nın para istemediğinden endişelenmeye başlıyorum. Brooklyn'e beni St. Colomb Falls'a geri sürüklemek, bana şimdi bile sahip olduğunu kanıtlamak için geldiğinden korkuyorum. Ama ona izin vermeyeceğim. Asla.

Oturunca günlük parmaklarım arasından kayarak Sam'in omzuna çarptı. Amanda'nın babası Park Slope'ta mıydı? Takip eden oydu. O olmalıydı.

Sam kötü bir rüyadan uyanırmış gibi bir anda kalktı.

"Ah, sensin." Rahatlayarak nefes verdi, sonra bir kolunu sıkıca kalçama doladı. Tüylerim diken diken oldu. Olanları geride bıraksam da bu fazlaydı. "Ne okuyorsun?"

"Günlük."

"Başkasının günlüğünü mü okuyorsun?" diye mırıldandı Sam. "Pek hoş değil."

"Park Slope'ta öldürülen bir kadına ait."

"Ne?" diye sordu Sam yarım yamalak gülerek. "Park Slope'ta mı? Ne zaman?" Artık sesi daha uyanık geliyordu.

"Center Slope. Geçen hafta sonu, biz şehir dışındayken oldu," dedim.

"Korkunçmuş." Bir süre sessiz kaldı. "Neredeydi?"

"Montgomery Place. Kadının bir oğlu vardı. On yaşında. Ben kocasının avukatıyım." Ona bir tür darbe vurmuş, âdeta *bak benim hakkımda bilmediğin ne kadar çok şey var* demiştim. Kendimi durduramıyordum.

"Kocasının avukatı mısın?" diye sordu Sam. "Young & Crane'in bu tür dosyalara baktığını bilmiyordum."

"Bakmıyorlar. *Ben* bakıyorum. Hukuk fakültesindeyken arkadaştık. Sonra olaylar... karmaşıklaştı," dedim, bilerek imalı konuşuyordum. "Masum olduğunu düşünüyorum."

Sam dirseklerinin üzerinde doğruldu. "*Düşünüyorsun*? Kim bu adam, Lizzie? Ne oluyor?"

Yaralanmış gibiydi. Ve çok az da olsun memnun oldum.

"Adı Zach Grayson," dedim. "Arkadaştık ama sonra arkadaştan öte olmak istedi. Ben istemedim, o yüzden arkadaş olmayı bıraktık."

Zach'e hayali erkek arkadaşımdan bahsettiğim o yemek kibarca bitmişti. Ama şimdi aynı zamanda son yemeğimiz olduğunu hatırlıyordum. Zach'i bir sonraki görüşüm hukuk fakültesi kütüphanesindeydi, gülümseyip selam vermişti ancak durup sohbet etmemişti. İki hafta sonra selam bile vermiyordu. Ben de açıklama yapması için zorlamamıştım. Zach'in önünde sonunda benimle görüşeceğini düşünmüştüm. Hazır olduğunda. Onun yerine kalıcı olarak ortadan kaybolmuştu. Hukuk fakültesinden değil ama hayatımdan. Ve ben rahatlamıştım. O zamanlar bu yüzden suçluluk duymuştum. Belki de bu yüzden Zach'i Rikers'ta ziyaret etmeyi kabul etmiştim.

"Şimdi de avukatlığını mı yapıyorsun?" Sam oturdu. "Seninle çıkmak isteyen adamın?"

"Evet. Onu Rikers'ta görmeye gittim." Yine bir darbe.

"Rikers mı?" diye sordu. "Rikers'tan nefret edersin. Bana bir daha oraya dönmeyeceğini söylemiştin. Hem şirketler hukukuyla ilgilenmen gerekiyor."

"Evet sayende şirketler hukuku alanında çalışıyorum." Yorganı birden çekip sakin kalmaya gayret ederek ayaklarımı yere doğru uzattım.

"Bu ne demek oluyor?" diye sordu Sam.

Hayır, Sam'in aptalı oynamaya hakkı yoktu. Beni içine attığı onca şeyden sonra olmazdı. Bir anda bunca zaman içime attığım tüm öfke patlayacak gibi oldu.

"Az önce söylediğim şey demek oluyor: Young & Crane'de çalışmam *senin* hatan. Sahip olmak için çok çalıştığım kariyerin mahvolması senin kazanın sonucu. Hep bundan dolayı özür dilemiyor musun zaten?"

Sam'in gözleri büyüdü. "Yani kaza yüzünden yaptığın hiçbir şey hakkında fikir belirtmeye hakkım yok mu?" Bağırıyordu ancak daha çok kırgındı ve bu beni daha çok öfkelendiriyordu. "Bu nasıl olacak, Lizzie?"

Birden yataktan sıçradım ve okuma ışığımın gölgemsi halesinde ona dik dik baktım.

"Fikrin olabilir. Çantanda bulduğum o siktiğimin küpelerini açıkladıktan sonra."

Sam irkildi, sonra donakaldı. Ardından sadece sessizlik geldi. Hem de çok fazla. *Siktir.*

Sam en sonunda açıklama yapmaya hazırlanırmış gibi içine hava çekti. Ama onun yerine tekrar yatağa yattı. Gözlerini tavana dikip sesli bir şekilde nefes verdi. Ardından dümdüz, kıpırdamadan uzandı. Soğuk, bitmek bilmeyen sessizlikle karnıma yumruk yemiş gibi oldum.

Siktir. Siktir. Siktir.

"Kimin küpesi olduğunu bilmiyorum," dedi en sonunda, sesi kısık ve korkmuştu. "Gerçek bu."

İnkâr ve savunma, beceriksiz yalanlar, hatta öfke; bunların hepsine kendimi hazırlamıştım. Ama korkuya değil.

"Bilmiyor musun?" *Sözünü geri al*, demek istedim. *Sözünü geri al.*

"Tanrı biliyor ya, keşke bilseydim. Hafızamı yoklayıp durdum. Küpeyi gözümde canlandırmaya çalıştım. Kime ait olduğunu ya da cebime nasıl girdiğini bulmaya çalıştım. Svetşörtümün cebinde bulmuştum. Ama hiçbir şey hatırlayamadım, Lizzie. Hiçbir şey."

Başka bir evlilik olsa bu saçma sapan bir bahane olarak kabul edilirdi. Ancak bizimkinde kayıp zamanlar utanç verici hayat gerçekleriydi.

"Ne zaman?" diye fısıldadım. "Ne zaman buldun?"

"Başımı vurduğum akşam. Hastaneden ayrılmadan önce cebimde buldum."

Yutkundum. "O akşam içmeye nereye gittin?" Bir sonraki gün bu soruyu sormaktan bilerek kaçınmıştım. Sonraki günler de devam etmiştim.

Kendimi savunmam gerekirse, katılmam gereken acil bir durum olmuştu. Sam'i kanarken bulmuş, ambulansı aramış, sonra evimizdeki acil yardım ekibiyle ilgilenmiştim. Bütün kanın tek bir kesikten geldiğini anladıktan sonra, belli ki kafa fazla kanıyormuş, taksiyle Methodist Hospital'a gitmemizi önermişlerdi; gereksiz ambulanstan daha ucuz bir seçenekti. Sonrasında acilde beklemiştim, ardından dikişler atılmıştı ve eve dönüp temizlik yapmıştım. Tüm bunlar bittiğinde hafta sonu bitmeden önce ofise gitmem gerekmişti.

Ayrıca bir alkolikle evlenince detayları kurcalamaktan yoruluyordunuz. Sormuyor, söylemiyordunuz. Başınıza gelenler hakkında hiç rolünüz olmamış gibi davranmak daha kolaydı. Ya da bu herkes için geçerli değildi. Benim için öyleydi. Ben hep böyle yapıyor, uygunsuz gerçekleri silerek gözlerimi ödülde, yani ilerlemede tutuyordum.

"Bir şeyler içmek için Freddy's'e gittik."

"Freddy's mi?" diye parladım. Sam, Freddy's denen küçük bara her hafta basketboldan sonra "yaşlı babaların" gittiğini ama onlara hiç katılmadığını söylemişti. Ek olarak devam eden bir yalan tek bir ihanetle birleşmişti. Mükemmel. "Sanırım her hafta oraya gidiyorsun?"

"Bildiğini düşündüm," dedi.

"Bana yalan söylediğini *bildiğimi* mi düşündün?" diye bağırdım. "Bilsem ne diye bir şey söylemeyeyim?"

"Şimdi kulağa aptalca geliyor," dedi. "Ama öyle düşündüm. Aynı fikirde olmadığımızı kabullendiğimizi sandım."

"Kayıtlara geçsin diye söylüyorum, hiçbir zaman bana karşı dürüst olmadığını düşünmedim." Zorlukla yutkundum. Ne yalandı ama. "Sanırım buradaki şerefsiz benim o zaman."

"Sen şerefsiz değilsin, Lizzie. Belli ki benim," dedi Sam sessizce. "Ama o küpenin kime ait olduğunu bilmiyorum. Gerçeği söylüyorum."

"O akşam birlikte olduğun insanlara sordun mu?"

"Bende sadece lige girmemi sağlayan *Journal*'daki adamın e-postası var, o da iş için şehir dışında. Geri dönüş yapmadı. Ve yazın son maçını yapmıştık," dedi. "Arkadaşlarım gittiğinde barda olduğumu biliyorum. Ona yazısında şans dilediğimi hatırlıyorum. Sonrasında diğerlerinden biriyleydim. Ama onun karısı, çocukları ve büyük bir kariyeri vardı, ne kadar geç saate kadar kalabileceğini bilmiyordum. Gerçi aynı zamanda bizi striptiz kulübüne götürmeye çalışıyordu, yani kim bilir."

"Striptiz kulübü mü?" Sesim titriyordu. "Yaşlı babalar olduklarını sanmıştım."

"Sence kimler striptiz kulüplerine gidiyor? Neyse, gitmezdim. Öyle yerlerden nefret ederim. Biliyorsun."

"Harika. Nasıl rahatladım."

"Kimseyle bir şey yaptığımı sanmıyorum, Lizzie. Gerçekten. Öyle bir şey yapmam. Seni seviyorum."

"Of lütfen ama, Sam!" diye tersledim. "Kendinden geçince bambaşka bir insan oluyorsun. Bunu bana kaç kere söyledin. Şimdi geriye dönüp kendinden geçmişken başka biri olmadığını iddia edemezsin. Her seferinde buradaydım, unutma! Nasıl işlediğini biliyorum. *Sen ne olduğunu bilmiyorsun*. O yüzden *her şey* olmuş olabilir."

Sam serin bir nefes aldı. "Başka bir kadın olduğunu sanmıyorum. Bunun doğru olmasını istemiyorum," dedi sakince. "Ama haklısın. Yüzde yüz dürüst olmam gerekirse emin olamam."

Ve işte olmuştu: Sam başka bir kadınla olmuş olma ihtimalini kabul etmişti. Ve bir de neredeyse her şeyi geride bırakacaktım. Duvardan uzaklaşarak kapıya doğru döndüm.

"Lizzie, nereye gidiyorsun?" diye seslendi arkamdan Sam, sesi umutsuzdu.

"Bilmiyorum," dedim. "Hiçbir lanet fikrim yok."

Sabahın ilk ışıklarında Rikers iyice mülteci kampına benziyordu, pütürlü kanepede üç saat kesintiyle uyuduktan sonra görüşüm muhtemelen gelişmemişti. Bu kez ziyaret eden daha çok aile vardı; çocukları da getirmişler, ben avukat güvenlik sırasında Zach'in getirilmesini istemek için dururken duvarın yanında sıralanmışlardı. Üniformalı bir gardiyan, uyuşturucu ya da bomba koklayan köpeği önlerinde ileri geri yürütüyordu. Küçük bir kız ağlamaya başladı. Bu ne biçim adaletti ve kim içindi? Zach zengin ve beyazdı, emrinde koca bir Manhattan hukuk şirketinin kaynakları vardı ve şu anda en iyi ihtimalle duruşmaya kadar hayatta kalacaktı.

Zach avukat odasına sonunda geldiğinde gözü biraz daha iyi görünüyordu ama sol elmacık kemiğinde yeni, uzun bir morluk ve ağzının kenarında taze kesik vardı.

Karşımdaki sandalyeye otururken ağır hareket etti. "Olduğundan kötü görünüyor."

Ama bu kez o kadar da emin değilmiş gibiydi.

"Üzgünüm," dedim.

"Senin hatan değil."

"Buradan götürülmeni sağlayabilirdik," dedim, bunun doğru olduğundan emin olmasam da.

"Nereye gidecektim? Koruyucu gözaltına mı?" Zach'in bacağı hafifçe sallanmaya başladı. "Kutuya mı?"

"Sanırım, belki."

"O da hücre. Arada hiç fark yok. Diğer insanları cezalandırmak için yaptıklarını uygulayarak koruyorlar seni. İronik, değil mi?" Sesi kartlaşmış geliyordu, sanki günlerdir değil de yıllardır Rikers'taydı. Bana bakmıyordu. "Kutu beni buradaki adamlardan daha hızlı öldürebilir. Çıkmam lazım, o kadar."

Zaman dolmuştu. Zach gerçekleri hak ediyordu.

"Kefalet başvurumuz reddedildi." Daha çekilir hale sokmanın yolu yoktu. "Ve suçlamayı gündeme getirdiler. Beklediğimiz gibi."

Zach uzun bir süre sessiz kaldı. En sonunda bacağı daha kuvvetle atmaya başlarken başını salladı. "İçimde bir yerlerde mucizevi bir şekilde yalnızca gerçeklerin önemli olmasını umuyordum."

"Gerçek önemli olacak," dedim. "Doğrular önemli olacak. Ama asıl duruşmada. Kefalet duruşmasında değil." Bloknot çıkardım. "Bu da daha sert sorular sormam ve bana karşı tamamen dürüst olman gerektiği anlamına geliyor, tamam mı?"

"Tamam," dedi Zach ama düpedüz hüzünlü görünüyordu.

Geri dönüp ona olanları sindirmesi için şans versem mi diye düşündüm. Detayları öğrenmek için acelem olmasa yapabilirdim. Duruşması aylar sonraydı. Ancak buradaydım işte. Muhtemelen çalışmaya başlamak en doğrusuydu.

"Neden Brezilya'ya uçak bileti bakıyorsun?" Wendy Wallace'ın söylediği, bana rahatsızlık veren gerçeklerden biriydi. Savcılar suçluluk bilincine bayılırlardı. Wendy büyük ihtimalle bunu duruşmada önceden planlama olduğunu göstermek için "kaçma kanıtı" olarak kullanacaktı.

"Jaguarlar," dedi Zach, bu çok ortadaymış gibi.

"Araba olan mı?"

Zach'in gözleri birden benimkilere baktı, fazla zorlamaydı. "Hayır, hayır hayvan olan. Brezilya'da Pantanal diye bir yer var, orada jaguarları kolaylıkla görebiliyorsun," dedi. "Case jaguarlara kafayı takmıştı. Kamptan döndüğünde görmesi için onu Brezilya'ya götürmeyi düşünüyordum. Baba-oğul macerası olarak yani." Bir süre sessizleşti. "Ama gerçekçi olayım, muhtemelen işten zaman ayıramazdım. Ama böyle şeyleri düşünürüm. Uygulamaya koymayı pek beceremem."

Biletlerin tarihleri ve asistanının hatırladıklarıyla beraber çapraz referansla ilişkilendirildiğinde desteklenmesini umduğum, iyi bir açıklamaydı.

"Vakıf için çalışan bir muhasebecinin neden Amanda'yla görüşmeye çalıştığını biliyor musun?"

Zach başını salladı ama umursamıyor gibi görünüyordu. "İğrenç biri gibi konuşmuş olmak istemem ama finansal olarak belli bir yere geldiğinde para yönetimsel bir detay oluyor. Öyle şeylerle uğraşmamak için muhasebeci tutuyorum. Ama ciddi bir şey olsa Amanda bana söylerdi. Ki söylemedi."

"Ben bizzat takip edeceğim. Senin için sorun olmazsa," dedim. "Uzmanlarımıza ödeme yapmak için paraya erişimim olması gerekecek zaten. Laboratuvar testleri ucuz olmuyor. Muhasebecinin bu konuda da yardımcı olabileceğini varsayıyorum?"

"Kesinlikle," dedi Zach. "Ama vekalet gerekecek."

"Tahmin ettim. Yanımda bir form getirdim. Gitmeden önce imzalaman için gardiyana vereceğim. Şirketin ve muhasebecinin ismini de almam gerek."

"Adı PricewaterhouseCoopers, adamın ismi de Teddy'di. Soyadını bilmiyorum. Saçma bir şey olduğu için hep adını hatırlıyorum. Teddy adında yetişkin bir adam olamaz, değil mi? Ve bana söylediklerini anlatırsın," dedi Zach. "Kum torbasına falan dönüşeceksem haberim olsun isterim."

"Kum torbası demişken..." diye söze başladım. "Buna değindiğimizi biliyorum. Ama aylaklık için aldığın cezaya dönersek, emin misin..."

"Tanrım, bırak şunun peşini Lizzie!" Zach'in patlaması öyle yüksek sesli ve aniydi ki irkildim. Anında ellerini havaya kaldırdı. "Özür dilerim. Bağırmak istemedim. Cezanın kötü göründüğünü biliyorum. İnan bana. Ama kaç yıl önceydi, on üç mü? Neyse, o konuda yapılacak bir şey yok."

Zach plastik camın öteki tarafında yenik ve savunmasız görünüyordu.

"Sorun yok, önemli değil," dedim, pek öyle olmasa da. "Elimde potansiyel bir iyi haber var. İyi haber demek zayıf bir tanım kalır. Ama görünüşe göre Amanda'nın babası mantıklı bir alternatif şüpheli."

"Babası mı?" Zach'in kafası karışmıştı. "Ne demek istiyorsun?"

"Onu taciz ediyordu. Telefonla arayıp kapatıyordu. Takip de ediyordu. Ve... sanırım istismarcıydı, cinsel olarak; Amanda küçükken. Amanda on iki, belki on üç yaşındayken günlüklerine birkaç kere tecavüze uğradığını yazmış."

"Ne?" Zach midesi bulanmış gibi göründü, ardından öfkelendi. "Neden bana söylemedi?"

"Bilmiyorum," dedim, Zach evliliklerinin mesafeli olduğunu söylemişti gerçi. Neden şaşırmıştı? "En azından adamı bulmamız gerektiğini düşünüyorum. Amanda'nın evlenmeden önceki soyadı neydi?"

"Lynch," dedi duraksamadan. "Ama babasının ismini ya da nerede yaşadığını falan bilmiyorum. Onunla hiç karşılaşmadım ve Amanda ondan bahsederken yalnızca 'babam' derdi. Hatta sanırım 'baba' diyordu ki bu daha ürkütücü görünüyor." Yüzünü ekşitti. "On iki mi? Case on yaşında. İğrenç bir şey bu."

Başımla onayladım. "Öyle."

"Lynch" soyadını not alıp altını çizdim. Şimdi bunu ve kasabanın adının St. Colomb Falls olduğunu, hatta günlüklerinden eski kilisesini öğrenmiştim. Elimde temel oluşturacak yeterince bilgi olmuştu.

"Alternatif şüpheliler bulmak bizim işimiz olmamalı. Ama jüri suçlayacak başka birini isteyecek," dedim. "Onu bulsak çok iyi olur."

Ama jüri heyeti listeye kaydedildiğinde gerçekten Zach'i savunan kişi olacak mıydım? Kefalet duruşmasıyla uğraşmak bir şeydi, peki cinayet duruşması? Paul, Wendy Wallace'a takıntılı olduğu için miydi? Zach'i milyonlarca yıl önce hayal kırıklığına uğrattım diye mi? Sam'e kızgın olduğum için mi? Yoksa aslında başka bir şeyin, başka *birinin* bedelini mi ödüyordum? Fikir bir anda aklıma geldi. Fakat bunların hiçbiri Zach'in avukatı olarak kalmam için iyi nedenler değildi. Asıl yapmam gereken karmaşaya dönen hayatımla uğraşmaktı.

"Ayrıca Amanda'nın arkadaşı Carolyn'le konuşmak istiyorum. Olayların iç yüzünü biliyor muhtemelen. Sende numarası var mı?"

"Kim olduğunu bilmiyorum, üzgünüm."

"Amanda'nın çocukluktan en yakın arkadaşı?" diye ısrar ettim, Sarah'nın bana yaptığı gibi yargılayıcı konuşuyordum. "Şehirde yaşıyor. Belli ki Amanda onunla bolca vakit geçiriyormuş."

"O ismi duyduğumu sanmıyorum," dedi Zach. Cevabı yine gerçek gibi görünüyordu.

"Amanda günlüğünde Carolyn'den bahsetmiş. Sarah'la Maude de onu duymuşlardı." Aklına bir şey gelmesini umuyordum. "Ama tanışmamışlar."

"Belki de Amanda'yı öldüren kişidir o zaman," dedi Zach, yüzü aydınlandı. "Yani, geçmiş hayatından birisi buradaysa bunun iyi bir sebepten olmadığını garanti ederim." Keskin bir nefes alıp başını salladı. "Ben Amanda'nın kurtarıcısıydım. Ve onu bazı yönlerden gerçekten de kurtardım, iyi hissettirdi. O, yani biz paranın alabildiği rahatlığa erişebilelim diye kıçımı yırttım. Belki de önemli olan bu değildi ama." Zach bakışlarını indirdi. "Onunla daha iyi ilgilenmeliydim. İyi eşler böyle yapar, değil mi? Senin gibi."

"Ben mi?" diye sordum.

Zach'in gözleri kalktı ve beni süzdü. "Kocanla ilgileniyorsun, o yüzden iş falan değiştiriyorsun."

"Sanırım," dedim, utancın yerleştiğini hissettim. Sam'le olan hikâyem o kadar belli oluyor muydu?

"Sanırım mı?" dedi. "*Devasa* fedakârlıklarda bulundun. En önemlisi işin. Ama bunu kocan sana ihtiyaç duyduğu için yaptın. Onun sorunlarını kendininkini olarak kabul ettin. Benden çok daha iyi bir insansın."

Ama bu yüzden ondan nefret ediyorum.

"Maude'yle de konuştum," dedim, konuyu Sam'den uzaklaştırmak için her şeyi yapardım.

"Partiyi veren mi?" diye sordu. "Ne olmuş ona?"

"Amanda'nın öldüğü vakitte birlikte olduğunuzu söyledi." Duraksadım ancak yalnızca bir saniyeliğine. "*Birlikte* birlikte yani." Tekrar durdum. "Üst katta."

"Üst kat mı?" dedi Zach, meraklıydı ama azıcık bile savunmacı değildi. "Bir şey ima etmeye çalıştığını hissediyorum ama ne demek istediğini bilmiyorum. Üzgünüm."

"Partinin üst katında partner değiştirme oluyor."

"Ne?" Zach kahkaha attı. "O akşam Maude'yle seks mi yapmışız?"

"Evet," dedim. "Saat ikiye kadar onun yanında olduğunu söyledi, zaman çizelgesinin Amanda'nın resmi ölüm saati ve senin polisi aramanla uyuştuğunu varsayarsak sana mazeret sağlayacak demek istiyorum. Bu şartlar altında karışık bir durum olsa da yararlı olma potansiyeli var."

"Imm, belki. Doğru olsaydı. İlk olarak, polisi aradığım saati tam olarak hatırlamıyorum ama gece yarısından önceydi." Usanmış görünüyordu. "Ve o akşam Maude'yle seks yapmak şöyle dursun, karşılaşmadık bile. Birisi belirttiği için partide onu gördüm ama konuşmadık." Başını inanmıyormuş gibi salladı. "Bunu neden söyledi bilmiyorum. Belki sayamayacağı kadar kişiyle seks yaptığı içindir."

Zach'le işimiz bittikten sonra çıkışın yanındaki üç gardiyandan birine yaklaştım. Adam genç ve sırım gibiydi, küçümseyen ancak nezaketsiz olmayan bakışları vardı.

"Bunu Zach Grayson'a imzalatabilir misiniz?" Vekâletnameyi uzattım. "Yanımda götürmem lazım."

Bir an şüpheyle baktı. "Tabii."

Beklemek üzere soğuk cüruf bloğa yaslandım. Zach'in yanından ayrılmadan önce Amanda'nın öldüğü gecenin geri kalan zaman çizelgesinin üzerinde geçmiştik.

Maude'nin partisine 21.00'den çok az önce varmışlardı, Amanda'yla farklı yönlere gittiklerini belirtmişti. Partide birkaç kişiyle sohbet etmişti ancak genel olarak odanın köşesinden "gözlemlemişti". Zach'in en önemli konuşması Sarah'nın alayla kendi başına nasıl bu kadar başarılı olabildiğini sormasıydı. Sonrasında Zach oradan ayrılmıştı. Brooklyn Heights Promenade'de yürüyüş yapmaya gitmişti. Saat 21.30 civarlarıydı ve o arada Amanda'ya mesaj yoluyla gittiğini haber vermişti. Ayrılmadan önce onu arayıp aramadığı kesin değildi ama aramış gibi hissediyordum. Zach partide sadece otuz dakika kalmıştı. Yaklaşık iki saat sonra eve döndüğünde Amanda ölmüştü.

Zach bana partiden ayrılış zamanını onaylayabilecek insanları fiziksel olarak tanımlamıştı: *Soytarı şapkalı adam? Keçi saçlı yaşlı kadın? Kel adam, Wellfleet tişörtlü?* Ona birkaç kere en zayıf mazeret olan yürüyüşünü sormuştum. Kulağa yalan gibi geliyordu. Kim partiden gece vakti bir taksi uzağındaki bir yere tek başına yürüyüşe gitmek için ayrılırdı ki? Zach yine de tam olarak böyle olduğu konusunda ısrar etmişti. Birisi onu görmüş olabilir miydi? Bunu sormuştum. "Tabii, belki," demişti ama Millie'yi tanık aramaya göndermem gerektiğini hissettirecek kadar değildi. Mesela Zach'in Brooklyn Heights'tan bindiğini iddia ettiği taksinin şoförü vardı. Taksiden çevirmişti ama hiçbir kayıt yoktu. Fakat neden olduğu yerle ilgili yalan söyleyip Maude'nin ona önerdiğini kabul etmiyordu?

Uygun alternatif şüpheli 1 olan Amanda'nın babası en iyi savunmamız olarak kalmaya devam ediyordu. Bizim, tercihen benden başka birinin, onu bulmamız ve o akşam Brooklyn'de olduğunu kanıtlamamız gerekiyordu. Aksi takdirde Wendy Wallace'ın fazlasıyla iyi hazırlanmış hikâyesinin Zach'i diri diri gömeceğinden korkuyordum.

Ve bundan sorumlu olmak istemiyordum. Paul'e gidip Zach'in savunmasını başkasına devretmesini söylemem gerekiyordu, duruşmadan önce. Cinayet duruşmasının aynı zamanda Paul'e ait olan başka meselelere karışacağını söyleyebilirdim. Dosyayı bırakacak bahane bulduğum için mutlu bile olabilirdi; ne de olsa Wendy'yi görebilecekti. Belki de onu çoktan kafasından atmış olacaktı.

"İşte," dedi gardiyan geri döndüğünde, Zach'in imzaladığı vekâletnameyi uzattı. "Müvekkilinize dikkatli olmasını söylemelisiniz. Bir gün gerçekten zarar görecek."

"Biliyorum," dedim, gardiyan saldırıları onayladığı için rahatlamış ve şaşırmıştım. "Yapabileceğimiz bir şey ya da... benim ona yardım etme şansım var mı? Belki tavsiye verebilir ya da onu başka yere alabilirsiniz?"

Gardiyan onunla dalga geçip geçmediğimden emin olmaya çalışır gibi başını yana eğdi.

"En iyisi ona kendi kafasını vurmayı bırakmasını söylemekle başlayın."

BÜYÜK JÜRİ YEMİNLİ TANIK İFADESİ

KENNETH JAMESON,

7 Temmuz'da tanık olarak çağrıldı ve sorgulanarak aşağıdaki beyanlarda bulundu:

SORGU

YAPAN BAYAN WALLACE:

S: Buraya geldiğiniz için teşekkürler, Bay Jameson.

C: Evet. Tamam.

S: Kayıtlar için iş unvanınızı belirtebilir misiniz lütfen?

C: Kıdemli New York olay yeri analisti, İkinci Daire.

S: Ne zamandır olay yeri analisti olarak çalışıyorsunuz?

C: Yirmi beş yıldır. On beş yıldır kıdemliyim.

S: 9 Temmuz'un erken sabah saatlerinde 597 Montgomery Place'i ziyaret ettiniz mi?

C: Evet.

S: Olay yerinde ne gözlemlediniz?

C: Maktul kadındı. Kan geniş alana sıçramıştı.

S: O sırada ölüm nedenine karar verebildiniz mi?

C: Ön kararı belirttim. Neden: cinayet. Yöntem: keskin olmayan bir cisimle kafaya alınan darbe.

S: Cinayet silahını tanımladınız mı?

C: Tam olarak değil. Son test raporlarını bekliyoruz.

S: Ön bir değerlendirme yaptınız mı?

C: Evet.

S: Peki ne buldunuz?

C: Bayan Grayson'a bir golf sopasıyla vurulduğunu.

S: Bu sonuca nasıl ulaştınız?

C: İlk olarak, golf sopası cesedin hemen yanında bulundu. İkinci olarak, üzerinde kurbanınkiyle uyuşan kan vardı.

S: Başka bir şey?

C: Kolunda savunma amaçlı yaralar bulundu. Darbeyi engellemek için kolunu kaldırmış.

S: Başka?

C: Cesedin olduğu bölgedeki kan sıçrama desenleri cismin kurbana defalarca vurulduğunu onaylıyor.

S: Açıklayabilir misiniz lütfen?

C: Kan damlarının şeklinden ve aktıktan sonraki desenlerinden anlaşılıyor. Kan sıçramaları belli bir suçun nasıl işlendiğini gösteriyor.

S: Peki bu dosyadaki kan sıçramalarının farkı ne?

C: Bayan Grayson'ın kafasına birden fazla kez vurulmuş olması.

S: Golf sopasının cinayet silahı olduğunu gösteren başka bir şey var mı?

C: Ön analize göre yaralar golf sopasının boyutuna ve şekline uyuyor.

S: Yani?

C: Ayaktayken golf sopasıyla darbe aldığını, düştükten sonra da birkaç kere daha vurulduğunu düşünüyorum. Saldırı boyunca farklı yüksekliklerde olması kan sıçramalarının farklı yerlerde ve farklı şekillerde olmasına yol açmış.

S: Yani, herkesin anlayacağı şekilde ve ön analizinize göre Bayan Grayson'ın ölüm şekli ve nedeni nedir?

C: Evinin merdivenlerinin aşağısında golf sopasıyla ölümüne dövüldü.

AMANDA

PARTİDEN İKİ GÜN ÖNCE

Amanda, Kerry'nin doğum günü yemeğinden sonraki gün normalden geç uyandı; vücudu çocuksuz günlerine alışmaya başlıyordu. Neredeyse Case hiç var olmamış gibiydi. Bu durum onu biraz korkutuyordu. Ama en azından tekrar o rüyayı görmemişti, değil mi? Bu da bir şeydi. Belki de Case'in yokluğuna alışmak o kadar da kötü değildi.

Saat sabah 08.15'ti ve yanındaki yatak çoktan boşalmıştı. Zach 05.30'a kadar uyanmış ve önce spor salonuna, ardından da işe gitmiş olurdu. Avarelikten hoşlanmazdı.

Tam şu anda ne yaptığını merak etti Amanda. Ve neden ofiste hep çok geç saatlere dek kaldığını ve çok erken gittiğini... *Gerçekten bu kadar* fazla çalışmaya ihtiyacı var mıydı? Kerry avukattı, Sebe'yse doktor ve teknoloji girişimcisi ve ikisi de Zach kadar uzun saatler çalışmıyordu. Yoksa evde olmadığı saatlerde aslında çalışmıyor muydu? Elbette bu düşünce Amanda'nın aklına daha önce de gelmişti. Aptal değildi.

Ama Case yanında olduğunda Amanda'nın her zaman endişelenecek daha önemli şeyleri oluyordu. Ve dilini tuttuğunda hayatları daha pürüzsüz ilerliyordu. Amanda bunu son unuttuğu zamanı düşündü. Davis'teki ikinci evlerindelerdi ve Zach en son patronu hakkında, kendisi kadar zeki, yetenekli, çalışkan ve bilgili olmadığından şikâyet ediyordu. Amanda o sıralarda hamileydi ve sık sık midesi bulanıyordu. Bütün gerçeklikleri aklından kaymış gibiydi.

"Sen hiç kimseyi sevmiyorsun ki," diye terslemişti Zach'i. "Bunun kendi sorunun olup olmadığını düşündün mü hiç?"

Zach'in gözleri parlamıştı. Ama sonra Amanda Zach'in yüzünün bir karar vermiş gibi değişmesini izlemişti. Sakince bıçağıyla çatalını bırakmış, sandalyesine kollarını kavuşturarak yaslanmıştı. Ona öylece bakmıştı. Sessizce. Amanda kendi sandalyesinde kıpırdanmıştı. En sonunda konuşana dek sonsuz zaman geçmiş gibi hissetmişti.

"Ne dedin sen?"

Zach, Amanda'ya hakir görürmüş gibi bakıyordu. Sanki ölmesini istermiş gibi. Hayır, sanki çoktan ölmüş ve geriye cesedinden kurtulmak kalmış gibi.

"Hiç," demişti hızlıca, ellerini karnına koymuştu. "Bir şey demedim."

Amanda şimdi hatırlayınca bile kusacak gibi oluyordu. Ama sessiz kalma riskini alamazdı. Özellikle de babası konusunda. Case birkaç haftaya dönecekti. Amanda hemen söylemeliydi.

Şu anda bile daha küçük bir şeyle başlayabilirdi. Zach'i işten arayabilir, Taylor'a doğrudan onunla konuşması gerektiğini söyleyebilirdi. Sonra başka eşlerin her gün yaptığı basit, sıradan şeyi yapardı: Kocasına akşam yemeğinde evde olup olmayacağını sorardı. Ve cevap almaya hakkı varmış gibi davranırdı.

Amanda amaç dolu bir halde dönüp telefonunu eline aldı. Ama çoktan sesli bir mesaj gelmişti. Neyse ki gizli numaradan değildi. Alan kodu 212'ydi. Dinlemek için bastı.

"Merhaba, Bayan Grayson, ben PricewaterhouseCoopers'dan muhasebeciniz Teddy Buckley," diye başladı. "Bu sabah görüşmemiz vardı da? Ofisinizdeyim ama kimse cevap vermiyor. Birbirimizi yanlış mı anladık bilmiyorum ama sizinle gerçekten olabildiğince çabuk görüşmem gerek. Yarın tekrar geleceğim."

Sıçayım. Sahiden unutmuş muydu? Yoksa daha çok kasti bir şey miydi? Ancak Teddy Buckley'yi bu kadar erken saatte vakfın ofisinin kapısında bekletmek kabaydı, iddialı değil. Zach'in kendisini dinlemesini sağlayacaksa duruşunu daha kesin tutmak zorundaydı.

Telefon gelen başka bir aramayla aydınlandı. Carolyn'di.

"Alo?"

"Yemek nasıldı?" diye sordu Carolyn. Manhattan sokağının kalabalığı, kornalar ve sesler arkada duyuluyordu ve Carolyn hızlı yürüyormuş gibi nefes nefeseydi. "Sarah, Zach'in gelmemesini ipledi mi?"

Zach'i "iplemek" Carolyn'in rolüydü. Korumacılık yapıyordu.

"Biraz tuhaftı," dedi Amanda. "Ama sonuç olarak hepsi oldukça tatlı ve anlayışlıydı."

"Hmm. Tatlı," dedi Carolyn şüpheyle. "Çok içine girme de. O kadınların nasıl olabileceğini biliyorsun."

"O kadınlar" derken Amanda'nın yıllar boyunca taşındığı yerlerdeki eşlerden ve annelerden bahsediyordu. Carolyn'e göre hepsi aynıydı. Ancak Amanda, Sarah'yla Maude'nin farklı olduğuna inanıyordu. Onlar gerçek arkadaşlardı. Kendisine değer veriyorlardı. Carolyn'in bunu baltalamasını istemiyordu.

"Hey, işten sonra koşmak için buluşabilir miyiz?" diye sordu Amanda. "Seninle bir konuda konuşmam lazım."

"Neymiş?"

"Zach hakkında söylediğin, hep bahsettiğin şeyi düşünüyordum." Amanda bir nefes çekti. Bunu kabul etmenin bile korkunç olması inanılmazdı.

"Ve?" Carolyn'in sesinde dikkatli bir iyimserlik vardı.

"Yüz yüzeyken konuşmak istiyorum."

"Imm, tamam, olur." Carolyn şimdi de hayal kırıklığına uğramış gibiydi. "Ama bu akşam olmaz. Yarın?"

Amanda ısrar etme isteğini bastırdı. "Harika. Yarın akşam sekizde, her zamanki yerde görüşürüz."

Amanda duştan çıktığında Sarah'dan mesaj gelmişti: Kahve? Maude ve benimle. 15'te Blue Bottle'da. Günlerine başlamadan önce sık sık Seventh Avenue'yle Third Street'in köşesindeki kafede buluşurlardı. Amanda eskiden, vakıftaki işler çoğalmadan önce Blue Bottle'a öğleden sonra kitap okumak için sıklıkla giderdi. Orada oturmayı, yakınlarda oturan yazarların çalışmalarını izlemeyi çok severdi ki Park Slope'ta, bilgisayarında 26.2 etiketi olan ve her zaman çok odaklanmış görünen genç, kabarık saçlı baba gibi çok fazla insan vardı. Amanda bütün o hikâyelerin oluşmasını havada hissederdi. Bazen o babaya ne yazdığını ya da kaç tane maraton koştuğunu sorduğunu hayal ederdi. Ama elbette hiç sormamıştı.

Evet! Orada görüşürüz, yazdı Amanda.

Geç sabah kahveleri için esnekliği olan arkadaşlara sahip olmak muhteşemdi. Gerçi hem Maude hem de Amanda kendi işlerinin patronu, Sarah da teknik olarak bir çalışandı ama Amanda öyle görmüyordu. Sarah bundan her fırsatta bahsediyordu gerçi. Düşmanca veya dargın bir tavırla değil de Amanda'nın unutmadığından emin olmak istermiş gibi. Sarah'nın maaşa ihtiyacı yoktu tabii. Bu işi gerçekten ihtiyacı olan ebeveynlere bir şeyler vermek, Brooklyn Country Day Okul Aile Birliği'nin nankör güruhundan kısa süreliğine de olsa kurtulmak için almıştı.

Amanda hızlıca günlük, ilginç yazlık elbiselerinden birini giydi; sonunda bu tür giysilerin (pahalı ancak "minimalist" sandaletlerle birleşince) Park Slope yaz günleri için ideal olduğunu öğrenmişti. Koridora çıktığında neredeyse neşeli hissediyordu. En son aramanın üzerinden neredeyse on iki saat geçmişti. Baba'nın kendisini takip ettiğini düşünmesinin üzerinden ise iki gün. Umutlanmaması gerektiğini çok iyi bilse de çıktığı deliğe geri dönmüş olma ihtimali vardı.

Zach'in üçüncü kattaki ofisinin kapısının hafifçe açık olduğunu gördüğünde merdivenlerden inmek üzereydi. Zach normalde evde olmadığında kapıyı açık bırakmazdı. Ofisi özel alanıydı. Amanda bile, dolabı tamir ettirmek gibi (sonunda gelecek haftaya ayarlamıştı) nedenler olmaksızın oraya girmezdi. Ofis gibi lükslere yer bırakacak kadar büyük olmaya başladıktan sonra yaşadıkları tüm evlerde, bu durum böyle olmuştu.

"Zach!" diye seslendi Amanda. Belki de işe erken gitmiş ama havaalanına falan giderken eve uğramıştı. Sık sık o gelip gidene kadar Amanda'nın seyahatlerinden haberi olmazdı. Birkaç adım geri atarak sesini doğrudan oraya yöneltti. "Zach!"

Ev tümüyle sessizdi.

Amanda açık kapıya korku ve endişesi giderek artarak ilerledi. Ama tam olarak neyden korkuyordu? Çok uzun zamandır, hatta her zaman bu kurallarla yaşamıştı. Karavandayken Baba'yla hayatta kalmanın kuralları olmuştu; saklan, uzan, kıpırdama, kaç. Zach'le anlaşmazlığa düşmekten kaçınmanın da kuralları vardı; şikâyet etme, soru sorma, bulunmaman gereken yere gitme. Gerçekten basitti. Herhangi birini kasten çiğnemeye düşünmek tehlikeli hissettiriyordu. Sonunda merdivenlerin sonuna ulaşıp ofise göz attığında nefesini tutuyordu.

Oda boştu. Nefes aldı.

Üç devasa monitör Zach'in yüzyıl ortası modern tarzdaki şık masasının üzerinde kokpit gibi sıralanmıştı. Raflar, Amanda'nın Zach'in okumadığına emin olduğu kitaplarla doluydu. Palo Alto'dayken "kişisel kütüphane küratörü" Zach'in istediği entelektüel görüntüyü vermek için kitap seçerken oradaydı; sanki herhangi biri evdeki ofisine birini almıştı da. Kitaplar, maceraperest ve meraklı, bir atlet ve açık fikirli bir seyahatçi resmi çiziyordu. Hayattaki iyi şeylerden çok hayatının iyi yaşanmasıyla ilgilenen biri gibi gösteriyordu. Erkekleri çekici kılan bir fikirdi ama bunların Zach'le hiçbir ilgisi yoktu.

Zach'in Amanda'nın bildiği kadarıyla umursadığı tek şey başarıydı. Ve para için bile değildi ki bunu daha iyi anlıyor olabilirdi; en üste çıkmanın getirdiği saf tatmindi sebebi. Kazanmak için kazanmak. Zach sadece istemiyordu. Ona ihtiyacı vardı. Sanki o olmadan kaybolup gidecekti.

Amanda hiçbir zaman Zach'in başarı takıntısını veya bu sahte kitapları umursamamıştı. Fakat bugün hepsi elekten geçmişti. Amanda kütüphanede özlemle incelediği kitapları, hayatını kurtaran hikâyeleri düşündü. Ve bir de birazcık para kullanarak hepsine sahip olabileceğini düşünen Zach vardı. Ama neden olmasındı ki? Ne de olsa Amanda'yı da satın almıştı.

Birden yüzü ısındı. Kalbi kulaklarında atmaya başladı. Hayır. O Zach'e ait bir şey değildi. Tabii ki ne o ne de Case öyleydi. Burası onların da eviydi.

Amanda ofise kollarını sıkıca kavuşturmuş halde girerken acele etmesi gerekiyormuş gibi hissetti.

Zach'in masasının iki yanındaki raflarda, Amanda'ya tutması için ısrar ettiği fotoğrafçının yıllar içinde çektiği çerçeveli fotoğraflar duruyordu. Evin içinde sergilenen resimler çok hoştu. Ama Amanda, Sarah'nınki gibi karışık saçlı, yüzü çikolata kaplı ve kapalı gözlü fotoğraflara özlem duyuyordu. Maude'yle Sebe'de bile bu tip, mükemmel kusurlu hayatları gösteren fotoğraflar vardı. Zach içinse böyle şeyler olacak gibi değildi. Ona göre aileleri güzelleştirilmiş bir soyutlama, rafa koyularak uzaktan zevki çıkarılan bir şeydi.

Peki Amanda ailesinden, evliliğinden ne istemişti? Bu soruyu asla ciddi ciddi düşünmemişti. Kendi kocasına korktuğunu söylemek. En azından bunu istiyordu. Ve umursamasını istiyordu.

Amanda, Zach'in sandalyesine doğru yürüyüp oturdu. Elini fareye koyunca bilgisayarın ekranları açıldı. Yine üçünün, Case bir yaşına gelene kadar yaşadıkları Sunnydale'da bir fotoğrafçı tarafından çekilmiş resimleriydi. Işıkla vurgulanmış halde loft tarzındaki evlerinin, normalde olduğundan daha göz alıcı görünen penceresinin yanında duruyorlardı. Zach'in kucağında Case vardı. Amanda arkalarında durmuş, Case'e bakarken ellerini Zach'in omuzlarına koymuştu. Sanki hep böyle yapar, birbirlerine dokunur ve hayranlıkla bakarlardı.

Amanda fareyi tekrar kaydırınca şifre isteme ekranı çıktı. Kendi doğum gününü ve Case'inkini birleştirerek isteksizce girdi. Beklediği gibi şifre reddedildi. Başka olasılıkları düşünemeyecek kadar morali bozulmuştu.

Onun yerine sağdaki çekmeceyi açtı. Kilitli olmayan çekmece onu şaşırtarak hemen açıldı. İçinde kırışık, düzenli yerleştirilmiş birkaç karton dosya vardı. Amanda dosyaları kaldırarak kucağına yerleştirdi. En üstteki *Case Kamp* olarak etiketlendirilmişti. Konuştukları birkaç kampın broşürleriydi, içinde Case'in katıldığı kampınki de vardı. Amanda, Case'le, okulu, kampı, aktiviteleriyle ilgili her şeyi saklardı. Zach'in de aynısını yaptığından haberi yoktu.

Bir sonraki dosyayı karıştırdı: *Case Aktiviteler*. İçine Case'in gitar dersi aldığı Brooklyn Müzik Konservatuvarı'nın ve DUSC Futbol Ligi'nin broşürü koyulmuştu. *Case Okul*'da Case'in Brooklyn Country Day karnesi, bahar ebeveyn-öğretmen konferansında (Zach'in muhtemelen gittiği tek konferans oydu; minimum katılım gerektiğini biliyordu) aldığı okul gazetesi ve öğrenci rehberi vardı. Bunlara bakmak Amanda'nın kafasını karıştırmış, pişmanlık ve üzüntü hissetmesini sağlamıştı. Sanki asi bir gencin sevdiği oyuncaklardan oluşan gizli koleksiyonunu bulmuştu. Gerçek Zach bu muydu? Gerçekte istediği bu muydu? Daha fazla dahil olmak mı? Belki de ihtiyacı olanı nasıl soracağını en az Amanda kadar bilmiyordu.

Yığının en altında daha önce görmediği bir şeye denk geldi: Brooklyn Country Day'in müdüründen Zach'e kişisel bir e-posta. Tam olarak üç taneydi ve farklı formatlarda aynı metin yazılmış, Case'le ilgili talihsiz bir durum olduğu ve Country Day'in bunu mümkün olan en kısa sürede konuşması gerektiği söylenmişti, sonra da görüşmenin yapılabileceği tarihlerin detayları eklenmişti. Son üç ayda böyle üç mesaj gelmişti, taşındıkları ayda başlayarak devam etmişti: 24 Nisan, 19 Mayıs, 5 Haziran.

Onca anlaşmazlık arasında Country Day önemli bir şey için Zach'e mi e-posta atmıştı? O e-postaları tuvalete atsalar aynı şeydi.

Onları görmezden geldiği için Zach'i suçlayamazdı. Amanda'nın da aynı şeyleri aldığını varsaymış olmalıydı. "Olayla" normalde olduğu gibi tamamen, layıkıyla ve tek başına ilgilendiğini düşünmüştü. Hem mesajlar delirtircesine şüpheliydi. Case'in yaptığı ya da *ona* yapılan bir şeyle mi alakalıydı? Sorun *o* muydu, yoksa uğraştığı bir sorun mu vardı?

Amanda dosyayı kapayıp göğsüne bastırdı. Artık anlamak için Country Day'i de arayamazdı çünkü yazın ilk iki haftasında kapalıydı. Ve masasını kurcalayarak bulduğunu belli etmeden Zach'e e-postaları nasıl soracaktı?

Bir yolunu bulacaktı. Zach'in kabul ettiği anlamsız kurallarının, saçma standartlarının oğlunu korumasını engellemesine izin veremezdi. Zach'in yılın ortasında onları Brooklyn'e sürüklemesine çoktan izin vermişti, muhtemelen okuldaki sorunların nedeni de buydu. Öyleyse konuşmamak hata olacaktı. Şu anda babası, e-postalar, söz hakkı hakkında konuşmaması bir hataydı. Oğlunun kendi zayıflığının bedelini ödemesine artık izin vermeyecekti, vermezdi.

LIZZIE

10 TEMMUZ, CUMA

Rikers gardiyanı beni elimde Zach'in imzalı vekâletnamesiyle bıraktıktan sonra kulaklarım çınlarken orada dikildim. Kâğıt elimde titriyordu.

Zach kendine zarar veriyor. Zach kendine zarar veriyor.

Bu. Ne. Lan?

Bantum binasının dışında oturdum, Rikers'ın ana çıkışından girip çıkan otobüsleri izledim. Birisi bana kıpırdamamı söylemeden burada uzun süre kalamazdım. Avukat olsun ya da olmasın, Rikers Adası'nda öylece takılamazdınız. Ama aynı zamanda Zach'le yüzleşmeden de gidemezdim.

İçeri dönmeden önce bir otobüs daha geçti, gardiyanların onunla bir daha konuşmama izin vermesini umarak resmi talepte bulunmak üzere ana binaya döndüm.

"Affedersiniz," dedim, bana vekâletname konusunda yardım eden gardiyana. Çaresizce gülümsedim. "Müvekkilime bir şey sormayı unuttum."

"Yüzüyle ilgili, ha?" Gardiyan belli belirsiz sinirlenmiş gibi görünse de aynı zamanda anlayışlıydı.

Başımı salladım. "Memnun olurum."

"Pekâlâ," diye acıdı bana. "Bir kereliğine."

On beş dakika sonra Zach'le aynı görüşme odasında oturuyorduk.

"Yetmedi, ha?" diye sordu, gözleri aşağı düştü. Bacağı sallandı.

Ona sessizce bakakaldım. Nereden başlasam bilemiyordum.

"Neden yalan söyledin?" dedim en sonunda.

"Üzgünüm, daha açık konuşsana," dedi. "Şu anda etrafta dönen birkaç iddia var da."

Aşağı bakmasına rağmen yüzünü işaret ettim, sonra titremesinler diye ellerimi sıkıca birbirine bağladım. "Bunu kendi kendine yaptın."

Zach'in bacağı dondu. Ve uzun süre kıpırdamadı.

Başı kalktı, gözleri benimkilerle buluştu, ardından duruşunu düzeltirken ellerini önündeki metal rafa yasladı. Bir kere gözlerini kırpıştırdı, bakışı güçlü ve sabitti. Bir anda tanımadığım birine dönüşmüştü. Daha önce görmediğim birine.

"Sürpriz," dedi. Sonra gülümsedi. "Uzun sürdü."

Ellerimi iyice sıktım, tırnaklarım etime battı.

"Neden?" diye sordum, kelime kuru boğazımı tırmaladı.

"Bu kadar uzun sürmesine neden mi şaşırdım?"

"Hayır, neden *ben*?" Sesim fazla yüksekti. Gardiyanlar gelebilirdi. Ama durduramıyordum. "Başka bir sürü avukat var. *Senin* başka bir sürü avukatın var."

"Senin sonuna kadar sadık olduğun konusunda çoktan anlaşmıştık." Sırıttı. "Hem de kararlısın. Bir kere bana yardım etmeye başladıktan sonra vazgeçmeyeceğini biliyordum." Yüzünü gösterdi. "Bu, teşvik içindi."

"Seninle çıkmadığım için mi?"

"Lütfen, Lizzie." Zach ofladı. "Küstahlık yapma. Olay *aşk* falan değil. Gerçi o zamanlar yaptığın... yaptığınız yanlıştı. Beni kullandın."

"Biz *arkadaştık*."

"O kadar basit değildi," dedi öylesine. "Neyse, artık önemli değil. Dediğim gibi, yıllarca oturup seni düşünmüş değilim. Amanda'yı gördün, değil mi? Kendime bayağı iyi bir eş buldum. Bunu sadece hapishaneden çıkmak için yaptım."

Ayağa kalktım. "Dosyandan çekiliyorum, hemen. Yerime geçecek birini bulurum."

"Sen ve yönlendirmelerin, Lizzie." Güldü ve kollarını kavuşturarak arkasına yaslandı. "Yok. Sağ ol. Bu işi yapmak zorundasın."

"Zach, seni temsil etmeyeceğim. Beni zorlayamazsın," dedim. "Bitti."

Kapıya döndüm. Dışarıya, temiz havaya çıkmalıydım.

"Young & Crane'in finansal açıklama istemesinin bir nedeni vardı," diye seslendi arkamdan. "Belli kredi sorunları olan avukatları işe almıyorlar."

Nefes al.

"Neden bahsediyorsun sen?" diye sordum arkamı dönmeden.

"Hadi ama. Kocanın davası müşterek borca dayanıyor," dedi Zach. "Alacaklılar zavallı, şımarık, sarhoş yazar Sam kadar senin peşine de düşebilir. Ve o borç müşterek olduğu için finansal açıklama formunda bahsetmen gerekiyordu. Ve yine de yazmadın."

Yerimde durabilmek için duvara uzandım, ardından yüzümü ona döndüm.

"Bunu nereden biliyorsun?"

"Yerinde bir soru," dedi Zach. Sesi ölçülüydü ama gözündeki ifade yalnızca neşe olarak adlandırılabilirdi. "Ama daha *önemli* soru şu, *ben* öğrendiysem Young & Crane'in öğrenmediğine nasıl emin olabilirsin? Açıkçası Lizzie, o tür bir hukuk şirketine öyle bir belge hakkında yalan söylemen utanmazlık. Hem de senin. Sam ahlak anlayışını da mı yok etti?"

Midem bulandı.

"Ne istiyorsun?"

"Karımı öldürmedim, Lizzie," dedi Zach. "Senden yanımda kalıp bunu kanıtlamama yardım etmeni istiyorum."

"Yapmazsam beni kovdurtacak mısın?"

"Yapmazsan, şirketin yaptığını bildiğinden emin olacağım," dedi. "Yani *sen kendini* kovduracaksın. Kendini suçla. Ya da Sam'i. Sarhoş olan o."

Arabayla Rikers'tan dönerken ellerim titriyordu. Bir ara öğürmek için Brooklyn-Queens Otoyolu'nun kalabalığında kenara çekmek zorunda kalmıştım. Zach hep böyle bir canavardı da ben mi görmemiştim? Yoksa içten içe biliyor muydum? Bu yüzden mi bağımız kopunca memnun olmuştum? Tabii ki artık önemli değildi. İhtiyacım olan bu işin içinden çıkmaktı. Ama aklıma gelen her yol aynı tuğla duvarla, finansal açıklama formuyla bitiriyordu. Young & Crane öğrenirse beni kesin kovardı; hatta etik kurallarını çiğnemekten suçlayabilirlerdi bile. Ve işim, profesyonel itibarım olmadan neydim ben? Öksüz ve yetim, çocuksuz, barodan atılmış bir yalancı, bir alkolikle evli ve sırtına devasa borçlar yüklenmiş biri. Tıpkı ailemin sonu gibi olurdum. Tek farkı beni dolandıran kişinin yabancı olmamasıydı. Kendi kocamdı. Ve şimdi de Zach.

Kendimi bu durumdan çıkarmamın tek yolu Zach'i Rikers'tan çıkarmaktı. Bu da yıllar sürmese de aylar alabilecek mahkeme süreci anlamına geliyordu. O kadar uzun süre Zach'in hükmü altında kalamazdım. Gerçek katili bulmak; bu daha iyi alternatifti. Bunu yapar ve en azından mantıklı bir derecede kanıtlarsam, belki biraz da basın desteği alırsam Wendy Wallace'ın Zach hakkındaki suçlamaları düşürmekten başka çaresi kalmazdı.

Elbette bu yaklaşım kritik bir gerçeğe, Zach'in Amanda'yı gerçekten öldürmemiş olmasına bağlıydı. Ve şu anda öyle suçlu görünüyordu ki.

Meğerse Lynch, St. Colomb Falls'da çok yaygın bir soyadıymış, düzinelerce insan aynı soyadı paylaşıyormuş. Young & Crane'deki ofisime döndükten sonra bilgisayardan isim listesini inceledim. Elimdeki göreve, Amanda'nın babasını bulmaya odaklanmaya çalışıyordum; bunun için şantaja maruz kaldığıma değil. İlerlememin tek yolu öyleymiş gibi davranmaktı.

Amanda Lynch'i arayınca hiçbir şey bulmamıştım; tek bir Facebook hesabı, gazete haberi, eski okul gazetelerinde tek bir referans dahi yoktu. Gerçi Amanda Lynch, on yedi ya da on sekiz yaşında Amanda Grayson olmuştu. Zach'le tanışmadan önce neredeyse var olmamıştı.

Erkek Lynch'leri yaşlarına göre listeledim; Amanda'nın babasının en azından ellisinde olduğunu tahmin ediyordum ve geriye sekiz kişi kaldı: Joseph, Daniel, Robert, Charles, Xavier, Michael, Richard ve Anthony. Bunları cinsel suçlu kayıtlarıyla karşılaştırdım. Amanda'nın babası onu istismar ettiyse belki başkalarını da etmişti. Ama isimlerin hepsi temiz çıktı. Birkaç dakika içinde hepsinin telefon numaralarına ulaştım. Doğrudan yaklaşmak tam olarak zekice sayılmazdı ama etkiliydi. Ve zamanım azalıyordu.

Joseph Lynch'e ait olan ilk numarayı aradım. Çaldıktan sonra en sonunda sesli mesaja düştü. Bütün araştırmam insanların tanımadıkları bir numarayı açmaları varsayımına dayanıyordu. Artık bunu kim yapıyordu ki? Ama daha iyi bir seçeneğim yoktu.

"Merhaba, ben Josephine," dedi boğuk bir kadın sesi. "Sinyal sesinden sonra..."

Kapattım. "Joseph" büyük ihtimalle Josephine'di. Derin bir nefes alıp ikinci numaraya geçtim: Robert Lynch.

İkinci çalışta biri açınca irkildim.

"Ben Robert." Sesi yüksek, aşırı neşeliydi.

"Ah, merhaba. Adım Lizzie. Amanda Lynch'i bulmaya çalışıyorum. Birlikte liseye gitmiştik, sonra irtibatı kopardık."

Eski bir arkadaş; Amanda'nın babasının yanlışlıkla kendini tanıtması için zararsız bir çıkış yolu.

"Amanda mı?" diye tekrarladı Robert Lynch heyecanla. "Üzgünüm, Amanda Lynch diye birini tanıdığımı sanmıyorum. Yanlış numarayı aradınız galiba."

"Rahatsız ettiğim için kusura bakmayın."

"Sorun değil," dedi, sanki aramam gününün en güzel ânıydı. "Yardımcı olabileceğim başka bir şey var mı?"

Zach. Bana Zach konusunda yardım et.

"Sanmıyorum ama zaman ayırdığınız teşekkürler."

"İyi akşamlar dilerim."

Sırada Charles Lynch vardı. Doğrudan sesli mesaja düştü: "*Ulaşmaya çalıştığınız numara kapatılmıştır.*" Üçü gitmişti. Dört kalmıştı. *Siktir.* Denenecek başka yollar, muhtemelen listeye almadığım başka Lynch'ler vardı ve numaranın kullanılmaması o kişinin üstünü çizmemi de sağlamıyordu. Amanda'nın babası St. Colomb Falls'tan taşınmış olabilirdi. Bir sonraki numarayı çevirirken derin bir nefes daha aldım: Xavier. İsmi aklımda tekrarladım. İncil'dendi. Erdemliydi. Bir peygamberin ismiydi, istismarcı bir babanın değil.

"Alo?" Ses kısık ve kesikti.

"Ah, evet, üzgünüm. Benim adım Lizzie Kitsakis."

"Evet?"

"Amanda Lynch'i bulmaya çal..."

Tık. Telefon açık ama sessizdi.

"Alo?" dedim. Cevap gelmedi. "Alo?"

Tekrar aradım ve anında sesli mesajı duydum: "*Bu numaraya şu anda ulaşılamıyor.*" Birisi numarayı engelleyince verilen uyarıydı. Evi herhangi bir saatte aramaya başlayınca Anglers'ın avukatını engellediğimizden biliyordum.

Bu, Xavier'ın Amanda'nın babası olduğunu kanıtlıyor muydu? Elbette hayır. Ama şüpheliydi.

Xavier Lynch'i internette arattım ve anında karşıma sonuçlar çıktı. Birleşik Devletler'de kayda değer dijital ayakizi olan iki Xavier Lynch vardı. Biri otuz bir yaşında, El Paso, Teksas'ta yaşayan bir dişçiydi, diğeriyse Florida State Üniversitesi'nde ikinci sınıf öğrencisi, on dokuz yaşında, farklı video oyunları oynadığı vloglar çeken biriydi. Bir anlığına alakasız linklerin arasında dolaşırken dikkatim dağıldı, sonra aramama St. Colomb Falls'ı ekledim. Ve en tepede belirdi: Üçüncü Xavier Lynch. St. Colomb Falls Methodist Kilisesi'nin bir yıl önceki bülteninde adı geçmişti; yazıda kilisenin yardım satışından bahsediliyordu. Amanda'nın günlüğüne yazdığı kiliseydi bu.

Xavier Lynch'in ismi sadece bir kere, fotoğraflardan birinin açıklamasında belirmişti. Fotoğrafta ellerinde bir kuş evi tutan daha yaşlı bir çiftin yanında duruyordu. "Susan ve Charlie Davidson ve Xavier Lynch yıllık yardım satışlarımız sayesinde kuşlara yardım ediyor!" Xavier Lynch oldukça iri bir adamdı, yanındaki çiftten daha uzun ve şişmandı, kısa gri saçlı, geniş yüzlü ve kalın çerçeveli gözlüklüydü. Dümdüz duruyordu, yüzünde gülümseme ibaresi bile yoktu.

Şimdi ne olacaktı? Avukatlar Birliği'ndeyken cevap basit olurdu; Xavier Lynch hakkında gerçekleri öğrenmek için FBI'ı gönderirdim. Ama şu anda kullanabileceğim silahlı profesyoneller yoktu. Hukuk danışmanı ceza öderdi. Cinayet şüphelileriyle görüşmeye gitmezlerdi.

"Imm, merhaba?"

Başımı kaldığımda avukat yardımcım Thomas'ın ofisin kapısında, çoktan bir kere çalmış gibi elinin arkasını kapıya dayamış olduğunu gördüm. Üzerinde dar kesim pantolon ve pahalı görünen, parlak sarı ve turuncu çizgili bir polo gömlek vardı. Thomas'ın canlı gözleri vardı ve sinsi gülümsemesi her zaman, belki de benim hakkımda dedikodu duymuş gibi hissetmemi sağlıyordu. Harika bir yardımcı ve sadık bir dost olduğunu kanıtlamıştı ama.

"Ne oldu?" Sesim istediğimden daha sinirli çıktı.

Elindeki zarfı kalkan gibi tuttu. "Philadephia'dan gelen ceza belgeleri?" Bana uzatmak için ileri doğru geldi. "Gelir gelmez sana getirmemi istemiştin hani?"

Ceza. Artık ne fark ediyordu ki? Hâkim kapatıldığını biliyordu ve cinayet suçlaması için kefalet talebini reddetmişti.

"Doğru. Ödenmemiş aylaklık cezası mı?" diye sordum.

"Ben zarfı veririm; özellikle söylenmediyse içindekilere bakmam," dedi Thomas. "Hatırlamıyor musun?"

Thomas bana ne demek istediğini bilmem gerekirmiş gibi bakıyordu.

"Hayır, hatırlamıyorum."

"Ah, doğru, sen gelmeden önceydi," dedi. "Kendimi kahraman yerine koymak falan istemiyorum ama kovulan ortak var ya? Onu ispiyonlayan *bendim*. Beni yazıcıdan bir şey almaya göndermişti ve aşırı başarılı bir yardımcı olduğumdan şişman parmaklarını kesmesin diye zarfın içinden çıkarmaya karar verdim. Şöyle diyeyim, zarfın içinde beklediğim kontratlar yoktu."

"Ne vardı?"

"Bir kadın asistanın, belli ki habersiz çekilmiş uygunsuz fotoğrafları."

"Iyy," dedim, iğrenmiştim. *Herkesin* sorunu neydi böyle?

"Bence Paul olmasa diğer ortaklar bir şey yapmazdı. Adam manyak ama en azından az da olsa sağlam biri."

"Evet, az da olsa," dedim kuru bir şekilde, zarfa uzanırken.

Açıp hızlıca cezayı gözden geçirirken en altta gerçekten de aylaklık için olduğunu gördüm.

"İyi misin?" Thomas'ın sesi eleştiriciliğini kaybetmişti.

"Pek değilim."

"Yardım edebilir miyim?" diye sordu ve samimi sayılırdı.

"Teşekkür ederim ama hayır," dedim, gözlerinden kaçındım. "Kimsenin edebileceğini sanmıyorum."

Brooklyn Bölge Savcılığı'nın ofisi, Manhattan'ınkinden daha yeni, daha uzun bir binadaydı ama yine de lobisi çişle karışık karton kokuyordu ve burada oturdukça kokuyu daha çok alıyordum.

Resepsiyon bana randevum 11.45'te olmasına rağmen Wendy Wallace'ın henüz gelmediğini söylemişti. Saat çoktan 12.15 olmuştu. Burada oturup beklemek, bölge savcılığının yağlıboya tablolarına bakmak Wendy'nin sadece gelmemek için görüşmeyi kabul ettiğini düşünmemi sağlıyordu.

En sonunda mermer koridorda, asansörün orada bıçak gibi gelen topuklu ayakkabı sesini duydum. Wendy Wallace. Buraya savcı-sanık uzlaşması için geldiğimi varsaymış olmalıydı. Sağ gösterip sol vurmam onu memnun etmeyecekti ve istediğim son şey ondan yardım istemekti. Ama savcılığın bir şekilde Xavier Lynch'e bakmasını sağlarsam çok daha iyi bir alternatif olurdu.

Wendy Wallace koridorda belirdiğinde mahkemedekinden çok daha güzel görünüyordu; gümüş saçlarına zıt soluk mavi gözleri, keskin gri keten takımı ve siyah topukluları vardı. Başını kaldırıp bir sfenks gibi baktı. Ayağa kalktım, beni daha az itici göstermesini umuyordum. Göstermedi.

"Avukat Hanım," dedi, çalışılmış ifadesizliğiyle. "Ofisime gelin. Orada daha rahat edersiniz."

Eder miydim gerçekten? Wendy Wallace'la ilgili her şey yalanla örtülmüş bir bulmaca gibiydi. Paul'ün ona bu kadar takılı kalmasının sebebi bu olmalıydı. Kadın muhtemelen onu terk edip toz yutmasını sağlayan nadir kişilerdendi.

Wendy Wallace'ın ofisi, büyük ihtimalle Paul'den aldığı paralarla birkaç tasarımcı dokunuşuyla, köşedeki Herman Miller koltuğu, duvarda imzalı bir baskıyla dekore edilmişti. Bunların hepsinin bölge savcısı yardımcısı maaşıyla ödenmiş olmasına imkân yoktu. Aynı zamanda gösterişli de değildi. Yıllık gelirinin gösterdiğinden biraz daha fazla kazandığını gösteriyordu.

Wendy misafir sandalyesini oturmamı işaret etti. "Senin için ne yapabilirim?"

Oturdum. Ancak fazla dik bir şekilde. Ve Wendy de karşıma oturduktan sonra fazla dik, yorucu duruşumu korumaktan başka çarem kalmadı.

"Yardımına ihtiyacım var," diye başladım.

"Benim yardımıma," diye tekrar etti, berbat bir düzlükle.

"Amanda Grayson'ın babasını buldum." Çantamdan Amanda'nın son günlüğünü çıkardım. "Onu takip ediyordu." Vurgulamak için günlüğü kaldırdım. "Onu öldürmüş olma ihtimalinin yüksek olduğuna inanıyorum. Adamın sorgulanması lazım, hemen."

Bu kozu ortaya koymam bir riskti. Wendy artık duruşmaya çıktığımızda bu alternatif suç teorisine hazır olacaktı. Ama olay buraya kadar geldiyse o zamana kadar Zach'i temsil etmekten kurtulmanın yolunu bulmuş olmayı dilemek zorundaydım.

"Babası mı?" Wendy'nin kaşları birbirine yaklaştı ve burnu hafifçe buruştu. Günlüğe baktı.

"Onu bulduğumdan yüzde yüz emin değilim ama öyle olduğunu sanıyorum," dedim. "Adam Amanda küçükken ona tecavüz etti ve New York'a döndüklerinden beri onu taciz ediyordu. Park Slope'taydı, onu takip ediyordu. Günlüğünde yazmış."

"Müvekkiliniz karısını öldürdü, Avukat Hanım. Bunu bilmek için günlüğüne ya da babasıyla görüşmeme gerek yok."

Cevabı fazla vurgulu muydu? Belki de hiçbir şeyden yüzde yüz emin değildi. Solucan dolu bir kavanozu açmak için yanıp tutuşmamasını anlayabiliyordum. Savcıyken ben de benimkiyle çelişecek alternatif teorileri bulmak için rasgele aile üyelerini sorguya çekmezdim. Kendi hikâyeni yaratmak için kanıtları seçerek kullanırdın; kötü bir pislik olduğun için değil de kendi *hikâyene* inandığın için yapardın bunu. Ama gerçekten suçluluğu kanıtlayacak delil başka bir şeydi. Hiçbir savcı, Wendy Wallace bile onu görmezden gelmezdi. Yoksa kariyeri mahvolurdu.

"Amanda Grayson'ın babası onu takip ediyordu ve kadın çok korkuyordu," dedim zorla. Yüzünün endişe ifadesi göstermesini bekledim. Ama değişmedi. "Onu öldürdüğünü düşünüyorum."

"Ha," dedi Wendy sessizce. Hakikaten eğleniyormuş gibiydi. "Biliyor musun, ondan nasıl kurtulacağımı bildiğim için Paul hakkında endişelenmiyordum. Ama Avukatlar Birliği'ndeyken azimli, küçük bir köpek gibi olduğunu duydum. Bu tanımın iltifat olmadığını fazlasıyla açıkladığın için teşekkürler."

Yanaklarım sinirle kızardı. Ve Wendy'nin gözleri parladı.

"Polisin babayla konuşması gerek. Adamın nerede olduğu kontrol edilmeli. Dedektiflerin bu günlükleri hiç gördü mü? Yatağın altındalardı. Amanda tarihleri, saatleri, telefon aramalarını, babasının kendisini takip ettiğini kaydetmiş. Suçsuzluğu kanıtlama ihtimali var."

Wendy düşünceli bir halde başıyla onaylıyordu. En sonunda ona ulaşmışım gibi görünüyordu. Ama sonra kendine gelirmiş gibi başını salladı.

"Üzgünüm," dedi. "Bir şey mi söyledin? *İhtimal* kelimesini duydum ama sonra beynim kafatasımın içinde patladı."

"Bak, bu konunun mantıksız olduğunu..."

"Düşünmediğin çok açık," diye tersledi. "Müvekkilin milyoner. Sonu yine ona çıkacak boşuna bir koşuşturma istiyorsan buyur. Bedelini *o* ödemeyecek ama; New York'un vergi mükelleflerinin yaptığı gibi. Sen bir yere varma 'ihtimali' var diyorsun diye önümüze çıkan her gerçeğin peşine düşmekle yükümlü değiliz. Hem müvekkilinin lise arkadaşlarını ya da dişçisini de sorguya almadılar. Yani ne olmuş? Bunların hiçbiri sırf *olabilir* diye alakalı olacak değil. Ama benim bir fikrim var: Ne olur ne olmaz diye bütün gazetecileri mahkemeye çağıracağım. Onları senin elinden alacağım. Böylece istediğimiz gibi okuyabiliriz."

"Peki ya bunun sonu bir yere çıkarsa? Ya Amanda'nın babası benim dedektifime suçlayıcı bir şey söylerse?"

"O zaman lanet dedektifini ifade vermeye çağırırsın!" diye bağırdı ama ikimiz de o dedektifin işini baltalamak için elinden geleni yapacağını biliyorduk. Sakince oturdu, bir elini tahttaymış gibi sandalyenin koluna koydu. "Seninle görüşmeyi kabul etmemin sebebi savcı-sanık uzlaşmasını isteyerek kendini küçülteceğini düşünmemdi ve hayır demeye can atıyordum. Onun yerine gelmiş benden kendi siktiğim işini mi yapmamı istiyorsun?" Başını sallayarak saygısızca ufladı. "Bu lanet herifle görüşerek zaman kaybetmek istiyorsan sana kalmış. Şimdi izin verirsen yapacak gerçek işlerim var."

"İyi," dedim kalkarken. "Katılmıyorum ama belli ki doğru olduğunu düşündüğün şeyi yapman gerekiyor."

"Evet, *belli ki*."

"Savcının görevini kötüye kullanması tersine çevirebilir bir hatadır. Bu ipucu başarıya ulaşırsa ve sen kasten görmezden geldiysen..." Gerisini onun hayal gücüne bıraktım.

Wendy Wallace bir süre bana dik dik baktıktan sonra gülümsedi. "*O* dava özetine cevap vermeyi sabırsızlıkla bekliyorum."

"Zaman ayırdığın için teşekkürler," dedim en sonunda, kapıya yönelmeden önce. "Oldukça aydınlatıcı oldu."

"Bir uyarı yapayım," diye seslendi arkamdan. "Bir kadın olarak."

Durup arkamı döndüm.

"Paul'e dikkat et. Çekicidir ama çok geçmeden kalbini yerinden çıkarıp tümden yutmanı sağlar."

Başımı yana eğdim. "Ah, endişelenme," dedim gülümseyerek. "Bir kadın olarak söylüyorum, Paul'ün tuzağına düşmek için fazla zekiyim."

BÜYÜK JÜRİ YEMİNLİ TANIK İFADESİ

TAYLOR PELLSTEIN,

7 Temmuz'da tanık olarak çağrıldı ve sorgulanarak aşağıdaki beyanlarda bulundu:

SORGU

YAPAN BAYAN WALLACE:

S: Günaydın, Bayan Pellstein. Geldiğiniz için teşekkürler.

C: Başka seçeneğim olmadığını söylediniz.

S: İfade vermeye çağrıldınız, bu doğru.

C: Seçeneğim olduğunu mu söylüyorsunuz?

S: Yasal olarak tanıklık etmeniz gerekiyor.

C: Çünkü Bay Grayson'ı gerçekten severim. Çok iyi bir patrondur ve gerçekten işimi kaybetmek istemiyorum.

S: Bu konuda endişelenmenize gerek yok, Bayan Pellstein. Büyük jüri tutanakları gizlidir.

C: Öyle diyorsanız.

S: Hayır, gerçekleri söylüyorum, Bayan Pellstein. Yasalar böyle diyor.

C: Her neyse.

S: O halde devam edelim ve sizi buradan olabildiğince hızlı çıkaralım. Yalnızca birkaç sorum olacak. Bay Grayson için çalışıyorsunuz, bu doğru mu?

C: Evet.

S: Hangi mevkide?

C: Asistanıyım.

S: Peki bu işin gerektirdiği görevler ne?

C: Bay Grayson'ın takvimini organize ediyorum, toplantıları kaydediyorum, randevuları, seyahatlerini ayarlıyorum, telefonuna cevap veriyorum.

S: Bu işi ne kadardır yapıyorsunuz?

C: Üç yıldır.

S: Yani Bay Grayson'la California'dayken çalıştınız?

C: Evet.

S: Bir asistanın ülkenin diğer ucuna taşınması alışıldık değil, değil mi?

C: Ben nereden bilebilirim? Asistanım yok.

S: Hiç Bayan Grayson'la konuşma fırsatınız oldu mu?

C: Elbette. Ne zaman arasa.

S: Bay Grayson size hiç, Bayan Grayson'ın endişelendiği türden özel talimatlar verdi mi?

C: Ne demek istediğinizi bilmiyorum.

S: Hatırlatayım, yemin ettiniz. Doğruyu söylemezseniz yalancı şahitlikle suçlanacaksınız. Bay Grayson size hiç eşinin endişelendiği türden özel talimatlar verdi mi?

C: Bana onun telefonlarını bağlamamamı söyledi.

S: Bay Grayson size eşinin telefonlarını bağlamamanızı özel durumlarda mı söylüyordu?

C: Hayır.

S: Telefonlarını hiçbir zaman mı bağlamamanız gerekiyordu?

C: Her zaman mesaj almam gerekiyordu. Ama bu konuda kötü hissettiğimi söylemek istiyorum. Bayan Grayson... onu tanımıyordum falan ama iyi bir insana benziyordu. Bence Bay Grayson sadece meşguldü. Kişisel bir şey değildi.

S: O halde Bay Grayson'la yasak ilişki yaşarken de kötü hissetmiş olmalısınız.

C: Ne? Ben Bay Grayson'la yasak ilişki yaşamıyorum.

S: Hiç Bay Grayson'la cinsel münasebette bulundunuz mu?

C: Evet ama ilişki değildi.

S: Bay Grayson'la kaç kere seks yaptınız?

C: Bilmiyorum.

S: Birden fazla mı?

C: Evet, birden fazla.

S: Ondan fazla mı?

C: Evet, ondan fazla.

S: Yüzden fazla mı?

C: Bilmiyorum. Belki. Aşkla alakası falan yoktu. Ya da ilişkiyle. Öyle işte.

S: Bunu neden söylüyorsunuz?

C: Çünkü Zach bana şöyle dedi: "Bunun aşkla alakası yok. Bu hiçbir anlama gelmiyor." Bunu her seferinde söyledi.

AMANDA

PARTİDEN İKİ GÜN ÖNCE

Amanda, Blue Bottle'a doğru acele ederken on dakikadan fazla geç kalmıştı. Sarah'la Maude, dışarıdaki küçük çakıl verandada oturuyorlardı, haziranın sonları bir hayli sıcaktı ancak hava nemli değildi. Amanda'nın defalarca katlanılmaz ağustosun boğucu kokuları ve öfkeli insanlarına dönüşeceği konusunda uyarıldığı kusursuz New York yaz günlerinden biriydi. En sonunda yetişkinlerin çoğu Hamptons'a, Cape Cod'a veya çeşitli Avrupa maceralarına gideceklerdi ve yazın son haftalarında Park Slope neredeyse hayalet bir kasaba gibi kalacaktı.

Onlara yaklaştığında Maude'nin sırtı Amanda'ya dönüktü ama büyük güneş gözlüklerini takmış, ağzını çizgi haline getirmiş Sarah'yı görebiliyordu. Amanda genişçe gülümsemek ve her zaman yaptığı gibi sahnedeymiş gibi el sallamak için kafasını kaldırmasını bekledi. Ancak Sarah'nın bakışları Maude'den ayrılmadı.

"Geç kaldığım için üzgünüm," diye mırıldandı en sonunda kafeden geçip verandaya çıktığında.

Case hakkındaki e-postalardan bahsetse mi henüz karar verememişti. Onları bir şekilde görmediğine öyle utanıyordu ki. Ama Sarah benzer e-postalar aldığını ve görmezden geldiğini söylememiş miydi?

"Sorun değil," dedi Sarah, sesi vakurdu. "Biz de Maude'yle konuşuyorduk."

Amanda oturduktan sonra Maude'nin ağlamaktan şişmiş gözlerini görebildi.

"Ne oldu?" diye sordu. "Sophia iyi mi?"

Maude başını salladı. "Bilmiyorum. Başka bir mektup geldi. Tam olarak farklı bir şey söylemiyor ama içimde kötü bir his var. Sonunda kamptaki birine ulaştım, her şeyin tamamıyla yolunda olduğunu söyledi. Sophia aptal bir sırt çantalı gezintiye çıktığı için onunla perşembeye kadar doğrudan konuşamayacağım. Sesini duyana kadar daha iyi hissedebileceğimi sanmıyorum."

"Maude, tatlım," dedi Sarah biraz daha zorla. "Sophia'ya ne oldu? Bir şey döndüğü kesin. Anlat ki yardım edebilelim."

"Sebe'nin tek istediği sakin kalmam," dedi Maude. "Ve ben sadece... Yanlış düşünüyor. Sophia iyi değil. Hissedebiliyorum."

"Çünkü kocalar işe yaramaz," dedi Sarah. "Muhteşem olanlar bile. Maude, *bize* ne olduğunu anlat."

"Ama Sophia'ya anlatmayacağıma söz verdim." Maude acı çekiyormuş gibiydi.

"Lütfen." Sarah ufladı. "Ebeveyn sözleri ebeveynler arasında kalır. Bunu herkes bilir."

Maude bir süre uzaklara bakarak dudağını çiğnedi.

"Sophia birkaç çıplak fotoğrafını çekmiş," dedi en sonunda ve vücudu çöktü. "Görüştüğü çocuk için."

"Ah, Maude, bunu *hepsi* yapıyor!" diye bağırdı Sarah. "Ben de yaptım, bu arada özsaygınız ne kadar yüksek olursa olsun önermiyorum; kırk yaşındaki çıplak haliniz kafanızda selfiedekinden daha iyi ama oğluma ve arkadaşlarına *gönderilen* fotoğraflara inanamazsınız. Sürekli hem de. Kızları da suçlamıyorum. Hayır, hayır, hayır. Oğlanların *istediklerini* biliyorum. Eminim benimkiler de yapıyor. Bir şey değilmiş gibi. Ve bu yüzden pornoları suçluyorum. Eski düzenli *Playboy*'u suçlamıyorum. O sağlıklı bir meraktı. Ama bu internetteki çöpler?" Sarah gözlerini kapatıp titredi. "Neyse, demek istediğim şu, dipsiz bir çarpık ahlaksızlık kazanı bu. 'Röntgenci pornosu' gibi şeyler için açılmış koca internet siteleri var."

"Röntgenci pornosu mu?" diye sordu Amanda.

"Kadınların eteklerinin altını kaydeden ya da umumi tuvaletlere kamera koyan insanlar falan işte." Sarah kendinden beklenmeyecek bir şekilde kızardı. "Önemsiz bir şey, değil mi?"

Maude'nin gözlerine yaşlar doldu.

"Maude, özür dilerim!" Sarah eliyle ağzını kapattı. "O röntgenci saçmalığının Sophia'yla alakası yok! Gerçekten, hiçbir şeyle alakası yok. Yani Sophia fotoğrafları çekti ve onları çocuğa verdiğini varsayıyorum? Önemli bir şey değil. Gerçekten. Sadece Sophia'nın bunu bildiğinden emin olmamız lazım."

"Sophia'nın sana bunları anlatmasının ne kadar harika olduğunu düşün, Maude," diye belirtti Amanda. "Sana ne kadar güvendiğini gösteriyor."

"Evet. Ne kadar iyi bir anne olduğunu kanıtlıyor," diye ekledi Sarah. "Sana korumacı olduğun için takılıyorum ama biliyorsun, oğullarım bana hiçbir şey anlatmaz."

Maude gözlerini kırpıştırınca yaşlar yanaklarından aktı.

"Dahası var," dedi.

"Ne?" diye sordu Sarah.

"Hacklenen bilgisayarlardan biri bizimki," dedi Maude. "Ve Sophia'nın çektiği resimler tahrik edici, çok tahrik edici. Paylaşmakla tehdit ettiler."

"Orospu çocukları," diye kükredi Sarah.

Maude'nin yaşları şimdi daha hızlı akıyordu. Yanakları parlıyordu. "En kötüsü de Sophia'nın kamptan gelen mektupları *daha fazlası* varmış gibi gösteriyor. Bilmediğim başka şeyler varmış gibi." Maude sırayla Sarah'ya, Amanda'ya baktı, sonra cevaplar onlardaymış gibi başa döndü. "Başka ne olabilir ki?"

Sarah başını salladı. "Bir şey olmayacak. Sadece onunla konuşman lazım. Bunca zaman telefonu olmadan evden uzakta mıydı? Düşünecek çok zamanı olmuştur."

Ancak Maude endişeli görünmeye devam etti. Ve Amanda da onun için endişe duydu.

"Onunla perşembe günü konuşabileceğini mi söylemiştin?" diye sordu Amanda.

Maude başıyla onayladı. "Evet. Ama ne zaman olacağını bile söylemiyorlar. Ya aptal partinin ortasında olursa? İptal etmeliyim."

"Ah, iptal etme!" diye bağırdı Sarah, ardından elini sallayarak kendine geldi. "Yani, hazırlık yapmak seni meşgul tutacak. Şu anda zaten bir şey yapamıyorsun. Olan oldu." Sonra ortamın havasını hafifletmeye çalışır gibi muzırca gülümsedi. "Hem bunun son seks partin olduğunu söyleyip iptal edemezsin."

"O halde belki de partiyi sen vermelisin." Maude yaşlı gözlerle gülümsedi. "Parti demişken, eve gitmem gerek. Teslimat gelecekti."

"İyi olacak mısın?" diye sordu Amanda. "Seninle gelmemizi ister misin?"

"Hayır, hayır," dedi Maude. "İlgi çekici bir şekilde dengesiz görünebilirim ama iyi olacağım. Yalnızca biraz kendi başıma kalmam lazım."

"Emin misin?" diye ısrar etti Sarah.

"Evet," dedi Maude, ayağa kalkarken derin bir nefes aldı. "Söz veriyorum."

Amanda'yla Sarah, Maude'nin eşyalarını toplayıp çıkmasını izledi. Maude güvenle görüş alanından çıkana dek konuşmadılar.

"Tanrım, ne sorunum var benim?" Sarah başını salladı. "Röntgenci pornosu ha? Pisliğin tekiyim. Çok yorgun olduğum için. Siktiğimin Kerry'si."

"Kerry mi?" dedi Amanda.

Sarah sorudan dolayı irkilmiş gibiydi. "Ah, tartıştık. Aptalcaydı. Çok fazla şaraptan oldu," dedi. "Kerry'nin üvey babası hakkında anlattığı masala sinirlendim sadece."

"Masal mı?" diye sordu Amanda.

"Kerry'nin üvey babası hiçbir zaman onun kolunu kırmadı ama Kerry'ye göre bir zamanlar iğrenç davranıyordu," diye dudak büktü. "Neyse, Kerry herkesin sana bön bön baktığını hissetti ve kötü hissetmeni istemedi."

"Ya," dedi Amanda, gerçekten de kötü hissetmişti. "Çok üzgünüm."

"Üzülme. Senin hatan değil. Zaten kavga sadece öyle başladı... başka bir yere evrildi." Sarah elini salladı. "Ama bunu başka zaman konuşuruz. Şu anda önemli olan zavallı Maude. Onu daha kötü hissettirdiğime inanamıyorum."

"Hayır, hayır," dedi Amanda, Sarah'nın sahiden daha kötü hale *getirdiğine* neredeyse emin olsa da.

"Sonra onu arayıp kontrol ederim."

"Tamamen alakasız bir şey sorabilir miyim?" diye başladı Amanda çekinerek. Muhtemelen konuyu değiştirmeden önce konuşmayı biraz daha devam ettirmesi gerekiyordu. Ama daha fazla bekleyememişti. "Country Day'den gelen e-postayla ilgili. Will hakkındaki hani?"

"Çocuksuz yazın tadını çıkarmak için görmezden gelmeye karar vermemi mi kastediyorsun? Hakiki karar yetimin başka bir örneği. Tabii, neden olmasın? Sor."

"Case'le ilgili benzer bir e-posta aldık," dedi Amanda. "Birkaç tane aslında. Ama gözümden kaçmış, o yüzden cevap vermedim."

"En azından benim gibi bilerek görmezden gelmek yerine *yanlışlıkla* cevap vermedin."

"Okul bunu Case'in aleyhinde kullanır mı?" diye sordu Amanda. "Yanıt vermedim ve görüşme ayarlamadım diye?"

"Kesinlikle hayır. Özellikle de görüşme hiçbir anlam ifade etmediği için. Okulun tek yaptığı görüşme ayarlamak. Anlıyorum. Etraftaki başka okullar direksiyonun başında uyudu diye kötü şeyler oldu. Ama orta yola ne oldu? Açıkçası bir çocuk ayak parmağını vursa Brooklyn Country Day seninle, çocukla ve o can sıkıcı mobilyayla görüşme yapmak istiyor. Case'in gerçekten bir sorunu olsaydı seni ararlardı."

"Öyle mi?" diye sordu Amanda.

"Kesinlikle," deyip devam etti Sarah. "O okul seni gerçekten bulmak isterse peşine düşer. Okul ücretini geciktirince ne oluyor bir gör."

Amanda gülümsedi. Gerçekten rahatlamıştı. "Ah, iyi, o halde belki de ciddi değildi."

"*Tamamıyla* ciddi olmadığına yüzde yüz eminim. Ben olsam aklımdan tamamen çıkarırdım. Hiçbir şey gelmemiş gibi davran. Benim gibi." Sarah sonra sessizleşti, çıkışa doğru bakarken yüzü karardı. "Güven bana, bazen cehalet gerçekten mutluluk oluyor."

KRELL SANAYİ A.Ş.

GİZLİ YAZIŞMA

DAĞITILAMAZ

Avukat-Müvekkil Arasındadır

İmtiyazlı ve Gizlidir

1 Temmuz

Kime: Brooklyn Country Day Yönetim Kurulu
Kimden: Krell Sanayi A.Ş.
Konu: Veri İhlali & Siber Olay Soruşturması - İlerleme Raporu

Görüşme Özetleri

ÖZNE AİLE 0005: Ortak aile e-postasından ötürü Brooklyn Country Day'den gelen toplantı isteğini alıp almadıklarını bilmiyorlar. Kamptan döndükten sonra bütün aile üyeleri aranacak.

ÖZNE AİLE 0006: Brooklyn Country Day'in toplantı tarihi belirleme istediğini aldılar ancak cevap vermediler. Evdeki farklı hesaplardan şüpheli başka e-postalar aldılar. Cevap vermiş olabilirler.

ÖZNE AİLE 0016: Brooklyn Country Day'in toplantı tarihi belirleme isteğini aldılar ve toplantıyı planladılar. Sonraki bir mesaja göre toplantı iptal edildi, tekrar tarih belirlenecek.

Ön Sonuçlar

Brooklyn Country Day sistemlerinin 30 Nisan'da veya ona yakın bir tarihte gizliliği ihlal edildi. O sırada Brooklyn Country Day aileleri hakkında çocukların isimleri, aile e-postaları ve diğer iletişim adresleri de dahil geniş kişisel bilgiler toplandı. Erişim, farklı ailelerin kişisel bilgisayarlarına gelen sahte görüşme tarihi belirleme formlarıyla iletişime geçilince sağlandı. Eğer bir toplantı ayarlandıysa akabinde otomatik bir devam e-postasıyla iptal ediliyor. Erişim teşebbüsü gerçekleşemezse, alternatif bir sahte hesapla ikinci bir girişimde bulunuluyor. Sözdizim varyasyonları ve farklı IP adreslerine dayanarak, özne ailelerle belli görüşmelerden birkaç farklı kişinin sorumlu olması mümkün görünüyor.

LIZZIE

10 TEMMUZ, CUMA

Millie'nin şirketi Evidentiary Analytics'in olduğu bina yüksekti ve UN'nin kuzeyinde uzanan diğerleri gibi ayna camlarla kaplanmıştı. Geniş lobisi zeminden tavana mermerdendi ve üç resepsiyonu vardı; en etkileyici ikisi Sony ve Credit Suisse için ayrılmıştı. Üçüncü ve daha küçük olanı diğer kiracılar kullanıyordu. Millie, bir adli tıp uzmanıyla beraber şirketini ortaklık haline getirdiğinden bahsetmişti. Ama bu beklediğimden daha etkileyiciydi, cesaretlenmiştim. Ve Wendy Wallace'la görüştükten sonra gerçekten cesaretlenmeye ihtiyacım vardı.

Otuz altıncı katta uzun, pahalı görünüşlü duvar kâğıtları, son derece temiz halılarıyla süslü görünen koridordan geçtim ve cilalı Evidentiary Analytics tabelasının altındaki zili çaldım. Bir saniye sonra Millie, tam olarak modaya uygun olmasa da makul lacivert takımıyla kapıyı açtı. Ofis ışıklarının altında teninde grimsi bir ton vardı.

"Selam, bir tanem," dedi, uzanıp sarılmak için beni kendine çekti.

Bu kez Millie'ye sarılmak bir yığın ince dalı sıkıştırmak gibiydi. "Tamam, niye bu kadar zayıfsın?"

"Teşekkür ederim, hayatım," dedi neşeyle, iltifat etmek için söylemediğim bariz olsa da. İçeri geçmemi işaret etti. "Hadi hadi. Senin için iyi mallar var burada. Bayağı iyi hem de."

Wendy Wallace'ın ofisinden çıkar çıkmaz Millie'yi aramıştım. Zach hakkında soruşturma açıldığını, şu anda olay yerinde başka biri olduğunu kanıtlamak için acilen gerçek delillere ihtiyaç duyduğumuzu söylemiştim. Bunların hepsi doğru olsa da bilerek asıl aciliyetin müvekkilim tarafından şantaja uğramam olduğu kısmını anlatmamıştım. Çok utanıyordum. Hem Millie Zach'in taleplerine boyun eğmezdi ve bu yüzden yardım etmeyi reddetmesi riskini alamazdım. Yeni bir dedektif bulmak Zach'in davasında daha fazla zaman harcamam anlamına geliyordu.

Şık, bölmesiz Evidentiary Analytics ofisinde kalın, koyu renkli bıyıkları ve yele gibi simsiyah saçlarıyla resepsiyonun yanında duran bir adam vardı. Arkasında minyon, sarı kıvırcık saçlı resepsiyonist oturuyor, telefona cevap veriyordu. Adamın halsiz ancak nazik gözleri vardı; siyahlığı ancak çok kötü bir peruk olacak kadar yapay olan saçları yerine onlara odaklanmaya çalıştım. Ofisinin hoşluğuna bakınca daha iyi bir şeye geçmemesi tuhaf geliyordu.

"Bu ortağım Vinnie," dedi Millie." Milllie, bu da Lizzie. Eski bir dostumdur, o yüzden arkadaşça davran. Vinnie için pek kolay değil. Adli tıpçılar sosyal konularda iyi olmuyorlar."

Düşük gözlü adam Millie'ye sertçe baktı, ardından uzattığı eliyle bana yaklaştı. Tutuşu şaşırtıcı derecede yumuşak ve kabarıktı, sanki tek parmaklı eldiven giyiyordu.

"Lizzie Kitsakis," dedim. "Yardımınız için çok teşekkür ederim."

"Endişelenme. Belli bir tutarı olacak." Bunu şaka olarak söylediyse dahi azıcık bile gülümsememişti.

Millie en köşedeki engin, siyah deri ve ceviz oturma takımını gösterdi. "Gel, otur."

"Çok hoşmuş," dedim, odanın diğer tarafına geçerken.

Bir yanda East River'ın görünüp kaybolan iyi bir manzarasını gösteren dev pencereler vardı. Ustaca düzenlenmiş yarım düzine masada, diğer dedektifler olduğunu tahmin ettiğim erkekler otuyordu; biri dışında hepsi telefonla konuşuyordu. Arka tarafta büyük, önü camlı ama kapıları olan özel ofisler vardı.

"Burada fena iş çıkarmıyoruz," dedi Millie, biz koltuklara otururken tatmin olmuş bir şekilde başını sallayarak etrafa bakındı. "Henüz kendi laboratuvarımız yok, o yüzden yazı, kan analizlerini dışarıda yaptırıyoruz. Ama umuyorum ki bir gün olacak. Vinnie ilk stratejik değerlendirmeleri yapıp doğru testin hangisi olacağını, nasıl ele alınacağını buluyor, ben de tanıklarla ve diğer araştırmaya yönelik ipuçlarıyla ilgileniyorum. Vinnie'nin aynı zamanda tıbbi muayene ofisinde tanıdıkları var."

"Evet, Vinnie'nin bağlantıları," diye homurdandı, en uzaktaki koltuğa oturdu. "Ve onları kullandığı için ödeme almayı seviyor."

"Vinnie," diye tersledi Millie. "Para mevzunu bırak artık. Ödeme yapacak yahu."

"İyi olur."

Millie gözlerini devirdi. "Ona kaybedecek zaman olmadığından ve müvekkilin Rikers'ta olduğundan avans bekleyemeyeceğimizi açıkladım." Vinnie'ye doğru sert bir bakış atıp bana döndü. "İlk başladığımızda birkaç kez dolandırıldık. Vinnie'ye göre her seferinde benim yüzümdenmiş."

"Bugün Zach'in hesabından para aktarabilirim," dedim, Vinnie'ye dönerek. "Zaten onu aramam lazım."

Adam başını salladı, ikna olmuşa benzemiyordu. "Tıbbı muayenedeki tanıdıklarımdan duyduğum kadarıyla kan davasıymış, şüphesiz."

"Bu iyi haber, değil mi?" diye sordum tereddütle. "En azından gerçek kanıtlara dayanmayı planlıyorlar. Kan kanıtları, görgü tanıklarından falan daha güvenilirdir, değil mi?"

Artık bilmediğim sulara giriyordum. Dolandırıcılık davalarında veriler ve belgeler olurdu. Kan, hatta bazen görgü tanığı bile içermezlerdi. Tamamen sayılardan, e-postalardan, faturalardan, muhasebe kayıtlarından ibaretti. Yıllar içinde şiddet suçlarının adli tıp yönünü öğrenmekten bilerek kaçınmıştım. Ama geldiğim yer buydu işte. Artık başımı çeviremezdim. Kabullenip kendimi eğitmekten başka çarem yoktu.

"Yok be. Kan sıçrama analizleri tamamen güvenilmezdir," diye söylendi Vinnie. "New York'ta en azından analizi yapanlar *biraz* eğitim almış oluyor. Başka yerlerde eski polisler altı saatlik seminerden sonra CSI Fresno'daymış gibi davranıyorlar. Ne olursa olsun, kan sıçramanın kendisi her zaman bilimden çok sanattır."

"Kulağa kötü geliyor," dedim. Sırtımdan ter akmaya başlıyordu. Her şey olması gerekenden fazlaydı.

"Bu davaya bakarsak, çok farklı varyasyonlarda çok fazla kan sıçraması var. Bunu istedikleri her şeyi kanıtlamak için kullanabilirler. Eminim bölge savcısı jürinin önüne bir laboratuvar teknisyeni çıkarıp suçun her aşamasını izlemiş gibi anlattıracaktır. O sırada lanet avcundan okuyor bile olabilir. Böylesi bir dava için merdivende olanları üç farklı şekilde sırayla anlatacak üç tane kan analisti bulabilirim. Bu da bana göre bu tür davalar için kan sıçrama analizi yapmamaları gerektiği anlamına geliyor, o kadar. Ama savcı değilim, o yüzden kim sallar."

Bu kulağa çok ama çok kötü geliyordu. Millie iyi haberler olduğunu söylememiş miydi?

"Ve bunların hepsini tıbbi muayene ofisinden mi duydun?" diye sordum.

Vinnie başıyla onayladı. "Belli ki ellerinde üzerinde bizimkinin izleri olan bir golf sopası varmış ve dedikodulara göre kurbanın yaraları golf sopasıyla uyuşuyormuş ama tam olarak eşleştiremeyecek kadar çok hasar var. Bana kalırsa bunlar büyük jürinin önünde daha belirgin görünecek. Yapması oldukça kolay. Eminim duruşmada saçma 'sağlam kan sıçraması' kanıtıyla böbürlenmek için saatler harcayacaklar. Ve biz de onu yıkmak için elimizden geleni yapacağız. Ama bana sorarsan, yapmamız gerekmiyor."

Biz. Bizimki. Vinnie'nin söyleme şekline odaklanmaya çalıştım, geri kalanına değil. Zach'in berbatlığının yükünü, kısa süre ve gönülsüzce olsa da başka biriyle paylaşmak rahatlatıyordu. Vinnie büyük jürinin işleyiş şekli konusunda kesinlikle haklıydı. Boşlukları işaret edecek bir savunma avukatı olmasa ifade tamamıyla tek taraflı halde sonlanırdı. Duruşmada sorgulanırlarsa savunma tarafından açığa çıkarabileceklerinden tanıkların yalan söylemeye cesareti olmazdı ama yalanla dikkatle sorulmuş ciddi bir soru arasında bir okyanus kadar mesafe vardı.

"İşte bu yüzden beni eve çağırmış olman çok iyi," dedi Millie, optimist konuşmaya çalışarak. "İzler yardımcı olacak."

"Bir şey mi buldun?"

"Evet, dünya kadar iz," dedi Vinnie, bir dosyayı kaldırıp Millie'ye baktı. İçinde yirmi sayfa dolusu sıra no, yüzde derecesi ve betimsel dil vardı. Hepsi tam anlamıyla okunmaz durumdaydı. "Önemli yerlerdeki bazı izleri karşılaştırdık."

"Kusura bakma..." diye başladım. "Anladığımı sanmıyorum."

"İşte." Vinnie yığının arkasındaki bir sayfayı çevirdi. "Bunu görüyor musun? Golf çantasında iki set iz bulduk. Zach'in ve bilinmeyen birinin."

"Amanda'nın mı?"

Vinnie başını salladı. "Zach'e ve kurbana ait olmadığını kontrol etmek bir setimiz var. Golf çantasındaki diğer izler ona ait değil."

Ama golf çantasının üzerindeki izler için sayısız masum açıklama olmalıydı; temizlikçiler, taşımacılar, golf takımı taşıyıcılar, valeler. Bir sürü kişi meşru nedenlerle dokunmuş olabilirdi.

"Kime aitler?"

Vinnie homurdandı. "Nereden bileyim be?"

"Golf çantasındaki tanımlanamayan izin sistemde olmadığını söylemeye çalışıyor. NYPD'de aramak için araya birilerini sokabildik." Millie, Vinnie'yi gösterip devam etti. "İyi kısma gel, Vin."

"Çantadaki elin aynısının bir kısmını bulduk, işte." Vinnie merdivenin fotoğrafındaki bir yeri işaret etti. "Amanda Grayson'ın kanında."

Kalbim hızlandı. "Ne?"

"O avuç içi ve senin metal tırabzanda gördüğün kandaki tek parmak izi," dedi Millie, "golf çantasının üzerindekiyle aynı. Bir sürü insanın çantaya dokunmak için meşru nedenleri olabilir ama öldüğü gece Amanda'nın kanına dokunmak için meşru bir neden yok."

"Aman Tanrım," dedim. "Emin misin?"

Millie kurnazca güldü. "Eminiz. Ve iz kesinlikle acil müdahale ekibine veya NYPD'den birine ait değil. Onları da kontrol ettik. Ama Amanda Grayson'ın öldüğü gece orada biri vardı. Zach Grayson'dan başka biri."

Hassiktir. Zach gerçekten Amanda'yı öldürmemiş miydi? Sadece beni zorla çalıştıran şerefsiz bir herif miydi?

"Şimdi, laboratuvarı kullanarak maktulün hayatındaki herkesin, bize örnek getirebileceğin insanların izlerini karşılaştırabiliriz. NYPD her ne yapıyorsa ondan çok daha hızlı ve eminim daha kapsamlı olur. Ama ödeme alana kadar yapmayacağız," dedi Vinnie. "Millie şanslı ki süslü ofisimizden kirayı ödememekten atılmamızı ben önlüyorum."

Millie, Vinnie'ye kaşlarını çatarak bana döndü. "Onu olabildiği kadar zorladım," dedi açıklama yapmak için. "Parmak izi karşılaştırması yapmanın hızlıca pahalılaşabileceği konusunda haklı. Biz aceleci davranmadan önce müşterilerle tamamen aynı fikirde olmak iyi oluyor."

"Zach kesinlikle aynı fikirde. Onu laboratuvarın pahalı olabileceği konusunda da uyardım. Neden şu anda, burada muhasebecisini aramıyoruz?" dedim. Ve Zach beni tehdit ettiğinden beri ilk kez az da olsa iyi hissediyordum. Zach yapmadıysa belki de vicdan azabı duymadan onu çıkarabilir ve kendimi kurtarabilirdim. Wendy Wallace asıl saldırgana ait kanlı izleri görmezden gelmek için elinden geleni yapacak olsa bile. "Size ödeme yapacağım, sonra bu işe girişebiliriz."

Millie başını salladı. "Ah, şimdi aramak zorunda değilsin..."

"Harika," dedi Vinnie. "Harika fikir. Şimdi ara."

"Önce şunu sorabilir miyim... Aynı kişinin izleri aynı zamanda golf sopasında da var mıydı?"

Millie'yle Vinnie önce birbirlerine, sonra bana baktılar.

"Imm, golf sopası poliste, canım," dedi Millie, ses tonu nazik ama sertti. Sanki bana kibarca uyanmamı söylüyordu. "O yüzden fikrimiz yok."

"Ah, doğru," dedim. İçimdeki savcı unutup duruyordu.

Elbette golf sopası henüz elimizde değildi. Ya da Amanda'nın, babasının onu takip etmesiyle ilgili önemli bilgiler içeren çok önemli telefonu. Bunlar ancak savcılık kurcalamaya karar verirse bulunurdu. Silinen mesajlar, gizli numaralar; savcılığın şüpheli *bulması* gerekmezse bunların hiçbirine bakılmazdı. Zach'in dosyasında, aradıkları kişiyi bulduklarına ikna olduklarından Amanda'yla aralarındaki ilişkiyi kanıtlamak için telefon aramalarına gerek yoktu. New York yasasındaki yeni değişiklikler sağ olsun, yakında Amanda'nın telefon kayıtları gibi şeyleri paylaşabilecektik. Şimdiye kadar savcılığın elindeki delillerin hepsi bize duruşmadan hemen önce veriliyordu; prosedür böyleydi ve tabii ki hep diğer tarafta olduğumdan bana son derece mantıklı görünmüştü. Bu durum Zach'in telefonunun izini sürmeyi düşündürttü. Brooklyn gibi fazla kalabalık bir yerde cep telefonu sinyali bulma konusunda uzman falan değildim ama Zach'in telefonunun Amanda'nın öldürüldüğü saatte Brooklyn Heights Promenade'de olduğunu saptayabilirsek aşırı yardımcı olurdu.

"Sopanın bizde olmaması daha iyi olabilir," dedi Vinnie. "O tek golf sopasını incelersen ve istediğin izler üzerinde *olmazsa* ne olur? O zaman elindeki bütün kanıtlar yok olur. Çünkü belki de bu diğer adam her kimse, sopayı tutan eline eldiven takacak kadar zekidir. Belki kullanmadığı eliyle sadece çantaya dokunmasının sebebi dengesini kaybetmesidir? Böyle mesela..." Hareketi taklit etti. "Bu tür senaryolar saçmadır ama onların kan sıçrama hikâyesi kadar değil. Suç işlendiği sırada tuhaf, saçma sapan şeyler olur."

"İzlerin kime ait olabileceğini biliyorum sanırım," dedim.

"Paylaşmak ister misin?" dedi Vinnie.

"Amanda'nın babası. Birbirlerinden uzaklaşmışlar. Adam şehir dışında yaşıyor. Amanda küçükken babası ona cinsel istismarda bulundu ve New York'a tekrar taşındıklarından beri babasının kendisini takip ettiğini düşünüyor. Aylardır yani. Günlüğünde bunlardan bahsetmiş. Telefonla arıyormuş ve onu takip ediyormuş. Çiçek bile bırakmış."

"Gerçekten mi?" diye sordu Millie, merakı uyanmıştı. "Bu kulağa kesinlikle somut bir ipucu gibi geliyor."

"Sanırım onu buldum da. Ama şehir dışına, St. Colomb Falls diye bir kasabaya gidip onunla konuşmam..."

"Hayır, hayır, hayır," dedi Millie. "Kesinlikle hayır. Bir anda karşılarına çıkıp onları cinayetle suçlaman tecavüzcülerin hiç hoşuna gitmez." Bana bu kadar yardım etmişken Millie'den St. Colomb Falls'a gitmesini istemeye niyetim yoktu. Ama belki kendisi sorar diye Xavier Lynch'ten bahsetmiştim.

"Ben giderdim ama..." Millie rahatsız olmuş gibi aşağı baktı. "Kaçırmamam gereken bir şey, yarın başlıyor. Birkaç gün sürecek. Ve Vinnie arazide iyi değildir. Onu göndermek kimseyi göndermemekten daha kötü olur."

"Sağ ol ya," dedi Vinnie sertçe.

"Güvendiğim birkaç kişi var ama. Tetkik için bazen onları kullanıyorum. Ucuz değiller ve hiç zamanları olmaz. Ama sorabilirim."

"Biri en yakın zamanda gidip onunla konuşmalı bence," dedim.

"Tamam, onlara ulaşıp ne diyecekler bakayım. Aksi halde beklememiz gerekecek. Zaten çok acelemiz yok. Duruşmaya kadar vaktimiz var."

"Senin için sorun olmazsa çok sevinirim," dedim, beklemenin yolu olmadığını çoktan biliyordum. "O dosyayı yanımda götürebilir miyim? Fotoğraflara ve diğer şeylere bakmak isterim."

Vinnie bana parmak izi analizlerini gösterdiğinde gözüme mahallenin haritası, internet arama sonuçlarının çıktıları, görüşme notları gibi başka belgeler ilişmişti. Kısmen orada Zach'i suçlu gösterecek bir şey görmeyi umuyordum. Belki ona karşı tehdit olarak kullanabileceğim bir şey. Kendi müvekkilini tehdit etmek, özellikle masum olduğundan şüpheleniyorsan etik bir şey sayılmazdı ama Zach'le artık etik kısmını geçmiştik.

"Tabii, sana çalışmalarımızın hepsini veririz. Müvekkilin ödeme yapar yapmaz," dedi Vinnie, dosyayı sıkıca tuttu. "Geçmişteki ödemeler için on beş bin ve gelecekteki masraflara avans olarak yirmi bin. Gerekirse listelemeyi getirebilirim."

"Tanrım, Vinnie," diye inledi Millie ama ona boyun eğmişti.

"Yok, yok, sorun değil," dedim. "Bir dakikalığına ofis telefonunu kullanabilir miyim? Şimdi Zach'in muhasebecisini arayıp halledeceğim."

"Elbette. Bu tarafa gel." Millie beni arkadaki boş ofise götürdü. "Vinnie için kusura bakma," dedi yürürken. "Hayatının çoğunu suçlularla uğraşarak geçirdi. Kimseye güvenmiyor. En kötüsü de çoğu zaman haklı olması."

"Anlıyorum," dedim, ofisin kapısında durduk. "Ve sorun değil."

Kapı koluna uzandım.

"Ben kanserim, Lizzie," dedi Millie arkamdan sessizce.

"Ne?" Onu görebilmek için döndüm.

"O yüzden bu kadar zayıfım," dedi. "Ve e-postalar. İçlerinde anlaşmamız için bazı şeyler olabilir."

Ağzım kurudu. "Tanrım, özür dilerim Millie. Ve öyle... şu anda bunları düşünmek zorunda olduğun için üzgünüm. Benim için çok şey yaptın. Eminim ilk önerdiğinde... on yedi yıl sonra hâlâ o söze bağlı kalacağını düşünmemiştin. Senin için yapabileceğim bir şey var mı?"

Bu durum hakkında konuşmaktan başka bir şey. Kanser olduğun için üzgünüm. Ama yapamam. Şu anda olmaz.

Millie gülümsedi ancak gözleri üzgündü. "Yarın kemoterapiye başlıyorum. Zorunlu olarak. O yüzden görüşmeleri yapamam."

"Sen iyi... Doktorlar ne diyor?"

"Imm..." Sesi azaldı. "Meme kanseri, Nancy'ninki gibi. Onun hakkında her zaman 'optimist'lerdi ve bak sonra ne oldu." Zorla gülümsedi. "Ben savaşacağım. Çünkü savaşçıyım." En az yüz ifadesi kadar zorlamaydı.

"Lütfen bir şey yapmama izin ver."

"Sana söylememişim gibi davran. Bunu yapabilirsin," dedi. "Ve kendi başına şehir dışına gitmeyeceğine söz ver."

"Elbette gitmeyeceğim," dedim, hasta bir insana yalan söylemek kesinlikle fazladan bir günah olsa da.

"Ve gerisini konuşmamız gerekecek," dedi, boğazını temizledi. "Ama uğraştığın davaya bakarak beklemek isteyeceğini varsayıyorum."

Başımla onayladım. "Teşekkür ederim."

Millie dudaklarını birbirine bastırdı. "Tamam," dedi. "Birkaç gün, en fazla. O arada ne yapmak istediğini düşünmeye başla çünkü bu, anlaşmamız yani, kendi yolunda gidebilir."

Kapı kapalı halde boş ofiste olmak rahatlatıcıydı. Zach'in muhasebecisini aramak için kendimi toplama fırsatı bulmama ayrı memnun olmuştum. Millie'nin söyledikleriyle daha sonra yüzleşecektim. Evet.

Adam hemen telefonu açtı. "Teddy Buckley."

"Ben Lizzie Kitsakis. Zach Grayson'ın avukatıyım ve onun yerine finansal konuşmalar yapabilmem için bana vekalet verdi. İsterseniz konuşmaya devam etmeden önce belgeyi e-postayla gönderebilirim."

"Tamam," dedi Teddy, kelimeyi dikkatle seçti. "Evet, harika olur. Eminim bu şartlar altında vekâletnameyi doğrudan elime almadan bir şey yapamayacağımı anlıyorsunuzdur."

Kurallara uyan, gergin bir adamdı. Bir muhasebeciden beklenildiği gibi. Ama sesinde başka bir şey daha vardı, rahatlamıştı. Birinin aramasını umuyordu.

"Evet, biraz bekleyin. Hemen gönderiyorum."

"Sorun değil," dedi. "Bekleyebilirim."

Telefonu kulağımdan uzaklaştırdım, Zach'in onayladığı vekâletnamenin fotoğrafını çekerek e-postaya ekledim. Bunları yapmam bir dakikadan az sürdü.

"Tamam, birazdan..."

"Aldım. Evet, her şey yolunda görünüyor." Teddy Buckley nefes verdi. "Bayan Grayson'a olanlara çok üzüldüm."

"Onu tanıyor muydunuz?"

"Tam olarak değil," dedi Teddy Buckley. "Hakkında çok şey duydum ama. Çok... insancıl görünüyordu. O kadar zengin ya da daha önce zengin olmuş insanlar hep böyle değildir. Neyse, başına gelenler çok üzücü."

"İlerlemeden önce Evidentiary Analytics için bir ödeme yapabilir misiniz? Zach'in savunmasına yardım amaçlı kullandığımız uzman bir dedektiflik şirketi ve yaptıkları işler için ödeme ve ileriki servisleri için avans istiyorlar. Toplamda otuz beş bin. Ve şu anda, ben beklerken aktarabilirseniz çok yardımı olur. Yangından kaçar gibi olduğu için üzgünüm ama tahmin edebileceğiniz gibi böyle durumlarda laboratuvar testleri gibi şeyler için önden belli miktarda para alıyorlar."

"Otuz beş bin dolar aktarmamı mı istiyorsunuz?" diye sordu Teddy Buckley. Sesi yine temkinliydi. Hayır, hatta kafası karışmış gibiydi. "Şu anda?"

"Vekâletname para transferini de kapsıyor."

"Evet, onu görebiliyorum. Ama korkarım parayı transfer edemem."

"Anlamadım."

"Transfer edecek kadar birikim yok."

Gözlerimi kapattım. "Ne demek istiyorsunuz?"

"Para olmadığını söylüyorum. Ne vakfın hesaplarında ne de Graysonlar'ın kişisel hesaplarında, en azından erişebildiklerimde. Açıkçası Bay Grayson'ın vekâletnameyi imzalarken size söylememesine şaşırdım. Haberi vardı. Sahip olmadığını bildiği para için neden vekâletname imzaladı bilmiyorum."

Ama cevap benim için açıktı: Zach, gerçek ortaya çıkmadan önce benden ve uzmanlardan elinden geldiği kadar çok şey almayı umuyordu. İyi bir stratejiydi. Onu buraya kadar getirmişti.

"Paraya ne oldu?" diye sordum, sesimi sabit tutmaya çalışarak. "Biliyor musunuz?"

"Hayır. Bay Grayson tarafından birkaç büyük transfer gerçekleştirildiğini keşfettim. Sorduğumda sinirle beni alakadar etmediğini söyledi. Ama teknik olarak vakfın yönetim kuruluna karşı da yükümlüyüm."

"Zach neden vakfın parasını almaya ihtiyaç duysun?" diye sordum. "Şirketini daha yeni milyonlarca dolara satmadı mı?"

"Ben öyle anlamadım," dedi Teddy Buckley dikkatle.

"O halde nasıl anladınız?"

"Bakın, bunlar dedikodu ve tahmin. O zamanlar dahil değildim. Şirket satın alındıktan, vakıf kurulduktan sonra işi devraldım. Bay Grayson'ın yeni şirketiyle ilgili finansal meselelere bakmıyorum," dedi. "Söylemem uygun..."

"Bay Buckley!" diye bağırdım, muhtemelen ince buz üzerinde yürüyor olsam da. "Buna zamanım yok. Ben sadece masum bir adamı hapisten kurtarmaya çalışıyorum ve ödeme yapmam gereken uzmanlar var. Elinizde benimle konuşmanıza izin veren belge var. İnanın bana, Bay Grayson'ın yasal mercii olarak konuşuyorum. Sorularıma cevap vermekle yükümlüsünüz."

Teddy Buckley gergin bir nefes aldı. "Anladığım kadarıyla Bay Grayson'ın hisseleri ZAG yönetim kurulu tarafından satın alınmış ama vazifeyi suiistimal iddiası yüzünden ona önemli ölçüde az ödeme yapmışlar."

"Vazifeyi suiistimal mi?"

"Detayları bilmiyorum ve resmi olarak kanıtlanmadı elbette. Ama belli ki Bay Grayson'ın bazı... alışılmışın dışında yöntemleri olduğu ortaya çıkmış. Bu durum ZAG, Inc'i zedelemiş," dedi. "Tabii kişisel masraflarını karşılayacak, vakfı kuracak ve yeni bir girişim yapacak kadar ödeme almış. Girişiminin devam eden masrafları da dahil... Tekrarlıyorum, bu bir tahmin."

"Ya," dedim, midem bulanmıştı. "Fark etmedim."

Ama artık biliyordum. Zach'in kendisini temsil etmemi bu kadar istemesinin asıl nedeni buydu; beş parasızdı. Başka bir avukat önden yüksek miktarda avans isterdi. Ve akıllılık ederek işe başlamadan önce çekini kontrol ederdi. Beni bedava tutmaktan daha iyi ne olabilirdi ki? Avansı sormak aklıma dahi gelmemişti. Besbelli Paul'ün aklına da gelmemişti. Ne de olsa Zach zengindi. Ne ters gidebilirdi ki?

"Bay Grayson bir ay önce kadar telefonlarımı açmayı bıraktı ama Bayan Grayson ölmeden önce benimle görüşmeyi kabul etti. Sorunu ona açıklayacak, sonra gerekirse yönetim kuruluna çıkacaktım. Ama geçen hafta vakfa gittiğimde orada yoktu." Durdu, bir nefes daha aldı. "Bir sonraki gün öğleden sonra ve ondan sonraki gün de uğradım ama Bayan Grayson'ı bulamadım. En sonunda vakfın yönetici yardımcısına durumu anlattım. Mantığım aksini söylese de yaptım ve etik çizgiyi aştığımı kabul ediyorum. Ama vakıftaki birinin, ihtiyaç sahibi öğrencilere para yardımı yapmaya başlamadan önce öğrenmesi gerektiğini hissettim."

"Yönetici yardımcısı?"

"Notlarıma bakayım," dedi Teddy gönülsüzce. "Adı Sarah Novak."

"Sarah Novak'la mı görüştünüz?"

"Evet, kısa bir süre."

Sarah muhasebecinin Amanda'yı bulmaya çalıştığından özellikle bahsetmiş, onunla bizzat görüştüğünü söylememişti, öyle mi? Ve o görüşme sırasında Teddy *iflas* bombasını mı bırakmıştı? Sarah ne saklıyordu? Zach'in vakfın parasını almasıyla bir şekilde alakası olabilir miydi?

"Bu tam olarak ne zamandı?"

"Bir dakika," dedi. Arka planda klavye sesleri geldi. "Perşembe günüydü, 2 Temmuz, akşam dörtte. Bayan Novak'ın duyduklarına sevinmediğini söyleyeyim. Hatta çok ama çok sinirlendi. Açıkçası şaşırdım. Endişelenmesini beklerdim ama kişisel algılamış gibi görünüyordu."

"Ne demek istiyorsunuz?"

"Imm, şöyle bir şey söyledi: 'Harika, şimdi siktiğimin işinden çıkarıldım mı? Ne bok yiyeceğim?'" Teddy'nin sesi küfür ederken çok tuhaf geliyordu, sanki yabancı dilde konuşuyordu. "Fazlası var ama bu şekilde. Daha fazla küfür ve bağırma ekleyin. Kişisel finansal sonuçları konusunda fazla endişeli görünüyordu."

"Tamam, teşekkürler," dedim.

"Yapabileceğim başka bir şey olursa lütfen haber verin."

Telefonu kapatıp cam ofis kapısından baktım, Millie uzakta ileri geri yürüyor, başını sallayıp parmağını Vinnie'yi benden şüphe ettiği için haşlarmış gibi havada sallıyordu. Ne yazık ki adam en başından beri haklıydı.

Zach bir hata, bir kaybeden, asla olmamaya yemin ettiği kişiydi. Üstünü kapatmak için kim bilir neler yapmaya hazırdı. Belki Sarah'yla plan yapmışlardı. Belki o akşam partide birlikte olan Zach'le Maude değil, o ikisiydi. Maude, Sarah'yı mı koruyordu? Sarah'nın küçümsemesi detaylandırılmış bir dolabın mı parçasıydı?

İhtimaller gözlerimin önünde öyle hızla dönüyordu ki bir süre sonra tek bir şeyden emin oldum: Bu zamana kadar kör uçmuştum.

AMANDA

PARTİDEN BİR GÜN ÖNCE

Amanda, Garfield Place'in yakınındaki Prospect Park'a girerek güneye ilerledi. Carolyn'le her zaman parkın en uzak tarafında, buz pateni pistinin yanında buluşurlardı. Böylece Carolyn'in işine giden en uygun metro durağına yakın olurdu ve Amanda 09.00'dan 17.00'ye kadar köpeklerin tasmasız koşup oynayabildikleri uzun çayırın karşısından, parkın merkezinden yürümeyi severdi. Çayırdan geçerken güneş alçalmıştı, yaz sonu güneşi her şeyi sarıya boyuyordu.

En sonunda pistin girişine vardığında Carolyn görünürde yoktu. Ama asla geç kalmazdı. Amanda mı erken gelmişti? Saatin kaç olduğunu bilmiyordu. Asla telefonunu yanında getirmezdi. Koluna koca bir şey bağlanmış halde koşmaktan nefret ederdi.

Amanda, Prospect Park'ın East Drive'ına, sonra Flatbush Avenue tarafına baktı. Carolyn yoktu.

"Affedersiniz," dedi bebek arabasıyla hızlı yürüyen, kararlı görünen bir kadına. "Bana saati söyleyebilir misiniz acaba?"

"Ah, tabii," dedi kadın yanından geçerken. "20.05."

Carolyn yalnızca beş dakika geç kalmıştı, ışık ağaçların arkasından hızla inceliyor ve Amanda orada tek başına dikildiğinden gerginleşiyordu. Ama sabırlı olmalıydı. Hem Amanda zamanını Carolyn'in kendisine tam olarak nasıl yardım etmesini isteyeceğine karar vermek için kullanabilirdi.

Çünkü Carolyn'in, Amanda'nın yerine Zach'le yüzleşmek dışında ne yapabileceği belli değildi. Elbette Amanda'ya Zach'le konuşması gerektiğini söylerdi. Ama Carolyn için bunu söylemek kolaydı. Onun alışık olduğu bir şeydi. Bu, ayrıntılandırılmazsa Amanda için kötü bir tavsiye olurdu. Gerçekten bildiği tek şey kaçmaktı. Yapabileceği en uzak mesafeye. Bunu yıllardır yapıyordu. Kendini en kayıp hissettiği zamanlarda sakinleşme yolu olmuştu. Muhtemelen bu yüzden, şimdi rüyalarında bile yapıyordu.

Baba, Amanda'ya karanlıkta ilk kez geldiğinde annesi öleli altı ay olmuştu. Sonrasında annesinin neden, "Gerekirse kaç, yapabildiğin kadar hızlı kaç," dediğini tam olarak anlamıştı. Fakat Amanda'nın nereye gitmesi gerektiği bir gizem olarak kalmıştı. Ne de olsa yalnızca on iki yaşındaydı. Ve Amanda yapabileceği her yere koşmaya başlamıştı: Otobüs durağına gidip döner, kütüphaneye, Route 24'ün dışına koşar ve Walmart otoparkının çevresini dönerdi. Okula giderken giydiği düz, desteksiz Keds'iyle ve sahip olduğu, dizleri birbirine vuracak kadar büyük tek eşofman altıyla koşardı. Çok geçmeden fazla çaba sarf etmeden neredeyse on beş kilometre koşmaya başlamıştı ve hızlıydı. O kadar hızlıydı ki nereye gideceğini bulduğu anda kaçma şansı olacakmış gibi geliyordu.

Amanda etrafa tekrar bakındı. Carolyn hâlâ yoktu. Bisikletliler ve koşucularla dolu kalabalık, artık alacakaranlık uzun parmaklarını gökyüzüne daldırdığı için azalmıştı.

Bu kez Amanda saati yaşlı bir adama sordu. Adamın kulağında kulaklık olduğundan iki kere bağırması gerekmişti.

"Sekiz yirmi bir," diye bağırmıştı adam.

On altı dakika geçmişti. O kadar zamandır burada duruyor muydu? Ya Carolyn'in başına bir şey geldiyse? Metro fazlasıyla güvenliydi ya da Amanda'ya öyle söylenmişti ama insanlar soyulabiliyor, itilebiliyorlardı. Ve Carolyn fazla kendine güveniyordu.

Bir de diğer, daha bariz açıklama vardı: babası. Amanda'yı parka kadar takip etmiş ve bir şekilde Carolyn'i yakalamanın yolunu bulmuş olabilirdi. Öyle zeki bir adamdı. Ya bunu Amanda, Carolyn'le bir daha asla buluşmasın diye yaptıysa? Rüyasındaki geniş, güçlü, kapısında görünen hali bir anlığına önünde belirdi. Düşünebildiği tek şey arkadaşını parkın tenha bir yerinde köşeye sıkıştırdığıydı. Amanda başı dönüyor gibi hissediyordu, sonra kusacak gibi oldu. O his geçene kadar kafasını dizlerinin arasına aldı. Hayır, hayır, hayır. Babası Carolyn'e zarar vermemişti. Bu çılgın, çok çılgın bir düşünceydi. Amanda'nın sinirleri bir şeyler uyduruyordu. Babası hem onu *hem de* Carolyn'i nasıl takip edebilirdi ki? O bile böyle bir şey yapamazdı. Saçmalıktı. Metronun geç kalması daha büyük bir ihtimaldi.

Tam da o anda Amanda'nın telefonu yanında değildi. Belki de eve gitmeliydi. Her zamanki ritmiyle koşarsa oraya on dakikada varırdı ve bir umut Carolyn'den mesaj geldiğini görürdü.

En hızlı yol Center Drive'dan geçip ağaçlığın içinden geçen merdivenleri kullanmaktı. Daha kalabalık dış taraftan gitmekten kısa sürerdi. Elbette şehirde yaşamanın ilk kuralı güvenli kalabalığın içinde kalmaktı. Bunu Amanda bile biliyordu. Ama kestirme çok fazla zaman kazandıracaktı.

Amanda ağaçlığa doğru dönmeden önce son bir kez sessiz ağaçlara göz attı. Issız Center Drive boyunca, gölgelerdeki iri canavarlarmış gibi uzanan koyu yeşil çöp tenekelerinin yanından hızlıca geçti. Aralarına girmek, saklanmak için çok iyi bir yöntem olurdu.

Amanda çok geçmeden babasından çok daha hızlı koşarak ağaçların arasında eğik ve dik uzanan uzun, ahşap basamaklara vardı, çok fazla ağaç vardı. Nefes nefeseydi ama merdivenleri ikişer ikişer çıkarken kendini güçlü hissediyordu. Babası burada olsa bile onu asla yakalayamazdı.

Yarısını geçmişken yan taraftan, ağaçların arasından hışırtı sesi geldi. Amanda sendeledi.

Ama tekrar hızını kazandı. *Sakinleş. Devam et. Sakinleş. Devam et.* Sadece bir sincap, kuş ya da o rakunlardan olmalıydı. *Git*, diye emir verdi Amanda kendine. Hiçbir şey yok. *Eve git.*

Ama sesi duyduğunda yalnızca birkaç basamak daha çıkmıştı. Bir erkek sesi. Derin, boğuk, Marlboro Red'i hayatı boyunca içmekten kırçıllaşmış. Unutulmaz. Baba'nın gürlemesi: *Amanda*. Hışırtının geldiği yönden geliyordu. Tam oradaydı. Tutacak kadar yakındı.

Daha hızlı. Daha hızlı.

Amanda basamakların kalanını, sesten uzaklaşabilmek için koştu. Hışırtıdan uzaklaşmaya çalıştı. Çiçek bırakan babasından. Amanda'nın nerede yaşadığını biliyordu. Bu akşam onu buraya kadar takip etmişti. Carolyn gelmediğindeyse fırsatı kullanmaya karar vermişti.

Amanda onu geride bırakabilirdi ama. Artık daha büyüktü. Güçlüydü.

Neredeyse merdivenlerin tepesine varmıştı. Sonrasında geriye yalnızca biraz ağaç, sonra da beyzbol sahası boyunca uzanan çayırdaki yol kalıyordu. Orada hep insanlar olurdu. Babası onların önünde Amanda'yı yakalayamazdı. Hep korkak biri olmuştu.

"Amanda!" Daha yüksek. Sesindeki tehdidi hissedebiliyordu.

Son basamaktan sonra ileri doğru, ilerideki açık alana atıldı. Ayakları betona vuruyordu. Dişleri zangırdıyordu.

Sonra göz ucuyla bir şey, bir hareket gördü. Ona doğru hızla gelen bir vücut vardı.

Amanda bağırdı. Ham, kulak tırmalayan bir ses çıkardı. Kelime yoktu, sadece ses vardı. Bir hayvan gibi. Sonra yere düştü. Böylece onu çekmesi daha zor olacaktı. Baba'nın sert ellerini hissetmeyi bekledi. Tekme atmaya hazırlandı.

"Dur! Hey!" Farklı bir ses. "İyi misin?"

Amanda geriye doğru sürünüp yukarı baktı. Karşısında oldukça kaslı, üstü çıplak, koşu şortu giymiş, boynundan kulaklık sarkan ve siyah buklelerini saç bandıyla geriye atmış bir adam vardı. Elleri havaya kalkmıştı, ağzı açıktı, ela gözleri büyümüştü. Amanda onu hem tanıyor hem de tanımıyordu. Yüzünün detaylarını çıkaramıyordu. Ama kesinlikle babası değildi.

"Amanda, iyi misin?" Adamın aksanı vardı. Fransız. "Ben... Çok özür dilerim. Seni görünce seslendim. Korkutmak istemedim. Maude hep bana erkeklerin düşünmediklerini söyler."

Maude. Sebe. Tabii ki oydu. Nefesi düzelince adamın yüzü de görüşüne girdi.

"Ah, evet, üzgünüm," dedi Amanda. "İyiyim... Ne oldu bilmiyorum. Bir ses duydum. Birisi beni takip ediyor sandım. Sanırım panikledim. Kestirmeden geçmemeliydim."

Sebe heybetli ellerinden birini uzattı. "En azından kalkmana yardım edeyim."

"Sağ ol," dedi Amanda, ayağa kaldırmasına izin verdi. Dizleri adrenalinden ötürü zayıflamıştı.

"İyi olduğuna emin misin?" diye sordu Sebe, Amanda'nın ayağına baktı. Amanda adamın üzerine bir şey giymiş olmasını diledi. "Çok ani düştün. Bileğin falan mı burkuldu? Ortopedi benim alanım değil ama arayabileceğim birileri var."

Amanda yanaklarının kızardığını hissetti. Bileğinin burkulması, canavar babası takip ediyor diye ödünün kopmasından daha iyiydi gerçekten.

"Hayır, hayır. Aptalca bir şeydi, gerçekten."

"Sanırım tepede yiyecek satıcıları var," dedi Sebe, yarı çıplak olmasına rağmen sakin ve kontrollüydü. "Oraya yürüyüp sana en azından su alalım. Dehidrasyondan olabilir. Yarattığı tahribatı bilsen şaşırırsın."

"Bunu yapmak zorunda değilsin," dedi Amanda. Üzerine düştüğü dizi zonklamaya başlamıştı ama bundan bahsedecek değildi. "Gerçekten ben iyi..."

"Tartışmak nafile," dedi Sebe, başını kesin bir hareketle salladı. "Ben bir doktorum. Etik yükümlülüğüm var. Hem Maude bana yeterince sinirli. Seni bırakırsam beni uykumda öldürebilir." Sıcacık gülümsedi. Amanda'nın göğsünün yanmasını sağladı. *Ağlama. Ağlama.*

"Tamam," dedi en sonunda.

Yavaşça tepeye yürüdüler, Amanda her adımda ağrıyan dizini saklayabilmek için elinden geleni yaptı.

"Arkanda biri mi vardı?" diye sordu Sebe, ağaçlara doğru döndü.

"Eminim benim uydurmamdır," dedi. "Aktif bir hayal gücüm var."

"Seninle eve kadar yürüyebilirim? Tedbir amaçlı. Maude'nin ilk sorusu bu olacak: *Onunla eve kadar yürüdün mü?*"

Kötü bir fikir olmayabilirdi. Sebe uzun boylu ve atletikti. Varlığı dahi babasını bir süre daha korkuturdu. Ama ona zahmet vermek istemiyordu.

"Bir şey olmaz," dedi Amanda. "Gerçekten."

"Bu park genelde güvenlidir," dedi Sebe, yürümeye devam ederken. Hızlı hızlı nefes alıyordu. "Ama tabii şehir şehirdir. İnsan çok fazla rahatlamamalı."

Sosisli satan yere ulaşana kadar sessiz kaldı. Merhametli bir erteleme olsa da Amanda daha fazla açıklama yapmasını istediğini hissedebiliyordu.

"İki su alabilir miyim lütfen?" diye sordu Sebe adam, belirgin kol kaslarına sardığı telefon tutacağında yirmi dolar çıkardı.

Amanda, Sebe veya Kerry gibi kibar, yanında olan ve dikkatli bir adamla evli olsa nasıl olurdu diye düşündü. Sevilmek, gerçekten sevilmek nasıldı acaba. Amanda, Maude'nin şu anda Sebe'ye kızgın olduğunu ve Sarah'yla Kerry'nin sorunları olduğunu biliyordu. Ama iki çift arasındaki sevgi de sular hareketlendiğinde kendini dengede tutmak için kullanabileceğin bir şeydi.

"Teşekkürler," dedi Amanda, Sebe'den suyu aldı.

Her yutuşta aslında ne kadar susadığını fark etti. Saniyeler geçmeden şişenin tamamını bitirmişti.

Sebe güldü. "Suyun içmen gereken bir şey olduğunu biliyorsun, değil mi?"

Amanda başını salladı. "Susuz kalmışım. Haklısın, ne aptalım," dedi. "Koşunu mahvettiğim için üzgünüm."

"Hayır, hayır. Beni kurtardın. Maude'ye koşmaya başlayacağıma söz verdim. Babası benim yaşımdayken kalp krizinden öldü. O yüzden korkuyor." Yüzünü buruşturdu. "Ya da belki de beni öldürmek istiyor. İki türlü de koşmamayı tercih ederim ama Maude'nin huyuna gitmek için her şeyi yaparım."

Parktan çıkmak için Ninth Street'e doğru devam ederlerken Amanda derin bir nefes aldı. "Sana beni ilgilendirmeyen bir şey sorabilir miyim?"

"Tabii," dedi Sebe. "Düşmenden sorumluyum sonuçta."

"Maude'yle nasıl yapıyorsunuz?"

"Neyi nasıl yapıyoruz?" diye sordu ve temkinli bakışından Amanda'nın Maude'yle olan alışılmadık seks hayatlarından bahsettiğinden endişeli olduğu belliydi.

"Birbirinize sinirli olup da nasıl bu kadar, ne bileyim bağlı kalıyorsunuz?"

Yürümeye devam ederlerken Sebe bunu bir anlığına düşündü. Karanlık etraflarına hızla çöküyordu. "Affetmek sevginin yan etkisidir," dedi sonunda. Ve neredeyse üzgündü. "Evliysen hayatın inişlerini ve çıkışlarını paylaşırsın. Başka ne seçeneğin var ki?"

"Doğru," dedi Amanda, sanki bu gerçekten ortadaymış gibi.

Prospect Park West'e ulaşana kadar sessiz kaldılar; Amanda iki kadının birlikte koştuğunu görünce birden hatırladı: Carolyn.

"Of, sıçayım," dedi Amanda. "Bana saatin kaç olduğunu söyleyebilir misin?"

"Tabii." Sebe telefonunu çıkardı. "Sekiz otuz dokuz. Bir yere mi gitmen lazım?"

"Arkadaşımla buluşmam gerekiyordu ve gelmedi. Onun için endişelendiğimden eve koşuyordum."

"Aramak ister misin?" Sebe telefonunu uzattı.

"Evet." Amanda uzandı. "Bir dakika, numarası ezberimde değil."

"Lanet teknoloji. Artık hiçbirimiz ezberlemiyoruz. İşte, dur, taksi." Sebe ileri doğru uzanıp limon yeşili sedanı durdurdu. "Sen bin. Ben koşumu bitirsem iyi olur. Maude'ye kefalet ödemem gerek." Amanda'ya sudan artan parayı verdi. "Taksi ücreti olarak al bunu. İyi olacağından emin misin?"

"İyiyim. Çok teşekkür ederim. Her şey için."

***

Zach eve 23.45'te geldiğinde Amanda uykuya dalmamıştı. Zach için bile geç bir saatti. Amanda onu bekliyor değildi. Parktan eve döndüğünde Carolyn'la yaptığı konuşma, karanlıkta uzanırken içini kemiriyordu.

"İyi misin?" Carolyn sonunda telefonu açtığında Amanda nefesini tutmuştu. "Ne oldu?"

Eve aceleyle döndükten sonra açıklayıcı bir mesaj bulamayınca sahiden paniklemişti. Carolyn'in numarasını ararken bacakları titriyordu. Ama arkadaşı açmıştı, hayatta ve iyiydi. Sadece o da değil, Carolyn'in sesi sinirli gelmişti.

"Nerede ne oldu?"

"Parkta benimle buluşman gerekiyordu. Sekizde."

"Of, siktir. Özür dilerim." Ama sesinde soğukkanlı bir ton vardı, Amanda en baştan gelmemeyi planlayıp planlamadığını düşündü. "Unuttum."

Bu kadardı. Açıklama yoktu. Hafifletici nedenler yoktu.

"Unuttun mu?" diye sormuştu Amanda.

"Evet," diye terslemişti Carolyn. "Meşguldüm. Bir işim var, unuttun mu?"

"Ben sadece senin için endişelendim. Biraz panikledim." Ve tuhaf bir şekilde Amanda, Carolyn'e korkunç bir şey *olduğu* hissinden kurtulamıyordu. Arkadaşı telefonda olsa, öyle olmadığını kanıtlasa bile. "Ve sadece... Dediğini yapmayı planladığımı söyleyecektim. Zach'e kafa tutacağım. Haklısın. Bir şeyleri değiştirmem lazım. Case'in buraya taşınmasını istemiyordum, hâlâ da istemiyorum. Telafi etmek için onu o aptal kampa gönderdim ve şimdi de kâbuslarıma giriyor. Saçmalık. Hepsi daha önce bir şey söylemedim diye oldu. Özellikle de babam etraftayken benim... Zach'e söylemek zorundayım."

Carolyn'in "Yaşasın!" demesini bekledi. Ne kadar şahane olduğunu söylemesini, sonra o harika Carolyn moral konuşmalarından birine başlamasını bekledi.

"Harika." Carolyn sadece böyle söyledi. Sanki umursamıyormuş gibi.

Amanda'nın göğsünde öfke belirdi. "Biliyor musun, orada seni bekliyorum diye belki babam beni parkta takip ediyordu."

"Gerçekten mi?" diye sordu Carolyn, sonunda dikkatini veriyordu. Ama Amanda'nın istediği gibi pişmanlığın yanından bile geçmiyordu.

"Evet, *gerçekten.*"

"Bak Amanda, sana söylemem gereken bir şey var," demişti Carolyn. "Sana daha önce anlatmalıydım. Ama korkmanı istemedim. Ama çoktan öyle olmuş gibi görünüyor o yüzden..."

"Ne oldu?" Amanda'nın avcu telefonun altında ıslandı.

"Sanırım onu gördüm." Carolyn nefesini tutuyormuş gibi birden solumuştu.

"Kimi gördün?"

"Babanı. Senin evden ayrılırken."

"Ne?" Amanda'nın kaygan eli titremeye başlamıştı. Derin bir nefes almaya çalışsa da göğsü karşı gelmişti.

"Birkaç ev aşağıda, merdivende oturuyordu," dedi Carolyn. "Benim geldiğimi görünce kalkıp gitti. Karanlıktı, o sebepten yüzde yüz emin olamıyorum. Ama sanırım oydu. Çok iri. Gözden kaçırması zor."

Amanda o anda yeni bir dehşete kapılmalıydı ancak Carolyn'in söylediği bir şey mantıklı gelmiyordu.

"Karanlık derken ne demek istiyorsun?" Carolyn geçen gün sabah erkenden gelmişti. "Akşam da mı evimdeydin?"

"Neyse, sabah o zaman."

"Ama az önce karanlık dedin."

"Hayır, hayır. Sadece yüzünü iyi göremedim dedim. O kadar. Neden *beni* sorguya çekiyorsun? Yardım etmeye çalışıyorum."

Amanda, Memur Carbone'yi düşündü: *Sizi nasıl bulduğunu kendinize sormaya devam edin.* Babası onu Brooklyn'de nasıl bulabilmişti, hem de bunca zaman sonra?

"Evet, tamam," demişti Amanda. "Teşekkürler."

"Bak, gitmem gerek." Carolyn'in sesi yine sinirliydi. "Seni sonra ararım."

Ama bu bir saat önceydi ve Carolyn tekrar aramamıştı. Açıkçası Amanda aramasını istediğinden emin değildi. Carolyn'in ne sorunu varsa, Amanda'nın karnında bir şeylerin sıkışmasını sağlıyordu.

Amanda en sonunda Zach'in merdivenlerde ayak seslerini duyduğunda saat gece yarısını geçmişti. Yatak odasına girdikten sonra her zaman yaptığı gibi devasa soyunma odalarında üstünü değiştirecek, ardından onu uyandırmamak için sessizce yatağa girecekti. Sanki karısı değil de saatli bombaydı. Gerçekten bir süre sonra gelmişti, kapıyı açmış, gölgeler içinde üstünü değiştirmiş, sonra temas etmemeye dikkat ederek yatağa girmişti. *Affetmek sevginin yan etkisidir.* Ya Amanda'nın sorunu buysa? Ya kocasının eksiklerini affetmek için daha fazla denemesi gerekiyorsa? Ne de olsa onun da vardı, değil mi?

Zach, diye fısıldadığını hayal etti Amanda. *Korkuyorum.*

Ama sonra Zach hep yaptığı gibi ağır ağır iç çekti. Sanki katlanılmaz gece yakınlıkları için kendini hazırlıyordu. Hayır, Amanda bunu söyleyemezdi. Fakat babası yaklaşıyordu. Zach'in bilmesi gerekiyordu. Ne var ki bunu Zach'e alıştırarak söylemek için zamana ihtiyacı vardı. İstenecek küçücük bir şeydi. Çok az bir zaman.

Amanda gözlerini sıkıca kapattı. "Yarın akşam bir şey yapman gerek," diye başladı, kalbi karanlıkta dörtnala koşuyordu.

"Öyle mi?" dedi Zach, sanki hep ona gece yarısı bir şeyler yapmasını söylüyordu. "Neymiş?"

Evlilikleri Amanda'yı su üstünde tutacak kadar güçlü değildi, kesinlikle değildi. Ve yine de elindeki tek şeydi. Amanda'nın uzanıp ona tutunmaktan başka şansı yoktu.

"Benimle bir yere gitmen lazım."

Bir daha nefes verdi. Bu seferki daha sinirliydi. "Nereye?"

"Partiye," diyebildi Amanda. "Arkadaşım Maude'nin evinde. Sarah'nın bir arkadaşı, vakıfta çalışan kadın var ya? Hiçbir yere gitmemen rahatsız edici. Üzerlerine alınıyorlar."

"Saçmalık," dedi Zach, bu bilimsel olarak onaylı bir gerçekmiş gibi.

"Orada olmalısın. Çünkü orada olmana ihtiyacım var."

Ve Zach'in orada olması önemliydi. Oraya birlikte gidebilirlerdi ve bu, babasını anlatması için iyi bir fırsat olurdu. O zaman öylece söylemeli miydi? Evet, söylerdi. Bunu biliyordu. Ama aynı zamanda yapamazdı.

"Başka kim orada olacak?" diye sordu Zach.

"Çoğunlukla Country Day aileleri sanırım."

"Ah," dedi. Sonra bitmeyen bir an boyunca sessiz kaldı. "İyi o zaman. Ama uzun süre kalmayacağım. Sonrasında yapmam gereken işler var."

Sonra kendi tarafına döndü ve uykuya daldı.

LIZZIE

10 TEMMUZ, CUMA

Seventh Avenue'de, Flatbush'un yakınında Q treninden inip Sarah'nın First Street'teki evine yöneldim. Artık Sarah'dan şüpheleniyordum ama onun gibi minyon birinin golf sopasıyla insan öldürecek fiziksel gücü olduğunu hayal etmek zordu. Yine de muhasebeci hakkında yalan söylemesinin bir nedeni vardı. Ve onun Zach'le bir şeyler yapması, vakfı dolandırması ya da belki Amanda'yı öldürmesi muhtemeldi.

Sonunda gelen bir ödeme olmadığından, elimde Amanda'nın dosyası olmadan ama Millie'den bir söz alarak Evidentiary Analytics'den ayrılmıştım: "Vinnie'yle ilgileneceğim. Sana dönerim."

"Çok üzgünüm," demiştim ona tekrar. Ve özür dilenecek çok şey vardı. "Zach'in finansal durumunu hiç bilmiyordum. Ama ödeme almanızı sağlayacağım. Zach'in pahalı bir evi var. Orada değerli bir şeyler olmalı."

Millie ayrıca tek bir iz karşılaştırmasının Zach'in bile karşılayabileceği bir şey olduğundan bahsetmişti. Bu Millie'nin planladığının tam olarak tersi olsa da aklıma tek bir şey getiriyordu: Xavier Lynch'ten örnek alırsam ve onun izi o akşam merdivenlerdeki kandakiyle uyuşursa Zach'i beraat ettirebilirdi. Ve özgür, kurtulmuş olurdum.

Eğer ama.

Bu planla ilgili pek çok sorun vardı. En önemsizi teorik olmasıydı. Aynı zamanda St. Colomb Falls'a yalnız gitmem gerekecekti. Uygun olana kadar beklemeyi kabul etsem bile artık Millie'nin diğer dedektiflerine verecek para yoktu. Ki beklemeyecektim.

St. Johns Place'teki Seventh Avenue'den geçerken karşı taraftaki mükemmel bir şekilde tebeşirle yazılmış, ortasında neon pembe bir gül olan tabela dikkatimi çekti. Gülün üstündeki yayda "Blooms on the Slope" yazıyordu ve bir ok sağı gösteriyordu. Karşıya geçtikten sonra durdum ve çantamı aradım. Amanda'nın komodinindeki kart sahiden yanımdaydı. En azından çiçekçidekilerin, çiçekleri gönderenin Xavier Lynch'i tanıyıp tanımadığını kontrol edebilirdim. Beni bir tecavüzcüyle buluşmak için yola çıkmaktan kurtarmazdı ama bu da bir başlangıçtı.

Kapıyı açınca küçük bir zil çaldı. Blooms on the Slope dar ancak şık bir dükkândı, tezgâhın arkasında saçını yüksekten eşarpla bağlamış yaşlıca, çekici bir kadın duruyordu. Sarı çiçeklerin düzenlemesine odaklandığından ağzı hafifçe aşağı bükülmüştü. Hatta mutlu bir şekilde mırıldanıyordu. Onu izlerken pişmanlığa boğuldum.

Kendimi onun gibi, yanımda Sam'le hayalimdeki işi yaparken ve geçmişim iyice temizlenmiş bir halde mutlu hayal ettim. Ama onun yerine hukuk fakültesinden en yakın arkadaşıma ardı ardına hayatımın nasıl bir felakete dönüştüğü hakkında e-postalar yazmaya kalkıyordum. Onları göndermeye bile utanıyordum. İçten içe bunların, sorunlarına rağmen Sam'le olmamın, hatta belki Zach'in tuzağına düşmemin birbirleriyle alakasız olmadığını biliyordum. Zach'in karmaşası bittikten sonra kendi karanlığıma uzanarak en azından Victoria'ya Sam'in içki sorununu anlatmam gerekiyordu. Sırlarla yaşamak düşüncesizlikti. Ne de olsa bu kadar sır tutmamış olsam Zach şu anda onları bana karşı kullanıyor olamazdı.

"Merhabalar!" Tezgâhın arkasındaki kadın beni sonunda fark edince neşeyle seslendi, sonra etrafımdaki endişeyi tahmin etti. "Birazcık çiçek uyumuna ihtiyacı olan birine benziyorsunuz."

Boğazımdaki yumruyu yutkundum. "Bir çiçeği kimin gönderdiğini çözmeye çalışıyorum da," diye başladım, tezgâha yaklaşırken. Dükkânda silah değil çiçek satılıyor olsa da. Ne türde kayıt tutmalarını bekliyordum ki? "Elimde bir kart var ama isimsiz. Zor olduğunu biliyorum."

Kadın tezgâhtan çıktı, endişeli görünüyordu.

"İsimsiz mi?" diye sordu, karta uzandı. "İsimsiz çiçeklerle ilgili kuralım var. Bir kız kardeşim lisedeyken acımasızca takip edilmişti. Piç herif her yere *güller* bıraktı. İstediğim son şey çiçeklerimin birini üzmesi." Başını eğerek karta baktı. "Ama bu bizim ve Matthew'ün el yazısına benziyor. Bir dakika. Hey, Matthew!" diye seslendi dükkânın arkasına. "Biraz buraya gelir misin?"

Bir süre sonra sivilceli, siyah kıyafetler giymiş ve hoşnutsuz bir havası olan ince uzun bir ergen çıktı.

"Bu kartla çiçek teslim ettin mi?" diye sordu kadın, kartı ona doğru uzattı. "Senin yazına benziyor."

Çocuk uzunca bir süre duraksadıktan sonra en sonunda uzanarak kartı elinden kaptı. Aşağı doğru baktı, omuz silkti. "Hiç. Karısı adama çok kızgındı. Gelip benden gizli hayranından geliyormuş gibi bir kart yazmamı istedi. Kendi el yazısını tanıyacağını düşünüyordu."

"Sağ ol, canım," dedi kadın, çocuğun suratsızlığından etkilenmediği belliydi. Bana döndü. "Bazen buralardaki insanlara hayır demekte zorlanıyor. Fazla şey oluyorlar... Israrcı demek doğru olur sanırım. Umarım çiçekler soruna yol açmamıştır."

"Sana bir resim gösterebilir miyim?" diye sordum Matthew'e. "Çiçekleri alan kişi olup olmadığını anlamak için?"

"Sanırım," dedi, düşünceli bir halde ama ergen meraklılığıyla.

Telefonumdan yardım satışının ekran görüntüsünü çıkararak Matthew'e uzattım. "Onu bu fotoğrafta görüyor musun?"

Matthew anında başını iki yana salladı. "Yok. O değil."

"Emin misin?" O kadar hızlı cevap vermişti ki sanki hiç bakmamış gibi gelmişti. "Bu fotoğraf birkaç yıl önce çekildi. Şu anda farklı görünüyor olabilir."

"Bu fotoğraftaki herif elmas," dedi Matthew kesin bir ifadeyle. "Buraya gelen daireydi."

"Imm..."

"Yüz şeklinden bahsediyor," dedi kadın. "Resmi olarak yedi tane var. Ama Matthew..."

"Anne, on iki," diye düzeltti sertçe. Kadın ona kaşlarını kaldırınca tekrar omuz silkti. "Neyse. Ama on iki tane *var.*"

"Matthew yeni alt sınıfları da tanıyabiliyor," dedi annesi gülerek. "Küçükken test yaptırdık, oraya kadar nasıl geldiğimiz uzun hikâye ki fırsatçı eski kocamla alakası var ama resmi olarak yüz tanımlama yeteneği olduğu anlaşıldı. Matthew buradaki adam değil diyorsa değildir."

Matthew en sonunda doğrudan bana baktı. "Başka fotoğraf varsa kesinlikle adamı seçebilirim. Şüphesiz."

Sarah'nın evine yaklaşırken keyifsiz hissetmemeye çalıştım. Blooms on the Slope'ta Xavier Lynch'i tanımamış olsalar da parmak izini karşılaştırmakla aynı şey değildi bu. Muhtemelen ne olursa olsun St. Colomb Falls'a gidecektim.

Sarah'nın evinin daha iyi günleri olmuştu. Merdivenlerden çıkarken eskimenin izlerini gördüm; ön cephesinde çatlaklar vardı, merdivenler eğimliydi, panjurların boyası sökülmüştü. Yine de burası bir Park Slope eviydi, asla karşılayamayacağım dört milyon dolarlık bir evdi ama nispeten kötü durumunun Sarah'nın para ihtiyacının bir işareti olup olmadığını merak ettim.

"Size nasıl yardım edebilirim?" dedi bir adam, kapıyı çalmak üzereyken. Kendimi izinsiz giren biri gibi hissederek arkamı döndüm.

Merdivenlerin aşağısında Brooklyn Nets tişörtlü, koyu atletik şort giymiş, sarkık gözlü irikıyım bir adam duruyor ve sıcacık gülümsüyordu; galiba Sarah'nın kocasıydı. Bir elinde pizza kutusu, diğerinde altılı bira vardı; hafta içi öğlen üçte hem de. Büyük bir şirkette avukatlık yapmıyordu, orası kesindi ama başarılı insanlar ara sıra kaçamak yapardı. Benden başka insanlar.

"Sarah'yı arıyordum da," dedim, Zach'in avukatı olduğunu söylemeden bunu atlatmayı umuyordum. Düşüncesi bile öğürmek istememe yol açıyordu.

"Öğle yemeğine, sonra da 92nd Street Y'deki bir yazar etkinliği için kitap kulübü toplantısına gitti," dedi. "İçeri gelip bekleyin derdim ama kitap kulübünden çok şarap kulübü gibidir. Büyük ihtimalle saatlerce gelmez. Buraya e-postalar için geldiniz sanırım?"

"Evet," dedim, basamaklardan inerken farklı bir açıklama verildiği için memnundum.

"Siz ve dünyanın geri kalanı," dedi, başını kederle sallayarak. "İsterseniz isminizi alabilirim. Ama Sarah'nın insanlara daha fazla bilgi vermek için okulu ikna etmeye çalıştığını biliyorum. Ve eminim yakında bu konuda başka bir toplantı düzenleyecektir. *Hep* daha fazla toplantı oluyor. Ve *hep* benim evimde gerçekleşiyor."

"Başka bir zaman gelirim o zaman," dedim, gülümseyerek döndüm ve kaldırımda ilerlemeye başladım. "Teşekkürler."

"Ne demek," diye seslendi arkamdan. "Yalnız bana bir iyilik yapın, bu saatte evde olduğumu ona söylemeyin. Biraz Wimbledon seyretmek istedim ve o kadın sporun önemini asla anlamıyor."

Başımla onayladım ve ben de ona gülümsedim. Bu tatlı, cana yakın adamı Sarah'yla hayal etmek zordu. "Sorun değil."

Akşam olduğunda Sam, görmezden geldiğim bir sürü mesaj göndermişti. Hepsi, "Lütfen Lizzie, konuşabilir miyiz?"in farklı versiyonlarıydı. Aramıştı da. Üçüncü sesli mesajda ağlamaya başlamıştı.

"Seni asla hak etmedim," demişti. *"Kibarsın, anlayışlısın ve onurlusun. Benden çok daha iyi bir insansın, Lizzie. Hep öyle oldun."*

Midemin bulandığını hissettim.

Yine Café de Jour'da mola verdim. Thomas'ı ve sekreterimi kontrol edip e-postalara cevap verdim, sonra telefon pili dosyasındaki reddi bitirmek için birkaç saat daha geçirdim. Kafe kapandığında evimizin yakınındaki, hep boş olsa da bir şekilde hayatta kalabilen Purity Diner'a geçtim. Spanakopitaları berbattı ama annesi bile patates kızartmalarını onaylardı. "Numara." Babamın hiç kanıtı olmasa da böyle restoranlarda sık sık böyle söylediğini gözümde canlandırabiliyordum. Sahtekârlardan asla hoşlanmamıştı.

Sam'in uyuma ihtimali artana kadar Purity'de kaldım. Daha fazla paramız olsaydı bir otele giderdim. Daha fazla paramız olsaydı muhtemelen asla eve dönmezdim. Şu anda Sam'in bana söyleyip daha iyi hissetmemi sağlayabileceği hiçbir şey yoktu. Küpenin nereden geldiğini bilmiyordu ve hatırlayamayacak kadar sarhoşken bir kadınla yatıp yatmadığını bile söyleyemiyordu. Bu en azından benim yapmak istediğim konuşmanın gerçekten başlangıcı ve bitimiydi.

Ve Sam'in hatırlama konusunda gerçeği söylediğine ikna olmuştum. Yalan söylemek daha kolaydı. Bir yanım Sam'in söylemesini istiyordu. Böylece eskiden olduğumuz yerden devam edebilirdik. Derin çatlaklarımız vardı ancak yine de tek parçaydık. Şimdiyse şüphenin bizi tamamen tüketene kadar kemireceği bir yere hapsolmuştuk.

En sonunda eve gittiğimde Sam umduğum gibi uyuyordu, belli ki beni bekleme savaşına yenik düşüp oturma odasındaki kanepede uyuyakalmıştı. Başı geriye doğru eğilmişti, ağzı hafifçe açıktı. Yaklaşınca alkol kokusu almadım. Uyuyordu, sarhoşluktan sızmamıştı. Bir kere daha zafer kazanmıştık.

Orada durmuş uyumasını izlerken artık kızgın dahi değildim, sadece yasa boğulmuştum. Alkolik olsun ya da olmasın, Sam *hâlâ* zeki, kibar ve tutkuluydu. Odanın karşısında onu görmek *hâlâ* kalbimin hızlanmasını sağlıyordu. Onunla tanıştığımda hayatım yeniden başlamıştı. Ve yine de bunların hiçbiri birlikte kalmamız gerektiği anlamına gelmiyordu. Sevginin bir şeylerin özünü değiştirebileceğini düşünürsem aptallık etmiş olurdum.

Çantamdaki telefonum çaldı.

Sam birden uyandı. "Ne oldu?"

"Hiç, sen uyumaya devam et," dedim, aceleyle yatak odasına gidip kapıyı kapattım. "Alo?"

"*New York Eyaleti Cezaevi'nden ödemeli bir...*"

Kaydı yarıda keserek 1'e bastım. Zach, geç saatte arama yapmasına izin vermek için birilerine rüşvet vermiş olmalıydı ki ne olduğunu bilmek istemiyordum.

"Selam," dedi Zach, telefon düşünce neşeli sesi duyuldu. Artık numara yapmak zorunda olmadığından rahatlamış olmalıydı. *Şerefsiz.*

"Muhasebecinle konuştum," diye lafa girdim. "Bildiğin gibi uzmanların avansını ödeyecek kadar paran yok. Onlarla olan ilişkinin mahvolması mümkün ki bu aptalca çünkü hepsi işinde çok iyi. Önceden yaptıkları işler için de ödeme yapman gerekiyor ayrıca. Zorunda kalırlarsa sana dava açarlar. Ve sonra kimse seninle çalışmaz. Bu dava için bir sürü uzmana ihtiyacın olacak."

"Yani?" dedi, sesinin şaşkın olmadığı dikkat çekiyordu.

"Yani bir yerden para bulman gerekecek," dedim. "Parmak izi kanıtı suçsuzluğunu kanıtlayabilir ve daha yeni başladılar. Elindeki en iyi şans bu."

"Suçsuzluğum kanıtlanabilir mi?" Zach'in sesi keyifli geliyordu.

Onu mutlu etmekten nefret ettim. Ama duygusal bir cevap vererek onu tatmin etmeyi reddettim. Bu işi zorla yapıyordum ama herhangi bir şeymiş gibi davranabilirdim. Hiç değilse her zaman işleri nasıl halledeceğimi bilmiştim.

"Golf çantanın üzerinde, Amanda'nın merdivenlerdeki kanında bulunan başkalarıyla örtüşen izler var," dedim. "İzler senin değil ama o gece orada olan birine ait."

"Oh, Tanrı'ya şükür." Sesli bir şekilde nefes verdi. "Dürüst olmam gerekirse bunu halletmen konusunda endişelenmeye başlıyordum."

"Siktir git, Zach!" Duygusuz kalmak buraya kadardı. O kadar sinirlenmiştim ki gözlerim zonkluyordu.

"Ben mi siktireyim?" Güldü. "Herkese yalan söyleyen sensin. Önce formda, sonra da evliliğin hakkında. Ve kim bilir başka hangi konuda." Bunu söyleyiş biçimi hoşuma gitmemişti. Başka ne biliyordu? "Boktan bir koca olabilirim ama en azından bu konuda dürüsttüm. Paraya dönecek olursak, o konuda da dürüst olacağım; hiç yok. Ama belli ki o parmak izi sonuçlarına ihtiyacımız olacak. O yüzden yaratıcılığını kullan. Eminim bir şey bulursun."

"Zach, saçmalıyorsun," dedim, bir anlam ifade etmese de.

"Katılıyorum, bu durumun tamamı saçmalık," dedi kesin bir şekilde. "Paylaştığımız geçmişle ilgili karışıklardan kaçınmayı tercih ederdim. Ancak dünyanın en iyi uzmanlarına erişebilecek, bedavaya çalışmak isteyecek harika bir avukatı başka nereden bulacaktım? Hem şimdi düşününce, seni Prospect Park'taki pazarda görmemiş olsam aklıma dahi gelmezdin."

"Pazara mı gidiyorsun?" diye sordum. Zach'in organik ürünler alıp geri dönüşümlü poşetlerle eve getirdiğini hayal dahi edemiyordum.

"Tahmin edeceğin gibi alışveriş yapmak için değil," dedi. "İnsanları gözlemlemek için iyi bir yerdir. Birlikte çalışacağın insanların güçlerini öğrenmek önemlidir. Ama daha önemli olan ne biliyor musun?"

"Hayır, Zach," dedim. "Birinin gücünü öğrenmekten daha önemli olan neymiş?"

"Zayıflıklarını öğrenmek."

Tık sesi geldi. Rikers'a atılan adamın yüzüne telefon kapatmıştım. Anahtar yine de elinde olan adamın.

BÜYÜK JÜRİ YEMİNLİ TANIK İFADESİ

BENJI PANKIN,

8 Temmuz'da tanık olarak çağrıldı ve sorgulanarak aşağıdaki beyanlarda bulundu:

SORGU

YAPAN BAYAN WALLACE:

S: İyi günler, Bay Pankin. Bugün ifade vermeye geldiğiniz için teşekkürler.

C: Ne demek.

S: 2 Temmuz akşamı 724 First Street'teki partide miydiniz?

C: Evet.

S: Oraya nasıl katıldınız?

C: Davet edildik. Eskinden Sebe'yle semt liginde basketbol oynardım. Artık hiçbirimiz oynamıyoruz ama bazılarını tanıyorum, Kerry ve onları.

S: Partiye kiminle gittiniz?

C: Eşimle, Tara Pankin.

S: O akşam partide cinsel aktivitelerin olduğunun farkında mıydınız?

C: Özellikle o akşam değil. Ama daha önce o partiye katılmıştım. Ve öyle şeyler olduğunu duymuştum.

S: O türde aktivitelere katıldınız mı?

C: Hayır.

S: Neden?

C: Neden mi? Çünkü karım beni... Üzgünüm, kusuruma bakmayın. Bazı evlilikler biliyorum... İnsanların böyle şeyler yaptığını ve işe yaradığını biliyorum. Her şeyi gizli tutmayı bile beceriyorlar. O partide kimin kiminle birlikte olduğu asla dışarıya çıkmıyor. Herkesin zevki kendine. Ama bu bizde işe yaramazdı. Ben de karımı öldürürdüm bu arada.

S: Anlıyorum.

C: Sıçayım. Özür dilerim. Neden öldürmekten bahsedip durduğumu bilmiyorum. Bu olay... Neyse, hayır, partide ne birbirimizle ne de başkasıyla seks yaptık. Çok fazla sangria içtik. Bu bir anlam ifade edecekse, gecenin yarısı boyunca yerde bulduğum soytarı şapkasını takıyordum.

S: O akşamı net olarak hatırlıyor musunuz?

C: Hatırlıyorum. Olan her şey aklımda. Alkolik falan değilim. Üç bardak sangria içtim. Hepsi bu.

S: Amanda Grayson'ı tanıyor muydunuz?

C: Hayır.

S: O akşam arka taraftan aniden çıkıp giden bir kadın gördünüz mü?

C: Gördüm.

S: Ne olduğunu tarif edebilir misiniz?

C: Kadın merdivenlerden indi, önden çıkmaya çalışıyordu ama çok kalabalıktı. Canı sıkkın ve acelesi varmış gibiydi, ben de ona arkadan gitmesini söyledim. Normalde bunu yapmamamız gerektiği konusunda onu uyardım. Bir keresinde Sebe'nin komşuları polisleri aramıştı.

S: Saat kaçta oldu bu?

C: 2147.

S: Nasıl tam olarak biliyorsunuz?

C: Çünkü birisi saati sormuştu.

S: Size bir fotoğraf göstermek istiyorum.

(Danışman tanığa Savcı Kanıtı 6 olarak işaretlenmiş bir fotoğrafla birlikte yaklaşır.)

S: Çıkışı gösterdiğiniz kadın bu mu?

C: Evet.

S: Kayıt için tekrar ediyorum, Savcı Kanıtı 6 Amanda Grayson'a ait bir fotoğraf. Kadına arka kapıyı göstermeden kısa bir süre önce bir adamla etkileşim kurdunuz mu?

(Danışman tanığa Savcı Kanıtı 5 olarak işaretlenmiş bir fotoğrafla birlikte yaklaşır.)

S: Adam bu muydu?

C: Evet.

S: Kayıt için tekrar ediyorum, Savcı Kanıtı 5 Zach Grayson'a ait bir fotoğraf. Zach Grayson size ne dedi?

C: Yolundan siktirip gitmemi söyledi?

S: Bunu neden söyledi?

C: O da acele ediyordu sanırım. Muhtemelen yolunda duruyordum. Dediğim gibi, sarhoştum.

S: Sonrasında ne oldu?

C: Sonrasında beni kenara iterek ön kapıya yöneldi.

S: Bay Grayson'ın, Amanda gitmeden önce çıktığına emin misiniz?

C: Evet, hemen önce falan oldu. Çünkü kadını gördükten sonra kalkıp tuvaleti bulmaya gittim. Bir süre yerde sızıp kaldım. Karım beni bulduğunda saat onu geçmişti ve çok sinirliydi.

LIZZIE

11 TEMMUZ, CUMARTESİ

St. Colomb Falls çiftçi kasabasıydı ama Sam'in otuzuncu doğum günü için gittiğimizde çok beğendiğimiz ilginç Vermont çiftliklerine benzemiyordu. O hafta sonundan geriye kalan anılarım hoş kırmızı ahırları, beyaz çitleri ve Echo Lake Inn'in ay ışığıyla aydınlanan arka bahçesinde tek başımıza country müziği eşliğinde dans etmemizi kapsıyordu. Şimdiyse Sam'in Dark and Stormies'de ne kadar sarhoş olduğunu, iki gün de öğlene kadar uyuduğunu hatırlıyordum. Sanki Sam'in küpeyi kabul etmesi en sonunda at gözlüklerimi çıkarmış, yanında derimin en üst tabakasını da götürmüştü. Bütün anıları olduğu gibi, Sam'in alkolikliğinden dolayı mahvolmuş halde görüyordum. Ve bunu patolojik olarak görmezden gelmek istediğimi.

Tabloya benzeyen Vermont'un aksine St. Colomb Falls, yüzlerce ineğin katledilmek için yetiştirildiği ve tavukların futbol sahası büyüklüğündeki tüy dolu ambarlara tıkış tıkış koyulduğu çalışan çiftliklerle doluydu. Kumlu, kirli ve ıssız bir yerdi.

Çiftlikler içinde sadece postane, benzinci, Dollar General mağazası ve yıllardır oradaymış gibi duran paslı, metal bir kutuya benzeyen Norma's Diner olduğunu anladığım kasaba merkezinden geçen ana yolun dışındaydı. Kasabanın en ucunda yürüyüş patikası, kamp alanları ve Adirondacks'ı gösteren tabelalar vardı ama yakınlarda dinlenebilecek ve manzaralı herhangi bir yer olduğunu gözünde canlandırmak zordu.

Evler iyice eskiydi, en kötü şekilde dağılmışlardı. Ve St. Colomb Falls cumartesi sabahının onunda neden bomboştu? Sanki herkes benim aptal gibi farkında olmadığım bir şeyden saklanıyordu. Belki de çok erken uyandığımdan normalden fazla gergin hissediyordum. Sam'den kaçmaya devam etmek için şafak sökmeden çıkmıştım. Yine de uyanmıştı, nereye gittiğimi öğrenmek isteyerek gideceğim yeri bir saldırıya dönüştürmek istememe yol açmıştı.

Xavier Lynch'in evi en sonunda solda belirdiğinde hafifçe rahatladım. Alçak çiftlik evi, diğerleriyle aynı şekilde ve büyüklükteydi ancak koyu griye boyanmıştı, çerçevesi parlak beyazdı ve neşeli kırmızı bir kapısı vardı. Küçük ön verandanın iki yanında içlerinde fuşya ve mor çiçekler olan büyük saksılar duruyordu. Posta kutusu bile evle uyum sağlasın diye metal rengine boyanmıştı. Adresi bir daha kontrol ettim. Kesinlikle doğru evdi. Elbette Xavier Lynch'in güzel bir evi olması, kendisinin iyi bir insan olacağı anlamına gelmiyordu. Ama iyi bakılmış evi olan bir canavarın New York'tan davetsiz gelen bir avukatı öldürmesi ihtimali daha düşüktü.

Bu ilk ziyarette yapmam gereken tek şey burada yaşayan kişinin sahiden Xavier Lynch olduğunu onaylamaktı, ekstra olarak Amanda'nın babası olmasını kabul etmesiydi. Planım kendimi hava kararana dek meşgul etmekti. Gecenin örtüsüne büründükten sonra Xavier'in evine dönecek, sessizce parmak izi bulunabilecek bir şeyler; bir şişe, teneke kutu, plastik çatal bulmak için çöpünü karıştıracaktım.

Arabadan çıkıp bakımlı ön girişe ilerlerken derin bir nefes aldım. Tel kapıyı sertçe çaldım ve birinin *Ne halt istiyorsun?* diyerek kapıyı açacağına kendimi hazırlayarak bekledim. Ya da daha kötüsü, boğazıma getirilen bir elin, çeneme inen bir yumruğun acısını bekleyerek.

Ancak kapı yavaşça ve sakince açıldı, tel kapının diğer tarafındaki adam kilise bülteninde gördüğüm aynı aşırı geniş Xavier Lynch'di. Hatta benzer bej pantolonu ve gömleği giyiyor, aynı büyük, yüzünün yarısını kaplayan ve neredeyse modaya uygun olan gözlükleri takıyordu. Belki bir elmastı. Şekilleri tam olarak bilmiyordum. Fotoğrafta göründüğünden daha uzundu ama. Belki açı yüzündendi ya da yanındaki kadın da beklenmedik derecede uzundu. Xavier Lynch, Sam'dan daha iriydi, boyu bir doksanla doksan beş arası ve kilosu yüz kadar olmalıydı. Birden öldürülmesi çok kolay biri gibi hissettim.

"Buyurun?" Sesi gergindi. Yalnız olmadığımdan endişe edermişçesine arkama, girişe doğru baktı.

"Adım Lizzie Kitsakis, bir avukatım. Benden belli bir finansal varlıktaki hak sahiplerini bulmam istendi," diye başladım, e-posta dolandırıcıları gibi konuştuğumu fark ederek.

"Beni aradığınıza şüpheliyim," dedi, kuşkuluydu ancak agresif değildi. "Bana kimseden miras kalmadı."

Sonra gözlüklerini düzeltti ve acaba gösteri olsun diye mi yapıyor diye merak ettirdi. Aynı zamanda kapıyı biraz daha açtı, beni içeri davet etmek için değildi umarım. Bütün stratejim dışarının güvenliğinde kalkmak üzerine kuruluydu.

"Siz Xavier Lynch misiniz?" diye sordum, tek bir adım bile kıpırdamadan.

"Evet." Yine gözlüklerini düzeltti. Ardından ellerini pilili pantolonunun ceplerine koydu. Her hareketinde, normal bir insanın yaptıklarını taklit edermiş gibi düşünülmüş bir şeyler vardı.

"Miras aslında Amanda Lynch adına. Vasiyet bırakmamış, o yüzden tek mirasçısı sizsiniz."

Bu doğru değildi tabii ki. Amanda'nın bir oğlu vardı. Ayrıca vasiyet bırakıp bırakmadığını bilmiyordum. Bırakmadıysa sahip olduğu her şey Case'e, sonra Zach'e geçecekti. Gerçi ortada para falan yoktu.

"Amanda," dedi, sonra başını eğdi. Eğik başının üstünden arkasındaki duvarda asılı küçük haçı gördüm. Küçük İsa.

Ama sonra Xavier kafasını kaldırdı, yüz ifadesi suçludan çok boyun eğmiş gibiydi. "Daha önce arayan siz miydiniz?"

Başımı salladım. "Bizzat gelip açıklarsam daha kolay olur diye düşündüm."

Utanmış gibi göründü. "Yüzünüze kapattığım için üzgünüm."

Başımla onayladım. "Sorun değil."

"Hayır, sorun. Artık öyle bir insan değilim. Yani, Tanrı biliyor ya, öyleydim." Başını salladı. "Bir zamanlar hoş bir hanımın yüzüne telefon kapatmak o gün yaptığın en kötü şeylerden biri bile olmazdı."

Hoş bir hanım. Bunu söyleyiş şekli tüylerimi diken diken etmişti.

"Anlıyorum," dedim, anlamamış olsam da.

"Düzeltmek için çok çabaladım," diye devam etti, kapının çerçevesine yaslanıp arkasını, belki haçı belki de içerideki aileyi işaret etti. Daha önce düşünmemiştim ama içeride başkaları yaşıyorsa bu durum parmak izi analizini zorlaştırırdı. Ya bulduğum Xavier'inki olmazsa? "*Kendimi* düzeltmek için çok çabaladım. Önümde koca yıllar vardı, çok geçmeden unuttum. Ama bu ev, işim... İki kasaba ilerideki Perdue işleme fabrikasında denetmenim. Beni biraz daha ikna ederse kız arkadaşımla evlenmeyi bile düşünüyorum. Neyse, doğru yoldan sapmamaya çalışıyorum. Hep kolay olmuyor ama bugünlerde başarılı oluyorum."

"Anlıyorum," dedim tekrar ancak kafa derimin arkasından korku beliriyordu.

Xavier Lynch burnunu çekerken uzaklara baktı. Gerçekten ağlıyor muydu yoksa sadece numara mı yapıyordu? "Amanda nasıl öldü?"

Şimdi dikkatli olmam gerekiyordu. Ne bildiğimi öğrenmeye çalışıyordu. Ve kibar olsun ya da olmasın, Xavier Lynch'de kuşkusuz tuhaf bir şey vardı. Sanki geçen her dakika çok korkunç bir şey yapmadan durabiliyormuş gibi. Xavier'le şimdilik iyi gidiyorduk ama bu sadece kaçmaya çalışmadığım için olabilirdi.

"Evinin merdivenlerinin dibinde bulundu. Kafa yarası nedeniyle ölmüş," dedim. Hepsi gerçekti. "Kocasını tutukladılar."

Xavier hafifçe yüzünü ekşitti. "Zaten hep günleri sayılıydı."

Bu da ne demek oluyordu şimdi?

"Size yaşadığı sorunlardan bahsetti mi?"

"Bana mı?" Başını sallayıp kaşlarını çattı. "Amanda'yla en azından on iki yıldır konuşmadım, muhtemelen daha fazla olmuştur. Şeyden beri... biliyorsunuz." Eliyle belirsiz bir hareket yaptı.

"Hayır. Bilmiyorum. Neyden beri?"

Gözleri kısıldı ve soğudu. "Kim olduğunuzu söylemiştiniz?"

"Avukat." Arkamdaki arabanın hangi mesafede olduğunu gözümde canlandırmaya çalıştım. Ne kadar hızlı dönüp ona doğru koşabilirim diye hesapladım. "Amanda'nın varlıklarının bölünmesi gerek."

Ağzımın içi yapış yapıştı ve gözlerim yanmaya başladı. Sanki gelen bir trenin ışıklarına bakıyordum. *Kendini hazırla.*

Xavier artık bana farklı bakıyordu. Düşmanca değildi ancak ona yakındı. "Neden buraya gelmenin asıl sebebini söylemiyorsun?"

"Buraya vasiyet nedeniyle geldim, söylediğim gibi," dedim yapabildiğim kadar sakince. "Amanda'nın babası olarak birinci dereceden akrabasısınız."

"Ne?" Xavier neredeyse alınmış görünüyordu. Başını kuvvetle salladı. "Hayır, hayır, hayır. Amanda benim yeğenim, yeğenimdi."

Siktir. Bütün zamanımı boşa harcamıştım.

Kendime hâkim olmaya çalıştım. "Hatamı mazur görün. Amanda'nın babasını nerede bulabileceğimi biliyor musunuz? Onunla gerçekten konuşmam gerek."

Xavier'in kaşları, başını yana eğerken birbirine yaklaştı. Sanki onunla dalga geçmişim gibi davranıyordu. "Saint Ann's Mezarlığı'nda."

"*Öldü* mü?" diye sordum, kalbim hızlandı. "Ne demek istiyorsunuz? Ne zaman?"

"On iki, on üç yıl oldu."

"Bu mümkün değil."

"Korkarım mümkün." Artık kesinlikle sinirliydi. "Zaten bu ne halt oluyor ki? Benimle taşak mı geçiyorsun?"

Ne dedi bu adam, ölü mü?

"Hayır, hayır. Özür dilerim, Bay Lynch, ben sadece... Anlamıyorum. Elimdeki bilgilerde öldüğü yazmıyordu."

"Amanda'yı tanıyorsan babasını öldürdüğünü nasıl bilmiyorsun anlamadım. Onun suçu değildi tabii. Kardeşim William hep pisliğin tekiydi."

Kulaklarım çınlıyordu. *Lanet. Olsun.*

"Affedersiniz, ne dediniz?" Sesim yüksek ve tizdi.

"Amanda babasını öldürdü. On iki, on üç yıl önce," dedi, bu sefer sesinde daha az duygu vardı. "Ama hak ettiği kesin."

"Nasıl oldu?"

"Belli ki Amanda banyoya girince William'ı kız arkadaşlarından birinin üstünde bulmuş. Balonun olduğu hafta sonu geceyi çöplükten bozma karavanda geçiriyorlarmış. William sarhoşmuş ve ımm, arkadaşına saldırıyor ya da saldırmaya çalışıyormuş. Polisler arkadaşının o zamana kadar öldüğünü söylediler, William kızın başını küvete vurmuş. Benim tahminim o kısmın kaza olduğu. Muhtemelen fark etmemiştir bile. William çok iriydi, benden de büyüktü. Bu yaptığını düzeltmiyor ama..."

Xavier kafasını kaldırıp bana baktı. Gözleri şimdi üzüntülü ve pişmandı.

"Üzgünüm," dedim refleks olarak.

"Evet, Amanda arkadaşını kurtarmaya çalışmış sanırım. Lavabonun üstünde bir jilet duruyormuş. Ve o kadar işte." Xavier başını salladı, aşağı baktı ve kapının çerçevesini tekmeledi. "Ve o kadar. Kardeşim asla haklı değildi, küçük bir çocukken bile. Deli değildi, sadece yanlıştı. Koca adam olunca iğrenç bir şerefsize dönüştü."

Ağzım birbirine yapıştı âdeta. Zorlukla yutkundum.

"Amanda'nın arkadaşının adı neydi?" diye sordum, topuklarımın üzerine basarak. Altımdaki zemin sabit değilmiş gibi hissediyordum. "Biliyor musunuz?"

Xavier gökyüzüne baktı. "Cathy veya Connie..."

"Carolyn?"

"Doğru. Carolyn," dedi başıyla onaylayarak. "Amanda'yla kardeş gibiydiler. Ya da insanlar öyle diyor. Dürüst olayım, o zamanlar detaylarla ilgilenmiyordum. Çok fazla sorunum vardı. O yüzden içkiyi, hayatımı mahveden o çöpü bıraktım."

KRELL SANAYİ A.Ş.

GİZLİ YAZIŞMA

DAĞITILAMAZ

Avukat-Müvekkil Arasındadır

İmtiyazlı ve Gizlidir

2 Temmuz

Kime: Brooklyn Country Day Yönetim Kurulu

Kimden: Krell Sanayi A.Ş.

Konu: Veri İhlali & Siber Olay Soruşturması - İlerleme Raporu

Görüşme Özetleri

Kişisel bilgilerinin hacklenmesine ilişkin görüşülmek üzere toplamda 56 aile geldi. Her vakada kişisel olarak uygunsuz bilgilerin hırsızlığı sözkonusu. Hiçbiri para talebine razı olmadı. Bununla beraber, hiçbir vakada yapılmakla tehdit edilen davranışlar uygulanmadı, henüz hiçbir karalayıcı bilgi halka açılmadı.

Ön Sonuçlar

Kanıtlara göre bu olaydan sorumlu kişi:

- Bu yılın nisan ya da mayıs ayında Brooklyn Country Day'e olan güvenini kaybettirecek şeyler yaşadı.
- Saldırıdan ikinci bir şekilde, daha sonra iddia edilen hacklemeyi ele alacak bir gazeteci gibi yarar sağlıyor gibi görünüyor.
- Bir Brooklyn Country Day öğrencisinin, diğer öğrencilere sıkıntı vermek ya da onları utandırmak istemesi mümkün. Bu tür öğrencileri ayırmak için müdüriyetle birlikte çalışacağız.

LIZZIE

11 TEMMUZ, CUMARTESİ

St. Colomb'dan doğruca Upper East Side'daki Weill-Cornell Hospital'a gittim. Bir kapının ve düzinelerce ağacın arasına konuşlanmış hastane, günbatımında Millie'nin kanser servisinden çok bol yapraklı bir üniversite kampüsüne benziyordu.

Millie'nin katında asansörden indiğimde hastalar etrafta dolaşıyor, serumlarını inatçı köpeklermiş gibi peşlerinde sürüklüyorlardı. Annemin vakitsiz ölümünden beri hastaneye gelmemiştim ve anında klostrofobik bir ıstırap olabileceğini unutmuştum.

Fakat zaten ciğerlerim Xavier Lynch'in evinden ayrıldığımdan beri bir kafesin içindeymiş gibi hissettiriyor, Amanda'nın aylardır hiç orada olmayan birinden kaçtığı düşüncesiyle boğuşuyordu. Xavier'in anlattığı hikâyeye göre böyle olmalıydı. Bu konuda sadece onun sözüne güvenmeyi planlamıyordum. Adam güvenilir görünüyordu, doğru ama aynı zamanda kesinlikle tehdit ediciydi. Belki de her şeyi uydurmuştu ve aslında gerçekten Amanda'nın babasıydı.

Xavier'in hikâyesini aynı zamanda hazmetmesi zordu: Amanda açık bir biçimde babasının ve Carolyn'in hayatta olduklarını düşünmüştü. En son günlüklerinde onlar hakkında yazmıştı. Bir tanesinde Amanda müthiş bir detayla Carolyn'in, Park Slope'taki evini ziyaret ettiğini anlatmıştı hatta. Bu, hayali dünyasının ne kadar derine indiğinin bir göstergesi miydi? Ne kadar inanmak istemişti ki? St. Colomb Falls Bölge Sekreteri'nin kırık, otla dolu otoparkında durduğumda tekrar midem bulanıyormuş gibi hissetmiştim.

İleri geri yapıp neyse ki açık olan küçük, tuğladan bölge sekterliğindeki minik kadınla uzun süre kibarca sohbet ettikten sonra William Lynch'in hakikaten on iki yıl önce, Carolyn Thompson adlı genç bir kızı, kızının en yakın arkadaşını öldürdükten sonra öldürüldüğünü doğrulamıştım. Sekreterin büyük ihtimalle gizli olsun diye yüksek sesle fısıldayarak söylediği kadarıyla kimse hapse girmemişti çünkü saldırganın, yani Amanda Lynch'in en yakın arkadaşını korumaya çalıştığı kabul edilmişti.

Yani Amanda'nın babası *sahiden* ölüydü. Ve en yakın arkadaşı Carolyn de öyle.

Sonrasında yakan güneşin ardında oturmuş, internette Amanda'nın böylesi travmatik bir olayı hafızasından nasıl sildiğini ve halüsinasyonlarının akıl sağlığı hakkında ne söylediğini araştırmıştım. Amanda eski günlüklerinden birinde Carolyn'in her zaman kendini bir şeylerin ortasına attığını söylüyordu. Yıllar önceki o korkunç gecede de böyle mi olmuştu? Carolyn, Amanda'yı korumak için kendini tehlikeye atıp ölmüş müydü?

Pek de güvenilir olmayan internete göre, Amanda'nın halüsinasyonlarının nedenleri için bir sürü olasılık vardı: şizofreni, bipolar bozukluk, psikotik depresyon. Bazı hastalıklar diğerlerinden daha ciddiydi. Bazıları epizodikken diğerleri Amanda'nın düşünme şeklini tamamen bozuyordu, o kadar ki onu bu kadar yüksek işlevliyken hayal etmek zordu. Ama mantıklı gelen bir tanesine denk gelmiştim: delüzyonel bozukluk. Baktığım Harvard Tıp Fakültesi sitesine göre delüzyonel bozukluğu olan biri, "aksini gösteren açık kanıtlar ve deliller olsa da yanlış bir inanca sıkıca tutunur... Şizofreni olan kişilerin aksine günlük işleyişle ilgili büyük sorunları olmaz. Delüzyonel olacak davranışlarının dışında tuhaf görünmezler."

Siktiğimin Zach'i. Daha iyi bir eşin Amanda'nın yardıma ihtiyacı olduğunu görecek kadar ona dikkat edeceğini söyleyebilir miydim? Öyle olsa öldüğü gece her ne olduysa ondan kurtulma ihtimalinin olabileceğinden? Hayır. Bunu herkesten çok ben söyleyemezdim. Amanda'nın delüzyonel bozukluğu olduğundan dahi emin olamıyorken bunu ölümüne bağlamak zordu. Ancak Amanda'nın ne kadar trajik bir izole yaşam sürdüğünü düşünmek göğsümde ağrıya neden oluyordu.

"Millie Faber'i arıyorum," dedim, hemşire masasına geldiğimde.

Hemşire isim listesini taradı. "Oda altı yüz üç. Koridordan ilerleyip sola dönün." Başını kaldırmadan eliyle işaret etti.

Sessiz koridorda ilerlemeye başladım, buradaki durağanlık ön taraftaki hasta, dolanan kalabalıktan daha kötüydü. Orada en azından hastalar hareket edebiliyorlardı. Arkadaysa herkes yataklarına hapsolmuş gibiydi. Millie nasıl dün iyi görünürken bugün aşırı hasta koridorunda kalıyor olabilirdi? Tabii annem de tamamen iyiyken birkaç saniye içinde ölmüştü. Hem Millie tam anlamıyla iyi de görünmüyordu.

Nazikçe tıklatıp 603 numaralı odanın kapısını iterek açtım, Millie'nin köşedeki koltukta, dizinde laptopla ve kirli linolyum zemine kâğıtlar yayılmış dik bir halde oturduğunu görünce içim ferahladı. Üzerinde tam vücuduna göre bir eşofman takımı vardı, hastane önlüğü değil ve bir gecede saçlarını kaybetmemiş veya daha fazla kilo vermemişti.

"Bunu yapman gerekiyor mu?" diye sordum.

"Neyi?" Millie'nin ses tonu boğuktu, gözlerini bilgisayar ekranından ayırmamıştı. Ancak sesimi duyduktan sonra yüzü bir saniyeliğine aydınlanmıştı.

"Çalışmayı diyorum," dedim.

Omuz silkti. "Ya çalışacağım ya endişeleneceğim. Meşgul olmak daha iyi."

Millie'ye baktıkça gözüme daha kötü görünüyordu. "Söylediğinden daha ciddi, değil mi?" diye sordum.

Millie kaşlarını çattı, gözleri hâlâ bilgisayardaydı. Bir süre daha sessiz kaldı. Sonunda başını kaldırıp bana baktı. "Bulduklarında çoktan vücudun başka yerlerine sıçramıştı; akciğer, kemikler *ve* karaciğer. Sıralı üçlü. Belli ki nadir bir şeymiş. Ne şanslıyım."

"Millie, hassiktir." Kendimi en yakındaki pencere pervazına sertçe bıraktım. "Ben çok..."

Millie bir elini kaldırdı. "Acıma istemediğimi biliyorsun. Oraya giderek ne kadar aptallık ettiğini konuşmak istiyorum. Anlaştığımızı düşünmüştüm?"

"Nereye giderek?"

Sert sert baktı. "Suratıma yalan söyleme bari. Sam bana anlattı."

"Sam mi?" diye sordum. "Sende onun telefonu bile yok."

"Bu sabah buraya gelmeden önce evine uğradım," dedi düz bir tonda. "Firar edeceğin hissine kapılmıştım. Dedektifim ben, unuttun mu?"

Sam, St. Colomb Falls'a gittiğimi biliyordu. Onu tehdit etmiştim: *Başıma bir şey gelirse hepsi senin suçun olacak.* Artık her şey Sam'in suçuydu.

"Ve Sam tam olarak ne söyledi?"

Millie dosyayı kucağına koydu ve ellerini onun üzerine yerleştirdi. Elleri yaşlı, kemikli görünüyordu. "Ölü kadının babasıyla konuşmak için şehir dışına çıktığını. Ki yanılmıyorsam adamın onu öldürdüğünden şüpheleniyordun." Bana bir kaşını kaldırdı. "Ama Sam o kısmı bilmiyor gibiydi. Hatta rasgele bir adama cinayet suçlamasında neden yardım ettiğini dahi anlamamıştı. Bilmediği çok şey var gibi görünüyor. İyi adam ama. Konuşkan."

"Ne demek oluyor bu?" Öğle vakti Sam'i sarhoş mu yakalamıştı?

"Diğer şeylerin yanında bir de kim olduğumu bilmediği anlaşılıyordu." Çenesini kaldırarak kan çanağına dönmüş gözlerini bana dikti.

Bir şey söylemek için ağzımı oynattım. Ama ne? *Lütfen, bunu şu anda yapmasak olmaz mı? Hiç yapmasak olmaz mı?* Millie gözlerimdeki paniği fark etmişti. Yüzü yumuşadı.

"Her neyse," diye devam etti. "Kendin gideceğini söyleseydin bu saçmalığı bir günlüğüne erteleyebilirdim."

"Bekleyemezdi," dedim, sonra hastane odasını gösterdim. "Ve sen de bunu erteleyemezdin."

"Her zaman bekleyebilir. Güven bana. Bu adam için hayatını riske atmaya değmez."

"Bekleyemezdi," dedim tekrar. "Benim iyiliğim için."

"O ne demek oluyor?"

Derin bir nefes aldım. Saklanacak yerim kalmamıştı. "Zach Grayson bana şantaj yapıyor," dedim. "Adı temize çıkana kadar davada kalmam için uygunsuz bir bilgiyi kullanıyor."

"Cidden mi?"

"Evet, cidden."

"Ona siktirip gitmesini söyle o zaman!" diye bağırdı Millie.

"Şantajın nasıl işlediğini biliyorsun, değil mi?" diye sordum. "Onlara siktirip gitmesini söylersen istemediğin kötü şeyler yaparlar."

"Bir dakika, bu..."

"Hayır, hayır," dedim. "Zach onu bilmiyor. En azından benim bildiğim kadarıyla."

"O halde elinde seninle ilgili ne olabilir?" Burnunu çekti. Sonra öne doğru eğilerek yeniden kaşlarını kaldırdı. "Dur, o seks partilerinden birine gitmedin, değil mi?"

Başımı salladım. "Sam. O... alkolik." Bu kelime şimdi bile boğazımı parçalıyordu. "Sorun orada başladı. Gerisi öylece devam etti. Sam'in yaptığı bir araba kazasıyla ilgili bir dava var ve şimdi de çok fazla borçluyuz. Young & Crane'de işe girerken finansal açıklama formunda yalan söyledim çünkü beni almayacaklarından korktum. Şimdi de o borçtan kurtulabilmek için paraya öyle ihtiyacımız var ki. Eminim Zach bunu söylerse beni kovarlar. Barodan atılırım. Kariyerim mahvolur."

"Orospu çocuğu." Başını iğrenerek salladı. "Bunu ne halt etmiş de öğrenmiş?"

Omuz silktim. "Ne bileyim. Başka dedektifler olabilir mi?"

"Bahse girerim onların parasını ödüyordur." Gülümsedi.

Bir hemşire bir tepside iğneler ve küçük şişelerde ilaçlarla içeri girdi. Millie'nin arkasındaki tezgâha geçti ve hiçbirimizle göz teması kurmadan farklı tüpleri metodik olarak düzenledi. "Onda başlamaya hazır mısın, tatlım?" diye sordu Millie'ye, yarı robot yarı samimi kibarlıkta bir sesle.

"Tabii," dedi Millie. "Arkadaşımla işim biter bitmez."

"Tamam, tatlım," dedi hemşire, telefonu çalınca dikkati dağıldı. "Hemen dönerim."

Telefonunu açarak apar topar dışarı çıktı.

"Pekâlâ, Zach Grayson'la uğraşmanın yolunu çabucak bulacağız," dedi Millie kadın gittikten sonra. "O sırada, kasabada ne buldun? İzler elinde mi? Saçma sapan karar yetini ödüllendirmek istemiyorum ama oraya gittiğini öğrenir öğrenmez laboratuvarı aradım. Elimizdekilerle bir tane daha acil karşılaştırma analizi yapmaları konusunda anlaştık. Sadece bir tane ve sadece merdivendeki, belki bir de golf çantasının üzerindeki iz. Ama en azından bize tamamladıktan sonra fatura kesmeyi kabul ettiler. Tek yapmamız gereken arayıp söylemek."

"Ya Vinnie?"

Millie elini salladı. "Bir tanecik örnek. Ona bir şey olmaz."

"Ona söylemedin."

"Henüz."

"Teşekkür ederim," dedim, hüzünle nefes verdim. "Ama ne yazık ki St. Colomb Falls'ta tek keşfettiğim düşündüğüm her şeyin yanlış olduğu. Meğer Xavier Lynch, Amanda'nın amcasıymış, babası değil. Ve Amanda'nın babası onu öldürmüş olamaz çünkü ölü. On iki yıl önce olmuş. Baba, Amanda'nın arkadaşına saldırmış, Amanda müdahale etmiş. Hem babası hem de arkadaşı ölmüşler."

Millie uzun bir ıslık çaldı.

"St. Colomb Falls bölge sekreterliğinde bilgiyi onayladım. Amanda o zamanlar gençti, o yüzden suç kayıtları gizli ama bana anlattılar."

"Babasının takip ettiğini günlüğüne yazdı sanıyordum?"

Başımla onayladım. "Ve Park Slope'taki arkadaşlarına ölü arkadaşının sağ olduğunu ve Manhattan'da yaşadığını söylemiş," dedim. "Amanda kötü durumdaydı belli ki, delüzyonları var gibi görünüyor, bu da gözlem yeteneğini sorgulattırıyor. En azından savcılık böyle diyecek."

"Yani onu kimse takip etmiyor muydu?"

Omuz silktim. "Kimse. Ya da babasından başka biri."

"Arkadaşın Zach'in fark etmemiş olması tuhaf, ha?" *Tuhaf* derken şunu kastediyordu: *Doğru olmasına imkân yok.*

"Görünüşe göre Amanda yüksek işlevliymiş. Arkadaşları da bir şey olmadığını fark etmediler. Yine de onu sadece birkaç aydır tanıyorlardı. Ama bir işi vardı ve oğluyla çok iyi ilgileniyordu, herkes bu konuda hemfikir. Delüzyonları sınırlı olmalı. Zach, yıllardır babası hakkında tek laf etmediğini iddia ediyor, takip edildiğinden de bahsetmemiş," dedim. "Kulağa birbirleriyle hiç konuşmuyorlarmış gibi geliyor."

"Ona güveniyor musun?"

"Bu konuda güveniyorum. Zach narsisist. Amanda'nın sorunlarını duymaya ilgisini olduğunu sanmıyorum. Tahminimce kadına tek başına olduğunu belli etti."

"Bu bayağı boktan," dedi Millie. "Sana ne olacak?"

"Koşarak uzaklaşmak istediğim bir müvekkille bu davada takıldım kaldım. Ama kurtulmanın tek yolunun suçlamanın düşürülmesi olduğundan emin gibiyim. O merdivenlerdeki kanda kimliği olmayan birinin parmak izleri var. Yani o akşam orada başka birileri vardı. Polisi aramayan ve ortaya çıkmayan birileri."

"Tabii bu müvekkilinin onu öldürmediği anlamına gelmiyor. O da orada olabilir. Başka birini tutmuştur belki."

"Biliyorum," dedim. "Ama yaptıysa bile işimi elimde tutmak istiyorsam onu dışarı çıkarmalıyım. Kurtulmamı sağlayacak başka bir şey, Zach aleyhine kullanabileceğim bir şeyler bulmazsam tabii. Ona beni bırakması için para vermek gibi mesela."

Millie başını salladı. "Bu fikri daha çok beğendim. Her türlü, bu olaydan kıçını kurtarmaya bak. Hayat bu saçmalıklar için fazla kısa. Güven bana." Dosyaları yerden kaldırıp bana uzattı ama tutuşunu gevşetmedi. "Elimdeki her şey bu. Ama tek bir şartla, arazide tek başına hafiyelik yapmaman karşılığında veriyorum. Gerekirse sana bedava yardım edecek birini bulurum."

Başımı fazla hızlı salladım. "Tabii ki."

Dosyayı bıraktı. "Hmm. Dün de böyle söylemiştim. Ölen insanlara yalan söylemek karmanı kötü etkiler."

"Hadi ama, sen..."

"Ölüyorum, Lizzie," dedi. Yüz ifadesi ciddiydi, aynı zamanda sakindi. "Gerçek bu. Ve her an olabilir. Doktorlar öyle söyledi. Dolaysız. Birçok kez. Laf olsun diye işlerini yoluna koymanı söylemiyorlar. Bu kemoterapi olayı son bir mucize denemesi. Her şeyi daha kötü, daha hızlı hale getirmesi bile mümkün. O yüzden e-postaları attım. Seninle... ne olur ne olmaz diye konuştuğumdan emin olmak istedim. Biliyorsun, senin için işleri biraz olsun kolaylaştırmaktan her zaman mutluluk duydum. Nancy hastayken annenin benim için yaptıklarının yanında bu az bile. Ama aracı olmam yara bandı gibi bir şeydi, değil mi?" Bir süre sessizleşti, sonra kısık gözlerle bana baktı. Kalbim hızlandı. "Sam tam olarak ne biliyor?"

"Dolandırıcılığı ve annemin kalp krizini biliyor," dedim zayıfça. "Ama Sam... babamın da öldüğünü sanıyor. Imm, herkes böyle biliyor."

"Herkese babanın öldüğünü mü söylüyorsun?" diye sordu Millie, yüz ifadesinde hem hayal kırıklığı hem de sersemleme vardı. "Bunca zamandır?"

"Durumdan kendimi uzak tutmam gerekti," dedim ve Tanrım, ne kadar da savunmacı konuşmuştum. "Beni gördün. Çok kötü haldeydim."

Ve gerçekten de uzun süre öyleydim. Elbette önünde sonunda depresyondan çıkmıştım. Üniversitede hukuk fakültesine girecek, arkadaş edinecek, evlenecek kadar kendime gelmiştim. Bunların hepsi uzun zaman önceydi. Ve yine de Millie, on yedi yaşındaki kederden yataktan çıkamayan kızmışım gibi benim için müdahale etmeye devam etmişti. Ama o da on sekiz yıl önceydi. On sekiz yıldır babamla konuşmamıştım. Bununla yaşayabilirdim ama peki ya annem? Bunca yıl Yunanistan'a gitmediğimi, Yunan kilisesine adım bile atmadığımı bilse ne kadar üzülürdü.

Babam yıllar içinde birkaç mektup yollamıştı. Beklenceği gibi umutsuzca yalvarmıyordu, af dilenmiyordu, beni sevdiğini iddia etmiyordu. Çünkü babam öyle biri değildi. Bunların hiçbirini hissetmezdi. Mektuplarında gerçekçi gelişmeler vardı, mekanik ve zorunlulardı. Sanki sonrasında ihtiyaç duyabilir diye beni oyunda tutmaya çalışıyordu. Millie aynı zamanda yıllar boyunca beni sorduğunu söylemişti. Okulum iyi gidiyor muydu? Nasıl para kazanıyordum? Asla beni sormazdı. Ve bir kere Millie'ye neden kendisini ziyaret etmediğimi sormamıştı. Millie bunu bana her seferinde açıkça söylemişti. Asla pişmanlık hissetmemi istememişti.

"Ama uzaklık tamamen unutmaktan farklı, Lizzie," diye devam etti Millie. "Ve Sam'le *evlisin*."

"Biliyorum." Kalbim güm güm atıyordu.

Sonra Millie bana uzunca bir süre öylece baktı. Bütün vücudum ısındı, içimde pişmanlık ateşi parladı. Babamın yaptığı şeyden utanıyordum, evet. Ama bununla yüzleşememekten daha çok utanıyordum. Onu derinlere, var olmak için gömdüğüm diğer şeylerin; Sam'in sürekli içmesinin, borcumuzun, raydan çıkan kariyerimin, var olmayan bebeğimin altına gömmüştüm.

"Eh," diye devam etti Millie. "Ölmüş gibi davranmaya devam edebilirsin sanırım. Senin seçimin. Ama arabulucu olmadan farklı hissettirebilir."

"Onu yakın zamanda gördün mü?" diye sordum.

"Birkaç yıl önce. Hâlâ yılda bir gitmeye çalışıyorum. Ve hâlâ ara sıra, altı ayda bir arıyor. O arada Elmira'daki tanıdıklarımdan bilgiler alabiliyorum. Baban aynı dörtte üç şerefsiz, dörtte bir çekici orospu çocuğu," dedi. "Bak, onu ya da yaptığını savunmuyorum. Adam iyi bile değil. Ama önünde sonunda çıkacak, üç ya da dört yıl sonra olabilir. Sonra ne olacak? Burası özgür bir ülke. Gelip seni görebilir."

"Bu şekilde olması benim için daha iyi."

"Öyle mi gerçekten?" diye sordu Millie ve gözlerindeki kaygı benim gözlerimi yaktı.

Yaşlar en sonunda geldiğinde gözlerimi kaçırdım, sesimi güçlü tutmaya çalıştım. "İkimiz de o akşam olanların kaza olmadığını biliyoruz. O adamı bıçakladı, Millie. Babam birini *öldürdü* ve evet, annem konusunda üzgündü ama ne düşünüyorum biliyor musun? Bence babam o adam parasını aldığı için daha kızgındı. İntikam istiyordu."

Millie ellerini teslim olurmuş gibi kaldırdı. "Belki. Bak, benim bu işten çıkarım yok. Seni affetmeye ikna etmeye çalışmıyorum. Anneni ve seni sevdiğim için buradayım. O kadının tek umursadığı senin güvende ve mutlu hissetmendi. Ben de mutlu olmanı istiyorum." Çantasından çıkardığı bir paket kâğıt mendili verdi; artık çok kötü ağlıyordum. "Ve ne olursa olsun çok iyi görünmüyorsun. Baban ölüymüş gibi davranmanın yardım ettiğini sanmıyorum. Azıcık bile."

LIZZIE

11 TEMMUZ, CUMARTESİ

Eve giderken işleri yerine koymak için işyerine uğradım. Tek tek, görmezden geldiğim sorunlarımla böyle başa çıkacaktım. İlk sırada finansal açıklama formu vardı. O olmazsa Zach'in elinde bana karşı kullanacağı bir şey kalmazdı, onunla ve davasıyla işim biterdi. Bir taşla iki kuş yani. Cumartesi günü Paul'ü ofiste bulmayı umuyordum. Young & Crane'deki diğer kıdemce aşağı avukatlar gibi sıklıkla cumartesileri çalışırdı. Paul'e finansal açıklama formunda yanlış beyan verdiğimi itiraf etmek bir riskti. Belki özellikle Paul, Wendy Wallace ona aşil topuğunu gösterdikten sonra bir yanlış adım atmış olmama izin verirdi.

Young & Crane beklediğimden daha sessizdi. Paul'ün ofisi karanlıktı ancak Gloria ofisinin dışında oturmuş, bir şeyden dolayı canı sıkkın biçimde yazı yazıyordu, o şeyin fazla mesai olmadığı kesindi. Gloria mesaiye kalmaya bayılıyordu. Saatime baktım: 19.27.

"Paul dönecek mi?" diye sordum.

Başını salladı ve dudaklarını yargılarmış gibi büktü ama yazmaya devam etti. "Sanmam, sence?" Bana anlamlı bir bakış attı.

Neden Paul'ün sekreteri geri dönemiyordu? Gloria'yla ilgili her şey yorucuydu.

"Ne demek istiyorsun?" diye sordum, sesimdeki sabırsızlığı gizlemeye çalışarak.

Gloria yazmayı bıraktı. Bu kez bana baktığında yüzüne küstah bir gülümseme yayıldı.

"*Sana* söylemedi bile demek. İlginç." Ses tonunda kendini beğenmişlik vardı. "Wendy Wallace. Onunla bir şeyler *içiyorlar*. Ya da öyle bir şey," dedi cilveli bir şekilde. "O kadın senin davanda değil miydi? Bayağı ironik... Paul'ün ahlak polisi gibi ortalıkta dolaştığı düşünülünce."

İhanete uğramışlık hissinin yüzüme yansımamasını umdum. Ama Paul, Wendy Wallace'la bir şeyler mi içiyordu. Kadını görmeye gittiğimde ne kadar iğrenç davrandığını anlattıktan *sonra*? Elbette olacağını öngörmüş olsam da bu bir ihanetti.

"Ya doğru, unutmuşum," dedim Gloria'ya. "Ona uğradığımı söylersin."

Evde çalışmak üzere bazı dosyaları almak için kalbim yaralı bir halde ofisime gittim. Paul'ü yargılamaya hakkım yoktu. Ben de evliliğim, ailem, kendim hakkındaki gerçekleri değiştirmiştim. Ancak Millie'ye söylediğim doğruydu; amacım en baştan yalan söylemek değildi.

Otobüsle ilk yılıma başlamak için Cornell'in bakımlı kampüsüne gelmiştim ama zar zor ayakta duruyordum. Hayatıma devam edebilmek için yeterli terapi almıştım ama gerçek anlamda iyileşmemiştim. Boş yurt odamda, beni bırakan, odama yerleşmeme yardım eden, kapıda veda ederken ağlamayan bir ailem olmadan durmuş, korkutucu bir hızda kötüleştiğimi hissetmiştim. Sanki kocaman bir umutsuzluk karadeliği beni içine çekmek üzereydi. Sonra aşırı sarışın, güneşli, kocaman masum gözleri ve iki sıcakkanlı ebeveyni olan oda arkadaşım gelmişti. Ve böylece annemle babamın ölü olduğu, kimsenin hapiste olmadığı hikâyem tamamen oluşmuş, beni kurtarmıştı. O andan sonra gerçeğim *bu* olmuştu.

Ve bu gerçek asıl gerçekten daha iyiydi; yani babamın en sonunda parasını çalan ve işini mahveden, ayrıca babamın görüşüne göre annemi kalp krizi geçirterek öldüren adamı bulmuştu. O adamın evinde tartışmışlardı, sonra savcı babamın eve zorla girdiğini ispatlayacak, babamsa dolandırıcılık yaptığına dair kanıt bulmak için yaptığı konusunda ısrar edecekti. Aralarında bir itiş kakış olmuş ve en sonunda adamın karnına bir mutfak bıçağı saplanmıştı. Babamın söylediğine göre hepsi kazaydı. Ne var ki jüri buna inanmamıştı, cinayetten suçlu bulunmuş ve yirmi beş yıl hapis cezası almıştı. Evine soyguna girdiğin birini öldürdüğünde böyle oluyordu. Olaydan sonra babam ne kadar üzgün mü görünüyordu? O akşam eve geldiğini, hiçbir şey olmamış gibi yemek yediğini, zevkle midesine indirdiğini sadece ben biliyordum. Benden yalan söylememi, o sırada nerede olduğunu bildiğimi anlatmamı istediğini sadece ben biliyordum.

Yani annem ölmüş, babamsa gitmişti; Cornell'deki arkadaşıma, sonra Victoria'ya ve Penn'deki Heather'a, ardından Zach'e ve en sonunda Sam'e böyle söylemiştim. Aslında Elmira Cezaevi'ne gitmişti oysaki. Hukuk fakültesine girmeden hemen önce yasal olarak annemin evlenmeden önceki soyadını almıştım, hukuk şirketlerinin beni yargılayabileceğini anladığımdan yapmıştım bunu. Ki bu konuda haklıydım. Avukatlar Birliği de aynıydı ama son derece korkutucu sorulara maruz kaldıktan sonra geçmişimi kontrol etmelerini atlatmıştım. Yanıldığım şeyse gerçeği saklama yeteneğimdi.

Bunca zaman hep yanı başımda duruyordu.

Asansörü beklerken Gloria'yı bu kez resepsiyonun olduğu alanda, cilalı lobi masasında duran bir kadınla konuşurken görünce tüylerim diken oldu. Daha çok o kadına bir şeyler anlatıyordu. Asansör düğmesine defalarca bastım.

"Ah, burada işte," diye seslendi Gloria bana doğru, tam asansöre binmek üzereyken. *Sıçayım.* "Merhaba Lizzie, Maude gelmiş!"

Kafamı çevirince Amanda'nın arkadaşı Maude'nin bana doğru geldiğini gördüm. Kadın stresli görünüyordu ve onunla kesinlikle uğraşmak istemiyordum. Yüzünde hemen af dileyen bir ifade belirdi, isteksizliğim belirgin olmalıydı.

"Böyle geldiğim için üzgünüm, hem de cumartesi günü. Ama sana birkaç mesaj bıraktım. Savcı evime geldi... Ve sana söylemem gereken bir şey var. Bekleyebileceğini sanmıyorum."

Harika.

"Tabii, sorun değil," diye yalan söyledim. "Biraz buraya gelsene, konuşuruz."

Ofisime doğru yürümeye başladık.

"Biliyor musun, bugüne kadar iletişim bilgilerine bakmadım bile. Senin de burada çalıştığını fark etmemiştim..." Maude omzunun arkasını, Gloria'yı gösterdi. İkisinin birbirini nereden tanıdığını bilmiyordum ve açıkçası bilmek de istemiyordum. Yalnızca olabildiğince hızlı Maude'yle konuşup bitirmek istiyordum. "Ofisin açık olacağını bile düşünmedim. Ama denemekten zarar çıkmaz diye düşündüm."

"Evet, hepimiz burada durmak bilmeden çalışıyoruz," dedim, tasasız gibi konuşmaya çalışmıştım ama iğneleyici çıkmıştı, "bizi bulmak kolay oluyor."

Ofisimin ışığını açıp çantamı bıraktım. Maude otururken hafifçe sallandı.

"İyi misin?" diye sordum.

"Şey, evet. Muhtemelen şekerim düştü," dedi zayıf bir şekilde. "Diyabet hastasıyım. Bir şey yok ama biraz meyve suyu alabilir miyim?"

"Evet, tabii. Elbette," dedim, en yakındaki atıştırmalık yerine doğru aceleyle çıktım.

Geri dönünce Maude'ye küçük bir şişe portakal suyu uzattım. Neyse ki rengi çoktan geri gelmişti. İstediğim son şey ofisimde bayılmasıydı.

"Teşekkür ederim," dedi, büyük bir yudum aldı.

"Birini aramamı ister misin?" *Tercihen seni eve götürecek birini, böylece konuşmak zorunda kalmayız.* Amanda'nın delüzyonlarından, o konuda ne yapacağımı çözmeden bahsetmemeye karar vermiştim. Ama şu anda burada olduğu için Maude'ye sormak istiyordum. Belki bir şey fark etmişti.

"Hayır, hayır, iyiyim," dedi.

"Savcının geldiğini söylemiştin?" diye yardım ettim. "Adını biliyor musun?"

"Aynı kişiydi, Wendy Wallace," dedi Maude. "Oldukça... göz korkutucu bir kadın."

Bu Zach için çok kötü bir haber değildi. Wendy'nin bizzat ziyarete gitmesi en azından birazcık endişelendiği anlamına geliyordu.

"Tam olarak ne dedi?"

"Zach'in benim yanımda olduğunu söyledim..." dedi Maude ve şimdi sahiden de doğruyu söylüyormuş gibi konuşmuyordu. "Neyse, bunu duruşmada söylersem hapiste bir yıl yatacağımı düşündüğünü söyledi."

"Yalan söylüyorsan demek istiyor," dedim, diplomatik olmaya çalıştım.

"Sanırım, evet," dedi Maude fakat bu onu pek rahatlatmamış gibiydi. "Ama aynı zamanda partiden dolayı Sebe'yle benim cinayete ortaklık etmiş olabileceğimizle ilgili bir şey söyledi. Bir de ihmal sonucu ölüme sebebiyet vermekten Amanda'nın ailesi tarafından dava edilebileceğimizden bahsetti."

"İlk olarak, sırf kurbanın ölmeden *önce* katıldığı bir parti verdiniz diye cinayete ortaklık etmiş olamazsınız. Ve Amanda'nın ailesi yok, o yüzden hukuk davası yalnızca sürdürülemez değil, aynı zamanda pek mümkün görünmüyor. Wendy Wallace blöf yapıyor. Yalancı şahitlik konusuna gelirsek, henüz ifade vermedin bile," dedim. Gerçi davadan çekilemezsem mutlaka Maude'nin mazeretini, doğruluğu hakkında şüphelerim olsa bile ucunun bana dokunmaması şartıyla kullanacaktım. Çünkü Zach sağ olsun, artık böyle biriydim; ne yaptığımdan *emin* olmadığım müddetçe yalancı şahitliğe göz yumabilirdim. "Şu anda endişelenmen için hiçbir sebep yok."

"Peki," dedi, çok daha rahatlamış görünmese de. Maude dudaklarını birbirine bastırınca ağzı titredi. "Aslında buraya Sebe için geldim."

Sebe mi? Wendy Wallace'ın duruşmada söylediği gibi Amanda gerçekten yukarı kattaysa, yanındaki kişi Sebe olabilir miydi? Adam kesinlikle çekiciydi ve büyük ihtimalle Maude'yle daha önce partner değiştirmişlerdi. Hem de kendi partileriydi. İleri doğru uzanıp masamın ucunu sıktım.

"Ne demek istiyorsun?"

Maude bir anlığına ağlayacak gibi oldu, ardından yüzünü ekşiterek gözlerini kapadı. *Hassiktir.* Amanda'yı Sebe mi öldürmüştü? Bu mümkün olabilir miydi?

"Sebe buraya gelip sana gerçekleri anlatmam için beni ikna etti," diye başladı nihayet. Masamı daha sıkı tuttum. "Partinin olduğu akşam Zach'le birlikte değildim."

"Ya." Çıkarabildiğim tek ses buydu. Maude, küçücük savunma cephanemdeki tek şeylerden birini, yani Zach'in mazeretini elimden alıyordu.

"Üzgünüm," dedi, sesi cidden stresliymiş gibi çıktı. "Ben... Ben yardım etmeye çalışıyorum... Kulağa saçma geldiğinin farkındayım. Ama partiden falan dolayı kendimi fazla sorumlu hissettim. Dürüst olayım, kızımla ilgili ciddi problemlerim vardı, o yüzden tam olarak düzgün düşünemiyordum. Zach, Amanda'yı öldürmedi ama. Bundan eminim. Ve bana geldiğinde tek düşünebildiğim zavallı Case'ti. Amanda onu çok severdi. Zach hapse girse ona ne olacak? Özellikle de başka aile yakınları yokken?"

"Bilmiyorum," dedim.

"Ah o tatlı çocuk." Maude titreyen parmaklarını dudağına bastırdı, ardından gözleri yaşlarla dolarken başını salladı. En sonunda kendini toplamaya çalışarak yutkundu. "İşinizi zorlaştırdığım için özür dilerim. Ve Case için işleri daha kötü hale getirdiysem kendime asla affetmeyeceğim."

"Bak," dedim, ona acıyarak. Case için sahiden endişelendiğine şüphem yoktu ve o çocuğu bizzat düşünmediğim için kötü bir insanmışım gibi hissediyordum. Zach'e duyduğum öfke, Case'in varlığını ortadan kaldırmıştı. "Endişelenme. Mazeretin resmi olarak kayda alınmadı zaten. Şu anda geri çekersen hiçbir şeyi etkilemez. Ama bana söylemene memnun oldum. Sonradan işleri karıştırabilirdi."

Başıyla onayladı, bakışlarını indirdi. Sonunda ayaklandı. "Ve lütfen Case konusunda… Zach… birinin oğluna yardım etmesine ihtiyaç duyarsa. Biz yaparız. Case için elimizden gelen her şeyi yaparız."

"Sana haber veririm," dedim.

"Teşekkürler," dedi. Bir an başka bir şey daha söyleyecekmiş gibi baktı, sonra kararsızca gülümseyip kapıya döndü.

Zach'in dosyasıyla ilgili her şeyi, kamu avukatının dosyalarını, savunma dosyalarını, ön evrakları, Xavier Lynch hakkında yaptığım araştırmayı, Amanda'nın günlüğünü, Zach'in aylaklık cezasıyla ilgili belgeleri, Millie'nin bana verdiği dosyayı eve götürdüm. Bu samanlıkta iğneyi bulmaya kararlıydım. O iğneyi Zach'e batırabilir ya da Wendy'nin dosyasında bir delik açmak için kullanabilirdim. İkisi de olurdu. Sadece bunun bitmesi gerekiyordu.

Eve döndüğümde saat dokuzu geçmişti. Daire boştu; Sam'in nerede olduğunu düşünmemeye çalıştım ve gittiği için sadece mutlu oldum. Kendimi karmaşanın içinden çıkarıyordum, evet ama bir seferde en fazla bir sorunla uğraşabilirdim ve Zach'ten uzaklaşmak en baskılayıcısıydı.

Zach'le ilgili elimdeki her şeyi oturma odasının zeminine sererek yeni bir hikâyenin çabasız ortaya çıkmasını umdum. Ama bağımsız parçalar öylece durdu. Önünde sonunda, savcılık kendininkileri teslim ettiğinde üzerinde çalışabileceğim ek kanıtlar çıkacaktı. Ancak Zach'in emirlerine bir an daha katlanacak durumda değildim.

Amanda'nın günlüğünü alıp yine kurcaladım, artık Amanda'nın babasının ve Carolyn'in ölü olduğunu bildiğimden içinden bir şeyler çıkarmaya çalıştım. Telefonla arayıp kapatmaların, takip edildiğini düşündüğü anların hepsi fazlasıyla detaylıydı. Aynı zamanda bir örüntü yaratıyorlardı. Aramalar neredeyse her zaman gündüz, Amanda'nın takip edildiğini düşündüğü zamanlar ise gece oluyordu. Haftalarca. Genelde çarşamba ya da perşembe akşamları gerçekleşiyordu. Detaylı olsun ya da olmasın, Amanda'nın delüzyonunun bir parçası olabilirlerdi ama bu kadar gerçekçi bir örüntü halinde olması tuhaftı.

Sonra Blooms on the Slope'tan gelen kartı fark ettim. Bir de isimsiz çiçek gönderme vardı. Bu, Amanda'nın sorunlu hayal gücünün bir icadı olamazdı. *Birisi* onları göndermişti. İlla sapığı olması gerekmiyordu, Amanda güzel bir kadındı, bir sürü "gizli hayranı" olabilirdi.

Zach, kılıf olarak kullanmak için Amanda'yı takip ediyormuş gibi davranıyor olabilir miydi? Onu öldürüp suçlanmaması için yaratılmış bir şey miydi? Xavier'le konuşmaya gittiğimde bir sigorta poliçesi yapmıştım ama Amanda'nın ölümü, özellikle de Zach'in şirketini kurtarmak için paraya ihtiyaç duyduğu düşünülürse büyük finansal ödemeleri yanında getiriyordu. Çiçekçideki Matthew'e Zach'in fotoğrafını göstermediğime pişman olmuştum. Adamın "daire" olduğunu söylemişti. Zach'in yuvarlak bir yüzü vardı sanırım. Hatta hamur gibiydi.

Millie'nin de dediği gibi belki de Zach, Amanda'yı öldürtmek için birini tutmuştu ve merdivenlerdeki iz o kişiye aitti. Zach'in beceriksiz biriyle çalışması fikri bir şekilde içimde tatmin duygusu yaratıyordu.

İçinde Zach'in aylaklık cezasının kayıtlarının bulunduğu zarfı elime aldım. Kâğıtları çıkarıp bu kez daha yakından okudum. Zach'i yıllar önceki o bahar akşamı polislere karşı agresif davranırken hayal etmek artık daha kolaydı. Belgelerde "16 Nisan 2007"de gerçekleştiği yazıyordu. *Bir dakika*, tarih bir şeyi hatırlatıyordu. Bir anda aklıma geldi: 16 Nisan 2007, Sam'le tanıştığımız akşamdı.

Hadi ama Zach, cidden mi?

Zach'in aylaklık yaptığı sokak köşesinin ismini Google Haritalar'a yazdım. Mavi nokta tıp fakültesi partisinin yapıldığı havalı bina olan The Rittenhouse'ın arkasındaki sokağı gösteriyordu. Zach beklediği, beni izlediği yerden ayrılmayı reddettiği için mi yakalanmıştı? Bir anlığına Sam'le ilk kez öpüşürken Zach'in orada, gölgelerin arasında beni izleyip izlemediğini merak ettim. Polis, Zach'in oradan ayrılmasını sağlamasa ne olurdu?

Ceza belgelerini bırakıp Millie'nin araştırma dosyasını alırken titredim. Parmak izi sonuçlarına ve onu ilk aradığım akşam Millie'nin çektiği yakın plan kan izi resimlerine baktım. Fotoğraflarda zararsız görünüyordu; koyu metalin üzerinde zar zor belli olan kahverengimsi kırmızı, girdap gibi bir desendi sadece. Ama birkaç adım geriden çekilmiş, kanla kaplı merdivenlerin ve duvarların daha canlı fotoğrafları çok daha korkunç bir hikâye anlatıyordu.

Bunun dışında boş olan bir odada ne çok şiddet gerçekleşmişti. Bir sürü yerde ne çok kan vardı. Ne çok güç kullanılmış. O öfke…

Zach. İmkânsızdı.

Olay yeri fotoğraflarının ve parmak izi analizlerinin arkasında internet arama sonuçları, Zach'in ZAG, Inc. web sitesinin eski çıktıları, Hope First Inititative'le ilgili bilgiler ve mahallenin haritası vardı ancak gördüğüm kadarıyla Zach'in yeni şirketiyle ilgili bir şey yoktu. Ayrıca Millie'nin kendi yazdığı notlarını bulmuştum. En azından bir devriye polisiyle konuşabilmiş gibi görünüyordu. "Kayıt dışı" yazmıştı tepeye büyük harflerle, büyük ihtimalle adamla dalga geçmek için yapmıştı. Kiminle, ne zaman konuştuklarını gösteren bir listeydi. "7/2 Parti Davetlileri" yazıyordu ve devamında bir dizi isim vardı.

Dosyada birkaç sayfa daha çevirince Millie'yle Villie'nin resmi yollardan almalarına imkân olmayan ön tıbbi muayene raporuna (keskin olmayan bir cisimle kafaya alınan darbe) gözüm takıldı. Tahmini ölüm zamanının 2 Temmuz Perşembe günü 22.00 ile 23.00 arasında olduğu belirtilmişti. 2 Temmuz Perşembe günü müydü? Partinin cuma ya da cumartesi akşamı yapıldığını varsaymıştım. Ama cuma günü olan 3 Temmuz, 4 Temmuz cumartesiye denk geldiği için resmi tatildi, yani perşembe günü parti düzenlemeleri mümkündü. Tatilden ötürü Zach'in ilk mahkemeye çıkarılması pazartesiye kadar sarkabilirdi.

Parti perşembe günü gerçekleşmişti. Geçen perşembe.

Sam'in sızdığı o korkunç gece.

Geriye kalan sayfaları daha hızlı çevirirken kendimi odaklanmaya zorladım; yine tıbbi muayene ofisinden gelen kişisel eşya listesinde durdum. Amanda'nın öldüğü akşam giydiği kıyafetlerin ve kişisel eşyaların listesiydi, yanında hepsinin fotoğrafı duruyordu. "İki siyah YSL sandalet, bir beyaz kot pantolon, bir beyaz üst, gümüş Cartier kol saati, bir gümüş küpe." Sıradaki belgeyi çevirdim: parmak izi analizi. Kulaklarıma hücum eden kan sağır ediciydi. Ama bir dakika, hayır...

Bir sayfa geriye gittim. *Bir gümüş küpe.* Ellerim öyle kötü titriyordu ki fotoğrafı görmekte zorlanıyordum.

Ama oradaydı, uzun ve ince parlak gümüş. Bu küpeyi daha önce görmüştüm. Elbette görmüştüm. Ya da avcuma bir yılan gibi sarılan aynı küpenin bir ikiziydi.

Cuma sabahı Sam'i oturma odamızda bulduğum gün gözümde canlandı: Kanla kaplıydı; elleri ve gömleği. Kocam yaralandığı için çok korkmuştum. Kocam kanla kaplıydı.

Ayağa sıçradım. Sert ağaçtan parkelerimize kusmadan önce ancak bir adım daha atabildim.

BÜYÜK JÜRİ YEMİNLİ TANIK İFADESİ

JESSICA KIM,

8 Temmuz'da tanık olarak çağrıldı ve sorgulanarak aşağıdaki beyanlarda bulundu:

SORGU

YAPAN BAYAN WALLACE:

S: Bayan Kim, ifade verdiğiniz için teşekkürler.

C: Evet, ımm, tabii.

S: Gergin görünüyorsunuz.

C: Öyleyim. Bu olay gerilmeme neden oluyor.

S: Endişelenmenize gerek yok. Herhangi bir cezai soruşturmanın öznesi değilsiniz.

C: O konuda endişelenmiyorum. Yasadışı bir şey yapmadım. Ama burada ne yaptığınızı duydum. İfade veren arkadaşlarım var. Hepimiz birbirimizi tanıyoruz. Bizi utandırmaya çalışıyorsunuz.

S: Belki de devam etsek iyi olur.

C: Evet. Öyle yapalım.

S: Bu yıl 2 Temmuz'da 724 First Street'teki partide miydiniz?

C: Evet. Oradaydım.

S: Peki nasıl davet edildiniz?

C: Herkes gibi, davetiye aldım. Genelde öyle çalışır.

S: Maude ve Sebe Lagueux'u nereden tanıyorsunuz?

C: Çocuklarım Country Day'e gidiyor. Ama Maude'yle ondan sanat eseri alırken tanışmıştık.

S: Biz derken?

C: Kocam David ve ben.

S: O akşam David de parti de miydi?

C: Evet. Sizi asıl peşinde olduğunuz şeyi uzatmak zorunda kalma zahmetinden kurtarayım mı? Evet, o akşam kocam olmayan biriyle yattım. Ve evet, kocam biliyordu. Ve hayır, onun başkasıyla yattığını sanmıyorum. Eğer hoşlandığı o babayı bulduysa yapmış olabilir. Açıkçası, altı yıldır bu partiye gidiyoruz ve sonrasında birbirimize detayları sormuyoruz. Bu şekilde seviyoruz. Ne var ki birbirimizin önünde çiş yapmıyoruz. İşte böyle. Sanırım her çiftin kendi sınırları var.

S: Partinin olduğu akşam yukarı kata çıkarken Amanda Grayson'ı gördünüz mü?

C: (Duyulmuyor.)

S: Affedersiniz, ne dediğinizi duyamadım.

C: Yukarı çıkan bir kadın gördüm.

S: Merdivenlerde gördüğünüz kadın bu muydu?

(Danışman tanığa Savcı Kanıtı 6 olarak işaretlenmiş bir fotoğrafla birlikte yaklaşır.)

C: Evet.

S: Kayıt için tekrar ediyorum, tanık merdivenlerde gördüğü kadını Amanda Grayson olarak tanımladı. Bu kaçta oldu?

C: Tam olarak bilmiyorum.

S: Tahmini bir zaman söyleyebilir misiniz?

C: Bakayım. Sanırım 21.30 civarıydı. Muhtemelen.

S: Bu Yatıya Kalma Suaresi'nde seks dışında bir neden için üst kata çıkan olur mu?

C: Sanmam.

S: Neden?

C: Çünkü kafa karıştırır. İlgisi olmayan insanlar merdivenlerden uzak dururlar. Böylece daha belirgin olur.

S: Yani Amanda Grayson, partinin üst katına doğru ilerliyordu?

C: Evet. Ama tamamen çıktı mı bilmiyorum. Onu merdivenlerden çıkarken gördükten sonra başına ne geldiği hakkında en ufak fikrim yok.

S: Hayır var, Bayan Kim. Başına ne geldiğini çok iyi biliyorsunuz. Öldü.

AMANDA

PARTİ

Amanda, Maude'yle Sebe'nin partisi için giyinirken kendini sahiden iyi hissediyordu, günlerdir ilk defa iyiydi. Sadece birkaç saat önce iki kere aranmıştı, parkta takip edilmesinden, Carolyn'le olanlardan bahsetmiyordu bile ama şu anda Zach'e her şeyi anlatmayı planlıyordu. Ya da en azından birazını. Ayrıca babasından başlamayabilirdi. Ama bir şey olmazdı. Zach'le konuşmak, bir şeyleri değiştirmek ilerleme yaratacaktı.

Hem çoktan *bir şey* söylemişti. Değil mi? Zach'ten kendisiyle partiye gelmesini istemişti. Ve geliyordu. Amanda beyaz, kapri kot pantolonunu, omzunu açıkta bırakan bluzunu giyer, siyah, dolgu topuk sandaletlerini geçirir, saçını üstten atkuyruğu yaparken memnundu. Uzun, gümüş küpeler takmıştı; hoş ancak aşırı değildi. En sonunda parti için doğru kıyafeti bulmuştu.

Elbette evlerinin merdivenlerinden inerken hâlâ konuşmuyorlardı, Zach'ten gelmesini istemenin yarattığı tatmin, yerini istediğini almanın gerçekliğine bırakmıştı. Amanda'yla kocası tuhaf yabancılardı. Gerçek buydu. Yeni bir şey değildi ama şimdi her zamankinden fazla rahatsız ediyordu.

Amanda'yla Zach ağaç dizili Montgomery Place'te yürüyüp özenli evlerin yanından geçerken Amanda en azından havadan sudan konuşmaları gerektiğini düşünüyordu. Ama söylemesi gerektiğini düşündüğü her şey yanlış geliyordu. On bir yıl evli kalınca nemin arttığıyla ilgili konu açmak aşağılayıcı bir şey oluyordu. O yüzden sessiz kaldılar.

Ve şu anda bu sessizlik, Amanda'nın bağırmak istemesine neden oluyordu.

Daha kalabalık, iki şeritli Prospect Park West'e dönerlerken hafifçe gülümseyen Zach'e göz attı. Beyaz keten gömleği ve mükemmel bir şekilde eskitilmiş tasarım kotuyla neredeyse yakışıklı görünüyordu. Partilerden ve insanlardan nefret eden biri için garip bir şekilde memnun görünüyordu da. Amanda başını çevirdi, bir adamın tek başına bisiklet yolunda koştuğu ve minik, yaşlı bir kadının kocaman beyaz bir köpeği gezdirdiği karşı tarafa baktı. Sokağın yürüdükleri tarafının ilerisi boştu ve parka bakan büyük binaların girişlerinden yansıyan ışık dışında karanlıktı.

Ve sonra Zach ıslık çalmaya başladı. Neden ıslık çalıyordu? Kocasının yaptığı hiçbir şey mantıklı gelmiyordu. Sessizlikten kötüydü ama. Hatta depresifti. Bu konuşmanın mutlu bir sonu yoktu, değil mi? Zach birdenbire Amanda'nın istediği nazik ve sevgi dolu kocaya dönüşmeyecekti. İnsanlar sırf sen istedin diye değişmezdi. Ama Amanda, Zach'e en azından babasını anlatmalıydı. Zach sinirlenecekse sinirlensin, diye düşündü. Artık onun ne yaptığını umursamıyordu.

"Evet, bugün harika bir gün geçirdim. Sorduğun için teşekkürler," dedi Zach dalga geçer gibi, Prospect Park West'le Garfield'ın kesişiminden geçerlerken. "İşler en sonunda iyiye gidiyor. Bayağı iyiye."

"Çok iyi... Yeni şirketin tam olarak ne yapıyordu?" diye sordu Amanda. Buradan başlamayı planlamamıştı ama belki de iyi bir başlangıçtı. "Onu bile bilmiyorum ve bilmeliyim diye düşünüyorum. Karınım sonuçta."

"İşimi öğrenmek istiyorsun, ha?" diye sordu Zach, eğleniyormuş gibi görünüyordu. "Sermaye birikim planını ya da stratejik planını anlatmamı ister misin?"

"Sadece tüm gün ne yaptığını öğrenmek istiyorum."

"Detaylar seni ölümüne sıkar, inan bana ve her şeyi hallettiğimde çok daha zengin olacağız. Bu tür her şeyde olduğu gibi bizi neredeyse öldüren şey mühendislikti. İnsanlar, özellikle yönetim kurullarıydı; bu teknik detayların ne kadar önemli olduğunu fark etmedim. Ama kendi yaratıcı düşüncem sağ olsun, en sonunda çözüldü. Beta test yapmak. Anahtarı bu."

"Gerçekten de sıkıcı geliyor. Keşke bana sorunlarını anlatsan," dedi Amanda. "Belki, bilmiyorum işte yardım ederim."

"Yazılım mühendisi olduğunu fark etmemiştim." Zach güldü. "Bir dahaki sefere doğrudan sana gelirim."

Amanda ellerini yumruk yaptı. "Ben senin karınım."

"Bunun herhangi bir şeyle ne alakası var?"

Amanda yürümeyi bıraktı. "Her şeyle alakası olması gerekiyor."

"Senin sorunun ne, biliyor musun Amanda?" Zach birkaç adım ileride durdu. "Her zaman insan bağlantılarının değerini gözünde büyütüyorsun. Bağlantılar önemli değil demiyorum. ZAG tamamen bunun, insanları aldıkları şeylerle, istedikleri hayatla birbirine bağlamak üstüne kurulu. Milyar dolarlık bir konsept. Ama insanların arasındaki bağlantı? Bana sorarsan sadece daha fazla sorun yaratıyor. Yeni şirketimin olayı da *bu.*"

Sırtını Amanda'ya dönüp tekrar yürümeye başlarken kendinden çok memnun görünüyordu.

Amanda kıpırdamadı. Kocasının arkasından bakarken gözleri yanıyordu. *Affetmek sevginin yan etkisidir.* Sebe bu konuda haklıydı. Doğrusu o kocasını, sınırlamalarını affetmemişti. Çünkü Zach'le Amanda'nın arasındaki şeyin sevgiyle alakası yoktu. Ama Amanda'nın her şeyden fazla sevdiği bir şeyin ortaya çıkmasını sağlamıştı: Case. Zach'in, Amanda'nın hakkında hiçbir şey bilmediği bir iş için onları Park Slope'a taşımasına izin vererek Amanda oğlunu hayal kırıklığına uğratmıştı. Ama şimdi oğlunu korumak için yapması gerekeni yapacaktı.

"Bekle!" diye seslendi Zach'e, ona yetişmek için koştu. "Ben aslında... Case hakkında konuşmamız lazım. Taşınmak ona fazla geldi. Yıl sonunda Country Day'e gelmenin onu gerçekten zorladığını düşünüyordum. Daha önce böyle değildi."

"Zorladı mı? Ne zamandan beri?" Zach burnundan güldü. "O okula ödediğim parayı düşünüyorum da umarım zorlanıyorsa bizi bilgilendiriyorlardır."

"Seni bilgilendirmediler mi?"

"Beni mi?" diye sordu Zach. "Beni ne diye bilgilendirsinler?"

"Okulda senin de e-postan var."

"Kesinlikle yok," dedi. "O konuda ne düşündüğümü biliyorsun. Herkese evin ön kapısının anahtarını vermekle aynı şey. Ondan bahsetmişken, alarmımızı tamir ettireceğini ve ofisimdeki o hâlâ tutukluk yapan lanet dolabı tamir ettireceğini sanıyordum."

İşte bu kadardı. Amanda, Zach için buydu. Başka bir çalışandı.

"Kapıyı ve alarmı tamir etmek için gelecek hafta gelecekler," dedi duygusuzca.

Ve işte böyleydi; Zach'in her an kovabileceği işini yapıyordu. Muhtemelen Amanda'yı terk etmeye karar verse veya Amanda'nın onu terk edecek cesareti olsa Case'i bile elinden alırdı. Ne de olsa Amanda lise terk bir işsizdi. Ne kadar da aptaldı. Zach'e babasını anlatması imkân dahilinde değildi. Ya sonra bu durumu Amanda'ya karşı kullanırsa? Velayet savaşında mesela. Böyle bir şey şimdiden kâbus gibiydi; Amanda çok acımasız (avukatın ona sessizce söylediğine göre) bir evlilik sözleşmesi imzalamıştı. Ve Zach büyük ihtimalle her şeyden çok intikama inanıyordu. Hayır, ona babasını anlatmasına imkân yoktu.

"Kimin evine gidiyorduk?" diye sordu Zach, First Street'in kesişimine yaklaşırken yanlarından gülüşen bir grup genç geçti.

Zach hazırlıklı olmayı severdi. Böylece çekici biriymiş gibi davranabilirdi. İçinde kendi işine yaracak bir şey varsa çok kısa süreliğine yapacaksa bu konularda iyiydi. Çünkü Zach sadece normal bir insan *rolü yapıyordu* ve bu çaba gerektiriyordu. Sonuçta belki de Amanda'yla ortak tek yönleri buydu: öyleymiş gibi davranmak.

"Maude'nin partisi. Galerisi var. Kocası Sebe doktor," dedi Amanda, göğsündeki yanma hissini görmezden geldi. "Kızları Country Day'e gidiyor ama Case'ten büyük. Son zamanlarda zor günler geçiriyor."

Amanda bunu neden eklediğini bilmiyordu ancak Zach onu şaşırtarak yavaşlamış, ilgisini çekmiş gibi ona bakmıştı.

"Nasıl zor günler?" diye sordu. Amanda, Zach'e Sophia'yı anlatarak Maude'nin güvenini boşa çıkarmak istemiyordu. Ama Zach kırk yılda bir şeyle ilgilendiyse kanı akana kadar ona dişlerini geçirirdi. Ona bir şey söylese daha iyiydi. En azından dedikodu yapmazdı. Paylaşacağı arkadaşları yoktu.

"Kızı pişman olduğu bir şey yaptı."

"Neymiş?" diye sordu Zach, tuhaf, lazer gibi odaklanarak.

"Uygunsuz fotoğraflar sanırım," dedi Amanda. "Ergen işleri."

"Ya." Zach çenesini geriye çekerek kızgınlıkla ufladı ve First Street'e doğru yürümeye devam etti. "Aptallık tartışılmaz."

Amanda, Prospect Park West'le First Street'in köşesinden baş döndürücü kahkahaları, Maude'yle Sebe'nin arka bahçelerinde yükselip ılık yaz gecesini dolduran müziğin sesini duyabiliyordu. Gözlerini bir anlığına kapatıp uzaktan gelen neşenin sesiyle nefes aldı.

"İnsanlar hep yanlış şeyler için endişe ediyor; banka hesapları veya kredi kartları," diye devam etti Zach, Amanda sormuş gibi. "Kimse onları gerçekten savunmasız kılan şeyleri düşünmüyor. İşte bu yüzden bilgilerimiz konusunda dikkatliyim. Ayrıca bu yüzden işte başarılıyım. Her zaman insanlardan önce ne istediklerini öğreniyorum."

Ne kadar da şerefsiz bir kocaydı. Yalnızca bundan ibaretti.

Tam o anda bir çift, Maude'nin ön kapısında deli gibi gülerek tökezledi. Zach'ten biraz, Amanda'dan oldukça yaşlılardı, belki ellilerindelerdi. Ama ikisi de çekici, fit ve aynı zamanda görünür derecede çakırkeyifti. Kadının bir eli ağzındaydı, adamsa kızarmıştı ve nefes nefese kalacak kadar gülüyorlardı. İkisi de çiçek kolye takmıştı ve adamın kolunun altına kocaman bir plaj topu sıkıştırılmıştı.

"Dur, dur, dur," diyerek kıkırdadı kadın kocasına.

"Hadi ama," dedi kocası. "Kendine gel. Yoksa buradan bu topla çıkamayız."

Ağırbaşlı gibi davrandıktan sonra Amanda'yla Zach'e doğru baktılar ve dengesizce merdivenlerden inerek Seventh Avenue'ye doğru ilerlediler. O çifti görene kadar Amanda'nın aklına "üst kat" gelmemişti bile. Ya partideki biri farkında olmadan bunu Zach'e açıklarsa? "Riskli bağlantılar" derken bundan bahsediyor olmalıydı. Zach herkesin yüzüne ne kadar aptal olduğunu söyleyebilirdi. Çünkü o düşüncelerinin gerçek olduğuna inanıyor, doğrudan söylemeye asla çekinmiyordu. Ona göre gerçek, asla küçük düşürücü bir şey değildi.

"İçeri girmeden önce bilmen gereken bir şey var," dedi Amanda, Zach gözlerinde seçilir bir parıltıyla merdivenlerden çıkarken. "Buranın... üst katı var."

Zach dört katlı eve baktı. "Onu görebiliyorum."

"Hayır, demek istediğim onlar... partner değiştiriyorlar," deyiverdi. "Herkes değil. Çoğu insan bile değil sanırım. Sadece istersen. Yani, eğer *biri* isterse. Sen değil. Onu demek istemedim." Artık kızarmıştı. "Sadece bil diye söylüyorum. Önemli bir şey değil."

"Önemli bir şey değil mi?" Zach güldü. Kahkahalarla ve bir dakika boyunca. Yüzü kızardı ve ileri doğru hareket eğildi. "Bu hakikaten komik," dedi, durmak için iç çekti. Biraz daha eve baktı. "Bu insanlar... aptallıkla dolu. Onu demişken, kimseye yeni şirketten bahsetmediğinden emin ol. Erkenden öğrenilip duyurunun mahvolmasını istemiyorum." Amanda'nın yüzüne doğru parmağını kaldırdı. "Sana güvenmemi istedin ve güveniyorum. Bunun içine sıçma."

Bunun ardından merdivenleri çıkmaya devam etti. Ve Amanda kaldırımda tek başına kaldı, birlikte seks partisine gittiklerinde bir kocanın karısına söyleyebileceklerini düşündü. Şöyle şeyler mesela: *Bu konuda konuşmalıyız. Kurallar ne? Biz yapmıyoruz, değil mi? Ha, ne düşünüyorduk ki?*

Birlikte gülüşebilirlerdi. Merak edebilirlerdi. Her şeyi, belirsizliği bile paylaşan iki insan olabilirlerdi. Ama Amanda'yla Zach öyle değildi.

Çünkü *onlar* diye bir şey yoktu. Hiç olmamıştı. Ve asla da olmayacaktı.

BÜYÜK JÜRİ YEMİNLİ TANIK İFADESİ

STEVE ABRUZZI,

8 Temmuz'da tanık olarak çağrıldı ve sorgulanarak aşağıdaki beyanlarda bulundu:

SORGU

YAPAN BAYAN WALLACE:

S: Bay Abruzzi, buraya geldiğiniz için teşekkürler.

C: Tabii, elimden ne geliyorsa. Buradaki her şey gizli, değil mi?

S: Evet, büyük jüri tutanakları gizlidir.

C: Tamam, tamam. Güzel.

S: Bay Abruzzi, bu yıl 2 Temmuz'da 724 First Street'teki partide miydiniz?

C: Evet.

S: Partide Jessica Kim'le vakit geçirdiniz mi?

C: Evet.

S: Evli misiniz, Bay Abruzzi?

C: Evet.

S: Bayan Kim'le mi?

C: Hayır.

S: Karınız o akşam Bayan Kim'le birlikte olduğunuzu biliyor muydu?

C: Evet.

S: Bayan Kim'le birlikte ne yaptınız?

C: Yani, kesin olarak mı?

S: Birlikte cinsel aktivitelerde bulundunuz mu?

C: Evet.

S: Cinsel ilişkide?

C: Evet.

S: Sesinizi yükseltmeniz gerek. Sizi duyamıyoruz, Bay Abruzzi.

C: Evet.

S: Çocuğunuz var mı, Bay Abruzzi?

C: Bunun ne ilgisi var? Kendimi kötü bir insan gibi hissetmemi mi sağlamaya çalışıyorsunuz?

S: Soruya cevap verebilir misiniz lütfen?

C: Evet. Partide değillerdi elbette. Ve bununla ilgili hiçbir şey bilmiyorlar. Güvenin bana. İnsanlar gizli tutuyor. Tabii şu anın, buranın dışında. Sonrasında kimse bu konuda konuşmuyor.

S: Bu çocuklar Brooklyn Country Day'e gidiyor mu?

C: Evet.

S: Maude Lagueux'u oradan mı tanıyorsunuz?

C: Biz Sarah'la Kerry'yi tanıyoruz. Karım Sarah'la okul aile birliği toplantısında tanıştı. Kerry'le ben de arkadaşız. Sebe, Kerry ve ben bazen birlikte konsere gideriz. Indie gruplara bayılırım. Ama Kerry o akşam orada yoktu. Sebe'yi aradığı için bana mesaj attı.

S: Jessica Kim'le yukarı kata cinsel ilişkide bulunmaya çıktığınızda saat kaçtı?

C: Bu şekilde söylemek zorunda mısınız?

S: Ne şekilde?

C: Boş verin. Sanırım 21.30'la 22.00 gibiydi. İkisinin arasındaydı.

S: Yukarı çıkarken birini gördünüz mü? Merdivenlerde duran birini?

C: Ha, evet, arkamızda bir kadın vardı. Ama kim olduğunu bilmiyordum.

S: Size bir fotoğraf göstereceğim, Bay Abruzzi.

(Danışman tanığa Savcı Kanıtı 6 olarak işaretlenmiş bir fotoğrafla birlikte yaklaşır.)

S: Merdivende gördüğünüz kadın bu mu?

C: Evet.

S: Kayıt için tekrar ediyorum, Bay Abruzzi, Bayan Grayson'ı sözkonusu akşamda merdivenlerden yukarı çıkan kadın olarak tanımladı.

C: Bunların hepsi gizli mi, neden transkript var?

S: Kayıt için, Bay Abruzzi. O kadar. Son bir soru. Birinin Sebe Lagueux'u aradığını söylediniz. Siz üst kattayken Bay Lagueux'un nerede olduğunu fark ettiniz mi?

C: Evet.

S: Neredeydi?

C: Bayan Grayson'la bir odada.

LIZZIE

11 TEMMUZ, CUMARTESİ

Sam'in geldiğini duymadım ama yatak odasının kapısında duruyordu. Dağılmış kıyafetlerine baktı, parlak gözleri üzüntüyle donuklaştı. Fakat aynı zamanda fazla şaşırmış gibi görünmüyordu. Daha fazla kanıt bulmak için evimizi baş aşağı etmiştim. Her dolabı, her çekmeceyi açmış, Sam'in tişörtlerinin, yere atılmış çoraplarının arasında bir şey bulacağımı sanmıştım. Bunları yaparken titriyordum, kafamın içinde sessiz bir uğultu dolaşıyordu.

Küpeyi yanımdaki yataktan kaldırdım, gözlerim ağlamaktan kurumuştu, kanayacaklarmış gibi hissediyordum. "Bu Amanda Grayson'a ait." Küpeyi salladım. "Öldüğü gece takıyordu."

Sam kollarını göğsünde birleştirdi, ardından sırtını karşımdaki duvara dayadı. Kendimi bayat bahanelere, çok kullandığı savunma taktiğine hazırladım. Kendimi ona fırlatmadan söyleyeceklerini dinleyip dinleyemeyeceğimi düşündüm. Tırnaklarımın güzel yüzüne battığını hissedebiliyordum bile.

Başını eğdi.

Bir şey söyle, Sam. Lanet olsun, bir şey söyle.

"Onu tanıyordun." Bu bir beyandı, soru değil. Daha fazla soru sormaya katlanamazdım.

Sam başını kaldırdığında gözleri büyümüştü. "Hayır. Onu tanımıyordum." Sesi panik halindeydi, gözleri bir aşağı bir yukarı hareket ediyordu. "Yani, bildiğim kadarıyla."

"Küpesinin sende olduğuna neden şaşırmış gibi görünmedin o zaman?" Kalbim öyle hızlı çarpıyordu ki başımı ağrıtıyordu.

"Onun küpesi olmasına şaşkınım," dedi kekeleyerek. "Ama ben... Bir keresinde mahalleden bir kadının öldüğünü söylemiştin, ben de o konuda bir şeyler okudum. O akşam Prospect Park West'in sırasındaki bir bankta olduğumu hatırlıyorum. Ani bir anı gibi. Montgomery Place'in yakınındaki küçük oyun alanının önündeki olabilir. Evi orada değil miydi?

"Ne halt diyorsun sen?" diye sordum.

"Diyorum ki: Bilmiyorum."

"Anlamıyorum." Sesim artık yüksekti, Sam'inkinden daha panik doluydu. Sanki odanın havası bitiyordu. "Onu tanımıyorsan nasıl oldu da evine gittin? Nasıl küpesi eline geçti?"

Cevap vermedi. Sadece orada, donakalmış gibi durdu, gözleri yerdeki kıyafet yığınına kilitlendi. Sonra bir anda korkmuş bir hayvan gibi ileri geri yürümeye başladı. *Dur, Sam*, diye yalvardım kafamın içinden. *Lütfen dur.* Ama tek kelime etmeye dahi korkuyordum.

"Onu tanıdığımı sanmıyorum," dedi en sonunda, ileri geri hareket etmeye devam etti. "Ama belki onu daha önce görmüş olabilirim, Blue Bottle'da."

"Blue Bottle mı? O ne?"

"Bir kafe."

"Buralarda değil." Öd yavaşça boğazıma yükseliyordu.

"Center Slope'ta," dedi. "Onun yaşadığı yerden çok uzakta değil. Bir fotoğrafını gördüm... Ben orada çalışırken onu Blue Bottle'da kitap okurken görmüş olabilirim."

"Ne zamandan beri Center Slope'taki bir kafede çalışıyorsun?" diye tersledim. "Sen Center Slope'tan nefret edersin!"

"Mekân değiştirmem gerekiyordu," dedi, kendini savunarak. "Sana söylemedim çünkü süslü bir kafede fazladan para harcadığım için suçluluk duydum. Neyse, o olduğundan emin değilim ama... Dikkat çeken bir kadındı. Öldürülene benziyordu."

"Dikkat çeken ha? Sen benimle dalga mı geçiyorsun!" diye bağırdım. "Ne yani? O akşam yattığınızı falan mı söylüyorsun?"

"Sanmıyorum," dedi Sam. "Sadece bildiğim her şeyi anlatmaya çalışıyorum. İtiraf etmeye çalışıyorum."

"Harika," diye fısıldadım. "Ne kadar da harika."

Sam birden hareket etmeyi bıraktı ve kıyafet yığınına doğru gidip aralarında belli bir şey aramaya başladı. *Hayır.* Tek düşünebildiğim buydu. *Daha fazlasını bilmek istemiyorum.*

Ayağa kalktığında elinde beyaz basketbol ayakkabıları vardı. Kenarındaki üç santimetre kalınlığında ve sekiz santimetre uzunluğundaki uzun, kahverengi çizgiyi gösterdi.

"Ayrıca bugün bunu buldum."

"Ne bu?"

Sam ayakkabıyı çalışma masasına koydu, ikimiz de ona baktık. "Kan olabilir, değil mi?"

"Sam, sen ne bok..." Sesim öyle çatladı ki yüzümü ekşittim.

"Bilmiyorum, Lizzie."

"Aynı akşam başını vurmuştum. Kendi kanındır," dedim, bu kan içimi kemiriyor olsa da.

Sam başını salladı. "Basketbol ayakkabılarımı koridorda bırakmıştım. Muhtemelen gizlice girebilmek için. Methodist'ten döndüğümüzde orada olduklarını gördüm. Hastaneye Vans'ımla gittim."

Ayağa kalktım. Ve oda dönmeye başladı.

"O zaman birisi seni o akşam görmüş olmalı. Onun öldürüldüğü saatte yani." Uzaklaştım, kendimi ayakta tutabilmek için pencerelere yaslandım. "Basketbol maçından sonraki barmen..."

"Çoktan sordum," dedi Sam. Yüzü gölgelerin içinde açılardan oluşuyordu, güzeldi ama artık tehditkâr görünüyordu. "Beni hatırlamıyor."

"Ya da bar fişleri," diye ısrar ettim, deli gibi tutunabileceğim, bizi kurtaracak bir şey arıyordum. "Amanda'nın onla on bir arasında öldüğünü söylüyorlar. Basketbol onda bitmemişti, değil mi? Hatta on birden sonraya kadar kaldın, bu da ancak bir ya da iki içki içtiğin anlamına geliyor. Tabii sarhoş olmak için daha fazla içmiş olman lazım."

Sam tekrar başını salladı. "O akşam basketbol maçı yapmadık. Yazın başı olduğundan yeterince kişi yoktu. Yedide Freddy's'deydik. Birisi shot atmayı teklif etti. Ben değildim, yemin ederim. Ama art arda bir sürü içtim. O kadarını hatırlıyorum."

"Tanrı aşkına, Sam!" Bu sefer öyle bağırdım ki boğazım ağrıdı. "Daha ne kadar şeyi söylemeyi atlayacaksın!"

Sam artık bana bakamıyordu. İkimiz de bunun ne anlama geldiğini biliyorduk. O hızda içtiyse kritik eşiği geçecek kadar sarhoş olmalıydı.

"Başka bir şey yok, Lizzie. Bu... Bu kadar."

"Düşün, Sam!" diye bağırdım, korkuyordum ve deli gibi öfkeliydim.

"Tek yaptığım düşünmek!" diye bağırdı o da. "Özür dilerim, Lizzie. Sana söylemek istediğim tek şey o akşam onunla birlikte olmuş olma ihtimalimin olmadığı, onu incitmeyi bir kenara bırakıyorum. Ben kimseye zarar veremem ki. Ve öyle?" Sam'in sesi kesildi. Gözlerini kapattı ve dudaklarını birbirine bastırdı. Sonunda tekrar konuştuğunda kararlı bir üzgünlük içindeydi. "Ama artık yalan söyleyemem, Lizzie. O kadar çok sızdım ki sayısını unuttum. Sarhoşken araba sürdüm, patronuma, sevdiğim bir adama siktirip gitmesini söyledim. Ve bunların hiçbirini hatırlamıyorum. Herkesin güvenli bir şekilde sakladığı karanlık bir yanı vardır. Öyle sarhoş olunca artık tutamıyorsun ve karanlık dışarı çıkıyor. Benim o karanlık yanım insan öldürebilecek biri mi? Umarım öyle değildir. Ama onunla asla tanışmamışken nasıl emin olduğumu söyleyebilirim?"

Herkes her şeyi yapabilir. Bunu biliyordum, değil mi? Kaç kere babamı başka bir adamın karnına bıçak saplarken, sonra eve gelip spagetti yerken gözümde canlandırmıştım? Tenim alev alevdi. Sam'in inkârlarını geri istiyordum. Yavaşça çözülmemizi istiyordum, bu serbest düşüşü değil.

Amanda'nın kanındaki parmak izleri. Ya onlar Sam'inse?

Evindeki merdivenler, tüm o kanı düşündü. Amanda'nın kafasına o golf sopasıyla vurmak için gereken gücü. Vücudumu iyice pencereye bastırdım, soğuk camı parmaklarımın arkasında hissettim. İçinden geçmek için kendimi ne kadar sert itmem gerektiğini merak ettim.

Telefonum çaldı. Komodine uzanırken arayan kişinin sevdiğim adamın, çok sık affettiğim adamın bir katil olduğunu imkânsız kılacak bir şey söylemesi için dua ettim. Arama rasgele bir New York telefonundan geliyordu. Herhangi biri olabilirdi. Ama herhangi biri, bu konuşmadan daha iyiydi.

"Alo?" dedim nefes alarak.

"Ben Sarah Novak." Sesi dumanlıydı. Hatta sarhoştu. Ama içkili kitap kulübü dündü. Neden herkes bu kadar sarhoştu? "Saat geç, değil mi? Ben hiç... Saate dikkat etmedim. Kocam dün uğradığını söyledi. Merak ettim."

"Ah, evet," dedim, bir anlığına kafam karıştı. Adama adımı söylediğimi hatırlamıyordum. Ama Sarah muhtemelen ona bana dikkat etmesini söylemişti.

"Ve neden geldiğini acaba söyler misin?"

"Vakfın muhasebecisiyle konuştum," diye başladım, hissizce profesyonel halime girdim.

Uzun bir sessizlik oldu. "Hı hı." Ve bu kadardı. Sarah sarhoş olsa bile yanlışlıkla itirafta bulunmayacak kadar zekiydi.

"Geçen gün konuşurken belki yanlış anladım diye düşündüm," diye devam ettim, yanlış anlaşılma kartını oynuyordum. "Teddy Buckley'le, yani vakfın muhasebecisiyle senin görüştüğünü fark etmedim."

"Uf, evet, sonuçta onunla ben görüştüm." Kelimelerini iğrenmiş bir çocuk gibi kullanıyordu. "Ve evet, sana söylemedim çünkü onun... Benim hakkımda pek iyi şeyler söylemediğine *emindim*." Konuşmaya devam ettikçe sesi daha sarhoş geliyordu. "Neyse, iflas etmiş olması müvekkilini yalnızca *daha* suçlu yapıyor."

"Vakfın parası olmadığından işini kaybedeceğin için canının sıkıldığından bahsetti."

Bir nefes daha aldı. "Doğru. Eğer bu kadarını söylediyse gerçekten iyi biriymiş çünkü adama açtım ağzımı yumdum gözümü. Bak, kocam yakın zamanda işten atıldı. Acınası maaşım için neden canımın sıkıldığını soracağından endişelendim. Önünde sonunda kocamın işsiz olduğunu kabulleneceğim. O düşünceye katlanamıyorum. Saçma, biliyorum ama o kadar utanıyorum işte ve işini kaybeden ben bile değilim. Siktiğimin evliliği." Artık fısıldıyordu, o yüzden iyice kendinden geçmiş gibi görünüyordu. "İkimiz de kocamın işe döneceğini düşündük. Ya da en azından *ben* düşündüm. Ama tam olarak sokakları arşınlamıyormuş." *Çünkü Wimbledon'u izliyor*, demek istedim. *Ve pizza yiyor.* Sarah dramatik bir şekilde iç çekti. "Şimdi aileyi geçindiren benim. Veya kıt kanaat geçindiren. Buna hazırlıklı değildim, ne demek istediğimi anlamışsındır."

Ne dediğini tam olarak anlamıştım.

"Amanda'ya söyledin mi?"

"Dalga mı geçiyorsun?" diye bağırdı. "Kimseye söylemedim. Kocam işten atıldığı için utanıyorum lafının neresini anlamadın? Arkadaşlarıma yalan söylemem berbat bir şey, biliyorum. Arkadaşlarımı seviyorum. Ama bazen numara yapınca evli kalmak daha kolay oluyor. Kasıtlı körlük, siz avukatlar öyle demiyor musunuz?"

Numara yapmak daha kolaydı. Sarah bu konuda da haklıydı. "Kocanın işini kastetmedim. Amanda'ya muhasebecinin dediğini, vakfın hiç parası olmadığını söyledin mi diyorum."

"Ha, o," dedi geçiştirir gibi. "Ona söyleyecektim ama Maude'nin partisinde olmazdı. Parti sonuçta ve onu strese sokmak istemedim. Hem Zach de oradaydı. Çok tuhaf olurdu. Maude, Amanda'ya yine de söylemem gerektiğini düşündü. Ama o Sophia'yla olanlar yüzünden pek düzgün düşünemiyordu zaten."

"Maude'ye vakfın finansal sorununu anlattın mı?"

"Tabii ki! Onu partide görür görmez. Yani, vakıf iflas etti ve Zach'in milyoner saçmalığı yalan hani? Harika bir şeydi. Acınası olduğunu biliyorum ama asla mükemmelim demedim," dedi, kelimeleri iyice birbirine karışıyordu. "Neyse, Maude daha çok e-posta soruşturmasıyla ilgileniyordu."

"E-posta soruşturması mı?" diye sordum, Sarah bundan daha önce söz etmişti gerçi.

"Aynen. Country Day ailelerinden bazılarının bilgisayarları hacklendi." Sarah iç çekti. "Ve bütün çamaşırları ortaya döküldü. Maude'ye içeriden birinin, bir ebeveynin yaptığını düşündüklerini söyledim; dedektiflerden biri yanlışlıkla bana anlattı. Maude'yle vaktimizin yarısını 'Kimseye bunu söylediğimi söyleme ama...' diyerek geçiririz. Maude de golf sopasını anlattığında aynı şeyi yaptı. Anında 'Dur, bunu kimseye anlatma,' dedi."

"Golf sopası derken?" diye sordum, Sarah'nın ilk konuşmamızda bunu, Zach'in nasıl bir canavar olduğunun kanıtını yüzüme fırlatışını hatırladım. "Bunu sana polisin söylediğini sanıyordum."

"Polis mi? Lütfen. *Benden* partideki insanlar hakkında bilgi aldılar ama bir bok söylemediler," dedi Sarah. "Golf sopasını Maude söyledi. Amanda'nın evindeki merdivenlerin bitiminde bulduklarını anlattı. Cesedinin hemen yanında. Zach olay yerine imzasını atsa aynı şey olurmuş."

"Maude sana golf sopasından ne zaman bahsetti?"

"Amanda öldükten sonraki sabah," dedi. "Ona polis söylemiş olmalı."

Ama bugüne kadar, Wendy Wallace evine gelene kadar kimseyle konuşmamıştı. Amanda onunla öldürüldükten sadece saatler sonra golf sopasını kesinlikle bilmemesi gerekiyordu. Kulaklarımdaki vınlama sesiyle düşünmek zordu. Sam'e doğru baktım, o da duvara yaslanmış bana bakıyordu.

Telefonu sıkıca tuttum. *Maude ve Sam değil.* Küçücük bir umut.

AMANDA

PARTİ

Maude'yle Sebe'nin evinin girişinde ellerinde pembe punch dolu kırmızı, büyük plastik bardaklar olan bir grup insan birbirine yaslanmıştı. Amanda'ya yazın motelde çalışan bir kızla gittiği, Albany Üniversitesi'ndeki bir partiyi hatırlatıyordu. O da bunun gibi kalabalık ve gürültülüydü ama buradaki herkes tuhaf bir şekilde hem genç hem de yaşlı görünüyordu.

Amanda, bangır bangır duyulan Nirvana'nın arasında sesini duyabilmek için "Affedersiniz!" diye bağırmak zorunda kalmıştı. En sonunda bedenlerin arasından kıvrılarak geçip daha büyük, seçkin sanat eserleriyle ve Maude'yle Sebe'nin seyahatlerinden aldığı yadigârlarla ve Sarah'nınkilerden daha rafine ancak daha az samimi olan bir sürü aile fotoğrafıyla dolu oturma odasına kaçtı. Yakındaki bir masanın üzerinde küçük torbalarda karışık çerezler, define avı oyunu haritaları ve bir yığın çiçek kolyeyle diğer parti hediyeleri vardı.

Amanda, Zach'e bakındı ancak çoktan uzun ve kısa, şişman ve zayıf, modaya uygun ve uygun olmayan, güzel ve sıradan çiftlerin izdihamının arasında kaybolmuştu. Yakındaki bir çift atışıyordu ama sonra hemen gülümseyip birbirlerini affettiler. Çok geçmeden gülmeye başladılar, yüzleri birbirine yaklaştı, bir el bir beli kavradı, parmaklar birleşti, kalçalar birbirine dokundu. Karmaşık ve kusurluydu evet ama bağlılardı.

Zach haksızdı. İnsan bağlantıları iyi bir şeydi. Önemli olan tek şeydi.

Amanda bunu hak ediyordu, değil mi? Gerçek bir bağlantıyı. Sevgiyi. Zach onu kurtarmıştı, evet. Ama Amanda on bir yılda ona bir hayat kurmuştu, ona bir oğul vermişti. Borcunu ödemişti.

Artık geriye tek bir çözüm kalmıştı: Amanda Zach'i terk etmeliydi. Dürüst olması gerekirse bunu bir süredir biliyordu. Ona babasını bile anlatamamıştı. Kendini nasıl koruyacaktı? Oğlunu nasıl koruyacaktı? Evlilikleri sadece akıntıyla sürüklenmesini sağlamıyordu, aynı zamanda onu dibe çekecek şey olduğundan bir hayli emindi.

"Affedersin," dedi Amanda'nın arkasındaki biri.

Yeni gelenler geçebilsin diye oturma odasının girişinden çekildi ve Maude'yi muhteşem açık mutfağın tezgâhında sangria hazırlarken gördü. Gülümsüyordu, partinin tadını çıkarıyordu. Ya da en azından öyle görünüyordu. Ancak Amanda yaklaştıkça Maude'nin dudaklarının titrediğini gördü.

Onu görünce Maude'nin yüzü biraz olsun aydınlandı. Fakat Amanda'yı yanağından öperken cildinin ıslak olduğu anlaşıldı. "Gelmene çok sevindim," dedi mekanik bir şekilde.

"Zach de geldi," diye şaka yaptı Amanda, her şeye rağmen bu küçük, üzücü zaferi söylemek istemesinden utandı. "Nereye gitti bilmiyorum ama birlikte geldik."

"Ya." Maude dikkati dağılarak gülümsedi. "Harika."

"Evet, büyük bir gece," dedi Amanda, kendi düşmanlığının derinliğine şaşırmıştı. Artık içinde zar zor tutuyordu. "Zach bana tüm gün ne yaptığını dahi bahşetti."

"Neymiş?" diye sordu Maude. Meyveleri iri dilimler halinde kesmeye odaklanmıştı ama yanlış bıçak kullandığından iştah kaçıracak kadar ezilmiş görünüyorlardı. Amanda, Maude parmaklarını kesmeden önce görevi devralsa mı diye düşündü.

"İnsanlar, bağlantılar ve herkesten önde olmasıyla ilgili bir şeymiş. Lojistikle alakalı sanıyorum. Önemli değil," dedi Amanda, Zach'in ona pek bir şey anlatmadığını yeni fark etmişti. "Sarah burada mı?"

"Evet, bana okulun e-posta soruşturması konusunda bilgi veriyordu." Maude'nin gözlerine yaşlar dolarken dudaklarını birbirine bastırdı. Gözlerini sıkıca kapadı. "Üzgünüm," dedi, yüzünü sildi. "Ben, ımm, birkaç dakika önce Sophia'yla konuştum. Kendimi tutmaya çalışıyorum ama pek kolay olmuyor."

"Onunla bu akşam mı konuştun?" diye sordu Amanda, kaosa bakınarak. "Bunun ortasında?"

"Biliyorum, evet?" Maude başını sert bir öfkeyle salladı. "Ama kamp gezisinden yeni gelmişler ve otuz dakika önce telefonun çektiği alana girmişler."

"Sen... O iyi mi?"

"Hayır. Değil." Başka bir portakalı parçalara ayırırken Maude'nin yüzü katıydı. "Daha kötü... Para vermezsek o fotoğrafları paylaşmakla tehdit eden kişi aynı zamanda doğrudan Sophia'ya şantaj yapmış. Canlı yayında onlar için daha fazla cinsel bir şeyler yapmazsa paylaşacaklarını söylemişler. Ve bir kereliğine bir şey yapmış..." Maude iğrenerek titredi.

"Of, zavallı Sophia," dedi Amanda.

Maude uzaklara doğru baktı, elindeki bıçağı sıkıca tutuyordu. "Bu kamp gezisi sırasında gruptan gizlice ayrılıp okyanusun içine yürüdüğünü söyledi. Sonsuza kadar yürümek istemiş, öyle dedi. Birkaç saat sonra plajda uyanmış, Tanrı'nın yardımıyla..." Maude'nin sesi boğazında takıldı.

Amanda uzanıp onu kendine çekti. Bir insanın böyle bir durumda ne yapması gerektiğini düşünmeye dahi vakti yoktu. Çünkü o bir insan, bir anne ve arkadaştı.

"Bir şey olmayacak," dedi, Maude'nin kalın buklelerine doğru. Arkadaşı kollarının arasında kırılganmış gibi hissediyordu. "Ne olursa olsun onu seven bir ailesi var."

İkisi ayrılırken Maude başını salladı. "Eve uçakla dönerken bir kamp görevlisi yanında gelecek. Böylesi bizim gitmemizden daha hızlı. Ve işte şu anda kızım orada paramparça bir halde. Bense burada, üst katta bir sürü insanın sarhoş seks yaptığı evimde bir partideyim. Muhteşem."

"Herkesten kurtulmana yardım etmemi ister misin?" diye soru Amanda, bıçak güvenli bir şekilde tezgâhta durana kadar Maude'ye yardım etti. "Onlara hasta olduğunu falan söyleyebiliriz."

"Sorun değil," dedi. "Şu anda yapabileceğim bir şey yok zaten. Bunun arkasındaki kişiyi bulana kadar. Sarah bana bir ebeveyn olduğunu düşündüklerini söyledi. O kişi şimdi burada bile olabilir." Gözleri odayı taradı. "Brooklyn Country Day o kadar büyük değil. Neyse, herkesin biraz daha kalmasına izin vereceğim. Sonra Sebe'ye bir işe yaramasını söyleyip herkesi dışarı attırırım."

Amanda birkaç adım yaklaştı, elini Maude'nin sırtına koydu. "Sophia iyi olacak. Küçükken ben de öyle... Neyse, önemli değil," dedi Amanda. "Ergenler kendini çabuk toparlar. Göreceksin."

"Ama neden bana söylemedi..." Maude'nin sesi kısıldı. "En başından daha fazlası olduğunu bilmeliydim."

"Hepimiz bir şeyler kaçırıyoruz. Ben de Zach'in masasının çekmecesinde Country Day'den haftalar önce gelmiş, Case'le ilgili bazı sorunlarla ilgili e-postalar buldum. Okulda sorun yaşadığından haberim yoktu. Görüşme planlama taleplerine cevap bile vermedik."

"Planlama e-postaları mı buldun?" diye sordu Maude, kaşlarını kaldırdı. "Brooklyn Country Day'den gelen?"

"Evet," diye devam etti Amanda, sözünü geri alabilmeyi diledi. "Bir sebepten Zach'e ulaşmışlar ama o e-postasını vermediğini iddia ediyor."

"O zaman nasıl ona gelmiş?" diye sordu Maude.

"Bilmiyorum. Ama ofisinin çekmesinde çıktıları buldum."

"Çıktılar." Maude'nin çenesi kasıldı. Amanda bunu söylememesi gerektiğini biliyordu. Sophia'nın durumuyla karşılaştırıldığında aptalcaydı.

"Maude!" diye seslendi Sebe, arka bahçenin merdivenlerinden. Arka kapı sonuna kadar açıktı. "Buraya gelebilir misin? Uzman görüşüne ihtiyacımız var."

Maude, Sebe'nin olduğu tarafa dik dik baktı. "Sebe'yle bu karmaşayı atlatabilirsek mucize olur," dedi. "O hep çok sakin ve akılcı. İçindeki doktordan dolayı böyle. Kimin sorumlu olduğunu umursamıyor. Sadece Sophia'nın iyi olmasını istiyor. Onu ben de istiyorum. Ama aynı zamanda benim gibi intikam almaya çalışmasını istiyorum."

"Maude!" diye seslendi Sebe yeniden, yüzünde mahcup bir ifade vardı. "Hadi. Bir saniyeliğine, lütfen."

Maude fenalaşmış gibi görünüyordu. "Kusura bakma, hemen dönerim." Açık mutfaktan bir sürahi sangriayla çıkarak arka bahçedeki Sebe'ye yöneldi, sonra durup arkasını döndü. "Zach'le tanışmak istiyorum. Onunla konuşmak isterim."

Amanda, Zach'in kalabalık oturma odasının köşesinde çember çizdiğini görene kadar etrafa bakındı. Herkesi izliyordu. "Orada." İşaret etti. "Sizi sonra tanıştırırım." Ne var ki bunun hiç olmamasını diliyordu. Zach'in, kadın zaten bu kadar üzgünken Maude'yle konuşması fikrinden hoşlanmıyordu.

"Harika." Maude gülümsedi ama zorlamaydı. "Hemen dönerim."

Maude kalabalığın içinde kaybolurken Amanda'nın el çantasındaki telefonu çaldı. Donakaldı. *Hadi ama. Şimdi olmaz.* Tekrar çaldı. Telefonu çıkarırken kendini hazırladı. Engellenmiş bir numaraydı. Aramanın doğrudan sesli mesaja düşmesini bekleyebilirdi. Ama tekrar arardı, değil mi?

Amanda kaçmayı kati olarak bırakmalıydı. Her şeyden. Ve herkesten. Telefonu açarken dişlerini sıktı.

"Alo?" Sessizlik.

"Alo?" Hâlâ bir şey yoktu.

Sonra bir şey oldu, omurgasında hissetti. Düşündüğünden çok daha güçlüydü. Amanda tekrar konuştuğunda sesi tehditkâr bir kükremeydi.

"Beni rahat bırak, piç kurusu."

LIZZIE

12 TEMMUZ, PAZAR

Sabah ilk iş olarak en sonunda bütün hikâyeyi öğrenmeyi umarak Maude'yle Sebe'nin evine gittim. Bu hikâyenin Sam'i tamamen temize çıkarması için dua ediyordum. Maude bana her şeyi anlatmakla yükümlü değildi elbette ama çoktan yaklaşmıştı. Bu yüzden karşıma çıkıp durduğundan emin gibiydim. İtiraf etmek istiyordu. Ve şimdi elimde, bunun doğru şey olduğuna ikna olmasına yardım edecek gerçek bir delil vardı.

Tanrı'ya şükür Maude'nin ofisimdeyken içtiği meyve suyunun şişesi yerindeydi, bir gece önce Young & Crane'e koştuğumda masamın ucunda duruyordu. Millie benim istediğim üzerine son bir karşılaştırma testi istemek üzere Halo Diagnostics'i aramıştı. Gecenin bir yarısı, acilen yapılması gerekiyordu. Hem de hafta sonu.

Huysuz bir Halo teknisyeni en sonunda ortaya çıktığında saat sabah üçe yaklaşıyordu. Adam çok kısaydı ve askeri törendeki biri gibi kollarını sallayarak yürüyordu. Elime dokuz on ikilik zarfı âdeta vurarak vermişti. "Örneğiniz kandaki izle uyuşuyor. Ve golf çantasındakiyle."

"Emin misiniz?"

Adam çenesini geriye çekmişti. "Tabii ki. DNA değil bu. Parmak izleri uyuşur ya da uyuşmaz. Nokta."

"Tamam. Teşekkür ederim."

"Bu arada, Millie'ye bunun şirketten olduğunu söyleyin. Ona karşı karnımız yumuşak, o yüzden en yakın zamanda iyileşip çalışmaya dönse iyi olur."

***

Kapıyı Sebe açtı. Beni gördüğüne sevinmemişti ama aynı zamanda özellikle şaşırmış gibi de değildi. "Oturma odasında," dedi, neden geldiğimi sormadan.

Maude kanepede oturuyordu, kollarını sıkıca kendine sarmıştı. Başını kaldırıp önce bana, sonra elimdeki üzerinde kalın harflerle "Halo Diagnostics" yazan dosyaya baktı.

Dosyayı ona doğru kaldırdım. "Parmak izlerin, Amanda'nın evindeki merdivenlerdeki kanında ve Zach'in golf sopası çantasında bulundu. Sanırım sopanın üzerinde de varlardır."

Maude dosyayı almak için kıpırdamadı.

"Üzgünüm," dedi en sonunda, sonra gözyaşları geldi, yanaklarından aşağı sessizce akmaya başladı. "Sana defalarca söylemeye çalıştım."

"Ben senin avukatın değilim," dedim, karşısındaki sandalyenin kenarına oturdum. "Bunu açıkça söyleyeyim. Bana söylediğin hiçbir şey imtiyazlı olmayacak. Hatta Zach'e yardım etmek için polise parmak izlerini olay yerinde bulduğumu söylemeye yükümlü bile olabilirim. Müvekkilim olan o. Ama ben... Amanda'nın günlüğünden bazı kısımlar okudum. İkinizin gerçekten iyi arkadaş olduğunuzu biliyorum. Polisle konuştuğumda olanları açıklamama yardım edecek bir şey varsa yapmak isterim."

Bu doğruydu. Ama aynı zamanda buraya Sam'i bu durumdan çıkarmak gibi kesinlikle daha bencil bir amaçla da gelmiştim. Ve bunu yapmak için Maude'nin bana tam olarak ne olduğunu anlatması gerekiyordu. Söylediğini, sorumlu olduğunu ondan duymam lazımdı. Onun, Sam'in değil.

"Maude," dedi Sebe sertçe. "Sana ikinci kez kendi avukatını tutmanı söylüyor. Yapmalısın. Yapmalıyız. Daha fazla konuşmadan önce."

Maude gözlerini kapayarak başını salladı. Sebe'nin yanına oturması için kanepeye vurdu. Sebe yerine geçtikten sonra eline uzandı ve parmaklarını sıkıca birbirine geçirdi.

"Her zaman beni kendimden korumaya çalışıyor," dedi bana. "Biliyor musun, orada bir şey düşürdüğümden korktuğum için Amanda'nın evine döndü. Neredeyse kendini tutuklatıyordu ve daha kötüsü benim için yapıyordu."

Yumurtlama testi. Cebimde bir yerlerdeydi. Elbette yumurtlama için değil, glukoz için de olabilirdi. Maude diyabet hastası olduğunu söylemişti. Ben oradayken eve giren Sebe'ydi; parmak izleri arka kapıda olmalıydı.

"Seni korumaya çalışıyorum zaten," dedi Sebe. "Bu yüzden konuşmayı bırakmanı söylüyorum."

"Hadi ama, Sebe." Maude, kocası başını çevirince elini onun sırtına koydu. "Biz yaptığımız hatalarla yüzleşecek kadar cesur değilsek nasıl olur da Sophia'ya gerçeğini yaşamasını söyleriz? O gece bir hata yaptım, buna şüphe yok. Zach'le Amanda'nın evine asla gitmemeliydim."

AMANDA

PARTİ

Amanda telefonu kapattığında uçacakmış gibi hissetti. Hayatı boyunca kimseye siktirip gitmesini söylememişti. Hem de babasına yapmıştı. Direnmişti. Sesini kullanmıştı. Ve bir anda ölmemişti. Dünya ortadan kaybolmamıştı. Amanda telefonuna bakarken gülümsüyordu.

Belki Zach değişemezdi ama dünya değişebilirdi. Tek bir konuşmayla ya da uzun bir çığlıkla değil. Ama yavaşça. Şifreli kilide tek tek basmak gibi, her darbede özgürlüğe bir adım daha yaklaşıyordu.

Ancak Amanda başını kaldırdığında yüreği ezildi. Sarah'yla Zach odanın uzak bir ucunda konuşuyordu. Zach, birisine çok aptalca olduğunu düşündüğü şeyleri açıklarken yaptığı gibi ellerini hareket ettiriyordu; Sarah'nın kaşları nefret ettiği biriyle konuştuğunda olduğu gibi kalkmıştı. İşte Zach yine her şeyi mahvediyordu.

Amanda'nın telefonu gelen bir mesajla titredi.

HAYIR SİKTİĞİMİN OROSPUSU

Ekrandan öfke fışkırıyordu. Amanda elinin tutuştuğunu hissetti. Neredeyse telefonu elinden düşürüyordu.

Maude'ye bakındı. Zach'e babasından bahsedemezdi ama arkadaşlarına söyleyebilirdi. Ona yardım etmeye çalışırlardı. Ama Maude'yi bulamadan telefonu tekrar titredi.

Bakmaya devam et. Buradayım.

Amanda geriye doğru sıçradı, arkasında duran kısa kıvırcık saçlı ve elinde dolu bir kırmızı şarap bardağı tutan büyük memeli kadına çarptı. Şarap kadının beyaz bluzuna döküldü.

"Of, Tanrım, çok özür dilerim," dedi Amanda nefes nefese.

Ama kadın sadece güldü, devasa memelerini kaplayan ıslaklığa baktı. Açıkça sallanıyordu. "Kimin umurunda! Çocuklarım kampta. Ve kendi boktan gömleğimi yıkamak için yarın *koca bir günüm* var."

Amanda'nın telefonu yeniden titredi.

Gel de bul beni! Ve daha fazla şarap dökmemeye çalış.

Amanda kalabalıktaki yüzleri tararken başı dönüyormuş gibi hissetti. Oradaydı, onu izliyordu. Bu evin içindeydi. Ama o zaman dikkat çekerdi. Onu pencereden mi izliyordu? Sarah'nın bahsettiği röntgenciler gibi? Eğer dışarıdaysa, bu çıkmasının güvenli olmadığı anlamına geliyordu. Amanda tuzağa düşmüştü.

Düşünmek için güvenli bir yere ihtiyacı vardı.

Merdivenlerde çoktan bir çift vardı, tuhaf bir şekilde yukarı çıkıyorlardı. Konuşuyorlardı ve gülüyorlardı. Kadının saçı kısa ve sivri uçluydu, adamın kafası kazınmıştı. Çekici bir çiftti. Evli değillerdi ama, kesinlikle. Flörtöz bir utangaçlıkları vardı, birbirlerine fikir değiştirmek için mesafe tanıyor gibi kibarlardı.

Amanda durdu, yukarı çıkmaları için biraz daha bekledi ve yukarı doğru yöneldi. Dikkatle koridora göz attı, hızlıca yürüyerek iki kapalı kapının önünden geçti ve arkada küçük, kapısı açık bir oda buldu. Koridorun karşı tarafında kapısına "Yasak Bölge" yazan büyük bir tabela asılmış bir yer vardı. Muhtemelen Sophia'nın odasıydı.

Amanda açık misafir odasına döndü ve arkasından kapıyı sıkıca kapattı. Birisi çaldığında daha yeni kapıyı kilitlemişti. Onu yukarıya kadar takip etmişti. Delice bir çıkış yolu aradı; pencereye baktı ama çok yüksekti, buradan kaçmasının yolu yoktu. Amanda derin bir nefes almaya çalıştı. Başı dönmeye başlıyordu. Buradaki herkes iskele babasının içeri girip *bir de* yukarıya çıkmasına izin verecek kadar sarhoş muydu?

Amanda geriye, kapıdan uzağa kaçtı. Neredeyse odanın diğer ucuna kadar gitmişti.

"Amanda, benim Sebe." Aksanını tanıdı. "İyi misin? Buraya koştuğunu gördüm. Canın sıkkın gibiydi."

Amanda kapıya koştu, kilidi açtı. Birden açınca Sebe irkildi.

"Sorun ne?" diye sordu. "İyi misin? Sen... Solmuşsun."

Konuşmaya çalıştığında Amanda ağlamaya başladı. "Üzgünüm," diye inledi.

"Özür dileme," dedi Sebe. Omzuna bir elini koyarak onu yatağa götürdü, sonra kapıya baktı. Peter Rabbit şeklinde bir kapı stopuyla sabit bir halde açık durmasını sağladı. "Otur, otur. Ne oldu?" Sebe ayakta kaldı, hatta bir adım geri attı.

Amanda ona telefonundaki mesajları göstermeyi düşündü. Ama kendi babasından olmaları... Bunu kabul edemeyecek kadar utanıyordu. Herhangi birini.

"Hiç," diye başladı. "Sadece... Partilerde pek iyi değilim. Bunalıyorum."

Sebe kaşlarını çattı. "Ama daha fazlası var, değil mi?" diye sordu, artık klinik bir şekilde, doktor gibi endişeli görünüyordu. "Çünkü kendinde görünmüyorsun."

Amanda telefonu yeniden titreyince yerinde sıçradı. Ama bu kez Zach'ti: Partiden ayrıldım. Ofise uğramam lazım. Seninle evde görüşürüz.

"Kim?" diye sordu Sebe, daha da telaşlanmıştı.

"Zach," dedi Amanda, sesi boğuktu. "Gitmiş. Beni bulup veda etmeden ya da eve bırakmayı teklif etmeden. Nasıl bir koca böyle yapar?"

"Pek iyi olmayan," dedi Sebe ama dikkatle. En sonunda gelip yatakta yanına oturdu.

"Zach aslında berbat bir koca," dedi Amanda. İlk defa evliliği hakkındaki üzücü, çirkin gerçekten yüksek sesle bahsediyordu. "Hep böyleydi. Beni sevmiyor. Kimseyi sevdiğini sanmıyorum."

Sebe bir süre sessiz kaldı. "Üzgünüm," dedi sonunda. "Seni eve *benim* bırakmamı ister misin?"

Amanda gözyaşlarıyla boğulmamak için elinden geleni yaptı. "Belki ama ben..."

Telefonu bir daha titredi.

Sebe'den uzak dur lan.

Amanda ayağa kalkarak koştu. Sebe arkasından bağırırken merdivenlerden uçarcasına indi.

Oturma odasına geldiğinde ön kapının etrafında daha fazla insan vardı. İterek geçmek için çok fazlaydılar. Yine de denedi. İttiremeyecek kadar korkuyordu. Ama herkes çok sarhoş olduğundan fark etmediler.

"Arkadan çık." Soytarı şapkalı sarhoş bir adam tuvalete giderken ona parmağıyla işaret etti. "Sokağa açılan kapısı olan bir geçit var. Bütün *tembel* götler oradan çıkıyor. Irkçı komşu kadın polisi arıyor. Ama siktir et onu."

Amanda arka kapıya koşturdu ve ara sokağa çıktı; birisinin ona bağırmasını, platform topuklularıyla Prospect Park West'e doğru ilerlerken ellerin onu yakalamasını bekledi. Ancak kendi kesik nefes alışverişinden ve deli gibi atan kalbinin gümbürtüsünden başka bir şey duymadı.

LIZZIE

12 TEMMUZ, PAZAR

"Partide en sonunda parçaları bir araya getirdim," diye devam etti Maude. "Herkes çok sarhoştu ve e-posta soruşturmasının gizliliği yok olmuştu. Çok geçmeden hackleme olayından sorumlu olan kişinin bir ebeveyn olduğunu ve hepsinin nisanda başladığını öğrendim. Sonra Amanda bana Zach'in masasının çekmecesinden Brooklyn Country Day'den gelen planlama postalarının çıktılarını bulduğunu söyledi. Hem de Zach okula e-posta adresini vermediğini iddia etmişti. Bu şekilde, planlama e-postalarını kullanarak hacklediler. Ve neden çıktılarını almıştı? Ardından Sarah, Zach'in iflas ettiği kısmı ekledi. Hepsini bir araya getirince..." Başını salladı. "Emin değildim tabii. O yüzden Zach'le yüzleşmek istedim. Tepkisinden anlarım diye düşündüm. Ama partide onu bulmaya çalıştığımda çoktan gitmişti."

"Maude, lütfen," diye fısıldadı Sebe, sonra gözlerini kapadı. "Dur."

Maude kocası gözlerini açana kadar tekrar elini sıktı. "Seni seviyorum, Sebe. Ama gerçeği söylemekten başka bir kurtuluş imkânı olmayacak." Maude dönerek bana baktı. "Sophia'yla iletişime geçenin bizzat Zach olduğunu söylemiyorum. Güvenlik şirketine göre, büyük ihtimalle asıl hacklemeyi yapan bir grup insan varmış. Ve Sophia ona mesaj atan kişinin daha genç biri olduğunu hissettiğini söyledi. Ama önemli değil: Olduğu kişiye bakınca kontrolde olan Zach olmalı. Hepsi onun sorumluluğunda. Gerçekleşen her şey. Sophia on beş yaşında ve o adam kamerada cinsel hareketler yapmasını istedi." Rengi soldu, ardından gözlerini kapadı. "Muhtemelen kaydetmiştir."

Zach, mahalledeki ebeveynlerin bilgisayarlarını mı hackliyordu? Bu mümkündü. Nasıl yapacağını bilecek teknoloji bilgisi vardı. *New York Times*'taki profiline göre lojistik bir sürü kişisel bilgi içeriyordu, değil mi? Ve bu aşamada Zach her şeyi yapabilecek güçte görünüyordu. Finansal açıklama, Sam'in içki sorunu... Bizim bilgisayarımızı da mı hacklemişti?

"Zach'in partide olmadığını öğrendikten sonra ne oldu?" diye sordum, odaklanmaya çalışarak. Hâlâ Sam'i temize çıkaracak sağlam bir kanıta ihtiyacım vardı.

"Kabul edeyim, kendimde değildim. Tamamen öfke doluydum. Sophia'ya yaptığından emin olduğum şeyi kabul etmesini sağlayacaktım. Birisi eve döndüğünü söyledi, ben de onu bulmak için evine gittim. Ama Zach'le Amanda'nın evine vardığımda içeride kimse yoktu. Tabii pes etmeyecektim. İçeri girmeye, Amanda'nın bahsettiği e-postaları almaya karar verdim. Polise onlarla gidecektim. En azından Zach'i ve hacklemeyi araştırmaları için yeterli olur diye düşündüm. Ve Amanda'nın yedek anahtarı nereye sakladığını görmüştüm."

"Keşke bana gittiğini söyleseydin, Maude," dedi Sebe sessizce.

"Sen Amanda'yla üst kattaydın. Birisi onun üst kata koştuğunu, senin de takip ettiğini söyledi," dedi Maude, sadece konuştuklarından çok emindi. Sebe'yle ikisinin gerçekten de sınırları vardı. "Ve Amanda oradayken, evde değilken gitmek istedim. Onun önünde Zach'e haddini bildirmek istemedim. Kendini sorumlu hissedeceğini biliyordum. Hem sen beni durdururdun."

"Ama Amanda sen içerideyken eve döndü, öyle mi?" diye sordum.

Bir kaza. Oraya doğru gidiyor olmalıydı. Maude, Amanda'ya bir şekilde kazayla vurmuştu.

"Başta emin değildim. Aptal gibi kapıyı arkamdan kilitlemedim, birinin içeri girdiğini duyduğumda Zach'in yukarıdaki ofisindeydim. Daha yeni içeri girmiştim, ofisi bulmam zamanımı almıştı," dedi. "Neyse, birinin geldiğini duyar duymaz bir dolabın içine daldım. İçine girene kadar golf çantasını fark etmedim."

"Maude," diye fısıldadı Sebe, yüzünü acıyla buruşturdu.

"Sophia neredeyse kendini öldürüyordu, Sebe," diye yalvardı Maude. Sonra bana baktı. "Şu anda hastanede yatıyor. Umuyorum ki iyi olacak. Ergenler çabuk toparlanır. Ama kim bilir. Ve ne için? Biliyor musun, o adam *hâlâ* onunla iletişime geçiyor, sanırım bu da kendisinin Rikers'ta olduğu düşünülürse doğrudan Zach olmadığını kanıtlıyor. Ayrıca başka bir ebeveyn dün ilk kez şantaj e-postalarından aldığını söyledi. Zach hapishanede olabilir ama askerleri çalışmaya devam ediyor. Ya aynı şeyi başka kızlara da yaparlarsa?"

Kaybetmeyi reddediyorum. Zach'in yıllar önce söylediği şeyi kafamın içinde duyabiliyordum. Ama Zach bunları ne amaçla yapmıştı? Para için olmadığı kesindi. Bu şekilde yeterince kazanmazdı. Ve her şeyi saf eğlencesine yapmış da olamazdı. Zach her ne yapıyorsa, bunun kendisini zirveye taşımak için olduğuna şüphem yoktu. Ve onu yeterince tanıyordum; kazanan kişi kendisi olduğu sürece kaybedenleri umursamazdı.

"Golf sopalarını gördükten sonra ne oldu?" diye sordum.

Maude, Amanda'yı Zach'le karıştırmıştı. Öyle olmalıydı.

"Birini çıkarıp elime aldım. Zach'in kafasına doğru salladığımı hayal ettim." Ardından doğrudan bana baktı, gözleri meydan okuyordu ve ellerini yumruk yapmıştı. "Ve biliyorum, elimde gerçekten sağlam bir kanıt bile yok. Ama o anda o kadar emin hissettim ki. Tek düşünebildiğim Zach'in ölmesini ne kadar çok istediğimdi."

KRELL SANAYİ A.Ş.

GİZLİ YAZIŞMA

DAĞITILAMAZ

Avukat-Müvekkil Arasındadır
İmtiyazlı ve Gizlidir

9 Temmuz

Kime: Brooklyn Country Day Yönetim Kurulu

Kimden: Krell Sanayi A.Ş.

Konu: Veri İhlali & Siber Olay Soruşturması - Kritik Olay Raporu

Bu bildiri, yönetim kurulunu Örnek Aile 0006'nın bilgisayarı için önerilen adli tıp incelemesinin tamamlandığını bildirme amaçlıdır. Bahsi geçen bilgisayarda sayısız pornografik görüntü bulunmuştur. Bu görüntüler silinmiş ve KBE'nin Örnek Aile hakkında ileri araştırma istemesi üzerine taşınabilir bir belleğe yerleştirilmiştir.

Krell istenen adli tıp analizini yapmasına rağmen KBE'nin pornoların aile bilgisayarına bahsi geçen hackerlar tarafından yerleştirildiği görüşü sabittir.

GAD öyle olmadığı konusunda kesin kanıtlar olduğunu açıklamıştır. Pornografik materyaller, bilgisayara iddia edilen hacklemeden aylar önce indirilmiştir.

Ne var ki, KBE yasal işlem başlatmakla ya da güvenlik sızıntısını, özellikle yerel medyayla iletişime geçerek halka açmakla tehdit etmeye devam etmiştir.

Bu şartlar altında, durum gelişmeye devam ettiği için yönetim kurulunun Aile 0006'nın kimliğinden haberdar edilmesinin zorunlu olduğuna inanıyoruz. İsimleri Sarah Novak ve Kerry Tanner.

AMANDA

PARTİ

Amanda evinin ön basamaklarına gelene kadar ne omzunun üstünden baktı ne de telefonunu kontrol etti. Neyse ki arkasında kimse yoktu ve yeni mesaj da gelmemişti. Amanda bir anlığına diğerlerini hayal ettiğini ummaya cüret etti. Ama en sonunda merdivenleri çıkıp kontrol ettiğinde babasından gelen tüm o iğrenç, korkutucu mesajların yerinde olduğunu gördü. Hepsini tek tek sildi.

Anahtarı çevirince kilit her zamanki gibi ses çıkarmadı. Zach evde miydi? Bir yerden ayrılmak için ilk defa işi bahane etmiş olmazdı.

Ama kapıyı açar açmaz girişteki sandalyenin birazcık itildiğini fark etti. Sanki sarhoş biri ona takılmıştı. Zach içki içmemişti ve sakar değildi. Birkaç lamba açıktı; yukarıdaki ve oturma odasının önündeki ama onun dışında içerisi oldukça karanlıktı. Amanda'nın kalbi yerinden çıkacak gibi oldu.

"Zach!" Merdivenlere doğru giderken adını seslendi. Yarısına gelene kadar hiç ses duymadı. "Zach!"

Babası bir zamanlar kilit açmakta oldukça iyiydi, değil mi? Ve kararlıydı. Eve girmek istediyse kolaylıkla bir yolunu bulmuş olmalıydı.

"Zach!" diye seslendi tekrar, tam merdivenlerden geri inmek üzereyken. Gitmeliydi. Daha güvenli...

Bir el Amanda'nın ağzını kapattı, dudaklarında deri eldiveni hissetti. Kokusunu alabiliyordu. Tadını alabiliyordu. Başı geriye doğru öyle sert gitti ki boynu kırılacak sandı. Babası misk kokuyordu. Bir hayvan gibi.

"Sakin ol!" Boğuk bir fısıltı. Babası sesini değiştiriyordu. "Sakin ol. Sana zarar vermeyeceğim."

Büyük ellerinden kurtulmak için başını yana doğru çekmeye çalıştı ancak babası bu kez başını daha sert geriye çekti. Amanda acıyla inledi.

Bu kadardı. Her şey buraya varmıştı. Babası bu sefer onu bırakmayacaktı. Bu, söylediklerini yaparsa gidecek rasgele bir hırsız değildi. Babası başladığı işi bitirmeye, onu öldürmeye gelmişti. Tutuşundaki öfkeyi hissedebiliyordu. Amanda'nın ses çıkarması gerekiyordu. Bağırmalıydı. Ve öyle yaptı. Yapabildiği kadar sesli bağırdı. Tekme atmaya, savaşmaya çalıştı. Ama ses elinin altında susturuldu ve çok güçlüydü. Amanda zar zor hareket ediyordu.

"Hey! Sakin ol. Sana zarar vermeyeceğim. Seni bırakacağım."

Ama yalandı. Amanda biliyordu. Babasını tanıyordu. Ona daha önce defalarca zarar vermişti. Annesi dışında dünya üzerinde sevdiği tek kişiye, Carolyn'e zarar vermişti. Onu yapmıştı. Yapmıştı. Aklı başına gelmeye başlıyordu.

Amanda parmaklarını ısırmayı denedi. Ama eli ağzına öyle yapışmıştı ki dudaklarını bile aralayamıyordu. Bir de tat vardı. Kan. Dişleri yanaklarının içini parçalıyordu. Ve direnirken küpesinin koptuğunu hissedebiliyordu.

Onu asla bırakmayacaktı. Amanda onu öldürmek zorundaydı. Yapabilirdi de. Bir kere yapmıştı, değil mi? Evet. Artık hepsini hatırlıyordu. Carolyn banyoda, onun altında hareketsiz bir şekilde yatıyordu. Jilet, Amanda'nın deniz köpüğü rengi tafta elbisesinin her yeri kandı. Norma's Diner'a yardım almaya giderken ağaçlıktan geçtiğinde ne kadar soğuk ve ıslaktı. Dalların ve taşların kestiği ayaklarının tabanları nasıl da yanıyordu.

Case. O isim üzerine elektrik gibi çarptı. Oğlunu kendi hayatından çok seviyordu. Onun için hayatta kalacaktı. Onu korumak için şimdi tekrar babasını öldürecekti. Gerekirse defalarca öldürürdü.

Case için her şeyi yapardı. Amanda bir dirseğini geriye savurdu, bunca yıl sonra hâlâ yumuşak olan karnına çarptı.

"Siktir." Babası öksürdü, biraz olsun tutuşunu gevşetti. Amanda dizine olabildiğince sert vurdu. "Siktir!"

Bir anlığına onu bıraktı ve Amanda ileri, birkaç basamak yukarı doğru atıldı. Yalnızca yukarı çıkabilirdi. Aşağı tarafı tıkamıştı.

"Ne halt ediyorsun?" diye kükredi. "Tek yapman gereken dinlemek."

Arkasında bir ayak belirdi. Ve onun ekşi sıcaklığını duydu. Amanda artık neredeyse merdivenlerin tepesine çıkmıştı, neredeyse dönüp koridora doğru kaçabileceği yerdeydi. Yatak odasının kapısını kilitleyecekti. Polisi arayacaktı. Bir pencereden kaçacaktı. Önde büyük bir ağaçları vardı. Belki ona ulaşabilirdi.

Ama sonra kafa derisine binlerce iğne battı. Atkuyruğunu yakalamıştı. Bir kere daha kurtulmaya çalıştı. Artık merdivenlerde üstündeydi. Amanda yana doğru atılıp bağırdı, "Bırak beni, iğrenç domuz!"

Sonra itildi. Eller sırtındaydı. Sadece birazcık. Ama yeterliydi. Ve merdivenlerin tepesinde bir anda beklenmedik bir şekilde özgür kaldı.

Serbest düşüş gibiydi. Hızlandı. Amanda kendini durdurmak için uzandı, aynı anda içinden *Hayır, yapma*, diyordu. Kolu metal tırabzana çarptı ama yavaşlamadı. Ve sonra rüzgâr onu devirdi. Amanda yerdeydi. Başının üstünde yıldızlar patlıyordu, sonra her şey karardı.

Işık. Amanda, merdivenlerin bitimindeki zemindeydi. Her yeri ağrıyordu. Ama hayattaydı. Bir şans. Gözleri bulanık görüyordu ve ıslaktı. Bir şey ya da biri merdivenlerin üst tarafına yakındı. Simsiyahtı ve kayak maskesi vardı. Çok büyük ve uzundu. Her zamanki gibi ışığa engel oluyordu. Amanda'nın kalkması gerekiyordu. Kaçmalıydı. Ve yapabilirdi. Bunca zaman hayatta kalmıştı. Tekrar kalabilirdi. Yapardı. Case için.

Amanda ayaklarının üzerinde kalmak için kendini itti ancak kaydı. Yerde ne vardı böyle? Yine düşünce başını tırabzana vurdu. Yer ıslaktı ve çok kaygandı. Görüşü bulanıktı. Ama kırmızı gördü. Zeminin her yerinde. Ve onu, yukarıda duruyordu.

Amanda ikinci kez kendini itti. Hâlâ merdivenlerin tepesinde olduğunu sulanmış gözleriyle görebiliyordu. Ağzında demir tadı vardı.

Sonra tekrar düştü. Başı bu kez sertçe merdivenlerin metal ucuna çarptı. Başını vurmayı bırakmalıydı. Ya da bir şey… Daha fazla yıldız gördü. Case. O yıldızlara bayılırdı. Çok fazla vardı. St. Colomb Falls'tan kaçtığı geceki gibi; arabanın üstü açıktı, rüzgâr saçlarındaydı. Yaşıyordu. Özgürdü. Yıldızlar. Ve sonra karanlık.

Ve sonra…

LIZZIE

12 TEMMUZ, PAZAR

"Amanda mıydı?" diye sordum, "ofisin dolabındayken aşağıdan gelen ses?"

"Hayır, başta kesinlikle başka biriydi," dedi Maude. "Çünkü sonra ikinci kişinin geldiğini duydum. İşte o Amanda'ydı. Hemen Zach'e seslendi. İlk gelenin Zach olabileceğini, belki ikisi yatağa gidene kadar dolapta beklersem sonra çıkabileceğimi düşündüm. Açıkçası e-postaları aramaya devam etmek ya da belki Zach'in yaptığından emin olduğum şey için daha fazla kanıt bulmak istiyordum. Tümüyle tükenmiştim." Maude'nin sesi kesildi ve sessizleşti.

Sakin olmaya, hikâyenin geri kalanını anlatması için ona zaman vermeye çalıştım. Ama daha fazla bekleyemezdim. Tek düşünebildiğim Sam'in yüzüydü. Maude'nin şu kelimeleri söylemesine ihtiyacım vardı: Ben yaptım.

"Peki sonra ne oldu?" diye sordum.

Amanda delüzyonlarından biri sırasında panikleyip merdivenlerden mi düşmüştü? Korkunç, trajik bir kazaydı. Bildiğim kadarıyla yine de Zach'in hatasıydı.

"Amanda bağırdı. Öyle korkunç, ümitsiz bir sesti ki... daha önce duyduğum hiçbir şeye benzemiyordu. Başka sesler de vardı; homurdanma ve berbat bir çırpınma sesi. Bir hayvana aitmiş gibi. Sonra çok yüksek sesli bir çarpma duydum. Yardım etmek istedim. Golf sopası zaten elimdeydi ama dolabın kapağını açmaya çalıştığımda sıkıştı, dışarı çıkamadım. Belki birisi beni içeri kilitledi diye düşündüm." Sesi yine kesildi. "Çarpma sesi ve başka bir çığlık duydum... Belki bir taneden fazlaydı. En sonunda kapıyı açtığımda ve basamakları inmeye başladığımda onu gördüm... Amanda en alt basamağın bitimindeydi. Kaçan adamı yalnızca bir anlığına görebildim."

"Dur, bir adam mı vardı?"

Siktir.

"Evet, kesinlikle. Dediğim gibi, onu sadece bir anlığına gördüm. Üzerinde koyu renkli kıyafetler vardı ve korkunç, ürkütücü bir kayak maskesi takmıştı, o yüzden yüzünü göremedim. Ama Zach olmadığına eminim. Ondan ne kadar nefret ediyor olsam da o değildi. Zach'i partimde karşıdan görmüştüm. Dikkat çekecek kadar kısaydı. Benden de kısa. Bu adam daha uzundu."

Sam uzundu. Ama bu adam bir kayak maskesiyle mi gelmişti? Sam'in kafesindeki canavar o kadar kötü olabilir miydi?

"Sadece uzun değil." Maude kollarını açarak gösterdi. "İriydi de. En azından öyle sanıyorum. Artık daha az eminim. Onu sadece bir saniye gördüm ve çoktan arkasını dönmüştü."

Sam iri değildi, değil mi? Hayır ama Xavier Lynch öyleydi. *Sıçayım.* Sırf anlattığı doğru diye onu tamamen elemekte acele etmiştim. Ama bu, bir şekilde dahil olmadığı anlamına gelmiyordu. En azından teorik olarak.

"Tanımlayabileceğin başka bir şey var mı?" diye ısrar ettim, sesimin sakin çıkmasına özen gösterdim.

"Görebildiğim tek şey Amanda'ydı." Maude şimdi de solmuştu. "Çok fazla kan vardı. Merdivenlerin bitimindeki her yerde. Aşağı hızla indim, nabzı yoktu. Hemen kalp masajına başladım. Nasıl yapılacağını biliyorum. Ve Sebe'yi aradım. 911'i de arayacaktım ama baktığımda kanın her yerime bulaştığını gördüm. Ellerime, kollarıma, gömleğime. Yüzümde bile vardı sanırım. Ve her yerinde parmak izim olan elimdeki golf sopası var ya. O da yerde, Amanda'nın kanının *içindeydi.* Bunların herhangi birini polise nasıl açıklayacaktım? Ondan önce, evin içinde olduğumu, bir dolapta saklandığımı nasıl açıklayacaktım? Parmak izlerim orada da olmalıydı. Üzgünüm, onları hemen çağırmam gerektiğini biliyorum. Ama tek düşünebildiğim Sophia'nın bana ihtiyacı olduğuydu ve panikledim."

"Zaten ben ambulanstan hızlı davrandım," dedi Sebe. "Ve seni temin ederim, oraya vardığımda Amanda ölmüştü. Yaraları fazla travmatikti. Birden çok darbenin sonucuydu galiba. Belki o adam ona bir şeyle vurmuştur ya da belki Amanda birden fazla kez düşerek başını vurmuştur. Golf sopasının uzun ucuyla o merdivenlerin yuvarlak metal kenarı arasındaki farkı bulmak otopside bile zor olur. Kanda birinin kaydığı görülüyordu. O kişi Amanda olabilir."

"Çok fazla kan vardı," dedi Maude tekrar. "Her yere bulaştırmayayım diye Sebe beni bildiğin kaldırmak zorunda kaldı. Golf sopasını orada işleri bilerek karıştırmak için de bırakmadım. Onu söylemek istiyorum. Amanda'ya yardım etmeye çalışırken düşürdüm. Ve bulduktan sonra beni almaya geleceklerinden çok emindim. Parmak izlerim her yerinde var büyük ihtimalle. Ama Sarah'ya aptal gibi golf sopasından bahsettikten sonra bile kimse gelmedi. Dürüst olayım, bir süre Sophia'ya yaptıklarından dolayı Zach'in Amanda'yı öldürmekten hapiste olmasının adil olduğunu düşündüm." Başını salladı. "Ama dövülünce o insan olamayacağımı, öldürülmesine izin vermeyeceğimi anladım; Case'e bunu yapamazdım. Ve Amanda'ya gerçekten zarar veren kişiyi düşündüm. Zach'i tutukladıkları için o dışarıda geziyordu... O yüzden Zach'in o akşam yanımda olduğunu söyledim." Başını kaldırıp bana baktı, gözleri bir kere daha parladı. "Aslında seks yaptığımızı ima etmeye çalışmadım. Partiden dolayı sen öyle düşündün ki anlaşılabilir bir şey..." Maude yüzünü ekşitti. "Sophia'ya olanlardan sonra bu midemi öyle bulandırıyor ki. Tabii o mazeret sonuçta etki etmedi."

"Peki Amanda'nın evindeki adamın kim olduğuyla ilgili fikrin var mı?" diye sordum.

"Tek bildiğim iri olduğu ve tamamen siyah giydiği. Ben merdivenlerin tepesindeyken hemen dışarı kaçtı. Çok bir şey göremedim. Ha, bir de ayağında kırmızı spor ayakkabılar vardı."

Nefesim kesildi. *Sam'in basketbol ayakkabıları beyaz. Sam'in basketbol ayakkabıları beyaz.*

"Kırmızı spor ayakkabılar mı?" diye sordum. "Emin misin?"

"Evet, bayağı dikkat çekiciydi," dedi Maude. "Kırmızı boğazlı spor ayakkabılar."

Nefesimi tuttum, bacaklarım titriyordu; Young & Crane'in asansörü yukarı çıkarken sabırsızlıkla katları sayıyordum. Maude'nin parmak izlerine ne kadar bel bağladığım şimdi daha çok belli oluyordu. Onların işe yarayacağından, Maude'nin Amanda'yı yanlışlıkla öldürdüğünü kanıtlayarak Zach'i beraat ettireceğinden emindim. *Ve* Sam'i temiz çıkaracağından. Fakat Maude'nin parmak izleri bana sadece suça tanık olarak birini ve asıl katilin belirsiz ve kısmi tarifini vermişti: Erkek, iri, kırmızı spor ayakkabıları var.

Xavier Lynch. O hâlâ mantıklı bir olasılıktı, en azından ben öyle olduğu konusunda kararlıydım. Belki Amanda'nın parasının peşindeydi veya onu öldürmek için sapkın bir nedeni vardı. Suç geçmişi olduğunu üstü kapalı söylemişti. St. Colomb Falls Polis Merkezi'ni arayabilirdim. Oradaki biri onun hakkında daha çok şey biliyor olabilirdi. Ne de olsa küçük bir kasabaydı.

Sam'e mesaj atmayı düşündüm ama ne diyecektim? *İyi haber! Katil olmadığını neredeyse kanıtladım!* Kendimi savunmam gerekirse, Sam de katil olduğu konusunda oldukça endişeliydi.

Kartımı geçirip ofisime hızla ilerlerken resepsiyon masası boştu. Koridorun bana ait olan kısmanda bir sürü kapı ve ışıklar açıktı. Sesleri duyabilirdim, dışarıdaki masalarda birkaç hafta sonu sekreterini gördüm.

En uzak köşedeki Paul'ün kapısı da açıktı. Bir önceki akşam geç saatte bana e-posta göndermiş, Zach'le ilgisi olmayan üç farklı konuda üç farklı şey istemişti. Belli ki o hayatına devam ediyordu. Onu görmemeyi umarak ofisime doğru döndüm.

"Ah!" diye bağırdı bir kadın. Köşeyi döndüğümde doğrudan Gloria'ya çarpmış, onu yerde ellerinin üzerine düşürmüştüm.

"Çok özür dilerim," dedim, kâğıtları toplamasına yardım etmek için eğildim.

"Of ya," diye homurdandı. "Şimdi her şey karıştı."

"Gerçekten üzgünüm," dedim, "dikkat etmiyordum."

"Orası belli."

Kafasını koparmamak için çenemi kastım. Kâğıtları yapabildiğim kadar topladım ve kabul edeyim ki dağınık bir yığın halinde ona uzattım.

"Sana yardım etmemi ister misin?"

"Hayır, ben iyiyim," diye tersledi.

Paul'ün sesini duydum. Koridordan çıkmalı ve ofisimin kapalı kapısının arkasına geçmeliydim.

"Tekrar özür dilerim," dedim, Gloria'nın yanından geçerken.

"Hey, sen Maude'yi nereden tanıyorsun bu arada?" diye sordu. Bir şeyle itham edermiş gibi konuşmuştu. "Lobiden sana seslenince senin burada çalıştığını fark ettim ve inanamadım. Bana müvekkil olmadığını söyledi. Burnumu sokmak istemedim."

"Ah, onu tanıyor musun? Benim ilgilendiğim bir davayla ilgili. Ve müvekkil değil, hayır." Bu kadarını söyleyecektim.

"Hmm." Gloria gözlerini kıstı. Kaçamak cevap verdiğimi anlamıştı. "Maude çok güzel ve çok iyi, değil mi? Onunla bir kere, bir partide görüştüm. Orada bir kişi tanıyordum ve gecenin yarısını benimle konuşarak geçirecek kadar nazikti."

Parti mi? Büyük ihtimalle Maude'nin verdiklerinden değildi. "Güzelmiş," dedim. "Tamam, tekrar özür dilerim. Benim gerçekten..."

"Eski patronumun tatil partisiydi," diye devam etti. "Adam *çok* kıdemli bir ortaktı. Biliyor musun bilmiyorum. *Yıllarca* sekreterliğini yaptım. Her yıl Park Slope'ta parti veriyorlardı ama ben sadece bir kere, iki yıl önce gidebildim. Bayağı göz alıcıydı. Ama artık olmuyor, kendisi sağ olsun." Başını Paul'ün ofisine doğru eğdi. "Şuradaki ikiyüzlü arkadaşın patronumu kovdurdu. Biliyor musun, yalancı çobanlık eden o asistanlar sadece para peşindeydi. #MeToo falan nafile. Bugünlerde herkes sadaka arıyor."

Senin de burada çalıştığını bilmiyordum. Maude bana böyle demişti, değil mi? Başım döndü, Gloria'ya doğru adım atarken ellerim buz kesti.

"Eski patronun kimdi?"

"Kerry Tanner," dedi geçmişi hatırlar gibi gülümsedi yenik bir onurla. Sonra yüzü düştü. "Zorla işten çıkarıldı, saf ve basit biriydi. Onunla on sekiz yıl çalıştım ve bir kere bile uygunsuz bir şey yaptığını görmedim. Maude'ye sor. Kovulduğunu söyleyince şaşkına döndü. Bayılacak sandım. Ve *neden* atıldığını söylememiştim bile."

Ofisimde Kerry Tanner'ın bir resmini bulmam sadece bir saniyemi aldı: İnsanların muhtemelen Kerry kovulmadan önce Young & Crane'in web sitesinde gördüğü türden avukat vesikalıklarındandı.

Elbette onu Sarah'nın evinin önünde bir elinde pizza kutusu, kolunun altında altılı biralarla daha önce görmüştüm. Kerry Tanner, Sarah Novak'la evliydi ve Maude'yle arkadaştı. Aynı zamanda Amanda'yı tanıyordu. Ve Kerry Tanner, büyük ihtimalle Zach'in hapiste kalmasından en çok çıkar elde edecek kişi olduğundan kim olduğumu çok iyi biliyordu.

Telefonumda Kerry Tanner'ın fotoğrafıyla Paul'ün ofisine döndüm. Açık kapıdan içeri baktığımda Paul okuma gözlüklerinin ardından ekrana gözlerini kısarak bakıyor, sinirle bir şeyler mırıldanıyordu. Keskin bir nefes aldım.

"Böldüğüm için kusura bakma," diye başladım, "ama bir şey sormam gerek."

"Bu lanet Westlaw programında okuduğum diğer dosyaya nasıl döneceğimi gösterirsen o zaman sana cevap verebilirim," dedi Paul, gözlerini bilgisayardan ayırmadan. "Saniyeler önce oradaydı, şimdi hiç ilgimi çekmeyen başka bir dosyaya bakıyorum."

Paul, e-posta yoluyla iletişim kurmaktan dahi hoşlanmazdı. Eğer internetten dosyalara bakıyorsa biri bir şeylerin içine etmiş olmalıydı. Arkasına geçtim ve birkaç oldukça bariz tuş vuruşunun ardından okuduğu asıl dosyayı açtım.

"Alıntılanmış diğer dosyalara tıklamamaya dikkat et," dedim. "Yoksa onlara dönersin."

"Bir şeye tıklamadım," dedi Paul, bilgisayarına dik dik bakarken sessizce kendini savunarak. "Bu şerefsizin dava özeti boktan olmasaydı en baştan bu lanet sisteme girmezdim."

"Bana bu adamı tanıyıp tanımadığını söyleyebilir misin?" diye sordum elimden geldiğince nötr bir halde. Yönlendirici olmak istemiyordum. Telefonumu ona uzattım.

Paul kaşlarını çatarak bakmak için uzandı. "Tabii ki," dedi, iğrenerek. "Kerry Tanner bu. Sana bahsettiğim ortak. Küstah narsisist şerefsiz." Sinirli bir ifadeyle bana baktı. "Zamanını böyle mi kullanıyorsun? Yanlış hatırlamıyorsam bana birkaç..."

"Zach Grayson'ın karısını tanıyordu," dedim. "Park Slope'tan arkadaştılar."

Paul başını kaldırıp bana baktı. Çenesini geriye çekti. "Gerçekten mi?"

"Evet."

"Brooklyn'de yaşıyordu," dedi Paul, düşünerek. Sonra bir süre sessizleşti. "Sence..."

"Bilmiyorum," dedim. "Ama Amanda'yı biri takip ediyordu ve Kerry Tanner geçmişte birilerini takip etmişti, değil mi? Bana tesadüften fazlasıymış gibi geldi. Emin olmak için kontrol etmem gereken birkaç şey var."

Paul başıyla onayladı. "O adam var ya... Hiçbir şey şaşırtmaz beni. Koca bir soruşturma dosyası var elimde. Kadınları takip etti, olmaması gereken yerlere gitti. Taciz mesajları gönderdi. 'Tek yapman gereken dinlemek.' Sapıkça şeyler. Çektiği resimleri ve bilgisayarında bulduğumuz pornoları saymıyorum bile." Yüzünü buruşturdu. "Bunu yıllardır yaptığını nereden bilecektik? Beş, belki on yıldır, kim bilir? Bahse girerim fotoğraflar olmasa diğer ortaklar yine peşini bırakırdı. Onları görmezden gelemezler."

Bir nefes daha aldım. Benim de söylemem gereken başka şeyler vardı. Artık kaçmak yoktu. Numara yapmak yoktu. Millie haklıydı. Artık bunlar işe yaramıyordu.

"Söylemem gereken bir şey daha var," dedim. "Finansal açıklama formum. İçinde bazı yanlışlıklar var. Kasten yapılmış olanlar." Paul'ün çenesi gerildi ve gözleri çok az, neredeyse belli belirsiz kısıldı. Ama onun dışında yüzü tamamıyla hareketsiz kaldı. "Kocam alkolik. Bir araba kazası yaptı ve dava edildik. Davayı kapatarak bütün yükümlülüklerimize razı geldik. Borcu ödeyeceğiz ama bir hayli büyük. Bunu formda belirtmeliydim."

Paul iyice kaşlarını çattı, kaşları kırıştı. Sonra okuma gözlüklerini çıkarıp bana sonsuzluk gibi gelen bir an boyunca öylece baktı. Ben de ona baktım. Yapabildiğim tek şey buydu. Maude haklıydı: Gerçekten başka kaçış yolu yoktu.

"Bahsetmen gerekirdi," dedi Paul sonunda. Sonra gözlüklerini tekrar taktı ve bir kez daha bilgisayarına döndü. "İnsan Kaynakları'nı ara ve pazartesi günü ilk iş olarak düzenle."

Kapıyı çaldığımda Blooms on the Slope'taki kadın, dükkânı akşam olduğu için kapatıyordu. Saçı daha önceki gibi yukarı toplanmıştı ve parlak, sarı bir bluzu ve yüzünde aynı güneşli ifade vardı. Başını salladı, anlayışla gülümsedi ve kapıdaki çalışma saatlerini gösterdi. Beni tanımış gibi görünmüyordu.

İçinde Kerry Tanner'ın fotoğrafı olan telefonumu kaldırdım. "Matthew için," dedim, bana acımasını umarak. "Daire olduğunu düşünüyorum."

Camın arkasından fotoğrafa göz attı, ardından bir şeyleri hatırladığını anladım. Kapının kilidini açmak için uzandı. "Gel içeri gel," dedi, içeriyi işaret ederek kapıyı arkamdan kapattı. "Matthew'i yakalayabilir miyim bakayım. Sanırım arkada."

Bir an sonra Matthew, koltuğunun altında bir kaykayla ve kulaklıklarını takmış halde ortaya çıktı.

"Kartı yazdığın adam bu mu?" diye sordum, telefonumu kaldırarak.

Matthew gülümsedi. "Evet." Ona beşlik çakana kadar elini havada tuttu. "Bak, bu adam gerçek bir daire. Ve leylaklar. Şimdi hatırlıyorum. Leylak almıştı. Karısının arka bahçeye diktiklerinin öldüğünü söyledi."

Çiçekçiden St. Johns'a yürüdüm, sonra Plaza Street'te sağa dönerek zarif kapı görevlileri olan binaların önünden geçtim, en sonunda Prospect Park West'e girdim. Montgomery Place'in yukarısından yürüdüm, parkı çevreleyen taş duvarın sırasındaki bankta durdum. Belki Sam'in üzerinde sızdığı bank buydu. Oturduğumda akşamın ilk saatlerinin güneşi inceydi ve altın rengindeydi.

Yapmam gereken son arama için sabırsızlanmıyordum. Sarah'nın numarasını kayıtlarımda bulup onu geri aradım. Birkaç çalıştan sonra açtı.

"Selam Sarah," diye söze başladım, sesim boğuk ve yabancıydı. "Ben Lizzie Kitsakis, Zach Grayson'ın avukatı."

"Evet?" diye sordu. "Senin için ne yapabilirim?"

Sesinde değişik bir ton mu vardı? Endişe? Maude, Sarah'ya Gloria'nın kendisine söylediğini, yani Kerry'nin aylar önce kovulduğunu anlatmış olabilirdi. Ama Maude onun *neden* kovulduğunu bilmiyordu. Açıkçası, Sarah'nın da bildiğini sanmıyordum. Bunları bildikten sonra kocasıyla yatmaya devam edebilecek bir kadınmış gibi gelmiyordu. Ve azıcık dahi olsa Kerry'yi Amanda'nın ölümüyle bağdaştırdığını sanmıyordum. Öyle olsa telefonunu açamazdı.

"Haklı olabileceğini düşünüyorum," dedim.

"Ya," dedi. "Hangi konuda?"

"Mahalleden bağlantımız olabileceği konusunda," dedim. "Sanırım kocalarımız birlikte basketbol oynuyor bile olabilirler. Semt liginde. Perşembe akşamları?"

Sam'in Freddy's'te büyük bir işi, karısı ve çocukları olan bir adamla olduğunu söylediğini hatırlıyordum. Belki de kovulduğundan bahsetmemeye karar vermiş bir avukattı. Ve Sarah kocasının perşembe akşamları düzenli planı olduğunu, "kıçını kırmaya çalıştığını" söylemişti. Tıpkı Sam gibi.

"Ya," dedi, çok kısık sesli bir rahatlama sesi çıkardı. Sadece bu yüzden mi arıyordum? Bu kimin umurundaydı ki? "Tabii, basketbol oynuyor. Son zamanlarda pornoya karşı duyduğu doymak bilmeyen iştahı düşününce zaman bulduğuna inanmak zor," diye ağzından baklayı çıkardı. Şüphesiz sinirliydi. Geri kalanını bilse olacağı kadar mahvolmuş halde değildi ama. "Ama evet, basketbol oynuyor. Bir keresinde maçına bile gittim. Belki kocanı görmüşümdür. Dur tahmin edeyim: Genç ve seksi olanlardan, değil mi?"

Kızgındı ancak altında saklı sert bir mizah da vardı. Sanki kocasının porno bağımlılığını bile affedebilirdi. Sanki onu hâlâ seviyordu. Birlikte hayat kurduğu adamla ilgili çirkin gerçeği tamamen öğrenince Sarah'nın ne kadar kötü hissedeceğini düşününce tükenmiş hissettim. Ne de olsa sadece bir olasılık bile benim parçalanmış kalbimden geriye kalanları yok etmişti.

"Bilmiyorum," dedim. "Sanırım belki kocam..."

"Bir ara gidip izlemelisin. Eğlencelidir." Sarah'nın sesi artık kırılgandı, kesikti. "Gidersen benimkine de dikkat ettiğinden emin ol. Kendisi o aptal kırmızı ayakkabıları giyen şerefsiz olur."

LIZZIE

15 TEMMUZ, ÇARŞAMBA

Zach, küçük avukat görüşme odasına girdiğinde kendinden çok memnun görünüyordu. Yumruklarımı sıkarak sakin kalmaya çalıştım.

"Sana söyledim. Ben yapmadım," dedi monoton bir sesle. Gergin göz temasları yoktu. Sallanan bacak yoktu. Artık o düzmece fotoğraflardaki yeni ve gelişmiş Zach'ti sadece.

"Çoktan duydun mu?"

"Buradaki bir adamın mahkemesi vardı, başka birinin Amanda'yı öldürmekten tutuklandığını konuşuyorlarmış. 'Süslü bir şirket avukatının'," diye devam etti gülümseyerek. "Hukuk fakültesine ilk yıldan sonra dikkatimi vermemiş olabilirim ama iki kişiyi aynı cinayetten suçlayamayacaklarını ben bile biliyorum. O yüzden çıkıyorum, değil mi?"

Ben evinden ayrıldıktan kısa bir süre sonra Maude savcılığa bizzat gitmişti, ki ben de haberleri benim vermemden daha iyi olacağı için kabul etmiştim. Benimle bağlantısı olması Wendy Wallace'ın gözüne girmesine yardımcı olmazdı. Maude'den gördüğü figürün Zach olmadığını vurgulamasını istemiştim.

Wendy Wallace'ı aramak için bir sonraki güne kadar bekledim. Sonunda konuştuğumuzda Kerry Tanner'ı duyduğuna sevinmiş görünmüyordu ama yine de muhtemelen Paul'ün tatlı dil kullanması sonucu beni dinledi ve gerçekten de dikkat veriyormuş gibiydi. Ne de olsa şimdi elinde yeni bir şüpheli vardı ve hâlâ sansasyonel olan dava onun Brooklyn Bölge Savcılığı'na yerleşmesine yardımcı olacaktı.

Ben o sabah Rikers'a giderken Kerry gözetim altındaydı.

"Şimdi tahliyeni hazırlıyorlar," dedim Zach'e. "Yakında çıkmış olursun."

Zach gözlerini kapattı ve keskin bir nefes verdi. Ukala gülümsemesinin gösterdiğinden daha endişeliydi.

"Harika bir haber bu. Harika," dedi. "Teşekkür ederim."

"Sana bir şey sorabilir miyim?"

"Tabii, neden olmasın?"

"Brooklyn Country Day'in e-posta listesini ifşa eden sendin, değil mi?" Konuşmanın benim için önemli olan kısmı buydu. Burada olmamın *asıl* sebebiydi. "Ebeveynlerin bilgisayarlarını hacklemek için kullandığın yöntem zekice."

Zach'in bana yalan söylememesini sağlayacak bir şey yoktu artık. Kibri dışında. Ve Zach'in kibrine her zaman güvenebilirdiniz. Ona ve bilmeni istediği gerçeğe, yani herkesi yendiğine.

"Ne demek istiyorsun?" diye sordu. Ancak gülümsememeye çalıştığını görebiliyordum, izi gözlerindeydi.

"Oltalama e-postaları," dedim. "Brooklyn Country Day ebeveynlerinin bilgisayarlarını ele geçirdin, bütün kirli çamaşırlarını ortaya döktün. Oldukça etkileyici. Ama anlamadığım bunun başarısız olan şirketini nasıl kurtaracağı."

Zach gözlerini devirdi. "İlk olarak, başarısız olmak büyük bir laf. Start-up dünyası hep çok riskli ve çok ödüllendiricidir." Sonra sessizleşti, öyle kalmaya çalışıyormuş gibi yüzünde kararlı bir ifade belirdi. Ama zaten biliyordum, eğer beklersem kendini tutamayacaktı. "Neyse, bu yeni girişim hızla ilerleyecek. İnsanların ne kadar veya nasıl ortada oldukları hakkında en ufak fikirleri yok. Nasıl öğrendiğimi bilmek mi istiyorsun? Lojistikte çalışarak. Ortalama bir insanın muhtemelen duymadığı bir sektör. Duysalardı yalnızca kargoculuk olduğunu düşünürlerdi. Ama biz yüzlerce, binlerce insan hakkındaki *her şeyi* biliyoruz; bebek bezi sipariş etmeye başladıkları için ne zaman bebekleri olduğunu biliyoruz, elektronik güç dönüştürücü sipariş ettikleri için uzun bir geziye gittikleri biliyoruz, bir sürü küf sökücü aldıkları için evlerini ne zaman satın almamız gerektiğini biliyoruz. Ve insanlar sadece bir şeyler sipariş ettiklerini düşünüyorlar. Aslında sadece bir şey değil, kimlikleri o. Bunun ne kadar tehlikeli olduğunu anladıkları anda benim aile siber güvenlik uygulamamdan yıllık abonelik almak için yüzlerce dolar vermeye hazır olacaklar."

İlgileniyormuş gibi görünmek için başımı salladım. Ama ilgimi çekmemişti. Zach'i konuşturmak için yapıyordum.

Plastik cama doğru biraz daha eğildi. "Brooklyn Country Day'le özellikle ilgilendim çünkü bir şekilde üstteler. Zor hedeflerden öğrenirsin, kolay olaylardan değil. Hem hackleme olayının okulun gösterişli itibarı sayesinde basının ilgisini çekebileceğini, böylece doğru anda yardıma koşarsam uygulamama akın olabileceğini düşündüm. Ama sonunda Brooklyn Country Day ebeveynleri daha çok teknik sorunları çözmemize yardım ettiler. Böylesi bir zorla girişe kurbanların nasıl tepki verdiğini görerek yazılıma ters mühendislik yapmamız gerekti."

"Yani senin yerine hacklemek için işe birilerini mi aldın?"

"İnsanları hacklemekten nasıl koruyacağını öğrenmek istiyorsan gerçekte ne yaptıklarını göstermeleri için hacker işe alırsın."

"Hackerlarından biri on beş yaşında bir kıza seksi hareketler yaparak kendisini çekmesi için şantaj yaptı," dedim. "Onunla iletişim kurmaya devam ediyor. Bunu biliyor muydun?"

"İyi insan bulmak zor." Zach omuz silkti. "Ama bu kadar anlamana şaşırdım. Hep özel olduğunu düşündüm Lizzie, zaten o yüzden seni pazarın yakınında gördüğümde ne yaptığını merak ettim. Tabii yakında ödeme yapmayacağım bir avukata ihtiyacım olacağını bilmiyordum. Amanda o zaman hayatta ve iyiydi ve seni *yıllardır*, en azından on yıldır düşünmemiştim. Ama sonra karşıma çıktın ve hemen görebildim." Durdu, biraz gülümsedi. "Şu anda görebiliyor musun?"

"Neyi?"

"Yanlış seçimi yaptığını?"

"Ne diyorsun sen be?"

"Benim yerime Sam'i seçtin," dedi. "Benimle ilişkini bitirdiğinde onunla henüz tanışmamış olduğunu biliyorum. 'Diğer adam' hikâyesi yalandı. Bunca zamandır biliyordum. Bir süre sinirlendiğimi itiraf ediyorum. Daha çok hayal kırıklığına uğramıştım ama. Seninle ben aynıydık, hep gözümüzü ödüle dikerdik. Belki 'mavi yakalı' aile hikâyemin söylediği kadar benzer değildik." Parmaklarıyla havada tırnak işareti yaptı. "Sana Poughkeepsie'li iki kokain bağımlısından daha çok hitap eder diye düşündüm. Ama sonra sen de bir şeyleri söylemedin. Elmira Cezaevi gibi." Sırıttı. "Gerçekten şansımız olduğunu düşünmüştüm aslında. Orası doğru. Onun yerine elinde sıfır olan bir koca seçtim. Senin için her şey çok farklı olabilirdi."

"Evet," dedim ona ters ters bakarak. "Merdivenlerinin bitiminde ölü olabilirdim. Ona daha fazla dikkatini versen Amanda şu anda yaşıyor olabilirdi."

"Lütfen, Amanda'nın ben onunla tanışmadan önce tonla sorunu vardı." Zach burnunu çekti ama yüzü hızla aydınlandı. "Bir saniye bile düşünmeden o Netflix abonelik yenileme linkine basınca şaşırdım gerçi. Yani, daha zekisin sandım. Tek bir tık ve bum, içeri girdim." Hafifçe gülümsedi. "Onu bizzat ben yaptım tabii. Seni dışarıya açık edecek değildim. Birkaç dakika içinde sen ve Sam hakkında her şeyi öğrendim. Arkadaşın olarak söylemem gerek, haftalarca her gün onlarca alkol rehabilitasyon merkezini araştırmak, Sam'in birine gitmesi kadar etkili olmaz. Ayrıca, etrafta çıplak dolaşacaksan stor almalısın." Başını salladı. Sonra gülümsedi ve kaşlarını kaldırdı. "En azından Amanda'nın öldüğü akşam tam olarak nerede olduğunu söyleyebilirim. Ve şimdi sana *benim* nerede olduğumu söylerken neden gerilmediğimi biliyorsun."

Zach'in istediği, belki en baştan beri planladığı buydu: bu an. Tıpkı benim ona yıllar önce yaptığım gibi beni gerçekten utandıracağı an. En sonunda kazanacağı an.

Ne var ki pencerelerimden beni izlemesi dışında anlattıklarının çoğunu zaten bildiğimden habersizdi. Kişisel laptopumu, Manhattan Barolar Birliği siber suç ekibindeki tanıdığım dedektiflere götürmüştüm. Dakika dolmadan Zach'in yüklediği casus programı bulmuşlardı. Bu kadar kolay kandığım için aşağılanmış hissetmiştim ama yirmi küsur yaşındaki teknisyen dedektif şöyle deyip durmuştu: "Evet, cidden, herkesin başına gelebilir. Hep oluyor."

Sonra New York Barolar Birliği Etik Hattı'nı arayarak bu şartlar altında barodan atılmadan nasıl ilerleyebileceğim hakkında ismimi vermeden tavsiye almıştım. Şu andan itibaren yaptığım her şey en azından zekice ve kanuna uygun olacaktı.

"Biliyor musun, söylediğini düşünüp duruyorum," diye devam ettim.

"Neyi?" diye sordu Zach, oynama isteğim onu hoşnut etmişti.

"İnsanların zayıflıklarını bilmenin güçlerini bilmekten daha önemli olduğu hakkında söylediklerini."

"Ah, evet," dedi Zach. "Bunun doğru olduğunu düşünüyorum."

Bir an iki elimi de masaya bastırdım, başımı sallayarak aşağı baktım. En sonunda ayağı kalktım. "Senin zayıflığın ne, biliyor musun Zach?"

Gülümsedi. Nasıl da tatmin olmuştu. "Hayır, Lizzie. Söyle bakalım, zayıflığım neymiş?"

"İnsanların kazanabileceğin şeyler olduğunu zannediyorsun."

Kaşlarını çattı. "Bilmiyorum. Sonuçta işler lehime gitti diyebilirim."

"Karın öldü," dedim ama Zach kıpırdamadı bile. "Ayrıca siber dolandırıcılık federal bir suçtur."

"Hadi ama, Lizzie." Güldü. "Sana söylediklerimi onlara anlatmak istesen bile yapamazsın. Benim *avukatımsın*, hatırlasana. Avukat-müvekkil gizliliği hani? Barodan atılırsın. Ve işine, benim peşime düşmekten daha çok değer verdiğini *biliyorum.*"

"Gördün mü, işte burada yanılıyorsun, Zach." Başımı sallayıp kaşlarımı çattım. "Belki de hukuk fakültesinde dikkatini daha çok vermeliydin. Çünkü Brooklyn Country Day ebeveynlerinin indirmesini sağladığın o kötü amaçlı yazılım hâlâ bazılarının bilgisayarlarında duruyor. Ekibin hâlâ onu kullanarak yeni ailelere şantaj yapıyor ve on beş yaşındaki kızı sömüren kişi hâlâ onunla iletişim kuruyor. Bu da suçunun *devam ettiği* anlamına geliyor, yani az önce kabul ettiğin şey suç-dolandırıcılık istisnasına girerek avukat-müvekkil gizliliğinin dışında kalıyor. Avukatın olarak hâlâ işlemeye devam ettiğin suçları saklamakla mükellef değilim." Plastik cama doğru eğilerek yaklaştım. "O yüzden dışarıdaki zamanının tadını çıkar, Zach. Uzun sürmeyecek."

İsim: Kerry W. Tanner
Adres: 571 2nd St. Brooklyn 11215
Doğum Tarihi: 28/6/71
Yaş: 48
Telefon: 718.555.2615

New York Polis Merkezi
Brooklyn İlçesi
Tarih: 15 Temmuz
Saat: 15.00
Dosya Numarası: 62984415

Ben, Kerry W. Tenner, kendi isteğim ve irademle bu ifadeyi, New York Polis Departmanı'nın bir üyesi olduğunu bildiğim Dedektif Robert Mendez'e veriyorum. İfade vermemin zorunlu olmadığını ve herhangi bir ifademin mahkemede aleyhimde kullanılabileceğini kabul ediyorum. Bu ifadeyi vermeden önce Miranda haklarım[7] okundu. Bu hakları anlıyorum ve bu ifadeyi vermeden önce ayrı bir feragat yazısı imzaladım.

İmza: Kerry W. Tanner

İFADE

Bugün burada bu ifadeyi vermemin sebebi karım Sarah'yı seviyor olmam ve benden bunu yapmamı istemesi. Bu sayede duruşma olmadan her şeyin halledilmesini de umuyorum. Otuz yıldan fazladır birlikteyiz ve Sarah benim her şeyimdir. İyi bir evliliğimiz var. Oğullarımı da çok seviyorum. Yaşanan şey çok korkunç bir kazaydı. Ama sadece kazaydı. Elbette kimseyi öldürmedim.

Amanda'yla ben arkadaştık. Yakın arkadaş. İlk önce karım Sarah'yla tanıştı. Zaman geçtikçe birbirimize karşı bir şeyler hissetmeye başladık. Bunun olmasını istemedim ve bu durum, Sarah'ya olan sevgimi değiştirmiyor. Bazı şeyleri kontrol edemiyorsun. Aylar geçtikçe Amanda'yla birbirimize duyduğumuz ilgiyi gösterebilmek için küçük şeyler yaptık. Amanda bana düşünceli hediyeler alırdı, ben de kocası asla yanında olmadığı için ona yardım edecek küçük şeyler yapardım. O adam şerefsizin tekiydi.

[7] Tutuklama sırasında şüpheliye okunması gereken yasal haklar.

Neyse, ilişkimiz aylarca bu gizli, özel şekilde gelişti. Kendimi iyi hissetmemi sağladı. Amanda bana kendimi iyi hissettirdi.

Ama sonra başka bir arkadaşımız olan Sebe, sanırım aramıza girmeye çalıştı. Açık bir evliliği var. Ve bunun olmasına izin veremezdim.

O akşam Amanda'yı görmeyi veya partiye gitmeyi planlamamıştım. Ama sonra basketbol maçım iptal oldu ve bir şeyler içmeye gittim, ardından olaylar birbirini izledi. İçki sorunu olduğunu düşündüğüm arkadaşlardan biriyle oradan ayrıldım. Sebe'yle Maude'nin evine giderken bir bankta dinlenmek istedi çünkü fena sarhoş olmuştu, en sonunda sızdı. O yüzden onu orada bırakarak tek başıma gittim. Partiye yalnızca uğrayacaktım. Sarah'nın beni görmesini istemiyordum, yoksa bütün geceyi insanlarla konuşmak için beni sürükleyerek geçirirdi. Karımı seviyorum ancak diğer <u>herkes</u> de seviyor. Ben sadece Amanda'yı görmek istedim, öyle de yaptım ama sonra birisi bana Sebe'yle yukarıya çıktığını söyledi. Kendimi kaybettiğimi itiraf ediyorum.

Ona birkaç mesaj atarsam eve gideceğini biliyordum. Sadece bana ihtiyacı olduğunu görmesini istedim. Amanda'yı biraz korkutabilirsem hemen gidip onu kurtarabilirim diye düşündüm. Neyse ki spor çantamda benim olduğumu anlamamasını sağlayacak birkaç eşya vardı. Amacım buydu, sonrasında onun iyi olacağını düşündüm. Yoksa neden benim olduğumu anlayıp anlamamasını umursamayayım?

Ne var ki hiçbir şey olması gerektiği gibi gerçekleşmedi. Amanda tamamen çıldırdı. Bana vurmaya başladı. O sırada merdivenlerdeydik. Kendimi savunmak zorundaydım. Ve sonra öylece düştü. Kazaydı. Başını tırabzana vurdu. Sonra bana doğru geldi, ayağa kalktı ve kaydı. Başını tekrar merdivenlere vurdu. Bu devam etti. Birkaç kere. En sonunda kıpırdamayı bıraktı. Her yerde çok fazla kan vardı.

Panikleyip kaçtım. Ambulansı arayacaktım ama tek düşünebildiğim ailemdi. Sarah'yı gerçekten her şeyden çok seviyorum. Ona karşı <u>asla</u> sadakatsizlik yapmadım. Partner değiştirme partilerine giden Sebe ve diğerleri gibi değilim. Asla başka bir kadınla seks yapmadım.

Amanda'nın evinden ayrıldıktan sonra kendimi toplamak için parka doğru koştum. İşte o zaman Amanda'nın küpesinin koluma takıldığını ve elimin arkasında biraz kan olduğunu gördüm. Orada yürürken dikkatliydim ama merdivenlerden inmeye çalışırken duvara değmiş olmalıydım. Arkadaşım hâlâ sızmış durumdaydı. Onu ileride görebiliyordum, bacağı bankın ucundan sarkmıştı. Ben de Amanda'nın küpesini cebine koydum ve ayakkabısına biraz kan bulaştırdım. Dediğim gibi panik halindeydim, düzgün düşünemiyordum. Ki o yapmamıştı zaten. Polisin bunu önünde sonunda bulacağını biliyordum. Tek düşünebildiğim ailemdi. Ve onları korumak için elimden geleni yapmalıydım.

Yukarıdaki ifadeyi isteyerek ve kendi irademle verdim. Yukarıdaki ifadeyi okudum ve gerçek ve doğru olduğunu kabul ediyorum.

İmza: Kerry Tanner

Tarih: July 15, 2019

Tanık: Robert Mendez

Tarih: July 15, 2019

LIZZIE

15 TEMMUZ, ÇARŞAMBA

Sonunda Rikers'tan döndüğümde Sam, Young & Crane'in ofisinin olduğu binanın dışında bekliyordu. Yanında küçük, silindir bir spor çantası getirmiş, bankta yanına koymuştu. Beni terk ediyor, diye düşündüm.

Üzgün. Böyle hissettim. Sam'in gitmek istemesine üzülmüştüm. Bunun ikimiz için de en kötü şey olmayacağını bildiğim için üzgündüm. Buradan nereye gidebilirdik ki? Çok fazla hasar verilmişti. Sam sadakatsiz olabileceğini kabul etmişti. Ben cinayet işleyebileceğine inanmıştım. Tabii bunun doğru olmadığını umutsuzca kanıtlamak istemiştim. Ama o ihtimali düşünmüştüm. Peki benim yaptıklarım? Bunca zaman Sam'in içki sorununu onu sevdiğim kisvesi altında görmezden gelmiştim.

Sam'in yanına oturdum. Gözlerimi kapattım ve yüzümü güneşe döndüm. Orada güneşin altında öylece, yan yana oturduk. Uzunca bir süre sessiz kaldık. Sam en sonunda uzanıp elimi tuttu.

"Bir yere mi gidiyorsun?" diye sordum.

"Evet," dedi. "Doksan gün başlıyor. Minimum süre buymuş."

Gözlerimi açıp ona bakmak için döndüm. "Gerçekten mi?"

"Her şey ayarlandı. Annemi aradım. Ödemeyi o yapacak. Ve biliyor musun, bu konuda şaşırtıcı bir şekilde kibar davrandı. Kendi tarafsız tarzında tabii. Babama gidip söyler mi bilmiyorum. Ama belki en iyisi budur," dedi Sam. İç çekti. "Bu kadar uzun sürdüğü için çok üzgünüm. Özür dilerim… her şey için."

Sam'in elini sıktım. "Ben de."

"Bunu düzelteceğim," diye devam etti. "Ya da en azından kendimi düzelteceğim. Söz veriyorum." Sam duraksadı, başını eğdi. "Deneyeceğime söz veriyorum."

Boğazımın kuruduğunu hissettim. "Biliyor musun, hata yapan tek kişi sen değilsin."

Sam bana bakmak için başını çevirdi. "Ne demek istiyorsun?"

Babamla ilgili bütün hikâye şu anda anlatamayacağım kadar fazlaydı ve henüz karar vermediğim çok şey vardı; babama, kendime ne kadar borçlu olduğuma karar vermemiştim. Ama artık eksik anlatmanın yalan söylemekle aynı şey olduğuna dair şüphem yoktu. Ve artık hiç kimseye yalan söylemeyecektim.

Başımı salladım. "Bizim hakkımızda değil. Ailem hakkında ama bilmeye hakkın var. En baştan beri *vardı*. Özellikle de bunca zaman aramızda olduğu için. Devam edecek ama, söz veriyorum. Şu anda önemli olan senin iyileşmen. Ona odaklanmalıyız," dedim. "Sadece benim de mükemmel olmadığımı bil yeter. Asla olmadım."

Bir kere daha sessiz kaldık.

"Bunu yaparsam, yapabilirsem yeterli olacağını düşünüyor musun?" diye sordu Sam.

Başarıp başaramayacağımızı soruyordu. Gözlerinde ikimizin de göremeyeceği geleceği aradım. Sonra doğru hissettiren tek şeyi yaptım: Eğilip onu öptüm. Ve gerçeği söyledim.

"Umuyorum."

TEŞEKKÜRLER

En içten teşekkürüm fazlasıyla bilge ve anlayışlı editörüm Jennifer Barth'a. Bu kitabın nasıl olması gerektiğini anında anladığın için teşekkürler. İstekli editörlük perspektifin, dikkate değer azmin ve beni buraya getiren yorulmaz bağlılığın için sonsuza kadar minnettar olacağım. Seninle çalışma ayrıcalığını elde ettiğim için çok şanslıyım.

Sürekli destekleri ve fedakârlıkları için Jonathan Burnham'a ve cömert Doug Jones'a teşekkür ederim; Harper'a evim diyebildiğim için çok heyecanlıyım. Reklam, pazarlama, satış ve kütüphane bölümlerindeki herkese hesaba katılmayan çabaları için teşekkürler. Pazarlama ve reklam dinamik ikilime ayrıca seslenmek istiyorum: Leslie Cohen ve Katie O'Callaghan. Hanımlar, sizler birer rock yıldızısınız. Ayrıca Sarah Ried'a yardımları için ve eser editörü Lydia Weaver'a, redaktör Miranda Ottewell'e ve fikrimi gerçek bir kitaba dönüştürmek için çalışan Harper'ın diğer editör ekibine teşekkürler. Bu muhteşem kapak için Robin Billardello'ya özellikle minnettarım.

Zeki menajerim Dorian Karchmar'a çok fazla şey için teşekkür ederim. Özellikle de beni ve işimi öngörüyle anladığın, artık ezbere okuyabildiğin her cümleyi olabildiğince iyi hale getirmeye çalıştığın için. Bu kadar yetenekli bir partnerim olduğu için öyle şanslıyım ki. Harika film menajeri Anna DeRoy'a zekice gözlemleri ve sonsuz adanmışlığından ötürü teşekkürler. Ayrıca Matilda Forbes Watson'a ve James Munro'ya teşekkür ederim. Ve Alex Kane'le WME'deki herkes, çalışkanlığınıza minnettarım.

Sağlam avukatım ve canım arkadaşım Victoria Cook, kurnaz tavsiyelerin ve yıllarca verdiğin sevgi için teşekkürler. Mark

Merriman'a da teşekkür ederim. Hannah Wood'a, akıllı yorumları ve gerektiğinde her daim yanımda olduğu için teşekkürler. Ve günümü ve beni defalarca kurtardığı için Katherina Faw'a.

Azimli ve nazik ceza avukatı Eric Franz'a, bu kitabı yazarken sabırla kendini anlattığı, sonsuz sorulara cevap verdiği, duruşmalara katılmama izin verdiği ve Rikers'da arabamın kaydını bulamadığımda bile zahmet vermişim gibi hissettirmediği için teşekkür ederim. Eric, adanmışlığın ve yeteneklerin gerçekten inanılmaz, o yüzden bir gün tutuklanırsam mutlaka seni arayacağım. Ayrıca beni ailedenmiş gibi hissettiren Aviva Franz'a ve ekipten biri gibi hissetmemi sağlayan Golnora Tali'ye teşekkürler.

Eski Bronx Bölge Savcısı Asistanı Allyson Meierhans'a, ince eleyip sık dokuyarak taslağın üzerinden geçtiği ve bir sürü yanlışlığı gösterdiği için teşekkür ederim. Tavsiyelerin paha biçilemezdi. Bu kitabın taslağının büyük kısmını okuyacak ve e-postalara ve uzun telefon konuşmalarına cevap verecek kadar nazik William "Billy" McNeely'ye detayları düzeltmem için yardım ettiği için teşekkür ederim. Senin bilgeliğinin yeri tutulamaz.

Ara sıra aptalca, sık sık da öylesine belirgin olan sorularımı cevaplayan ya da bana yardım edecek birilerini bulan diğer muhteşem uzmanlara, o cömert insanlara çok borçluyum: David Fischer, Andrew Gallo, Dr. Tara Galovski, Hallie Levin, Teresa Maloney, Dr. Theo Manschreck, Brendan McGuire, Daniel Rodriguez, Professor Linda C. Rourke, David Schumacher ve Ron Stanilus.

Yaratıcı yeteneklerini paylaştıkları için Marco Ricci, Jim Hoppin ve Beowulf Sheehan'a teşekkürler.

Megan Crane, Heather Frattone, Nicole Kear, Tara Pometti ve Motoko Rich'e kocaman sevgiler; ilk okurlarım olarak mükemmelliğinize ancak eşsiz arkadaşlığınız üstün gelebilir. Siz canlarımdan erken taslakları okumanızı istememeyi dilerdim ancak bu yalan olur. Özel teşekkürlerim harika, sıcak ve her daim cömert Elena Evangelo'ya; yardımların için minnettarım. Nike

Arrowolo'ya teşekkürler, senin sıcaklığın ve çalışkanlığın olmasa burada hiçbir kelime olmazdı.

Aileme, canım arkadaşlarıma her zaman destek oldukları için teşekkürü borç bilirim; benim için bildiğinizden çok anlam ifade ediyor. Yaptıkları için Martin ve Clare Prentice'e özel olarak teşekkürlerimi sunarım.

Emerson, sabrın ve vahşi olmanın ne olduğunu gösterdiğin için teşekkürler. Ve Harper, her gün beni mükemmelliğin ve güzelliğinle büyülediğin için teşekkürler. İkinize de hayranım.

Ve Tony, diğer her şey için kesinlikle teşekkür ederim.